本书获"广西大学中西部高校提升综合实力计划"经费资助

中山诗钞校注

广西地方古籍整理研究丛书·第二辑

〔清〕郝　浴　著

王　玮　校注

上海古籍出版社

图书在版编目（CIP）数据

中山诗钞校注／（清）郝浴著；王玮校注.—上海：
上海古籍出版社，2017.11
（广西地方古籍整理研究丛书.第二辑）
ISBN 978-7-5325-8655-4

Ⅰ.①中… Ⅱ.①郝… ②王… Ⅲ.①古典诗歌—诗
集—中国—清代 Ⅳ.①I222.749

中国版本图书馆 CIP 数据核字（2017）第 267257 号

广西地方古籍整理研究丛书（第二辑）

中山诗钞校注

［清］郝 浴 著

王 玮 校注

上海古籍出版社出版发行

（上海瑞金二路 272 号 邮政编码 200020）

（1）网址：www.guji.com.cn

（2）E-mail：gujil@guji.com.cn

（3）易文网网址：www.ewen.co

上海惠敦印务科有限公司印刷

开本 890×1240 1/32 印张 15.25 插页 3 字数 410,000

2017 年 11 月第 1 版 2017 年 11 月第 1 次印刷

印数：1—1,300

ISBN 978-7-5325-8655-4

Ⅰ·3228 定价：62.00 元

如有质量问题,请与承印公司联系

《广西地方古籍整理研究丛书》总序

梁　扬

在自治区党委、广西大学党委有关领导的大力支持下,经过广西大学文学院师生的共同努力,《广西地方古籍整理研究丛书》第一辑(10种)已于 2011 年 12 月在巴蜀书社出版[①],第二辑(10 种)亦将在上海古籍出版社付梓[②],第三至六辑(46 种)已完成初稿,一俟机会成熟,亦当陆续修订面世。另有 7 种已先期单独出版[③]。这将是对广西地方古籍文献中作家别集的一次空前规模的整理,也是对广西地域文学与文化的一次比较深入的发掘研究和重要创获。

一

我国浩瀚的古籍文献,以历史之悠久、数量之繁多、内容之丰富而著称于世。它维系着源远流长、博大精深的中华文化的根脉,并见证了中华民族绵延数千年,一脉相承奋斗发展的伟大历史。广西作为中华民族大家庭中的重要成员,在长期的发展过程中,也有大量珍贵的古籍文献遗存。

广西地方古籍整理研究工作,包括对文献的普查、整理和研究等三个方面。

(一)对广西地方古籍文献的普查工作。

最早系统载录广西文献者当推清代谢启昆《广西通志·艺文略》。该《志》所录,始自汉成帝时期的陈钦,止于清嘉庆初年,历时近两千年,存广西人士著作 240 余种。其后蒙启鹏《近代广西经籍志》收录闻见所及的桂人著作,凡谢《志》未收,或虽收而有缺遗者,一并著录;外省人士所写有关广西文献,亦酌予采录。共得 450 余种。

20 世纪 30 年代,广西统计局对本省地方古籍文献遗存情况进行普查,"举凡广西人或广西人团体之各种撰著、译述、纂辑、笺注,其已成定本者,悉为甄录",共得 2548 种,辑为《广西省述作目录》一书,并对各时代各类别的述作列表说明:

朝代 \ 类别 种数	总类	哲学	宗教	社会科学	语文学	自然科学	应用艺术	艺术	文学	史地	合计
汉	3	1									4
三国	2								1		3
唐									2		2
宋	1	1	2	2					8	19	33
元		1							1	2	4
明	17	15		15		2		3	80	143	275
清	157	62	1	31	14	11	30	13	803	281	1398
民国	180	45	14	135	29	52	31	12	219	106	824
合计	360	125	17	183	43	65	61	28	1114	552	2548

80 年代初,广西民族学院(今民族大学)图书馆编《广西历代文人著述目录》,收 819 家 1505 种著述,具体情况见下表:

朝代 \ 作家 作品	三国	唐	宋	元	明	清	民国	合计
人数	1	2	8	2	70	622	114	819
种数	1	6	9	2	98	1078	311	1505

该馆同时编有《广西历代文人著述馆藏联合目录》,进一步载明各

书在区内主要图书馆的收藏情况,极便读者检阅。

80 年代中期,广西社会科学院文学研究所查阅区内馆藏的 700 余种古籍,从中鉴别出历代广西少数民族文人著作约 60 种,收录少数民族文人作品或关涉少数民族内容的古籍 100 余种,另有作者族属待考的古籍约 30 种。

(二)对广西地方古籍文献的搜集整理。

早在 20 世纪 40 年代,陈柱以数年访求所得编为《粤西丛书》,可惜仅出版《粤西十四家诗钞》《粤西词四种》和《红豆曲》等三种。其后黄华表辑《广西丛书》,更仅刊行《玉溪存稿》一种,均未竟其功。

新中国成立后,古籍整理研究工作渐受重视。1981 年 9 月,根据陈云同志的意见,中共中央下发《关于整理我国古籍的指示》,明确指出,"整理古籍,把祖国宝贵的文化遗产继承下来,是一项十分重要的、关系到子孙后代的工作","整理古籍是一件大事,得搞上百年",为古籍整理出版工作进一步指明了方向,极大地推动了古籍整理出版工作。广西老一辈著名学者、原自治区政府副主席、自治区政协副主席莫乃群先生曾主持《桂苑书林丛书》《广西史志资料丛刊》等大型项目,为此,莫老亲临广西民族学院、广西大学,座谈商议广西古籍整理工作,动员中文系教师承担有关项目。在此背景下,广西部分高校相继建立古籍整理研究机构④,并先后参与了莫老主持的广西地方古籍整理工作,"把有关广西的诗、文、史、地、科技、社会、民族、人物的古籍或资料,分别整理,或校点,或校注,或校补,或选注,或辑录",陆续出版了数十种广西地方古籍。其中包括广西古籍中最具参考价值的清代汪森纂"粤西三载"(《粤西诗载》《粤西文载》《粤西丛载》)的校注本,以及《三管诗话校注》《粤西十四家诗钞校评》《王鹏运词选注》《桂海虞衡志校补》等重要古籍。

稍后,广西少数民族古籍整理出版规划领导小组主编《广西少数民族古籍丛书》,已出版的壮族作家别集有清代蒙泉镜《亦嚣轩诗稿》、韦绣孟《茹芝山房吟草》等。曾德珪编《粤西词载》、蒋钦挥主编《全州历史文化丛书》15 种、杨东甫编《八桂千年游：古代广西旅游文学作品荟萃》等也相继面世。由广西桂学研究会潘琦会长主编的《桂学文库》，截至 2015 年 8 月底，已由广西师范大学出版社推出"广西历代文献集成"66 种，另已有扫描文件待出者 128 种。

广西大学文学院一直积极参与广西古籍的整理研究，并把这项工作与研究生培养有机结合起来，其中，汉语言文字学硕士点古籍整理专业 1993—2005 级校注广西古代作家别集 70 种，中国古代文学硕士点元明清文学专业 2005—2006 级校注广西古代作家别集 3 种，计 73 种。除已出版的 17 种外，此次上海古籍出版社即将出版 10 种，尚需修订待机出版的有 46 种。（详见文末附表）

（三）对广西地方古籍文献的研究状况。

黄华表曾就其编辑《广西丛书》所见发表《广西文献概述》一文，对历代广西的文、诗、词、曲各体裁、流派的文献进行概括述要。

2004 年中共中央下达《关于进一步繁荣发展哲学社会科学的意见》之后，有关高校又陆续建立与古籍所相关而又有所分工的研究中心[5]，加强对广西地方古籍文献的研究工作。今据对《中国知网·中国期刊全文数据库》及《中国重要报纸全文数据库》，以及广西各主要高校、科研机构网站的检索调查[6]，获得有关广西地方古籍研究成果的资讯为：专题论文 26 篇[7]，科研项目 13 项[8]，学术专著 15 种[9]。

由于《中国知网》收录的选择性，各高校、科研机构网站又多未能及时更新信息，以及检索者可能的疏漏等原因，上述资讯或未能完全反映实际的研究情况。但从中已可看出，对广西地方古籍的整理与研究，已受到越来越多的单位和学者的重视，开始呈现出一派繁荣景象。

二

广西大学文学院从事广西地方古籍整理的研究者，主要是汉语言文字学、中国古代文学硕士点的导师。大家面对广西古籍这座蕴蓄丰厚却有待开发的南国特色宝藏,这批久经岁月侵蚀而亟须抢救的不可再生资源,以当代学人的责任感、使命感和紧迫感,甘坐冷板凳,满怀热心肠,共同投入广西地方古籍整理研究工作,而且二十余年如一日,专注地尽力做好这项事业。

在确定选题和整理研究中,我们的做法可以概括为"四个并重":

(一)本籍人士与外来人士的著述并重。广西人士生于斯写于斯,如吴廷举、朱依真、苏时学、王维新、蒋励常、黄体正、苏煜坡、李宗瀛、李彬、罗辰等,其著述固然难能可贵;而居外地写他乡的广西人士,如契嵩、蒋冕、戴钦、王贵德、龙启瑞、王拯、赵炳麟、潘乃光、蒋琦龄、况周颐等,因故乡仍给其创作带来重大影响,并在述作中多有反映,故当一并予以重视。被贬谪或宦游来桂的外省人士,如董传策、瞿式耜、赵翼、汪为霖、李宪乔、谢启昆、秦焕、徐樾、甘汝来、郝浴等,不仅传播了中原文化,而且以理论指导和创作实绩促进了广西文学与文化的发展,其著述亦应受同等重视;但那些虽有吟写八桂佳作却从未到过广西的外省人士,如韩愈、杜甫、白居易、张籍、刘长卿、王昌龄、张说、许浑、钱起、张祜等,则不在此列。

(二)大小作家、男女作家并重。此处论作家的大小,一按名声高下,二据作品多寡。声名远播者如"一代高僧"契嵩,"乾隆三大家"之一赵翼,"晚清四大词人"之王鹏运、况周颐,"岭西五大家"吕璜、朱琦、彭昱尧、龙启瑞、王拯等;沉寂无闻者如李宗瀛、王衍梅、崔瑛、钟琳、周必超、李彬、周益等,悉数纳入,穷达不捐。以作品多寡论长短,原本不足为训。只是我们在指导研究生选题时有轻重缓急的考虑,要求先选有诗500首或文10万字以上的"大"家,后来降为诗300首或文6万字以上者,最终因资源渐竭才不再作数量上的硬要求。女作家人数本来就不多,名家作品数量则更少,因之如清代闺秀诗,即将35家诗结为一集加以校注。其余如有父女、夫妻皆能诗文者,亦一并论及。

(三)多种版本与孤本善本并重。在版本的选择上,尽量选取较早的、较为通行又较可靠的本子为工作本,再辅以他本校勘。要求先选有多种版本的著述进行整理校注,也是基于让学生获得较全面扎实的训练并保证校注本学术质量而考虑。但在普查选题时,发现有的著述疑似孤本,且蟫蠹伤残严重,亟待抢救性保护。如王维新《海棠桥词》抄本在广西区内久已绝踪,80年代初邓生才同志于旧书摊购得并捐赠给容县博物馆,2001年研究生赴容拍照时因蟫蠹粘连未能摄全,后来导师亲往并在馆长协助下将缺页补齐,惜蠹洞残字已难以复原。

（四）作品的校勘注释与作家生平研究并重。校注者对每部书不仅加以新式标点,还对生僻的字词、晦涩的典故予以注释,对所涉人物的生平、地名的变迁也作简略考释。在查找资料时,既广求一般文史论著资料,又特别留意地方史志文献材料;强调以地方志作为整理地方古籍的重要依据,并应着力诠释原著(文)含义,切忌生搬硬套辞书以释义。在生平研究中,要求以大量可信的文献资料为依据,注重于对相关素材的梳理、鉴定,坚持言必有据,不发空论;强调所依据的文献资料务必是第一手"生料",少用第二、三手"熟料",力忌照搬他人重复使用过的"腐料"。在尽可能充分地占有翔实可靠的材料基础上,详考史实,补充史料,阐幽发微,使一些人物本事、行迹及史事本末昭然若揭,以助读者便捷地了解书籍内容,真正起到导引作用,对专业研究者也有启迪意义。

三

著名文化学家罗迈德·威廉姆斯说过:"文化研究最精彩的片段,将不再是回溯古老洞穴的火把,而是照亮未来选择的光柱。"⑩结合广西的历史与现状,充分发掘与利用广西固有的文化资源,建设独具风格的文化强省,日益成为广西学界和政界的共识。

越是具有地方性的文化,越富于民族性;越是具有民族性的文化,越富于世界性。因此,近年来,许多省市均致力于地方古籍的整理出版,如广东的《岭南丛书》、湖北的《湖北地方古籍文献丛书》、福建的《福建丛书》、甘肃的《陇右文献丛书》、安徽的《安徽古籍丛书》、山西的《山右丛书初编》、东北数省的《辽海丛书》、广西的《桂学文库》等,对各地文化、经济建设具有多方面的借鉴意义与应用价值。这套《广西地方古籍整理研究丛书》,也当作如是观。

　　(一)珍稀的文献资料。南京艺术学院音乐学院张翠兰教授指出:"《海棠桥词》是清嘉道年间广西词人王维新的一部稀见词作,集中的《法曲献仙音·洋琴》是目前所见清词中唯一一首专述洋琴(即扬琴)的咏物词。因作者身处边地,词集未刊刻,原作流传不广且抄本稀见,故词作中蕴涵的相关史料在目前所见扬琴研究论著论文中鲜见引用。"[11]再如,赵翼的人口论,始于知广西镇安府时的所见所思,"我行万里半天下,中原尺土尽耕稼";[12]来到"地当中国尽,官改土司流"的镇安,"只拟此中非世界,谁知鸡犬亦相闻",[13]"昔时城外满山皆树,今人烟日多,伐薪已至三十里外"。[14]随着密菁日渐萎缩,虎群不时入城觅食,赵翼曾组织打虎安民,同时开始意识到人口问题的严重性:"遥山最深处,想必无人居。一缕炊烟起,乃亦有室庐。始知生齿繁,到处垦辟劬。虎豹所窟宅,夺之为耕畬。尚有佣丐者,无地可把锄。民生方愈多,地力已无余。不知千岁后,谋生更何如?"[15]此后,随着思考逐步深入,他形成了解决人口问题的基本框架:"太平生齿日蕃昌,不死兵戈死岁荒",[16]通过天灾人祸达到减员;"勾践当年急生聚,令民早嫁早成婚。如今直欲禁婚嫁,始减年年孕育蕃",[17]通过晚婚、晚育控制人口增长;"或仿秦开阡陌例,尽犁坟墓作田畴",[18]推平坟墓以增加耕地;"只应钩盾田犹旷,可惜高空种不成",[19]斗胆提出将皇家园林翻为耕地,并想到了如何向高空发展这个几百年后的热点问题!以往,洪亮吉的《治平篇》被视为我国乃至世界上最早的人口专论,但事实上赵翼的人口论比他早22年,更比英国的马尔萨斯早27年!又如,唐景崧曾亲赴越南联络黑旗军统兵抗法长达六年,而当甲午战争中国战败,清廷被迫签订《马关条约》割让台湾之际,又曾率领台湾军民自主抗日。故其《请缨日记》里蕴含中法战争、中越边情、中日战争的丰富史料,"其中得失是非,足以备鉴来兹,有裨时务,而事必征实,尤可为后世史官得所依据焉"。[20]

(二)传统思想精华举要。在北宋禅宗史上,一代高僧契嵩"谋道不谋身,为法不为名"的思想境界,令人肃然起敬。明代戴钦《古风拟李白三十首》诸作,既热情歌颂抵抗外族入侵的正义战争,又痛批明武宗宠信小人、乱政祸国的昏庸无能。清代赵炳麟与康有为、黄遵宪、丘逢甲等共同投身社会变革,并致力"诗界革命",作品多借咏叹古今,指陈时政得失。潘乃光在汹涌的洋务大潮中,坚持独立思考,提出武器制造"镕金冶铁不自铸,购向外夷年年来"绝非长久之计,要就地取材国产化;"讲求机器固应尔,众志当仿长城坚",强国的根本不在利器而在于招揽人才凝聚人心。当《马关条约》签订,日军割占台湾之际,他写下《台湾割让,时局可知,谁实为之,愤而成此》等诗篇,怒斥出卖国家利益的当朝权贵,期望能力挽狂澜,救国于水火。蒋琦龄《中兴十二策》则提出"端正本,除粉饰,任贤能,开言路,恤民隐,整吏治,筹军实,诘戎行,慎名器,恤旗仆,挽颓风,崇正学"的政治主张,并留下"气愤如山死不平"的《绝笔》。前贤们的爱国情怀、凛然正气和真知灼见,至今仍闪烁光芒。

(三)艺术创作规律的启示。广西文学是中国文学的重要组成部分,清代广西各民族文学是中华古代多民族文苑中的一簇奇葩,也是汉、壮等多民族融和,南北、东西文化交流的成果和实证。这种融和与交流是双向的、共赢的。例如经济欠发达的少数民族聚居地桂西,自乾隆年间傅堅、商盘、赵翼、汪为霖相继知镇安府,李宪乔、刘大观分任镇安府归顺知州、天保县令,均颇能尊重民族风习,积极推动文化建设,促成当地诗人成批涌现。李宪乔"政暇尝以教州人士。州人粗知韵语,皆宪乔所教也。贡生童毓灵、庠生童葆元皆经其陶育。一时风雅称彬彬焉"[21]。壮族人素以善歌而著称于世,其以汉文写诗亦颇有特色。如童毓灵《独秀峰呈颖叔先生》诗句:"龙攫虎拏纷无数,中间一岊尤峵峵。"用了三个古壮字:"岊",上声下形,即读若当地壮话"巴"音,意指高而尖的石山。"峵",左形右声,即读若当地壮话"松"音,意指(山)高;两字叠用,即很高很高。二句以刚健灵动之笔,极写众山簇拥之下独秀峰的险峻奇丽。诗中偶用古壮字对理解诗作并无大碍,反而使笔下景物别具异域风味,更显奇丽怪伟。这些土著壮人夹用古壮字写汉诗与国内名家唱和,堪称相映成趣,独特绝妙!其余诗作也大多类似,风格古朴,较少含蓄雅致之作,无论沉郁悲怆还是显豁浅俗,均力求自然畅达,直抒内心情感。由此可见,壮族文人诗并非汉族诗歌的单纯模仿,而是自具品格,保有自身的独特价值,为清代诗坛增添了一道奇丽灵秀的异彩。而赵、汪、李诸大家,入镇安后其诗风诗境和影响力亦有变化。李宪乔旅桂十余年,先后在岑溪、苍梧、桂林、归顺、天保、柳州、柳城、宁明、百色、南宁、崇善等地或任职,或寓居,或行经,"所至以诗教人,开各邑宗风"[②],传播诗法,召集诗社,八桂诗家十数位与之交游,后学师从有名姓可考者更多达数十人。于是高密诗派由山东崛起,以广西为根据地,逐渐辐射到江西、江苏,再传衍各省,形成为全国性的主要诗派之一。尚镕《三家诗话》称:"云松宦游南北数千里之外,所表现固皆不虚,而极险之境地,极怪之人物,皆收入诗料,遂觉少陵、放翁之入蜀,昌黎、东坡之浮海,犹逊其所得所发之奇,可谓极诗中之伟观也。"指出赵翼镇安府诗作在题材、风格上的开拓之功,业已超越杜甫、韩愈、苏轼、陆游诸大家的同类作品。再如,文学的发展与经济状况并不都成正比,经济欠发达地区、少数民族地区在一定条件下也能产生全国性大家。如"岭西五大家"崛起于内地桐城派衰竭之际,是桐城中兴的前奏,以致梅曾亮惊叹:"天下之文章,其萃于岭西乎?"[③]又如王鹏运、况周颐分列"晚清四大词人"之冠冕和殿军;王维新作为清代散曲大家,是张炯《中华文学通史》中论及清散曲仅举的两家之一。

(四)资政参考示例。古代广西各地经济、社会、文化的发展极不平衡,桂北、桂东南、桂东、桂中相对较快,桂西、桂西北、桂西南则长期落后,政治制度的不平衡是其重要原因之一。对桂北等地区,很早就派出流官,治以中原之术;对桂西等地区的许多州县,则至清末仍维持羁縻制、土司制,推行愚民政策。政治上的差异,造成了桂西等地区经济、教育与文化发展的严重滞后。以史为鉴,更见当今中央西部大开发战略的英明及时。应在大力扶持西部经济建设的同时,加大对"老、少、边、山、穷"地区文教事业和社会发展的倾斜力度。又如,从古籍中体现的广西古代教育情况来看,许多官员都重视教育事业,有的带头捐资办学,有的亲自授课。在科举腐败、官学衰落的背景下发展起来的书院,民办、公立并举,有较宽松活跃的学术争鸣氛围和浓厚的学习风气,造就了许多学者名儒。后来随着书院官学化、行政化的逐步加深,其特点和优势也随之消失。这对于当今的教育教学改革,不无借鉴意义。

习近平总书记在党的十八大报告中强调指出:"中华文明绵延数千年,有其独特的价值体系。中华优秀传统文化已经成为中华民族的基因,植根在中国人内心,潜移默化影响着中国人的思想方式和行为方式。今天,我们提倡和弘扬社会主义核心价值观,必须从中汲取丰富营养,否则就不会有生命力和影响力。"当今,随着中国—东盟自由贸易区、北部湾经济区相继成立,广西站在了一个千载难逢的腾飞基点上。我们期盼,通过对广西地方古籍的整理研究工作,能为积极寻找广西文化的根,深入探讨广西崛起内在的文化基因,努力探索文化与经济互动发展的最佳模式,尽到自己的一份责任。

四

我们的古籍整理研究工作,一直得到自治区领导和社会各界的鼎力支持。莫乃群、李纪恒、潘琦、钟家佐、梁超然、沈北海等同志都曾过问并解决有关问题,有的还直接参与研究生培养工作。黄天骥、钟振振、莫砺锋、康保成、陶文鹏、郑杰文等国内名家对我们的工作多有指导。毛水清、丘振声、顾绍柏、韦湘秋等十余位区内专家学者先后参与历届学位论文的评审指导工作。自治区图书馆、桂林图书馆、自治区通志馆、广西大学图书馆,以及国内、区内许多图书馆和有关单位都提供了资料查阅之便。此外,本丛书还吸取了海内外许多专家学者的研究成果,大都注明了出处,而其中有些为学界所熟知的,为节省篇幅不再一一标示。谨此说明,并致以诚挚的谢意!

限于水平,丛书的编纂和各别集的整理、校勘、注释及前言等,错误失当,在所难免,敬请专家、学者和广大读者批评指正。

2015 年 9 月 1 日于广西大学碧云湖畔寓所

① 《广西地方古籍整理研究丛书》第一辑,余瑾主编,梁扬副主编,巴蜀书社 2011 年 12 月第一版。

② 《广西地方古籍整理研究丛书》第二辑,余瑾主编,李寅生、梁扬副主编,上海古籍出版社即出。

③ 详见本文后附《广西大学文学院已整理的广西地方古籍情况简表》。

④ 广西民族学院古籍整理研究所、广西大学古籍整理研究所、广西师范学院古籍整理研究所。

⑤ 广西师范大学八桂文化与文学研究中心、广西大学文学与文化研究中心。

⑥ 检索截止日期:2015 年 8 月 31 日。此项网上调查工作及文末所附《广西大学文学院已整理的广西地方古籍情况简表》的编制,均由广西大学行健文理学院梁颖峰完成。

⑦ 专题论文 26 篇,即毛水清《桂山漓水写襟抱——谈李商隐在桂林》,《学术论坛》1980 年第 4 期;梁扬《镇安府任上的赵翼》,《广西大学学报》1981 年第 1 期;梁扬《袁枚与广西》,《广西大学学报》1981 年第 2 期;梁扬《赵翼在镇安府》,《学术论坛》1981 年第 4 期;毛水清《瘴雨海棠写归魂——谈宋代词人秦观在广西》,《学术论坛》1982 年第 3 期;丘振声《论临桂词派》,《学术论坛》1985 年第 7 期;梁超然《唐末五代广西籍诗人考论》,《广西社会科学》1986 年第 3 期;丘振声《浩气长存山水间——瞿式耜、张同敞风雨桂林吟》,《学术论坛》1987 年第 5 期;梁超然《略论〈粤西诗载〉的史学价值与美学价值》,《广西民族

学院学报》1988 年第 4 期;韦湘秋《博学多才的龙启瑞》,《学术论坛》1989 年第
1 期;丘振声《试论壮族诗人韦丰华的诗论》,《广西民族学院学报》1989 年第 3
期;梁超然《晚唐桂林诗人曹唐考略》,《广西师范大学学报》1989 年第 4 期;莫
恒全《试论爱国诗人朱琦及其诗》,《学术论坛》1989 年第 2 期;张维《晚清诗人
朱琦的诗歌创作》,《中国韵文学刊》2000 年第 2 期;黄海云《赵翼镇安府诗文研
究》,《苏州大学学报》2005 年第 7 期;梁扬、戎霞《〈小山泉阁诗存〉版本生成考
论》,《广西大学学报》2006 年第 6 期;葛永海《论清代壮族名士郑献甫纪游诗的
文化维度》,《广西民族研究》2007 年第 2 期;王德明《论广西文学在晚清的崛
起》,《南方文坛》2007 年第 4 期;王德明"杉湖十子研究"系列论文,《广西师范
大学学报》等 2007—2008;李惠玲《临桂龙氏父子与晚清词坛》,《广西民族大学
学报》2008 年第 2 期;王德明"清代广西文学家族研究"系列论文,《南方文坛》
等 2008—2009;梁扬《论王维新对清代散曲题材的新变与开拓》,《广西大学学
报》2008 年第 5 期;张维《试论家族文化对清代广西古文创作的影响——以全
州谢氏、蒋氏为例》,《广西师范大学学报》2010 年第 3 期;谢仁敏《清代壮族文
人的精神特质及其文学选择》,《广西民族研究》2012 年第 2 期;梁颖峰《别开生
面的世态民情独家报道——赵翼笔下的清代桂西壮族社会》,《传播与版权》
2013 年第 6 期;梁颖峰《桂西壮族地区汉文化传播例谈——从靖西"二童"到德
保"三盛"》,《广西大学学报》2014 年第 1 期。

⑧ 科研项目 13 项,即梁扬、陈自力主持广西大学项目《岭西五大家研究》
1996—1998;李复波主持全国高校项目《粤西文载整理》1997—1999;梁扬主持
广西大学项目《广西地方古籍整理研究丛书》2001—2003;杨东甫主持全国高校
项目《古代广西旅游文学作品汇编》2002—2004;梁扬主持广西社科项目《赵翼
镇安府诗文考论》2004—2005;梁扬主持国家社科基金项目《清代广西作家群研
究》2005—2007;张明非主持国家社科基金项目《广西文学史》2005—2007;沈家
庄主持广西师大项目《临桂词派与粤西词人群体研究》2006—2008;陈自力、李
寅生主持广西社科项目《广西地方古籍整理研究丛书》2007—2009;阙真主持
国家社科基金项目《广西彩调研究》2008—2010;梁扬主持广西社科项目《广
西乡邦文学文献研究》2013—2015;梁颖峰主持广西社科项目《桂西壮族地区
汉文化传播研究》2013—2015;梁扬主持广西高校项目《广西典籍研究》
2014—2016。

⑨ 学术专著 15 种,即梁超然《八桂诗人论及其他》,广西人民出版社 1988
年版;梁庭望等《壮族文学概要》,广西民族出版社 1991 年版;韦湘秋《广西百代
诗踪》,广西人民出版社 1995 年版;张利群《词学渊粹——况周颐〈蕙风词话〉研
究》,广西师大出版社 1997 年版;韦湘秋《广西历代词评》,广西教育出版社

2001年版；张维、梁扬《岭西五大家研究》，江苏古籍出版社2003年版；梁扬、黄海云《古道壮风——赵翼镇安府诗文考论》，中国社会科学出版社2005年版；周作秋、欧阳若修等《壮族文学发展史》，广西人民出版社2007年版；张维《清代广西古文研究》，广西师范大学出版社2008年版；黄海云《清代广西汉文化传播研究》，民族出版社2009年版；王德明《广西古代诗词史》，广西师范大学出版社2009年版（获广西第十一次社会科学优秀成果奖一等奖）；张明非《广西古代诗文发展史》，广西师范大学出版社2012年版；范学亮《古道盘龙——商盘旅桂诗研究》，中央民族大学出版社2013年版；钟文典、刘硕良主编《中国地域文化通览·广西卷》，中华书局2013年版；梁扬、谢仁敏等《清代广西作家群研究》，中国社会科学出版社2013年版（获广西第十三次社会科学优秀成果奖一等奖）。

⑩ 转引自：蒋磊《蓝色大潮——21世纪上半叶人类文明与海洋发展》，北京：海潮出版社2013年版，第281页。

⑪ 张翠兰《稀见清词中的洋琴史料》，《江苏教育学院学报》2007年第6期。

⑫⑬⑮⑯⑰⑱⑲ 赵翼《瓯北集》，上海古籍出版社1997年版，第267、269、731、1272、1196、1196、1196页。

⑭ 赵翼《檐曝杂记·镇安水土》，清乾隆五十七年（1792）淇贻堂刊本。

⑳ 唐景崧《请缨日记·跋》，上海古籍书店1980年影印版。

㉑ 何福祥纂《归顺直隶州志》，清道光二十八年（1848）抄本，成文出版社1967年影印版。

㉒ 广西统计局编《古今旅桂人名鉴》（1934），杭州古籍书店1987年影印版。

㉓ 龙启瑞《彭子穆遗稿序》，《经德堂文集》卷四，清光绪四年（1878）京师刻本。

附：广西大学文学院已整理的广西地方古籍情况简表

序号	年级	校注本题目	著者			校注者		备注
			朝代·姓名	原籍贯	简历	研究生	导师	
1	93级	《粤西词见》校注	清·况周颐	广西临桂	内阁中书,会典馆修纂	赵艳丽	林仲湘 陈自力	
2	96级	《怡志堂诗文集》校注	清·朱琦	广西临桂	翰林院编修,监察御史	张维	梁扬	
3		《龙壁山房诗文集》校注	清·王拯	广西马平	太常寺卿、孝廉书院主讲	李芳	陈自力	
4	97级	《经德堂诗文集》校注	清·龙启瑞	广西临桂	翰林院编修,江西布政使	吕斌	梁扬	岳麓书社,2008
5		《广西清代闺秀诗校注》	清·陆媛等			杨永军	梁扬	共收35家诗
6		《月沧诗文集》校注	清·吕璜	广西临桂	浙江庆元、奉化等县知县	胡永翔	陈自力	
7		《致爽堂诗文集》校注	清·彭昱尧	广西平南	广东巡抚黄石琴幕僚	王春林	陈自力	
8	98级	《九芝草堂诗存》校注	清·朱依真	广西临桂	《广西通志》分纂,布衣终生	周永忠	梁扬	巴蜀书社,2011
9		《韦庐诗集》校注	清·李秉礼	江西临川	刑部郎中,未几退居桂林	赵志方	梁扬	
10		《宝墨楼诗册》校注	清·苏时学	广西藤县	候选内阁中书,主讲藤州书院	阳静	陈自力	巴蜀书社,2011
11		《芙蓉池馆诗草》校注	清·罗辰	广西临桂	两广总督阮元等之幕僚	罗瑛	梁扬 滕福海	上海古籍,即出
12		《带江园诗文集》校注	清·黄体正	广西桂平	广西隆州学正,桂林司训	刘洋	陈自力 滕福海	

（续表）

序号	年级	校注本题目	著者 朝代/姓名	原籍贯	简历	校注者 研究生	校注者 导师	备注
13		戴钦诗文集校注	明·戴钦	广西马平	刑部郎中	石勇	滕福海	巴蜀书社,2011
14		《青箱集剩》校注	明·王贵德	广西容县	湖广麻阳县令、南明监军佥事	江弘	谢明仁	巴蜀书社,2011
15	99级	《王照堂诗钞》校注	清·邓建英	广西苍梧	山西榆社知县、绛州通判	曾赛男	梁扬	
16		《少鹤先生诗钞》校注	清·李芜乔	山东高密	岑溪知县、归顺知州	赵黎明	潘琦 梁扬	上海古籍,2017
17	00级	赵翼镇安府诗文校注①	清·赵翼	江苏常州	镇安、广州知府,贵西兵备道	黄海云	梁扬	中国社科,2005
18		《空青水碧斋诗集》校注	清·蒋琦龄	广西全州	国史馆总纂、顺天知府	银健	潘琦 梁扬	巴蜀书社,2011 广西人民,2013
19		《西舍诗钞》校注	清·况澄	广西临桂	户部主事,河南按察使	方芳	潘琦 梁扬	
20		王维新文集校注	清·王维新	广西容县	武宣县教谕,平乐、泗城府教授	彭君梅	梁扬	光明日报,2012
21		《桐阴清话》校注	清·倪鸿	广西临桂	广东昌山、江村等县巡检	王璇	梁扬	
22		《味腴轩诗稿》校注	清·封祝唐	广西容县	陕西神木县知县	苏铁生	梁扬	

（续表）

序号	年级	校注本题目	原著者			校注者		备注
			朝代·姓名	原籍贯	简历	研究生	导师	
23		《镡津文集》校注	宋·契嵩	广西藤县	一代高僧,封"明教"禅师	邱小毛	林仲湘	巴蜀书社,2011
24		《蒋励常诗文集》校注	清·蒋励常	广西全州	鄙县教谕、全州清香书院山长	袁志成	滕福海	
25		《韫山诗稿》校注	清·朱凤森	广西临桂	河南潴县、固始知县	韦盛年	滕福海	
26		瞿式耜诗歌校注	清·瞿式耜	江苏常熟	南明吏兵部尚书兼桂林留守	李英	滕福海	
27	01级	《赵炳麟诗集》校注	清·赵炳麟	广西全州	翰林院编修、都察院侍御史	刘深	余理	巴蜀书社,2011
28		《赵炳麟文集》校注	清·赵炳麟	广西全州	翰林院编修、都察院侍御史	孙改霞	余理	上海古籍,即出
29		《况周颐词集》校注	清·况周颐	广西临桂	内阁中书、会典馆修纂	秦玮鸿	梁扬	上海古籍,2013
30		《退庵诗钞》校注	清·倪鸿	广西临桂	广东昌山、江村等县巡检	王先岳	梁扬	上海古籍,即出
31		《悦山堂诗集》校注	清·谢赐履	广西全州	山东巡抚、左都御史	周毅杰	谢明仁	
32		《湘皋集》校注	明·蒋冕	广西全州	礼部尚书兼文渊阁大学士	梁颖稚	谢明仁	
33		《东湖集》校注	明·吴廷举	广西梧州	广东右布政使、主讲东湖书院	邹壮云	滕福海	
34		《同梅轩诗草(偶存)》校注	清·蒋启歆	广西临桂	山东、河南河道总督	杨瑞	李寅生	
35		《莘益斋高诗集》校注	清·苏煋坡	广西贺县	临桂县教谕、主讲临江书院	周生杰	李寅生	上海古籍,即出

（续表）

序号	年级	校注本题目	朝代·姓名	原籍贯	著者简历	研究生	导师	备注
36	02级	《岭西五家词校注》	清·王拯等			黄红娟	梁扬	巴蜀书社,2011
37		《琼台诗话》校注	明·蒋冕	广西全州	礼部尚书兼文渊阁大学士	李柳宁	梁扬	广西人民,2013
38		《遗园诗集》校注	清·徐樾	广东番禺	广西巡抚张联桂春幕,成都知府	石天飞	陈自力	巴蜀书社,2011
39		《素轩诗集》校注	清·黎建三	广西平南	甘肃山丹等八县知县	陆毅青	陈自力	
40		《小庐诗存》校注	清·李宗瀛	广西桂林	布衣终生	刘晖	谢明仁	
41		《空青水碧斋文集》校注	清·蒋琦龄	广西桂林	国史馆总纂,顺天府尹	步蕾英	谢明仁	
42		《树经堂咏史诗》校注	清·谢启昆	江西南康	广西巡抚,《广西通志》主修	曾志东	滕福海	
43		《易安堂集》校注	清·龙献图	广西临桂	昭平训导,《临桂县志》编纂	李国新	滕福海	
44		《横槎集》校注	清·吴时来	浙江仙居	刑科给事中,谪戍横州	范利亚	滕福海	
45		《寓真轩诗钞》校注	清·蔡希邠	江西新建	龙州同知,广西按察使	武海军	李黄生	
46		《榕阴草堂诗草》校注	清·潘乃光	广西荔浦	湖北布政使王之春幕僚	杨经华	李黄生	巴蜀书社,2011
47	03级	《剑虹居古文集》校注	清·秦焕	江苏山阳	桂林府知府,广西按察使	刘雪平	陈自力	上海古籍,2017
48		《白鹤山房诗抄》校注	清·李璻	广西苍梧	广州知府	黄飞	陈自力	
49		《小山泉阁诗存》校注	清·汪为霖	江苏如皋	刑部郎中,思恩、镇安知府	戎震	梁扬	

（续表）

序号	年级	校注本题目	朝代·姓名	原籍贯	著者简历	校注者 研究生	校注者 导师	备注
50		《红杏诗集》校注	清·王衍梅	浙江会稽	武宣知县	农福庞	谢明仁	
51		《唐确慎公集》校注	清·唐鉴	湖南善化	平乐知府	乔丽荔	谢明仁	
52		《豫章集》校注	清·王必达	广西临桂	武昌知府、安肃道按察使	张月兰	滕福海	
53		《树经堂文集》校注	清·谢启昆	江西南康	广西巡抚、《广西通志》主修	夏侯轩	滕福海	
54		《甘庄恪公全集》校注	清·甘汝来	江西奉新	广西巡抚	郭春林	李寅生	巴蜀书社,2011
55		《小罗浮草堂集》校注	清·冯敏昌	广西钦州	翰林院编修、户、刑部主事	杨年丰	李寅生	上海古籍,即出
56		《醉白堂诗文集》校注	清·谢良琦	广西全州	江苏宜兴知县、延平通判	熊柱	梁扬	广西人民,2001
57	04级	《琼笙吟馆诗余》校注	清·崔琰	广西桂平	布衣终生	兰旻	滕福海	
58		《南涧文集》校注	清·李文藻	山东益都	桂林府同知	王艳玲	陈自力	
59		《菊芳园诗钞》校注	清·何梦瑶	广东南海	义宁、阴朔、岑溪知县	游明	陈自力	
60		《咀道斋诗集》校注	清·钟琳	广西苍梧	直隶行唐、昌平知县	肖菊	谢明仁	
61		《分青山房诗集》校注	清·周必超	广西临桂	甘肃礼县、宁远等县知县	李木会	谢明仁	
62		《中山诗钞》校注	清·郝浴	河北定州	广西巡抚	王玮	李寅生	上海古籍,2017
63	05级	《海叟集》校注	明·袁凯	松江华亭	监察御史	孙晓飞	陈自力	

（续表）

序号	年级	校注本题目	朝代·姓名	原籍贯	著者简历	校注者研究生	校注者导师	备注
64		《奇游漫记》校注	明·董传策	松江华亭	刑部主事,谪戍南宁	杜建芳	陈白力	
65		《穆堂初稿诗集》校注	清·李绂	江西临川	内阁学士,广西巡抚	王昭	谢明仁	
66		《海日堂诗集》校注	清·程可则	广东南海	桂林知府	魏捷	谢明仁	
67		《愚石居集》校注	清·李彬	广西贵县	赐内阁中书,辞隐故里	方立顺	滕福海	
68		《北上》《过江集》校注	清·王必达	广西临桂	南昌知府,甘肃按察使	周楠	滕福海	
69		《阮庵笔记五种》校注	清·况周颐	广西临桂	内阁中书,会典馆修纂	张宇	李寅生	上海古籍,即出
70		《树萱草堂集》研究	清·周益	广西临桂	刑部主事,湖北恩施知县	刘青山	李寅生	
71		《王鹏运词集校注》②	清·王鹏运	广西临桂	内阁中书,礼科给事中	宋丽娟	李寅生	
72	06级	《商盘旅桂诗校注》③	清·商盘	浙江绍兴	郁林知州,太平、镇安知府	范学亮	梁扬	中央民大,2013
73		《诸缨日记》校注	清·唐景崧	广西灌阳	吏部主事,台湾布政使、巡抚	李光先	李寅生	上海古籍,2016

① 《赵翼镇安府诗文考论》附录；② 05级中国古代文学《王鹏运词集研究》附录；③ 06级中国古代文学《商盘旅桂诗研究》附录。

目 录

前　言

　　定州郝雪海先生，自少博通诸家，日夕讲求古今治乱兴亡之
故，溯流穷源，洞见根底。既谪铁岭者二十余年，益潜心圣学，始于
居敬穷理，而归诸躬行心得。故其所养日邃，所发日宏。平居读
史，则有《史断》；阐发《周易》《孟子》，则有《易注》《孟子解》诸书。
是盖合道学、儒林为一者也。既又取先生所作诗文，而卒业焉，窥
其旨，醇正而浑厚；揽其词，清润而雄畅。举凡抚时触物，跌宕感
慨，皆于是乎见之，虽号为诗文专家者，未之能逮也，殆又合艺苑与
儒林、道学为一者。

——汪琬《〈中山集〉序》

　　郝浴(1623—1683)，字冰涤，又字雪海，号复阳，直隶府定州人，因
定州古为中山国，故又称郝中山。他是清代初期著名的直臣，一生命运
多舛，仕宦一波三折，曾因密疏弹劾吴三桂而被谪东北二十余年，后起
复原职。历两淮巡盐御史，擢左副都御史，巡抚广西。郝浴为官贤良刚
正，清廉爱民，政绩卓著，同时也是文学家和理学家。其诗歌取径韩、
杜，师法三唐，同时也是研究清代初期的社会、政治、经济、军事、文化等
诸方面的宝贵文献资料。目前，学术界对郝浴及其诗歌的系统研究还
比较欠缺，故笔者试以对其《中山诗钞》的校注、研读为基础，进而对郝
浴的生平、思想、交游，诗歌的内容、风格和艺术特色等进行较为系统的
研究，以期再现郝浴诗歌的文学、文献和史料价值，并对郝浴及其作品
作出一个较为客观的评价。

一、郝浴生平

（一）郝浴的家世及其青少年时期

据郝浴《郝雪海先生笔记》自述，中山郝氏本出自太原姬姓。明成祖时，"自山西之洪洞一支，徙于定州旧中山国，遂失其先世之次第"。徙定州之始祖为成甫公，因卜居，世为唐城之奇连里人。"成甫公生五。五生秀。秀生虎，字西溪；生汝卿，字君邻。汝卿生维荣，字仁轩。仁轩公生恒瞻公大钫（郝浴之父）"。

郝浴父、祖皆重视读书，诗礼传家。其祖父仁轩公（郝维荣）为诸生，性格刚决，义赡乡党，有慷慨急公之名。又常当面指人过错，疾恶如仇。郝浴父为恒瞻公（郝大钫），母为张太孺人。恒瞻公生于明万历二十三年乙未（1595）正月二十二日，卒于康熙七年戊申（1668）七月二十二日。享年七十有四。恒瞻公为庠生，为人机敏，读书一目十行，过目之后，事无巨细，皆能复述。顺治八年辛卯（1651）以恩贡得拔应授别驾，老年得一官又不欲仕，遂隐退。恒瞻公临终病重之时，仍令子孙日吟诗书，以陶其不尽之情。恒瞻公生有四子，长子即为郝浴。

明天启三年癸亥（1623）二月初三，郝浴生于直隶定州唐城奇连里（即今河北省定州市北城区唐城村）。

郝浴自幼生性机警，年少有志操，负气节。十四五岁时，即能通六籍百家之言，讲求古今治乱兴亡之故，而崇慕诸葛亮、李泌之为人。十六岁时，辄高自期许，有澄清斯世之志①，曾说："士君子生斯世，当做天下第一流人，行天下第一流事！"②

明崇祯壬午、癸未年间（1642—1643），正值明末乱世，郝浴家乡遭遇兵祸，他负母张氏至山中避乱。在避乱期间，郝浴仍读书不辍，日手《周易》一编，并时常在夜晚步行于河岸寻味义理。一次，时值寒冬，夜晚狂飙疾雪突至，他却浩然忘归。郝浴在刻苦读书之余，尤其留心世

① 梁清标：《粤抚中丞复阳郝公本传》，《中山郝中丞全集》卷首，清康熙刻本。
② 法若真：《光禄大夫粤抚中丞复阳郝公行表》，《中山郝中丞全集》卷首，清康熙刻本。

务,喜好慨慕古人,并不屑为旧俗腐儒的章句之学。

(二) 弱冠进士 初登仕途

入清后,郝浴开始参加科举考试。顺治三年丙戌(1646),郝浴乡试中式,为举人,时年23岁。

顺治六年己丑(1649)四月,郝浴参加殿试,以二甲四十三名赐进士出身,时年26岁。廷对后,郝浴慨然言道:"自吾先世遗训,必惟忠爱是属。今敢不以此身为天下衽席!"①他初入仕途,即上书指陈利弊,娓娓数千字,说:"治天下,必先立纲纪。纲纪定,而后开创之规模。"②言论风采,倾动一时。

顺治七年庚寅(1650),郝浴授刑部广东司主事,兼摄浙江司郎中事。

(三) 巡按四川 忤吴三桂

顺治八年辛卯(1651)六月,郝浴改授湖广道御史。七月,奉命巡按四川。当时四川还未平定,战祸连连。一方面有刘文秀等盘踞滇、黔,川中屡遭屠戮,另一方面,原张献忠部将孙可望、李定国等投降南明,为桂王将,据川南为患。清廷遣师讨伐,四川地方官吏大多为军前任命,一些打了胜仗的军官被任命为地方官,其中不少人素质低下,恣肆贪虐。郝浴到任之后,对这些官吏严加约束,监督教育,加强惩办残害百姓之人,带头关心民间疾苦,使将领和官吏的恶行得以收敛。针对四川民众的饥苦,他还豁免了百姓欠租若干石,罢斥不法官吏,而四川人民的困苦逐渐有所好转。

顺治九年壬辰(1652)二月,为平定西南,清廷派吴三桂与固山额真李国翰率满汉兵,由东西两路近屯川南,复成都、嘉定、叙州、重庆。吴三桂的手下军无纪律,士兵骄横,多有劫掠百姓、为害地方者。后吴三

---

① 熊赐履:《光禄大夫巡抚广西都察院右副都御史加四级郝公碑铭》,《中山郝中丞全集》卷首,清康熙刻本。

② 《郝雪海先生笔记》(影印本),中华书局,1985年,第三卷,第23页。

桂两路兵马节节败退,弃川北不顾,退驻绵州,并欲回汉中。吴三桂有所忌惮,令沿路不发塘报,封锁消息。郝浴愤而上言:"臣忝司朝廷耳目(指郝浴身为御史言官),而壅阏若此,安用臣为?"①并向朝廷上《逃兵劫杀》及《移会中止》等疏,揭发其奸,并认为:"兵力之剿抚系民命之生杀,民命之生杀系地方之安危,不得戮民猎赏,不得壅蔽。"②请求朝廷重视民力。

　　同年八、九月间,刚在川北站稳脚跟的清政府在四川保宁(阆中)设立贡院,补行上年"辛卯科"四川乡试,这是清入关以来四川的首次乡试,是安抚人心、稳定大局的重要举措,郝浴奉命赴保宁监临补行辛卯乡试。恰逢南明将领刘文秀等率数万人众围攻阆中城。乡试开考时,兵临阆中城下,应试士子仓皇失措,欲避难逃亡。郝浴沉着应对,命提调李藻③维持考场秩序,安抚惊恐欲散的考生,使考试正常进行。自己则做守城军民的宣传工作,安定军心、民心,又令总兵严自明提兵环守,积极组织防御,遣健壮士卒星夜请兵于梓、剑;另一方面飞书走檄至绵州,又请吴三桂赴援,一昼夜凡七往。吴三桂明知保宁危急,却按兵不动,隔岸观火。郝浴见吴三桂不愿出兵,晓之以大义:"不死于贼,必死于法!"④吴三桂拖延逾月之后,两路兵始才开赴保宁援助。在此次战役中,郝浴"凭堞指挥,矢石过耳,屹不为动",又"轻骑遍历行间,激发忠义",使"将士踊跃,背城迎战,无不一当百。"⑤并率满汉兵背城迎战,大破围城之兵。十月十一日,取得保宁大捷。

　　阆中解围后,顺治帝十分高兴,下诏征询平川的方略,郝浴随上《锦江十六疏》,又上《缓策西南》《急策西南》两疏,经理军务,绸缪周匝,都扼其要领。他在疏中说:"秦兵苦转饷,川兵苦待哺,故必秦不助川而后秦可保;川不冀秦助而后川可图。成都地大且要,灌口一水,襟带三十

① 赵尔巽等编:《清史稿》,卷二百七十,列传五十七"郝浴传",中华书局,1998年。
② 同上。
③ 李藻:山西阳城人,顺治八年任川北道道台。清制,道台在乡试期间充任提调官。
④ 梁清标:《粤抚中丞复阳郝公本传》,《中山郝中丞全集》卷首,清康熙刻本。
⑤ 同上。

州县。若移兵成都，照籍屯田，开耕一年，可当秦运三年。所难者牛种，倘令土司出牛，抚臣与立券，丰年还其值，当无不听命。嘉定据上游，饶茶、盐，令暂易谷种，则牛、种俱不难办也。臣故谓开屯便。川所患者滇寇也，滇寇所恃，不过皮兜、布铠、鸟铳、刷刀，善于腾山逾岭。蜀中土官土兵，其技尤娴于此。若拔其精锐为前茅，以满洲骁骑为后劲，疾雷迅霆，贼必鸟兽散。臣故谓用土兵便。"①顺治帝认为其言可行，下部议。部议时因众臣畏惧吴三桂，故言"战守事当听三桂主之"②。

保宁大捷之后，朝廷颁赏将士。吴三桂欲借机拉拢收买郝浴，便以冠服授与他，他却以"三川陷没，得不偿失"为由，坚辞不受吴三桂的奖赏，并上疏顺治帝说："平贼乃平西王责。臣司风宪，不预军事，而以臣预赏，非党臣则忌臣也。"③又上疏说："土贼投诚，给答授官，恣行劫掠为民害。请嗣后原归伍者归伍，原为民者，令有司造册编丁，免牛租，除杂派，就熟地开征，俾有定额。"④顺治帝予以批准。郝浴为此还亲自协调解决阆中和四川其它地方缺乏耕牛和种子的问题，使深受战乱之苦的百姓得以休养生息。另一方面，郝浴弹劾了永宁总兵柏永馥临阵退缩，广元副将胡一鹏骄悍不法，并下令夺官逮捕惩治。针对吴三桂的种种不轨行为，郝浴向世祖顺治帝条析四川事宜，且密陈吴三桂跋扈及其拥兵观望之状。郝、吴二人结怨，吴三桂由此对郝浴恨之入骨。

（四）被诬降罪　险遭不测

在巡按四川期间，郝浴勤于职守，对朝廷忠心耿耿。在与吴三桂的接触过程中，他敏锐地认识到吴三桂可能反叛朝廷，并密疏于顺治帝"三桂跋扈有迹，策其必反！"⑤提醒朝廷防范吴三桂。然而，郝浴密疏之事却被吴三桂得知，由此，吴三桂开始伺机打击报复，意欲除去郝浴。

---

① 赵尔巽等编：《清史稿》，卷二百七十，列传五十七"郝浴传"，中华书局，1998 年。
② 同上。
③ 同上。
④ 同上。
⑤ 熊赐履：《光禄大夫巡抚广西都察院右副都御史加四级郝公碑铭》，《中山郝中丞全集》卷首。

先前,有降将武官董显忠等人,因投诚清廷有功而以副将衔擢升司道。董显忠目不识丁,恣肆贪虐,欺压民众,致使百姓困苦不堪。郝浴为平民怨而上疏弹劾,请改还其原职,仍为副将。由此董显忠忌恨于郝浴。

顺治十年癸巳(1653),吴三桂暗中指使董显忠入京陈辨告状,自谓能识字,郝浴坐降一级调用。此年七月,郝浴回京复命;十月,返归故乡,侍养父母。

顺治十一年甲午(1654)春,湖北抚军缺,大学士冯铨、陈明夏、成克巩、吕宫、张端等五人共同荐举郝浴,称郝浴"挽回大兵,固守保宁,收兵措饷,转败为功,文武才猷一时仅见""公才堪大用"①。吴三桂忌惮郝浴再起,与己为难,乃上奏折,诬陷郝浴保宁奏捷疏中有"亲冒矢石"语,指为冒功。又说:"臣之退走,所以引敌出险以歼之也。兵家之计,不可先传。按臣书生,不知兵事,妄言谣惑众人,几败大计。"②(《广阳杂记》)不仅将自己的责任推诿一清,又陷郝浴于不义。

当年五月,郝浴被"逮询"③,大学士冯铨、成克巩、吕宫等人皆因举荐郝浴而被牵连降级。顺治帝降诏:"冯铨任用以来,尺寸靡效,罪过多端,已经休致在籍,复念使功不如使过,特赐起用,毫无裨益。成克巩、吕宫俱破格升擢,不思感恩效忠,乃将郝浴合词妄荐。及回奏,又巧为支饰,大负委任,本应重处,姑再从宽宥。冯铨著降三级,成克巩、吕宫著各降二级,俱照旧办事……"④

当年六月一日,由于朝中大臣多惧怕吴三桂,部议郝浴当坐死,欲以"冒功妄奏,欺君罔上"之罪名而置之死地。幸赖世祖顺治帝知悉郝浴之冤,命免其死罪,从宽处置,流徙盛京(即今沈阳)。

① 梁清标:《粤抚中丞复阳郝公本传》,《中山郝中丞全集》卷首,清康熙刻本。
② (清)刘献廷著,汪北平、夏志和点校:《广阳杂记》,中华书局,1997年,第一卷,第41页。
③ 《清世祖实录》,中华书局,1985年,卷八三,第78—79页。
④ 同上。

（五）流徙东北二十二载

顺治十一年甲午（1654）九月，郝浴携同妻子前往盛京，开始了长达二十二年之久的东北流徙生活。郝浴抵达谪所不久即遇严冬，他在笔记中回忆："大雪弥天，寒可裂肤堕指，夜卧多年不火之炕。三更倚枕，布被如铁。"①这期间，东北的一些文人名士纷纷而来，如明代谪居东北的左懋泰，是著名的诗文大家，官至湖广参政道。这些人与郝浴同命相怜，常来常往，谈古论今，探究人生哲理，吟诗唱和，推敲文字，斟酌诗法。

四年后，郝浴于顺治十五年戊戌（1658）五月徙居铁岭，拜访了当时的著名僧人函可（千山剩人），不久即加入了由函可发起创办的清代东北第一个文人结社"冰天诗社"，并成为诗社的骨干成员。

当年，郝浴在铁岭南门里购地筑茅屋三间，郝浴对此记述："戊戌五月下岭（铁岭），卜筑于南门之右，方十许亩，中为书室三间，前有圃种蔬，后有园种花，左壁吾卧室也，右壁一带皆吾友连屋而居也。"②其室后有一土岗，又因铁岭古称银州，故称"银冈"。郝浴亲书"致知格物之堂"匾额悬挂于门楣之上，并在室内墙上绘画诸儒像，潜心探究儒家经典，批注《孟子释解》《紫阳断章》，孜孜不倦。

郝浴在铁岭谪居十八年。在此期间，他身处逆境而不悲，不甘沉寂终生，决心研究学问，讲学授徒，笔耕不辍。

一方面，他潜心义理之学，"尤嗜《孟子》及《二程遗书》，日手《周易》一编，哦咏自得。"有时到了深夜若有所得，郝浴必会起身披衣秉烛书写下来，讴吟通宵达旦，不知其身在东北穷荒之中。前侍郎董国祥当时也在东北徙所，见郝浴仍然读书不辍，潜心治学，便笑道："我辈尚思复用乎？何攻苦乃尔？"郝浴回答道："显晦何常，假一旦位卿相，何以救天下苍生？"③董国祥嗤笑他是痴心妄想，而郝浴却洒脱不以为意，时刻准备获释还朝，一展宏图抱负。"每凛四十无闻之懼，或奋身自掷几于

---

① 《郝雪海先生笔记》（影印本），中华书局，1985年，第四卷，第28页。
② 《郝雪海先生笔记》（影印本），中华书局，1985年，第三卷，第24页。
③ 梁清标：《粤抚中丞复阳郝公本传》，《中山郝中丞全集》卷首，清康熙刻本。

伤股"。又以"致知格物"颜其庐,其刻苦励志如此!郝浴在铁岭居住了十八年,撰写、著述了许多反映铁岭现实的诗歌和文章,如《关帝庙祝文》《银州语录》等。

另一方面,郝浴在铁岭南门筑屋定居之后,致力于教育,开始设帐授徒讲学,受到社会各方面的支持。东北地区的一些名士纷纷把子弟送到郝浴门下。学生数十名,年龄不同,素质各有差异,郝浴全不计较,认真地传道、授业、解惑。评议历代帝王将相的功德失误,分析太平盛世原因,讲述经史,指导写作,配合科举应试。他把历代儒、佛、道三教思想合流后形成的新理学,作为教学传授的主要内容,坚持"温故而知新""致知格物"的教学方法。郝浴在铁岭十八年,身居困境而不甘沉沦,襟怀坦荡,使东北地区的文化教育事业有了新的发展。

在郝浴流徙东北期间,以吴三桂为首的三藩已成尾大不掉之势,对朝廷构成了极大威胁。康熙十年辛亥(1670)九月,康熙帝东巡盛京,郝浴于九、十月间两次在盛京道旁迎谒皇帝,详细面陈了当初巡按四川的始末以及吴三桂构陷自己的经过,并再次揭发了吴三桂的不臣之心。康熙帝听后,为之动容,慰劳良久,并劝他道:"你是读书人,岂不明白?"①郝浴甚为感动,在其文章中写道:"吾平生心迹既得昭雪于圣人之前,吾即老死大荒,无恨矣!"②

（六）东山再起 政绩卓著

康熙十二年癸丑(1673),三藩之乱爆发。康熙十三年甲寅春(1674),部院大臣及言路争相申诉郝浴的冤情,朝臣文士们也合力荐举,建议召回郝浴,予以重用。刑部给事中刘沛上疏奏请赦免郝浴说:"公功在蜀疆,宜及时进用。"③侍郎魏象枢谓:"郝某才守学识臣皆愧不

① 法若真:《光禄大夫粤抚中丞复阳郝公行表》,《中山郝中丞全集》卷首,清康熙刻本。
② 《中山郝中丞全集·中山文钞》卷二,清康熙刻本。
③ 熊赐履:《光禄大夫巡抚广西都察院右副都御史加四级郝公碑铭》,《中山郝中丞全集》卷首,清康熙刻本。

及,即让职亦所心愿。"①随后兵部尚书王熙力荐郝浴:"材兼文武,学醇忠孝。"② 但因部议不可,被驳回。

康熙十四年乙卯(1675)三月,顺天京兆魏象枢再次向圣祖上疏,说:"(郝)浴血性过人,使在西蜀操尺寸之权,岂肯如罗森辈俯首从逆?臣子立朝各有本末,当日参浴者三桂也,使三桂始终恭顺,方且任以腹心。浴一书生耳,即老死徙所,谁复问之? 今三桂叛矣,天下无不恨三桂,即无不怜浴。浴当三桂身居王爵,手握兵柄,不畏威、不附势,致为所仇。三桂之所仇,正国家之所取,何忍弃之?"③

康熙十四年乙卯闰五月十三日,康熙帝特旨召回郝浴:"郝浴著免罪,取回录用。"④临行前,郝浴泣抚银冈,将"致之格物之堂"更名为"银冈书院",并将其在铁岭十四年间所置的房产全部捐给书院以作办学之资。康熙十四年乙卯十月,郝浴仍补湖广道御史。上章首言:"圣学、圣心为戡乱大本,兼请召对满汉诸臣商榷大政,勿待事至而后议。"⑤词甚恳切。

当时陕西提督王辅臣叛应吴三桂,为害陕西、甘肃间。郝浴上疏请分兵驻秦、陇、宝鸡,疏陈各路进剿方略说:"驻兵麟、宝以固栈道,兼防陇寇东下,然后坐困平固之贼。更令骁将急趋西河,扼其冲要,以为奇兵。再遣才力重臣调拨河南之甲从南阳入武关,搀断商洛之路,以取汉中。"⑥康熙帝予以采纳,下其疏于诸路。郝浴因而掌陕西道事,连上十余疏,疏请禁止苛征,体恤民困;停止督、抚、提、镇坐名题补之旧例;河南、山东漕粮买运应当停止;布政司新旧交代应当查清;士绅捐纳知县的固例,尤其应当尽早罢除。皆切中时弊。

时值朝廷平叛三藩之乱,各省用兵以及筹饷甚为急切,于是康熙十

①　《清史稿·魏象枢传》:卷二六三,列传五十七。赵尔巽等编,中华书局,1998 年。
②　法若真:《光禄大夫粤抚中丞复阳郝公行表》,《中山郝中丞全集》卷首,清康熙刻本。
③　《清史稿·魏象枢传》:卷二六三,列传五十七。赵尔巽等编,中华书局,1998 年。
④　法若真:《光禄大夫粤抚中丞复阳郝公行表》,《中山郝中丞全集》卷首,清康熙刻本。
⑤　同上。
⑥　熊赐履《光禄大夫巡抚广西都察院右副都御史加四级郝公碑铭》,《中山郝中丞全集》卷首,清康熙刻本。

六年丁巳（1677）八月，康熙帝特遣郝浴巡视两淮盐课，以佐军需。郝浴停车拜表，有"甘贫厉行三十余年，誓不做半截清官"①之疏，并条陈盐政陋规，修盐政五疏。到任后，郝浴严立科条，尽革陈规陋习，摒绝私贩盐鹾，商民交便，增加盐课六十余万两。

康熙十七年戊午（1678），郝浴任职满一年，考核政绩甚佳，奉特旨再留任一年，加太仆寺少卿。由于两淮之政积坏已久，郝浴在任上殚心竭虑，洁己奉公。当时正逢淮扬一带发生蝗旱灾害，百姓大饥，道殣相属，郝浴倡议设六厂，捐输劝赈，发仓米，平米价，设药局，开粥厂，所全活的民众甚多。郝浴又亲到各处随地设闸，引江海潮水以灌河渠，通盐艘。自此两淮盐政百废俱兴，军需转饷大有起色。

由于政绩卓著，康熙十八年己未（1679）五月，郝浴仍在巡盐任上，即擢升为左佥都御史。未过一月，再晋左副都御史。

（七）巡抚广西 卒于任所

康熙十九年庚申（1680），郝浴任期届满回京。正逢广西巡抚一职缺，康熙帝思之再三，于十九年庚申十二月二十五日，下诏任命郝浴为广西巡抚。

康熙二十年辛酉二月十四日，郝浴面辞康熙皇帝前往广西赴任。在辞别康熙帝时，郝浴仍怀着殷殷之情嘱咐说京畿重地应当多加培护。又面奏说陕西民众多年来运送的物资几倍于他省，应当破格优恤。还面奏剖析了广西的诸多事宜。康熙帝听后连连称是，赏赐有加，还特意赐御马一匹，以示犒赏。陛辞之后，郝浴单骑上路，前往桂林就任。

郝浴到任后，正值广西刚刚脱离三藩战火，哀鸿遍野，民生凋蔽，百废待兴。又念及此地为黔、楚之咽喉，瑶、壮诸族杂处，故而抚绥、安定民心所花费的心血要比别省多出很多。而郝浴于此时巡抚广西，莫不以整顿吏治、民生为念。于是他在广西设甄通衢，鼓励民众揭发不法之徒，对其大加惩戒，准许被害者控诉，申免了十余人的冤屈，下属官吏由

① 法若真：《光禄大夫粤抚中丞复阳郝公行表》，《中山郝中丞全集》卷首，清康熙刻本。

此开始奉公守法,各司其职。康熙二十年辛酉十月二十四日,郝浴上书详陈广西的风土民情。

康熙二十年辛酉十二月十八日,郝浴主持补行广西上年乡试,以翰林院编修乔莱为正考官,刑部员外郎杨佐国为副考官。两个月后(康熙二十一年二月),取中谢明英(解元,全州籍)等举人30名,副榜6名。

康熙二十年辛酉十二月二十四日,郝浴条陈广西善后事宜大略,疏陈调剂广西军务四策:请汰虚縻之马,裁添设之兵,预防要害,简练精锐。上疏说:"粤地鸟道猿蹊,水多瘴毒,养马十毙八九。又新经添设冗兵数千,縻饷无算,并宜裁汰。至镇安、泗城二土府,界连滇黔,土贼出没。田州为安笼门户,龙凭、馗纛二营,系控御交南锁钥。梧州一郡,居两广之中,扼三江之要,皆宜增兵防御。而省会重地尤须良将劲卒以资驱策。"①康熙帝认为其策甚嘉,"悉听公酌量区处。"②

康熙二十一年壬戌正月十七,郝浴为殉难的浔州(今广西桂平)知府刘浩平、平南知县周岱生上疏请予以抚恤。

当时朝廷以广西战事已息,开始大规模的裁撤军队。在裁撤过程中,兵卒们相聚思乱。郝浴为此捐米千余石作为资助的口粮,遣官沿途押送定藩旧旅。在押送的路上,兵卒们以讹传讹,风声鹤唳,郝浴与同事官员悉心加以审定区分,决定去留,于是地方上得以安定。

据此,康熙二十一年(1682)正月二十日,郝浴上疏详陈标兵去留之情形,阐明抚标、官兵不应一概裁去。三月二十五日,郝浴再次上陈广西省城情形,建议保留抚标。下旨准留一半。于是各省抚标俱获半留。

康熙二十一年(1682)七月二十五日,为死于国难的原任广西巡抚马雄镇、傅弘烈请立"双忠祠"于桂林,以励忠节之士。

当时,云贵各地的部队班师都是借道粤西。康熙二十一年(1682)八月十九日,郝浴上疏条陈水陆道途情形,力言"粤西滩高舟小,入楚往

---

① 熊赐履《光禄大夫巡抚广西都察院右副都御史加四级郝公碑铭》,《中山郝中丞全集》卷首,清康熙刻本。
② 同上。

往覆没,旧例于永郡接换后令送抵长沙"①。为此,郝浴请照往例交卸,建议撤兵不走广西,并获批准。

此外,邮传(官舍驿馆)、鼓铸(冶金铸钱)、征粮,这些都已成为广西民众的沉重负担。郝浴为此"省邮传、停鼓铸,改米征银,以休民力。"②"又复南宁、太平、思恩诸府县行盐旧制。"③康熙帝皆准行。广西民众如释重负。

在文化教育上,郝浴捐资给乡举士子衣冠、资给学租以提升士气;补乡试、建立书院以劝来学的士子;稽核支领的钱物以清除虚报冒充。他还上书康熙帝请赐"清、慎、勤"等楷书贞训,悬于其巡抚公堂之上。

广西境内大定,民生、文教诸政次第展开,社会、经济、文化、教育等各方面的事业也得到了快速的恢复发展,而郝浴却因经常出入瘴雨蛮烟之地,终于积劳成疾而身染瘴疠。康熙二十二年癸亥(1683)六月,郝浴疮发于背,此后日渐加剧,病势危笃。

康熙二十二年癸亥七月十五日,郝浴卒于任所,得年六十有一。

(八)逝后遭诬 归葬故里

郝浴赴任广西巡抚之时,正值朝廷平叛之师凯旋,经费极度紧张,应藩司的请求,暂动官家库银若干两。广西前任巡抚傅弘烈因为战事紧急,军饷不继,亦动用了官家库银七万余两、米七千余石。郝浴在任时,请以库项相扣抵。结果未及补足,而郝浴即已去世。

郝浴逝世后,当年(康熙二十二年,1683)十月,同僚广西布政使崔维雅因与郝浴素有嫌隙,参劾郝浴冒销钱粮,侵占官家库金。康熙帝命吏、户、刑三部各派官员,一同前往审查。

康熙二十三年甲子(1684)四月,三司官员苏赫、陈光祖等查审郝浴

① 梁清标:《粤抚中丞复阳郝公本传》,《中山郝中丞全集》卷首,清康熙刻本。
② 熊赐履《光禄大夫巡抚广西都察院右副都御史加四级郝公碑铭》,《中山郝中丞全集》卷首,清康熙刻本。
③ 《清史稿·郝浴传》:二百七十卷,列传五十七。赵尔巽等编,中华书局,1998年。

浮冒库银九万两有余,部议对其革职追缴。康熙帝知郝浴素来清廉,于康熙二十四年乙丑(1685)发下上谕,将所追补银数全部豁除。但郝浴一直未得以安葬。

康熙二十五年丙寅(1686),郝浴次子郝林(进士)为父诉冤,请还其原职,部议不可。康熙帝特颁上谕:"原任广西巡抚郝浴前差两淮巡盐,洁己奉公,恤商裕课。后经简任巡抚粤西,清廉爱民,克称厥职,其所动钱粮,非系入己,从宽悉免追取。"①六月,郝林请复其父原职,部议不准,康熙帝下旨:"郝浴居官亦优,著复原官。"②九月,郝林为父请恤,赐祭葬如例,最终了却这桩公案。

康熙二十六年丁卯(1687)春,郝浴终得以一品例归葬,与元配李氏、继配王氏二夫人合葬于故里河北定州。此时,距郝浴逝世已有四年。

(九) 郝浴的家庭成员

郝浴原配李氏、继配王氏,皆早逝,都获诰赠一品夫人。郝浴有五子:长子郝相,为贡生,娶王氏;次子郝林,康熙二十一年进士,娶张氏;次子郝椿,为庠生,娶梁氏;再次子郝桢、郝枚。有一女,嫁于拔贡生梁穆。有二孙:郝诚燮、郝诚燕。孙女有四。

郝林(1654—1726),郝浴次子,字中美,又字君亭。顺治十一年(1654),郝浴受诬陷流放当年,郝林生于东北徙所。顺治十五年(1658),郝林随父徙居铁岭,在此生活十八年。郝林自幼聪敏好学,七岁能文。康熙二十一年(1682),即郝浴逝世的前一年,郝林参加康熙二十一年壬午殿试,以二甲第四名赐进士出身,授中书科中书,迁吏部文选司郎中。郝浴逝世后,崔维雅诬劾郝浴曾侵吞钱粮、库银,郝林亦被免职。康熙二十五年(1686)六月,郝林上书为父申冤,但部议不可。康熙帝得闻,特准其请,为郝浴平反,赐祭葬如例,郝林亦得复职。郝林为

---

① 《清圣祖实录》,中华书局,1985 年。卷九六,第 28—30 页。
② 同上。

官清正廉明,秉公执法,人称"铁面选司"。后升任礼部左侍郎,转吏科掌印给事中。康熙五十三年(1714),自太仆寺卿迁任奉天(沈阳)府尹。时银冈书院被旗丁占用,经郝林多方斡旋,方为退还。翌年,郝林迁宗人府丞,官至礼部侍郎。雍正四年(1726),加礼部尚书衔,时已72岁。不久辞官,于当年去世。

(十)关于郝浴生平的三点补充说明

第一,保宁之战是郝浴与吴三桂结怨的导火索,以致成为日后吴三桂对郝浴恨之入骨和郝浴流放塞外的根源之一。郝浴因上疏参劾吴三桂而惨遭构陷,"部议当坐死",面临着被判处死刑的危机。在此关键时刻,顺治帝并未对他朱笔批斩,而是特从宽宥。不但从宽免死,而且特从安置,如是才有了"命宽之,流徙奉天(今沈阳)"①的结果。

平心而论,顺治帝对郝浴的遭遇是有几分怜惜之意的,他心里十分清楚郝浴是冤枉的。郝浴在东北流谪期间,可以自由迁居辽宁铁岭,参加函可等人的"冰天诗社",又能独自筑屋讲学,朝廷对其管束程度之松由此可见一斑。

当然,顺治帝之所以在当时不能为郝浴正名,也是实出无奈。清廷当时定鼎燕京立足未稳,各地的反清势力层出不穷,西南、东南地区更有南明割据政权为患匪浅,这都需要"三藩"的力量来予以平定。吴三桂对当时的清廷而言,是一支不可或缺的力量,吴氏之炙手可热便不难想象了。顺治帝在明知郝浴无罪而又不得已而为之的情况下,对他的处理方式当然是从优的。

郝浴的境遇在当时绝非孤例。顺治十七年(1660),四川道御史杨素蕴也曾以一纸奏疏而激怒吴三桂。事件起因是吴三桂操纵了云南地区军政官员的任免权,私自提升九名地方文职官员,杨素蕴上疏弹劾此事,并说:"在该藩(指吴三桂)敫历有年,应知大体,即从封疆起见,未必

---

① 《清史稿·郝浴传》卷二百七十,列传五十七。赵尔巽等编,中华书局,1998 年。

别有深心,然防微杜渐,当慎于机先!"①提醒朝廷预防吴三桂的不臣之心。吴三桂故伎重施,反诬杨素蕴。当时又正值吴三桂欲用兵缅甸、追剿南明永历帝朱由榔,朝廷不便开罪吴三桂,只得将其奏疏交有司存档,并处罚杨素蕴,部议降调。杨素蕴愤而返回故乡陕西宜君,闭门不出有十余年。吴三桂反叛后,他才被重新起用,官湖北巡抚。杨素蕴的命运与郝浴极其相似,因此在清人李元度所著的《国朝先正事略》中,杨素蕴传就附于郝浴事略之后。②

第二,郝浴于顺治十一年(1654)被流放盛京沈阳。四年后(1658),郝浴转迁至辽宁铁岭定居,在铁岭南门里购地筑屋,亲书"致知格物之堂"匾额悬挂于堂上,在室内绘画历代诸儒像,潜心探究儒家经典,开始了讲学授徒的崭新生活。

郝浴在铁岭谪居十八年,笔耕不辍,在家设帐办学,培养学生,普及文化,受到社会各方的支持,明代谪官左懋泰、戴国士等人,纷纷把子弟送到郝浴门下求学。郝浴在此认真地传道、授业、解惑,评议历代帝王将相的功过得失,分析古今,讲述经史,指点文学。正如他在《银冈行》中所说:"晨登讲席歌尧舜,千山翠色落银冈。可知天道终归正,从此丹山起凤凰。"他把历代儒、佛、道三教思想合流后形成的新理学,作为教学传授的主要内容,坚持"温故而知新""致知格物"的教学方法,造就了不少人才,如左氏兄弟中的左炜生、左昕生、左哲生,戴氏后裔戴遵先、戴盛先、戴巡先等,都成为当时东北的文化名士。郝浴在此地身居困境而不甘沉沦,襟怀坦荡,热心于文化教育事业,赢得了铁岭人民的尊敬和爱戴。

康熙十四年(1675),郝浴沉冤得雪,官复原职。临行前,他将"致知格物之堂"捐出作为士子读书之处。由于书院后有一土岗,又因铁岭古称银州,郝浴故而将"致知格物之堂"改名"银冈书院",银冈书院由此

---

① 《清世祖实录》,卷一四二,中华书局,1985年,第13页。
② 《国朝先正事略》卷五:《郝雪海中丞事略·附杨素蕴传》,(清)李元度著,岳麓书社,1991年。

而定名。

郝浴此时虽已离开铁岭,但他播下的教育种子却已经在辽北这片土地上开花结果。他所创建的银冈书院,开创了辽北文化教育的先河,成为了此地的文化教育中心。

在清初,铁岭的文化教育非常落后,据《铁岭县志》记载:"铁岭古邻荒服,鲜居民,乏文教,士类缺如乌。"自从郝浴在此登坛授徒,创立银冈书院,讲学不辍,实开铁岭文化教育之先河,"说礼乐、敦诗书,文化渐开,士知向学","人始知会乘除,以至今日,或为国家之光,或为闾里之荣"①,文风蔚起。《奉天通志》也记载说:"郝浴等或以诗礼传家,或以教化训俗,文明输入实利赖之,凡其所经历之处熏其德而善良者不可胜数也"②。郝浴是银冈书院的开创者和教育实践者,郝林、焦献猷、徐元弼、曾宪文等人对郝浴的事业继承而有发展。这更使银冈书院位居辽北文化教育的中心地位,带动影响了辽北乃至整个东北文化教育事业的发展。《铁岭县志》记载,"铁岭文化不有公其谁启之,厥后人文蔚起,科第连绵,代有传人,称文风之盛",百多年间,银冈书院人才辈出,成为了培育人才的摇篮。康熙年间的左昕生、戴巡先、徐元弼等出类拔萃的人物都曾受教于郝浴,读书于此。以后又有文人李锴、魏燮均等,并有不少诗文作品传世,《奉天通志》《千山诗集》《铁岭县志》等著作中均有收录。

到了近代宣统年间,12岁的周恩来前往铁岭,进入银冈书院读书,并在此第一次接受了西方教育,也第一次接受了革命思想的启蒙教育,激发了周恩来的爱国思想,萌生了他刻苦读书、挽救国家危亡的思想,并进而发出了气壮山河的"为中华之崛起而读书"的宏伟誓言。在银冈书院度过的少年求学生活,对周恩来的一生具有重要意义,银冈书院也因此有了它的第二个名字:周恩来读书旧址纪念馆。郝浴所创建的银冈书院,不仅造福了东北人民,更是他留给后世的一笔宝贵的文化

---

① 《铁岭县续志·教育》卷五,黄世芳等修、陈德懿纂,民国二十年(1931)。
② 《奉天通志·艺文十九》卷二四一,翟文选、臧式毅修,王树枏等纂,民国二十三年(1934)。

遗产。

　　第三,历代政府的财政收入有很大部分来自于盐税。两淮盐场在明清两代闻名全国,它的盐税收入对全国财政总税收的重要性毋庸讳言。扬州占有京杭大运河和长江水运之便,是两淮食盐的集散地,两淮盐运使官署即设在扬州③。不过在郝浴所处的清代早期,两淮盐政经历战乱,积坏已久。据清初著名书法家和诗人纪映钟的《两淮德政纪功碑》所述:"两淮旱魃连年,运河莫杭一苇,兼目击飞蝗蔽日、饥寒错壤,时艰可虞,忧形于色。"其破败程度远非后世可以想象。而当时正值朝廷平叛三藩之际,各省用兵以及筹饷甚为急切。为此,康熙十六年(1677)八月,康熙帝特遣郝浴巡视两淮盐课,以佐军需。郝浴受诏后停车拜表,表示"誓不做半截清官",并修盐政五疏,条陈盐政陋规。

　　据《纪功碑》记载,郝浴到任之后,开始大力清理整顿盐务,严立科条,尽革陈规陋习,摒绝私贩盐齹,商民交便。一年以后,任期届满,增加盐课六十余万两,因考核政绩甚佳,郝浴奉特旨再留任一年,加太仆寺少卿。郝浴在两任巡盐期间,洁己奉公,殚精竭虑,又正逢淮扬一带发生蝗旱灾害,百姓大饥,道殣相属,郝浴为此设六厂,捐输劝赈,发仓米,平米价,设药局,开粥厂,所全活的民众成千上万。郝浴还亲到各处随地设闸,引江海潮水以灌河渠通盐艘。自此两淮盐政百废俱兴,军需转饷大有起色。正因为有了郝浴等人在清初的大力发展,两淮盐运后来才盛极一时,富甲一方。《清史稿·郝浴传》载:"(康熙)十六年,命巡视两淮盐政,严剔宿蠹,增课六十余万。淮、扬大饥,发仓米赈救,全活甚众。"纪映钟的《两淮德政纪功碑》可与之相佐证,为研究清初历史和郝浴的政治活动提供了不可多得的重要资料。

二、郝浴的思想及其政治理念

(一) 郝浴的思想

　　古往今来,中国的封建士大夫无可避免地受到儒、道、释三家思想的影响。自汉武帝"罢黜百家,独尊儒术"后,儒家思想一直是中国封建社会的主流思想,被历代统治者所尊崇。它重在治世,关注现实人生,提倡入世,积极进取,重视伦理纲常,为人生设计了一条修身、齐家、治国、平天下的通途。中国的文人深受儒家思想的影响,他们的人生,基本上是沿着"读书—科举—入仕"这样一条轨迹而前行的。若生逢其世,便"学而优则仕",以儒家思想为指导,为国为民,作一番大事业。可谓人生得意,亦文亦宦。倘若生不逢时,世道艰危、命运乖舛,则释、道思想就成为士子文人的精神救济,注重修身养性,抽身退隐。这就构建了一个进退有道的广阔人生哲学。

　　作为封建社会的官僚士大夫,郝浴的思想亦不可避免的受儒、道、释三家思想的影响,但在这其中,无疑是儒家思想占据了主导地位。郝浴是一位正统的文人士大夫,他饱读诗书,入仕后对建功立业有着强烈的渴盼,他的人生充满了激情,他的思想也时时散发着燕赵大地所特有的慷慨豪逸之气。

　　郝浴自幼接受的是正统的儒家教育,在他的思想意识里,儒家的仁义礼智信和伦理纲常是天经地义的,他曾写道:"天地、日月、山河、社稷、尧、舜、禹、汤、文、武、周公、孔子、颜、曾、思、孟、汉祖、唐宗、宋祖、周、程、张、朱、明太祖、薛文清、王文成,诸大帝王圣贤,浴愿得开明此理,生生世世以报君亲,以报天下之苍生。"①郝浴忠孝友爱,侍亲至孝。年少时,郝浴的祖父逝世而未得安葬,他自揥左臂以志痛,爪痕深入肤理。他在所作的《人》一诗中就说到人生在世,要懂得礼义廉耻和伦理道德,比如:"所以古君子,象鸟慕其亲。英英云露下,湿我旧松筠。秋香随花笑,岳翠其谁邻。慈鸦犹父子,蜂蚁尚君臣。"鸦雀尚能反哺其亲,蜂蚁尚知上下有序,而作为人,更要懂得亲情、君义,要知恩图报。又说:"受恩如沧海,不足供笑嗔。可怜纲常上,旭彩发秋旻。亲日为之祝,君日为之甄,圣日为之铎,贤日为之津。三万六千日,并无一个人。亲情与君义,千载空酸辛!"

---

　　① 《郝雪海先生笔记》(影印本),中华书局,1985 年,卷二,第 11 页。

　　郝浴少有志操,负气节,据记载,"年十六辄高自期许,有澄清斯世之志"①,犹留心世物,慨慕古人。生平一喜孟子、二程(程颢、程颐);二慕诸葛亮之为人。孟子倡导不移、不淫、不屈,使他成为清代初期的理学家;而诸葛武侯的为政思想对他影响至深,鞠躬尽瘁,至死不渝。

　　郝浴在弱冠之年即登进士第,为朝廷所器重。他御史言官出身,大胆敢言,至情至性,胆略过人。然而,正当郝浴恪尽职守,欲大展宏图之时,不幸被吴三桂所构陷,几欲置之死地,幸被从宽处置,流徙东北。

　　郝浴在东北谪居二十二年。在此期间,他安之若素,身处逆境而不悲,"日手《周易》一编,哦咏自得。"②有时到了深夜若有所得,郝浴必起身披衣秉烛书写下来,讴吟通宵达旦,不知其身在东北穷荒之中。郝浴不甘沉寂了此终生,决心研究学问,讲学授徒,笔耕不辍。可谓进亦有术,退亦有道。

　　但是,应该看到,郝浴并未因此而完全失去对未来的信心。他被谪戍东北后,潜心义理之学,尤爱读《孟子》及"二程"之书,又筑"致知格物"之堂,以励其志。前侍郎董国祥当时也在东北流徙,见到郝浴仍然读书不辍,潜心治学,便笑道:"我辈尚思复用乎?何攻苦乃尔?"郝浴回答道:"显晦何常,假一旦位卿相,何以救天下苍生?"董国祥嗤笑他是痴心妄想,而郝浴却洒脱不以为意,时刻准备获释还朝,一展抱负。

　　纵观郝浴的一生,他的人生态度是积极、高昂的。他在社会生活中是积极的入世者,勤勤恳恳,兢兢业业,不管身处何时何地,总期盼着有所作为。他继承了儒家,尤其是程、朱理学的修养工夫,曾说:"当力格蔽我之物,以大收吾心,终做海内第一件事!"③他常以古代忠臣义士的事迹(如伍子胥、范蠡、诸葛亮等人)来勉励自己,并以儒家文人士大夫存心养性的方式来加强自我修养,以期达到人格境界和内在精神的充实完满。在闲暇之余,郝浴亦徜徉于湖光山色之中,并在自然之中陶然

---

①　梁清标:《粤抚中丞复阳郝公本传》,《中山郝中丞全集》卷首,清康熙刻本。
②　熊赐履:《光禄大夫巡抚广西都察院右副都御史加四级郝公碑铭》,《中山郝中丞全集》卷首,清康熙刻本。
③　《郝雪海先生笔记》(影印本),中华书局,1985年,卷一,第2页。

自乐,体会万物生命之真。所以,尽管郝浴是慷慨激扬之士,为人耿直,直言敢谏,但却处之泰然,鲜有不平之气,始终信守儒家的传统思想道德规范。郝浴生活在明末清初这样一个特殊的历史时代,国家经过动乱,百姓困苦不堪,人心思治。在这样的历史大背景下,他渴望积极入世,建功立业,实现经世济民的抱负,其思想因此带有特殊历史时期的时代印记。

(二)郝浴的为政理念

郝浴自幼深受儒家思想的熏陶,其思想一直以儒家为主导,以天下为己任,怀有经世济民,匡时救弊的宏伟理想和抱负。他在少年读书时期,即流露出雄心壮志。其入仕的目的很明确:"苍生延望久,吾辈可因循? 庶子春花发,江都繁露尘。何当窥道岸,宁许负人伦。愿得升堂辈,同心翼凤麟。"①他重经世致用,希望尽自己所能报国安民,大济苍生。曾赋诗云:"未负苍生还自好,多惭圣世欲谁干。"②郝浴的为政理念,可以用"忠君爱民,匡时救弊。洁己奉公,清廉自守。鞠躬尽瘁,死而后已!"这二十四个字来概括。

在郝浴的仕宦生涯中,他始终怀着忠君报国、经世济民的思想信念。他为官贤良刚正,大胆直言,为官一任,造福一方,政绩卓著。正如赵士麟在《巡抚广西雪海郝大中丞公传》中所说的,"在蜀蜀祀,在淮淮颂,在粤粤祠。"

在巡按四川时,郝浴亲自监临乡试,身体例行,安定人心,取得保宁大捷。他疾恶如仇,直言进谏,上书朝廷检举吴三桂的不法行为,由此受吴三桂构陷。四川百姓冤之,为之立祠。

清金德嘉评价他巡按四川时就说:"大中丞复阳郝公,曩官台班时,正色立朝,有汲都尉、魏郑公风。其奉命按蜀也,当三川草昧之际,发奸摘伏,为民请命,拜疏无虚日。至于坊跋扈、折芽蘖,深谋过计,言人所

---

① 《自策兼简丁未新升之秀》:《中山诗钞》卷二刻本。
② 《得李吉津书有和孙生诗即用原韵为赋》:《中山诗钞》卷三。

不敢言。"①

　　郝浴谪居东北时,励志苦读,筑屋讲学,由此创建了银冈书院,开创了辽东文化教育之先河,影响深远。重新被起复后,他受命巡视两淮盐课,厘剔宿蠹,商民交便,赈济灾民,造福一方百姓,有《中山郝中丞两淮德政纪功碑》传世,颂扬他的功绩。

　　在广西巡抚任上,郝浴抚恤百姓,革除弊政,多次补行乡试,振兴文教,主持修纂了清开国以来的广西首部地方通志《广西通志》。他病逝于任所后,"民止春罢市,聚哭辕门,为肖像立祠以祀之"。② 在"三年清知府,十万雪花银"的封建社会官场里,像郝浴这样爱民如子、真心受百姓爱戴的官吏实属凤毛麟角。

　　郝浴一生严以律己,崇尚廉简,喜好质朴无华。他为官"囊止清俸,箧无余钱"③,法若真也曾记述说:"公历官来,虽马如羊不以入厩,虽金如粟不以入怀,其将何以解天下人之痛哭流涕者哉? 是则公之廉以持己,忠以格天,武侯之拱柏,不瘁霜色;汝阴之社酒,无间醉颜。固知人心思德,历千百年而不没者也。"还记述郝浴说:"仰荷圣鉴,命视淮鹾,停车拜表,有'甘贫厉行三十余年,誓不做半截清官!'之疏。精白一心,即剔弊归公,六十余万,尽输为兵饷急需之用。至割粲赈饥,立场者二十七舍,输米煮药,全活者数十万家。借才一年,只遗磬阶官梅数本。"④

　　郝浴的清廉在清初的官场上是有口皆碑的。关于这一点,康熙皇帝的心里也十分的清楚,所以在郝浴逝世后,康熙帝在其上谕里就曾评价道:"原任广西巡抚郝浴前差两淮巡盐,洁己奉公,恤商裕课。"

　　郝浴在政治、人格上尤其钦慕三国时的蜀相诸葛亮。他终生效法诸葛亮,欲求"鞠躬尽瘁,死而后已",即使他的仕途并不平坦,他也心怀此志,终生不渝。郝浴一生兢兢业业,严以律己,洁己奉公。康熙二十年辛酉(1681)二月,郝浴面辞康熙皇帝前往广西赴任。在辞别时,郝浴

　　①　金德嘉:《序》,《中山郝中丞全集》卷首,清康熙刻本。
　　②　法若真:《光禄大夫粤抚中丞复阳郝公行表》,《中山郝中丞全集》卷首,清康熙刻本。
　　③　赵士麟:《论赞》,《中山郝中丞全集》卷首,清康熙刻本。
　　④　法若真:《光禄大夫粤抚中丞复阳郝公行表》,《中山郝中丞全集》卷首,清康熙刻本。

怀着殷殷之情嘱咐说,京畿重地应当多加培护;又说陕西的民众多年来运送的物资几倍于他省,应当破格优恤。康熙帝听后连连称是,赏赐有加,还特意赐御马一匹,以示犒赏。为了表明决心,陛辞之后,郝浴单骑上路,前往广西。郝浴在任广西巡抚时,"离家万里,阔隔九天",①他却尤其勤政。广西境内大定,社会、经济、文化、教育等各方面的事业也得到了快速的恢复发展,而郝浴却因经常出入瘴雨蛮烟之地,再加上他身为北人,此时又已届花甲之年,终于积劳成疾而身染瘴疠,不久卒于任所。为了自己的政治信念,郝浴甚至工作奋斗到了生命的最后一刻,最终也实现了自己效仿诸葛亮"鞠躬尽瘁,死而后已"的夙愿。

郝浴逝后遭诬陷,而部议"革职追缴",一直未能安葬。康熙帝为此特颁上谕为郝浴平反,又下旨"郝浴居官亦优,著复原官","赐祭葬如例"。所以,尽管郝浴一生命运多舛,两遭冤案,但公道自在人心,郝浴最后终于平反昭雪,也得到了圣祖康熙皇帝的高度评价。

(三)郝浴思想及其政治理念的形成背景和原因分析

1. 地域和家世背景

郝浴的故乡是直隶定州(今河北定州)。这里是古老的燕赵大地,自古民风朴实豪放,造就了世代相传的燕赵之风。《隋书·地理志》称这里"悲歌慷慨""俗重气侠""自古言勇敢者,皆出幽并"。唐宋八大家之一的韩愈有名言"燕赵多慷慨悲歌之士",宋代大文豪苏东坡亦曾赞叹:"幽燕之地,自古多豪杰,名于图书者往往而是。"在燕赵大地上,自古以来英雄豪杰辈出:有"千场纵赙家仍富,几处报仇身不死"的邯郸游侠;有"风萧萧兮易水寒,壮士一去兮不复还"的刺客荆轲;有"当阳桥头一声吼,喝断了桥梁水倒流"的涿郡猛张飞;有英勇抗击蒙古瓦剌入侵,写下"粉骨碎身全不怕,要留清白在人间"壮烈诗篇的于谦……可以说,古往今来,在燕赵大地上诞生了一代又一代慷慨激昂的浩浩正气之士。

① 赵士麟:《论赞》,《中山郝中丞全集》卷首,清康熙刻本。

定州郝氏繁衍生息在燕赵大地之上,很重视家庭教育的熏陶。郝浴的祖、父皆以读书为业,诗礼传家。郝浴祖父仁轩公(郝维荣)为诸生,义赡乡党,有慷慨急公之名。性格刚决,善于裁事。别人数千言不能了结者,他一两句话即断是非。又常当面指人过错,疾恶如仇,无人敢犯。又爱礼贤士大夫,凡遇到奇伟、奋义的人,每每仗义疏财以救人之急。

据郝浴记载,其父恒瞻公(郝大钫)英姿爽气,"浴侍膝下四十余年,古今事朗朗中贯,未尝见忘言误事。"①又说"先大人……取古大臣立身立朝所以济世匡君之行事,录而仰察其用心,积久为四卷,题之曰《同然集》。盖以为吾与之所以欲试于世而古人先得之矣。浴自筮仕以及去位受过,所以谆谆皆以古大人君子忠厚深醇为仪型,其细楷双行,每娓娓盈幅……而浴之不肖,不能行其一字,不但仰惭吾父,又仰而惭吾祖矣!……每夜读,先祖必端坐审听,书声相达,更深秉烛,必呼之床下训之曰:'若得志必以精忠报国,无污吾家声,更不可腐,有体无用,亦安能济人世也。'"②

关于这一点,赵士麟在其《论赞》里就坦言:"在昔燕赵之间,多奇伟俶傥之士。今其人已往,其声犹存也。……雪海郝公生于燕赵间,闻道其早,侃侃正性,生平慕二程,即胸襟似大纯公,岩岩气象似次正公。嗜《孟子》,即不移、不淫、不屈。类子舆。"

郝浴出生在多慷慨悲歌之士的燕赵大地上,又在这样的家庭环境中成长,这对他的思想和性格都产生了重要的影响。他的性格里既有慷慨激昂的一面,又有疾恶如仇、忠诚耿介的一面。比如说,梁清标所撰《粤抚中丞复阳郝公本传》中就评价郝浴道:"其至性有过人者,负才卓荦,有胆略,忧患之后更邃于学,勇于为义,赴人之急,不啻疾痛之在身。奖借人才,惟恐不及,虽历艰难而用世之志弥久不衰。"

由于受其父祖的影响,郝浴自幼即负大志。郝浴在顺治六年考取

---

①　《郝雪海先生笔记》(影印本),中华书局(北京),1985 年,卷三,第 25 页。
②　《郝雪海先生笔记》(影印本),中华书局(北京),1985 年,卷三,第 27 页。

进士,廷对后他慨然说道:"自吾先世遗训,必惟忠爱是属。今敢不以此身为天下衽席!"①所以郝浴在入仕之后,屡屡直言敢谏,检举揭发了吴三桂,被谪东北二十余载。

2. 儒家教育对郝浴思想、政治信念的影响

郝浴自幼接受的是正统的儒家教育,他的思想深受儒家思想的影响。儒家思想讲究仁义忠孝,主张修、齐、治、平,孟子提出不淫、不移、不屈,此之谓大丈夫,又主张"穷则独善其身,达则兼济天下"。郝浴推崇孔孟,研习程朱理学,曾日夜服膺两程之书,尤其嗜读《孟子》,曾说:"上帝至仁,故生理无穷。天地大仁,故生生无极。此万世生人之宗也。人者,仁也;仁者,人也。"②又说"非孟子无由识孔子之面,非程氏无由升孟子之堂"③,这些都对郝浴的思想产生了深刻的影响,成为他终生做人行事的不二准则。

在儒家思想的影响、指导下,郝浴确立了自己的人生理想和信念。所以他在表达自己的理想抱负时就说:"当力格蔽我之物以大收吾心,终做海内第一件事!"④他企盼着在自己的一生中实实在在地干一番大事业,做一个有浩然正气、顶天立地的大丈夫。

郝浴的这一政治理想落实到实际上,就是要忠君报国、济世爱民,即"好善于家,好善于国,好善于天下,去其私己之情,不嫉、不忌、不病",才能使自己"终归于大保天伦,曲成善类之位"⑤,从而上对得起国家和朝廷,下对得起黎民百姓。当然,这样他也最终名垂青史,赢得生前身后名。

郝浴平生喜好古代的能臣贤士,尤其钦慕诸葛亮、二程和王阳明,"而(文)天祥、(陆)秀夫终以性命死生,捍朝廷而趋君父……程夫子一

---

① 熊赐履:《光禄大夫巡抚广西都察院右副都御史加四级郝公碑铭》,《中山郝中丞全集》卷首,清康熙二十五年(1686)刻本。
② 《郝雪海先生笔记》(影印本),卷一,中华书局(北京),1985年版,第2—5页。
③ 同上。
④ 同上。
⑤ 同上。

门齐家、治国之大道,所以宣泄流注熠熠,此中华之理!"①。对于自己的冤案,郝浴却很平淡地写道:"甲午之役(即郝浴在四川参加的保宁之战。此役后,郝浴与吴三桂结怨,继而被流放),圣恩即宽,廷议至明。王法于是无私,天理适得其平,尚有何事乎?"②所以在被重新起复后,他为官尤其鞠躬尽瘁,这不得不使人想起他曾说过的:"为人臣者,无以有己,无己则为臣之义尽矣!"③既存天理,又存人理,以期达到人生的一个完美境界。

3. 郝浴的个人遭遇对其思想的影响

郝浴对顺治、康熙两代皇帝是怀有一种发自内心的感恩心理,他对生逢明主深感庆幸。郝浴在政治上的"忠君爱民、鞠躬尽瘁"思想,亦与郝浴的个人遭遇、皇帝对郝浴有知遇之恩有十分重要的关系。

郝浴一生多遭奸人构陷,幸赖有顺治、康熙两朝君主的从宽处理,他感恩戴德。在被吴三桂诬陷入罪、部议坐死的关键时刻,顺治帝网开一面,从轻处置,将他发配到东北盛京。李元度就曾感叹道:"微世祖保全,则公之元已丧而骨已朽矣!乃谪公于远,示薄遣以稍杀三桂之怒而缓其反,留公以为异日股肱之用,其恩谊为何如哉!"④而郝浴在流放东北期间,能够自由的转徙,并定居铁岭筑屋讲学,顺治帝对其管束之松可见一斑。

康熙十年(1671)九月,康熙帝东巡盛京,此时郝浴仍在东北谪所,于是谒见康熙皇帝于盛京道旁,详尽地面陈了当初自己巡按四川的始末以及自己被吴三桂诬陷流放的经过,并再次揭发吴三桂的不轨行为。康熙帝听过郝浴的陈述之后不免为之动容,慰劳良久,还恳切地劝慰郝浴:"你是读书人,岂不明白?"康熙十年的谒见,使郝浴备受感动。康熙帝的一席话,使郝浴认识到自己蒙尘多年的冤情得到了天子的肯定和

①　《郝雪海先生笔记》(影印本),卷二,中华书局(北京),1985年,第12页。
②　《郝雪海先生笔记》(影印本),卷三,中华书局(北京),1985年,第20页。
③　高珩:《弁言》,《中山集》卷首,清康熙刻本。
④　《国朝先正事略》卷五:《郝雪海中丞事略·附杨素蕴传》,(清)李元度著,岳麓书社,1991年。

嘉许,他甚为感动,说:"吾平生心迹既得昭雪于圣人之前,吾即老死大荒,无恨矣!"这也让他看到了希望。果然,两年之后三藩之乱爆发,康熙帝重新起用郝浴。

郝浴巡盐两任,政绩斐然,康熙帝十分欣喜。后来郝浴出任广西巡抚,面辞皇帝,康熙帝对他的上疏连连称道,还赐御马一匹,以示慰劳。因而郝浴对此感恩戴德,心中充满了欣慰。"皇恩浩荡"对郝浴来讲绝非官话、套话,而是有着切身体会。君主的知遇之恩,再加上中国文人自古以来皆信奉"士为知己者死",所以,郝浴终其一生都兢兢业业,尽忠报国,"鞠躬尽瘁,死而后已"。

4. 清初的特殊历史背景

明代晚期,统治腐朽,宦官当权,连年灾荒,人民处在水深火热之中,农民起义风起云涌。崇祯十七年(1644),李自成攻占北京,崇祯皇帝在景山自缢身亡。同年清兵入关,定都北京。然而,原明残余势力以及"南明"政权尚未消灭,各地抗清运动此起彼伏,所以在清初的很长一段时间内,战乱连绵不断,使社会经济遭到空前破坏。经过努力,全国大部分地区局势日渐稳定下来,清政权也逐渐得到巩固。此时,上自天子,下至臣民,都希望国家能够进一步安定,社会秩序和经济生产能够得到尽快恢复和发展,企盼盛世的早日到来。而顺治、康熙两代皇帝皆是欲有所作为的君主,尤其是康熙皇帝,幼年即位,励精图治,雄才大略,亲政后擒鳌拜,除三藩,平噶尔丹,收复台湾,驱逐沙俄,巩固一统,加强皇权。在国计民生上,停止圈地,整治河工、漕运,发展生产,摊丁入亩,薄赋轻税。在文化上,康熙帝精于儒学,是历代少有的博学而重视文教的帝王,他曾多次举办博学鸿儒科,亲临曲阜拜谒孔庙,设馆纂修《明史》《古今图书集成》《康熙字典》等,还组织编纂了《历象考成》《数理精蕴》《康熙永年历法》《康熙皇舆全览图》等图书、历法和地图。康熙帝特别崇尚朱熹,还任用了大批信奉程朱理学的官员,比如魏裔介、熊赐履、汤斌等理学名臣,而这些人很多都与郝浴有着很深的交往。郝浴与他们皆热衷于理学,渴望修身、齐家、治国、平天下,对重现封建盛世孜孜以求。值得庆幸的是,郝浴在其晚年已看到了盛世的曙光,康熙帝在中国历史发展的关键时期,为统一祖国、开创王朝鼎盛局面做出了重大历史功绩,奠定了"康乾盛世"的基础。

三、郝浴诗歌研究

(一)郝浴的著述和版本情况

郝浴作为清初名臣、封疆大吏,同时还是诗人、理学家。他素以经济自负,又颇好诗文,一生著述盈箧,撰有:《中山集》十四卷(包括《中山文钞》四卷、《中山诗钞》四卷、《中山奏议》四卷、《中山史论》二卷),另有《粤西封事》一卷、《郝雪海先生笔记》三卷、《郝雪海先生银州语录》一卷、《见圣多言稿》一卷,还主持修纂了《广西通志》四十卷(清康熙二十二年刻本)。

笔者曾到北京国家图书馆、北京师范大学图书馆、上海图书馆和南京大学图书馆进行了实地查询。根据调研,查得郝浴《中山诗钞》的版本情况如下:

四卷本:清康熙刻本《中山集》(现藏于中国国家图书馆),含卷首、《中山诗钞》四卷,《中山文钞》四卷,《中山史论》二卷,《中山奏议》四卷,共十四卷。此版本内封镌"本衙藏板",八册一函;版式为半页十行,行二十字,小字双行同,白口,左右双边,框高18.5 cm,宽13.5 cm。保存基本完好,刊刻字迹清晰,偶有虫蛀,纸张较脆。另有上海古籍出版社影印出版的《清代诗文集汇编》(2010年)第八十三册,据清康熙刻本影印《中山郝中丞全集》十四卷,收录有《中山诗钞》四卷,此刻本所收郝浴诗歌较前述"本衙藏板"更全,作为校注之底本。

六卷本:《畿辅七名家诗钞》,清康熙六十年(1721)雄山王氏所藏刻本,其中收录有《中山诗钞》六卷。这一版本为清代直隶雄山(今河北保定雄县)王企埥纂辑。此六卷本所收郝浴诗歌的实际数量并没有四卷本多,其中有些诗歌经过了雄山王氏的校改。

(二)郝浴的交游

顺治十一年(1654),郝浴因遭构陷而被流放东北。由于郝浴待人真诚热情，又有学识，所以在他来到东北之后，奉天、鞍山、抚顺、辽阳、开原等地的一些名士纷纷而来，如明代谪居东北的左懋泰，善诗文，曾官至湖广参政道。还有名僧函可等等。郝浴又在顺治十五年（1658）参加了由函可、李呈祥、季开生、魏琯、李裀、陈掖臣等人组成的清代东北第一个文人结社"冰天诗社"，并成为骨干成员。这是一群品格高尚、善良正直的文人，多为被贬至此地的谪官。他们以节义文章相慕重，惺惺相惜。郝浴与"冰天诗社"的这些成员之间经常互相来往，相聚叙谈，谈古论今，探究人生哲理，吟诗唱和，推敲文字，斟酌诗法，互相馈赠，留下了不少诗篇。

李呈祥（1617—1688），字其旋，又字吉津，号木斋，沾化人。明崇祯癸未（1643）进士，入清后，授编修，历官詹事府少詹事，兼侍讲学士。顺治十年（1653），因谏言而谪居奉天。八年后（即顺治十八年）赦归。李呈祥流放东北时加入"冰天诗社"，与郝浴往来密切，在郝浴的《中山诗钞》中，收录八篇他们二人之间交往的诗作。

梁清标（1620—1691），字玉立，又字苍岩，号蕉林、棠村，直隶正定人。明崇祯十六年进士，官庶吉士。入清后，授编修，累迁侍讲学士，兵、礼、刑、户部尚书，保和殿大学士。梁清标与郝浴有婚亲关系，曾同朝为官，又钦慕郝浴的为人，所以二人素来过往甚密，书信不断。在郝浴的诗集中，有多篇诗歌是为梁清标所作，比如说《梁苍岩宗伯旋里寄赠》《秋日游白龙泉怀梁宗伯玉立李少詹吉津》《江行寄赠梁玉立司农》《为梁苍岩致雪》《寄答梁苍岩宗伯》《饮宗伯梁苍岩斋中》。

郝浴逝世后，梁清标悲痛不已，撰写了《粤抚中丞复阳郝公本传》。

魏裔介（1616—1686），字石生，别号贞庵，又号昆林。北直隶柏乡（今属河北省）人。顺治三年（1646）进士，选庶吉士，任言官，充《世祖实录》总裁官。累官至给事中、左都御史、吏部尚书、保和殿大学士、加太子太保，谥文毅。魏裔介与熊赐履等皆信奉宋代程朱理学，是康熙帝重用的一批"理学名臣"之一。魏裔介为人正直，与郝浴素来交好，两人书信往来频繁。

康熙五年（1666），郝浴返回中山故里，与魏裔介二人得以短暂相聚。当时西风凛冽,二人通宵畅饮,不知不觉东方已白。次年(1667)正月,郝浴与魏裔介相约游于白龙泉。

郝浴所作的《燕邸喜晤魏石生总宪》也记录了他与魏裔介之间交往:"八载龙沙听鸟鸣,中原只有魏先生。恩深无那身犹贱,祸重何堪眼愈明。积雪玄芝还欲秀,千秋潓水及时清。人生谁易逢知己,泪落盐车一顾情。"尤为感人肺腑。

魏裔介在康熙六年丁未(1667)为郝浴撰有《小传》,后收入《中山郝中丞全集》中。

魏象枢(1617—1687),字环溪,号庸斋,蔚州(今河北蔚县)人。顺治三年(1646)进士。官至左都御史、刑部尚书。后来以病乞休。魏象枢平生立朝端劲,耿介正直,敢讲真话,为清初直臣之先锋,亦为人望所归。郝浴与魏象枢都是言官御史出身,二人性格相近,魏象枢又十分赞赏郝浴的为人,所以二人成为莫逆之交,交往也比较频繁。在郝浴的《中山诗钞》中,收录了不少关于他与魏象枢之间交往的诗作。

康熙十二年癸丑(1673)春,吴三桂反叛朝廷,此时郝浴仍在铁岭谪居。康熙十三年甲寅(1674)春,部院大臣及言路争相上疏郝浴的冤情,魏象枢上疏说:"郝某才守学识臣皆愧不及,即让职亦所心愿。"建议召回郝浴,予以重用。但因部议不可,被驳回。

康熙十四年乙卯(1675)三月,魏象枢再次向康熙帝上疏,言:"(郝)浴血性过人,才守学识臣皆愧不及。使在西蜀操尺寸之权,岂肯如罗森辈俯首从逆?臣子立朝各有本末,当日参浴者三桂也,使三桂始终恭顺,方且任以腹心。浴一书生耳,即老死徙所,谁复问之?今三桂叛矣,天下无不恨三桂,即无不怜浴。浴当三桂身居王爵,手握兵柄,不畏威、不附势,致为所仇。三桂之所仇,正国家之所取,何忍弃之?"于是在康熙十四年乙卯闰五月十三日,康熙帝特旨召回郝浴:"郝浴著免罪,取回录用。"

熊赐履(1635—1709),字敬修,别号愚斋,湖北孝感人,理学家,是清顺治、康熙两朝重臣,顺治十五年进士,康熙初年,上疏指斥鳌拜专权,建议以程朱理学为施政指导,充经筵官,授武英殿大学士,兼礼部尚书,又是《明史》监修总裁,为康熙帝所赏识,乃郝浴的好友。

郝浴流徙东北二十二年间,与熊赐履书信不断。康熙十一年壬子(1672),郝浴自关外托魏象枢致书于熊赐履,意极恳恰。康熙十四年乙卯(1675),熊赐履升内阁大学士,郝浴特撰《贺孝感熊青狱先生入相序》相赠,寄望"熊先生力肩斯道","况兼诸贤之长,君臣相知",要"以燮理为挞伐","辨大真伪,断大是非"。

康熙十四年乙卯,郝浴特旨取回录用。郝浴复官返京后,两人同朝共事、常聚一处,交谊颇深。郝浴还曾在熊赐履家,二人执手论学,语及时事,竟怆然泣下。康熙十四、十五两年间,两人同朝共事,熊赐履对郝浴的为人十分敬重,称他是"非常之器"。

康熙二十二年癸亥六月(1683),郝浴病逝于广西巡抚任上。康熙二十六年丁卯(1687)春,郝浴以一品例归葬故里。在此前(康熙二十五年十月),郝浴次子郝林寄信给熊赐履,请其为亡父撰拟墓志"以信后世",熊赐履郑重撰写了《光禄大夫巡抚广西都察院右副都御史加四级郝公碑铭》一文。

郝浴一生交游广泛,除上述挚友外,他与清初大文学家汪琬、文学家法若真、江西巡抚王企埥、刑部侍郎高珩、刑部尚书冯溥、礼部侍郎高士奇、吏部侍郎赵士麟、吏部给事中周体观、工部尚书傅维鳞、硕儒金德嘉、明末清初书法家纪映钟、循吏任月坡和吴绮等人皆有交往。限于篇幅,在此不再赘述。

(三) 郝浴诗歌的思想内容

《中山诗钞》收录了郝浴的诗歌四百余首,共分四卷。从体裁形式来看,众体皆备。《中山诗钞》的第一卷收录了乐府诗和古体诗,其中包括乐府诗(曲、歌、行)、四言古体诗、五言古体诗、七言古体诗。第二卷收录的是近体五言律诗、五言排律诗。第三卷收录的是近体七言律诗。第四卷是近体五言绝句和七言绝句。

郝浴《中山诗钞》中的诗歌内容非常丰富,较为深刻地反映了清初社会生活的各个方面。这尤其是与郝浴丰富的人生经历密切相关。他一生历尽坎坷,弱冠即登进士第,因忤吴三桂而遭流徙东北二十余载,赦还后官复原职,巡盐两淮,后又官任广西巡抚,成为封疆大吏。在这一过程中,郝浴的游历亦极为广泛,他踏遍了三山五岳、长城内外,东北、北京、湖南、湖北、贵州、四川、辽宁、河南、河北、陕西、山西、安徽、浙江、江苏、山东、广西等大半个中国都留下了他的足迹,而其一生之所见、所闻、所感,在他的诗中亦多有反映。故此,郝浴的诗歌,题材广泛,内容非常丰富驳杂,既有咏史怀古、抚今追昔,也有自然风物,即景抒怀;既有叙述时政、关心民生,也有交游唱和,真实的反映了郝浴传奇式的人生经历,也真实的记录了他的心灵历程。

郝浴自幼即负大志,有气节,他对于历史时事很有研究,文学功底相当深厚,因之发为诗歌,便每每多有咏史怀古之作。

郝浴喜读史书,犹爱研读唐代历史。郝浴《中山诗钞》的第四卷,集中收录了郝浴歌咏唐代名相的诗作。郝浴所咏怀的唐代名相有:房玄龄、杜如晦、魏徵、王珪、李靖、李勣、长孙无忌、马周、戴胄、张行成、娄师德、郝处俊、刘仁轨、裴行俭、魏元忠、狄仁杰、张柬之、姚崇、宋璟、张说、苏颋、张九龄、卢怀慎、韩休、裴耀卿、杨绾、裴冕、李泌、李吉甫、杜黄裳、李绛、裴度、李德裕、郑畋,共34位,几乎囊括了所有唐代有所建树的名相。这些唐代名臣,不仅在历史上名闻遐迩,文治武功出类拔萃,他们更是郝浴所要模仿、研究的典范。

郝浴身为儒士,对儒家的先圣先贤以及文人名士十分推崇,对上古的三皇五帝、文、武、周、汤,尧时的高士许由、舜时的皋陶、娥皇和女英、兴周伐纣的姜子牙,东周的唐叔虞,春秋时的管仲和鲍叔牙,孔子,孟子,孔子的弟子子路、曾参、颜回、子贡,救孤义士程婴,陶朱公范蠡,战国时的庄周,汉初张良、萧何、韩信、陈平,名将卫青、霍去病和马援,汉末的孔融,三国诸葛亮、刘备、张飞和三曹,唐代名臣李泌,明代张居正、王阳明和王骥,等都有所咏怀。郝浴咏怀的对象还包括一些尽忠保国的名将。郝浴对忠臣良将、贤者名士的敬仰、缅怀与追思,诗中充满了他对这些历史人物强烈的情感共鸣。郝浴的咏史怀古诗是以史为鉴,透过抚古追今,缅怀前人,激励后人。这同时也是借历史事件和历史人物而抒发了自己的豪情壮志和远大的政治抱负。

　　郝浴有着丰富的人生经历,他亦喜爱游览山水,为大自然的美景所陶醉,所到之处,兴之所至,往往发为诗歌,山川名胜、古迹佛寺、关山险隘、渔樵渡口,足迹所至,几乎都留下了他的诗作。而他所写各地的自然风物,往往融入了自己的种种情思和感怀。他饱读诗书,精通古今之事,所以他每到一地,一方面饱览地方上的山水风景,另一方面又时常会陷入对历史的深思,一种沧桑感油然而生,充溢心头。这就形成了以山水风景来凭吊历史上的人物和事件,又结合山水来抒发自己的历史沧桑之感。在郝浴的写景诗中,他把对历史兴衰、人事更替的感悟穿梭于各地不同的山水风物之中,形成了一种深沉、广阔的思想意境。比如他在诗中歌咏了陕西华山、湖南的洞庭湖、杭州西湖、无锡惠山、江南吴江,以及山海关、锦州、铁岭、沈水、邯郸、漳水、广西桂林等祖国的大好河山。郝浴执着于现实社会的政治人生,也经常在自然风光中接受大自然的慷慨馈赠,从而实现心灵上的净化和精神上的休憩。同时应该指出,郝浴虽然也寄情于山水,但又有更深的寓意,它不同于道家所提倡的主体超越现实功利而与自然界融为一体的纯审美境界,而是具有强烈的社会内容,于山水之中蕴涵着往来古今的思想和美学境界的统一。

　　郝浴一生始终胸怀经世济民之志,是一位关注社会、忧时忧民的诗人,在他的诗作中有不少反映民生疾苦、记述时政的诗篇。他所处的时代是一个特殊的历史时期,他经历了明清之际的社会大动荡。当时整个国家在经历了改朝换代的阵痛之后,清廷虽已建立,但全国各地的农民军残余势力和南明抗清武装仍在为祸地方。尤其是在西南地区的四川,一直战祸不断,民生凋敝,十室九空。郝浴入仕后,曾以湖广道御史巡按四川。他亲眼目睹了四川在饱经战乱后的满目疮痍。在《吊明蜀抚军葆一张公》中,他就记述了明清之际四川人民所遭受的苦难,真实反映了当时四川地区的衰败景象。

　　郝浴关心国计民生,往往在其诗中表达了对百姓的关切和同情。每当遇到饥荒时,郝浴往往感同身受,也在其诗中记录下了百姓生活的窘迫与困苦;而每当天降甘霖,风调雨顺时,他也同样感到莫大的快乐。这表现了他对人民疾苦的关切。

在郝浴的诗歌中,虽然有关交游的诗作并不占很大的比重,但郝浴的朋友众多,他所交游的对象皆是当时的名臣宿儒、高洁之士。这些人与他志同道合,时常一起游山玩水,登临咏怀,酬唱赠答。在他的交游诗中,一些怀念友人的诗写得真挚感人,用笔简练,富有感染力。他与所写的每一位送别的友人都彼此心心相知。比如梁清标和李呈祥二人是郝浴的同僚和挚友,他们经常一同饮酒赋诗,酬唱赠答,咏志抒怀。

(四) 郝浴诗歌的艺术特色

清初的大文学家汪琬撰有《中山集序》,其中在评价郝浴的诗文创作时说道:"是故为诗文者,要以义理经济为之原,朱徽公固理学之祖也,而其诗文最工,推南渡后一大家。唐之陆宣公、李卫公、宋之韩魏公、范文正公之流,其勋名在朝廷,其声望在天下。后世宜乎不屑于诗文矣!然而议论之卓荦,词采之壮丽,五七言小诗之雍容尔雅,至今读其片言只字,犹莫不想见其风采,而企慕其人。"郝浴在进行文学创作时,必"诗三唐,而文两宋也"①。郝浴的诗作力追三唐,多取径于唐代杜甫、韩愈,抚时触物,有感而发,有为而作,写真情,述真我。

郝浴诗风浑厚,雄畅壮丽。他本人对人生持有一种积极向上的态度,自幼胸怀远大的抱负和强烈的进取精神。这种积极进取的精神反映到文学上来,便是他诗歌中昂扬雄壮、古朴硬朗的情调。他作诗,力求诗风浑厚,咏古唱今,词浅意深。古体诗往往气遒笔健、意象雄壮,发出一股金戈铁马般的侠气壮气。高士奇曾在其《中山集序》中评价道:"间发为诗歌,则浩浩落落,无意求工而纵横豪迈自不可及。盖先生之长留天壤与日月争光者,在气节与事功,而炳炳竹素使后之人得想见先生之性情学问者,端赖诗文以传也。"②

---

① 金宪孙:《中山集小纪》,《中山郝中丞全集》卷首,清康熙刻本。
② 高士奇:《中山集序》,《中山郝中丞全集》卷首,清康熙刻本。

郝浴诗歌,总体来说比较庄重整饬,词理丰腴而雍容典雅,情真尚实而笔直刚正。郝浴为人正直耿介,大胆敢言,颇有古之忠臣直士的遗风。直人写直笔,这反映到其诗歌创作上,就是郝诗在艺术上体现出一种"情真尚实""笔直刚正"的创作风格。"真""直""正"既是郝浴做人的原则,也是他作诗的准则。正如清人王企埥在其《中山集序》中所说:"其思悄然以深,其虑穆然以远,其词温然以和,笔痕墨渖之间,恍若有孝子忠臣、端人正士之声音笑貌,盎然呈露而不可掩焉。"他歌咏松、竹、梅等物的诗作,是最能体现中国传统正直士人的文化气质。"岁寒三友"象征着坚贞不移、不畏险恶的高风亮节和操守,这也正是郝浴性格的一个缩影。郝浴的"真""直""正"还表现在他对民生疾苦的关心,他所作的表现关怀民生的诗就表现出了"情真意切"的特点。

郝浴的诗歌创作,还崇尚奇崛和奇致,崇尚雄奇怪异之美,兴寄风骨。郝浴一生用世之心甚切,是非观念极强,性格刚直,即使被谪东北也昂然不屈,这也使他的审美情趣少了些许淡泊,而呈现出一种情激调变的崇尚雄奇怪异之美的艺术特征。"诗如其人",郝浴的诗歌笔阵词锋,风驰电扫。王企埥在评价郝浴的诗歌时就曾说:"今试取其诗读之,或惊心于烽燧,或蒿目于封疆。关塞迢遥,望迷乡国,冰霜凛烈,梦想君亲。"①有一种雄奇之美。

引用典故融入自己的诗作中,也是郝浴诗歌的特色。受到传统诗风的深刻影响,在他的《中山诗钞》中,常常引用典故。他自幼饱读诗书,通读经史,因而他在诗歌中的用典,丰富多彩,博引旁涉,涉及儒家经典、诸子百家、笔记野史、神话传说等各个领域,对先秦、两汉、三国、魏晋南北朝以及唐、宋、元、明的典故,无不采纳入诗,诗中引用典故所出现的历史人物数不胜数。郝浴巧妙地大量援用、化用神话典故、历史典故和文学典故,营构了极富书卷气的文学意境,使其《中山诗钞》增添了许多典雅风致。

---

① 王企埥:《中山集序》,《中山集诗钞》卷首,《畿辅七名蒙诗钞》本,清康熙六十年(1721)。

四、总论

　　郝浴是一个十分讲究道德学问的人,他一生致力于研习儒家义理之学,洁身自持,正直务实,又勤笔多思,著述甚丰。传世的有《中山集》《郝雪海先生笔记》《粤西封事》《银州语录》《见圣多言稿》等,还主持修纂了《广西通志》四十卷,另外还有《孟子解》《周易解》《紫阳断章》《南征百律》等行于世。清初大文学家汪琬曾评价道:"定州郝雪海先生,自少博通诸家,日夕讲求古今治乱兴亡之故,溯流穷源,洞见根底。既谪铁岭者二十余年,益潜心圣学,始于居敬穷理,而归诸躬行心得。故其所养日邃,所发日宏。平居读史,则有《史断》;阐发《周易》《孟子》,则有《易注》《孟子解》诸书。是盖合道学、儒林为一者也。"①郝浴也十分注重家庭教育,子女皆承庭训,次子郝林为康熙二十一年进士。父子同为进士,一时传为佳话。

　　郝浴为人卓有才干,忠诚耿介,疾恶如仇,大胆敢谏,又不惧诽谤,有古直臣之风。他对时政有着敏锐的洞察力和深邃的思考心,具有居安思危、防微杜渐的远见卓识。正如高士奇在其所作《中山集序》中所说,"方是时,吴逆拥重兵,专制西南。先生独与之抗,无少挠挫且预识其有不臣心,非其天性恳笃、卓识过人,能如是乎?"

　　郝浴一生命运多舛,仕宦一波三折。他被谪冰天雪国二十二载,最终又病逝于广西巡抚任上。他为官"鞠躬尽瘁,死而后已",洁己奉公,刚正爱民,有功于社稷,造福了后世。在清代初期,四川、东北和广西都是饱经战乱、百废待兴、经济文化相对落后的地区。郝浴在这些地方发展当地的文化教育事业,在这些地方,他政绩斐然,为官一任,造福一方,为百姓办了不少好事。

　　尤其值得一提的是,三藩之乱平定后,饱受战火蹂躏的广西地区当时是满目疮痍。郝浴任广西巡抚时,在政治、经济、文化、教育等方面都作出了一些改革,他振兴文教、发展生产、抚恤百姓、革除弊政,对广西

---

① 汪琬:《中山集序》,《中山郝中丞全集》卷首,清康熙刻本。

地区经济、社会、文化、教育事业的恢复和发展作出了重大贡献。

郝浴"为人""为学""为官"无一不优,他的人品和学识为世人所推崇。他的诗歌作品与其丰富的人生经历一样,反映了清初这一特定历史时期以及他个人的政治、文学思想,具有其时代的色彩,同时也是研究清代初期的社会、政治、经济、军事、文化等诸方面的宝贵文献资料。郝浴作于蜀中及关外的诗,像《铁岭城》等篇,抚时触物,词理甚腴。流徙东北时,与函可、李呈祥等唱和,有《送剩人入千山诗》,可作研究清初东北流人的史料。咏史诗数量可观,笔直思曲,其中的咏怀唐代名臣之作尤为出色。

目前,对于郝浴诗歌艺术的研究还有待进一步地深入,对郝浴的《中山诗钞》进行校注和研读,有助于较为深入地分析、研究他的文学创作特色和思想政治理念,揭示其创作的独特价值,从而更加充分地认识郝浴在清代历史上的地位,更好地了解清代初期的社会政治文化风貌,填补郝浴研究的一个空白。

应该指出,关于郝浴及其诗歌的研究,这里顶多只能算是一个开始。本书所探讨的,仅仅是郝浴诗歌的一些基础性问题,只是从诗歌的思想内容层面和艺术风格层面来进行分析。由于本书仅限于对郝浴的《中山诗钞》进行校注,对其文集、奏议、史论等其他文学作品未加整理,还留待以后更为全面地对郝浴及其文学作品进行深入细致的研究。

校注凡例

一、本校注以上海古籍出版社《清代诗文集汇编》第八十三册影印康熙刻本《中山郝中丞全集》之四卷本《中山诗钞》为底本(简称"底本"),以清康熙六十年(1721)王企埥《畿辅七名家诗钞》所收六卷本《中山诗钞》为参校本(简称"校本")。

二、原则上采用分首校注的方式,将校注文字置于各首之后。原文一个标题下有两首或数首诗,则按一首校注。作者原诗中的自注保留在原处,予以标点,以方便读者阅读。

三、本诗集校注时,先校后注。校勘序号以"(一)、(二)、(三)……"标明;注释序号以"①、②、③……"标明。

四、本诗集校勘,凡有异文处一律出校。校文均列于校勘中,保持《中山诗钞》原貌。校勘列于每首诗之后、注释之前,用"【校记】"标示。

五、注释以疑难字词、通假字、典故、史实、引语、典章制度、人名地名、化用他人诗句为主,列于校勘之后,以"【注释】"标示。偏僻字注出读音,典故、史实、引语尽量引用原文。对前文已经出现过的词条或类似词目,后文则注明见某某处;文少或生僻者则另注,以免读者翻检之劳。对于查阅不到而需作注之人物,则标以"不详"。

六、诗歌及校注采用简化汉字,尽量保持底本面貌。其中的繁体字、异体字、古体字等在不影响理解诗作的前提下全部改为通用简化字,极少数予以保留。通假字不作改动。"□"为缺字符号。

乐府篇　曲　歌　行

天 王 麟 史 篇^①

一圣照天下^②,赫然烛龙^③,天下受照,孰敢不忠? 二百四十年^④,于公卿诸侯大夫士,专诛不忠以教忠。大忠在麟笔^⑤,胡为问马融^⑥?

【注释】

① 天王:天子。春秋时特指周天子。　麟史:指《春秋》。孔子所生活的春秋末期,"礼乐征伐自诸侯出",礼崩乐坏,社会动荡不安。传说麒麟见于郊野,竟为人所残,孔子叹麒麟"出非其时",是天下大乱的不祥之兆,所写《春秋》于此绝笔,故《春秋》别称"麟史""麟经"。

② 一圣照天下:孔子(前551—前479),被后世尊为"大成至圣文宣王",今称"至圣先师"。孔子和他所开创的儒家学派构成了其后中华文化的正统,对后世影响极大,故言。

③ 烛龙:古代神话中的神名,传说其张目能照耀天下。

④ 二百四十年:《春秋》记载上起鲁隐公元年(前722)、下至鲁哀公十四年(前481),共242年的春秋时期重大史实。

⑤ 麟笔:即指史官之笔。参见注释①"麟史"。

⑥ 马融(79—166):字季长,右扶风茂陵(今陕西兴平东北)人。东汉经学家。一生主要从事古文经学的研究,遍注《周易》《尚书》《毛诗》《论语》《孝经》等,扩大了古文经学的影响。除注群经外,还兼注《老子》《淮南子》《离骚》

《列女传》。他设帐授徒，门人千余。郑玄、卢植皆为其门徒。

簪 笔 拱 辰 篇①

天纵一人来②，三代如逝水。於戏③！天纵一人来，知是
周武文汤禹舜神尧之嫡子。孝格七圣心，深明孝旨。天纵一
人来，七圣皆不死。夜夜簪缥笔，曳绛衣④，磬立辰下在紫气
里。曾参尾之⑤，抱河洛书⑥。违不能咂黄玉开⑦，天心喜，一
十八篇今在此⑧。

【注释】

① 簪笔：古时史官、谏官入朝，或近臣侍从，插笔于帽，以便随时记录、书
写。后插白笔，为官员冠饰之一。　拱辰：拱卫北极星，语本《论语·为政》：
"为政以德，譬如北辰，居其所，而众星共（拱）之。"后因以喻拱卫君王或四裔
归附。

② 天纵：亦作"天从"。天所放任，意谓上天赋予。《论语·子罕》："固天
纵之将圣，又多能也。"　来：语气助词。《孟子·离娄上》："盍归乎来！吾闻西
伯善养老者。"杨伯峻注引王引之《经传释词》云："来，语末助词也。"

③ 三代：指夏、商、周三代。《论语·卫灵公》："斯民也，三代之所以直道
而行也。"邢昺疏："三代，夏、殷、周也。"

④ 夜夜簪缥笔，曳绛衣：典出《孝经·纬书》："（孔子）每夕必簪缥笔，衣绛
单衣，面向北辰，磬折良久。乃拜。曾子抱《河》《洛》，七十二子皆从，盖有祷
告。及作春秋，亦复如是。一夕忽有一道黑气，从斗而下，直落案前。既开，乃
微旨也。此满其一心之量，而为万世人伦之极者也。《孝经》一十八篇，曲尽人
子事亲之道……"

⑤ 曾参（公元前505—前436）：字子舆，春秋末鲁南武城（今山东平邑县）
人，孔子弟子。世称"曾子"，后世尊其为"宗圣"，并与孟子（亚圣）、子思（述
圣）、颜回（复圣）合称"孔门四圣"。曾参继承了孔子的"中庸"和"为孝"思想，

相传《大学》《孝经》为他编著,被古代官方列为儒家经典。

⑥ 河洛书:即"河图洛书"。典出《周易·系辞上》:"河出图,洛出书,圣人则之。"疏:"孔安国以为河图则八卦是也,洛书则九筹是也。"后以此典指天书,或用以指帝王祥瑞。

⑦ 违不能咫黄玉开:违不能咫,典出《左传·僖公九年》:"天威不违颜咫尺。"原谓天鉴察不远,威严如常在面前。"后以比喻离天子容颜极近。亦指天子之颜。 黄玉开:语出《搜神记》卷八:"孔子修《春秋》,制《孝经》,既成,斋戒向北辰而拜,告备于天。天乃洪郁,起白雾,摩地,赤虹自上而下,化为黄玉,长三尺,上有刻文。孔子跪受而读之,曰:'宝文出,刘季握。卯金刀,在轸北。字禾子,天下服。'"

⑧ 一十八篇:指《孝经》。《孝经》,儒家经典之一,旧说或以为是孔子所撰,或以为是曾参或其门人所撰。今传本共十八篇,内容都是宣扬孝道。

效薛文清公黎阳曲赠圣裔孔心一兵宪①

黎阳水,墨花香②,蒲邑大夫此升堂③。黎阳山,凤翼张,端木先生此故乡④。更有曲阜素王之玉树⑤,望之郁然而森秀⑥,来荫三州龙脊冈⑦。黎阳土,金色装,雪香万株,骑山一阁⑧,匹马如龙两脚凉。陇麦平分翠,高天响雁行。坐见青云铺地,白笔拂霜⑨。六经真羽翼,天下大文章。

【注释】

① 薛文清:薛瑄(1389—1464),字德温,号敬轩,谥文清。山西河津县平原村(今属万荣县)人。明代著名理学家,河东学派的缔造者,有《薛文清公集》二十四卷,《读书录》《读书续录》各十卷。 孔心一:孔衍樾,字心一,山东临清人。清顺治帝时大臣。 兵宪,明清官名,即兵备副使,由按察使或按察佥事充任,孔衍樾时任大名佥事,故称。

② 黎阳:河南省浚县古称,位于河南省北部。清初属直隶大名府。

③ 蒲邑大夫：仲由（前 542—前 480），字子路，春秋末鲁国卞（今泗水东）人，孔子的杰出弟子，"孔门十哲"之一。曾任卫国"蒲邑大夫"一职。蒲邑，今河南长垣。

④ 端木先生：端木赐（前 520—？），字子贡，又作子赣，亦称卫赐，孔子的杰出弟子，"孔门十哲"之一。子贡是卫国黎阳人，被后世追封为"黎阳公"。

⑤ 素王：指孔子。东汉王充《论衡·定贤》言："孔子不王，素王之业在春秋。"后儒家专称孔子。

⑥ 郁然：草木茂盛的样子。

⑦ 龙脊冈：地名，在浚县西三十里。

⑧ 骑山：骑山楼，在大名府城东旧府治西园，宋韩琦留守北京时建。

⑨ 白笔：古代侍从官员用以记事或奏事的笔，常插于冠侧。参见卷一《簪笔拱辰篇》注释①"簪笔"。晋崔豹《古今注·舆服》："白笔，古珥笔，示君子有文武之备焉。"

为李炼师歌小至阳生图①

故国蓬莱殿②，方壶李道君③。密牖窥冬至，夜定九宫文④。作摩太极为离坎⑤，坐令两仪气细缊⑥。玄解如斯久已矣。惜乎！空有犹龙之书存。书云天心天地根，不谓吾师蹑之上昆仑⑦。诚哉李耳之子孙⑧，卦文胡为龟作程，玄都一阖开朱明⑨。殆将羽化扶摇起⑩，背负青天而为九万里之行。重为思曰：玄黄战日鱼鸟惊，逍遥往往擅虚名。髯眉如墨方瞳清，吾师疑是岁星生⑪。当其危襟坐五更⑫，雪流银汉寂无声。姑射绰约在水晶⑬，洞视六阴气不平。飞霜之剑作龙鸣，凝神上与虚危争⑭。忽然而来一阳通，势如武侯出隆中⑮，气如高皇歌大风⑯。仰视青章光熊熊⑰，嗟乎吾师真岁精。此时任督二脉交雌雄，紫河之内⑱嫣然一朵芙蓉红。

【注释】

① 小至阳生：冬至，二十四节气之一。小至，冬至前一天，一说即冬至日。阳生，《易·复卦》："一阳下生，于时为冬至节。"故有"冬至一阳生"的说法，即冬至阳气初动之意。

② 蓬莱殿：传说中神仙居住的地方。《列子·汤问》载："渤海之东不知几亿万里，有大壑焉，实惟无底之谷，其下无底，名曰归墟。八纮九野之水，天汉之流，莫不注之，而无增无减焉。其中有五山焉：一曰岱舆、二曰员峤、三曰方壶、四曰瀛洲、五曰蓬莱。"

③ 方壶：一名"方丈"。与"蓬莱"皆是传说中的仙境。参见注释②"蓬莱殿"。

④ 九宫：术数家所指的九个方位。《易》纬家有"九宫八卦"之说，即离、艮、兑、乾、坤、坎、震、巽八卦之宫，加上中央宫。《灵枢经·九宫八风》："九宫八风。立秋二，玄委，西南方；秋分七，仓果，西方；立冬六，新洛，西北方；夏至九，上天，南方；招摇，中央；冬至一，叶蛰，北方；夏立四，阴洛，东南方；春分三，仓门，东方；立春八，天留，东北方。"

⑤ 作摩，即作么。

⑥ 绸缪：阴阳二气交会和合之状。《白虎通·嫁娶》引《易》："天地氤氲，万物化淳。"

⑦ 昆仑：昆仑山，道教圣地之一。昆仑自古便流传有很多神话传说，据说西王母居于此。

⑧ 李耳：即老子，又称老聃，楚国苦县人，春秋时期思想家，道家学派的创始人，曾为周朝管理藏书的史官，著《道德经》，亦名《老子》，后被道教奉为始祖，称为"太上老君"。

⑨ 玄都：道教典籍称仙都为"玄都"，意即传说中神仙的居处。《海内十洲记·玄洲》："上有大玄都，仙伯真公所治。"　犹龙，指老子，典出《史记·老子韩非列传》《老子》："玄牝之门，是谓天地根。"

⑩ 羽化：古人指成仙。　扶摇：急剧而上的大旋风。

⑪ 方瞳：道教传说中地仙的特征，也有称老子即是方瞳的。　岁星：木星，古人认识到木星约十二年运行一周天，其轨道与黄道相近，因将周天分为十二分，称十二次。木星每年行经一次，即以其所在星次来纪年，故称岁星，道教

称东方岁星为"木德真君"。

⑫ 危襟坐五更：化用成语"正襟危坐"，意即整理好衣襟，端端正正地坐到五更。

⑬ 姑射：本为山名，《庄子·逍遥游》："藐姑射之山，有神人居焉，肌肤若冰雪，绰约若处子。"后诗文中以"姑射"为神仙或美人代称。 水晶：比喻皎洁的月光。

⑭ 虚危：玄武，北方神，司冬。玄武七宿有虚、危，故以虚、危指代玄武。

⑮ 武侯出隆中：诸葛亮在出山前隐居于隆中，自比管仲乐毅，人称"卧龙"。刘备三顾茅庐始见之，为备尽据荆益、联孙权、拒曹操之策，佐备取荆州，定益州，遂与魏、吴成鼎足之势。

⑯ 高皇歌大风：汉高祖刘邦作《大风歌》。刘邦平定天下后衣锦还乡，于席间高唱"大风起兮云飞扬，威加海内兮归故乡。安得猛士兮守四方！"

⑰ 青章：星名，岁星三月晨见东方，称青章。 光熊熊：光气盛的样子。

⑱ 任督二脉：任、督都是中医理论中的经脉，两脉分别对十二正经脉中的手足六阴经与六阳经脉起着主导作用，故曰"任督通则百脉皆通"。任脉是从下颌的承浆穴到下体的会阴穴，督脉是从口部的龈交穴到背部最下的长强穴。任督二脉原属奇经八脉，因具有明确穴位，医家将其与十二正经脉合称十四正经脉。任脉主血，为阴脉之海；督脉主气，为阳脉之海。 紫河：紫河车。道家谓修炼而成的玉液，色紫，称服之可以长生。

秋夜读魏武善哉短歌诸行慷慨作歌五解^①

　　壬寅九月初六夜，灯下读魏武《善哉》《短歌》诸行，殆吾孔子所谓进取者耶。文王周公交臂②失之，惜哉！名根未断，尚复能来。复阳子慷慨伤怀③，击唾壶而歌之曰④。

　　甄已破矣⑤，尚于谁看。百画千筹，名心如贯。羿羿伊周⑥，一口呼唤。不甘之心，待名而烂。一解

　　名根一断，祸心鸟散。极彼高明，鬼不能瞰。懿侯有孙，

昭为云汉⑦。轧轧卧龙⑧,蜿蜒而叹⑨。二解

  须眉肝胆⑩,万古照人。于人何负,而曰负人。大儿小儿,一笑一颦。苟非充袠⑪,谁耐其猜⑫。不以为悔,反以为嗔⑬。三解

  顾瞻四海,人在火矣。焦头烂额,无乃我矣。奕奕桃园,花开婀娜。铜雀春分⑭,系此硕果。四解

  此不能去,彼不能来。龙吟虎啸,高光徘徊。二三子之心,岂有异哉? 五解

【注释】

  ① 魏武:指魏武帝曹操。公元 220 年,曹操长子曹丕立魏代汉,追尊曹操为太祖武皇帝。 《善哉》《短歌》诸行:指曹操所作之《善哉行》《短歌行》等篇。 解:乐曲的章节。

  ② 交臂:胳膊挨着胳膊,彼此走得很近,表示亲近。

  ③ 复阳子:指郝浴,号复阳。

  ④ 击唾壶而歌:典出《世说新语·豪爽》。晋大将军王敦(字处仲)曾立大功,后因擅权朝政而为皇帝所忌惮。"王处仲每酒后辄咏:'老骥伏枥,志在千里。烈士暮年,壮心不已。'以如意打唾壶,壶口尽缺"。后以此典形容抱负才能不得施展,胸中感慨苦闷,或形容慷慨高歌悲吟。

  ⑤ 甑破:典出《世说新语·黜免》注引《郭林宗别传》曰:"巨鹿孟敏,字叔达,郭朴质直。客居太原,杂处凡俗,未有所名。尝至市买甑,荷担堕地坏之,经去不顾。适遇林宗,见而异之,因问曰:'坏甑可惜,何以不顾?'客曰:'甑既已破,视之何益?'林宗赏其介决,因以知其德性,谓必为美士,劝令读书。游学十年,遂知名,三府并辟,不就。东夏以为美贤。"后以此典形容微不足道,不值一提;也形容人放达大度。

  ⑥ 羿奡(yì ào):羿,即后羿,相传是夏代有穷国的君主,善于射箭。奡,夏人名。《春秋传》作"浇",寒浞之子,力能陆地行舟。《论语·宪问》载:"南宫适问于孔子曰:'羿善射,奡荡舟,俱不得其死然;禹、稷躬稼,而有天下。'夫子不答。南宫适出,子曰:'君子哉若人! 尚德哉若人!'" 伊周:伊,指商代伊尹,

周,指周公姬旦。伊尹是商朝开国贤相,辅佐了成汤、太乙、太甲三位商王。周公辅佐了武、成两代周王。二人是古代公认的辅佐君主、功业盖世的圣人,汉唐间,或以宰相位别称"伊周"。

⑦ 懿侯:曹参的谥号,曹操是其后裔。　云汉,指代帝王。

⑧ 卧龙:指诸葛亮。

⑨ 蜿蜒:龙蛇等曲折爬行,萦回屈曲。

⑩ 须眉:男子的代称。肝胆:喻勇气、血性。

⑪ 充褎(yòu):即"褎如充耳"。典出《诗·邶风·旄丘》:"叔兮伯兮,褎如充耳。"用作塞耳不闻之意。

⑫ 狺(yín):犬吠声,这里借指叫嚷、叫嚣。

⑬ 嗔:意为不满、怪罪。

⑭ 铜雀:即铜雀台。汉末建安年间曹操所建。故址在今河北省临漳县西南。铜雀台高十丈,周围殿宇一百二十间。于楼顶置大铜雀,舒翼若飞,故名"铜雀台"。

薪　尽　行

　　风落雪花,似有香来。白云封户,谁为一开。晓色临侵①,漫启布衾②。瘦骨七尺,已碍高深。伸手扪舌③,莫作龙吟。灶下老伾④,白眼棱睁。瞻彼四邻,紫焰丛生。摩我土床,真一条冰。心热如火,当天大声。若木拳屈,桂树奇擎。不供印爨⑤,空玷光明。

【注释】

　　① 临侵:表示程度。多见于元明戏曲。明汤显祖《牡丹亭·闹殇》:"不提防你后花园闲梦铳,不分明再不惺忪,睡临侵打不起头稍重。"睡临侵,谓沉睡。

　　② 布衾:布被。

　　③ 扪舌:按住舌头。表示不说话或不发声。语本《诗·大雅·抑》:"莫扪朕舌。"

④ 伻(bēng)：这里指仆人。

⑤ 卬(áng)：我。 爨(cuàn)：烧火做饭。

古体 四言

净慧园赈饥题额

丙夏尘飞，秋禾再秃。神姿之邦，仰苍觳觫①。我有卜式②，唾而发屋。白粲如山③，属毛勿鬻④。紫焰茸茸，爨于天竺⑤。软为香饭，日破千斛⑥。食指权杼⑦，谁能一蹴⑧。咫尺讹言，谓果僧腹。亦有素封⑨，堆金饱肉。余粟浸红，盍分一掬⑩？膜视饿夫⑪，各为笑哭。玉粒流脂⑫，终赖良族。如支天臂，雨花为谷。川今得舟，井今得辘。爵而贵汝，称是官服。大釜重开，十石可熟。万口齐充，一眉不蹙。菜色回颜⑬，额公青目⑭。

【注释】

① 觳觫(hú sù)：因恐惧而发抖。

② 卜式：汉代御史大夫卜式曾捐资助国。卜式以牧羊致富，武帝时上书，愿捐一半家财以助边防军需，又捐货财钱资助贫民，受赐为御史大夫。这里指像卜式那样捐资输财，帮助灾民。

③ 白粲：白米。《宋书·孝义传·何子平》："扬州辟从事史，月俸得白米，辄货市粟麦。人或问曰：'所利无几，何足为烦？'子平曰：'尊老在东，不办常得生米，何心独飧白粲。'"

④ 属毛(zhǔ máo)：即属毛离里。语出《诗经·小雅·小弁》："靡瞻匪父，靡依匪母。不属于毛？不离于里？"比喻子女与父母关系的密切。 鬻

(yù)：卖。

⑤ 爨(cuàn)：烧火做饭。见一首前《薪尽行》注释③。 天竺：印度的古称。

⑥ 斛(hú)：量词。多用于量粮食。古代一斛为十斗，南宋末年改为五斗。

⑦ 杈枒(chā yá)：参差交错貌。 食指：人口。

⑧ 一蹴：谓一举足，常以喻事情轻而易举。

⑨ 素封：无官爵封邑而富比封君的人。《史记·货殖列传》："今有无秩禄之奉，爵邑之人，而乐与之比者，命曰'素封'。"张守节正义："言不仕之人自有田园收养之给，其利比于封君，故曰'素封'也。"粟米久存腐坏而成为红色。

⑩ 盍分一掬：盍，何不。掬，犹捧。指两手相合所能捧的量，或谓为古一升或半升。《小尔雅·广量》："一手之盛谓之溢，两手谓之掬。"

⑪ 膜视：轻视。

⑫ 玉粒：指米、粟。

⑬ 菜色：指饥民营养不良的脸色。《礼记·王制》："虽有凶旱水溢，民无菜色。"郑玄注："菜色，食菜之色。民无食菜之饥色。"

⑭ 青目：犹青眼、青睐。

古体 五言

吊明蜀抚军葆一张公①

崇明昔遭乱②，明纲犹未委。岂无心膂臣③，征兵及蛇豕④。驾驭宁尽乖，天地合疮痏⑤。蜂动翕百蛮⑥，流血殷渝水⑦。灿灿芙蓉城⑧，旦夕将摧圮⑨。公持霜斧出，椎牛誓介士⑩。挞伐固有威⑪，忠孝亦有理。遂令执殳众⑫，感激厉廉耻。复城二十七，恢地二千里。至今溪峒中⑬，谈公犹击齿。

再有邦彦乱⑭，永宁尽贼垒⑮。公膺节钺来⑯，将卒六千耳。歼灭十万寇，迅若扫浮螘⑰。距今三十年，蜀运未休否。献逆扬其波⑱，群盗纵横起。强壮膏郊原，老弱委泥滓。鳞鳞万家邑，化作榛与藟⑲。亩亩千顷禾，鞠为稂与秕⑳。浴也叱驭人，志在遵前轨。遗民一何寡，交以生为累。蜀吏一何弱，争以黜为喜。吏民亦人情，致此良有以。师行动以万，邑民百十止。岂暇事耕耘，不足供驱使。况复滇黔间，伏莽丛奸宄㉑。永宁未遂入，渝城师暂已㉒。赖有保宁捷㉓，经略从兹始㉔。公当明祚衰㉕，建竖伟若彼㉖。予当清盛初，匡济仅如此㉗。明明忠荩业㉘，胡为逊君子。丰碑吹作尘，蔓草迷祠址。聊采故老言，题诗付青史。哀哀巴渝人，公在尔不死。

【注释】

① 抚军：即巡抚。因巡抚之职例兼兵部侍郎、右金都御史，集政、军、监察于一身。"抚军"将政军二职缩合而成，用于叙称。　张公：指张论，字建白，号葆一，以御史为四川巡抚。

② 崇明昔遘(gòu)乱：明熹宗天启元年(1621)，四川永宁宣抚司奢崇明趁明末社会矛盾激化，中央政府腐败日盛之际，联合乌蒙、东川、沾益等地土司联合起兵叛乱，图谋扩大割剧势力，拥兵自重。同年九月十七日，奢崇明在重庆起兵叛乱，自称"大梁王"。十月，奢崇明率兵进围四川政治经济中心成都，全省为之震动。遘乱，造反、发动叛乱。

③ 心膂(lǔ)：比喻主要的辅佐人员，亦以喻亲信得力之人。《书·君牙》："今命尔予翼，作股肱心膂。"

④ 蛇豕(shǐ)：长蛇封豕。比喻贪财害人者。语出《左传·定公四年》："吴为封豕长蛇，以荐食上国。"

⑤ 疮痏(wěi)：疮疤，创伤。

⑥ 蜂动：亦作"蠢动"。像群蜂飞舞一样纷纷发生。　翕：和合，聚合。《诗·小雅·常棣》："兄弟既翕，和乐且湛。"毛传："翕，合也。"　百蛮：古代南方少数民族的总称。

⑦ 渝水：即嘉陵江，古称渝水、阆水，是长江水系中流域面积最大的支流。

⑧ 芙蓉城：今四川省成都市的别名。后蜀孟昶于宫苑城上遍植木芙蓉，因以得名。简称蓉城。见宋张唐英《蜀梼杌》卷下。

⑨ 摧圮（pǐ）：倒塌，摧毁。

⑩ 椎牛：杀牛犒军。　介士：武士。

⑪ 挞伐：《诗·商颂·殷武》："挞彼殷武，奋伐荆楚。"毛传："挞，疾意也。"原意为迅速讨伐，后挞伐连用，为征讨、讨伐之意。

⑫ 执殳（shū）：殳，古代一种兵器。《诗·卫风·伯兮》："伯也执殳，为王前驱。"后以指为皇室效力或作士兵。

⑬ 溪峒：亦作"溪洞"。古代指今部分苗族、侗族、壮族及其聚居地区。

⑭ 邦彦乱：指明天启二年（1622）二月至崇祯三年（1630）春，明朝官军平定贵州水西宣慰司同知安邦彦的叛乱。安邦彦素怀异志，四川永宁宣抚使奢崇明叛乱（参见注释②）后，明廷调水西（今贵州西北一带）兵赴川平叛。安邦彦乘机以援川为名，于天启二年二月，率军二万至贵州毕节，发动叛乱。第二年五月，安邦彦自称"罗甸王"，其手下48支及其他土司头目安邦俊等蜂起响应，与明军混战八年。

⑮ 永宁：治所在今四川省叙永西南，辖境相当今叙永、筠连、古蔺等县地。明崇祯二年（1629年），在平崇明、邦彦之战中，官军在四川永宁一带与叛军进行过主力决战。

⑯ 节钺（yuè）：符节和斧钺。古代授予将帅，作为加重权力的标志。

⑰ 浮螘（yǐ）：亦作"浮蚁"。酒面上的浮沫。

⑱ 献逆：指张献忠（1606—1646）在崇祯三年（1630）于米脂起事，自号八大王，人称"黄虎"。其起事后，克凤阳、焚皇陵、破开县、陷襄阳，胜战连连。崇祯十六年克武昌，称大西王，次年，建大西于成都，即帝位，年号大顺。当时川中百姓被屠杀一空。　扬波：掀起波浪。这里比喻掀起动乱。

⑲ 榛与藟（lěi）：榛，丛木。藟，落叶藤本植物。此指草木丛生，形容荒废，衰败。

⑳ 鞠：尽，皆。　稂（láng）与秕（bǐ）：指杂草败禾。

㉑ 伏莽：《易·同人》："九三，伏戎于莽。"莽，丛生的草木。后以"伏莽"指军队埋伏在草莽中。亦指潜藏的寇盗。　奸宄（guǐ）：作乱或盗窃的坏人。

㉒ 渝城：即重庆,古称江州,以后又称巴郡、楚州、渝州、恭州。南北朝时,巴郡改为楚州。公元 581 年隋文帝改楚州为渝州,设渝州治,始简称"渝"。故又名渝城。

㉓ 保宁：故治在今四川阆中,古称保宁。唐设阆州,元置保宁府,明清属四川省。

㉔ 经略：经营,谋划,治理。

㉕ 明祚(zuò)：明朝的国统。祚,君位、国统。

㉖ 建竖：犹建树。

㉗ 匡济：匡时济世的略语。即挽救艰难时势,救助当今人世。

㉘ 忠荩(jì)：犹忠诚。

游千山登璎珞观①

照海一千峰,参差如泼翠。我行一玩心,敢谓养神智。烟霞入衣裙,庶用清瘵寐。瞥看云生处,翻身若摩翅。斯须欸其间,乃是高明位。精庐架九霄②,天可揖而至。不怪挂瓢人③,凭将轩冕弃④。推窗远岫来⑤,一一如拥篲⑥。青霭诸峰和⑦,白飞万壑肆。犹记客秋来,红紫纷如醉。霜风日夕生⑧,潇然本色出。历落见茅庵⑨,髣髴开十地⑩。琅琅梵声发⑪,谡谡松涛沸⑫。世道在神州,悠然兴远思。得无有救拯,巨细争一臂。常恐遮人伦,于此成逊避⑬。泉壑虽幽暇,安忍极深邃。寄语爱山人,斯言不无意。

【注释】

① 千山：古称积翠山,又名千顶山、千华山,亦称千朵莲花山,为长白山支脉。位于鞍山市东南部。山脉呈东北、西南走向,经辽阳、海城、盖州、岫岩,止于金州。南北绵延 200 多公里,纵贯整个辽东半岛。被誉为"东北明珠""辽东胜境"。璎珞观：千山东南部有英烈观山,山下有观,名"英烈观",原名"璎珞

观",相传唐太宗李世民曾驻跸于此,因而易名。

② 精庐:佛寺,僧舍。这里指璎珞观。

③ 挂瓢人:典出汉蔡邕《琴操·箕山操》:"许由者,古之贞固之士也。尧时为布衣,夏则巢居,冬则穴处,饥则仍山而食,渴则仍河而饮,无杯器,常以手捧水饮之。人见其无器,以一瓢遗之,由操饮毕,以瓢挂树。风吹树动,历历有声。由以为烦扰,遂取损之。"后以"挂瓢"为隐居或隐者傲世的典故。

④ 轩冕:古时大夫以上官员的车乘和冕服,借指官位爵禄。

⑤ 远岫(xiù):远处的峰峦。

⑥ 拥篲:亦作"拥彗",执帚。帚用以扫除清道,古人迎候宾客,常拥篲以示敬意。

⑦ 青霭:指云气。因其色紫,故称。

⑧ 霜风:刺骨寒风。北周庾信《卫王赠桑落酒奉答》诗:"霜风乱飘叶,寒水细澄沙。"日夕:近黄昏时,傍晚。语本《诗·王风·君子于役》:"日之夕矣,羊牛下来"。晋陶潜《饮酒》诗之五:"山气日夕佳,飞鸟相与还。"

⑨ 历落:参差不齐;疏落。

⑩ 髣髴:同"仿佛"。 十地:梵语意译。或译为"十住"。佛家谓菩萨修行所经历的十个境界。大乘菩萨十地为:欢喜地,离垢地,发光地,焰慧地,极难胜地,现前地,远行地,不动地,善慧地,法云地。另有三乘共十地,四乘十地,真言十地等,名目各有不同。

⑪ 琅琅:象声词。形容清朗、响亮的声音。 梵声:念佛诵经之声。

⑫ 谡谡(sù):劲风声。

⑬ 逊避:退让,退避。

罗 汉 洞①

松云攒护间,杳然得翕受②。挂杖看岩额,中有尊者某。应是爱飞行,当翠凿户牖。深入幽转明,一气通前后。最后结窗棂,下窥万壑陡。日轮渐南来③,不吞已到口。就中诸圣僧,屈指各二九④。嗔笑皆慈悲，虽怪不为丑。拂尘起摩索，始信仁者寿。松声入耳根，胸中浑刷垢。爱此清凉居，薰风自为帚⑤。抖搜出前岩⑥，再坐洞门右。仰视檐石掀，怒出压云母。既压而复翘，俯仰尽诸有。五老立阶下，纯用大夫守。左壁拥高邻，苍茫以背负。万松多于毛，碧青那可数。一松一精舍⑦，一石一春臼。云来石如雪，云去松如绶。真可作觉林，而为菩萨薮⑧。明月的的来⑨，何苦红尘走。若解作巢由⑩，愈令稷契厚⑪。斋戒发经囊⑫，薰修看耆耇⑬。即不出一言，亦自有真趣。紫翠罩群峰，风月恣汝取。可惜好岩壑，著处蟠蝌蚪。一抹白云封，经年无人扣。

【注释】

① 罗汉洞：位于辽宁省千山东北部的无量观旁。

② 杳(yǎo)然：幽深、渺远的样子。　翕受：合受，吸收。《书·皋陶谟》："翕受敷施，九德咸事，俊乂在官。"孔传："翕，合也。能合受三六之德而用之，以布施政教。"

③ 日轮：即太阳。日形如车轮而运行不息，故名。

④ 二九：即十八。汉扬雄《太玄·图》："玄有六九之数，策用三六，仪用二九，玄其十有八用乎？"范望注："不正言十八而言二九者，玄之辞也。"

⑤ 薰风：暖风。

⑥ 抖搜：犹抖擞。振作。

⑦ 精舍：这里指道士、僧人修炼居住之所。

⑧ 薮(sǒu)：这里指人物聚集之所。

⑨ 的的：这里是光亮、鲜明的意思。

⑩ 巢由：巢父和许由的并称。相传皆为尧时隐士，尧让位于二人，皆不受。因用以指隐居不仕者。

⑪ 稷契：稷和契的并称。唐虞时代的贤臣。

⑫ 经囊：指经书。

⑬ 薰修：佛教语。谓净心修行。　耆耇(qí gǒu)：年高望重者。

金　刚　峰^①

林麓穿不彻^②，都为苍润封^③。线天当路豁，满插青芙蓉。
高华无与极，云是金刚峰。低徊礼其足，衔山日已舂^④。来朝
把名香，追寻智者踪。蹴踖璎珞下^⑤，双手一当胸。万峰争秀
发，一鹤下青松。偶睨金刚巅，渠反跂而颙^⑥。伸手顶可摩，委
如抱足龙。乃知此间大，冲突尽包容。区区一拳石，不足问倨
恭^⑦。人天有巨眼，无为金刚壅。

【注释】

① 金刚峰：位于千山大安寺西侧，为石峰，呈圆锥形，宛如一座宝塔，又似
一尊巨大的金刚石像，高70米，十分雄伟，与五佛顶、仙人台为千山奇峰中的三
魁。金刚峰南、东、西三面皆是峭壁，棱石交错，石涛纵横。清初，僧人视此峰如
金刚，故以"金刚"命名之。

② 林麓：犹山林。

③ 苍润：青翠滋润。

④ 日已舂：太阳已经落山。舂，传说中的山名。《集韵·平锺》："舂，山
名，日所入。"

⑤ 蹴踖(cù jí)：恭敬的样子。　璎珞下：此指千山东南部英烈观山下。

⑥ 渠：它。　跂(qǐ)：抬起脚后跟站着。这里指盼望，期望。　颙
(yóng)：凝视。

⑦ 倨(jù)：傲慢不恭。

李龙衮侄西归赋赠

龙衮有小阮，来招龙衮魂。雪花照颜色，窈窕玉之温。霜
风摧去马，侵晓造柴门。殷勤计孤嫠，未语声已吞。抚袖出赫

蹄，长跽望一言。大夫多意气，况乃骨肉恩。有叔僵冷骨，鸦鸣海色昏。杂聚豺虎窟，人立欲甘心。生儿闻五岁，万里空咽暗。念此酸人鼻，君实为之昆。相视不相救，鬼蜮终覆盆。明年寒食后，杨柳万重云。幸来华表下，撮土起孤坟。再磨方寸石，特书李边军。儿大能出塞，倘得纸钱焚。

沈　水①

负郭来活水，疑是沈之滨。岸北拥王气，遂此洗真人②。迩来三十载，一照憔悴臣。锦石鱼鳞白，千山积翠匀③。塔含葱岭雪④，柳暗五陵春⑤。南下草芽软，万马富精神。矗矗凤凰楼⑥，倒射五千寻。忆昔注龙种，使人志气伸。翠华刷紫燕，画角动龙吟。苍茫疑有物，泥蟠浑太真。安得汲浪出，重浣旧京尘⑦。

【注释】

①《沈水》一诗作于郝浴流徙东北期间。浑河古时名"沈水"，沈阳位于沈水北岸。

② 真人：道家称存养本性或修真得道的人。亦泛称"成仙"之人。

③ 积翠：指青山。唐黄滔《融结为河岳赋》："吾欲炭鞴阴阳，炉燃天地，鼓将逦迤之浚谷，写破连延之积翠。"

④ 葱岭：古代对今帕米尔高原及昆仑山、喀喇昆仑山西部诸山的统称。为古代东方和西方陆路交通的要道。

⑤ 五陵：汉班固《西都赋》："北眺五陵。"注云："（高帝）长陵、（惠帝）安陵、（景帝）阳陵、（武帝）茂陵、（昭帝）平陵也。"

⑥ 凤凰楼：位于沈阳故宫中部，是清朝初期沈阳的最高建筑物。前为崇政殿，后为清宁宫，是宫与殿之间人轿往来通过的唯一门户。凤凰楼最初是清太宗皇太极和嫔妃们登高远眺、听书看舞的地方。"沈阳八景"之一的"凤楼晓

日"即指此楼。

⑦旧京：指沈阳(盛京)。

屋　漏

　　大荒风雨色,容易到人前。平沙没云影,大雪落金钱。燕人素扶义①,爱我假一廛②。居停岂有碍③,顾步自拘挛④。重金求一舍,瓦裂鸟鼠穿。时维六七月,中夜风雷缠。方瞰光闪烁,已脱瀑布泉。窃疑溜渠内,波臣暗蜿蜒⑤。呼婢张灯火,银汉绕梁悬。瓦盆横罗列,珠玑烂百千。愁极翻成笑,如听伯牙弦⑥。忆彼畿南民⑦,散步无一椽⑧。新法落官手,满地声鸣咽。近闻如柴骨,高挂枯林间。念我膝席地,犹存日月边。

【注释】

①扶义：犹仗义。《史记·太史公自序》："秦既暴虐,楚人发难,项氏遂乱,汉乃扶义征伐。"

②廛(chán)：古同"廛"。里居房舍；市物邸舍。

③居停：谓寄寓。

④顾步：徘徊自顾,回首缓行。　拘挛：拘束,拘泥。

⑤波臣：指水族。古人设想江海的水族也有君臣,其被统治的臣隶称为"波臣"。

⑥伯牙弦：相传春秋时伯牙操琴,琴声高妙,唯钟子期知音。子期死,知音难觅,伯牙遂破琴绝弦,终身不复鼓琴。见《吕氏春秋·本味》。后因以"伯牙弦"用为痛悼知音惜其难遇之典。

⑦畿南：即今海河以南、沿南运河两岸的河北省东南部,以及山东省德州市东部地区。

⑧椽(chuán)：这里指房屋的间数。

七 夕①

天籁发银州②，风檐月可晤。仰视明河白③，牛女忽相
顾④。无影挂虚舟，足音响独步。传闻帝之孙⑤，今宵有嫁娶。
羽毛压彩虹，渡口飞仙呼。洞见五云中，窈窕舒情愫⑥。千秋
此不爽，万古有真聚。红尘遮两仪⑦，人情爱反覆。如剥复如
姤⑧，如毂复如辖⑨。精白王雎鸟⑩，紫翠湘妃竹⑪。寂寞双星
下⑫，馨香在简牍。萧然此日中，聊晒腹中蠹。懒拟《雉朝
飞》，何须布裈曝⑬。

【注释】

①《七夕》一诗作于郝浴徙居辽宁铁岭时期，为农历七夕感怀而作。

② 银州：今辽宁铁岭县治。郝浴流徙东北期间，曾长期谪居在此。

③ 明河：即天河，银河。

④ 牛女：牵牛、织女两星或"牛郎织女"的省称。宋黄庭坚《鹊桥仙》词：
"年年牛女恨风波，抃此事、人间天上。"

⑤ 帝之孙：即织女星，一称天孙。

⑥ 窈窕：深远、秘奥的样子。

⑦ 两仪：指天地。《易·系辞上》："是故易有太极，是生两仪。"孔颖达疏：
"不言天地而言两仪者，指其物体；下与四象（金、木、水、火）相对，故曰两仪，谓
两体容仪也。"

⑧ 剥、姤：《周易》卦名。

⑨ 如毂复如辖："毂辖"同"轱辘"，车轮子。

⑩ 精白：纯净洁白。 王雎（jū）鸟：水鸟名。又名"雎鸠"。相传雌雄有
定偶，故以比喻君子之配偶。汉扬雄《羽猎赋》："王雎关关，鸿雁嘤嘤。"

⑪ 湘妃竹：即斑竹，茎上有紫褐色斑点。《初学记》卷二八引晋张华《博物
志》："舜死，二妃泪下，染竹即斑。妃死为湘水神，故曰湘妃竹。"

⑫ 双星：指牵牛、织女二星。传说每年七月七日喜鹊架桥，让牛郎、织女渡

过银河相会。唐杜甫《奉酬薛十二丈判官见赠》:"相如才调逸,银汉会双星。"
仇兆鳌注:"会双星,指牛、女相会事。" 雊朝飞,曲名。

⑬ 裈(kūn):古时一种满裆裤。此用阮咸七夕晒裈之典。

人

号物之数万,其理惟一真。真在人间世,千家万家春。所
以古君子,象鸟慕其亲。英英云露下①,湿我旧松筠②。秋香
随花笑,岳翠其谁邻。慈鸦犹父子,蜂蚁尚君臣。敢谓屠龙
客③,无计出飞尘。释解青螺髻,老驾紫河轮。相观蝉脱去,自
惊转丸新。顾以大圆里④,倮虫繁星陈⑤。束发开混沌⑥,喉舌
声狺狺⑦。窈窕娇红粉⑧,凶顽怒鬼神。若与理为仇,日夜凿
其醇。一朝势摆落⑨,蝴蝶幻其身⑩。即以得鱼筌⑪,骂此传火
薪⑫。受恩如沧海,不足供笑嚬⑬。可怜纲常上,旭彩发秋
旻⑭。亲曰为之祝,君曰为之甄,圣曰为之铎,贤曰为之津。三
万六千日,并无一个人。亲情与君义,千载空酸辛。假如蓄僧
发,使冠莲花巾⑮。又如毁道箓⑯,强垂寮采绅⑰。叛彼而服
此,于理嗔不嗔? 乃惑人家子,缯裂其丝纶⑱。已恨猱升木⑲,
不匡东效颦⑳。况读圣人书,毛发亦陶钧㉑。何为成陌路,群
飞鹭振振。

【注释】

① 英英:轻盈明亮的样子。《诗·小雅·白华》:"英英白云,露彼菅茅。"
朱熹集传:"英英,轻明之貌。" 云露:露水。

② 松筠(yún):松树和竹子。《礼记·礼器》:"其在人也,如竹箭之有筠
也,如松柏之有心也。二者居天下之大端矣,故贯四时而不改柯易叶。"后因以
"松筠"喻节操坚贞。

③ 屠龙：典出《庄子·列御寇》："朱泙漫学屠龙于支离益，单千金之家，三年技成，而无所用其巧。"后因以指高超的技艺或高超而无用的技艺。

④ 大圆：亦作"大圜""大员"。谓天。

⑤ 倮虫(luǒ)：身无羽毛鳞甲的动物，古时常用以指人。

⑥ 束发：古代男孩成童时束发为髻，因以代指成童之年。　　混沌(hùn dùn)：蒙昧无知；糊涂。

⑦ 喉舌：指口才；言辞。　　狺狺(yín)：比喻议论中伤之声喧嚷；争辩不休。

⑧ 红粉：旧时借指年轻妇女，美女。

⑨ 摆落：撇开；摆脱。

⑩ 蝴蝶幻其身：本为庄周梦蝶的寓言。典出《庄子·齐物论》："昔者庄周梦为胡蝶，栩栩然胡蝶也，自喻适志与！不知周也。俄然觉，则蘧蘧然周也。不知周之梦为胡蝶与，胡蝶之梦为周与？周与胡蝶，则必有分矣。此之谓物化。"后多用以表示人生原属虚幻的思想。

⑪ 鱼筌(quán)：指渔具，即渔笱，编竹成篓，口有向内翻的竹片，鱼入篓即不易出。

⑫ 传火薪：语出《庄子·养生主》："指穷于为薪，火传也，不知其尽也。"传火于薪，前薪尽而火又传于后薪，火种传续不绝，比喻师生递相授受。

⑬ 嚬：同"颦"。皱眉。

⑭ 秋旻(mín)：秋季的天空。

⑮ 莲花巾：道士所戴的头巾。

⑯ 道箓(lù)：道教的符箓，凡入道者必受箓。《隋书·经籍志四》："受道之法，初受《五千文箓》，次受《三洞箓》，次受《洞玄箓》，次受《上清箓》。箓皆素书，纪诸天曹官属佐吏之名有多少，又有诸符，错在其间，文章诡怪，世所不识……弟子得箓，缄而佩之。"甄，表章。铎，宣教。津，传授。

⑰ 寮采(cài)：本义官舍，引申为官的代称；僚属或同僚。

⑱ 丝纶：帝王诏书。

⑲ 猱(náo)升木：教猱升木，比喻唆使坏人为恶。

⑳ 东效颦：即"东施效颦"，比喻胡乱的模仿，结果适得其反。

㉑ 陶钧：亦作"陶均"。本义是制作陶器所用的转轮，比喻陶冶、造就、培育人材。《诗·有驷》："振振鹭，鹭于下。"

春 日 视 乳 鸡

伏鸡老鸭色,满地呼雏声。觜距方临处^①,一簇锦云轻。芥拾泥中粟^②,甘心草虫鸣。双眸纷四顾,力与婆心倾。瞥捩胎毛展^③,丰翎欲怒生。疏篱披化日^④,轩然子母情^⑤。矗矗雄冠耸,高踏屋脊行。笑尔鸺鹠辈^⑥,飓转费经营。

【注释】

① 觜距:禽鸟的嘴和爪甲。

② 芥(jiè)拾:典出《汉书·夏侯胜传》:"经术苟明,其取青紫如俛拾地芥耳。"后以"芥拾"指轻易地取得。

③ 瞥捩(liè):倏忽回折疾旋的样子。捩,扭转。

④ 化日:太阳光。亦借指白昼。

⑤ 轩然:高昂貌。

⑥ 鸺鹠(xiū liú):鸟类。俗称小猫头鹰。羽棕褐色,有横斑,尾黑褐色,腿部白色。捕食鼠、鸟、昆虫等,对农业有益,古代却常视为不祥之鸟。

老 仆 还

行李成急卷,著起旧衣裳。近前移一步,下泪已千行。人情未免有,尔泪出肝肠。低头仍并足,何语上高堂^①。为道不才子,终日救疏狂。自悔不读书,未凿而手伤。于今恩宥日^②,拥书当艳阳。谷雨栽藕花,以瓮作池塘。茅篱及肩高,青畦数武长。种菊兼种菜,菜根菊花香。亭亭菡萏出^③,太傅管红妆。斗米醅为酒^④,时与名士尝。哑然开笑口,更不谈文章。不为违膝下^⑤,儿亦尽徜徉。

【注释】

① 高堂：对父母的敬称。

② 恩宥（yòu）：降恩宽恕。

③ 菡萏（hàn dàn）：即荷花。

④ 醅（pēi）：未滤去糟的酒。

⑤ 膝下：指人幼年时常依于父母膝旁，言父母对幼孩之亲昵。《孝经·圣治》："故亲生之膝下，以养父母日严。"唐玄宗注："亲犹爱也，膝下谓孩幼之时也。"后用作对父母的亲敬之称。

解乡人入沈为述何氏友于之雅寄赠

青青杨柳岸，何郎马一声。东望卢龙塞①，北临尧母城②。忆昔河津上③，知汝弟兄情。阶前连彩袂④，中堂坐老彭⑤。两弟双白嫂，吾孟未添丁⑥。柔颜谈笑处，荧荧小星名。何郎亦惊顾，花烛已前擎。锦席娇好色，宁馨计日生⑦。高堂带笑呼，佳儿佳妇行⑧。谁氏无琴瑟⑨，东邻以妒名。谁氏无伯仲，西邻日称兵。纷纷读书者，憔悴旧紫荆⑩。不图儿女辈，使我气和平。此情及此事，解子热心倾⑪。对酒聊一歌，大荒天色晴。几时归去来，柳条青未更。登君华萼楼⑫，奏君鸾凤笙。信彼南山寿，啣杯听鸟鸣⑬。

【注释】

① 友于：兄弟。　卢龙塞：古关塞名。在今河北喜峰口附近的卢龙山至冷口一带，是燕山山脉东段的隘口，路通南北，自古为东北通向河北平原的要塞。

② 尧母城：即望都，县名，古属中山国。故城在今定州唐县东北。尧母庆都山在南，故名尧母城。

③ 河津：河边的渡口。

④ 连袂：即联袂，衣袖相联。喻携手偕行。

⑤ 老彭：传说中长寿的彭祖，这里指高寿的长者。典出《论语·述而》："述而不作，信而好古，窃比于我老彭。"何晏集解引包咸曰："老彭，殷贤大夫。"

⑥ 添丁：唐代卢仝生子，取名"添丁"，意谓为国家添一丁役。唐韩愈《寄卢仝》诗："去年生儿名添丁，意令与国充耘耔。"后引申为生男孩。

⑦ 宁馨：晋、宋时的俗语，"如此""这样"之意。此谓宁馨儿。　计日：形容短暂，为时不远。

⑧ 佳儿佳妇：指称心合意的好儿子、好媳妇。

⑨ 琴瑟：弹奏琴瑟。典出《诗·周南·关雎》："窈窕淑女，琴瑟友之。"后比喻夫妇间感情和谐，亦借指夫妇匹配。

⑩ 紫荆：南朝梁吴均《续齐谐记·紫荆树》："田真兄弟三人析产，堂前有紫荆树一株，议破为三，荆忽枯死。真谓诸弟：'树本同株，闻将分析，所以憔悴，是人不如木也。'因悲不自胜，兄弟相感，不复分产，树亦复荣。"后因用"紫荆"为有关兄弟之典故。

⑪ 解子：指解差。

⑫ 华萼：即华鄂。语本《诗·小雅·常棣》："常棣之华，鄂不韡韡。凡今之人，莫如兄弟。"后因以比喻兄弟友爱。　唐有花萼相辉楼。

⑬ 啣杯：即"衔杯"。口含酒杯，谓饮酒。

月

月华澄金气①，一满一回新。炯炯东篱外②，不受海扬尘③。泼墨兼浮白④，徜徉一酒民。俯惭花中菊，仰愧月中人⑤。

【注释】

① 月华：这里指月光，月色。　金气：秋气。

② 东篱：典出晋陶潜《饮酒》诗之五："采菊东篱下，悠然见南山。"后因以

指种菊之处,菊圃。

③ 海扬尘:典出晋葛洪《神仙传·麻姑》:"麻姑自说云:'接侍以来,已见东海三为桑田,向到蓬莱,水又浅于往者,会时略半也,岂将复还为陵陆乎?'方平笑曰:'圣人皆言海中行复扬尘也。'"后用为世事变迁之典。

④ 浮白:典出汉代刘向《说苑·善说》:"魏文侯与大夫饮酒,使公乘不仁为觞政,曰:'饮不釂者,浮以大白。'"原意为罚饮一满杯酒,后称满饮或畅饮酒为浮白。

⑤ 月中人:指月中仙子嫦娥。

冬 至 书 怀

　　长怀仍未解①,又见一阳通。重玄回造化②,只此斯须功③。旧家起朝仪④,貂冠射日红⑤。百官同尚锦,虎拜紫微宫⑥。饥乌乱晓筹⑦,风雪罢银州⑧。黄金不可变,瞠目五云楼⑨。反覆推恩处⑩,名根自此抽⑪。蒙庄道在屎⑫,亦岂漫无理。天地之所加,原不计尺咫。请看退藏时⑬,曾容何物起。明年全世界,养在黄钟里⑭。一当艳阳开,万物皆如此。谷兰动国香⑮,但是路傍李。溵北葛山阳⑯,回首六石梁。绿泻活鱼水,云紫读书堂。倘有春风日,清心味反刚。

【注释】

　　① 长怀:遐想,悠思。

　　② 重(chóng)玄:天,天空。《文选·陆机〈汉高祖功臣颂〉》:"重玄匪奥,九地匪沈。"李善注:"重玄,天也。"

　　③ 斯须:须臾,片刻。《礼记·祭义》:"礼乐不可斯须去身。"郑玄注:"斯须,犹须臾也。"

　　④ 旧家:犹从前。宋元人诗词中常用。　朝(cháo)仪:朝廷的礼仪。

　　⑤ 貂冠:古代侍中、常侍之冠。因以貂尾为饰,故称。

⑥ 虎拜：召穆公名虎，周宣王时人，因平定淮夷之乱有功，宣王赐他山川土田，召穆公稽首拜谢。《诗·大雅·江汉》有"虎拜稽首，天子万年"之语。后因称大臣朝拜天子为虎拜。　紫微宫：即紫微垣，星官名。紫微垣（紫微垣、太微垣、天市垣）是三垣的中垣，居于北天中央，故又称中宫。引申作帝王宫殿，即皇宫。

⑦ 晓筹：拂晓的更筹。这里指拂晓时刻。

⑧ 银州：今辽宁铁岭县治。详见第一卷《七夕》一诗注释②"银州"条。

⑨ 五云楼：指豪华富丽的楼阁。

⑩ 推恩：广施恩惠，移恩。后来专指帝王对臣属推广封赠，以示恩典。

⑪ 名根：指好名的根性。

⑫ 蒙庄：指庄周（庄子）。庄子，战国蒙（今安徽蒙城县）人，故名"蒙庄"。

⑬ 退藏：退归躲藏，隐匿。这里是说辞官引退，藏身不用。

⑭ 黄钟：古时为了预测节气，将苇膜烧成灰，放在律管内，到某一节气，相应律管内的灰就会自行飞出。黄钟律和冬至相应，时在十一月。

⑮ 国香：指兰花。语出《左传·宣公三年》："以兰有国香，人服媚之如是。"

⑯ 滹北：即滹沱河之北。滹沱河在河北省西部，出山西省繁峙县东之泰戏山，穿割太行山，东流入河北平原，在献县和滏阳河汇合为子牙河。至天津市，会北运河入海。　葛山阳：葛山之南。据民国本《邯郸县志·地理志》记载，葛山在今河北邯郸西北三十里紫山之东，上有双泉，林木森郁，葛藟尤盛，故名。

喜雪简魏石生总宪①

改元仲冬日②，雪作旧戍城③。开门一长望，路已及云平。天花缠晓气④，尚与白俱倾。无乃帝左右，高处有调羹⑤。严霜开紫电⑥，十月走雷声。睥睨此造化⑦，寒暑久不诚。何图乾战后，忽遭玉戏成⑧。所以信彼苍⑨，于此密撑撑。珊珊姑射影⑩，冉冉出蓬瀛⑪。但觉柴关外⑫，福来如羽轻。龟息元辟

谷⑬,鹤语自呼名⑭。爇香孔子读⑮,气粗理转精。天心疑画
出,户牖忽光明。破颜当雪拜⑯,曰吾帝好生。绥绥天乳下⑰,
一叶一金茎。顾瞻九土厚⑱,尽报以琼莹⑲。龙荒三万里⑳,同
是玉玱瑢。山川松鳞甲,海绿疑其睛。玉门呼吸处㉑,自有一
龙行。天家占大有㉒,黄河带雪清。白凤如可仪㉓,庶其喜
起赓㉔。

【注释】

①　此诗作于康熙元年(1662)十一月。魏石生总宪:魏裔介(1616—1686),
字石生,别号贞庵,又号昆林。北直隶柏乡(今属河北省)人。顺治三年(1646)
进士,选庶吉士,任言官,充《世祖实录》总裁官,累官至给事中、左都御史、吏部
尚书、保和殿大学士、加太子太保,谥文毅。与郝浴素来交好。魏裔介著述甚
多,有《圣学知统录》《知统翼录》《易经大全纂要》《四书大全纂要》《四书精义
汇解》《四书朱子全义》《孝经注义》《重刊干禄字书》《希贤录》《屿舫集》《兼济
堂文集》《昆林小品集》及《昆林外集》《薛文清读书录纂要》等传于世。“总宪”
是明、清都察院左都御史的别称。魏裔介时任左都御史一职,故称“总宪”。

②　改元仲冬:即康熙元年(1662)农历十一月。顺治十八年(1661)正月丙
辰,清世祖福临驾崩,第三子玄烨即位,翌年改元康熙。仲冬,冬季第二个月,即
农历十一月,处冬季之中,故称。

③　戍城:边城。《逸周书·大匡》:“滞不转留,戍城不留。”朱右曾校释:
“戍城,边城。”

④　天花:指雪。

⑤　调羹:《书·说命下》:“若作和羹,尔惟盐梅。”因以“调羹”喻治理国家
政事,后指宰相。

⑥　紫电:这里指祥瑞之光。

⑦　睥睨(pì nì):斜视。有厌恶、傲慢等意。造化:自然界的创造者。亦指
自然。

⑧　玉戏:指下雪。宋陶谷《清异录·天文》:“比丘清传与一客同入湖南,
客曰:‘凡雪,仙人亦重之,号天公玉戏。’”

⑨ 彼苍：天的代称。《诗·秦风·黄鸟》："彼苍者天，歼我良人！"苍，天色。

⑩ 姑射：一说为山名。在山西省临汾县西，即古石孔山，九孔相通。二说为神仙或美人的代称。《庄子·逍遥游》："藐姑射之山，有神人居焉，肌肤若冰雪，淖约若处子。"

⑪ 冉冉：这里形容柔媚美好。 蓬瀛："蓬莱"和"瀛洲"。相传为仙人所居之处，亦泛指仙境。

⑫ 柴关：柴门，犹指寒舍。

⑬ 龟息：道教语。谓呼吸调息如龟，不饮不食而能长生。一说，以为龟睡时，气由耳出，因此长生。语本晋代葛洪《抱朴子·对俗》："《仙经》象龟之息，岂不有以乎？"辟谷：谓不食五谷。道教的一种修炼术。辟谷时，仍食药物，并须兼做导引等工夫。

⑭ 鹤语：南朝宋刘敬叔《异苑》卷三："晋太康二年冬，大寒，南洲人见二白鹤语于桥下曰：'今兹寒，不减尧崩年也。'于是飞去。"后以"鹤语"谓鹤寿长而多知往事。

⑮ 爇(ruò)香：点香，烧香。爇，点燃、焚烧。

⑯ 破颜：露出笑容，笑。

⑰ 绥绥：垂落的样子。

⑱ 顾瞻：回视；环视。 九土：九州的土地。《国语·鲁语上》："共工氏之伯九有也，其子曰后土，能平九土。"韦昭注："九土，九州之土也。"

⑲ 琼莹：似玉的美石，用作佩饰。《诗·齐风·著》："尚之以琼莹乎而。"毛传："琼莹，石似玉，卿大夫之服也。"

⑳ 龙荒：漠北。龙，指匈奴祭天处龙城；荒，谓荒服。《汉书·叙传下》："龙荒幕朔，莫不来庭。"后泛指荒漠之地或处于荒漠之地的少数民族国家。

㉑ 玉门：宫阙，帝阙。《楚辞·刘向〈九叹·怨思〉》："背玉门以犇骛兮，寨离尤而干诟。"王逸注："玉门，君门。"

㉒ 天家：对天子的称谓。 大有：《易》卦名。即乾下离上。象征大，多。亦指丰收。

㉓ 白凤：传说中的神鸟。相传汉扬雄著《太玄经》时梦吐白凤，后因以比喻出众的才华或才华出众之士。 仪：来。《尚书·益稷》："萧韶九成，凤凰

来仪。"

㉔ 喜起赓：语出《尚书·益稷》："（帝）乃歌曰：'股肱喜哉，元首起哉，百工熙哉。'"孔传："股肱之臣喜乐尽忠，君之治功乃起。"后以"喜起"谓君臣协和，政治美盛。

偶识藏山旧迹①

赵国好男儿，英多甲天下。风尘公子仆，窈窕一柔嫁。龙蛇遂抗宗②，赫然日之夏。唾手取诸侯，恢奇弄骑射③。锋铠一相属④，秦楚失其霸。当其中歇时，寂寞如长夜。呜呼有程君，空拳争造化。卖孤以存孤，信极而为诈。谁识一线血，终来帝之亚。岂其国之灵⑤，抑亦地之藉。俗悍铁缝衣，燃石而走麝。骊嘶艳妆成，纤柔雪酒醉⑥。咄咄灵寿生⑦，仿佛相如叱⑧。英物饶此中⑨，遮莫四海借。我马出轵关⑩，石崖款精舍。字镌藏山名，云是藏孤罅⑪。拨帘神影飞⑫，绛衫裹乌帕。千秋俎此儿，益重婴声价。倚马白云深，雨雪舞洄汊⑬。英雄含笑归，松声咽台榭。俯仰燕赵间，高明任驱驾。谁尚屈经纶⑭，意气须陶泻⑮。才大群情舒，休休日敬迓⑯。

【注释】

① 藏山：位于河北石家庄井陉县北孤村，在苍岩山旁。相传为春秋时期晋相国赵朔友人程婴藏匿赵氏孤儿的地方。由此而得山名。据《史记·赵世家》记载，晋景公三年（前597年），晋国权臣屠岸贾残杀赵盾子赵朔全家，灭其族。当时赵朔妻有遗腹，生一男，匿于宫。屠岸贾闻知搜捕赵氏遗孤赵武，程婴与赵朔门客公孙杵臼定换婴之计，杵臼献身，程婴抱赵武俱匿山中十余年。十五年后，韩厥将实情告诉晋景公，景公召赵氏孤儿赵武入宫，攻杀屠岸贾，灭其族，复赵氏故位，而程婴自杀以报公孙杵臼。

② 龙蛇：喻杰出的人、物。《左传·襄公二十一年》："其母曰：'深山大泽，

实生龙蛇。彼美,余惧其生龙蛇以祸女。'"杜预注:"言非常之地,多生非常之物。"　抗宗:又作"亢宗",庇护宗族。引申为光大门第。

③ 恢奇:恢廓奇诡。

④ 锋铓:刀剑等的尖端,光芒。比喻锐利的气势。　相属:相接连,相继。

⑤ 国之灵:犹国命,国家的法令。扬雄《法言·渊骞》:"或问循吏,曰:吏也;游侠,曰:窃国灵也。"李轨注:"灵,命也。"

⑥ 雪酒:酒名。　醡(zhà):榨酒,滤酒。

⑦ 灵寿:即椐,可为手杖及马鞭。《山海经·海内经》:"灵寿实华。"郭璞注:"灵寿,木名也,似竹,有枝节。"

⑧ 相如叱:见《史记·廉颇蔺相如列传》蔺相如完璧归赵事:"赵王与秦王会于渑池,秦王曰:寡人闻赵王好音,请奏瑟。赵王鼓瑟。相如前曰:赵王窃闻秦王善为秦声,请奏缶。秦王怒,不许。相如曰:请得以颈血溅大王矣。左右欲刃相如,相如叱之,皆靡。秦王不怿,为一击缶。秦之群臣,请以赵十五城为秦王寿,蔺相如亦曰:请以秦咸阳为赵王寿。秦王终不能加胜于赵。"

⑨ 英物:杰出的人物。典出《晋书·桓温传》:"(桓温)生未期而太原温峤见之,曰:'此儿有奇骨,可试使啼。'及闻其声,曰:'真英物也!'"

⑩ 轵(zhǐ)关:在今河南济源市西北,"太行八陉"的第一陉,历代为兵家必争之地。因当"轵道之险",故名。《资治通鉴》:"东晋太元十九年(394),燕主垂顿军邺西南,月余不进。西燕主永怪之,以为太行道宽,疑垂欲诡道取之,乃悉敛诸军屯轵关,杜太行口。"即此。

⑪ 罅(xià):裂缝。

⑫ 神影:神像。

⑬ 洄(huí):上水,逆流。　汊(chà):分支的小河;河水叉出的地方。

⑭ 经纶:本意整理丝缕、理出丝绪和编丝成绳,统称经纶。引申指筹划、治理国家的抱负和才能。

⑮ 陶泻:即"陶写",谓怡悦情性,消愁解闷。

⑯ 休休:形容宽容,气魄大。　敬迓(yà):恭敬地迎接。

忧　旱

　　驱车下燕南,旱魃虐如虎①。夏税交青黄②,麦浪吹干土。冲圣本忧民③,斋宫闻伐鼓④。仆仆暗飞尘,何心可一雨。跻位已高明⑤,尚作枯鱼苦⑥。得少而为足,谁与路傍瞽⑦?铿锵落一钱,欢声立起舞。岂其辱泥塗⑧,力反驾台辅⑨。叹彼执热势,炙人堪破釜⑩。窃恐易地时,亦与高明伍。不有淡薄家,飞花更挥麈。何为徒摧眉⑪,延途倾肺腑。强颜语他人,未语意先腐。踽踽输风雷⑫,是乃旱之蛊。洪范既愆期⑬,此理求谁补?倘作大恩威,青云谢衮斧⑭。四海有作霖⑮,婴儿庶其乳。

【注释】

①旱魃(bá):传说中引起旱灾的怪物。

②夏税:田赋名称。唐起,历代田赋都分夏、秋两季征收,称为夏税和秋税。

③冲圣:年幼的君主。康熙帝八岁冲龄即皇帝位,故言"冲圣"。

④斋宫:供皇帝斋戒用的宫室、屋舍。清代制度,宫内及天坛、地坛皆有斋宫,逢南北郊时,于大内致斋二日,在坛内致斋一日。

⑤跻(jī):升登。　高明:指天;上天。《书·洪范》:"沈潜刚克,高明柔克。"孔传:"高明谓天。"

⑥枯鱼:干鱼;困于涸泽之鱼。

⑦瞽(gǔ):失明的人,盲人。

⑧泥塗:亦作"泥涂""泥途"。本义是淤泥,泥路。在此比喻卑下的地位。

⑨台辅:三公宰辅之位。

⑩破釜:破锅。

⑪摧眉:即低眉,低头。

⑫踽踽(jú jí):畏缩恐惧;谨慎小心貌。

⑬ 洪范：大法，楷模。原为《尚书》篇名，旧说相传为商周之际箕子所作，以此向周武王陈述天地之大法。　愆（qiān）期：误期，失期。愆，错过、耽误。

⑭ 衮斧：谓褒贬。古代赐衮衣以示嘉奖，给斧钺以示惩罚，故云。

⑮ 作霖：典出《书·说命上》："若济巨川，用汝作舟楫；若岁大旱，用汝作霖雨。"孔传："霖，三日雨。霖以救旱。"原谓充作救旱之雨，后以指降甘霖或下雨。

饮姑苏吴使君坐中有感①

江南佳丽地，百智锺姑苏。每怪其雕龙②，一出九州无。豪贵入阊门③，肉眼落青蚨④。求其灵密藏，或言水独殊。绕封三百里，千溪贯太湖。客夏闻湖涸，石出莹肌肤。以此想其人，脏腑欺辘轳⑤。何以大君子，反不望万夫？众山虽苍翠，五岳架天衢⑥。川流总明灭，江汉自规模。开创在天家，吐握有大儒。太平一以奏，绝技此清娱⑦。名守今开宴，垂帘谱笙竽。曲终延二妙，价可十斛珠⑧。艳色而骊歌⑨，青衫湿玉壶⑩。春风无觅处，吴下睹阿奴⑪。

【注释】

① 此诗作于郝浴巡蕝两淮时期（1677—1679）。

② 雕龙：雕镂龙纹，比喻经过精雕细琢，文辞优美，博大恢宏，不同凡响。语出《史记·孟子荀卿列传》："驺衍之术迂大而闳辩，奭也文具难施；淳于髡久与处，时有得善言。故齐人颂曰：'谈天衍，雕龙奭，炙毂过髡。'"裴骃集解引刘向《别录》："驺奭修衍之文，饰若雕镂龙文，故曰'雕龙'。"

③ 阊门：城门，位于苏州市城西。阊门一带是十分繁华的地方，高楼阁道，雄伟壮丽。地方官吏常在此宴请和迎送宾客，许多诗人都有诗词吟诵。

④ 青蚨：本为传说中的虫名，典出《太平御览》卷九五〇引汉刘安《淮南万毕术》："青蚨一名鱼，或曰蒲，以其子母各等，置瓮中，埋东行阴垣下，三日后开

之，即相从。以母血涂八十一钱，亦以子血涂八十一钱，以其钱更互市，置子用母，置母用子，钱皆自还。"后因用以指钱。

⑤ 辘轳：在此比喻心中情思如辘轳般反复上下。吐握：吐哺握发。

⑥ 天衢：此处泛指天空。

⑦ 清娱：清雅欢娱。

⑧ 十斛珠：陈陶《闲居杂兴》："无人说向张京兆，一曲江南十斛珠。"

⑨ 骊歌：告别的歌。南朝梁刘孝绰《陪徐仆射晚宴》诗："洛城虽半掩，爱客待骊歌。"

⑩ 青衫：唐制，文官八品、九品服以青。　玉壶：在此比喻高洁的胸怀。

⑪ 阿奴：此处是对自己的谦称。

仲冬携令君冯阳长沈方平蔡石公昆弟同游蠹山①

越有名大夫②，才忠报伯禹③。当其末孙危，绝智狎吴怒。仇空国色还④，拂衣入烟浦⑤。我来泛清溪，群山翠可数。散屐蹑佳峰，飞雪抹石乳。剑寒西子房，竹青梅花坞。旧云范少伯⑥，片帆挂此土。岭传回马名，松披陶朱圃⑦。贤侯拥画图，弥山缀歌舞。火簌红牙香⑧，阳春妒鹦鹉。携来三数人，纵酒醉今古。吴越即春秋，不足供吞吐。年来产二豪⑨，聪颖殊无伍。擒王启世宗，先天护高祖。变化疑少伯，高明少伯俯。百世聚神龙，烂然发规矩。生平爱浙江，痦寐此三甫。夜阑分手开⑩，斜风湿细雨。

【注释】

① 此诗作于郝浴巡蒹两淮期间（1677—1679）。仲冬：冬季的第二个月，即农历十一月，处冬季之中，故称。　令君：对县令的尊称。　冯阳长沈方平：冯阳县令沈方平。　蔡石公：蔡启僔，字昆旸，号石公，德清人。康熙庚戌一甲一名进士，授修撰，历官左春坊左庶子。有《存园草》。　蠹山：在浙江德清县城

东 3.5 公里处。相传春秋时越国大夫范蠡携西施隐居于此山,故名蠡山。据清康熙《德清县志》记载:"昔范蠡扁舟五湖,寓居此地,属三致千金之一。"

② 越有名大夫:指范蠡。相传东周春秋末年,吴、越争霸,越国被吴国所败,越大夫范蠡,随越王勾践赴吴为质三年。返越后,助越王发奋图强,经"十年生聚,十年教训",终灭吴称霸,被尊为上将军。范蠡因与越王勾践难共安乐,便辞而去,更名鸱夷子皮,泛舟五湖,人称"贤相"。

③ 伯禹:夏禹。《书·舜典》:"伯禹作司空。"孔颖达疏引贾逵曰:"伯,爵也。禹代鲧为崇伯,入为天子司空,以其伯爵,故称伯禹。"

④ 国色:姿容极美的女子。赞女子容貌冠绝一国,故云。这里指西施。

⑤ 烟浦:云雾迷漫的水滨。宋苏轼《再和杨公济梅花十绝》之五:"盈盈解佩临烟浦,脉脉当垆傍酒家。"

⑥ 范少伯:即范蠡,字少伯。

⑦ 陶朱:即陶朱公,范蠡的别称。范蠡既佐越王勾践灭吴,以越王不可共安乐,弃官远去,居于陶,称陶朱公。以经商致巨富。《史记·越王勾践世家》:"(范蠡)乃归相印,尽散其财,以分与诸友乡党,而怀其重宝,间行以去,止于陶……逐什一之利。居无何,则致赀累巨万。天下称陶朱公。"

⑧ 红牙:檀木的别称。檀木色红质坚,故名。此指檀板。

⑨ 二豪:擒王启世宗是王阳明。

⑩ 夜阑:夜残;夜将尽时。

辛苦拾莲子行

洞庭汗漫,大受九江之水。信舟所如,进而常州则朗江,辰州则黔江,沅州则芷江,都岸束青山一线,水从大险中放出,若挂瀑布而宝之。人挐扁舟①,狎其怒势以上,不三四折则人篙俱废。数千里终日所涉皆此境也。维舟具餐,见滩多采石,辄俯而拾其似莲子者弄之,以自忘其不堪之怀。因为《辛苦拾莲子行》以歌之,乃知晋人治蜡为无以解天下之极忧,顾反钟情于至细也。

　　辛苦拾莲子,乃在洞庭南。泣玉还清赏,卧冰行所甘。罔象得佳实,花藕一胎含。抚之良太息,石发尚鬇鬡②。嗟予泝漻水③,胡为此矍踄④。危樯计舣岸⑤,鸥鹚万声攒。双眼有青处,心或忘其酸。芷江空于镜,萝影艳如兰。摩索沙际出⑥,青翠压琅玕⑦。采采三千里,盈掬谢朝餐⑧。朴疑雷斧撕⑨,妙拟化工丸⑩。女娲穷锻炼⑪,舍利失坚完⑫。生身问来历,顾自藕如船。忆昔登白岳⑬,芙蓉上党天。青云为之盖,真形巢其巅。莲房浑太古,秋阳久晒干。叔卿谋作奕⑭,毛女不能剜⑮。大风拔木日,摆落各泥蟠⑯。散失无消息,至今几千年。搜寻神物合,百子顿团圆。缅彼姬圣家,岂以敬传。火灭修容止,仁嗣满百员。画堂还父子⑰,瑶水集神仙⑱。何啻纲常上⑲,晴开玉井莲⑳。我携此百种,大布五云田。太和元气溢㉑,菡萏若华鲜㉒。亭亭柱华夏,岳立而比肩。万方恣采树,无乃复阳然㉓。

【注释】

①拏:同"拿"。

②鬇鬡(lán sān):毛发下垂的样子。

③泝(sù):逆水而上。　漻(wǔ)水:古水名,在今湖南省。也作潕水。沅水支流。

④矍踄:同"蹒跚"。不灵便,行走艰难的样子。

⑤舣(yǐ)岸:舣,使船靠岸。

⑥沙际:沙洲或沙滩边。

⑦琅玕(láng gān):琅玕,古书上指美石,也指珠树。

⑧盈掬:满捧,两手合捧。亦作"盈匊"。

⑨雷斧:传说中雷神用以发霹雳的工具,其形如斧,故称。进而形容器物制作精巧,非人工所能为。

⑩ 化工：指自然的造化，自然形成的工巧。

⑪ 女娲穷锻炼：女娲是中国神话传说中人类的始祖，传说她曾抟土造人，炼五色石补天，断鳌足支撑四极，平治洪水，驱杀猛兽，使人民得以安居。据《淮南子·览冥训》载："往古之时，四极废，九州裂，天不兼覆，墬不周载。火爁炎而不灭，水浩洋而不息。猛兽食颛民，鸷鸟攫老弱。于是女娲炼五色石，以补苍天。"

⑫ 舍利：梵语，意译"身骨"。释迦牟尼佛遗体火化后结成的坚硬珠状物。又名舍利子。后泛指佛教徒火化后的遗骸。

⑬ 白岳：又名齐云山，是黄山山脉的旅游胜地，著名的道教名山。

⑭ 叔卿谋作奕：叔卿，即卫叔卿。据《神仙传》载，"卫叔卿者，中山人也。相传修道于华山，服云母得仙。喜博奕。常乘云车，驾白鹿。见汉武帝，将臣之，叔卿不言而去。帝悔，求得其子度世，令追其父。度世登华山，见叔卿与数人博戏于石上，敕度世令还。""奕"，即"弈"。

⑮ 毛女：传说中得道于华山的仙女。汉刘向《列仙传·毛女》："毛女者，字玉姜，在华阴山中，猎师世世见之，形体生毛。自言秦始皇宫人也。秦坏，流亡入山避难。遇道士谷春，教食松叶，遂不饥寒，身轻如飞，百七十余年，所止岩中有鼓琴声云。"华山十八盘西南有毛女峰，峰下有毛女洞。

⑯ 泥蟠：蟠屈在泥污中，亦比喻处在困厄之中。

⑰ 画堂：古代宫中有彩绘的殿堂，在此泛指华丽的堂舍。

⑱ 瑶水：即瑶池。传说位于昆仑山上，西王母所居。

⑲ 何啻：何止，岂止。

⑳ 玉井莲：传说华山峰顶玉井所产之莲。这里是对莲的美称。

㉑ 太和：天地间冲和之气。

㉒ 菡萏：即荷花。 华鲜：鲜艳，鲜美。 五云：仙乡。

㉓ 复阳：指郝浴。号复阳。

梁苍岩宗伯旋里寄赠[①]

大美将安归，苍岩有书屋。东郭白莲开，西郭香秔熟[②]。

屟廊紫翠深③，常抽百个竹。几时此来游，终年为国福。比闻
荡天衢④，绝才自推毂⑤。先生与俱崇，无乃与俱缩。不得一
拂衣，吾辈其从孰？斯须脂后车⑥，归装满书籢⑦。此心二十
年，可为天下掬。所叹惟闺中，无复哲人副。向读祝七文，灯
花红簇簇⑧。岂知高明家，变化如转轴⑨。妙理卷舒多，虚襟
应久牧。玄酒在中山⑩，葛巾已新漉⑪。

【注释】

① 梁苍岩：梁清标（1620—1691），字玉立，一字苍岩，号蕉林、棠村，直隶正定（今属河北）人。明崇祯十六年进士，官庶吉士。入清后，仍原官，寻授编修，累迁侍讲学士，兵、礼、刑、户部尚书，保和殿大学士。家有"秋碧堂藏书"，文物收藏颇丰，藏品有宋代赵佶《柳鸭芦雁图》、元代赵孟頫《吴兴清远图》等。有《蕉林诗文集》《棠村词》《棠村随笔》等传世。宗伯：官名。周代六卿之一，掌宗庙祭祀等事，即后世礼部之职，因亦称礼部尚书为大宗伯或宗伯。梁苍岩时任礼部尚书，故称"宗伯"。　旋里：返回故乡。

② 秔（jīng）：粳稻。

③ 屟（xiè）廊：春秋时吴宫廊名，廊中地面用梓木板铺成，行走有声。这里泛指屋前走廊。

④ 天衢：天衢荡荡，指京城。

⑤ 推毂（gǔ）：推车前进，古代帝王任命将帅时的隆重礼遇。这里指荐举，援引。

⑥ 脂后车：即"脂车"。脂车油涂车轴，以利运转。借指驾车出行。

⑦ 书籢（lǜ）：藏书用的竹箱子。籢，用竹篾、柳条等编成的盛东西的器具。

⑧ 灯花：灯心余烬结成的花状物，俗以灯花为吉兆。

⑨ 转轴：本义车轮，能转动的轴。在此句指变化之快就像转轴那样容易。

⑩ 玄酒，薄酒。

⑪ 葛巾已新漉（lǜ）：葛巾漉酒。典出《宋书·隐逸传·陶潜》："郡将候潜，值其酒熟，取头上葛巾漉酒，毕，还复著之。"形容爱酒成癖，真率超脱。葛巾，用葛布制成的头巾。漉，渗出、润湿。漉酒，滤酒。

魏庸斋先生偶述北溟于黄州之
美因赋数言为赠^①

石州有书生，颀皙四十强^②。一行辅南郡，无不谢为良。旗兵掩危渡，江干竟露章^③。谓为梁夜成，胡以决吾梁。呜呼水之罪，顾以斯人偿。小民怀其柔，大吏护其刚。以额叩帝阍^④，是不可黄堂^⑤。遂守淮楚交，忠信革鸥张^⑥。两耳七丈间，忽为凤鹤伤。有帅目如炬，发怒欲大创^⑦。惟守扣马谏^⑧，那复事刀枪。老吏单骑出，可使巽在床^⑨。从容并山麓，父老皆蚁忙。附耳不数语，尽挺入贼乡。声言激吾变，与贼夜传觞^⑩。醉缚其渠三，投戈如堵墙^⑪。叉手见元帅，掷三级于傍。向谓可屠者，泥首而焚香^⑫。胜兵三万计，郡伯真可当。安得似公等，先用在荆襄。大憝总尸居^⑬，谁敢复蜣蜋^⑭。洞庭湖山外，映水出壶浆。仰惭天颜近，闻君意低昂。

【注释】

① 魏庸斋：魏象枢（1617—1687），字环溪，号庸斋，晚称寒松老人，蔚州（今河北蔚县，在康熙三十二年以前属山西省大同府治）人。顺治丙戌进士，官至左都御史、刑部尚书。以病乞休，谥敏果。平生立朝端劲，为人望所归。敢讲真话，为清初直臣之冠。讲学亦醇正笃实，无空谈标榜之习。康熙赐其额曰"寒松堂"，遂自号"寒松老人"。有《儒宗录》《知言尝》《寒松堂集》。

② 颀皙（qí xī）：修长而白皙。颀，身材修长。于成龙，号北溟，时任黄冈知州。

③ 江干：江岸，江畔。 露章：泛指上奏章。

④ 帝阍（hūn）：宫门，禁门。

⑤ 黄堂：古代太守衙中的正堂。宋范成大《吴郡志·官宇》："黄堂，《郡国志》：在鸡陂之侧，春申君子假君之殿也。后太守居之，以数失火，涂以雌黄，遂

名黄堂,即今太守正厅是也。今天下郡治,皆名黄堂,昉此。"借指太守。

⑥ 鸱(chī)张:像鸱鸟张翼一样。比喻嚣张,凶暴。鸱,古指鹞鹰。

⑦ 大创:指在军事上使敌人受到严重的损伤。 风鹤:战争的消息。

⑧ 扣马谏:典出《史记·伯夷列传》:"周武王伐纣,伯夷、叔齐扣马而谏,不听,乃逃入首阳山。"后以"扣马"为直谏之典。

⑨ 巽(xùn):巽在床下,巽九二卦辞。

⑩ 传觥:宴饮中传递酒杯劝酒。

⑪ 投戈:放下武器,谓休战。渠,首也。

⑫ 泥首:以泥涂首,表示自辱服罪,后指顿首至地。

⑬ 大憝(duì):极为人所怨恶。《书·康诰》:"元恶大憝,矧惟不孝不友。"后用以称极奸恶的人,首恶之人。 尸居:指安居而无为,居位而不尽职。

⑭ 蜣蜋(qiāng láng):即"蜣螂"。昆虫,俗称"屎壳郎"。

寿储母蒋太夫人

江国储玉依,侍经鹤禁中。余发左生榜,得与尊君同。当年奋白简①,恩放大海东。回头二十载,顾渠萱阶红。乃知花砖上,移孝有英雄。秋深增岳色,大兰小兰风。朝回飘紫裾,慰母意何穷。花筹盈吾把,相期令德崇。

【注释】

① 白简:古时弹劾官员的奏章。此指郝浴弹劾吴三桂,流徙东北二十余载之事。

题蔚州魏庸斋书李裕修家事①

寒乡多美行,亦匡为世资。顾此缊衣情②,难与蔚州比。

蔚州之所好，乡人皆好之。内兄李恒岳③，素封而人师。舍业
景高贤④，管鲍以相期⑤。又闻李长者，弟才储四夔⑥。人亡残
墨落，三缄忍复披。密行应终显，国兰秀一枝。受业彝伦上⑦，
嶷然耸鬟姿⑧。每看霜露白，晓夜发清思。髣髴新入梦⑨，王
父含饴时⑩。旧缄随手得，百行两纸赍⑪。三世神明焕，堂奥
见须眉⑫。如此得承祧⑬，乃是伯祖施。如此得延誉，乃是蔚
州为。古人持议平，愿结为亲知。今其骨肉间，雅实皆若斯。
家山万松绿，群鹤翔如箕。归劝吾乡老，闻此益孳孳⑭。

【注释】

① 蔚州魏庸斋：即魏象枢。生平详见《魏庸斋先生偶述北溟于黄州之美因
赋数言为赠》注释①。李弘基字裕修，见魏象枢《寒松堂全集》卷八《悼荆纪略序》。

② 缁衣：《诗·郑风》篇名。《诗序》谓系赞美郑武公父子之诗；一说为赞
美武公好贤之诗。《礼记·缁衣》："子曰：'好贤如《缁衣》，恶恶如《巷伯》。'"
郑玄注："《缁衣》《巷伯》皆《诗》篇名也……此衣缁衣者贤者也。"

③ 李恒岳：魏象枢妻兄。

④ 高贤：指高尚贤良的人。

⑤ 管鲍：春秋时，齐人管仲和鲍叔牙相知最深，后常以"管鲍"比喻交谊深
厚的朋友。《列子·力命》："管仲尝叹曰：'……生我者父母，知我者鲍叔也。'
此世称管鲍善交者。"

⑥ 四夔：夔，舜时贤臣，舜命以为典乐之官，史称其敲击石磬，能使百兽闻
之起舞。见《尚书·舜典》。后因而将同时而贤能的四人谓之"四夔"。《新唐
书·崔造传》："崔造字玄宰，深州安平人。永泰中，与韩会、卢东美、张正则三人
友善，居上元，好言当世事，皆自谓王佐才，故号四夔。"

⑦ 彝伦：本义常理、常道，又指铨选官吏。

⑧ 嶷(ní)然：形容年幼聪慧。

⑨ 髣髴：同"仿佛"。类似，好像。

⑩ 含饴：即"含饴弄孙"。谓哺育幼儿。形容亲子之情。

⑪ 赍(jī)：这里的意思是持，带，送。

⑫ 堂奥：厅堂和内室。奥，室的西南隅。

⑬ 承祧（tiāo）：承继奉祀祖先的宗庙，也指承继为后嗣。

⑭ 孳孳：同"孜孜"。形容勤勉，努力不懈怠。

问　雨

弧矢威九州①，万乘趋血汗②。圣技亦已精，风云不可唤。万命如悬丝，俨然在涂炭③。此日不闻雷，国将无缗算④。大僚满东班⑤，盛颜红玉粲⑥。苍生憔悴深，沟壑其谁看？衮职实赫赫⑦，诸公曷侃侃⑧。昧死触尧阶⑨，惟皇自宵旰⑩。囊弓卷翠华⑪，密发桑林叹⑫。四岳起商霖⑬，帝座馨香灌。鸣呼天地清，何妨刷羽翰。

【注释】

① 弧矢：本义弓箭，这里指武功。

② 万乘：天子。周制，天子地方千里，能出兵车万乘，因以"万乘"指天子、帝王。

③ 涂炭：在烂泥和炭火里面。比喻极端困苦的处境。

④ 缗（mín）算：成串的铜钱，这里泛指钱。缗：古时穿钱的绳子。成串的钱，一千文为一缗。

⑤ 东班：古代朝会时，排列在朝堂东侧的位次，多为文官。与西班对称。

⑥ 玉粲：这里形容米晶莹如玉。

⑦ 衮职：古代指帝王的职事。《诗·大雅·烝民》："衮职有阙，维仲山甫补之。"孔颖达疏："衮职，实王职也。"这里借指帝王。

⑧ 侃侃：刚直貌，谓直抒己见，从容不迫。

⑨ 昧死：冒死，犹言冒昧而犯死罪。古时臣下上书帝王习用此语，表示敬畏之意。

⑩ 宵旰（gàn）：即"宵衣旰食"，天不亮就起来，天黑才吃饭。旧时用来称

谀帝王勤于政事。

⑪ 櫜(gāo)弓：藏弓。意谓战事平息。

⑫ 桑林：古地名。相传为殷汤祈雨的地方。

⑬ 商霖：《书·说命上》载，商王武丁任用傅说为相时，命之曰："若岁大旱，用汝作霖雨。"孔传："霖，三日雨。霖以救旱。"谓依为济世之佐，后以"商霖"为称誉大臣之词。

古体　七言

元夕银州草堂宴讌集①

上元雨雪过酒家，独酌取醉。夜阑踏雪归，益无聊。念我同谪都物化矣，天外孤踪，复来旧雨，后一日，招聚草堂，闻歌酹月，因事书怀。

银州雪泛广寒宫，灯前只影醉摇红。月中之人今已矣，零落霓裳在眼中。晓来独漉床头酒②，不觉如兰之臭同③。茅檐拥簪分山翠④，一鸟嘤鸣百鸟聪。升堂尚忆三投刺(一)⑤，再世谁知此土逢。瓦床密结跏趺坐⑥，鳊花带雪沃兰葱。几中六叶宣窑器⑦，上传宣德元年字⑧。不图酌酒清如空，一照须眉皆堕地。当炉斯养尾已赪⑨，駒駒蝟缩不知名⑩。忽引洞箫吹白雪⑪，鹦鹉之舌鸾凤声。梅花夜发青天外，杨柳春风紫塞盈⑫。超超玉漏明河转⑬，心飞满座旧公卿。公卿回首青云坠⑭，窈窕呼吸还素位⑮。洒扫虚名襟带开，千秋眉骨今始出。三复上古圣人书，一拜当今圣人赐。圣人天上卿云歌⑯，谪官雪里舞芰荷⑰。起看蟾影空云路⑱，滴沥当头手可摩⑲。恒山西照三千里,直下有水名滹沱⑳。十五十六灯满河,年年火树吾家多㉑。今宵舍弟鱼龙戏㉒,应慰高躺念阿哥㉓。

【校记】

（一）升堂尚忆三投刺：校本作"升堂尚忆投三刺"。

【注释】

①《元夕银州草堂讌集》一诗作于郝浴谪居辽宁铁岭期间。元夕：旧称农历正月十五日为上元节,是夜称"元夕"。　讌集：聚饮,相聚叙谈。

② 漉酒：指滤酒。

③ 如兰之臭：兰臭,《易·系辞上》:"同心之言,其臭如兰。"孔颖达疏:"谓二人同齐其心,吐发言语,氤氲臭气,香馥如兰也。"后因以"兰臭"指情投意合。

④ 拥篲：亦作"拥彗",执帚。帚用以扫除清道,古人迎候宾客,常拥篲以示敬意。　山翠：翠绿的山色。

⑤ 投刺：投递名帖。

⑥ 结跏趺坐：佛教中修禅者的坐法,两足交叉置于左右股上,称"全跏坐";或单以左足押在右股上,或单以右足押在左股上,叫"半跏坐"。这里指静坐,端坐。

⑦ 宣窑器：明代宣德年间江西景德镇官窑所产瓷器,在中国陶瓷发展史上具有很重要的地位。宣窑瓷器选料、制样、画器、题款,无一不精,是明代最为精致的瓷器,史载宣窑器无物不佳,小巧尤妙,此明窑盛时也。

⑧ 宣德：明代第五任帝明宣宗朱瞻基年号。

⑨ 赪(chēng)尾：《诗·周南·汝坟》:"鲂鱼赪尾,王室如毁。"毛传:"赪,赤也,鱼劳则尾赤。"后以"赪尾"指忧劳,劳苦。

⑩ 齁齁(hōu hōu)：熟睡时的鼻息声。形容熟睡。

⑪ 白雪：战国时楚国的高雅歌曲名,后因用以泛指高雅的曲子。《文选·宋玉〈对楚王问〉》:"其为《阳阿》《薤露》,国中属而和者数百人,其为《阳春》《白雪》,国中属而和者不过数十人而已。"李周翰注:"《阳春》《白雪》,高曲名也。"

⑫ 紫塞：晋崔豹《古今注·都邑》:"秦筑长城,土色皆紫,汉塞亦然,故称

紫塞焉。"这里指北方边塞。

⑬ 超超：高高在上貌。　玉漏：古代计时漏壶的美称。明河：即天河，银河。

⑭ 青云：喻远大的抱负和志向。《三国志·魏志·荀彧荀攸贾诩传论》："其良、平之亚欤！"裴松之注："张子房青云之士，诚非陈平之伦。"

⑮ 素位：谓现在所处之地位。语出《礼记·中庸》："君子素其位而行，不愿乎其外。"孔颖达疏："素，乡也。乡其所居之位而行其所行之事，不愿行在位外之事。"

⑯ 卿云歌：歌名。传说虞舜将禅位给禹时和百官一起唱的歌。

⑰ 芰荷：指菱叶与荷叶。

⑱ 蟾影：月影，月光。

⑲ 滴沥：圆润明丽的样子。

⑳ 滹沱：即滹沱河。在河北省西部。出山西省繁峙县东之泰戏山，穿割太行山，东流入河北平原，在献县和滏阳河汇合为子牙河。至天津市，会北运河入海。

㉑ 火树：指用竿架装饰的焰火。

㉒ 鱼龙戏：即鱼龙百戏的简称，古代百戏杂耍节目。

㉓ 阿哥：这里指对兄长的称呼。

辱　袖　吟

生平不近妓，廿年来绝之益严，至今不敢仰视。畴昔之夜，纵酒自娱，乃纳其手于袖，不亦辱乎！抚几独坐，作为此吟。斯何似升庵、对山辈所为①，而遂不及龙场驿丞②也哉！

生平不才颇爱身，二十余年学自守。忆昔行下玉阶来，镜湖春色章台柳③。多少韶年游冶儿④，一颦一笑看成丑。袖间独佩圣人书，何啻将军印在肘⑤？冰天更探琅函密⑥，掌纹千载雪为耦。蛾眉曼绿尽尘飞，凝襟咫尺谁能扣？不图清漏湿

寒宵⑦,坐拥寒骨贱于狗。酒深耳热唾壶缺⑧,误开双袖炙其
手。此年此月是何时? 晶晶玷在青蝇口。不嫌鸡肋污模稜⑨,
犹夸妒杀西施藕⑩。十年十五二十年,烂然矩簸忽非某⑩。酒阑
客散筵席罢⑪,辱在袖中空自呕。龙图何复黄河清⑫,伊川不
更拂衣走⑬。霈濡世界恨无穷⑭,注视徐家好匕首⑮。倘能再
辟洗肠池⑯,宁惜大度为君剖。不勤小物岂吹毛⑰? 身名一向
凭北斗。

【注释】

　　① 升庵:杨慎,字用修,号升庵,新都人。明弘治元年(1488)生于京城。于
正德六年(1511)殿试第一,授翰林院修撰。嘉靖三年(1524),因议朝政触怒帝
王,被谪云南永昌卫,终身不赦。杨升庵在云南,兴教育,结诗社,为兄弟民族评
注诗文,对西南各族的文化交融,作出了很大贡献。

　　② 龙场驿丞:王阳明,名守仁,字伯安,世称"阳明先生"。浙江余姚人。明
弘治十二年(1499)进士,历任知县、兵部主事、太仆少卿、江西巡抚、兵部尚书,
以平定朱宸濠叛乱加封新建伯。正德三年(1508)春,因得罪宦官刘瑾,被廷杖,
谪为龙场驿(今修文县城)驿丞。

　　③ 章台柳:唐韩翃有姬柳氏,以艳丽称。韩获选上第归家省亲,柳留居长
安,安史乱起,出家为尼。后韩为平卢节度使侯希逸书记,使人寄柳诗曰:"章台
柳,章台柳,昔日青青今在否? 纵使长条似旧垂,亦应攀折他人手。"柳为番将沙
咤利所劫,侯希逸部将许俊以计夺还归韩。后以"章台柳"形容窈窕美丽的
女子。

　　④ 韶年:美好的岁月,亦指青年时期。　游冶:出游寻乐,放浪,这里指流
连妓馆,追逐声色。

　　⑤ 何啻:何止。

　　⑥ 琅函:这里是对书匣的美称。

　　⑦ 清漏:清晰的滴漏声。古代以漏壶滴漏计时。

　　⑧ 唾壶缺:典出南朝宋刘义庆《世说新语·豪爽》:"王处仲(王敦)每酒后
辄咏'老骥伏枥,志在千里。烈士暮年,壮心不已'。以如意打唾壶,壶口尽缺。"

后以"唾壶缺"形容心情忧愤或感情激昂。

⑨ 鸡肋:鸡的肋骨。比喻瘦弱的身体。《晋书·刘伶传》:"尝醉与俗人相忤,其人攘袂奋拳而往。伶徐曰:'鸡肋不足以安尊拳。'其人笑而止。" 模稜:亦作"模棱"。喻遇事不置可否,态度含糊。

⑩ 矩矱(yuē):规矩法度。

⑪ 酒阑:谓酒筵将尽。

⑫ 龙图:即河图(洛书),古代儒家关于《周易》卦形来源及《尚书·洪范》"九畴"创作过程的传说。据汉儒孔安国、刘歆等解说,伏羲时有龙马出于黄河,马背有旋毛如星点,称作龙图。

⑬ 伊川不更拂衣走:程颐(1033—1107),字正叔,世称伊川先生,北宋著名理学家,早年与兄程颢(号明道)师事周敦颐,并称"二程","洛学"的创始人之一。历史上有"程颐拂衣,心中无妓"的典故,据明冯梦龙《古今谭概·迂腐第一》记载:"两程夫子赴一士大夫宴,有妓侑觞。伊川拂衣起,明道尽欢而罢。次日,伊川过明道斋中,愠犹未解。明道曰:'昨日座中有妓,吾心中却无妓;今日斋中无妓,汝心中却有妓。'伊川自谓不及。"

⑭ 沾濡:浸渍、沾湿,谓蒙受恩泽、教化。

⑮ 徐家好匕首:古代名匕首,为赵国徐夫人所造。《史记·刺客列传·荆轲》:"燕太子丹使轲刺秦王,豫求天下之利匕首,得赵人徐夫人匕首,取之百金。使工以药粹之。以试人,血濡缕,人无不立死者,乃装为遣荆卿。"

⑯ 洗肠池:传说"八仙"中的张果老年轻时在南岳寺出家做和尚。一天,他突然把肚子里的肠全部剖出来放在一池中洗涤,被一小和尚见到,大惊失色,急忙禀告方丈,俱出山门看望时,张果老却笑嘻嘻若无其事地进寺来了。次日清晨,就不见张果老踪影。

⑰ 吹毛:比喻事情易为,不费大力气。

古 洞 易 名 行

银州门外柴水清①,银州东去柴水生。水生虎窟山围绕,

中有洞天缠虎名。邢子登山向山语，洞胡不以观音举。转看
威猛臂千条，多智如灯目如炬。分身虎变火为莲，二名曾不差
一黍。君今愿作妙庄行，应为香山寻难声。绰约肌肤如处子，
好把灾黎玉臂擎。闻说群山衔洞紫，紫光流入普门里。门前
一水划银河，来抱银州玉相似。

【注释】

① 柴水：即柴河，辽河支流。发源于辽宁清原，在铁岭北部注入辽河。

汲　水　行

　　谁家女儿五十余，鹤发鸡皮曳敝袽①。菜色削残胭脂
颗②，双莲委地粪不如。忆昔修幕银缸曙③，的的纯束不自
恕④。翠屏开出掌中花，多少蛾眉羞自觑⑤。夜阑曾否玉山
颓⑥，输与狂奴睇凤翥⑦。不道惊魂有物掣，恰恰蹴翻辽海雪。
那堪移水如移山，一声牛喘一鳖蹙⑧。路傍簇簇东方女，上马
下马若不屑。便欲同声曳巨履，奈何寸骨僵成铁。江南更有
芙蓉面，莫弄如簧鹦鹉舌。

【注释】

① 鹤发鸡皮：白发皱皮，言老者之貌。北周庾信《竹杖赋》："噫，子老矣！
鹤发鸡皮，蓬头历齿。"倪璠注："鹤发，白发也。鸡皮，言其绉也。"　敝袽（rú）：
破衣服，旧棉絮。

② 菜色：因饥饿而营养不良的脸色。这里指受饥。《史记·孟子荀卿列
传》："其游诸侯见尊礼如此，岂与仲尼菜色陈蔡，孟轲困于齐梁同乎哉！"

③ 银缸：银白色的灯盏、烛台。

④ 的的：这里的意思是光亮、鲜明。　纯束：缠束，包裹。《诗·召南·野

有死麕》:"野有死鹿,白茅纯束。"毛传:"纯束,犹包之也。"

⑤ 觑(qù):看。

⑥ 夜阑:夜将尽;夜深。

⑦ 凤翥(zhù):凤飞。

⑧ 蹩躠(bié xiè):用心尽力,奔波。

嘐　嘐　吟^①

　　天乎恢恢大若彼^②,浴也嘐嘐狂若此。十年钻仰无消息^③,一旦心开上帝喜^④。虚堂无事厂空秋,堕尽聪明放天理。谁氏策名夸起家,通身憔悴赐金紫^⑤。尚愁迟暮落青云^⑥,仆仆红尘夜气死^⑦。君不见坐抱郭门坦如箕^⑧,三黜终以道为师^⑨。又不见善刀屠肆鬓如霜^⑩,愿在苍生老何妨。高空横出双南指^⑪,洒脱其中应久矣。从今愿与真名士,百代执鞭为弟子^⑫。一任人群悔吝生^⑬,舒心自有经纶起^⑭。觉来试问事如何,悔杀韶年去似梭^⑮。

【注释】

① 嘐嘐(jiāo jiāo):形容志大而言夸。

② 恢恢:宽阔广大貌。

③ 钻仰:深入研求。语本《论语·子罕》:"仰之弥高,钻之弥坚。"邢昺疏:"言夫子之道高坚,不可穷尽……故仰而求之则益高,钻研求之则益坚。"

④ 心开:谓心灵开悟。

⑤ 金紫:即"金印紫绶",黄金印章和系印的紫色绶带。魏晋以后,光禄大夫得假金章紫绶,因亦称金紫光禄大夫。省称"金紫"。

⑥ 迟暮:比喻晚年。　青云:喻远大的抱负和志向。

⑦ 仆仆:奔走劳顿的样子。　红尘:佛教、道教等称人世为"红尘"。　夜气:儒家谓晚上静思所产生的良知善念。

⑧ 郭门：外城的门。

⑨ 三黜：三次被罢官。典出《论语·微子》："柳下惠为士师，三黜。人曰：'子未可以去乎？'曰：'直道而事人，焉往而不三黜？'"形容宦途不利。

⑩ 善刀：拭刀。典出《庄子·养生主》："善刀而藏之。"陆德明释文："善，犹拭也。"后用以指事前的准备。　屠肆：屠宰场，肉市。

⑪ 双南："双南金"的略语。本指品级高、价值贵的优质铜，后亦指黄金，喻指宝贵之物。

⑫ 执鞭：本义指持鞭驾车，这里指执教。

⑬ 一任：听凭。　悔恚：犹悔恨。

⑭ 舒心：抒展心情。　经纶：这里指筹划治理国家的抱负和才能。参见卷一《偶识藏山旧迹》注释⑮。

⑮ 韶年：美好的岁月。

银　冈　行①

岂不爱一庐？帘卷秋山读父书。岂不爱一堂？生阶玉树看儿行。岂不爱一官？班押螭头紫绶繁②。岂不爱一林？朋从鱼鸟散幽襟③。岂不爱一壶？艳烧红蜡谱笙竽。岂不爱一床？云鬟晓立温柔乡④。自从束发亲灯火⑤，弱冠登朝遂作狂⑥。俯身东戍黄龙下⑦，红颜绿鬓尽沧桑。二十余年寝不寐，天涯回首月如霜。虽恨百忧淫瘦骨⑧，犹喜心开书一囊⑨。洛下真儒踵孟子，翰墨直闻泗水香。晨登讲席歌尧舜，千山翠色落银冈⑩。可知天道终归正，从此丹山起凤凰。

【注释】

① 银冈：郝浴流徙东北时，曾迁居铁岭，筑室于铁岭南门之右，并长期在此设帐办学。其室后有一山冈，又因铁岭古称银州，故称"银冈"。郝浴作《银冈行》时，即将奉召还朝离开铁岭，表达了他对银冈的眷恋。

② 班押：即押班。百官朝会时领班,管理百官朝会位次。唐制,以监察御史二人任其事。宋制,由参知政事、宰相分日押班。　螭头：古代彝器、碑额、庭柱、殿阶及印章等上面的螭龙头像。亦借指殿前雕有螭头形的石阶等。　紫绶：紫色丝带。古代高级官员用作印组,或作服饰。

③ 幽襟：犹幽怀。

④ 温柔乡：典出汉伶玄《飞燕外传》："是夜进合德,帝大悦,以辅属体,无所不靡,谓为温柔乡。语(樊)嫕曰：'吾老是乡矣,不能效武皇帝求白云乡也。'"这里指温暖舒适的境地。

⑤ 束发：古代男孩成童(十五岁)时束发为髻,因以"束发"代指成童之年。灯火：指读书、学习。

⑥ 弱冠登朝：古时以男子二十岁为成人,初加冠,因体犹未壮,故称弱冠。《礼记·曲礼上》："二十曰弱,冠。"孔颖达疏："二十成人,初加冠,体犹未壮,故曰弱也。"后遂称男子二十岁或二十几岁的年龄为弱冠。登朝,指进用于朝廷。郝浴二十六岁(顺治六年)即中进士,入仕为官,故有此言。

⑦ 黄龙：府名。本渤海扶余府,辽太祖平渤海,还至此岭,有黄龙见,更今名。金初因之,并以之为都,岳飞谓"直捣黄龙府,与诸君痛饮耳。"即此。故城在今吉林省农安县。清初奉天开元以北及吉林全境、内蒙古东境,皆其辖地。银州(铁岭)属其辖。

⑧ 淫：浸淫,浸渍。

⑨ 心开：谓心灵开悟。

⑩ 千山：古称积翠山,又名千顶山、千华山。为长白山支脉,纵贯辽东半岛。被誉为"东北明珠""辽东胜境"。

大 家 吟

　　薄情固不可,徇物亦难行①。当其争来时,注目谁为情。横图高名行好事,徒长人心邪见识。骑缠真要上扬州②,平情理遣反忤视③。无端陆地作波澜,簸弄愚人如吞饵④。不知恕

道固寻常⑤,却让英雄无大志。试看英雄豪举时,多少懿亲尽
苦饥⑥。一诺千金哗名辈⑦,伯仲毫末起参差。枯杨已自拨根
本,何为花果在高枝。所以中庸传大道,不取虚闻不树私。国
家次第平推起⑧,干谒都无惟素履⑨。夫妻父子各团圆,施者
无心受者喜。君不见岐阳宫里圣人家,有脚阳春棣萼花⑩。春
风习习无言语,八百诸侯如列麻⑪。又不见渔陶行孝一鳏
夫⑫,一年成聚二年都⑬。登庸一日双亲悦⑭,四海九州歌有
虞⑮。呜呼!是何曾唾手而横襟⑯?肆然为豪侠之粗疏⑰。

【注释】

① 徇物:追求身外之物,曲从世俗。《吕氏春秋·贵生》:"今世俗之君子,
危身弃生以徇物。"高诱注:"徇,犹随也。"

② 骑缠真要上扬州:即"骑鹤上扬州"。典出南朝梁殷芸《小说》卷六:"有
客相从,各言所志,或愿为扬州刺史,或愿多赀财,或愿骑鹤上升。其一人曰:
'腰缠十万贯,骑鹤上扬州。'欲兼三者。"后因以比喻欲集做官、发财、成仙于一
身,或形容贪婪、妄想。

③ 平情:公允而不偏于感情,犹言衡量。　理遣:从事理上得到宽解。
忤视:正面看;面对面看。

④ 簸(bǒ)弄:玩弄,耍弄。

⑤ 恕道:宽仁之道。

⑥ 懿亲:至亲。

⑦ 名辈:犹名流。

⑧ 国家:公家,朝廷。　次第:依次。

⑨ 干谒(yè):有所请求而去拜见某人。　素履:典出《易·履》:"初九:
素履往,无咎。象曰:素履之往,独行愿也。"王弼注:"履道恶华,故素乃无咎。"
后用以比喻质朴无华、清白自守的处世态度。

⑩ 岐阳两句:周公姬旦是周武王之弟,辅武王灭商。武王早崩,成王年幼,
周公摄政。东平武庚、管叔、蔡叔之叛。继而厘定典章、制度,复营洛邑为东都,
作为统治中原的中心,天下臻于大治。　有脚阳春,对官吏施行德政的颂词,典

出五代王仁裕《开元天宝遗事·有脚阳春》:"宋璟爱民恤物,朝野归美,时人咸谓璟为有脚阳春,言所至之处,如阳春煦物也。"棣(dì)萼(è)花,典出《诗经·小雅·常棣》:"常棣之华,鄂不韡韡。凡今之人,莫如兄弟。"比喻兄弟,这里指周公为武王之弟。

⑪ 八百诸侯如列麻:相传周武王在孟津召集天下八百诸侯会师盟誓,进而兵出潼关,败商军于牧野,建立周朝。

⑫ 渔陶行孝一鳏夫:相传帝舜事双亲至孝,《孔子家语·五帝德第二十三》载:"宰我曰:'请问帝舜。'孔子曰:'乔牛之孙,瞽瞍之子也,曰有虞,舜孝友闻于四方,陶渔事亲,为陶器躬捕鱼以养父母宽裕而温良,敦敏而知时,畏天而爱民,恤远而亲近,承受大命……'"

⑬ 一年成聚二年都:据《史记》记载,"舜耕历山,历山之人皆让畔;渔晋泽,雷泽之人皆让居;陶河滨,河滨器不苦窳。一年而所居成聚,二年成邑,三年成都。"

⑭ 登庸:这里指登帝位。

⑮ 有虞:指帝舜。舜,姚姓,有虞氏,名重华,史称虞舜或舜。

⑯ 唾手:比喻极其容易。

⑰ 肆然:无所顾忌,安然自得。

癸丑秋日银园有鸟斐然来仪为赋①

时把一书向书譚,髯鬑虚窗星五聚②。当其心与眼俱开,精庐四照疑三顾③。黛写遥天天正青,偶下阶行三五步。来仪一鸟艳无双,窥我数株碧绿树。询酱色妆燕子身④,尾底束红飞始露。南阳李罢江陵归⑤,白燕玉堂留不住⑥。斯须展翠五云生⑦,分明画出青鸾羽。葱皮旧砚喜无焚,一洗流尘为君赋。

【注释】

① 《癸丑秋日银园有鸟斐然来仪为赋》一诗作于康熙十二年(1673)秋。郝

浴当时正流徙铁岭,筑屋讲学。

② 髣髴:同"仿佛"。类似,好像。 星五聚:谓行星聚于某宿。按,此指汉高祖入关,五星聚东井。

③ 精庐:这里指学舍,读书讲学之所。

④ 蒟(qǔ)酱:即蒟酱。一种用胡椒科植物制成的辛辣而芳香的酱。

⑤ 南阳李:或指李贤。 江陵:指张居正。

⑥ 白燕:白尾的燕子,古代以为瑞鸟。白燕事见《万历野获编》

⑦ 五云:五色瑞云,多作吉祥的征兆。

遣　怀

　　谁及兰为把,幽怀空自澄①。君山一片月②,南海万枝灯③。一从投地后④,翻似束金绳⑤。常闻洛阳黄牡丹,国色无双天下称。一醉百忧散,一顾千金增。每当二十四番来,萧条抽作少林僧。乌鹊日填河⑥,秦楼日语冰。迢迢银汉三千界,杜鹃流血无人应⑦。

【注释】

　　① 幽怀:隐藏在内心的情感。《楚辞》:"怀兰英兮把琼若。"

　　② 君山:在湖南洞庭湖口,又名"湘山"。

　　③ 南海:特指观音菩萨修行所在处。 灯:佛教以为灯能指明破暗,因用以喻佛法。

　　④ 投地:仆倒于地。

　　⑤ 金绳:黄金或其他金属制的绳索,用于拴束、捆绑。

　　⑥ 乌鹊填河:传说每年农历七月初七有"乌鹊填河成桥而渡织女",使牛郎、织女夫妇相会的说法。

　　⑦ 杜鹃流血:相传杜鹃鸟是古蜀帝杜宇的怨魂所化,每逢暮春,啼哭不休,以至口中流血。

柏乡魏相国五岳屏风歌①

茹芝秉笏两低昂②,岳立千年圣业香。顾予尘影犹今日,瞠目高明仰素王③。况饶五岳神仙骨,坐拥烟霞日月傍。计从紫府深谈罢④,五叶青云扑邺架⑤。谁披霜练墨一丸⑥,横驱真形趋笔下⑦。参天岳色满中堂,积翠森森照华夏⑧。贝多神草绿于烟⑨,芙蓉尽日银河泻。独君才大无辙迹,犹龙如戏看成假。嗟予肮脏悔予狂⑩,却惭孙柳恨茫茫。十年苦抱苍生愿,风尘日暗芰荷裳⑪。岂其迟我于先生之来也,将凿彫为朴,摧刚为柔。登泰山而攀北斗,溯洙泗以徜徉⑫。其卫国功名,燕国文章,尽化为伊洛之关键⑬,庶几于颜孟之宫墙⑭。天家有明诏⑮,早晚到恒阳。

【注释】

① 柏乡魏相国:魏裔介(1616—1686),字石生,别号贞庵,又号昆林,北直隶柏乡(今属河北省)人。顺治三年(1646)进士,选庶吉士,任言官,充《世祖实录》总裁官,累官至给事中、左都御史、吏部尚书、保和殿大学士、加太子太保。谥文毅。与郝浴素来交好。

② 低昂:起伏,升降。

③ 素王:儒家专以素王指称孔子。

④ 紫府:道教称仙人所居。

⑤ 邺架:即邺侯架。典出唐韩愈《送诸葛觉往随州读书》诗:"邺侯家多书,插架三万轴。一一悬牙签,新若手未触。为人强记览,过眼不再读。伟哉群圣文,磊落载其腹。"注曰:"李泌父承休,聚书二万余卷,诫子孙不许出门,有求读者,别院供馈。见《邺侯家传》。"邺侯,即李泌。后因以"邺架"比喻藏书处,指人藏书丰富,读书广博。

⑥ 霜练:洁白的绸带,喻水色明洁清澈的江河。

⑦ 真形:本来的形象,真实的形体或形象。

⑧ 积翠：这里指青山。

⑨ 贝多：梵语音译词，意为树叶。也译作根多。贝叶树，常绿乔木。产于印度。其叶用水沤后可当纸用，古印度佛教徒常用来写佛经。

⑩ 肮脏：卑微、丑恶。

⑪ 芰(jì)荷：指菱叶与荷叶。

⑫ 洙泗：洙水和泗水。古时二水自今山东省泗水县北合流而下，至曲阜北，又分为二水，洙水在北，泗水在南。孔子在洙泗之间聚徒讲学，后因以"洙泗"代称孔子及儒家。

⑬ 伊洛：北宋程颢、程颐所创的理学学派。世称程颢为"大程"，程颐为"小程"，合称"二程"。兄弟二人为洛阳人，长期讲学于伊水、洛水之间，因称其学派为"伊洛之学"，也称"洛学"。

⑭ 颜孟：颜子及孟子。颜回，名回，字子渊。孔子得意弟子，孔门七十二贤之首，被后世尊为"复圣"。孟子，名轲，字子舆，儒家学派的代表人物，被后世尊称为"亚圣"，与孔子并称"孔孟"。

⑮ 明诏：英明的诏示。

苹　果　吟

世传南花北果，然南有荔枝，北有牡丹，又恨二美分擅，名花甘实不相兼。乃燕山苹果殊兼之。且近齿即芬，并无橘皮、莲房之隔，殆五果中纯粹和平之君子也。因见邵度之咏感赋①。

牡丹富贵荔枝香，天姿分擅各称王。不信宁馨有极品②，华实无双产帝乡③。燕山万树春花笑，西府海棠才半妙④。经秋百果落燕山，盈筐紫翠空相照。山后开园摘新霜，始登青选谒磁房。口缄虽比金人慎⑤，不是绸缪户牖桑⑥。天家伐冰填冰室，层冰山立屈群膝。神仙姿格推芳郁⑦，偏向冰天来卜吉。独恨雪花万朵干，白打橘枝二妙圆。众芳零落思君子，未必丰姿犹去年。元日元宵忽开宴⑧，露堆金盘行御膳。生脆俨然初下枝,轻红丽色仍浮面^⑨。阳春有脚艳朱门^⑩,梅花暖屋传皆遍。纤手金刀学破瓜,皓齿撕声和露荐。爽气澄涵粹白中^⑪,一味甘和天下羡。的是国香第一颗^⑫,况宠花颜上花朵。神州紫气五云流^⑬,透出岁寒见苹果。

【注释】

① 邵度:金宪孙,直隶清苑人,字邵度,号坿园。

② 宁馨:晋、宋时的俗语,"如此""这样"之意。

③ 华实:这里指花和果实。 帝乡:皇帝居住的地方,京城。

④ 西府海棠:海棠名种之一。

⑤ 口缄:闭口不言。 金人:指神像、佛像。《史记·匈奴列传》:"汉使骠骑将军去病将万骑出陇西……破得休屠王祭天金人。"张守节正义:"金人即今佛像。"

⑥ 绸缪:连绵不断,繁密貌。

⑦ 姿格:仪容,风度。

⑧ 元日:农历正月初一。

⑨ 轻红:淡红色,粉红色。

⑩ 阳春有脚:典出五代王仁裕《开元天宝遗事·有脚阳春》:"宋璟爱民恤物,朝野归美,时人咸谓璟为有脚阳春,言所至之处,如阳春煦物也。"后遂以"阳春有脚"称誉贤明的官员。 朱门:红漆大门,指贵族豪富之家。

⑪ 粹白:纯白,纯洁。

⑫ 国香:极言其香。谓其香甲于一国,故云。

⑬ 五云:五色瑞云,多作吉祥的征兆。

咏孤竹王将军开诸葛洞事^①

青衣之江眉山来^②,斜落紫池走风雷。武侯正向不毛去,粮艘中卸势恢豗^③。当时端视曾留谶^④,寸墨千年虽雾埋。崖头鸟道军前储，一粒一血排门差。天家拊髀时南顾⑤，孤竹才人号武库⑥。代天经略推耆儒⑦，千郡咽喉悬句注⑧。中原精甲下昆明，中路一线尔都护。下瞰江心卧双虎，屹如滟滪逢其怒⑨。为吾精选武丁来，各将凿山巨灵之霜斧布。是何大地一拳石，敢当吾圣人征讨不庭之饷路。绳以尺寸约以法，红旗一招五丁聚⑩。顷刻飞云碧血流，崚嶒一斩浪花注⑪。比肩同放五斛舟⑫，万斛粮艘衔尾渡⑬。柳塘一路彻龙冲，舳舻只如平地趣⑭。人间争夸王将军，岂知当时数已注。细推丁未南阳说，一一都似君名字。呜呼！君不见蜀守阳冰凿离碓⑮，贯彻江汉双流汇。又不见守印穿山开褒斜⑯，漕渭艅艎曾不溃⑰。盱衡千载谁与伦⑱？孤竹将军争项背。我歌此曲诏来者，朝宗永奠趋北泻。

【注释】

① 诸葛洞：在今四川秀山土家族、苗族自治县西南。相传因诸葛亮驻扎于此而得名。《方舆纪要》卷七三平茶洞长官司："诸葛洞'在司治南。石崖屹立，旁有石洞数丈。相传武侯征九溪蛮时留宿于此'。"

② 青衣江：古称若水，又称平羌江，是四川省内的一条河流。李白《峨眉山月歌》里的"影入平羌江水流"即指青衣江。青衣江发源于宝兴县峨眉山，流经宝兴、天全、雅安、荥经、洪雅、夹江，最后在乐山与大渡河、岷江三江合流，全长284千米。故言"青衣之江眉山来"。

③ 豗(huī)：撞击。

④ 谶(chèn)：古人认为将来要应验的预言、预兆。

⑤ 拊髀(fǔ bì)：以手拍股。表示激动、赞赏等心情。

⑥ 号武库：称誉人的学识渊博，干练多能。《晋书·杜预传》："预在内七年，损益万机，不可胜数，朝野称美，号曰'杜武库'，言其无所不有也。"

⑦ 耆儒：德高的老儒。

⑧ 句注：山名。在今山西代县北，为古代九塞之一。《吕氏春秋·有始》："何谓九塞？大汾、冥阨、荆阮、方城、殽、井陉、令疵、句注、居庸。"高诱注："句注

在雁门。"《史记·张仪列传》："（赵襄子）欲并代,约与代王遇于句注之塞。"张守节正义："句注山在代州也。"

⑨ 滟滪（yàn yù）：即滟滪堆。位于长江三峡瞿塘峡口,附近水流很急,是著名的险滩。在四川奉节县东。也称淫预堆,俗称燕窝石。

⑩ 五丁：神话传说中的五个力士,这里泛指力士。《艺文类聚》卷七引扬雄《蜀王本纪》："天为蜀王生五丁力士,能移山,秦王（秦惠王）献美女与蜀王,蜀王遣五丁迎女。见一大蛇入山穴中,五丁并引蛇,山崩,秦五女皆上山,化为石。"

⑪ 崚嶒（léng céng）：形容山势高峻。

⑫ 斛舟：小船。

⑬ 衔尾：一个跟着一个,谓前后相接。

⑭ 舳舻（zhú lú）：船头和船尾的并称。多泛指前后首尾相接的船。《汉书·武帝纪》："自寻阳浮江,亲射蛟江中,获之。舳舻千里,薄枞阳而出。"颜师古注引李斐曰："舳,船后持柁处也。舻,船前头刺棹处也。言其船多,前后相衔,千里不绝也。"

⑮ 蜀守阳冰凿离碓（duì）：离碓,亦作"离堆",古地名,位于四川省都江堰市境内都江堰。秦时蜀郡太守李冰父子所凿。《史记·河渠书》："蜀守冰凿离碓,辟沫水之害,穿二江成都之中。"裴骃集解引晋灼曰："（碓）古'堆'字也。"

⑯ 褒斜：古通道名。也称褒斜道、褒斜谷,在陕西省西南,为沿褒水（南流入沔）、斜水（北流入渭）所形成的河谷。南口称褒谷,在今勉县褒城镇北十里;北口称斜谷,在今眉县西南三十里。总长四百七十里。通道山势险峻,凿山架木,于中绝壁修成栈道,旧时为川陕交通要道。东汉永平六年（63）,汉中太守钜鹿郡君奉诏受广汉蜀郡巴郡刑徒二千六百九十人,动工开通褒斜栈木。

⑰ 艅艎（yú huáng）：吴王大船名,亦作"余皇"。后泛指大船、大型战舰。

⑱ 盱（xū）衡：观察、纵观。原意为扬眉举目,后"观察、纵观"也称盱衡。《汉书·王莽传》："当此之时,公运独见之明。奋亡前之威,盱衡厉色,振扬武怒。"注："孟康曰：眉上曰衡。盱衡,举目扬眉也。"

卷二

近体　五言律　五言排律_附

日欲入赤光如斗者久之^①

鸿宝来何处^①,团圞侧兑宫^②。焰烧云外雨,渴饮海中虹。
正色忧冥晦^③,临渊慎始终^④。人伦几跃冶^⑤,天地一精忠^⑥。

【注释】

① 鸿宝:也作"洪宝",道术书篇名。《汉书·刘向传》:"上复兴神仙方术之事,而淮南有《枕中鸿宝苑》秘书,书言神仙使鬼物为金之术。"泛指道经。

② 团圞(luán):团栾,形容圆。　兑宫:在道教九宫中,正西方为兑宫。

③ 正色:本来的颜色,真正的颜色。《庄子·逍遥游》:"天之苍苍,其正色邪?"　冥晦:昏暗,隐没不明。汉王充《论衡·雷虚》:"云雨冥晦,人不能见耳。"

④ 临渊:典出《诗·小雅·小旻》:"战战兢兢,如临深渊,如履薄冰。"谓面临深渊,脚踏薄冰。后因以此典比喻谨慎戒惧。

⑤ 跃冶:指乐于接受锻炼而成良器。

⑥ 精忠:纯洁忠贞。

月

一

霜降山岚隐^①,娟娟月薄城。振衣何历落^②,举眼愈高明。

白雪登楼兴,飞鸟匝树情。安知玄对里,瞬息见天行。

二

炎凉逐日改,澹泊有君能。皓魄四时活③,天心万古澄④。
乾坤归简易,风气任凭陵⑤。不昧盈虚理⑥,青霄故故升⑦。

【注释】

① 山岚:山中的雾气。

② 振衣:抖衣去尘,整衣。

③ 皓魄:明月,亦指明亮的月光。

④ 天心:天空中央。

⑤ 凭陵:这里指高昂。

⑥ 盈虚:这里特指月之圆缺。

⑦ 青霄:青天。 故故:屡屡,常常。唐杜甫《月》诗之三:"时时开暗室,故故满青天。"仇兆鳌注:"故故,犹云屡屡。"

喜　雨①

天地无终极①,阴阳自太和②。云行缘感激,霆迅似悲歌。
浩浩银湾决③,滔滔朱鳖多④。山川神气爽,庭柏欲风魔。

【注释】

① 终极:穷尽,最后。

② 太和:天地间冲和之气。《易·乾》:"保合太和,乃利贞。"朱熹本义:"太和,阴阳会合冲和之气也。"

③ 银湾:指银河。

④ 朱鳖:传说中的一种赤色的鳖,能吐珠,又称珠鳖。

病

一

繁忧芟不去^①，潦倒月明间。万里心如捣，三更泪欲斑。龙孤吟黑水，虎逸啸眉山。俯仰西南事^②，萧萧瘦客颜。

二

宇宙名何在？天人泪漫溅。十年心力破，一病鬓毛斑。漠漠仇花月^③，悠悠负圣贤。抚躬思大药^④，把镜一愀然^⑤。

【注释】

① 芟(shān)：除去，清除。

② 俯仰：形容沉思默想。

③ 花月：花和月，泛指美好的景色或时光。

④ 抚躬：谓反躬，反躬自问。

⑤ 愀然：容色改变，忧愁的样子。《礼记·哀公问》："孔子愀然作色而对曰：'君之及此言也，百姓之德也。'"郑玄注："愀然，变动貌也。"

病　愈

貌已为时瘦，心微仗理开。桃花拍岸起，铁骑扰云来。年少输神策^①，言多种鬼胎。固因澄锦誓，浪费鸟鱼猜。

【注释】

① 神策：亦作"神筴"。卜筮所用之蓍草。

不　寐

一

柝声击不断①,伏枕意如何②？月薄山岚重③,仆劳噩梦多。
矮檐雄鼠胆,残烛耐诗魔④。展转天将旦⑤,高吟黄鹄歌⑥。

二

终宵风雨怒,平旦梦魂摇⑦。不已鸡声碎,无边宦海潮。
怀人愁夜永,把酒问天遥。回首三千里,归心汗血骄⑧。

【注释】

① 柝声：指击柝巡夜的声音。柝,古代巡夜人敲以报更的木梆。

② 伏枕：伏卧在枕上,卧床。

③ 山岚：山中的雾气。

④ 诗魔：犹如入魔一般的强烈的诗兴。

⑤ 旦：天亮。

⑥ 黄鹄歌：汉武帝元封六年(前105),江都王刘建之女细君公主远嫁乌孙,因心中悲愁,作诗遣怀："吾家嫁我兮天一方,远托异国兮乌孙王。穹庐为室兮旃为墙,以肉为食兮酪为浆。居常土思兮心内伤,愿为黄鹄兮归故乡。"因相传为《黄鹄歌》。《黄鹄歌》采用楚歌诗体,充满哀情,寄托了她的思乡之情,以及发自肺腑的寂寞情感,扣人心弦,催人泪下。郝浴以此表达其怀乡情怀,以及内心的悲苦忧愁。

⑦ 平旦：清晨。

⑧ 汗血：汗出如血,特指汗血马。

闻　寇①

莽上平蛮颂,轻传谕蜀文。羌江生怒浪,溪洞结愁云②。

楚蜀兵难合,黔滇势未分。近闻涪水寇③,剽劫日成群④。

【注释】

①《闻寇》一诗作于顺治九年壬辰(1652)八九月间,郝浴在四川保宁补行辛卯年乡试,南明大将刘文秀等获悉后率众围攻保宁城。

② 溪洞:亦作"溪峒",古代指今部分苗族、侗族、壮族及其聚居地区。

③ 涪水:水名。在四川省中部,源出松潘县,东南流经平武、绵阳、三台、遂宁、潼南至合川县入嘉陵江。

④ 剽劫:抢劫。

猎　滹　阳①

天壤腾兵气②,胡为鹰狗间。仆姑犹羽翼③,汗血自斑斓④。雨作朱衣梦⑤,心飞青海湾。何曾逐狡兔,风雪每愁还。

【注释】

① 滹阳:滹沱河之北。滹沱河在河北省西部,源出山西省繁峙县东之泰戏山,穿割太行山,东流入河北平原,入直隶境,在献县汇合滏阳河为子牙河。又东北注于沽河。

② 天壤:天地,天地之间。

③ 仆姑:箭名。

④ 汗血:汗出如血,特指汗血马。见卷二《不寐》注释⑧。　斑斓:色彩错杂灿烂的样子。

⑤ 朱衣:穿朱衣。指入仕、升官。

扬　麦

种麦升佳实,簸扬小暑前。追思秋水斗,谁忆圣恩蠲①。
扰翰惊天雨,殷勤谢有年②。休言血汗洒,粒粒掷金钱。

【注释】

① 蠲(juān):除去;减免。

② 有年:丰年。《书·多士》:"今尔惟时宅尔邑,继尔居,尔厥有干有年于
兹洛。"孔传:"汝其有安事有丰年于此洛邑 。"

元宵示儿翘

身为不肖子,有尔竟何如? 空对新圆月,难传旧读书。青
春悬道岸①,紫海响茅庐。万里龙荒外②,殷勤雁足初③。

【注释】

① 道岸:佛教语。菩提岸;彻悟的境界。

② 龙荒:漠北,后泛指荒漠之地。详见卷一《喜雪简魏石生总宪》注释⑯。

③ 雁足:指书信。典出《汉书·苏武传》:"昭帝即位。数年,匈奴与汉和
亲。汉求武等,匈奴诡言武死。后汉使复至匈奴,常惠请其守者与俱,得夜见汉
使,具自陈道。教使者谓单于,言天子射上林中,得雁,足有系帛书,言武等在某
泽中。使者大喜,如惠语以让单于。单于视左右而惊,谢汉使曰:'武等实在。'"

同王无烦李吉津游石氏祇园①

一

祇是开怀好,边愁谁复禁? 同缘青草去,各放白云心②。

十里将军树^③,一丸长者金。纤尘飞不到,清切动高吟。

二

侧身双树人,花气浣衣裳。不道千年雪,融成百合香。鲜红嫣小筑,旧翠湿回廊^(一)。尚有巢君燕,呢喃问觉王^④。

三

金谷分明在^⑤,相看作化城。青山如假寐,飞鸟乍虚鸣。花灿阳春笑,松流大壑声。到来谁复憾,况是尾龙行。

四

细柳浸天碧,森森一径开。凭风闻鸟唤,把臂出林来。日丽元龙气^⑥,春澄惠远杯^⑦。何期他化里,步步踏蓬莱。

【校记】

(一) 旧翠湿回廊:校本作"凝翠湿回廊"。

【注释】

① 王无烦:不详。李吉津:李呈祥,字其旋,又字吉津,号木斋,沾化人。明崇祯癸未(1643)进士,改庶吉士。入清,授编修,历官詹事府少詹事兼侍讲学士。以建言谪居奉天。赦还,卒。有《东村集》十卷,凡诗文各五卷。在东北流放时曾与郝浴、函可、陈掖臣等人为骨干成立"冰天诗社"。

② 白云心:喻归隐。

③ 将军树:《后汉书·冯异传》:"(冯异)每所止舍,诸将并坐论功,异常独屏树下,军中号曰'大树将军'。"后以"将军树"借指大树。北周庾信《预麟趾殿校书和刘仪同》:"月落将军树,风惊御史乌。"

④ 觉王:佛的别称。

⑤ 金谷:借指仕宦文人游宴饯别的场所。

⑥ 元龙气:即元龙豪气。东汉陈登,字元龙,许汜曾谓刘备曰:"陈元龙湖

海之士,豪气不除。"见《三国志·魏志·陈登传》。后以此典形容人志向远大,豪放不羁,不屑与世俗之人来往。

⑦ 惠远(334—416):东晋雁门楼烦(今山西宁武西)人,俗姓贾。少时博通六经,尤善老庄。二十一岁出家,师事道安。后避中原战乱,辗转南迁。后定居庐山东林寺,曾与刘遗民等一百二十三人结社于庐山,称莲社,"建斋立誓共期西方",逾三十年。精般若性空心学,笃信因果报应之说,热忱弘法,特遣弟子法净、法顾等西出流沙,远求众经。故后被净土宗推奉为"初祖",主张"百家同致",认为释、儒、道三家"可合而明"。　他化:佛家有他化自在天。

中 秋 夜 分

一

大地澄于水,当头好月来。婵娟还自舞①,桂殿为谁开②?搔首听双杵③,飞星劝一杯。浮槎从此去④,宁复顾三台⑤。

二

声声华表鹤⑥,不去复何时? 云母蟠桃颗⑦,金波桂树枝⑧。千秋属此夜,四海及谁知? 横笛千峰上,寥寥独个吹。

【注释】

① 婵娟:此指明月;月色明媚。

② 桂殿:指月宫。

③ 双杵(chǔ):古时女子捣衣,二人对坐,各持一杵。

④ 浮槎(chá):木筏。传说中来往于海上和天河之间的木筏。晋张华《博物志》卷十:"旧说云:天河与海通,近世有人居海渚者,年年八月,有浮槎去来,不失期。"

⑤ 三台:星名。《晋书·天文志上》:"三台六星,两两而居……在人曰三公,在天曰三台,主开德宣符也。西近文昌二星曰上台,为司命,主寿。次二星

曰中台,为司中,主宗室。东二星曰下台,为司禄,主兵,所以昭德塞违也。"

⑥ 华表鹤:典出晋陶潜《搜神后记》卷一:"丁令威,本辽东人,学道于灵虚山,后化鹤归辽,集城门华表柱。时有少年,举弓欲射之,鹤乃飞,徘徊空中而言曰:'有鸟有鸟丁令威,去家千年今始归。城郭如故人民非,何不学仙冢累累。'遂高上冲天。"后以"华表鹤"喻指久别之人,表现客居异地、对故土亲旧的眷念。

⑦ 蟠桃:神话中的仙桃。据《论衡·订鬼》引《山海经》:"沧海之中,有度朔之山,上有大桃木,其蟠屈三千里。"

⑧ 金波:本指月光,这里借指月亮。　桂树枝:即桂枝。传说月中有桂树,因以"桂枝"指月。

听王氏痴奴夜哭

无言空满抱①,昏夜动哀音②。白尽庸人眼,难灰寸草心③。墨轮飞紫袖,广柳著黄金④。共尔客尘里⑤,啾啾漏欲深⑥。

【注释】

① 满抱:形容婴儿胖乎乎的样子。

② 昏夜:黑夜。

③ 寸草心:语本唐孟郊《游子吟》:"慈母手中线,游子身上衣。临行密密缝,意恐迟迟归。谁言寸草心,报得三春晖!"后以此典比喻父母对子女的养育之恩。

④ 墨轮,即墨车。广柳:即广柳车,泛指载货大车。北齐颜之推《颜氏家训·省事》:"伍员之托渔舟,季布之入广柳……前代之所贵,而吾之所行也,以此得罪,甘心瞑目。"

⑤ 客尘:佛教语,指尘世的种种烦恼。《维摩诘经·问疾品》:"菩萨断除客尘烦恼而起大悲。"注:"什曰:心本清净,无有尘垢,尘垢事会而生,于心为客尘也。肇曰:心遇外缘,烦恼横起,故名客尘。"

⑥ 啾啾:象声词,凄切尖细的声音。 漏深:漏尽更深,夜深。漏壶为古代计时器,铜制有孔,可以滴水或漏沙,简称"漏"。

魏昭华贻玫瑰花①

唾手成霖雨②,春生绝塞花。色空天外眼,香入故人衙。
丹灶千年气③,赤城一捻霞④。不闻仙佩响,疑是饭胡麻。

【注释】

① 魏昭华:魏琯,字昭华,山东寿光人。明崇祯十年(1637)进士,任监察御史。入清,顺治二年(1645)授湖广道御史,同年巡按甘肃。顺治四年(1647)调任江宁学政,次年还京掌河南道。顺治九年(1652)升任顺天府府丞。顺治十年(1653)任大理寺卿,旋即又任命为兵部侍郎。后因上书言"逃人法"弊政而被"革职遣戍辽阳",遂卒于辽。郝浴曾与他以及函可、李裀、季开生、李呈祥、陈掖臣等人为骨干,成立"冰天诗社"。

② 霖雨:甘雨,时雨。

③ 丹灶:炼丹用的炉灶。

④ 赤城:传说中的仙境。

望日五更瞻斗①

夜漏重重报②,晨鸡一度鸣。求衣郁彩舞,见月想云横。
紫海升南极③,青天挂玉衡④。为亲肃拜祝,儿齿愿重生。

【注释】

① 望日:月圆的那一天。指农历每月十五日。 斗:星宿名,指北斗七星。

② 重重:反复,屡屡。

③ 紫海:传说中海名。唐苏鹗《杜阳杂编》卷中:"敬宗皇帝宝历元年,南昌国献玟瑶盆、浮光裘、夜明犀。其国有酒山、紫海……紫海水色如烂椹,可以染衣,其龙鱼龟鳖砂石草木,无不紫焉。"　南极:星名,即南极老人星。

④ 玉衡:北斗七星中的第五星,泛指北斗。《文选·扬雄〈长杨赋〉》:"是以玉衡正而太阶平也。"李善注引韦昭曰:"玉衡,北斗也。"

重阳前一日

　　帝京三十月,见此一篱花。艳色随阳重,幽香近节加。临风清旧眼,已病醒脾家①。负郭香醪满②,明朝随处赊。

【注释】

① 脾家:脾脏所在之处,泛指腹部。醒脾,谓消闲。

② 负郭:谓靠近城郭。唐杨炯《遂州长江县孔子庙堂碑》:"凭三时之闲暇,兴役鸠工;视四野之川原,依城负郭。"　香醪(láo):美酒。唐杜甫《崔驸马山亭宴集》诗:"清秋多宴会,终日困香醪。"

小清河饮马①

　　大漠紫烟浓,长溪万马冲。盘涡真濯锦②,顾影欲交龙③。上将鱼丽阵④,名王苜蓿封⑤。何时蹴踏尽⑥,毛骨洗凡庸⑦。

【注释】

① 小清河:即辽宁铁岭南之懿路河。明《全辽志》卷一铁岭卫:"小清河在'城南六十里。源出归德州南山,西流经懿路城南,流入辽海。'"　饮(yìn)马:给马喝水。

② 盘涡：水旋流形成的深涡。　濯锦：漂洗织锦。成都一带所产的织锦，锦彩鲜润逾于常，以华美著称。这里指漂洗这种织锦。

③ 顾影：自顾其影，有自矜、自负之意。　交龙：两龙蟠结的图案。《释名·释兵》："交龙为旗：旗，倚也。画作两龙相依倚也。通以赤色为之，无文采，诸侯所建也。"

④ 上将：指主将、统帅等高级将领。　鱼丽阵：古代战阵名。晋杜预注："《司马法》：'车战二十五乘为偏。'以车居前，以伍次之，承偏之隙而弥缝阙漏也。五人为伍。此盖鱼丽陈法。"

⑤ 名王：指古代少数民族声名显赫的王。　苜蓿：本为植物名，原产西域各国，汉武帝时，张骞使西域，始从大宛传入。马嗜苜蓿，故在此亦用作马的代称。

⑥ 蹢躅：行走，奔跑。

⑦ 凡庸：指平凡、平庸的人。

溪上大士庵寓目

一

渔穿杨柳渡，马散白云洲。一掌飞龙地，千头饭雪牛。磬潮天外雨，虹入禁中楼。冉冉青山下，何人报酒筹①。

二

落日云山紫，钟声满帝乡。香传鹦鹉偈，鸟叫妙庄王。草屩分苍翠②，金波上渺茫。自怜萧索后，不减旧来狂。

【注释】

① 酒筹：饮酒时用以记数或行令的筹子。

② 草屩：草鞋。

秋夜读阳明居彝诗百十一首穆然有怀^①

明家天子怒，万里谪姚江^②。杖策丹砂近^③，行吟白发双。
余生空朔漠，高躅尚南邦^④。遥忆龙场夜，无言月满窗。

【注释】

① 阳明《居彝诗》：王阳明，名守仁，字伯安，浙江余姚人。世称"阳明先生"。明弘治十二年（1499）进士，历任知县、兵部主事、太仆少卿、江西巡抚、兵部尚书，以平定朱震濠叛乱加封"新建伯"，卒谥文成。明武宗正德三年（1508）春，因得罪宦官刘瑾，被廷杖，谪为龙场驿（今贵州修文县）驿丞。在龙场三年，王阳明创作了百余首歌咏贵州及龙场秀丽山川的诗篇，收入《王阳明全集·居夷诗》中。这百多首《居夷诗》是其生活和学术思想飞跃转化的忠实反映，也是其创作兴旺时期的代表作品。

② 姚江：本为水名，在浙江余姚市南。王阳明为余姚人，故称其所学为"姚江学派"。

③ 丹砂：指丹砂炼成的丹药。

④ 高躅：崇高的品行。

偶　　成

寂寞封篱落，黄昏月不胜。云飞全是雪，海啸亦成冰。虎坐披千卷，牛衣照一灯^①。可怜独卧久，不得梦魂凝。

【注释】

① 牛衣：供牛御寒用的披盖物，如蓑衣之类。喻贫寒。《汉书·王章传》："章疾病，无被，卧牛衣中。"颜师古注："牛衣，编乱麻为之，即今俗呼为龙具者。"

首　夏^①

首夏雪微尘,青畦步步春。墨光澄竹简,燕语韵风人^②。
心澹花香细,眉舒两脚新。自从腴战后,草阁亦精神。

【注释】

① 首夏:始夏,初夏。指农历四月。三国魏曹丕《槐赋》:"伊暮春之既替,即首夏之初期。"

② 燕语:宴饮叙谈;闲谈,亲切交谈。《诗·小雅·蓼萧》:"燕笑语兮,是以有誉处兮。"郑玄笺:"天子与之燕而笑语。"朱熹集传:"燕,谓燕饮。"　风人:诗人。《文选·曹植〈求通亲亲表〉》:"是以雍雍穆穆,风人咏之。"吕延济注:"风人,诗人也。"

彩　云

榆海金乌照^①,卿云塞外飘^②。春秋当鼎盛^③,造化亦逍遥。
掩袂霓裳动^④,扶疏剑气骄^⑤。光华违咫尺^⑥,眉宇想神尧^⑦。

【注释】

① 金乌,日。

② 卿云:一种彩云,古人视为祥瑞。

③ 春秋当鼎盛:比喻正当壮年。春秋,指年龄;鼎盛,正当旺盛之时。

④ 掩袂:用衣袖遮面。

⑤ 扶疏:回旋、飘散貌。

⑥ 违咫尺:典出《左传·僖公九年》:"天威不违颜咫尺。原谓天鉴察不远,威严如常在面前。"后以比喻离天子容颜极近,亦指天子之颜。

⑦ 神尧:唐代对唐高祖李渊的尊称。这里泛指皇帝。

七 夕 咏 怀

天上知何似,人间密此宵。尚疑蝴蝶梦①,谁解凤凰箫②?
仙佩金天响,鸦翎云汉飘③。明明见牛女④,夜永益清超⑤。

【注释】

① 蝴蝶梦:典出《庄子·齐物论》:"昔者庄周梦为胡蝶,栩栩然胡蝶也,自喻适志与! 不知周也。俄然觉,则蘧蘧然周也。不知周之梦为胡蝶与,胡蝶之梦为周与? 周与胡蝶,则必有分矣。此之谓物化。"后因以"蝴蝶梦"比喻虚幻之事、迷离之梦以及超然物外的玄想心境。

② 凤凰箫:典出汉刘向《列仙传》:"萧史者,秦穆公时人也,擅吹箫,能致孔雀、白鹤于庭。穆公有女字弄玉,好之,公遂以女妻焉。日教弄玉作凤鸣,居数年,吹似凤声,凤凰来止其屋。公为作凤台,夫妇止其上,不下数年。一旦皆随凤凰飞去,故秦人为作凤女祠于雍宫中,时有箫声而已。"

③ 云汉:银河,天河。

④ 牛女:牵牛、织女两星或"牛郎织女"的省称。

⑤ 夜永:夜长,夜深。多用于诗中。

八月十五夜月

中山垂白发,辽海此中秋①。一见孤圆月,平吞万里愁。
飞空颜色动,顾步水晶流②。望断如银路,何曾双泪收?

【注释】

① 中山垂白发,辽海此中秋:郝浴为直隶定州人,因定州古为中山国,故又称郝中山。此时郝浴流徙辽宁铁岭,适逢八月十五日中秋节,故言。

② 水晶:喻皎洁的月光。

同陈心简看月

一

四更天不夜,满眼月分明①。尽撤银河影,独悬潮海声。疏钟一度落②,白发几根生。妬杀南征雁③,双双片羽横。

二

呼晓鸡声沸,空堂物色惊。昔悬熊虎垒,今满凤凰城④。墨气横空尽,星文触地行⑤。何当一远啸,几处见销兵⑥。

【注释】

① 分明:明亮。

② 疏钟:稀疏的钟声。

③ 妬:同"妒"。征雁:迁徙的雁,多指秋天南飞的雁。

④ 凤凰城:京城。

⑤ 星文:星光。

⑥ 销兵:销毁兵器,言消弭战争。

至 日 雪

一

侵晓延长至,雪明贲草茅。一筹方自拥,群鸟尚偎巢。山静闻麇解,篱穿见虎交。六花应有意①,落瓣识阳爻。

二

旭色蓬莱上,职方画里看②。五花刷异域③,一羽入长安。

不冰惟海若④,抱膝岂鱼磻⑤。亦有琅玕玉⑥,苍然横水寒。

三

雪布南郊地,春投故土人。青云生窈窕,朱汗湿麒麟⑦。
削楮呼兵易⑧,分甘厌乳醇⑨。安知柴水上⑩,戍客似鱼鳞⑪。

四

野碓凝寒碧⑫,茅檐晚照红⑬。鲛人收海气⑭,监德曜帘
栊⑮。酒纵浮沉外⑯,缶呼感慨中。天心今日见⑰,雪白一
阳通。

【注释】

① 六花:雪花。雪花结晶六瓣,故名。

② 职方:古指职掌方面之官。《礼记·曲礼下》:"五官之长曰伯,是职方。
其摈于天子也,曰天子之吏。"郑玄注:"职,主也,是伯分主东西者。"孔颖达疏:
"是职方者,言二伯于是职主当方之事也。"

③ 五花:唐人喜将骏马鬃毛修剪成瓣以为饰,分成五瓣者,称"五花马",亦
称"五花"。

④ 海若:传说中的海神。《楚辞·远游》:"使湘灵鼓瑟兮,令海若舞冯
夷。"王逸注:"海若,海神名也。"

⑤ 磻(pán):磻溪钓。在今陕西省宝鸡市东南,传说为周吕尚未遇文王时
垂钓处。

⑥ 琅玕(láng gān)玉:古书上指似珠玉的美石,也指珠树。《书·禹贡》:
"厥贡惟球、琳、琅玕。"孔颖达疏:"琅玕,石而似珠者。"

⑦ 朱汗:《汉书·武帝纪》:"贰师将军广利斩大宛王首,获汗血马来。"颜
师古注引应劭曰:"大宛旧有天马种,蹋石汗血。汗从前肩髆出,如血。号一日
千里。"后因以"朱汗"为典,形容骏马的优良特性。

⑧ 削楮:即削牒。楮者,纸也。

⑨ 分甘:《后汉书·杨震传》:"虽有推燥居湿之勤。"李贤注引《孝经·援

神契》:"母之于子也,鞠养殷勤,推燥居湿,绝少分甘。"本谓分享甘美之味,后亦以比喻慈爱、友好、关切等。

⑩ 柴水:即柴河。发源于抚顺市清原满族自治县,于铁岭城北汇入辽河,贯穿铁岭市区,是辽北地区的主要水源,也是铁岭市的母亲河。

⑪ 戍客:离乡守边的人。　鱼鳞:古代兵阵名,即鱼丽阵。

⑫ 野碓(duì):山野间的水碓。碓是舂米用具,用柱子架起木杠,杠的一端装置一块圆石,以足连续踏木杠的另一端,石连续起落可以舂米。　凝寒:严寒。

⑬ 茅檐:指茅屋屋檐。　晚照:夕阳的余晖,夕阳。

⑭ 鲛人:神话传说中的人鱼。晋张华《博物志》卷九:"南海外有鲛人,水居如鱼,不废织绩……从水出,寓人家,积日卖绢。将去,从主人索一器,泣而成珠满盘,以与主人。"　海气:海面或江面上的雾气。

⑮ 监德:岁星正月晨现于东方,谓之"监德"。《史记·天官书》:"以摄提格岁:岁阴左行在寅,岁星右转居丑。正月,与斗、牵牛晨出东方,名曰监德。色苍苍有光。"司马贞索隐:"岁星正月晨见东方之名。"　曜(yào):照耀。　帘栊:亦作"帘笼"。窗帘和窗牖。

⑯ 浮沉:随波逐流。比喻追随世俗。

⑰ 天心今日见:谓雪后天放晴。天心,天空中央。

辅 国 东 园

　　帝子读书处①,春风百草香。高明此阅世②,奥博自升堂③。旧里深松柏,平原下凤凰。善多心益乐,俯仰见陶唐④。

【注释】

① 帝子:帝王之子。

② 阅世:经历时世。

③ 奥博:渊深而广博。

④ 陶唐:即唐尧,帝喾之子,姓伊祁,名放勋。初封于陶,后徙于唐。为古

代传说中的圣主。后指称贤明的帝王。

祖越寺值雨①

一

松声量万壑,秀色簇成云②。滴沥空山翠,砏磤旭气曛③。
烟霞侵杖履④,钟磬入氤氲⑤。十载名山兴,千金此见闻。

二

凭槛遥看处,雨阑山益真。新红娇绮树,老翠束龙鳞。万
里重关隔,千峰此日亲。可怜杯渡影⑥,携著过江人。

【注释】

① 祖越寺:亦称灵岩寺,位于辽宁鞍山市东 20 公里的千山北沟无量观西
阁之下,是辽宁千山的五大禅林之一,始建于辽金时期,明代重建,殿宇宏阔,现
存大殿三间,寺后有石刻"独镇群岳"。在明代负有盛名。

② 秀色:优美的景色。

③ 砏磤(pīn yīn):大雷声。

④ 杖履:老者所用的手杖和鞋子。

⑤ 氤氲(yīn yūn):指湿热飘荡的云气,烟云弥漫的样子。

⑥ 杯渡:晋宋时僧人,不知姓名。传说其常乘木杯渡水,故以"杯渡"为名。
后因以称僧人出行。

夏日过深郡东园①

一

可能即五岳,一日足烟霞。深树青云没,虚窗白昼斜。山

阴谁载酒②,陆羽自烹茶③。不为新丰去④,清凉好作家。

二

画栋巢新燕⑤,匡床护绛纱⑥。清闲一枕梦,香破五侯瓜。道义归沧海,芝兰放晓衙。只今惟酒颂,可以娱年华。

三

森森松竹起,翠接紫金山。司业随流水⑦,尚书久闭关。帘开瓦雀出⑧,叶密乳乌还。空有临棋客,悠悠别墅间。

四

剩有苍生愿,方期挽鹿门⑨。薜萝还挂月⑩,风雨好开樽⑪。盛色人间老,浮名天壤存⑫。都无留滞意,披豁对乾坤⑬。

【注释】

① 深郡:隋置,即清直隶深县。属直隶保定府。

② 山阴谁载酒:东晋王羲之曾居山阴(即今浙江绍兴),永和九年(353)三月初三,王羲之与名士谢安、孙绰、支遁等聚会于山阴兰亭,行修禊之礼,曲水流觞,诗书唱和,王羲之为作《兰亭集序》。

③ 陆羽自烹茶:陆羽(733—804),字鸿渐,一名疾,字季疵,号竟陵子,又号桑苎翁、东冈子,唐复州竟陵(今湖北天门)人,一生嗜茶,精于茶道,以著世界第一部茶叶专著《茶经》闻名于世,被尊为"茶圣",民间祀为"茶神"。

④ 此应是汉新丰典。

⑤ 画栋:有彩绘装饰的栋梁。

⑥ 匡床：安适的床。一说方正的床。　绛纱：犹绛帐。对师门、讲席之敬称。

⑦ 司业：学官名，主管学业教育。隋以后国子监置司业，为监内副长官，协助祭酒，掌儒学训导之政。至清末始废。司业、尚书当有所指。

⑧ 瓦雀：麻雀的别名。

⑨ 鹿门：典出晋皇甫谧《高士传》："庞公者，南郡襄阳人也。居岘山之南，未尝入城府。夫妻相敬如宾。荆州刺史刘表数延请，不能屈，乃就候之。曰：'夫保全一身，孰若保全天下乎？'庞公笑曰：'鸿鹄巢于高林之上，暮而得所栖；鼋鼍穴于深渊之下，夕而得所宿。夫趣舍行止，亦人之巢穴也。且各得其栖宿而已，天下非所保也。'因释耕于垄上，而妻子耘于前……后遂携其妻子登鹿门山，因采药不反。"后以此典形容人不慕荣华，甘心隐居山野。

⑩ 薜萝：薜荔和女萝。皆野生植物，常攀缘于山野林木或屋壁之上。后借以指隐者或高士的衣服或住所。

⑪ 开樽：举杯（饮酒）。

⑫ 浮名：虚名。　天壤：天地；天地之间。

⑬ 披豁：敞开，开诚。唐杜甫《奉简高三十五使君》诗："天涯喜相见，披豁对吾真。"仇兆鳌注："披豁，即开心见诚之意。"

深学泮池新生二泉其甘甲郡①

潺流深下博②，宣庙出吴庄。虹起龙门辟，云飞水窦香③。
鼻泉成润德，花县几沧桑③。赖有蠬蚔客，霜清苣蓿堂。

【注释】

① 深学泮池：深县学宫前的水池。深，即清直隶深县，属直隶保定府。泮池，意即"泮宫之池"，是官学的标志。

② 水窦：水道；水之出入孔道。

③ 花县：晋潘岳为河阳令,满县遍种桃花,人称"河阳一县花"。见《白孔六帖》卷七七。后遂以"花县"为县治的美称。

饮张汝玉公祖即席赋赠

　　畹水生香草,清宵倚玉人①。梅花迸是雪,竹叶满浮春。
业与龚黄较②,家惟屈宋邻③。争看名太守,鹤骨画麒麟。

【注释】

　　① 清宵：清静的夜晚。
　　② 龚黄：汉代循吏龚遂与黄霸的并称。泛指循吏。
　　③ 屈宋：战国时楚国辞赋家屈原、宋玉的并称。

饮蔡方山公祖夜归崇因禅院

　　兰如分古处,深饮欲忘言。烛影攒红树,雪花满鹿园①。
醉从尘海注②,醒及竺书翻③。明月今犹在,终酬一指恩。

【注释】

　　① 鹿园：即鹿野苑。佛教地名,在中天竺波罗奈国,今属印度北方邦瓦拉纳西。传说释迦成道后,始来此说四谛之法,度憍陈如等五比丘,故名仙人论处。为佛教圣地。
　　② 尘海：谓茫茫尘世。
　　③ 竺书：佛书,佛经。

夏日同邸犹龙金邵度钱太青刘永生家可权叔游旧家东园

一

岂谓寻幽胜，翛然数骑从①。解鞍花径迮②，汲水鸟声重③。人事归流水，乡关老客踪。习池犹此在，无复渭川封。

二

水静云围树，石栏抱玉壶。投筇七子在，倚枕五云铺。花重疑蓬岛，鱼游入画图。随缘成胜集，到处一尘无。

三

洛吟吟未已，三弄有斯人。齐物漆园晚④，猗兰泗水春。未空新建境，时恨穆之贫，洒洒清阴下，松筠满四邻。

四

月出平桥上，风清霁色凉。鸟翻疑鹤梦⑤，松定正花香。驰突牙籤外，烟霞昼锦傍。从容问前路，应是郑公乡。

【注释】

① 翛(xiāo)然：无拘无束貌；超脱貌。

② 迮(zé)：通"窄"。狭窄。

③ 汲(jí)水：从井里打水。

④ 漆园：战国时庄子为吏之处。其地一说在今河南省商丘市北；一说在今山东省菏泽市北；一说在今安徽省定远县东。

⑤ 鹤梦：谓超凡脱俗的向往。

赵郡题雪上人止止楼壁

赵水从今白，一毛精舍开。欲酬柏子话，心逐远公杯。人世归风月，行踪任草莱。曾闻天竺老，宗国有栽培。

开州泮宫为先伯祖旧司训地登堂拜赋①

胜国斯文席，先儒此郡叨②。青毡余旧业③，白鹿想群豪④。顾影龙门辟⑤，升堂祖武高⑥。追寻薄宦迹⑦，知有吕虔刀⑧。

【注释】

① 开州：金置。金以澶州为开州，即今河南濮阳。民国改开州为濮阳县。泮宫：学宫。　司训：明清时县学教谕的别称。

② 胜国二句：指郝浴的先伯祖郝维翰曾在开州任县学司训之职。胜国：前朝。《周礼·地官·媒氏》："凡男女之阴讼，听之于胜国之社。"郑玄注："胜国，亡国也。"后因以指前朝，这里指明朝。

③ 青毡余旧业：典出《太平御览》卷七〇八引晋代裴启《语林》："王子敬在斋中卧，偷人取物，一室之内略尽。子敬卧而不动，偷遂登榻，欲有所觅。子敬因呼曰：'石染青毡是我家旧物，可特置否？'于是群偷置物惊走。"后遂以"青毡"泛指仕宦人家的传世之物或旧业。

④ 白鹿：典出《后汉书·郑弘传》："弘消息繇赋，政不烦苛。行春天旱，随车致雨。白鹿方道，侠毂而行。弘怪问主簿黄国曰：'鹿为吉为凶？'国拜贺曰：'闻三公车辖画作鹿，明府必为宰相。'"后以此典称颂地方官吏为政清明。

⑤ 龙门：科举试场的正门。

⑥ 祖武：谓先人的遗迹、事业。"武"指步武、足迹。《诗·大雅·下武》："昭兹来许，绳其祖武。"郑玄笺："戒慎其祖考所履践之迹。"朱熹集传："武，迹也。"

⑦ 薄宦：卑微的官职。在此用为谦辞。晋陶潜《尚长禽庆赞》："尚子昔薄宦，妻孥共早晚。"逯钦立注："薄宦，作下吏。"

⑧ 吕虔刀：事见《晋书·王览传》。三国魏徐州刺史吕虔有一宝刀，铸工相之，以为必三公始可佩带。吕虔以赠王祥，王祥后位列三公。王祥临终复以刀授弟王览，王览后仕至大中大夫。后遂以此典形容人或有高官之望。

忧　旱

一

五月土犹赤，秋粮已入官。忧时思解倒，失路尚加餐。鬼谷愚苏子①，苍生误谢安②。共君憔悴极，谁与化波澜。

二

圣世歌云汉③，薰风满帝城④。尚书争借箸⑤，宰相漫调羹⑥。解网龙鳞皱⑦，烹羊鹳埩鸣⑧。不须仍梦卜，霖雨遍苍生。

三

宣室忧民切⑨，丝纶若个清⑩。学从十哲人⑪，睿自九畴生⑫。下令看流水，推心如解酲⑬。潇潇风雨润，万寿写金茎⑭。

【注释】

① 鬼谷：鬼谷子，战国时人，籍贯不详，以隐于鬼谷而得名。曾授苏、张、孙、庞四大弟子，皆战国时风云人物。其后习鬼谷纵横术者甚多，著名者十余人，如苏秦、张仪、甘茂、司马错、乐毅、范雎、蔡泽、邹忌、毛遂、郦食其、蒯通等，事皆详于《战国策》。此苏子，即指苏秦。

② 谢安(320—385)：字安石，东晋陈郡阳夏(今河南太康)人。政治家。少有重名，善行书，与王羲之、许询等放情丘壑。年四十余始出仕。为桓温司马。晋孝武帝时，进中书监，录尚书事。时前秦强盛，晋军屡败。太元八年，前秦大军南下，次淝水，江东震动，谢安任征讨大都督，使弟谢石与侄谢玄加强防御，指挥作战，终获大胜。封建昌县公。继又使谢石等北征，收复洛阳及青、兖等州，进都督扬、江、荆等十五州军事。时会稽王司马道子专权，受排挤，出镇广陵，旋疾卒。谥文靖。

③ 云汉：喻帝王的美德。《文选·王融〈三月三日曲水诗序〉》："昭章云汉，晖丽日月。"李周翰注："云汉，喻文德也。"

⑤ 借箸：典出《史记·留侯世家》："(郦)食其未行，张良从外来谒。汉王方食，曰：'子房前！客有为我计桡楚权者。'具以郦生语告于子房，曰：'何如？'良曰：'谁为陛下画此计者？陛下事去矣。'汉王曰：'何哉？'张良对曰：'臣请借前箸为大王筹之。'"后因以"借箸"指为人谋划。

⑥ 调羹：《书·说命下》："若作和羹，尔惟盐梅。"后因以"调羹"喻治理国家政事。

⑦ 解网：解开罗网。比喻宽宥、仁德。典出《史记·殷本纪》："汤出，见野张网四面，祝曰："自天下四方皆入吾网。'汤曰：'嘻，尽之矣！'乃去其三面，祝曰：'欲左，左。欲右，右。不用命，乃入吾网。'诸侯闻之，曰：'汤德至矣，及禽兽。'"

⑧ 鹳鸣：典出《诗·豳风·东山》："我徂东山，慆慆不归。我来自东，零雨其蒙。鹳鸣于垤，妇叹于室。洒埽穹窒，我征聿至。"郑玄笺："鹳，水鸟也。将阴雨则鸣，行者于阴雨尤苦，妇念之，则叹于室也。"后用为典故，谓思妇因天将雨而为其征夫担忧。谓天将雨。　　垤(dié)：小土堆。

⑨ 宣室：古代皇宫殿名，帝王所居的正室。在此代指皇帝。

⑩ 丝纶：帝王诏书。详见卷一《人》注释⑭。

⑪ 十哲：指孔子德才出众的十位弟子颜渊、闵子骞、冉伯牛、仲弓、宰我、子贡、冉有、季路、子游、子夏。自唐定制，从祀孔庙，列侍孔子近侧。开元时，颜渊配享，升曾参，后曾参配享，升子张。

⑫ 九畴：指传说中天帝赐给禹治理天下的九类大法，即《洛书》。《书·洪范》："天乃锡禹洪范九畴，彝伦攸叙。"孔传："天与禹，洛出书，神龟负文而出，列于背，有数至于九。禹遂因而第之，以成九类。"马融注："从'五行'已下至

'六极',《洛书》文也。"后泛指治理天下的大法。

⑬ 解醒：停止昏迷状态,使之清醒。

⑭ 金茎：汉宫用以擎承露盘的铜柱。

赠孔心一兵宪①

与政白云日,今来复几年。墨封闻上殿②,骢马识回船。

雪甚惊梅发,灯深迟月圆。逢君头尚黑,开府大伾边③。

【注释】

① 孔心一：孔衍樾,字心一。参见卷一《效薛文清公黎阳曲赠圣裔孔心一兵宪》注释①。

② 墨封：犹墨敕。由皇帝亲笔书写,不经外廷盖印而直接下达的命令。

③ 大伾(pī)：山名。《书·禹贡》："东过洛汭,至于大伾。"孔颖达疏："郑玄云：'大伾在修武、武德之界。'张揖云：'成皋县山也。'"

相州饮郡伯陈鸣瑶坐上赋赠①

憔悴支床日,烦襟写大夫②。华林千日酒,醉白数茎须。华林醉白,邺下名胜古道从开辟,中天事有无。可堪今夜里,潇洒听吴歈③。

【注释】

① 相州：河南安阳,古称相州。陈鸣瑶：邓州知府陈良玉,生平不详。

② 烦襟：烦闷的心怀。

③ 吴歈(yú)：泛指吴地的歌。《楚辞·招魂》："吴歈蔡讴,奏大吕些。"王逸注："吴蔡,国名也。歈、讴,皆歌也。"

鸣鹿登老子升仙台①

有鹤冲天起，方知白发翁。晨同原我贵，静极忽天通。宅拔龙犹下，丹还树已空。邑有太极宫，九龙井指李生身之处，台下四围皆大湖，以砖磨其庙壁，轰轰作雷鸣之声千秋传苦县②，神谷竟谁同？

【注释】

① 鸣鹿：鹿邑旧称鸣鹿。　老子升仙台：也称老君台，位于河南鹿邑县城东北隅，为纪念老子而修建。传说是老子修道成仙的地方。

② 苦县：河南鹿邑，古称"鸣鹿""苦"，据传为老子故里。

蒙城道中简怀远令于羽可

秣马山桑路①，欣闻知己来。回思七里步，那复百花开。飞舄临堂出，星船泛海回。何图风雨后，倾盖拂黄梅②。

【注释】

① 山桑：安徽蒙城古称山桑，是亳州市的下辖县，东临蚌埠市怀远县。

② 倾盖：途中相遇，停车交谈，双方车盖往一起倾斜。形容一见如故或偶然的接触。

赠吴蔄次门兄①

一

琼花不复艳，奇丽睹斯文。一斗新丰酒，三生白练裙②。

高名悬粉署③,盛事满松云④。何楷读书后⑤,风流并在君。

二

越国推名守,轻帆及汝逢。雪飞天目白⑥,梅破道场红。
半榻迟徐穉⑦,一樽对孔融⑧。京华余故旧,日望五云中⑨。

三

落落石夫子,虚襟铸两生。素交含竹色,玄极断金声⑩。
山翠朝衙放,溪烟客棹横。高空吾党在,八翼好飞鸣。

【注释】

①《赠吴薗次门兄》三首作于郝浴巡蕴两淮期间。　吴薗次:吴绮,又名钟,字薗次,号丰南,一号听翁,又号红豆词人,歙县人,后侨居扬州江都。贡生。顺治甲午(1654)荐授秘书院中书舍人,历官湖州知府。居官清介,人以其多风力、尚风节、饶风趣,有"三风太守"之称。工诗词骈体,词尤著名,因有"把酒祝东风,种出双红豆"句,传诵一时。有《林蕙堂集》。

② 白练裙:白绢制的裙。南朝羊欣年十二作隶书,为王献之所爱重。欣夏月著新绢裙昼寝,王献之见之,书裙数幅而去。欣加临摹,书法益工。后用为典故。

③ 高名:盛名,名声大。　粉署:即粉省,尚书省的别称。

④ 松云:青松白云。指隐居之境。

⑤ 何楷读书:晋末何楷修业读书谈道,遗有读书堂,即金盖山。金盖山在湖州城南 15 里(即何山)山麓,地属云巢乡。历代文人雅士来此读书、隐居者众。

⑥ 天目:山名,即浙江天目山。分东西两支,东支名东天目山,西支名西天目山。《元和郡县图志》卷二五:"天目山……有两峰,峰顶各一池,左右相对,故曰天目。"多奇峰、竹林,为浙江名胜地。道教谓为"三十六小洞天"之一,名"天盖涤玄天"。

⑦ 半榻迟徐穉:东汉徐穉,字孺子,豫章南昌人。清妙高跱,超世绝俗,屡荐不仕,郭林宗称其为"南州高士"。时东汉名士陈蕃为豫章太守,在郡不待宾

客,罕所接见,惟对徐穉优礼以待,特设一榻以待徐穉,去则悬之。

　　⑧一樽对孔融:典出《艺文类聚》卷二十六引晋张璠《汉纪》曰:"孔融拜太中大夫,虽居家失势,宾客日满其门,爱才乐士,常若不足,每叹曰:'坐上客常满,樽中酒不空,吾无忧矣。'"后以此典称誉人好才礼士、待人殷勤亲切,或形容士人宴饮雅集。

　　⑨京华、五云:皆指国都,皇帝所在之地。

　　⑩断金:语出《易·系辞上》:"二人同心,其利断金。"孔颖达疏:"金是坚固之物,能断而截之,盛言利之甚也。"后谓同心协力或情深义厚。

爱山堂雅集时吴蔺次较射武闱分韵得杯字①

　　万方清晏未②,名辈此衔杯③。通臂能金注④,雍门拟鹤回⑤。客从天下至,山绕座中来。酒罢春风晓,岩梅已报开。

【注释】

　　①此诗作于郝浴巡蘵两淮期间(1677—1679)。　分韵:数人相约赋诗,选择若干字为韵,各人分拈,依拈得之韵作诗,谓之分韵。

　　②清晏:河清海晏。

　　③名辈:犹名流。　衔杯:口含酒杯。多指饮酒。

　　④通臂:犹长臂。　金注:金制的酒注子。

　　⑤雍门:城门名,汉长安西城门。《三辅黄图·都城十二门》:"长安城西出北头第一门曰雍门,本名西城门,王莽改曰章义门,著义亭,其水北入有亟里,民呼曰亟里门。"

德清访冯阳长留题半月泉壁间①

　　圣湖风雪罢②,一棹发清溪③。花照双凫底④,云深五柳

西⑤。呼朋各载酒，度曲每闻鸡⑥。明月遥遥向，犀分水
欲齐⑦。

【注释】

① 此诗作于郝浴巡莅两淮期间（1677—1679）。　半月泉：在浙江省德清县。据《德清县志》记载，德清城北城关镇北门外有石壁山，半月泉在石壁山之阳。晋咸和间僧昙开凿。石罅如半月，泉清冽，初名灵泉，后更名半月泉。泉畔曾有慈相寺，然泉、寺今已废。

② 圣湖：这里指下诸湖，又名防风湖，位于德清县防风古国（今县城武康郊区三合乡）。

③ 一棹：一桨，借指一舟。　清溪：即清溪河，在德清县境内，流经半月泉。

④ 双凫：典出《后汉书·方术传上·王乔》："王乔者，河东人也。显宗世，为叶令。乔有神术，每月朔望，常自县诣台朝。帝怪其来数，而不见车骑，密令太史伺望之。言其临至，辄有双凫从东南飞来。于是候凫至，举罗张之，但得一只舄焉。乃诏尚方诊视，则四年中所赐尚书官属履也。"后用为地方官的故实。

⑤ 五柳：晋代陶潜号五柳，有自传《五柳先生传》云："宅边有五柳树，因以为号焉。"

⑥ 度曲：制曲，作曲。

⑦ 犀分：划分。古代传说有水兽名水犀，出入有光，水为之分开，故云。

游 第 二 泉①

泉香传万里，此日鉴须眉。大味从谁识②，中龙第几支③。
东南汲福近，稼穑作甘迟。何似虚空里④，为霖四海时。

【注释】

① 此诗作于郝浴巡莅两淮期间（1677—1679）。第二泉位于江苏省无锡市

惠山,开凿于唐大历年间,原名惠泉。该泉经万千松根蓄存和砂岩涤滤,水质清纯甘冽,被唐代"茶圣"陆羽评为"天下第二"。宋徽宗钦令建亭护泉,御题"源头活水",且誉为贡品,"月进百坛"。宋代大文豪苏东坡慕名多次来品泉,有"独携天上小团月,来试人间第二泉"的诗句。

② 大味:至纯之味。

③ 中龙第几支:第二泉的池壁有明弘治年间所凿石螭首,俗称石龙头,是惠山九龙十三泉中的第一个龙头,形制苍劲古朴,泉水经螭口流入方池,颇有"水不在深,有龙则灵"的情趣。

④ 虚空:天空,空中。

赠上虞令郑博物

束发工柔翰①,君材陆海如。燕山同买骏②,妫水自悬鱼③。末俗看吾辈,空襟写太初。好将召甫意,时寄玉冈书。

【注释】

① 柔翰:指毛笔。

② 买骏:战国时郭隗以古代君王悬赏千金买千里马为喻,劝说燕昭王真心求贤,筑黄金台,延请天下贤士。

③ 悬鱼:典出《后汉书·羊续传》:"府丞尝献其生鱼,续受而悬于庭;丞后又进之,续乃出前所悬者以杜其意。"后以"悬鱼"指为官清廉。

渡江之次日七月初一日

又是兴王后①,茫茫潮水生。危樯昨夜泊,晓日隔江明②。雀巷窥王导③,苏门忆许衡④。尘埋十九载⑤,得似海天平。

【注释】

① 兴王：励精图治，勤于王业的君主。《国语·晋语六》："兴王赏谏臣，逸王罚之。"

② 晓日：朝阳，引申为清晨。

③ 雀巷：即"乌衣巷"。在今南京市秦淮河南。三国吴时在此置乌衣营，以士兵着乌衣而得名。东晋时王、谢等望族居此，因以闻名于世。王导（276—339），东晋开国大臣，著名政治家。字茂弘，琅琊临沂人。出身士族。西晋未，为琅琊王司马睿献策移镇建康。大兴元年（318），司马睿在建康称帝，王导任丞相，时称"王与马，共天下"。总揽元、明、成帝三朝国政，领导南迁士族，联合江南士族，稳定了东晋初期的统治。

④ 许衡（1209—1281）：字仲平，号鲁斋，祖籍为怀州河内（今沁阳）人。宋元之际学者，著名的理学家、政治家、天文学家和杰出的教育家，世称"鲁斋先生"。许衡一生醉心于教育事业，多次辞官，专心传道授业，还主持完成了历法改造，在《统天历》的基础上制定了《授时历》。对程朱理学的造诣很深，被誉为"继往圣，开来学，功不在文公（朱熹）下"。尝居苏门山。

⑤ 尘埋：犹埋没。

自上虞返杭城①

拨棹云山晓，苍茫水国人。羁愁还问路②，蕉梦已辞亲③。
烛剪鱼龙夜④，书穷往覆因。好将兄弟苦，留取一家春⑤。

【注释】

① 上虞：上虞县，秦置。本汉司盐都尉治。地名虞宾。舜避丹朱与此，故以名县。清属浙江绍兴府。　杭城：即杭州。

② 羁愁：旅人的愁思。

③ 蕉梦：即蕉鹿梦。典出《列子·周穆王》："郑人有薪于野者，遇骇鹿，御而击之，毙之。恐人见之也，遽而藏诸隍中，覆之以蕉，不胜其喜。俄而遗其所

藏之处,遂以为梦焉。"蕉,通"樵"。后以"蕉鹿梦"指梦幻。

④ 剪烛:促膝夜谈。语出李商隐《夜雨寄北》诗:"何当共剪西窗烛,却话巴山夜雨时。"　鱼龙夜:指秋日。

⑤ 一家春:形容美好独特的境界。

江夏别任月坡①

十载重逢汝,离筵酒数巡②。青山留客梦,白舫接征人③。
漏下琴三叠④,帆悬月一轮。相思何处觅,愁煞九江鳞。

【注释】

① 江夏:即武昌。后魏置,清时为湖北武昌府治,湖北省亦治此。民国初改为武昌县。

② 离筵:饯别的宴席。

③ 征人:远行的人。

④ 漏下:漏刻(古计时器)的水面已经下落。指时间已晚。

九日湖中登君山①

洞水还相见②,君山此更登。云飞双竹麓,香满四金绳。
旨菊人谁泛,清霜鬓不胜③。自怜潇洒处,独有道心增。

【注释】

① 君山:在湖南洞庭湖口,又名"湘山"。北魏郦道元《水经注·湘水》:"(洞庭)湖中有君山……湘君之所游处,故曰君山矣。"

② 洞水:指洞庭湖。

③ 清霜:用以比喻头发花白。

洞 庭

先海能虚受,群江尽让清。风生青雀羡,楼起绿波惊。日月横吞吐,蛟龙擅甲兵。九江浑一片,呼吸动天行。

撝 生 下 第①

一

一第宁君重,悲看世态分。无言识孟敏②,谁解愧刘蕡③。树暗瀛津路,莺啼贾岛坟④。人间有失志,不复顾离群。

二

莫厌蓬庐去⑤,书香犹世家。窭庄闲种桂,华宅好开衙。业有虔刀在⑥,餐随榆粥加。平津曾第一⑦,垂晚尚宣麻⑧。

三

便作投林计⑨,东皋正不迷⑩。京华尘日满,人事几能齐?篱外苍山起,窗间绿树低。焦桐桑落酒⑪,殊有故人携。

四

亦自矜出处,年来总陆沉⑫。诗书惭故步⑬,风雨泣初心。啮雪空闻雁,挥锄疑顾金。何如温谷里,散发露虚襟。

【注释】

① 下第:科举时代考试不中者曰下第,又称落第。

② 孟敏:据《后汉书·郭太列传》载:"孟敏字叔达,巨鹿杨氏人也。客居

太原,荷甄墢地,不顾而去。林宗见而问其意。对曰:'甄以破矣,视之何益?'"后遂以此典形容微不足道、不值一顾,也形容人放达大度。

③ 刘蕡(fén):字去华,幽州昌平(今北京市昌平区)人。博学善属文,明春秋,沈健有谋,浩然有救世志。唐敬宗宝历二年(826)擢进士第。唐文宗大和二年(828),举贤良方正,亲策制举人贤良方正,刘蕡对策,极言宦官之祸。考官左散骑常侍冯宿、太常少卿贾餗、库部郎中庞严见刘蕡之策,皆叹服,以为汉之晁(错)董(仲舒)无以过,却因畏惧宦官而不敢取。谏官、御史欲论奏,物论嚣然称屈。此次裴休、李合等二十二人中第,河南府参军李合说:"刘蕡下第,我辈登科,能无厚颜!"乃上疏,以为"蕡所对策,汉、魏以来无与为比。今有司以蕡指切左右,不敢以闻,恐忠良道穷,纲纪遂绝。臣所对不及蕡远甚,乞回臣所授以旌蕡直。"请以自己的官职让给刘蕡,不纳。刘蕡由此不得仕于朝。令狐楚在兴元、牛僧孺在襄阳,都征召他为幕府从事,后授秘书郎。然终因宦官诬陷,贬为柳州司户参军,客死他乡。

④ 贾岛(779—843):唐代著名诗人。与孟郊共称"郊寒岛瘦"。贾岛被韩愈发现才华,后来受教于韩愈,并还俗参加科举,但累举不中第。唐文宗时被排挤,贬做长江(今四川大英县)主簿。唐武宗会昌年初由普州司仓参军改任司户,未任病逝。

⑤ 蓬庐:茅舍。泛指简陋的房屋。东晋陶潜《答庞参军》诗:"朝为灌园,夕偃蓬庐。"亦用作谦词。

⑥ 虞刀:《太平御览》卷三四五引南朝宋何法盛《晋中兴书》:"三国魏徐州刺史吕虞有佩刀,有个识刀剑的工匠看了后,认为必须身居三公之位的人才可佩带此刀。于是吕虞将刀赠送王祥,王祥后为司空。王祥临死时又将此刀转授其弟王览,并说:"吾儿皆凡,汝后必兴,足称此刀,故以相与。"后因以此典形容人有高官之望。

⑦ 平津:古地名。汉时为平津邑,武帝封丞相公孙弘为"平津侯",即此。后多用为典,亦以泛指丞相等高级官僚。宋欧阳修《寄题相州荣归堂》诗:"不须授简樽前客,好学平津自有文。"

⑧ 宣麻:唐、宋拜相命将,用白麻纸写诏书公布于朝,称为"宣麻"。后遂以之为诏拜将相之称。

⑨ 投林:鸟兽入林,借喻栖身或归隐。

⑩ 东皋:指东皋子王绩。

⑪ 焦桐：琴名。东汉蔡邕曾用烧焦的桐木造琴，后因称琴为焦桐。　　桑落酒：古代美酒名。典出北魏郦道元《水经注·河水四》：“（河东郡）民有姓刘名堕者，宿擅工酿，采挹河流，酿成芳酎，悬食同枯枝之年，排于桑落之辰，故酒得其名矣。”

⑫ 陆沉：陆地无水而沉。比喻埋没，不为人知。

⑬ 故步：原来的步法。典出《庄子·秋水》：“且子独不闻夫寿陵余子之学行于邯郸与？未得国能，又失其故步矣，直匍匐而归耳。”后多比喻固有的技能。

南院访何修上人

南郭香山路，今来度枣花。疏经还照夜，酬雨自行茶。坐久消尘世，相看老鬓华。何当成大舍，膝雪礼袈裟。

赠以侍者

一

绛帐空留汝，青莲遂拂衣。月窥双影尽，香护一僧归。布地黄金密，逢人软语稀。羊山惊险路，燕子锡前飞。

二

一代才名尽，凄凉见汝来。空愁云栈老，无复海棠开。朝旧悲相顾，鸿冥去不回。无穷流水意，谁此共徘徊。

喜任月坡来刺涿郡①

不道双凫起②，今来第一州。根寻书带草③，咫尺凤凰楼。

宦海成高步，青云接旧游。争传名太守，曾立绛纱帱④。

【注释】

① 非此人，疑为平谷县令任在陞。　涿郡：郡今河北涿县。清时为京兆涿县治，属顺天府。

② 双凫：典出《后汉书·方术传上·王乔》："王乔者，河东人也。显宗世，为叶令。乔有神术，每月朔望，常自县诣台朝。帝怪其来数，而不见车骑，密令太史伺望之。言其临至，辄有双凫从东南飞来。于是候凫至，举罗张之，但得一隻舄焉。乃诏尚方诊视，则四年中所赐尚书官属履也。"后用为地方官的故实。

③ 书带草：束书的带。典出《后汉书·郡国志四》注引《三齐记》曰："郑玄教授不其山，山下生草大如薤，叶长一尺余，坚刃异常，土人名曰康成书带。"后以此典形容讲经治学之所。宋苏轼《书轩》："庭下已生书带草，使君疑是郑康成。"

④ 绛帐：《后汉书·马融传》："融才高博洽，为世通儒，教养诸生，常有千数……居宇器服，多存侈饰。常坐高堂，施绛纱帐，前授生徒，后列女乐，弟子以次相传，鲜有入其室者。"后因以"绛帐"为师门、讲席之敬称。

燕市祝杜子静①

新雨桃花市，燕城谒玉人②。书成藜火夜③，厄写绿萝春。名重年应大，辰逢帝作邻。其诞辰隔万寿节一日不须愁万事，自有石麒麟④。

【注释】

① 杜子静：杜镇，字子静，南宫（今属河北）人。顺治戊戌（1658）进士，历官翰林院侍读。有《宝田斋草》。

② 玉人：对亲人或所爱者的爱称。在此是对杜子静的美称。

③ 藜火夜：典出晋王嘉《拾遗记·后汉》："汉刘向校书天禄阁，夜默诵，有老父杖藜以进，吹杖端，烛燃火明。取《洪范五行》之文，天文舆图之牒以授焉，

向请问姓名。云'太乙之精'。"后因以"藜火夜"为夜读或勤奋学习之典。

④ 石麒麟：对幼儿的美称。

自策兼简丁未新升之秀^①

　　苍生延望久^②，吾辈可因循^③？庶子春花发^④，江都繁露尘^⑤。何当窥道岸^⑥，宁许负人伦。愿得升堂辈^⑦，同心翼凤麟^⑧。

【注释】

① 丁未：即康熙六年（1667）。

② 延望：引颈远望，形容盼望或仰慕之切。

③ 因循：沿袭，守旧。

④ 春花：青春年华；少壮之时。《文选·苏武〈诗〉之三》："努力爱春花，莫忘欢乐时。"李善注："喻少时。"

⑤ 繁露：指董仲舒《春秋繁露》。

⑥ 道岸：佛教语，菩提岸，彻悟的境界。

⑦ 升堂：登上厅堂，比喻学问技艺已入门。

⑧ 凤麟：凤凰与麒麟，比喻杰出罕见的人才。

入葛山有怀^①

一

野云随意白，匹马数峰青。深入家犹在，高春梦已醒^②。丹梯悬碧汉^③，石室秘黄庭^④。寂寞知来久，蓬飞未许停。

二

上清晨洗罢^⑤，展读翠微间^⑥。素业专精舍^⑦，迂儒老旧

山。静余天马出,香极圣人还。玉钥从今把,升沉验等闲。

三

偶作衔杯事⑧,松花绕座香。邺侯仍岳麓⑨,燕国漫文章⑩。多病尤丘壑,狂歌泣凤凰。钟鸣山欲紫,抱膝绛霄傍⑪。

四

未穷云路尽,自谓已无遮⑫。目极青天远,心回白日斜。星河缠鸟道⑬,鸾鹤满人家。何用龙为竹,平临日月槎⑭。

五

太行生紫翠,人在保州西⑮。尘绝悲神骏,山空忘木鸡⑯。扶桑闲洗墨⑰,玉洞好燃藜⑱。终有书生在,无愁底事齐。

六

窗外流云响,青山雨一篹⑲。露香停夜祷,横翠扑嘉禾⑳。名忝尘埃久,功贪碧落多。回头看世界,无力控银河。

七

展翠围天住,虚空放鹤来㉑。松深毛发绿,云暖石华皑。落座棋千点,推书酒一杯。高明于此极,莫作倱伅猜㉒。

八

时于香雨后,爽气写襟裾㉓。暑退羲皇牖㉔,天晴诸葛庐㉕。名山谁聚讲,仙鹿自衔书。好在终归汝,休嫌意不如。

【注释】

① 葛山:即葛洪山,在直隶唐县(今属河北省保定市)西北七十里,与恒岳

相接,峰峦环簇,岩壑奇胜。相传葛洪修道于此,故名。

②　高春:日影西斜近黄昏时。《淮南子·天文训》:"(日)至于渊虞,是谓高春;至于连石,是谓下春。"高诱注:"高春,时加戌,民碓春时也。"

③　丹梯:这里指高入云霄的山峰。唐李白《夜泛洞庭寻裴侍御清酌》诗:"遇憩裴逸人,岩居陵丹梯。"王琦注引吕延济曰:"丹梯,谓山高峰入云霞处。"碧汉:指青天。

④　石室:岩洞,这里指传说中的神仙洞府。《晋书·嵇康传》:"康又遇王烈,共入山……又于石室中见一卷素书,遽呼康往取,辄不复见。"　黄庭:指《黄庭经》,道教的经典著作。

⑤　上清:指道士。

⑥　翠微:《尔雅·释山》:"未及上,翠微。"《尔雅疏》:山气青缥色曰翠微。凡山远望则翠,近之则翠渐微。"

⑦　素业:先世所遗之业。旧时多指儒业。　精舍:这里指学舍、书斋。

⑧　衔杯:口含酒杯,多指饮酒。

⑨　邺侯:唐代李泌贞元三年,拜中书侍郎、同中书门下平章事,累封邺县侯,家富藏书。后用为称美他人藏书众多之典。李泌在衡山做过道士。

⑩　燕国漫文章:唐代名相张说,封燕国公。张说前后三次为相,执掌文坛三十年,为唐玄宗开元前期一代文宗,与许国公苏颋齐名,号称"燕许大手笔"。

⑪　绛霄:指天空极高处。天之色本为苍青,称之为"丹霄""绛霄"者,因古人观天象以北极为基准,仰首所见者皆在北极之南,故借南方之色以为喻。

⑫　无遮:没有掩盖、裸露,佛教谓包容广大,没有遮隔。

⑬　星河:银河。

⑭　槎(chá):木筏。这里指神话中能来往于海上和天河之间的竹木筏。晋张华《博物志》卷十:"旧说云天河与海通。近世有人居海渚者,年年八月有浮槎去来,不失期……"

⑮　保州:今河北保定。

⑯　木鸡:典出《庄子·达生》:"纪渻子为王养斗鸡,十日而问曰:'鸡已乎?'曰:'未也,方虚憍而恃气。'……十日又问,曰:'几矣,鸡虽有鸣者,已无变矣。望之似木鸡矣,其德全矣,异鸡无敢应者,反走矣。'"成玄英疏:"神识安闲,形容审定……其犹木鸡不动不惊,其德全具,他人之鸡,见之反走。"后因以"木

鸡"喻指修养深淳以镇定取胜者。

⑰ 扶桑:传说日出于扶桑之下,拂其树杪而升,因谓为日出处,亦代指太阳。晋陶潜《闲情赋》:"悲扶桑之舒光,奄灭景而藏明。"逯钦立校注:"扶桑,传说日出的地方。这里代指太阳。"

⑱ 燃藜:典出晋王嘉《拾遗记·后汉》:"刘向于成帝之末,校书天禄阁,专精覃思。夜有老人,着黄衣,植青藜杖,登阁而进,见向暗中独坐诵书。老父乃吹杖端,烟然,因以见向,说开辟已前。向因受《洪范五行》之文,恐辞说繁广忘之,乃裂裳及绅,以记其言。"后因以"燃藜"指夜读或勤学。

⑲ 襏:同"襏"。雨具名,即襏衣。

⑳ 嘉禾:生长奇异的禾,古人以之为吉祥的征兆。典出《书·微子之命》:"唐叔得禾,异亩同颖,献诸天子。王命唐叔,归周公于东,作《归禾》。周公既得命禾,旅天子之命,作《嘉禾》。"孔传:"唐叔,成王母弟,食邑内得异禾也……禾各生一垄而合为一穗。异亩同颖,天下和同之象,周公之德所致。"

㉑ 虚空:天空;空中。

㉒ 偓佺(wò quán):古代传说中的仙人。

㉓ 襟裾(jīn jū):衣的前襟或后襟,借指衣裳。

㉔ 羲皇牖:典出晋陶潜《与子俨等疏》:"常言:五六月中,北窗下卧,遇凉风暂至,自谓是羲皇上人。"后以此典指午睡,形容人生活闲散自适,心境安逸。

㉕ 诸葛庐:诸葛亮隐居时的草庐。

山中怀孙钟元先生①

未觉东林好②,分张四十秋。夏村一日在,太室九经留③。
仰月思良晤④,探珠忆胜游⑤。天山浑一色,何处识中州⑥?

【注释】

① 孙钟元:孙奇逢(1585—1675),直隶荣城人,字启泰,号钟元。明万历二十九年(1601)举人。与左光斗、魏大中、周顺昌为友。天启间(1621—1627,明

熹宗年号），东林党狱起，孙奇逢密请督师孙承宗清君侧，不听；左光斗等死，为之营葬，因与鹿正、承宗有"范阳三烈士"之称。崇祯九年，守荣城拒南下之清兵，城竟不破。后避乱入五公山。顺治六年，迁居徽县之苏门百泉。少贫苦力学，以陆九渊、王守仁之说为本，而不背程朱。学者又称其为夏峰先生。有《理学宗传》《四书近指》《甲申大难录》《夏峰先生集》。

② 东林：明万历间，吏部郎中顾宪成革职还乡，倡议重修无锡"东林书院"，并与高攀龙等人在书院讲学，对朝政多所评议，而名流响应，声名大著，因被称为"东林党"。天启年间，宦官魏忠贤专权，东林诸人坚决与之相抗，并遭到严酷迫害。直至崇祯即位，魏忠贤失势自尽，党禁始解。

③ 太室九经留：嵩阳书院，宋代四大书院之一。位于登封市城北三公里峻极峰下。因坐落于嵩山之阳，故名。嵩阳书院原名嵩阳寺，创建于北魏太和八年（484），隋大业年间（605—618）更名为嵩阳观。唐弘道元年（683），高宗两访潘师正，以嵩阳观为行宫。五代后唐清泰元年至三年（934—936）进士庞士曾在嵩阳观聚德讲学，后周时改名太乙书院，宋太宗至道二年（996）七月赐名"太室书院"，赐"太室书院"院额及印本《九经注疏》。并赐九经子史，置校官，生徒数百人。

④ 良晤：犹欢聚。

⑤ 探珠：即探骊得珠。传说古代有个靠编织蒿草帘为生的人，其子入水，得千金之珠。他对儿子说：这种珠生在九重深渊的骊龙颔下。你一定是趁它睡着摘来的，如果骊龙当时醒过来，你就没命了。事见《庄子·列御寇》。后因以喻应试得第或吟诗作文能抓住关键。　胜游：快意的游览。

⑥ 中州：古豫州（今河南省一带）地处九州之中，称为中州，后指中原地区。

感　怀

一

未尽当时意，空余迟暮心①。乡关青嶂合②，杖履白云深③。旧事息尘影，虚怀放古今。好留窗外月，清梦五更寻。

二

能忘名教嘱,终误此晨昏。逆旅飘书簏④,关山苦梦魂。
月明惟酒在,暑极恨星繁。人天还一未,晨起问乾坤。

【注释】

① 迟暮:黄昏,比喻晚年。

② 乡关:犹故乡。 青嶂:如屏障的青山。

③ 杖履:谓拄杖漫步。

④ 逆旅:旅居,常用以喻人生匆遽短促。 书簏:藏书用的竹箱子。

寿师母卫太夫人

一

素业传师席①,余生迟玉门。升堂惊耸壑②,入座识慈
恩③。夏晓萱花发④,风和彩袂掀。阿谁还爱日⑤,及此共
开樽⑥。

二

西圣方传洗,冰崖恰度春。已提枢府印⑦,还拂绿舆尘⑧。
绕砌滋兰畹⑨,含饴弄石麟⑩。晋阳多胜事,孰与德门伦⑪?

【注释】

① 素业:犹本业,先世所遗之业。旧时多指儒业。

② 耸壑:跳越溪谷,直入云霄。比喻出人头地。

③ 慈恩:上对下的恩惠。

④ 萱花:《诗·卫风·伯兮》:"焉得谖草,言树之背。"谖草,萱草。后世因
以萱花称母。这里指郝浴师母卫太夫人。

⑤ 阿谁：疑问代词，犹言谁、何人。

⑥ 开樽：举杯（饮酒）。

⑦ 枢府：主管军政大权的中枢机构。明和清初多指内阁。

⑧ 绿舆：典出宋李昉《太平广记·卷第一百六十五》：“李师古跋扈，惮杜黄裳为相，未敢失礼。乃命一干吏，寄钱数千绳，并毡车子一乘，亦近直千缗。使者未敢遽送。乃于宅门伺候累日。有绿舆自宅出，从婢二人，皆青衣褴褛。问何人，曰：‘相公夫人。’使者遽归，以白师古。师古乃折其谋，终身不敢失节。”言高居显位而生活俭朴。

⑨ 滋兰畹：语出屈原《离骚》：“余既滋兰九畹兮，又树蕙于百亩。”滋，谓培植。

⑩ 含饴：谓“含饴弄孙”。形容老人自娱晚年，不问他事的乐趣。饴，饴糖。石麟：即“石麒麟”，对幼儿的美称。

⑪ 德门：有德之家。

秋日游白龙泉怀梁宗伯玉立李少詹吉津①

稻香秋社满②，随意葛巾凉③。泉白经新雨，山青识故乡。
所思宁此日，请问及谁傍？故故中山酒④，低徊漉一觞⑤。

【注释】

① 梁宗伯玉立：梁清标，字玉立，一字苍岩，号蕉林、棠村，直隶正定（今属河北）人。明崇祯十六年进士。累迁侍讲学士，兵、礼、刑、户部尚书，保和殿大学士。参见卷一《梁苍岩宗伯旋里寄赠》注释①。　李少詹吉津：李呈祥，字其旋，又字吉津，号木斋，沾化人。明崇祯癸未（1643）进士，改庶吉士。入清，历官詹事府少詹事兼侍讲学士。以建言谪居奉天。赦还，卒。在东北流放时曾与郝浴、函可、陈掖臣等人为骨干成立“冰天诗社”。参见卷二《同王无烦李吉津游石氏祇园》注释①。

② 秋社：古代秋季祭祀土神的日子。

③ 葛巾：用葛布制成的头巾。典出《宋书·隐逸传·陶潜》："郡将候潜，值其酒熟，取头上葛巾漉酒，毕，还复著之。"

④ 故故：屡屡，常常。唐杜甫《月》诗之三："时时开暗室，故故满青天。"仇兆鳌注："故故，犹云屡屡。"中山：指美酒。

⑤ 漉酒：滤酒。葛巾漉酒，参见注释③。

饮李子寿即席赋赠

齐踵青云业，君堪第一人。平泉花作径，曲里树为邻。樽开兰语重，乐阕尾声匀①。夜久犹斟酌，难违满座春。

【注释】

① 乐阕：乐终。出自《礼记·文王世子》："有司告以乐阕。"郑玄注："阕，终也。告君以歌舞之乐终。"

望都东台用壁间杜工部玉台观旧韵①

胜地十年别，孤踪客路游。登临金界展②，指顾玉虹留。绿水回尧辇，红尘见石洲（一）。谁知烦恼极，翻在五云头。

【校记】

（一）红尘见十洲：底本作"红尘见石洲"，据校本改。

【注释】

① 杜工部玉台观旧韵：杜甫《玉台观》原诗为："浩劫因王造，平台访古游。彩云萧史驻，文字鲁恭留。宫阙通群帝，乾坤到十洲。人传有笙鹤，时过此山头。"

② 金界：佛地，佛寺。

尧 母 陵^①

万古尧天戴^②，重恩实此开。丹陵寒晓月^③，紫气绕燕台^④。八彩常留照^⑤，三多共几回^⑥。可怜城下水，曾洗圣人来。

【注释】

① 尧母陵：在直隶望都县城内，明嘉靖中修建祠寝。

② 尧天：《论语·泰伯》："巍巍乎，唯天为大，唯尧则之。"谓尧能法天而行教化。后因以"尧天"称颂帝王盛德和太平盛世。

③ 丹陵：地名。传说为尧的诞生地。晋皇甫谧《帝王世纪》："（庆都）孕十四月，而生尧于丹陵。" 晓月：拂晓的残月。

④ 紫气：紫色云气。古代以为祥瑞之气。附会为帝王、圣贤等出现的预兆。 燕台：燕昭台一带。

⑤ 八彩：《孔丛子·居卫》："昔尧身修十尺，眉分八采。"后因以"八彩"指尧眉或形容帝王容颜。

⑥ 三多：指多福、多寿、多男子。祝颂之辞。语本《庄子·天地》："尧观乎华，华封人曰：'嘻，圣人！请祝圣人，使圣人寿。'尧曰'辞'。'使圣人富。'尧曰'辞'。'使圣人多男子。'尧曰'辞'。"

谒 尧 庙

每度经祠下，升阶礼至尊^①。文章光四表^②，礼乐起神孙^③。双柏拂薨叶^④，群溪抱寝园^⑤。羹墙宁此日^⑥，雷雨泣深恩。

【注释】

① 升阶：自堂下拾级而上。　至尊：指唐尧。

② 文章：礼乐法度。《礼记·大传》："考文章，改正朔。"郑玄注："文章，礼法也。"　光四表：四方极远之地，泛指天下。《书·尧典》："光被四表，格于上下。"孔颖达疏："圣德美名，充满被溢于四方之外，又至于上天下地。"

③ 神孙：后嗣的美称，多称君主。这里指唐尧。

④ 蓂叶：蓂，蓂荚。古代传说中的一种瑞草。它每月从初一至十五，每日结一荚；从十六至月终，每日落一荚。故从荚数多少，可知是何日。生尧阶前。

⑤ 寝园：陵园。

⑥ 羹墙：《后汉书·李固传》："昔尧殂之后，舜仰慕三年，坐则见尧于墙，食则睹尧于羹。"

北　平

揽辔薰风里①，北平雨后山。香来三阿下，翠展五云间。樵径时闻鸟，花宫偶破颜。隔尘才咫尺，谁此一投闲②。

【注释】

① 揽辔：挽住马缰。　薰风：和暖的风。指初夏时的东南风。

② 投闲：亦作"投閒"。谓置身于清闲境地。

九　派　泉

九派龙泉水，平桥共一清。秋深香稻熟，阳艳紫鳞生。露地一围玉，垂杨几树莺。画图传督亢①，独有望都城。

【注释】

　　① 督亢：古地名。战国燕的膏腴之地。河北省望都县,定兴、新城、固安诸县一带平衍之区,皆燕之督亢地。燕太子丹曾使荆轲献督亢地图于秦,以刺秦王。

刘　郢　碑

　　碑版斯文在①,刘郢旧有名。金声传五岳,玉篆失连城。酬绢千端陋,悬门一郡惊。鬼神应护惜,时见紫烟生。

【注释】

　　① 碑版：亦作"碑板"。碑碣上所刻的志传文字。

忆　剩　公①

　　千山青如许②,一递谒愁来。鸟语还相叫,钵囊遂不开③。渡江成旧恨,把烛有余哀。璎珞峰前路,何时见汝回④。

二　忆　塔

　　欲扫七重碧,先装一瓣香⑤。无缘承白足⑥,流泪说沧桑(一)。云飞只履在,松出四天长。只似还安隐,经年在道场。

三　忆　真

　　万叠云山晓⑦,归堂看汝真。谁从劖面后⑧,留住岭南人⑨。隔世还相见,违颜只此旬。如何生死事,一字不霑唇。

四 忆 诗

松涛万壑里，还似法龙吟。礼乐辜先进⑩，风骚只到今⑪。
一毛留聚墨⑫，五岭掷兼金⑬。可惜真寒瘦⑭，都归双鹤林⑮。

五 忆 侍

传言惟汝在，风雨暮钟寒。虎窟身无恙，冰天饭一箪。高
谈如我易，苦行似君难。不道还相视，牵裾泪不干。

六 忆 卫

背上人何处？垂垂儋耳来⑯。逢辰鸣欲咽，终日瘗成哀。
谁谓堪龙象⑰，多生恨驽骀⑱。可怜鞭影没⑲，回首雪山开。

【校记】

（一）欲扫七重碧，先装一瓣香。无缘承白足，流泪说沧桑：校本作"无缘
承白足，流泪说沧桑。欲扫七重碧，先装一瓣香。"

【注释】

① 剩公：函可（1612—1660），俗姓韩，名宗骐，字祖心，号剩人，又称剩和
尚、千山剩人，明末广东博罗人。其父韩缨，明礼部尚书。函可少有才名，负经
世之志。崇祯末，国事日非，乃削发为僧。清兵南下，因著私史记其事，遂为清
兵所捕，幸免一死，流戍沈阳。其间与李呈祥、季开生、郝浴等结"冰天诗社"。
函可四十九岁圆寂，葬于千山，遗有《千山诗集》二十卷，以及《千山剩人禅师
语录》。

② 千山：古称积翠山，又名千顶山、千华山，为长白山支脉，纵贯辽东半岛。
被誉为"东北明珠""辽东胜境"。详见卷一《游千山登璎珞观》注释①。

③ 钵囊：僧人盛放钵盂的袋子。

④ 璎珞峰前路，何时见汝回：顺治十六年（1660），函可坐化，终年四十九
岁，其弟子将其遗体迁往千山，在璎珞峰西麓修建了剩人禅师塔。

⑤ 一瓣香：佛教语，犹一炷香。后以"一瓣香"指师承或仰慕某人。

⑥ 白足：白足和尚。后秦鸠摩罗什弟子昙始，足白于面，虽跣涉泥淖而未

尝污湿,时称"白足和尚"。后亦用以指高僧。唐李白《登梅冈望金陵赠族侄高座寺僧中孚》诗:"吴风谢安屐,白足傲履韈。" 四天:四禅天。

⑦ 云山:远离尘世的地方,出家人或隐者的居处。

⑧ 劙(lí)面:以刀划面。古代匈奴、回鹘等族遇大忧大丧,则划面以表示悲戚。用以表示诚心和决心。

⑨ 岭南人:指函可(千山剩人),广东博罗人。

⑩ 先进:前辈。

⑪ 风骚:借指诗文。

⑫ 一毛:指一根凤毛。喻年少有贤才。

⑬ 兼金:好金。

⑭ 寒瘦:形容诗的风格冷峻艰涩。

⑮ 支道林有双鹤。

⑯ 儋耳:古代南方国名,又名离耳。汉元鼎六年内属,称儋耳郡。在今广东、海南一带。函可为博罗人,博罗属此地。

⑰ 龙象:此指高僧。

⑱ 驽骀(nú tái):劣马,比喻才能低劣。

⑲ 鞭影:借指鞭策自己的事物。

山 居

一

蘧醒犹如此,迢迢二十年①。终朝投坎坷②,今日见山川。鸟咿千花笑③,风回一镜圆。分明怀葛氏④,洒扫白云天。

二

媻跚松顶矮⑤,垂足欲为床。云叶翻鸳瓦⑥,银湾溅石梁⑦。蹈空疑入画⑧,出定误闻香⑨。谁此为常住,风花卸客装。

三

楼阁从吾好，登峰假一椽⑩。摊书惟般若⑪，采药即神仙。
双鬓窥香海⑫，孤灯问火传⑬。只愁天下士，化作比丘还⑭。

四

正好松花放，抠衣自在行。时闻鹤刷羽，偶见虎睁睛。负
镜寻幽赏，焚香享太平。曾无一物著，不觉六尘清。

【注释】

① 迢迢：谓时间久长。

② 终朝：整天。

③ 鸟哢(lòng)：鸟鸣。

④ 怀葛氏：无怀氏、葛天氏的并称。二人皆为传说中的上古帝王名，古人
以为其世风俗淳朴，百姓无忧无虑。

⑤ 嫛姍：亦作"嫛姍"。犹蹒跚，行走艰难貌。

⑥ 云叶：犹云片，云朵。 鸳瓦：即鸳鸯瓦，指成对的瓦。

⑦ 银湾：指银河。

⑧ 蹈空：凌空。 入画：进入画境，形容景物优美。

⑨ 出定：佛家以静心打坐为入定，打坐完毕为出定。

⑩ 一椽(chuán)：一条椽子，借指一间小屋。

⑪ 摊书：摊开书本，谓读书。 般若：佛教语。梵语的译音，或译为"波
若"，意译"智慧"，指如实理解一切事物的智慧。大乘佛教称之为"诸佛之母"。

⑫ 香海：借指佛门。

⑬ 火传：《庄子·养生主》："指穷于为薪，火传也，不知其尽也。"王先谦集
解："形虽往而神常存，养生之究竟，薪有穷火无尽。"后因以"火传"指道理或事
业等代代流传。

⑭ 比丘：梵语 bhiksu 的音译，意译"乞士"，以上从诸佛乞法，下就俗人乞
食得名，为佛教出家"五众"之一。俗称"和尚"。佛家指年满二十岁，受过具足
戒的男性出家人。

银园独坐一悲一喜

一

今岁银州市,常闻蒿里歌①。漫劳伤道殣②,应与慰罹罗。
纸贵楮钱短③,囊羞米价多。不须仍买药,谁为起沉疴④。

二

漠漠南山雨,因风入敝园。到窗闻洒落,绕树失腾骞⑤。
双燕窥帘语,青云向客翻。四天疑接地,坐听海涛喧。

【注释】

① 蒿里:古挽歌名。晋崔豹《古今注·音乐》:"《薤露》《蒿里》,并丧歌也。出田横门人。横自杀,门人伤之,为之悲歌,言人命如薤上之露,易晞灭也;亦谓人死魂魄归于蒿里……至孝武时,李延年乃分为二曲,《薤露》送王公贵人,《蒿里》送士大夫庶人,使挽枢者歌之,世呼为挽歌。"

② 道殣(jǐn):饿死于道路者。

③ 楮(chǔ)钱:旧俗祭祀时焚化的纸钱。宋佚名《就日录》:"丧葬之焚纸钱,起于汉世之瘗钱也。其祷神而用寓钱,则自王屿始矣。康节先生(邵雍)春秋祭祀约古今礼行之,亦焚楮钱。"

④ 沉疴(kē):重病;久治不愈的病。

⑤ 腾骞:飞腾,向上升腾。

暮春过酒垆取醉五首(一)①

癸丑季春廿九②,同秦维紫、左宏甫酤酒银州之市,醉归草阁。忽忆剩人在日③,愚与陈心简夜宿奉天普济院,看月吟诗,至四更不寐。是年乙未④，距今十有九年矣。时寺僧厌其恶声，闻群犬夜吠，皆嗤为狂。比剩公顺世，心简以人言怒我，不得复有昔日之欢。乃此夜得陶然与二子相对，苏门之啸，山阳之哭，于此兼之矣。

一

无复韩公子⑤，垆头倚二豪⑥。团圆犹手足，落拓自风骚⑦。入夏山花晚⁽²⁾，当杯夜语高。尚疑灯影外，髯鬋落霜毫⑧。

二

洒洒从吾好，悠悠寄此身。颠狂或拜石⑨，薄劣敢投纶。鸟散花楼寂，尘飞海市新。杞忧三万里⁽³⁾，何许问迷津。

三

一自吟风后，源源说剩人。酒筹侵世界⑩，屋角挂星辰。烛剪银州夜⁽⁴⁾⑪，荷摇鹭水滨。故乡应此是，何必忆鲈莼⑫。

四

汉沛今辽左，神州再有年⑬。循良京县满，雨露帝家偏。玉陛崇三事，龙荒受一廛⑭。深维凿坏意，终恐负前贤。

五

中宵厄酒罢，簪笔晤诗书。澹泊教儿子，从容挽鹿车。葛山闲作想，尧里会如初。亲见庐陵老，归田喜荷锄。

【校记】

（一）校本标题为《癸丑季春廿九同秦维紫左宏甫酤酒银州之市醉归草阁

有怀剩人》。

（二）入夏山花晓：校本作"入夏山花晚"。

（三）杞忧三万里：校本作"夜忧三万里"。

（四）烛剪银州夜：校本作"剪烛银州夜"。

【注释】

① 酒垆：卖酒处安置酒瓮的砌台。亦借指酒肆、酒店。

② 癸丑季春廿九：康熙十二年农历三月二十九日（公元1673年5月15日）。

③ 剩人：即函可（1612—1660），俗姓韩，名宗骈，字祖心，号剩人，又称千山剩人、剩和尚。明末广东博罗人。曾与李呈祥、季开生、郝浴等结"冰天诗社"。生平参见卷二《忆剩公》注释①。

④ 乙未：即顺治十二年乙未（1655）。　顺世，圆寂。

⑤ 韩公子：即注释③"函可"。

⑥ 二豪：指秦维紫、左宏甫二人。生平不详。

⑦ 落拓：此指豪放，放荡不羁。

⑧ 髣髴：同"仿佛"。类似，好像。

⑨ 颠狂或拜石：宋代米芾擅书画，知无为军时，州治有巨石甚奇。芾见之大喜，曰："此足以当吾拜。"遂具衣冠拜之，呼之为兄。世称"米颠拜石"。事见宋叶梦得《石林燕语》卷十。

⑩ 酒筹：饮酒时用以记数或行令的筹子。

⑪ 烛剪：语出唐李商隐《夜雨寄北》诗："何当共剪西窗烛，却话巴山夜雨时。"后以之为促膝夜谈之典。

⑫ 鲈莼（chún）：鲈鱼与莼菜。典出南朝宋刘义庆《世说新语·识鉴》："晋张翰在洛，见秋风起而思故乡莼鲈，因辞官归。"后因以"鲈莼"为思乡之典。

⑬ 有年：丰年。

⑭ 一廛：古时一夫所居之地。《周礼·地官·遂人》："上地，夫一廛，田百畮，莱百畮。"孙诒让正义："古制田百畮而中有廛，因谓百畮之地为一廛。"

赠陈虎文京兆①

海照和龙日,尘颜谒仲弓②。降阶扶古道③,拂席动春
风④。名已宸聪彻⑤,情犹羁客通。大仁留守后,应与帝心同。

【注释】

①

② 仲弓:即冉雍,春秋鲁人,也称子弓,孔子的学生,以德行著称。《史记·
仲尼弟子列传》:"孔子以仲弓为有德行,曰:'雍也可使南面。'"

③ 降阶:走下台阶,以示恭敬。

④ 拂席:拂拭座席,表示尊敬。

⑤ 宸聪:谓皇帝的听闻。此指陈虎文之名已完全被皇帝听闻。

再 赠 虎 文

那复青云后,仍依广厦中。雪檐惊一顾,风雅失诸公。爵
重还虚席,身轻愧转蓬①。敢言知己在,不信旅愁空。

【注释】

① 转蓬:犹如随风飘转的蓬草。

有 感

未遂风云志,空怀济世心。丹经误岁月①,白雪霁风襟。
弹剑看人事,摊书到竹林。何因成幻梦,感动一沉吟。

【注释】

　　① 丹经：讲述炼丹术的专书。

喜　雨

　　甚雨风雷满①，炎炎一洗中。万方同卸甲，五岳尽呼嵩②。
溜决当帘白，云沉对烛红。晓看天霁处，新爽雪重瞳③。

【注释】

　　① 甚雨：骤雨，大雨。

　　② 呼嵩：《汉书·武帝纪》载，元封元年正月武帝亲登嵩高山，吏卒咸闻呼万岁者三。后因以"呼嵩"指对君主的祝颂。

　　③ 重瞳：重瞳子，泛指帝王的眼睛。

读黄石斋别江右诸同人诗赋得
世道依稀在以志其意

　　世道依稀在，公心直到今。东林分讲席，行幄冠朝簪。名
以文章重，愁于社稷深。晋江无限意，千载墨花淋。

赠　友

一

　　咫尺难成晤，孤怀倍汝亲。文章惊胜国，鬓发老逋臣①。
暑气兰为扫，客愁道作邻。长安千万里，属酒益酸辛。

二

古道存前好,冰壶自玉人。士群同折伏,绅辈总逡巡②。藻鉴天为党,疏明技若神。好留风度在,终与蹑星辰。

【注释】

① 逋(bū)臣:逃亡之臣。逋,逃亡。

② 逡(qūn)巡:因顾虑而徘徊不前。

陪郑必璋业师泛舟唐溪

一棹冲祁口,真成竹叶舟。人因笺雅重,名为据床留。柳静花犹白,石横路转幽。追随当此日,知在酒垆头。

乙卯孟夏廿五夜闻雷望雨慨然有作示陈二陶①

万方图一润,翘首问云雷。总有狂风动,终期好雨来。天心原太极,吾道岂寒灰。谁尚堪霖雨,分鬃水一杯。

【注释】

① 乙卯孟夏廿五:即康熙十四年农历四月二十五日(公元 1675 年 5 月 19 日)。

梁苍岩举第五子①

一

娣袟良如此,珊珊写玉人②。三生留莞簟③,一气抱麒麟④。天许斯人胜,情知我辈真。漫咏燕山桂⑤,梁鳣正五旬⑥。

二

那不恣君意,芝兰复佑君⑦。宁馨谁得似⑧,绕膝已成群。
笔掣家声起,经传百子分。多男多世业,顾步足风云。

【注释】

① 梁苍岩:梁清标(1620—1691),字玉立,一字苍岩,号蕉林、棠村,直隶正定(今属河北)人,生于明泰昌元年,卒于清康熙三十年。明崇祯十六年进士,官庶吉士。入清后,仍原官,寻授编修,累迁侍讲学士、兵、礼、刑、户部尚书,保和殿大学士。详见卷一《梁苍岩宗伯旋里寄赠》注释①。　举:此指生育子女。

② 玉人:在此是对梁清标第五子的爱称。

③ 莞簟(guǎn diàn):谓生育。《诗·小雅·斯干》:"下莞上簟,乃安斯寝。"

④ 麒麟:麟儿。

⑤ 燕山桂:称颂梁苍岩父子之意。典出《宋史·窦仪传》:"仪学问优博,风度峻整,弟俨、侃、偁、僖,皆相继登科。冯道与禹钧(窦仪父)有旧,尝赠诗,有'灵椿一株老,丹桂五枝芳'之名,缙绅多讽诵之。"时称时称燕山窦氏五桂。后以此典称颂他人父子。

⑥ 梁鳣(zhān):字叔鱼,齐国人,孔子门人。年三十未有子,欲出其妻。商瞿谓曰:"子未也,昔吾年三十八无子,吾母为吾更取室,夫子使吾之齐,母欲请留吾,夫子曰:'无忧也,瞿过四十,当有五丈夫。'今果然,吾恐子自晚生耳,未必妻之过。"梁鳣从之,二年后果然生子。

⑦ 芝兰:喻优秀子弟。

⑧ 宁馨:晋、宋时的俗语,"如此""这样"之意。宁馨儿。

寄寿陈定翁①

一

海门嵩岳入,翠涌紫微山。才大留天壤②,庆叶羑平余破道颜③。瑶林鹤语度④,旭色凤毛斑⑤。更是一阳值,天心喜大还⑥。

二

万点银州雪,一茅紫海椽。谁崇龙首智[7],独觉仲弓贤[8]。
白樽盈皓露[9],乌井见丹泉[10]。始悟追随日,德为密百全。

三

闻道梅花屋,松燃半卷开。湖海含龙气[11],堂帘属宪台[12]。
高明多变化,消息到蓬莱。不信如银浪,今过乌鹊来。

四

浅弱从归阙,无缘拜寝床。喜随绝席后,愁发旧时狂。画
堂添古色,素壁满瑶章。数语情何极,空依玉树香。

【注释】

① 陈定翁:生平不详。

② 天壤:天地,天地之间。

③ 庆余:谓先世积善的遗泽。语本《易·坤》:"积善之家,必有余庆。"

④ 鹤语:典出南朝宋刘敬叔《异苑》卷三:"晋太康二年冬,大寒,南洲人见
二白鹤语于桥下曰:'今兹寒,不减尧崩年也。'于是飞去。"后以"鹤语"谓鹤寿
长而多知往事。

⑤ 凤毛:凤凰的羽毛,比喻珍贵稀少之物。

⑥ 天心:天空中央。　　大还:即大迁,日至于女纪之称。古人认为:日出
于旸谷,入于虞渊,中经昆吾,是谓正中;至于鸟次,是谓小还;至于女纪,是谓大
还。(《淮南子·天文训》)

⑦ 龙首:科举时代称状元为龙首或龙头。

⑧ 仲弓:冉雍(前 522—?),字仲弓,也字子弓,春秋鲁国陶(今菏泽市)人。
孔子弟子,孔门十哲之一。《孔子家语·七十二弟子解》:"冉雍,字仲弓,伯牛
之宗族,生于不肖之父,以德行著名。"

⑨ 皓露:洁白晶莹的露珠,泛指露水。

⑩ 丹泉:传说中的仙泉,饮之不死。《文选·江淹〈杂体诗·效谢庄郊

游〉》：“始整丹泉术,终觊紫芳心。”吕向注：“丹泉,丹峦之泉,饮之不死。”

⑪ 龙气：《易·乾》：“云从龙。”后因称云雾为“龙气”。

⑫ 堂帘：借指朝廷。　宪台：东汉改称汉御史府为宪台,后为同类机构的通称,亦以称御史等官职。

祷　雨

一

慈痛天心在,苍生日夜呼。随车传旧史①,当暑顾吾徒。
谷底风云变,江声咫尺粗。可能回造化,及此露香无。

二

白舫红莲渚②,今来那复能。衙开迎昧雀,香引入金绳。
柳贮街衢翠,帘收花气增。商霖终未落③,漠漠紫烟凝④。

三

冉冉轻云上⑤,康衢物色欣⑥。分龙争变化⑦,天路有声
闻。奥密疑吞海,高明许救焚⑧。溶溶恩欲洒,欢已遍人群。

四

雪暑蛟龙怒,雷门风雨开⑨。谁能真感格,天自好栽培。
云表金茎下[10],人间水德回。无将繁露旨,漫拟沐骢杯。

【注释】

① 随车传旧史：时雨跟随着车子而降,比喻官吏施行仁政及时为民解忧。典出《后汉书·郑弘传》“政有仁惠,民称苏息。”李贤注引三国吴谢承《后汉书》：“弘消息繇赋,政不烦苛。行春大旱,随车致雨。”

② 白舫：白木的船。　渚，水中的小块陆地。

③ 商霖：《书·说命上》载，商王武丁任用傅说为相时，命之曰："若岁大旱，用汝作霖雨。"谓依为济世之佐，后以"商霖"为称誉大臣之词。详见卷一《问雨》注释⑬。

④ 漠漠：密布的样子。　紫烟：紫色瑞云。

⑤ 轻云：薄云，淡云。

⑥ 康衢：四通八达的大路。

⑦ 分龙：即分龙雨。夏季所降对流雨，有时一辙之隔，晴雨各异。古人以为由于龙分管不同区域的降雨使然，故谓之"分龙雨"。此种情况始出之时日，清时燕地之俗谓在五月二十三日，即称此日为"分龙日"，亦称"分龙"。

⑧ 救焚：即"救焚拯溺"的省称，犹言救人于水火之中。

⑨ 雷门：古代会稽（今浙江绍兴）城门名。因悬有大鼓，声震如雷，故称。《汉书·王尊传》："尊曰：'毋持布鼓过雷门！'"颜师古注："雷门，会稽城门也。有大鼓。越击此鼓，声闻洛阳，故尊引之也。布鼓谓以布为鼓，故无声。"

⑩ 金茎：承露金茎。汉武帝欲求仙长生，于元鼎二年在建章宫神明台建造铜仙人承露盘，高二十丈，为铜铸仙人伸掌（金茎）捧铜盘玉杯，来承接天上的甘露。三国时魏明帝又仿效汉武帝，在芳林园中建造承露盘，长十二丈。三国曹植《承露盘》序："皇帝乃诏有司铸铜建承露盘，在芳林园中。茎长十二丈，大十围，上盘径四尺九寸，下盘径五尺。铜龙绕其根，龙身长一丈，背负两子。自立于芳林园，甘露乃降。"在此指祈求天降甘露。

喜　雨

敢复知今日，终回天地心。四空闻雨响，五月见江深。雷满迎銮市，龙飞跨鹤林。万年歌有道，泼墨尽甘霖。

近体　五言排律

贺柏乡魏石生以宫保冢宰拜内秘书院大学士①

　　太行龙气迥，滹水紫澜生②。圣代新参政，真儒久著名。八砖云日丽，六省凤凰鸣。川岳精神露，高明世界擎。抽毫尝作赋③，抗疏每谈兵④。出入百家熟，钻研六艺精。文章八代起⑤，耳目九天清。促席倚兰臭⑥，虚窗舞鹤声。宣麻前一日，俗与相国烧灯夜语，白鹤起舞，声彻九霄，非好爵之应乎？斯须阳律暖⑦，咫尺泰阶平⑧。熊梦飞燕市⑨，金台照火城⑩。梅花红烛夜，骏马白云程。庙算推前辈⑪，天心享至诚⑫。姚崇开物望⑬，富弼动人情⑭。黑发拥旄整⑮，丹衷捧日明⑯。曲江金镜写⑰，涑水史纲成⑱。指顾方圆出，毫厘黑白争。起家原帝简，开国竟持衡⑲。宝路通银汉，青云满玉京⑳。聪明还格物㉑，呼吸便调羹㉒。八座皆承跗，一夫尚践更㉓。余生欣就日㉔，待此欲归耕㉕。

【注释】

　　① 柏乡魏石生：即魏裔介（1616—1686），字石生，别号贞庵，又号昆林。北直隶柏乡人。顺治三年（1646）进士，选庶吉士，任言官。充《世祖实录》总裁官。累官至给事中、左都御史、吏部尚书、保和殿大学士、加太子太保。谥文毅。与郝浴素来交好。参见卷一《喜雪简魏石生总宪》注释①。魏裔介时由吏部尚书改任内秘书院大学士（即保和殿大学士）。　　冢宰：周官名，为六卿之首，亦称太宰。后世称吏部尚书为冢宰。内秘书院大学士：清初，内阁设内秘书院、

内弘文馆、内国史院,称内三院;大学士加殿、阁头衔,称"中和殿大学士""保和殿大学士""文华殿大学士""武英殿大学士""文渊阁大学士""东阁大学士"。

② 滹(hū)水:水名,即滹沱河。发源于山西,流入河北省,在献县与滏阳河汇合,成为子牙河。

③ 抽毫:抽笔出套,借指写作。

④ 抗疏:谓向皇帝上书直言。

⑤ 文章八代起:八代,指东汉、魏、晋、宋、齐、梁、陈、隋。苏轼在《潮州韩文公庙碑》中赞誉韩愈:"文起八代之衰,道济天下之溺。"

⑥ 促席,坐席互相靠近。兰臭(xiù),典出《易·系辞上》:"同心之言,其臭如兰。"孔颖达疏:"谓二人同齐其心,吐发言语,氤氲臭气,香馥如兰也。"后因以"兰臭"指情投意合。

⑦ 阳律:指春季。

⑧ 泰阶:古星座名。即三台。上台、中台、下台共六星,两两并排而斜上,如阶梯,故名。这里借指朝廷。

⑨ 熊梦飞燕市:熊飞,指贤才得遇、隐士出山佐世。《宋书·符瑞志上》:"(文王)将畋,史徧卜之曰:'将大获,非熊非罴,天遗汝师以佐昌。'"文王卜此吉兆,后遇吕尚于渭之阳。后人讹"非"为"飞",因以"熊飞"谓隐士出山佐世之典。燕市,指燕京,即今北京。

⑩ 金台:指北京。　火城:古代朝会时的火炬仪仗。唐李肇《唐国史补》卷下:"每元日、冬至立仗,大官皆备珂伞,列烛有至五六佰炬者,谓之火城。宰相火城将至,则众少皆扑灭以避之。"

⑪ 庙算:朝廷或帝王对军政大事的谋划。

⑫ 天心:君主的心意。

⑬ 姚崇(605—721):本名元崇,字元之,陕州峡石(今河南三门峡东南)人。历任武则天、睿宗、玄宗三朝宰相,皆兼兵部。曾为稳定武周政权、开创"开元盛世"贡献尤多,与宋璟并称"姚宋",是历史上著名的贤相。郝浴另有咏史诗《姚崇》,详见后卷四《姚崇》一诗。　物望:人望,众望。

⑭ 富弼(1004—1083):字彦国,河南(今河南洛阳)人。仁宗天圣八年(1030)举茂才异等,授签书河阳判官。通判绛州,迁直集贤院,开封府推官、知谏院。庆历二年(1042),为知制诰。三年,拜枢密副使,与杜衍、范仲淹等主持

庆历新政。四年,出知郓州,历知青、郑、蔡、河阳、并等州府。至和二年(1055),召拜同中书门下平章事。宋英宗即位,为枢密使。居二年,出判扬州,封祁国公,进封郑国公。神宗熙宁元年(1068),徙判汝州。二年,以左仆射、门下侍郎拜同平章事,因与王安石政见不合,出判河南,改亳州。后因阻青苗法受责,求归洛阳养疾,不久即致仕。元丰六年卒,年八十。《宋史》卷三一三有传。

⑮ 拥旄:持旄。借指统率军队。

⑯ 丹衷:赤诚之心。　捧日:喻忠心辅佐帝王。语本《三国志·魏志·程昱传》:"表昱为东平相,屯范"裴松之注引晋王沈《魏书》:"昱少时常梦上泰山,两手捧日,昱私异之,以语荀彧……或以昱梦白太祖。太祖曰:'卿当终为吾腹心。'"

⑰ 曲江金镜写:张九龄(678—740),唐代诗人。字子寿。韶州曲江(今广东韶关)人。武后神功年间进士,官秘书省校书郎。先天元年(713)应"道侔伊吕科"举,得高第,授左拾遗。累官至中书侍郎同平章事,迁中书令。后受李林甫排挤,罢政事,贬为荆州长史。九龄有《金镜录》。

⑱ 涑(sù)水史纲成:涑水,指宋司马光。司马光为山西省夏县涑水乡人,故称。司马光治学勤苦,奉敕主持编撰《资治通鉴》,历时19年完成这部历史巨著。

⑲ 开国竟持衡:持衡,即持衡拥璇,典出《北齐书·文宣帝纪》:"昔放勋驰世,沈璧属子;重华握历,持衡拥璇。"璇、衡,北斗七星中的二星名。比喻执掌(国家)权柄。指顾方圆,毫厘黑白,李泌事。

⑳ 青云:指青云之士。唐杜甫《寄李十二白二十韵》:"白日来深殿,青云满后尘。"仇兆鳌注:"青云,指士之追随者。"　玉京:指帝都(北京)。

㉑ 格物:推究事物之理。《礼记·大学》:"致知在格物,物格而后知至。"

㉒ 调羹:典出《书·说命下》:"若作和羹,尔惟盐梅。"后因以"调羹"喻治理国家政事。

㉓ 践更:交替任职,先后任职。八座尚书。

㉔ 就日:比喻对天子的崇仰或思慕,语出《史记·五帝本纪》:"帝尧者,放勋。其仁如天,其知如神。就之如日,望之如云。"

㉕ 归耕:回家耕田,谓辞官回乡。

喜伯氏敏公以少宰晋秩总宪

国技空天壤,家声满帝乡。举朝看弄印①,亚相已升堂②。开阖神双注,方圆智一囊。诸曹孤掌运③,大厦只身当。名辈输挥霍,纯儒识退藏④。五云连日聚,万目一时张。白兽冰壶照,青天玉尺量。力能擘华岳,心可避蜣蜋。恭传三命鼎,清彻九重香。梅破燕山晓,雪晴益水凉。经纶粗细遍,汲引岁时忙⑤。四海看名士,苍生愿密偿。

【注释】

① 弄印:典出《史记·张丞相列传》:"高祖持御史大夫印弄之,曰:'谁可以为御史大夫者?'孰视赵尧曰:'无以易尧。'遂拜赵尧为御史大夫。"后因称任命御史大夫为"弄印"。另,御史台古称宪台,明、清别称都察院左都御史为总宪。

② 亚相:御史大夫的别称。秦汉时,御史大夫为丞相之副,丞相缺人,常以之递升,故唐以后有此别称。

③ 诸曹:犹言各部。亦借指各部的官员。

④ 退藏:谓辞官引退,藏身不用。

⑤ 汲引:比喻提拔或引荐人才。

寿敬哉王宗伯①

匡时倚玉树②,爱道祝尧天③。大老纷回席④,高明自著鞭⑤。孤清浑太岳⑥,一卧重全燕。矩矱龙门烂⑦,知行河朔专⑧。丹青间点笔,社稷欲投肩。忧国烟霞外⑨,惊心咫尺前。沙龙梅信晓⑩,斗极寿星缠⑪。一掬盈盈雪⑫,披香入珉筵⑬。

【注释】

① 王宗伯：王崇简，字敬哉，直隶宛平人。明崇祯癸未（1643）进士，入清后，顺治丙戌（1646）补选内国史院庶吉士，官至礼部尚书。谥文贞。为人端谨、谦虚，重朋友情谊，善于鼓励后辈学生。有《青箱堂诗集》。按，宗伯为周代六卿之一，掌宗庙祭祀等事，即后世礼部之职，因称礼部尚书为大宗伯或宗伯。

② 匡时：匡正时世，挽救时局。

③ 尧天：《论语·泰伯》："巍巍乎，唯天为大，唯尧则之。"谓尧能法天而行教化。后因以"尧天"称颂帝王盛德和太平盛世。

④ 大老：称资深望重的大官。

⑤ 着鞭：典出《晋书·刘琨传》："与范阳祖逖为友，闻逖被用，与亲故书曰：'吾枕戈待旦，志枭逆虏，常恐祖生先吾着鞭。'"喻他人比自己抢先一步，自己也要迎头赶上，争取后来居上。后常用以勉人努力进取。

⑥ 孤清：孤高而清净。

⑦ 矩矱（yuē）：规矩，法度。《楚辞·离骚》："曰勉升降以上下兮，求矩矱之所同。"王逸注："矩，法也；矱，于缚切，度也。"　龙门：泛指都门、国门。

⑧ 知行：认识与实行。《礼记·中庸》："夫妇之愚，可以与知焉……夫妇之不屑，可以能行焉。"汉郑玄注："言匹夫匹妇愚耳，亦可以其与有所知，可以其能有所行者，以其知行之极也。"　河朔：古代泛指黄河以北的地区。《书·泰誓中》："惟戊午，王次于河朔。"孔传："戊午渡河而誓，既誓而止于河之北。"

⑨ 烟霞：指红尘俗世。

⑩ 梅信：梅花开放所报春天将到的信息，亦暗指信函。

⑪ 斗极：北斗星与北极星，喻指为天下所敬仰的人。　寿星：即老人星。《史记·封禅书》："于杜亳有三社主之祠、寿星祠。"司马贞索隐："寿星，盖南极老人星也，见则天下理安，故祠之以祈福寿。"用作长寿的象征。

⑫ 一掬：亦作"一匊"。两手所捧（的东西），亦表示少而不定的数量。盈盈：清澈、晶莹。

⑬ 玳筵：玳瑁筵。指谓豪华、珍贵的宴席。

贺周叔子得楚闱三士十二韵

四海搜名士,良工肖楚才。神机针际合,绳墨镜中开。骏刷黄金市,花深白兆台。高明登聘席,深静顾龙媒。鉴赏曾披豁,钻研独化裁①。国能争一日,郢斧斫群材②。帖括还隆万③,师生更徂徕④。五经魁二妙⑤,七泽挺三槐⑥。陆辨昌黎出⑦,欧疑子固来⑧。畹兰香户牖,洞橘摘蓬莱。素业酬葩典⑨,清心湛酒杯。好培桃李树⑩,风采见子思⑪。

【注释】

① 化裁:谓随事物变化而相裁节。后多指教化裁节。语本《易·繫辞上》:"是故形而上者谓之道,形而下者谓之器,化而裁之谓之变。"孔颖达疏:"化而裁之谓之变者,阴阳变化而相裁节之谓之变也。"

② 郢斧:郢正,斧正。以诗文就正于人。

③ 帖括:唐制,明经科以帖经试士。把经文贴去若干字,令应试者对答。后考生因帖经难记,乃总括经文编成歌诀,便于记诵应时,称"帖括"。此泛指科举应试文章。

④ 徂徕:亦作"徂来"。山名。又名尤来、尤崃、尤徕。在山东省泰安县东南。《诗·鲁颂·閟宫》:"徂来之松,新甫之柏。是断是度,是寻是尺。"后因以"徂徕"指生长栋梁之材的大山。

⑤ 五经:五部儒家经典,即《诗》《书》《易》《礼》《春秋》。

⑥ 七泽:相传古时楚有七处沼泽。后以"七泽"泛称楚地诸湖泊。 三槐:相传周代宫廷外种有三棵槐树,三公朝天子时,面向三槐而立。后因以"三槐"喻三公。

⑦ 昌黎:唐韩愈世居颍川,常据先世郡望自称昌黎(今河北省昌黎县)人;宋熙宁七年诏封昌黎伯,后世因尊称他为"昌黎先生","唐宋八大家"之首。

⑧ 子固:宋曾巩,字子固,江西南丰人,北宋散文家、史学家、政治家,"唐宋八大家"之一。

⑨ 素业:先世所遗之业。旧时多指儒业。

⑩ 桃李：《韩诗外传》卷七："夫春树桃李，夏得阴其下，秋得食其实。"后遂以"桃李"比喻栽培的后辈和所教的门生。

⑪ 子思：孔伋，字子思，孔子嫡孙。春秋时期著名的思想家。子思上承曾参，下启孟子。后人把子思、孟子并称为"思孟学派"，尊子思为"述圣"。

祝石仲生夫子①

名勋酬帝室②，上相秘书香③。解冻冲梅阁，迎春发雒常。瑞树④八邻参入梦，九鹤夜临房。珠色擎仙掌，鬓年谒玉皇⑤。业图梁国大⑥，齿及仲华芳⑦。圣眷深鱼水⑧，家声起栋梁。进书廉孟子⑨，止酒广宁王⑩。寿国龙媒紫⑪，福民化日长。聪明惊一代，气骨老千霜⑫。附凤同椒壁⑬，攀鳞伍雁行⑭。金鱼衔彩胜⑮，绿绶拖银黄⑯。喜起逢今日，从容泛羽觞⑰。

【注释】

① 石仲生：石申，滦州人，字仲生，顺治丙戌（1646）进士，改庶吉士，官至户部侍郎。赠吏部尚书。有《宝笏堂遗集》。

② 帝室：皇室，皇族。

③ 上相：泛称大臣。　书香：读书风气，世代读书的习尚。

④ 雒常：古代神话中的树名。《晋书·四夷传·肃慎氏》："（肃慎氏）有树，名雒常，若中国有圣帝代立，则其木生皮可衣。"

⑤ 鬓年：幼年。　玉皇：指皇帝。

⑥ 梁国：狄仁杰（630—700），字怀英，太原狄村人，曾以明经举，任并州都督府曹，转大理丞，任宁州、豫州刺史。武则天执政时，任地方官侍郎同凤阁鸾台平章事，以不畏权势著称，直言力谏，成为一代名相。狄仁杰一生刚直不阿，知人善任，为唐王朝接连举荐德才兼备的良臣，政绩颇丰，被朝野公认为"唐祚送俊之臣"，后追封为"梁国公"。

⑦ 仲华：邓禹（2—58），字仲华，南阳郡新野（今属河南）人。东汉开国勋臣、首任宰相，东汉中兴"二十八宿"之首。少时游学长安，聪敏好学，十三岁能

背诵《诗》，与刘秀为友。新莽末辅佐刘秀收民心，建东汉。光武帝即位后，拜相。他淡泊名利，待人敦厚，孝敬父母。后封高密侯，拜太傅。卒谥"元"。

⑧ 鱼水：比喻君臣相得，关系亲密。语本《三国志·蜀志·诸葛亮传》："（先主）于是与亮情好日密。关羽、张飞等不悦，先主解之曰：'孤之有孔明，犹鱼之有水也，愿诸君勿复言。'"

⑨ 廉孟子：廉希宪（1231—1280），元代名臣。畏吾儿人，一名忻都，字善甫，号野云。因熟读儒书，时有"廉孟子"之称，曾助忽必烈夺取帝位，后镇守关中，平定蒙古贵族的叛乱，官至平章政事。曾行省荆州，禁剽夺、返商贩、置经籍，受民爱戴。卒谥"文正"。

⑩ 广宁王：耶律楚材（1190—1244），字晋卿，号湛然居士。金元间义州弘政人，契丹族，辽宗室后裔。据《元史》记载，他三岁丧父，得母杨氏抚育，"及长，博及群书旁通天文、地理、律历、数术及释老、医卜之术，下笔为文，若宿构者。"元太祖定燕，召之为相，历事两朝，凡蒙古陋风，悉为改革，元立国规模多出其手定。卒后追封"广宁王"，谥"文正"。有《湛然居士集》。

⑪ 寿国：保全国家，使国家久存。《吕氏春秋》："虞用宫之奇、吴用伍子胥之言，此二国者，虽至于今存可也，则是国可寿也。有能益人之寿者，则人莫不愿之，今寿国有道，而君人者而不求，过矣！"　龙媒：典出《汉书·礼乐志》："天马徕龙之媒。"颜师古注引应劭曰："言天马者乃神龙之类，今天马已来，此龙必至之效也。"后因以比喻俊才。

⑫ 气骨：气概，骨气。

⑬ 附风：语本《后汉书·光武帝纪上》："天下士大夫捐亲戚，弃土壤，从大王于矢石之间者，其计固望其攀龙鳞，附凤翼，以成其所志耳。"后因以"附风"指依附帝王以成就功业。　椒壁：以椒和泥所涂的墙壁，泛指宫廷。

⑭ 攀鳞：比喻依附帝王以成功名。　雁行：指朝廷上的排班。

⑮ 金鱼：指代宫门。

⑯ 绿绶：即"绿綟绶"，一种黑黄而近绿色的丝带。古代三公以上服用绿綟色绶带。　银黄：银印和金印或银印黄绶。《文选·刘孝标〈广绝交论〉》："海内髦杰，早绾银黄。"李周翰注："银黄，谓银印黄绶。"这里借指高官显爵。

⑰ 从容泛羽觞：这里指饮酒。羽觞，古代一种酒器。作鸟雀状，左右形如两翼。一说，插鸟羽于觞，促人速饮。

卷三

近体　七言律

扶　风

　　汉家铜柱马将军①,寂寞于今久不闻。交趾方娴白象阵②,虚危空射紫貂裙。金钱烂熳门庭凯,薏苡销磨社稷勋③。更忆壶头曳足日④,英雄尘土泪沾坟。

【注释】

　　① 马将军:马援(前14—49),东汉扶风茂陵人,字文渊。少有大志。后归光武帝,拜伏波将军,率军镇压交趾二征起义。曾以男儿当"马革裹尸"自誓,出征匈奴、乌桓。六十二岁时将兵击武陵五溪蛮,病卒于军。封新息侯,谥忠成。

　　② 交趾:原为古地区名,泛指五岭以南。汉武帝时为所置十三刺史部之一,辖境相当今广东、广西大部和越南的北部、中部。东汉末改为交州。《礼记·王制》:"南方曰蛮,雕题、交趾。"《汉书·武帝纪》:"遂定越地,以为南海、苍梧、郁林、合浦、交趾、九真、日南、珠厓、儋耳郡。"《后汉书·马援传》载:"峤南悉平。"唐李贤注引《广州记》:"(马)援到交趾,立铜柱,为汉之极界也。"

　　③ 金钱烂熳两句:马援南征凯旋归来时带回几车薏苡种。在他死后,有人诬告他带回的是搜刮来的大量珍珠,故称"薏苡之谤"。据《后汉书·马援传》载:"初,援在交趾,常饵薏苡实,用能轻身省欲,以胜瘴气。南方薏苡实大,援欲以为种,军还,载之一车。时人以为南土珍怪,权贵皆望之。援时方有宠,故莫以闻。及卒后,有上书谮之者,以为前所载还,皆明珠文犀。"

　　④ 更忆壶头曳足日:《后汉书·马援传》载:"会暑甚,士卒多疫死,援亦中

病,遂困,乃穿岸为室,以避炎气。贼每升险鼓噪,援辄曳足以观之,左右哀其壮意,莫不为之流涕。"言马援之英勇。曳足,拖着足。

嘉陵泛舟按部东巡①

江绕阆城漫不流②,阆民离立待扁舟。几村桑柘山根尽③,一箧图书水面浮。游骑骄驰新雨岸④,鸣榔急下浅沙头⑤。澄清累誓何时效,愧煞空谈已麦秋⑥。

【注释】

① 此诗写于郝浴巡按四川期间(1651—1653)。

② 阆(làng)城:故治在今四川阆中,古称保宁。唐设阆州,元置保宁府,明清属四川省。

③ 桑柘:桑木与柘木。此指农桑之事。　山根:山脚。

④ 游骑:指流动突袭的骑兵。

⑤ 鸣榔:敲击船舷使作声。用以惊鱼,使入网中,或为歌声之节。唐李白《送殷淑》诗之一:"惜别耐取醉,鸣榔且长谣。"王琦注:"所谓鸣榔者,常是击船以为歌声之节,犹叩舷而歌之义。"　沙头:沙滩边;沙洲边。

⑥ 麦秋:麦熟的季节。通指农历四、五月。

骊山怀古用壁间韵

骊山之麓青青柏,温水之源细细沙①。不尽古人愁似海,可怜倾国艳于花②。真人紫气还来未,西岳真形自不斜③。多少伤心关内事④,黄河草绿又谁家?

【注释】

① 温水之源细细沙：言骊山华清池温泉。

② 可怜倾国艳于花：言唐玄宗贵妃杨玉环。

③ 西岳真形自不斜：骊山位于临潼县东南，距华山约百里光景。

④ 关内：地域名。古时通称函谷关或潼关以西长安附近叫关内。

登太华绝顶^①

太华峰头云皑皑，两仪真气拍空来。稍瞻八水尧眉列^②，一弄双丸仙掌开^③。峡底何人还痦瘝，山腰无日不风雷。中原望望飞尘土^④，谁洒芙蓉露一杯？

【注释】

① 太华：西岳华山，亦称太华山。

② 八水：《初学记》卷六引晋戴祚《西征记》："关内八水，一泾，二渭，三灞，四浐，五涝，六滈，七沣，八滴。"借指关中地区。

③ 双丸：指日月。仙掌：华山仙人掌峰的省称。

④ 望望：瞻望、依恋的样子。《礼记·问丧》："其往送也，望望然，汲汲然，如有追而弗及也。"郑玄注："望望，瞻顾之貌也。"

过萧何追韩信处^①

一

青山落照陈仓道^②，野老相传饮马池^③。逋客孤踪天下势^④，相臣具眼百僚师^⑤。阴阴紫柏猿争啸，淰淰清流风乱披^⑥。几度经过空洒泪，无双国士更谁知^⑦？

二

　　云连栈阁四天垂,犹剩追韩萧相碑。天上雌雄双剑拔,褒中风雨一龙吹。何图渭叟生同载,更有纶巾死出师⑧。多少王孙伤汉业,自磨苍壁一题诗。

【注释】

　　① 萧何追韩信处:在四川南江县城西北约39公里。史载楚汉相争之际,韩信不为项羽器重,遂弃楚奔褒中。相国萧何奇之,荐与汉王刘邦,刘邦仍未重用。韩信不辞而别,经米仓道南下巴蜀。萧何闻言,连夜追寻,直至孤云岭而追上韩信,劝返褒中,刘邦终筑坛拜将,委以重任。此后,萧何追韩信处被称为"截贤岭",孤云山改称"韩山",山麓有小溪,称"韩溪"。

　　② 陈仓:古地名,即今陕西省宝鸡市。秦置县,汉、魏、晋皆因之。刘邦用韩信计,明修栈道、暗度陈仓,即此。汉魏以来为攻守之战略要地。

　　③ 饮马池:位于陕西汉中市东南部,相传是刘邦的军队驻扎在汉中时的饮马处。

　　④ 逋客:逃离的人,此指韩信。

　　⑤ 相臣:宰相。此言萧何。

　　⑥ 淰淰(shěn):散乱不定。唐杜甫《放船》诗:"江市戎戎暗,山云淰淰寒。"仇兆鳌注引董斯张曰:"淰淰者,状云物散而不定。"

　　⑦ 无双国士:谓国中独一无二的人才。

　　⑧ 更有纶巾死出师:指蜀汉建兴五年(227),诸葛亮上疏《出师表》,率军北驻汉中,出师北伐之事。

嘉陵江登舟自诸葛祠下①

　　自起开衙拜武侯,空江如练一乘舟。半川梅雨泥篁破,满握金丹雪浪流。柏子香凝七里外②,杜鹃声落五更头③。书生苦抱澄清愿,回首纶巾志未酬④。

【注释】

① 诸葛祠：位于今四川广元城北45公里的筹笔乡东岸,此处嘉陵江水奔流,地势险要。三国时,蜀汉丞相诸葛亮率师北伐曹魏,曾于此运筹帷幄。唐宋时建诸葛祠。唐代诗人李商隐、杜牧、罗隐,宋代陆放翁等,元、明、清各代著名诗人过此都有题咏,今祠庙诗碑均已不复存在。

② 柏子：即柏子香。香名。

③ 杜鹃：鸟名,又名杜宇、子规,相传为古蜀王杜宇之魂所化。春末夏初,常昼夜啼鸣,其声哀切。

④ 回首纶巾志未酬：言诸葛亮六出祁山北伐中原壮志未酬,病死五丈原。唐杜甫《蜀相》诗:"出师未捷身先死,常使英雄泪满襟"。纶巾:用青色丝带做的头巾,一说配有青色丝带的头巾。相传诸葛亮在军中服用,故又称诸葛巾。

新真垭泊舟

　　望后青天失月白,江边黑夜烧灯红。云来暗作分龙雨①,风动争弯射虎弓②。不谓剑南久节度③,于今川北尚哀鸿④。强倾浊酒纡愁思⑤,奈尔孤舟百感中。

【注释】

① 分龙雨：古人有谓五月二十三日为分龙兵。盖五月以后,大雨时行,隔辙有雨,故须将龙兵分之也。按,宋陆佃《埤雅》云:世俗五月谓分龙雨曰隔辙雨,言夏雨多暴至,龙各有分域,雨往往隔辙而异也。

② 射虎弓：李广素神勇善战,匈奴谓之"汉之飞将军",李广射石虎一事见于《史记·李将军列传》:"广出猎,见草中石,以为虎而射之,中石没镞。视之,石也。"后以此形容勇猛过人。

③ 剑南：唐道名,以地区在剑阁之南得名。唐太宗贞观元年(627),废除州、郡制,改益州为剑南道,唐玄宗开元二十三年(735),剑南道又分为剑南西川节度和剑南东川节度。

④ 哀鸿:《诗经·小雅·鸿雁》:"鸿雁于飞,哀鸣嗷嗷。"《序》云:"《鸿雁》,美宣王也。万民离散,不安其居,而能劳来还定,安集之。"后以"哀鸿"比喻流离失所的人们。

⑤ 浊酒:用糯米、黄米等酿制的酒,较混浊。纡(yū):苦闷盘结胸中。

蓬　州①

大小蓬山草木昏②,汹涛怒立两龙门。云埋往代升平骨,
夜哭谁家鳏寡魂。一粒官粮千点泪,三川铁甲九重恩。茕茕
赤子消磨尽③,虎豹纵横长子孙④。

【注释】

① 蓬州:位于四川省东北部。北周置,治安固(今四川营山县东北)。唐治大寅(今仪陇县南)。元移相如县(即今四川蓬安县),明清因之。

② 大小蓬山:蓬州有大小蓬山,即太蓬山,风景秀丽,古迹神奇,山势险峻,明代被称为"大小蓬山"。位于今四川省南充营山县城东北约百里的太蓬乡。

③ 茕茕:孤零的样子。

④ 虎豹纵横长子孙:蓬州治蓬安,原名相如县,是西汉文学家司马相如的故乡,故言。虎豹,比喻富有文采。

挽　舟

十寻竹絷猎江东①,入眼惊涛转眼空。鱼鳖为桥非尽幻,
龙蛇俛首竟谁同②。两山松色摇江绿,一道烟霞隔岭红。行止
半生惟草屩③,中原空老玉花骢(一)④。

【校记】

（一）中原空老五花骢：底本原作"中原空老玉花骢"，据校本校。

【注释】

① 缧(lǜ)：大绳，粗绳。

② 俛(fǔ)首：低头，表示服从。俛，同"俯"。汉贾谊《过秦论》："百越之君，俛首系颈，委命下吏。"

③ 草屫(juē)：草鞋。

④ 玉花骢：唐玄宗坐骑。

锦屏山下泛月①

满江明月满山秋，独放虚舟一纵游。总为两川劳梦寐②，不甘千载让风流。桃花仙洞幽真绝，龙爪银河烂不收。身到此间忘出处，况余清露豁双眸。

【注释】

① 锦屏山：古名"阆中山"，有"嘉陵第一江山"之称，位于四川南充。吴道子三百里《嘉陵江山图》，即以锦屏山为轴心。

② 两川：东川和西川的合称。唐肃宗至德二年，剑南道置东川、西川两节度使，因有两川之称。

阆中重九夕登秋阳楼①

独夜危楼此纵观，无边乌树彻秋寒。三川羽檄今方急②，一代文章自不刊。金甲暗藏香象国③。青藜密护菊花栏④。多才奕奕芙蓉镜，好挂秋阳照锦官⑤。

【注释】

① 此诗作于顺治九年壬辰(1652)农历九月初九日。是年八、九月间,郝浴奉命在四川保宁(阆中)监临补行上年"辛卯科"四川乡试,遇南明巨寇刘文秀等率大兵围攻阆中城,后清军取得保宁大捷。重九,农历九月初九日,又称重阳。

② 羽檄:古代军事文书,插鸟羽以示紧急,必须迅速传递。

③ 金甲:金饰的铠甲,借指兵事。 香象:佛经中指诸象之一。其身青色,有香气。一说为菩萨名。

④ 青藜:藜杖,借指读书人。

⑤ 秋阳:秋天的阳光。 锦官:即锦官城,成都的别称。成都旧有大城、少城,少城古为掌织锦官员之官署,因称"锦官城"。

霜

大暑侵凌故未央①,西南腊月始飞霜。两川草木留天地,万里军书动庙廊②。肯渡青衣嘶战马③,何烦白简问危疆④。圣明推毂方西顾⑤,阃外将军气漫扬⑥。

【注释】

① 未央:未尽,不已。《楚辞·离骚》:"及年岁之未晏兮,时亦犹其未央。"王逸注:"央,尽也。"

② 庙廊:朝廷,指以君王为首的中央政府。

③ 青衣:青衣江。古称若水,又称平羌江,位于四川省内,发源于宝兴县峨眉山,流经宝兴、天全、雅安、荥经、洪雅、夹江,最后在乐山与大渡河、岷江三江合流。李白《峨嵋山月歌》"影入平羌江水流",即指青衣江。

④ 白简:古时弹劾官员的奏章。

⑤ 推毂:推车前进,古代帝王任命将帅时的隆重礼遇,后因以称荐举、援引。

⑥ 阃(kǔn)外：指京城或朝廷以外，或指外任将吏驻守管辖的地域，与朝中、朝廷相对。

鸡　头　关①

百丈鸡冠马上扪，山河秀气散朝墩②。襄州风化乌龙水，郑谷云埋青玉盆。六堰屯租何日减③，三川兵械及谁论？挥鞭指点巴东路，望断瞿塘滟滪痕④。

【注释】

① 鸡头关：关隘名，旧时又名"闸口关"。位于陕西省汉中市西北旧褒城县北十里，自此入连云栈，极为险峻。关口有大石状如鸡头，故名。明代尝置巡司于此。

③ 屯租：屯田所纳的赋税。

④ 瞿唐：峡名。瞿唐峡为长江三峡之首，也称夔峡，西起四川省奉节县白帝城，东至巫山大溪。两岸悬崖壁立，江流湍急，山势险峻，号称西蜀门户。峡口有夔门和滟滪堆。　滟滪：即滟滪堆。长江瞿塘峡口的险滩。

遣　兴

一壁炉香一壁琴，一回闲步一回吟。石花冷冷清人眼，嘉水涓涓淡客心。有数青山三面拱，无边明月四围侵①。此中天地真寥阔②，鱼跃鸢飞总不禁③。

【注释】

① 四围：四面，周围。

② 寥阔：空旷，广远。

③ 鸢飞鱼跃:《诗·大雅·旱麓》:"鸢飞戾天,鱼跃于渊。"孔颖达疏:"其上则鸢鸟得飞至于天以游翔,其下则鱼皆跳跃于渊中而喜乐,是道被飞潜,万物得所,化之明察故也。"后以"鸢飞鱼跃"谓万物各得其所。

五 丈 原①

五丈原高四野秋,至今风景尚生愁。老臣汗血频年洒②,
天下锋芒一夜收。高庙本支谁顾托③,中原智勇庆无忧。我来
立马岐山下,渭水经屯怒不流。

【注释】

① 五丈原:古地名。在今陕西省岐山县南,斜谷口西,渭水南岸。相传蜀汉诸葛亮六出祁山曾在此驻军。据《三国志·蜀志·诸葛亮传》记载,蜀汉建兴十二年(234),诸葛亮伐魏,出斜谷,于此驻军屯田,与魏将司马懿相持百余日,病卒于此。

② 频年:连年,多年。

③ 高庙:宗庙。《后汉书·光武帝纪上》:"(光武建武二年正月)壬子,起高庙,建社稷于洛阳,立郊兆于城南。"李贤注:"光武都洛阳,乃合高祖以下至平帝为一庙,藏十一帝主于其中。" 顾托:犹嘱托。指刘备临终托孤于诸葛亮。

秋 兴

遥遥秋色敞云扉,珠树无尘集令威①。尚有玄堂时载
酒②,不窥明镜已知非。青山渐出人争见,野水全明鱼自飞。
到此也应无住著③,漫随阳鸟及时归④。

【注释】

　　① 珠树:神话、传说中的仙树。《山海经·海内西经》:"开明北有视肉、珠树、文玉树、玗琪树。"　令威:即丁令威,传说中的神仙名。晋陶潜《搜神后记·丁令威》:"丁令威,本辽东人,学道于灵虚山。后化鹤归辽,集城门华表柱。时有少年,举弓欲射之。鹤乃飞,徘徊空中而言曰:'有鸟有鸟丁令威,去家千年今始归。城郭如故人民非,何不学仙冢垒垒。'遂高上冲天。"

　　② 玄堂:北向的堂。《吕氏春秋·季冬》:"天子居玄堂右个。"高诱注:"玄堂,北向堂也。"

　　③ 住著:佛教语,犹执著。

　　④ 阳鸟:鸿雁之类的候鸟。《书·禹贡》:"彭蠡既猪,阳鸟攸居。"孔颖达疏:"此鸟南北与日进退,随阳之鸟,故称阳鸟。"

季天中谪沈寄呈仲生石夫子①

一

　　得君把臂益沾裳,菸邑金风满帝乡。圣世虚传三蕊诏,师门亲见两生行。雪飞自架珊瑚树,马到犹闻女史香。最是清华摇落尽,先生洒泪赋升堂。

二

　　朔野亲传鱼腹字,草庐尚有鸟声呼。但倾海外重阳酒,莫问当年八阵图。天地有情终信史,文章无那欲穷途②。只今湛湛玄堂上,谁尚执经为大夫③。

【注释】

　　① 季天中:季开生,字天中,号冠月,泰兴人。顺治己丑进士,历官给事中。有《冠月楼诗》《出关草》。仲生石夫子:石申,滦州(今属河北)人,字仲生,顺治丙戌(1646)进士,改庶吉士,官至户部侍郎。赠吏部尚书。有《宝笏堂遗

集》。参见卷二《祝石仲生夫子》注释①。

　　② 无那：无奈，无可奈何。

　　③ 执经：手持经书，谓从师受业。

送李思行西归①

　　龙荒凤羽五云开②，公子翩翩逐队来③。严关尚卧将军石，酪乳还传祭酒杯。韦绝书香宁紫塞④，刀环消息在黄梅⑤。登堂若拜霜眉下，为道斑斓不久回。

【注释】

　　① 李思行：李呈祥之长子。李呈祥，字其旋，又字吉津，号木斋，沾化人。详见卷二《同王无烦李吉津游石氏祇园》注释①。

　　② 龙荒：漠北。详见卷一《喜雪简魏石生总宪》注释⑯。

　　③ 逐队：谓随众而行。

　　④ 韦绝：成语"韦编三绝"的省称。《史记·孔子世家》："孔子晚而喜《易》……读《易》，韦编三绝。曰：'假我数年，若是，我于《易》则彬彬矣。'"后遂以"韦编三绝"为读书勤奋、刻苦治学之典。紫塞：北方边塞。晋崔豹《古今注·都邑》："秦筑长城，土色皆紫，汉塞亦然，故称紫塞焉。"

　　⑤ 刀环：典出《汉书·李陵传》："立政等见陵，未得私语，即目视陵，而数数自循其刀环，握其足，阴谕之，言可归还也。"环、还同音，后因以"刀环"为"还归"的隐语。黄梅：梅子成熟的季节。

重　阳　雨

　　秋山细雨湿重阳，一脉孤烟上草堂。停午鸡声炊黍白①，冲篱金气射人黄②。穷探鲁史疑麟泣③，醉著荷衫尽酒香。只此皭然成辟地④,消灾何用费长房⑤。

【注释】

① 停午:正午,中午。停,通"亭"。

② 金气:秋气。

③ 穷探鲁史疑麟泣:孔子以鲁史作《春秋》,《孔丛子·记问》:"子曰:'天子布德,将致太平,则麟凤龟龙,先为之祥,今宗周将灭,天下无主,孰为来哉。'遂泣曰:'予之于人,犹麟之于兽也,麟出而死,吾道穷矣。'"《春秋》因此绝笔,故又称"麟史""麟经"。参见前卷一《天王麟史篇》注释①"麟史"。

④ 皭(jiào)然:洁白,干净。《史记·屈原贾生列传》:"濯淖污泥之中,蝉蜕于浊秽,以浮游尘埃之外,不获世之滋垢,皭然泥而不滓者也。" 辟地:旧谓迁地以避祸患。《论语·宪问》:"贤者辟世,其次辟地。"何晏集解引曰:"去乱国,适治邦。"

⑤ 费长房:东汉方士。汝南(郡治今河南上蔡西南)人。曾为市掾,传说从壶公入山学仙,未成辞归。能医重病,鞭笞百鬼,驱使社公。一日之间,人见其在千里之外者数处,因称其有缩地术。后因失其符,为众鬼所杀。后世以"悬壶"为行医之代称,盖源于此。事见《后汉书·方术列传·费长房传》。

铁　岭　城

一

百尺空城首自搔①,青山绿水一周遭。鸟翻东北辽天尽,鱼上西南海路高。龙气已冲都护印,鸡声还乱大夫骚。几回欲雪沧桑涕,愧似新亭泛浊醪②。

二

故李将军此用兵,帑金十万铸严城③。曾矜云鸟兼山立④,不谓缭垣一掌平⑤。风雨愁歌花树曲,黄昏争泛木鱼声。

销魂更是狻猊石⑥,兀守空衙傍月明。

三

甲第排云久作尘⑦,重开茅屋见阳春。蛾眉漫写莲花步,广柳终迷渔父津⑧。竟入他山樵古木,轻于旧水捉金鳞⑨。悠悠刍狗还成梦⑩,杖底春风想圣人。

四

敕放归田八十翁,中华宰相起辽东⑪。名留古寺丰碑上,事在前朝天顺中。多宝环收千叠翠,群湖返照一般红。玉门此日应如辟⑫,满路春风揽辔同⑬。

【注释】

① 搔首:以手搔头,焦急或有所思的样子。

② 浊醪(láo):浊酒。用糯米、黄米等酿制的酒,较混浊。

③ 故李将军二句:明万历年间,守辽名将李成梁驻守铁岭城。为巩固边城,李成梁"大修戍备",特对铁岭城进行了一次加固和扩建,即在原城之西,又筑起一外城。帑(tǎng)金十万:言其修城用金多也。

④ 山立:像高山一样屹立不动。

⑤ 缭垣:围墙。

⑥ 狻猊(suān ní):兽名,狮子。《尔雅·释兽》:"狻猊如虦猫,食虎豹。"郭璞注:"即师子也,出西域。"

⑦ 甲第:旧时豪门贵族的宅第。　排云:排开云层,多形容高。

⑧ 广柳:泛指载货大车。

⑨ 金鳞:指鱼。

⑩ 刍狗:古代祭祀时用草扎成的狗。《老子》:"天地不仁,以万物为刍狗;圣人不仁,以百姓为刍狗。"后因用以喻微贱无用的事物或言论。

⑪ 敕放归田二句:陈循(1385—1464),字德尊,江西泰和人,明代著名散文家、诗人。永乐十三年(1415)年取进士第一名,授撰修,后为翰林院学士。明英

宗在玉门土木堡被掳后，陈循受明代宗重用，时任户部尚书、华盖殿大学士、太子太傅等职。英宗复辟后，天顺年间，陈循在78岁高龄充军流放铁岭。

⑫ 玉门：宫阙，帝阙。

⑬ 揽辔：即揽辔澄清，典出《后汉书·党锢传·范滂》："时冀州饥荒，盗贼群起，乃以滂为清诏使，案察之。滂登车揽辔，慨然有澄清天下之志。"后以此典谓在乱世有革新政治，安定天下的抱负。

赠解乡人

　　竟从吾弟触冰天，病起荆□□□。□抱一阳竹叶□，月分十夜故乡圆。霜花未落□□马，豜雪春深卧□年。多君倍觉乡思涌，好去漳阳仔细传。

李吉津预简九日不果①

　　花满东篱旧草堂②，于今颜色艳重阳。也思北海扬高步③，空倚西风想远香④。蜃气俨然秋色里，鹤音空过首山傍⑤。谁能此际分萸佩⑥，不负先生有报章⑦。

【注释】

　　① 李吉津：李呈祥，字其旋，又字吉津，号木斋，沾化人。详见卷二《同王无烦李吉津游石氏祇园》注释①。

　　② 东篱：典出晋代陶潜《饮酒》诗之五："采菊东篱下，悠然见南山。"后因以指种菊之处，菊圃。

　　③ 北海：汉末孔融任北海相，人称孔北海，亦称北海。　　高步：阔步，大步。

　　④ 西风：西面吹来的风，多指秋风。

　　⑤ 鹤音：鹤的鸣叫声。比喻修道者、隐逸者的声音。　　首山：在辽宁省辽

阳县。

　　⑥ 萸佩：盛茱萸的袋子。旧俗重九登高饮酒，人多佩带萸囊。

　　⑦ 报章：复信。

送魏元永西归时以□统来沈

　　戍楼笑指拚司马①，绝塞逢君转泪痕。雪里褰裳亲在眼②，床头稽首自销魂。正怜彩舞依殊域③，忽听骊歌返故园④。满目云山心如捣，寄声吾弟好晨昏。

【注释】

　　① 戍楼：边防驻军的瞭望楼。

　　② 褰裳：撩起下裳。《诗·郑风·褰裳》："子惠思我，褰裳涉溱。"

　　③ 殊域：远方；异地。

　　④ 骊歌：告别的歌。

元旦感怀　时在奉天

　　浣听鸡声拜紫微，森森鹤骨竹篱围。圣躬疑宿乾清殿，旧寝应飞□玉衣。影挂烛红山翠叠，筹分柏叶雁行稀。可堪满眼惊心事，不作高堂彩袖飞。

立春日漫兴

　　廿年春日半攀鞍，到处云山搔首看①。归梦几时还似旧^②，揽衣此夜异常宽。雪消乍见银州月，鹤唳惊回紫海澜。好是瓮头春酿熟^③，漫呼吾友罄交欢。

【注释】

① 云山：远离尘世的地方，隐者或出家人的居处。

② 归梦：归乡之梦。

③ 瓮头：刚酿成的酒。　春酿：即春酒，冬酿春熟之酒，亦称春酿秋冬始熟之酒。

送李吉津先生还朝^①

一

冲泥拔马送君行，回首银州感慨生。一路河山闻圣旨，七年风雪泣交情。辞巢乳燕穿云出，抱树惊蝉冒雨鸣。无那故人还送酒，懒残不及见调羹^{(一)②}谓剩上人。

二

燕支紫翠扑龙城^③，手挽银河欲洗兵^④。天下文章今借箸^⑤，中原父老旧知名。攀鳞自上乾清殿^⑥，推毂谁开君子营^⑦。好去报君吾报汝，蒲团生死月华明。

【校记】

（一）懒残不及见调羹：校本作“懒残不复见调羹”。

【注释】

① 李吉津：李呈祥，字其旋，又字吉津，号木斋，沾化人。详见卷二《同王无烦李吉津游石氏祇园》注释①。

② 懒残不及见调羹：剩上人，即函可（1612—1660），俗姓韩，名宗骈，字祖

心,号剩人,又称剩和尚、千山剩人。详见前84页《忆剩公》注释①。　懒残:唐代衡岳寺僧明瓒,性疏懒而好食残余饭菜,人以懒残称之。(邺侯)李泌读书寺中,以为非凡人,中夜往谒。懒残发火取芋以啖之,曰:"慎勿多言,领取十年宰相。"泌拜而退。后果为相也。后以此典指求取功名,也用以形容与僧人来往。

③ 燕支:泛指北地,边地。　龙城:此指帝都,京城。唐骆宾王《秋云》诗:"盖阴连凤阙,阵影翼龙城。"

④ 洗兵:传说周武王出师遇雨,认为是老天洗刷兵器,后擒纣灭商,战争停息。事见汉刘向《说苑·权谋》。后遂以"洗兵"表示胜利结束战争。

⑤ 借箸:为人谋划。

⑥ 攀鳞:比喻依附帝王以成功名,多指科举及第。

⑦ 推毂:推车前进。古代帝王任命将帅时的隆重礼遇。《史记·张释之冯唐列传》:"臣闻上古王者之遣将也,跪而推毂,曰阃以内者,寡人制之;阃以外者,将军制之。"后因以称任命将帅之礼。　君子营:古代以亲信或贤者组成的禁卫军。

午 日 南 郊①

佳辰不惜远郊来,野色逢迎翠欲堆。燕羽深深从水湿,山花冉冉趁人开。云埋楚国芙蓉色,泉咽苏君潼酪杯。闻道西京还射柳,朱衣此日出蓬莱。

【注释】

① 午日:端午,即农历五月初五日。

解乡人于来年又至

朔庭风雨深更夜,正尔思君又见君。草阁烧灯疑入梦,双鱼落手已披云^①。燕南侠骨今犹骏,海上名香好共焚。从此随阳添羽翼^②,银州五月动星文。

【注释】

① 双鱼:指书信。

② 随阳:跟着太阳运行。指候鸟依季节而定行止。《书·禹贡》:"阳鸟攸居。"孔传:"随阳之鸟,鸿雁之属,冬月所居于此泽。"

中 秋 言 怀

寻常茅屋从云湿,莫碍今宵明月来^(一)。乾入遥空双杵动,爽回咫尺一樽开。白生虚室翻鸣鹤,红溅深灯雨落梅。自是高天测未得,清辉依旧满蓬莱^①。

【校记】

(一)莫碍今宵明月来:校本作"莫碍今宵好月来"。

【注释】

① 清辉:清光,指月亮的光辉。唐杜甫《月圆》诗:"故园松桂发,万里共清辉。"

岁暮诸震坤投诗索和□然感旧

迟暮何堪尚此乡,空余旧事□□□。□经遥夜阑齐语,白足侵晨落讲堂忆吉剩人也^①。每到忘言花解笑,不经绝粒水无香。超超俱已成尘影,敢凿西邻五色光。

【注释】

　　① 侵晨：天快亮时，拂晓。

立　　春

　　年来无复旧思量，忽漫春风到草堂。露坐虚檐明化日^①，高呼比屋过飞觞^②。宫中彩燕迎人出，岭外梅花带雪香^③。莫道神州方此日，阳和今已遍他乡。

【注释】

　　① 化日：太阳光，借指白昼。

　　② 比屋：所居屋舍相邻，指邻居。《三国志·魏志·杜畿传》："荀彧进之太祖。"裴松之注引晋傅玄《傅子》："畿自荆州还，后至许，见侍中耿纪，语终夜。尚书令荀彧与纪比屋，夜闻畿言，异之……遂进畿于朝。"　飞觞：举杯或行觞。

　　③ 彩燕：旧俗，立春日剪彩绸为燕饰于头部。见南朝梁宗懔《荆楚岁时记》。

辛丑四月八日哭汝谐李先生^①

　　七载欣闻长者名，拟连彩袂一随行。片时白昼分苏李，终古青山隔死生。有梦尚图过历下，无师多恐负阳城。摇摇一痛魂消尽，密雪残灯鸡乱鸣。

【注释】

　　① 辛丑四月八日：清顺治十八年农历四月八日。即公元1661年5月6日。

留　都①

濯濯龙城十二楼②,天家新作帝王州③。二陵晓度燕支色④,八彩晴摇鸭绿洲⑤。风静不堪归雁叫,山空时动旅人愁。只今碧落清如许⑥,正好商霖洒玉沟⑦。

【注释】

① 此诗作于郝浴被谪流徙东北期间。留都,即清代盛京(今辽宁沈阳)。

② 龙城:帝都,京城。　十二楼:泛指高层的楼阁。

③ 天家新作帝王州:清顺治元年以盛京为留都,置内大臣统辖东北全境。故言"天家新作帝王州"。

④ 二陵:指沈阳的福陵和昭陵,是早期的清朝皇家陵寝。福陵又称东陵,是清太祖努尔哈赤及其皇后叶赫那拉氏的陵寝;昭陵又称北陵,为清太宗皇太极和孝端文皇后的陵寝,是清代皇陵和现代园林完美结合的典范。燕支:泛指北地,边地。

⑤ 八彩:《孔丛子·居卫》:"昔尧身修十尺,眉分八采。"后因以"八彩"指帝王容颜。

⑥ 碧落:道教语。天空,青天。　如许:像这样。

⑦ 商霖:《书·说命上》载,商王武丁任用傅说为相时,命之曰:"若岁大旱,用汝作霖雨。"谓依为济世之佐,后以"商霖"为称誉大臣之词。详见卷一《问雨》注释⑬。　玉沟:御河的美称。

登广宁医巫闾谒镇①

粉堞衔空山势回②,鸟呼云破洞门开。晴峦尽是青松立,响雨生惊玄武来③。醮过御香还有字④,昭回薄命欲无才。余生窃祷从今日,珍重香山沆瀣杯⑤。

【注释】

① 此诗作于郝浴被谪流徙东北期间。 医巫闾山:古代少数民族东胡语,医巫闾山意为"大山"。位于辽宁省锦州市境内,古称微闾山、无虑山、医无虑山、医无闾山等,皆为医巫闾山的音译。又名六山(因山"掩抱六重"而得名)和广宁大山,简称闾山。医巫闾山以其气势不凡的雄峰奇石称誉海内,名冠东北,号称"东北三大名山"之首,绵延百里,山雄林幽,巍峨多姿,景观奇绝,清朝五代皇帝都曾到此焚香祭祀,揽胜题咏。

② 粉堞(dié):女墙。古代城上女墙,饰以垩土,故曰"粉堞"。

③ 玄武:中国传统文化四象之一。青龙、白虎、朱雀、玄武,分别是守护东西南北四方之神兽,亦称四灵。玄武是象征北方的灵兽。

④ 醮(jiào):指僧道为攘除灾祸设坛祭神。

⑤ 沆瀣(hàng xiè):夜间的水气,露水,旧谓仙人所饮。引申指珍贵的饮料。《文选·嵇康〈琴赋〉》:"餐沆瀣兮带朝霞。"张铣注:"沆瀣,清露也。"

锦 州①

群山围合海光浮②,依旧双河贯锦州③。多少将军齐下马,一时逐客尽封侯。鱼凫泛水云巢塔,驿吏趋关雨饭牛。眼底悠悠谁尚在,经过无那旅魂愁。

【注释】

① 锦州地处辽宁省西南部,著名的"辽西走廊"的东端。北依松岭山脉,南临渤海辽东湾,扼"辽西走廊"东端,为古往今来南北通衢的重镇。

② 群山围合海光浮:锦州依山傍海,地势险峻,故言。

③ 依旧双河贯锦州:锦州境内有大凌河、小凌河两条河流,故言。

宁　远^①

五色屏风抱九天^②,密排粉堞万峰连^③。山头带雪穿三箭,海底回澜落一鞭^④。遮莫兵从龙气变^⑤,空传人比大行坚。夜深画角澄千虑^⑥,孤对禅灯似月圆。

【注释】

① 宁远:即今辽宁兴城。位于辽西走廊的中部,背倚热河丘陵,面临渤海,西连山海关,东接辽西重镇锦州,海路又可凭菊花岛控制渤海湾,地处关内外交通要冲,自古以来一直是兵家必争之地,明清两代曾在宁远爆发多次重要战役。

② 五色屏风:汉桓谭《新论》,"惟人心之所独晓,父不能以禅子,兄不能以教弟也。五声各从其方:春角、夏徵、秋商、冬羽,宫居中央,而兼四季,以五音须宫而成。可以殿上五色锦屏风谕而示之:望视,则青、赤、白、黄、黑各各异类:就视,则皆以其色为地,四色文之。世其欲为四时五行之乐,亦当各以其声为地,而用四声文饰之,尤彼五色屏风矣。"

③ 粉堞:用白垩涂刷的女墙。

④ 回澜:回旋的波涛。

⑤ 龙气:《易·乾》曰:"云从龙。"后因称云雾为"龙气"。

⑥ 画角:古代乐器。竹木或皮革制成,外面绘彩,口细尾大,声音高亢激厉。古代军中常用。

入 山 海 关

青天开处见危旌^①,云路潮翻马足声。鱼到海门神变化,鸟窥山色下蓬瀛。拂尘一上曾何有,只影重看分外明。从此仍归天壤内^②,东西南北尽嘤鸣^③。

【注释】

① 危旌：高扬的旌旗。

② 天壤：天地，天地之间。

③ 嘤鸣：鸟相和鸣，比喻朋友间同气相求或意气相投。语出《诗·小雅·伐木》："嘤其鸣矣，求其友声。"

登澄海楼①

参差紫翠生颜色，斜照清光碧海头②。过雨时飞双彩翼，乘风欲驾五云楼③。天护澄□青眉写，龙衔夕照锦皆流。六鳌俱已归何处，万里中华一钓舟。

【注释】

① 澄海楼：位于山海关城南十里的入海处老龙头上。今澄海楼为明代建筑，清代重建，地势险峻。登楼远眺，海涛光涌，云水茫茫，极为壮观。

② 斜照清光碧海头：澄海楼坐落于万里长城东部起点入海处老龙头的最高处，是登临观海的绝佳处。在楼上极目远眺，海天一色。故云。

③ 五云楼：指豪华富丽的楼阁。

迁安喜见存赤

□翠湿衣鸟一声，故人犹及见残□。□君教写峨眉月，顾我何来安喜城。把酒烧灯如□□，□香落笔欲飞鸣。当时锦水轻分手，仔细今番□□□。

燕邸喜晤魏石生总宪①

一

雪底精魂向此来,登堂犹得见于□。惊看憔悴咨嗟久,一傍云霄笑语开。斑竹帘虚森御墨,重阳花艳写昭□。光生咫尺心何限,欲敞尘襟待剪裁。

二

八载龙沙听鸟鸣②,中原只有魏先生。恩深无那身犹贱,祸重何堪眼愈明。积雪玄芝还欲秀③,千秋潕水及时清。人生谁易逢知己,泪落盐车一顾情④。

三

浮沉紫海隔青云,不道相看尚惜群。顾步自怜骨相□,平怀已觉是非分。橘香擘处生兰臭。鹤影侵□溅□□,莫怪葵龙频向说,虽多华屋愿巢君。

【注释】

① 魏石生总宪:即魏裔介(1616—1686),字石生,别号贞庵,又号昆林。北直隶柏乡人。顺治三年(1646)进士,选庶吉士,任言官。充《世祖实录》总裁官。累官至给事中、左都御史、吏部尚书、保和殿大学士、加太子太保。谥文毅。与郝浴素来交好。详见卷一《喜雪简魏石生总宪》注释①。

② 龙沙:泛指塞外漠北边塞之地,荒漠。

③ 玄芝:黑芝,灵芝的一种。

④ 盐车:典出《战国策·楚策四》:"汗明曰:'君亦闻骥乎?夫骥之齿至矣,服盐车而上太行。蹄申膝折,尾湛胕溃,漉汁洒地,白汗交流,中阪迁延,负辕不能上,伯乐遭之,下车攀而哭之,解纻衣以幂之。'"后以"盐车"为典,多喻贤

才屈沉于天下。　　一顾：《战国策·燕策二》有经伯乐一顾而马价十倍之说。后以"一顾"喻受人引举称扬或提携知遇。

王逸庵自海南使归相见成喜①

　　海上龙文回百粤②，雪中鹤羽度三韩③。可怜旧市还闲过，全把今生作画看。聚首岂忘兰语重，分飞亦觉玉门宽。多君只为心无量，偶尔相过兴未阑④。

【注释】

　　① 王逸庵：王尔禄，内丘（今属河北）人，字被甫，号逸庵。

　　② 龙文：《淮南子·本经训》："龙舟鹢首。"高诱注："龙舟，大舟也，刻为龙文。"因借"龙文"指刻有龙形花纹的大舟。

　　③ 鹤羽：鹤的羽毛，喻指雪花。

　　④ 兴阑：兴残，兴尽。

赠梁玉立大司马①

　　圣人推毂五花开②，谁见于今司马才。桃李元戎天下满③，风雷号令九边回④。虚堂竹叶侵诗出⑤，画阁琴心涌月来⑥。安得调元三数语⑦，春风万里集龙媒⑧。

【注释】

　　① 梁玉立大司马：梁清标（1620—1691），字玉立，一字苍岩，号蕉林、棠村，直隶正定（今属河北）人。明崇祯十六年（1643）进士。入清后，仍原官，寻授编修，累迁侍讲学士，兵、礼、刑、户部尚书，保和殿大学士。详见前29页《梁苍岩宗伯旋里寄赠》注释①。大司马，官名。《周礼·夏官》有大司马，掌邦政。明、

清用作兵部尚书的别称。梁清标时任兵部尚书,故称"大司马"。

② 推毂:推车前进,古代帝王任命将帅时的隆重礼遇。 五花:唐人喜将骏马鬃毛修剪成瓣以为饰,分成五瓣者,称"五花马",亦称"五花"。

③ 桃李:《韩诗外传》卷七:"夫春树桃李,夏得阴其下,秋得食其实。"后遂以"桃李"比喻栽培的后辈和所教的门生。 元戎:主将,统帅。

④ 九边:本谓明代设在北方的九个边防重镇,后为边境的泛称。《明史·兵志三》:"初设辽东、宣府、大同、延绥四镇,继设宁夏、甘肃、蓟州三镇,而太原总兵治偏头,三边制府驻固原,亦称二镇,是为九边。"

⑤ 竹叶:酒名,即竹叶青。亦泛指美酒。

⑥ 画阁:彩绘华丽的楼阁。琴心:琴声表达的情意。

⑦ 调元:谓调和阴阳,执掌大政,多用以指为宰相。

⑧ 龙媒:喻俊才。

饮冯易斋少宰席上谭禅①

岁暮身微一线明②。声华落尽见先生③。孤灯闪处群疑破,色酒斟来万劫清。海外谁曾问照面,人中原自有调羹。何时更倚春风立④,绛帐前头看火城⑤。

【注释】

① 冯易斋:冯易斋(1609—1691),名溥,字孔博,别字易斋。山东益都人。顺治四年(1647)进士。历任庶吉士、编修、弘文院侍讲学士、吏部右侍郎、刑部尚书等职。溥端敏练达,勤劳素著,爱才若命,好汲引士类,深得皇帝的信任。康熙十年(1671),拜文华殿学士。康熙二十一年(1682年),加太子太傅。康熙三十年(1691)卒,年83岁,谥文毅。著有《佳山堂集》十卷,《四库总目》传于世。按:少宰,官名。《周礼·天官》有少宰,为太宰之副。后世一般是对吏部侍郎的别称。冯溥时任吏部右侍郎,故称。

② 岁暮:喻人的晚年。《文选·左思〈杂诗〉》:"壮齿不恒居,岁暮常慨

慷。"吕向注:"岁暮,谓衰暮之年也。"

　　③ 声华:犹言声誉荣耀。

　　④ 春风:喻恩泽。

　　⑤ 火城:古代朝会时的火炬仪仗。

夜饮何诞登斋中①

　　焰焰兰缸旧竹扉②,余生远自乐浪归。燕台故步迷燕市③,画省新香绽画衣④。似与见留春色住,都忘终作野云飞。情深曾有何教导,难得君身在紫微。

【注释】

　　① 何诞登:何澄,字诞登。直隶真定人。顺治九年壬辰科进士。授琼州推官,历任吏、刑、工三科都给事中、福建乡试副考官、四川川北道等职。工诗、善书法,有《何诞登文集》《何参议遗稿》传世。

　　② 竹扉:用竹子编造的门。

　　③ 燕台:战国时燕昭王筑黄金台。故址在今河北省易县东南。相传燕昭王筑台以招纳天下贤士,故也称贤士台、招贤台。

　　④ 画省:指尚书省。汉尚书省以胡粉涂壁,紫素界之,画古烈士像,故别称"画省"。或称"粉省""粉署"。

再见傅掌雷司空有感①

　　漙阳九月隔清尘,不谓今生再饮醇。女史盈盈还立烛②,星槎泛泛久迷津③。欣看曳履青云动④,无那飞霜白屋贫⑤。尚有梅花香一瓣,调羹应与梦中人⑥。

【注释】

　　① 傅掌雷司空：傅维鳞（？—1667），明末清初直隶灵寿人。初名维桢，字掌雷，号歉斋。顺治三年(1646)进士，历东昌兵备道、左副都御史，至工部尚书。熟于明代文献，有《明书》《四思堂文集》。按：司空，官名。周为六卿之一，即冬官大司空，掌管工程。清时别称工部尚书为大司空，侍郎为少司空。

　　② 女史：对知识妇女的美称。　盈盈：仪态美好貌。

　　③ 星槎：往来于天河的木筏。传说古时天河与海相通，汉代曾有人从海渚乘槎到天河，遇见牛郎织女。漂浮，浮行。《诗·小雅·采菽》："泛泛杨舟，绋纚维之。"迷津：迷失津渡，迷路。

　　④ 曳履：拖着鞋子，形容闲暇、从容。

　　⑤ 白屋：指平民或寒士。《后汉书·文苑传下·高彪》："昔周公旦父文兄武，九命作伯以尹华夏，犹挥沐吐餐，垂接白屋，故周道以隆，天下归德。"李贤注："白屋，匹夫也。"

　　⑥ 调羹：典出《书·说命下》："若作和羹，尔惟盐梅。"后因以"调羹"喻治理国家政事。

涿郡谒桓侯祠①

　　曾执干戈卫阆州，千年龙马识张侯②。何期路入桃花圃，更忆风生锦水舟。乌巢柏树思含哺③，井汲泉香爱枕流④。独是将军真爱士，可能还逐卧龙游⑤。

【注释】

　　① 涿郡：即今河北涿县。汉置，清时为京兆涿县治，属顺天府。

　　② 张侯：张飞，字翼德，东汉末年从刘备起兵，刘备定益州称帝后，封张飞为车骑将军领司棣校尉，镇守阆中。公元221年，张飞被部将范疆、张达所杀，葬于阆中，被追谥为桓侯。

　　③ 含哺：口衔食物，形容人民生活安乐。

④ 枕流：靠近水流。指寄迹江湖，或喻隐居山林。

⑤ 卧龙：诸葛亮。《三国志·蜀志·诸葛亮传》："（徐庶）谓先主曰：'诸葛孔明者，卧龙也，将军岂愿见之乎？'"

辛丑十月携麻菊水璐圃陈公韩金邵度张希南诸子及家庄临溉生弟俭之馥之侄游白龙泉得郑宾王长者同张锡虞泽九各移酒馔纵饮至夜驰归赋此

溪云簇树画桥斜，游子呼群此到家。灯下探□传柏叶，风前度曲有莲花。漫愁鬓发输青黛，且喜芝兰护绛纱①。若使明年春更好，愿为逐日演三车。

【注释】

① 芝兰：芝草和兰草皆香草名。古时比喻君子德操之美或友情、环境的美好等。

焦鲁生公祖招饮赋赠

百二山河锦不如，此中曾式大贤庐。随缘河朔新倾盖，为政风流初下车。银汉斜将莲炬引，粉香时向翠裙舒。共君此会情多少，真胜十年读道书。

寄赠巨鹿令简谦居①

恨人安敢问芝兰②，无那逢君在锦官③。云物虽从天外

变④,画图常向梦中看⑤。即谦君手绘三川图。谁知巨鹿花为
县⑤,难得恒阳蜡一丸。从此重逢应未远,且为知己报平安。

【注释】

① 简谦居:简上,字谦居,号石湖,四川巴邑人。顺治八年举人。后由户部
员外郎荐迁广西左江道。曾提督江南学政,以廉洁称。有《四书汇解》。简谦居
时任巨鹿(今属河北)知县。

② 芝兰:芷和兰,皆香草。比喻优秀子弟。芝,通"芷"。

③ 锦官:即锦官城,成都的别称。

④ 云物:景物,景色。

⑤ 花县:西晋潘岳为河阳令,满县遍种桃花,人称"河阳一县花"。后遂以
"花县"为县治的美称。

平山令抱一迁郁林守寄别

　　分襟已是十年余①,咫尺犹然叹索居。岳影谁教遮卧阁,
梧云自欲引行车。好将竹叶银铛煮,闲把莲花宝掌书。天鉴
此心缘自假,会看画省佩金鱼②。

【注释】

① 分襟:犹离别,分袂。

② 画省:指尚书省。佩鱼:唐朝五品以上官员所佩带的鱼袋。其制:三品
以上饰以金,五品以上饰以银。始于唐高宗永徽二年。宋并赐近臣,以别贵贱。

简雷伯殷父母

　　蓬飘也得到吾家,况复明公拥幰车。可是借来屏上史,曾

无闲香故侯瓜。芙蓉香水全飞雪,桃李□□□□□。尚有皈依心未了,扫除茅屋煮山茶。

赠邸欧冶山人

角里先生玉一般①,清虚世界画皮冠。十年不作齐眉梦,五夜专烧九转丹。羽扇新成疑鹤语②,云房虽去有蒲团③。近来秉烛闲同座,话到更深兴未阑。

【注释】

① 角里先生:名周术,是秦末汉初的著名隐士,"商山四皓"之一,曾力谏汉高祖刘邦废太子之事。

② 鹤语:南朝宋刘敬叔《异苑》卷三:"晋太康二年冬,大寒,南洲人见二白鹤语于桥下曰:'今兹寒,不减尧崩年也。'于是飞去。"后以"鹤语"谓鹤寿长而多知往事,或劝人学仙。

③ 云房:僧道或隐者所居住的房屋。

同保阳诸子游墅西草桥唐水用金白岳韵

陆海云山苦问津,何年回首共寻真①。且看白露分金掌②,自有清溪写玉人。鹤信漫摇烟树影③,箫声闲送板桥春。明年此会知何似? 莫负桃花柳叶新。

【注释】

① 寻真:寻求仙道。

② 金掌:铜制的仙人手掌。为汉武帝作承露盘擎盘之用。

③ 鹤信：修道者的消息。

游老龙窝问雨①

是日辛丑腊月念七日也②云除日大云③壬寅元日④霁春王
二日云⑤三日又云四日得雪随笔志喜寄沿河十八庄亲友

一

腊尽春回信步来，丹房依旧五云开⑥。沿村呼酒人皆出，
倚树看山翠欲堆。无数鸳鸯齐偶语，同群鸥鹭复谁猜。忘机
尚有苍生愿⑦，欲借披鬃水一杯。

二

当年曾与野人游⑧，绿柳千条自上楼⁽一⁾。泉泻香秔群鸟
下⑨，风翻荷叶一竿投。林间软语分巢燕，雨里蓑衣卧牧牛。
簇簇烟霞谁作主⑩，三多长者北封侯。

三

月明小艇泛冰花，记得渔阳羯鼓挝⑪。铜马旌旗遮上
国⑫，青毡灯火认吾家⑬。箕山颍水传名士⑭，浮谷嘉禾散月
华⑮。四顾云山皆旧识，至今初念未曾差。

四　追忆癸未旧事
两河兵气化为虹，万紫千红向此中。彩袖尽成金络索，女
墙全是肉屏风。英雄虽出蛟龙窟，锁钥还知造化工。欲寄此
情无处所，莲花香水暗相通。

五

斗挂山楼爆竹声，故园为客旅魂惊。倘将夙愿酬佳节，自有春风满旧城。事已成尘拂去好，福真如羽载来轻。摇摇烛影银河上，已觉青天分外明。

六

开门不复见冰霜，顾影方知到故乡。竹箔为楼还谒帝，椒花佐酒更升堂⑯。迎神红蜡传通夜，满眼青春艳正阳⑰。都到今年游子至，花香鸟语聚山庄。

七

比日争传湿柱础⑱，龙恩不觉到苍生⑲。天花当马披图画⑳，玉辇呼嵩起太平㉑。夜集鸦翎三树满，日妆金色六桥成。寄声河上诸君子，好煮香醪听鸟鸣㉒。

【校记】

（一）绿柳千条自上楼：底本原作"桃李春园尽雨花"。

【注释】

① 老龙窝：位于北京门头沟与房山交界的山脊间，是清水河与大石河的分水岭，其西接百花山，东连清水尖，地处群山腹地，时有云雾自山中升腾而起，老龙窝因此得名。

② 辛丑腊月念七日：顺治十八年辛丑十二月二十七日，即公元 1662 年 2 月 15 日。

③ 除日：农历腊月最后一天，即除夕。此日为公元 1662 年 2 月 17 日。

④ 壬寅元日：康熙元年壬寅正月初一，即公元 1662 年 2 月 18 日。当天天色放晴。元日：正月初一。

⑤ 春王二日：指农历正月初二，即康熙元年壬寅正月初二（公元 1662 年 2 月 19 日）。春王，指正月。

⑥ 丹房：道教炼丹的地方，亦指道观。五云：青、白、赤、黑、黄五种云色。古人视云色占卜吉凶丰歉。《周礼·春官·保章氏》："以五云之物，辨吉凶、水旱降、丰荒之祲象。"

⑦ 忘机：消除机巧之心。常用以指甘于淡泊，与世无争。

⑧ 野人：上古谓居国城之郊野的人，与"国人"相对。后泛指村野之人，平民，隐逸者。

⑨ 香秔(jīng)：亦作"香粳"，一种有香味的粳米，产江浙一带。《文选·张衡〈南都赋〉》："若其厨膳，则有华芗重秬，滍皋香秔。"吕向注："香秔，稻名。"

⑩ 烟霞：这里泛指山水、山林。

⑪ 记得渔阳羯鼓挝：唐玄宗天宝元年改蓟州为渔阳郡，治所在渔阳（今天津市蓟县）。后来安禄山在此发兵，安史之乱爆发。

⑫ 铜马：即铜马军。新莽末年河北的农民起义军。当时河北起义军有数百万人，各自分散，没有形成统一的力量，其中以铜马军为最强大，领袖有东山荒秃、上淮况等。后来铜马部众多被刘秀收编。《后汉书·光武帝纪上》："又别号诸贼铜马、大肜……等，各领部曲，众合数百万人，所在寇掠。"

⑬ 青毡：典出《太平御览》卷七〇八引晋裴启《语林》："王子敬在斋中卧，偷人取物，一室之内略尽。子敬卧而不动，偷遂登榻，欲有所觅。子敬因呼曰：'石染青毡是我家旧物，可特置否？'于是群偷置物惊走。"后遂以"青毡故物"泛指仕宦人家的传世之物或旧业。

⑭ 箕山颍水传名士：相传尧时许由隐居箕山之下，颍水之阳，躬耕自食，以手掬饮。《吕氏春秋·求人》："昔尧朝许由于沛泽之中，曰：'……请属天下于夫子。'许由辞曰：'为天下之不治与？而既已治矣。自为与？鹪鹩巢于林，不过一枝；偃鼠饮于河，不过满腹。归已君乎！恶用天下？'遂之箕山之下，颍水之阳，耕而食，终身无经天下之色。"后因以谓隐居不仕的节操。

⑮ 嘉禾：生长奇异的禾，古人以之为吉祥的征兆。亦泛指生长苗壮的禾稻。典出《书·微子之命》："唐叔得禾，异亩同颖，献诸天子。王命唐叔，归周公于东，作《归禾》。周公既得命禾，旅天子之命，作《嘉禾》。" 月华：月光，月色。

⑯ 椒花：典出《晋书·列女传·刘臻妻陈氏》，晋代刘臻之妻陈氏曾于新年正月初一献《椒花颂》，后遂用为春节之典实，指新年祝词。

⑰ 青春：指春天。春季草木茂盛，其色青绿，故称。

⑱ 比日：近日，连日来。

⑲ 龙恩：皇帝的恩典。

⑳ 天花：指雪。

㉑ 玉辇：天子所乘之车，以玉为饰。　呼嵩：典出《汉书·武帝纪》，元封元年正月武帝亲登嵩高山，吏卒咸闻呼万岁者三。后因以"呼嵩"指对君主祝颂。

㉒ 香醪(láo)：美酒。

寄姜真源侍郎①

　　燕市悲歌足几番，八年只是梦真源。敢言多过偏知我，留得余生好报恩。雪下鲍山竹影乱，月穿金线浪花翻。此时对酒应相忆，辱友于今到故园。

【注释】

　　① 姜真源：姜图南，字真源，浙江钱塘人。

癸卯元日诸震坤陆子悬秦维紫周可章
左子鲁聚饮草阁步震坤韵①

　　时当元凤海无波，十度春风此若何？梦绕青山屐齿下②，钟回紫阙雁声过。漉巾侧注犹开卷③，玉树成林好放歌。造化漫愁无次第，得天偏是恨人多。

【注释】

　　① 癸卯元日：清康熙二年正月初一。即公元 1663 年 2 月 8 日。

　　② 屐齿：指足迹；游踪。

　　③ 漉巾：即漉酒巾。晋陶渊明好酒，用头巾滤酒，滤后又照旧戴上，后用漉巾、葛巾漉酒等形容爱酒成癖，嗜酒为荣，赞羡真率超脱。

何青纶大尹命赋开原庙松

　　天都十载及和龙，雪绽关河拥一松。萝影总缠新月色，青山应载旧时容。鹤归玄武吟龙夜，花放金园报午钟。不是岁深谁得见，争传仙吏护秦封。

问　　雨

　　帝力从容银影回①，调元时正及青梅②。汉儒繁露空能演③，羽客雷门何计开④。窥镜漫疑黄阁闭⑤，泣车应向白云来。馨香一旦重玄格⑥，真有风云万乘才。

【注释】

　　① 帝力：帝王的作用或恩德。

　　② 调元：谓调和阴阳，执掌大政。多用以指为宰相。

　　③ 繁露：汉代董仲舒著《春秋繁露》，对《春秋》事得失进行引申和发挥。

　　④ 羽客：指神仙或方士。　雷门：古代会稽（今浙江绍兴）城门名。因悬有大鼓，声震如雷，故称。

　　⑤ 黄阁：汉代丞相、太尉和汉以后的三公官署避用朱门，厅门涂黄色，借指宰相。

　　⑥ 重玄：天，天空。

梦于世祖皇帝前同李呈祥诸豫命赋西岳 天湖十景梦中谓十景皆花也

　　石作莲花云作台，天湖十景一齐开。函关尽是天香度，毛女疑从华表来①。已分飘蓬随五叶,争知步韵到三台。傅岩渭水传图画②,可有回风舞雪梅。

【注释】

① 毛女:传说中得道于西岳华山的仙女。汉刘向《列仙传·毛女》:"毛女者,字玉姜,在华阴山中,猎师世世见之,形体生毛,自言秦始皇宫人也,秦坏,流亡入山避难,遇道士谷春,教食松叶,遂不饥寒,身轻如飞,百七十余年,所止岩中有鼓琴声云。"

② 傅岩:殷相傅说曾隐于傅岩,后因以泛指栖隐之处或隐逸之士。

天宁寺访杨犹龙周伯衡于念劬三方伯①

独马郊西长者园,黄金遮地客朝元②。五城燕市迷春色③,三省诸侯泣国恩④。名宦岂愁失故步⑤,恨人久不见中原,酒阑更尽生平话⑥,聚首于今第几番。

【注释】

① 天宁寺:位于北京广安门外。北魏孝文帝创建,初名林光寺,隋仁寿二年改名弘业寺,以后历代都进行改建和修缮,寺名也几次更换,明代改名为"天宁寺"。　杨犹龙:杨思圣,字犹龙,号雪樵,明末清初直隶巨鹿人。顺治三年(1646)进士。入翰林,出为山西按察使,官至四川布政使。有《且亭诗》。　周伯衡:周体观,字伯衡,直隶遵化(今属河北)人。顺治六年(1649)与郝浴同一年中进士,改翰林院庶吉士,累迁吏科给事中。为人坦直倜傥,在官若忘其家。旋出为江西参议道。工诗,所作多尚自然,不事雕饰。有《晴鹤堂诗抄》。　于念劬:于朋举,字襄子,号念劬,江南金坛(今属江苏)人。顺治六年(1649)与郝浴同一年中进士,官检讨。历河南睢陈道副使、福建福宁道参政、四川按察使、山东右布政使、湖南布政使,所至政不扰民,尤善治狱。卒年五十六。　方伯:明、清之布政使称"方伯"。杨犹龙、周伯衡、于念劬以进士第而官布政使,故称

三方伯。

② 朝元：古代诸侯和臣属在每年元旦贺见帝王。

③ 五城：指京城。　燕市：指燕京，即今北京市。

④ 国恩：指封建时代王朝或君主所赐予的恩惠。

⑤ 故步：原来的步法。《庄子·秋水》："且子独不闻夫寿陵余子之学行于邯郸与？未得国能，又失其故行矣，直匍匐而归耳。"后多比喻固有的技能。

⑥ 酒阑：谓酒筵将尽。

报国寺看海棠①

无那春风酒一卮，相看几度是花时。喜当国色从吾好，恨有天香人未知。立地生春回造化，空阶一笑妒燕脂②。尽传乞士能捐爱③，络索金绳也护持④。

【注释】

① 报国寺：位于北京广安门北。始建于辽代，明初塌毁。明成化二年（1466）重修，改名慈仁寺，俗称报国寺。清乾隆十九年（1754）重修，改名大报国慈仁寺。

② 燕脂：即胭脂。一种红色的颜料。五代马缟《中华古今注·燕脂》："盖起自纣，以红蓝花汁凝作燕脂。以燕国所生，故曰燕脂。涂之作桃花妆。"这里赞美海棠花色之红艳。

③ 乞士：比丘的别称。《大智度论》卷三："云何名比丘？比丘名乞士。"

④ 金绳：佛经谓离垢国用以分别界限的金制绳索。唐李白《春日归山寄孟浩然》诗："金绳开觉路，宝筏度迷川。"王琦注引《法华经》："国名离垢，琉璃为地，有八交道，黄金为绳，以界其侧。"

乙巳二月过望都拜夫子庙遍肃诸贤用
王新建天津桥看月韵①

　　拜首桥门化日明②,千年薪火见群英③。殷人自欲从先进,汉业何劳问两生。玉带鱼飞龙气合,翠屏花笑放勋成。几回系马贪名胜,谁与同深尼父情④。

【注释】

　　① 乙巳二月:清康熙四年(公元 1665 年)农历二月。

　　② 桥门:古代太学周围环水,有四门,以桥通,故名。

　　③ 薪火:比喻学术传授不绝。

　　④ 尼父:亦称"尼甫"。对孔子的尊称。孔子字仲尼,故称。

读永嘉相君谕对录

　　绝足乘时顷刻间,掀翻天地见罗山。千秋父子真儒出,一代君臣大典颁。敬一亭中云正护,宝纶楼外月初湾。休言去国终投杼①,无那深恩四赐环②。

【注释】

　　① 投杼:《战国策·秦策二》:"昔者曾子处费,费人有曾参者,与曾子同名族,杀人。人告曾子之母曰:'曾参杀人。'曾子之母曰:'吾子不杀人也。'织自若。有顷,人又曰:'曾参杀人。'其母尚织自若。顷之,一人又告之曰:'曾参杀人。'其母惧,投杼逾墙而走。夫以曾子之贤,与母之信,而三人疑之,虽慈母不能信也。"后以"投杼"比喻谣言众多,动摇了对最亲近者的信心。

　　② 赐环:亦作"赐圜"。旧时放逐之臣,遇赦召还谓"赐环"。语本《荀子·

大略》：“绝人以玦，反绝以环。”杨倞注：“古者臣有罪待放于境，三年不敢去，与之环则还，与之玦则绝，皆所以见意也。”

李吉津先生枉顾草庐余留滞旅馆迎送俱废^①

夜读秋寻诸咏至欲醉中山千日酒之句怆然于怀附和一律以志今昔之感

摇落天涯逐队行，至今回首不胜情。生还岂羡青云近，耻溺徒怜黄叶轻。谓先生生还而犹耻予之溺也残臈车回惊客梦^②，岩关雪罢蹴鸡鸣^③。共看此夜亭亭月，尧里何年补送迎。

【注释】

① 李吉津：李呈祥，字其旋，又字吉津，号木斋，沾化人。详见卷二《同王无烦李吉津游石氏祇园》注释①。

② 残臈(là)：亦作“残腊”。农历年底。臈，同“腊”。

赠　友

束发闻君未与游，廿年湖海共悠悠^①。顾予奇数谁能卜^②，恨汝苍生愿未酬。天入石头帆影直，春回龙塞鸟声柔^③。相过漫欲探玄赏^④，百折身名借一筹^⑤。

【注释】

① 湖海：四方各地，这里指浪迹江湖，不与朝政。此为郝浴自喻。

② 奇数：即“数奇”，指命运不好，遇事多不利。典出《汉书·李广传》。

③ 龙塞：即龙城，泛指边远地区。

④ 相过：互相往来。 玄赏：对奥妙旨趣的欣赏。

⑤ 百折：极言曲折之多。 借筹：指为人谋划。

燕都正月十九日游白云观①

冒雪寻春入白云，白云低处雪纷纷。十洲久已沉沧海②，百幻从教傍古坟。好向人间存绛帐③，漫于花里问红裙。生生除得真烦恼，便与偓佺共一群④。

【注释】

① 白云观：位于北京市西复兴门外东侧。始建于唐开元年间，初名"天长观"。元时长春真人丘处机在此住持，并安葬于此，改名"长春宫"。明永乐年间重修，并改名为"白云观"。清代多次重修，现存建筑多为清代所建。

② 十洲：道教称大海中神仙居住的十处名山胜境，亦泛指仙境。《海内十洲记》："汉武帝既闻王母说八方巨海之中有祖洲、瀛洲、玄洲、炎洲、长洲、元洲、流洲、生洲、凤麟洲、聚窟洲。有此十洲，乃人迹所稀绝处。"

③ 绛帐：师门、讲席的敬称。详见卷二《喜任月坡来刺涿郡》注释④。

④ 偓佺（wò quán）：古代传说中的仙人。详见卷二《入葛山有怀》注释㉓。

剩　公①

不恨獦獠二字后有郝浴自注"剩自篆此章"。死大荒②，那隆佛种尚诗狂。三盆水落飞明月，五岭山高遮太阳③。梦绕尚书身已化，衣传华首戒犹香④。诸天花雨一龛在⑤，从此千山是古堂⑥。

【注释】

① 剩公：即函可(1612—1660)，俗姓韩，名宗睐，字祖心，号剩人，又称千山剩人、剩和尚。明末广东博罗人。曾与李呈祥、季开生、郝浴等结"冰天诗社"。其生平参见卷二《忆剩公》注释①。

② 獦獠(gé liáo)：按，獦獠为古代对南方少数民族的称呼。亦以泛指南方人。《坛经·行由品》："祖言：'汝是岭南人，又是獦獠，若为堪作佛?'"函可为广东博罗人，故以自称。

③ 五岭山高遮太阳：五岭，大庾岭、越城岭、骑田岭、萌渚岭、都庞岭的总称，位于江西、湖南、广东、广西四省之间，是长江与珠江流域的分水岭。函可为岭南人，故言。

④ 华首：白首，指老年。《后汉书·樊准传》："故朝多皤皤之良，华首之老。"李贤注："华首，谓白首也。"

⑤ 花雨：佛教语，诸天为赞叹佛说法之功德而散花如雨。后用为赞颂高僧颂扬佛法之词。

⑥ 千山：古称积翠山，又名千顶山、千华山，为长白山支脉，纵贯辽东半岛。被誉为"东北明珠""辽东胜境"。详见卷一《游千山登璎珞观》注释①。

银　园①

遮莫空栏落雨频，几枝绿树压清晨。争知白屋还归我②，是此青山不负人。燕出疏帘花欲笑③，客投双鲤墨犹新④。银园敢谓同西洛，实有书随不藉身⑤。

【注释】

① 银园：为郝浴在铁岭流徙期间所筑屋舍，今尚存。

② 白屋：指不施采色、露出本材的房屋。一说，指以白茅覆盖的房屋，为古代平民所居，故又指平民或寒士。《汉书·王莽传上》："开门延士，下及白屋。"颜师古注："白屋，谓庶人以白茅覆屋者也。"

③ 疏帘：指稀疏的竹织窗帘。

④ 双鲤：把书信夹在里面的鱼形木板，常指代书信。典出《文选·乐府古辞〈饮马长城窟行〉》："客从远方来，遗我双鲤鱼。呼儿烹鲤鱼，中有尺素书。长跪读素书，书上竟何如。上有加餐食，下有长相忆。"后以此典指书信。

⑤ 不藉：不顾惜。

送陪尹于龙河除太仆再迁宗丞入京

春风良晤在西堂，还似当年接辈行。未选蒲稍鸣八骏①，行翻玉叶注诸王。霜凝画戟关城晓②，香染猩裙辇路长③。回首斯文司命日，应怜一视吁君阳。

【注释】

① 蒲稍：即"蒲梢"。古代骏马名。《史记·乐书》："后伐大宛，得千里马，马名蒲梢。"八骏：相传为周穆王的八匹名马。八骏之名，说法不一。后亦泛指骏马。

② 画戟：古兵器名。因有彩饰，故称。旧时常作为仪饰之用。

③ 辇路：天子车驾所经的道路。

秋日书怀呈胡世其父母

顾起蓬庐日月清①，秋香况复满银城。酒厄却向奚囊出嘉磁苏犀佩以取饮②，食品多从花蔓生豆花与吴葵相缠。书债未填余半部，鹤鸣忽听最高声。一从荷锸归陶令③，尽室于今有太平。

【注释】

①　蘧（qú）庐：古代驿传中供人休息的房子。犹今言旅馆。

②　奚囊：典出《全唐文》卷七百八十，李贺"每旦日出，与诸公游，恒从小奚奴，骑距驴，背一古破锦囊，遇有所得，即书投囊中。"后因称诗囊为"奚囊"。

③　陶令：指晋陶潜。陶潜曾任彭泽令，故称。

丁未正月四日灯前拟来朝放舟
清水之滨醉中有作①

幽燕豀处见唐河②，宇宙谿山此放歌③。作楫谁从闲里试，济川争似古人多④。德星旷代还堪聚⑤，大厦十年构若何？忠献定昭应未远，几时清渭起渔蓑⑥。

【注释】

①　丁未正月四日：康熙六年丁未正月初四，即公元1667年1月27日。

②　幽燕：古称今河北北部及辽宁一带。唐以前属幽州，战国时属燕国，故名。　唐河：即寇水。自山西灵丘县东南流入，过倒马关，又东南流，经曲阳县，入郝浴故乡直隶定州唐县。

③　谿（xī）：同"溪"。意指山里的小河沟。

④　济川：犹渡河。语出《书·说命上》："爰立作相，王置诸其左右。命之曰：'朝夕纳诲，以辅台德。若金，用汝作砺；若济巨川，用汝作舟楫。'"后多以"济川"比喻辅佐帝王。

⑤　德星旷代还堪聚：古以景星、岁星等为德星，认为国有道有福或有贤人出现，则德星现。喻指贤士。

⑥　渔蓑：渔人的蓑衣。

代州谯楼① 给事周弘伦字二鲁谪代判

天涯作客独登楼,长笛谁歌出塞愁。句注远从云外落②,
滹沱近向槛前流③。白狼汉壁人千古④,紫燕秦城土一抔⑤。
正是逐臣堪洒泪⑥,凉风五月易成秋。

【注释】

① 谯楼:城门上的瞭望楼。

② 句注:山名。在今山西代县北,为古代九塞之一。《吕氏春秋·有始》:
"何谓九塞? 大汾、冥阸、荆阮、方城、殽、井陉、令疵、句注、居庸。"《史记·张仪
列传》:"(赵襄子)欲并代,约与代王遇于句注之塞。"张守节正义:"句注山在代
州也。"

③ 滹沱:水名。即滹沱河。在河北省西部。出山西省繁峙县东之泰戏山,
穿割太行山,东流入河北平原,在献县和滏阳河汇合为子牙河。至天津市,会北
运河入海。

④ 白狼:白色的狼。古时以为祥瑞。《国语·周语上》:"王不听,遂征之,
得四白狼、四白鹿以归。"韦昭注:"白狼、白鹿,犬戎所贡。"

⑤ 紫燕:古代骏马名,泛指骏马。《文选·颜延之〈赭白马赋〉》:"将使紫
燕骈衡,绿蛇卫毂。"吕向注:"紫燕、绿蛇……皆骏马名也。" 抔土:一捧之土,
借指坟墓。

⑥ 逐臣:被朝廷放逐的官吏。

饮税曦寰座上感赋

五峰如黛绕滹津,数剪兰缸夜饮醇。吴市短箫倾故国,淮
阴一饭老风尘①。十年事往心犹昨,千里人归书已频。携手空
庭浑欲醉,蟾池无那月华新。

【注释】

　①　淮阴一饭：淮阴侯韩信，少贫，不得推择为吏，又不能治生商贾，经常没处吃饭。韩信在城下钓鱼，一位漂母见其可怜，将自己的饭分给韩信吃。韩信显贵后，以千金酬谢那位漂母，坚辞不受。为施恩而不望报答之典。

湖上同大尹冯阳长泛舟赠袁辅辰方伯

　　西州跃马同君日，回首春风十五年。曾到龙沙身拜雁，何来天竺共烹泉。名藩赖有才臣在，羁影空愁绝足骞①。归梦蹉跎犹此际，一卮聊泛圣湖船。

【注释】

　①　绝足：喻指千里马。

湖上再赠辅辰

　　翠泼湖山散晓凉，红楼正湿桂花香。云停屐齿青山外，餐授冰厨锦瑟傍。独夜承书过下邳，中朝推毂到余杭①。阶前应有芝兰树，看取巢君紫凤凰。

【注释】

　①　推毂：推车前进。古代帝王任命将帅时的隆重礼遇。《史记·张释之冯唐列传》："臣闻上古王者之遣将也，跪而推毂，曰阃以内者，寡人制之；阃以外者，将军制之。"后因以称任命将帅之礼。

西湖夜泛再酬辅辰阳长

更深一棹入烟波,新月微茫出绛河①。半泉云影迟姑射,
三竺棋声烂斧柯②。叔子轻裘曾著未,安仁花信近如何? 好将
良誉飞屏上,踏向燕云响玉珂。

【注释】

① 绛河:即银河。又称天河、天汉。古代观天象者以北极为基准,天河在
北极之南,南方属火,尚赤,因借南方之色称之。

② 烂斧柯:南朝梁任昉《述异记》卷上:"信安郡石室山,晋时王质伐木,
至,见童子数人,棋而歌,质因听之。童子以一物与质,如枣核,质含之,不觉饥。
俄顷,童子谓曰:'何不去?'质起,视斧柯烂尽,既归,无复时人。"后以"烂斧柯"
谓岁月流逝,人事变迁。

应山游宝林禅院恭和明高帝赐无念上人松实韵

烟霞万树卷藤萝,界地金绳一线多。松实漫随劫火化,龙
颜犹驻白云窝。浮杯自上空江影,扣角宁为长夜歌。时就屈
伸行变化,双凫一路下磐陀。

坐水竹平分亭简周叔子

细雨寒烟水竹林,客愁无那碧森森。香传精舍梅先老,翠
湿青山酒自斟。岐路雪消识去就,夕阳垆外漫沉吟。时来正
有无穷事,不负松篁爱汝临。

读明世宗小史^①

　　跋扈名藩竟入围,楚天咫尺玉麟骃^②。献皇礼定人疑
是^③,嘉靖年长事日非^④。楼对空江还雪洒,樽开故国已尘飞。
依依旧恨浑销尽,独有春风送客归。

【注释】

　　① 明世宗:即朱厚熜(1507—1567),公元1521至公元1566年在位。为明
宪宗孙,兴献王朱祐杬之子。武宗正德十六年(1521)四月即位,改元嘉靖。在
明世宗即位之初,革除先朝蠹政,朝政为之一新。但后来日渐腐朽,迷信神仙方
术,长期不理政事,兵备废弛,贿赂成风。导致内忧外患不断。嘉靖四十五年
(1566)十二月卒,谥肃皇帝,庙号世宗。

　　② 跋扈名藩二句:明正德十六年(1521),明武宗死,无嗣,由武宗之母与朝
臣定计,迎立武宗堂弟朱厚熜从外藩入继大统,是为明世宗。

　　③ 献皇礼定人疑是:明世宗即位不久后,在其生父兴献王尊号的问题上与
杨廷和等朝臣发生礼议之争。嘉靖三年,世宗更定大礼,改称孝宗为皇伯考,生
父为皇考,追封生父兴献王为"睿宗知天守道洪德渊仁宽穆纯圣恭简敬文献皇
帝",将兴献帝神主升祔太庙,并编纂《大礼集议》和《明伦大典》。为时三年的
"大礼议"事件至此以明世宗获胜而告终。

　　④ 嘉靖年长事日非:明世宗在位后期日渐腐化,荒淫无度,迷信神仙方术,
好长生不老之术,长期不问朝政,滥用民力大事兴建,又多次爆发农民起义。他
重用奸臣严嵩,吏治腐败,功臣、直臣屡遭杀害、贬黜,边事废弛,蒙古鞑靼不断
寇边,倭寇频繁侵扰东南沿海,导致内忧外患不断。

登 凤 栖 山^①

　　树色侵天山影蓝^②,宫墙斜出凤栖南。虚空化日留余

照③,江汉神珠好自探④。划地一帆迷去鸟,春风满座对晴
岚⑤。昔来霸业今何在? 遮莫飞行醉橘庵。

【注释】

　① 凤栖山:位于四川街子镇辖境西部山区,距崇州城区 20 多公里,与都江
堰市青城山毗连,因山形似凤,山幽林秀,百鸟啾啾,如和凤鸣,故名凤栖山。

　② 侵天:逼近云天,极言其高。

　③ 化日:太阳光。亦借指白昼。

　④ 江汉:指长江与汉水之间及其附近的一些地区。古巴蜀之地。今四川
省的东部地区。

　⑤ 晴岚:晴日山中的雾气。

小　阁

　　小阁江天夜读书,彩灯闪闪向人初。挂帆未许归陶令①,
展卷犹能学仲舒②。云扑墨香尘影尽,心游圣密见闻除。萧萧
水驿三湘外③,晓揭蓬窗好自如。

【注释】

　① 挂帆:指辞官归隐。　　归陶令:晋代陶渊明曾为彭泽令,因不愿逢迎上
司,而解印辞官,作《归去来兮辞》。因以此典形容抛弃官禄,回归故乡,隐居
田园。

　② 仲舒:汉代经学家董仲舒,专治《春秋公羊传》,强调"天人之际,合而为
一"之说。

　③ 水驿:水路驿站。　　三湘:湖南湘乡、湘潭、湘阴(或湘源),合称三
湘,一说潇湘、沅湘、蒸湘为三湘。多泛指湘江流域及洞庭湖地区。

同张黄二博士游太平寺

　　溪声花色化人行,尽日青山听鸟鸣。投阁谁怜还有字,同尘自觉已无名。欣闻软语传香饭,故有深杯醉步兵①。几度相看浑旧好,中原何处更班荆②。

【注释】
　　① 步兵:三国魏阮籍嗜酒,曾官步兵校尉一职,称"阮步兵"。
　　② 班荆:谓朋友相遇,共坐谈心。

贵　竹①

　　铜鼓通宵画角生②,晓看万马踏云平。天威诚有纶巾在③,圣代宁寒玉斧盟④。事往于今国史出,春回无数鹧鸪鸣⑤。竖儒最是伤心客⑥,云白天青贵竹城。

【注释】
　　① 贵竹:即贵筑,县名,其地今入贵阳市。贵阳市简称"筑",历史上曾称贵州、贵竹,又曾设置贵阳府。相传三国时蜀相诸葛亮南征曾至此。
　　② 铜鼓:古代西南少数民族所使用的乐器。俗称"诸葛鼓"。筒状,底中空。鼓面光体有角,有的鼓面铸出日光、青蛙、牛、马等形象,鼓身饰有几何形和人与动物的写生图像。今为壮、布依、傣、侗、水、苗、瑶等族民间珍藏,是节日和宗教活动中的重要乐器。相传在今贵阳仙人洞诸葛亮曾藏有铜鼓。
　　③ 天威:犹言神威。《三国志·蜀志·诸葛亮传》:"军资所出,国以富饶。"裴松之注引《汉晋春秋》:"(孟获)曰:'公,天威也,南人不复反矣。'"纶巾:用青色丝带做的头巾,一说配有青色丝带的头巾。相传诸葛亮在军中服用此巾,故又称诸葛巾。

④ 玉斧：以玉饰柄的斧子。《礼记·明堂位》："冕而舞《大武》。"唐孔颖达疏："王者衮冕,执赤盾玉斧而舞武王伐纣之乐也。"

⑤ 鹧鸪：鸟名,古人谐其鸣声为"行不得也哥哥",诗文中常用以表示思念故乡。

⑥ 竖儒：对儒生的鄙称,这里用以郝浴自谦。

赠郡伯李子受

才名八斗五云缠,慷慨论交在此年。共喜龙媒能突阵,独留者卜尚筹边。旧京回首思前辈,新雨开樽听晓泉。细数家声谁得似,赞皇事业看君传。

追送赵叔文还滇

紫池侵晓白云生,游子悲群饮马行。顾影欲攀南海翼,皈心空傍日轮明。薰风浅草迟征盖①,梅雨晴岚信去旌②。二十余年争此道,生知重举大夫名。

【注释】

① 征盖：远行的车。

② 晴岚：晴日山中的雾气。

寄赠霍玉调移镇水西

管葛丝纶久寂寥①,却将韩白问嫖姚②。风生阁道三驰马,雨洗乌蛮一射雕③。路入木稀惟紫翠,梦回龙驭尚飘飚。
策名旧在无双处,好把韬钤报圣朝④。

【注释】

① 管葛:管仲和诸葛亮的并称。二人皆古代名相。

② 韩白:古代名将汉韩信和秦白起的并称。以善用兵著称。　嫖姚:指汉名将霍去病。

③ 乌蛮:古代西南少数民族名。亦指其居住地。

④ 韬钤:古代兵书《六韬》《玉钤篇》的并称。后因以泛指兵书及用兵谋略。

得李吉津书有和孙生诗即用原韵为赋①

户满晴光雪已残,棣花相对慰朝餐②。堂中瑞草生春色,
帘外书声破晓寒。未负苍生还自好,多惭圣世欲谁干。西园
正有无穷事,绕郭青山尽日欢。

【注释】

① 李吉津:李呈祥,字其旋,又字吉津,号木斋,沾化人。详见卷二《同王无烦李吉津游石氏祇园》注释①。

② 棣花:即棣华。《诗·小雅·常棣》:"常棣之华,鄂不韡韡。凡今之人,莫如兄弟。"后因以"棣花"喻兄弟。

村社雨中留饮①

社鼓频催火树春②,倚阑新雨罢红尘③。烧灯夜奏梨园
曲④,入座惊看解语身⑤。一向徜徉宁遁世,可怜引满似高人。

侵晨又控盘游骑⑥,烟水苍茫问紫鳞。

【注释】

　　① 村社：旧时农村祭祀社神的日子或盛会。

　　② 火树：比喻繁盛的灯火。

　　③ 倚阑：凭靠在栏干上。阑，同"栏"。

　　④ 烧灯：点灯,指举行灯会或灯市。　梨园：因唐玄宗设梨园教习艺人,后以"梨园"泛指戏班或演戏之所。这里指戏曲演唱。

　　⑤ 解语：会说话的花。五代王仁裕《开元天宝遗事·解语花》："明皇(唐玄宗)秋八月,太液池有千叶白莲数枝盛开,帝与贵戚宴赏焉。左右皆叹羡,久之,帝指贵妃示于左右曰：'争如我解语花?'"后比喻美人。

　　⑥ 侵晨：天快亮时,拂晓。　盘游：游乐。典出《书·五子之歌》："(太康)乃盘游无度,畋于有洛之表,十旬弗反。"孔传："盘乐游逸无法度。"

倦　　游

　　何处消愁酒一罇,楼头细雨湿黄昏。楚骚四海读应遍,赵舞一灯影自翻①。满目春山围上国,多年游子受晨飧②。渐将人事归平等,白昼焚香好闭门。

【注释】

　　① 赵舞：相传古代赵国女子善舞,后因以指美妙的舞蹈。

　　② 晨飧(sūn)：早饭;早晨吃饭。

伯兄赠粉芍药二枝插屏为赋

　　叠雪撕霞一捻生,黄昏折赠不胜情。灯前艳发芙蓉笑,帘

外香穿蝴蝶行。笺染桃花千叶重。彩缠宫树一枝轻,可怜金
带围犹在,还向人家昼锦擎。

曲逆旧城怀古①

何缘冠玉采封留,闻说军中六画筹②。大度一从随物化,
曲河百折向人流。春来犁雨新翻垄③,鸟没斜阳自上楼。最是
悲歌空买骏④,不将奇智护神州。

【注释】

① 曲逆旧城:在今河北顺平县东南。

② 何缘冠玉二句:陈平(?—前178),西汉阳武(今属河南)人。足智多
谋,屡以奇计辅佐刘邦定天下,被封为"曲逆侯"。《史记·陈丞相世家》:"绛侯
灌婴等咸谗陈平曰:'(陈)平虽美丈夫,如冠玉耳,其中未必有也。'"故云。
六画筹,六出奇计。

③ 垄:同"垄",即田埂,田间稍稍高起的小路。

④ 买骏:战国时,燕昭王欲求贤才,郭隗喻以故事:从前有国君欲以千金
求千里马,三年未得。有人花五百金买一死千里马的头回报,国君大怒,对曰:
"死马且买之五百金,况生马乎? 天下必以王为能市马,马今至矣!"不久果然买
得三匹千里马。

春日得严景芳书却寄

久下双鱼汾水头,一函风雨报箕州。得知好友今为政,犹
记秋阳夜上楼。雨破海棠十九度,人歌桑海五千秋。相思常
恐成中路,严浚交游及汝留。

周象九先生斋中荷花盛开呼诸子来为留一日

几度经过旅梦生①，相看犹是弟兄情。酒清杳水莲花渚，人入幞头玉带城望都城形。风动绿鬟疑解语，一披国色恨宵行。何时更对诸君子，万树垂杨听鸟鸣。

【注释】

① 旅梦：旅人思乡之梦。

白 牡 丹

一园深绿万枝红，国色无双白贲中①。风解霓裳飘月窟②，雨寒姑射出晶宫③。精神不为繁华露④，颜色全于淡漠空。行向瑶阶闲汝玩，万年春色玉玲珑⑤。

【注释】

① 国色无双：指牡丹花香色不凡。典出唐李浚《松窗杂录》："上（唐文宗）颇好诗，因问修己曰：'今京邑传唱牡丹花诗，谁为首出？'修己对曰：'臣尝闻公卿间多吟赏中书舍人李正封诗曰：天香夜染衣，国色朝酺酒。'" 白贲：朴素无华的装饰。《易·贲》："上九，白贲无咎。"王弼注："处饰之终，饰终反素，故在其质素，不劳文饰而无咎也。"

② 霓裳：这里借指云雾，云气。 月窟：月宫，月亮。

③ 姑射：本是山名。《庄子·逍遥游》："藐姑射之山，有神人居焉，肌肤若冰雪，淖约若处子。"后诗文中以"姑射"为神仙或美人代称。 晶宫：即"水晶宫"，传说中的月宫。

④ 繁华：这里指盛开的花；繁密的花。

⑤ 玉玲珑：花的别名。此指牡丹。

夏日同陈二陶乔梓兼携两甥三儿泛舟唐水言学

玉溪兰艇竹竿桡,童冠诸生满载来。几日尘随书籯积,一回心逐锦帆开。惊看鱼戏思龙马,默喜乾旋养圣胎。只此是寻颜孔处,三千礼乐出蓬莱。

葛山寄祝张太公

万松晴拱乳鸦呼,寄祝乔年封大夫。阶下金鱼行露冕,窗中仙佩解神珠。真州岳有如鸾使,江夏人传负茗图。正我高寻十九种,得时风雨报郎湖。

戊 申 秋 月①

云涌层峦西北来,中华当处万山开。辞封喜见卢龙在②,渡海惊看皂帽回③。雁到重阳全是字,鹿鸣八月尽生梅。玉门此际无关锁,一日君恩遍九垓④。

【注释】

① 此诗作于康熙七年(1668)秋。

② 卢龙:即卢龙塞,古关塞名。在今河北喜峰口附近的卢龙山至冷口一带,是燕山山脉东段的隘口,路通南北,自古为东北通向河北平原的要塞。

③ 皂帽:黑色帽子。

④ 九垓:中央至八极之地。晋葛洪《抱朴子·审举》:"今普天一统,九垓同风。"

秋夜宿普照兰若慨然慕道有作①用王新建天泉桥韵

一寸心回海日明，三千礼乐望群英。爱从唐水歌先帝②，誓向尼山度此生③。剑老威宁谁更识，诗亡华黍恨无成④。今来结驷还如昨⑤，惭愧黎阳弟子情⑥。

【注释】

① 兰若(rě)：梵语 Aranya，又译阿兰若。原意是森林，引申为"寂静处""空闲处""远离处"，躲避人间热闹处之地，可供修道者居住静修之所。泛指古刹、寺庙的意思。

② 唐水：唐河，即寇水也。自山西灵丘县东南流入，过倒马关，又东南流，经曲阳县，入直隶定州唐县。

③ 尼山：指孔子。

④ 华黍：为《诗经》中的篇目，今佚，有目无词。此处代指诗歌中的经典，或优秀的诗篇。

⑤ 结驷：一车并驾四马，用以指乘驷马高车之显贵。

⑥ 惭愧黎阳弟子情：子贡（前 520—？），姓端木，名赐，字子贡，卫国黎阳人，"孔门十哲"之一，被后世追封为"黎阳公"。子贡与孔子间的师徒之情可谓深矣。据《史记》记载，子贡来见孔子，孔子已重病在身，于门前见子贡至，叹曰："赐，汝来何其晚也？"师徒之情溢于言表。此后七日而孔子卒，众弟子皆服三年丧，唯子贡庐墓六年乃去。

过庆都谒帝尧庙①

中天八彩艳于今②，咫尺龙颜仰圣心。仁与天齐忧更切，化同神运思犹钦。土阶瑶草开蕢叶③，翠柏清风有凤吟。最喜吾皇生此地，羹墙时在好追寻④。

【注释】

① 庆都县：即今河北省望都县。

② 八彩：也作"八采"。《孔丛子·居卫》："昔尧身修十尺，眉分八采。"后因以"八彩"指尧眉或形容帝王容颜。

③ 土阶瑶草开蓂叶：蓂，蓂荚。古代传说中的一种瑞草，每月从初一至十五，每日结一荚；从十六至月终，每日落一荚。从荚数多少，可知是何日。

④ 羹墙：据《后汉书·李固传》载："昔尧殂之后，舜仰慕三年，坐则见尧于墙，食则睹尧于羹。"

赠　　友

　　十年寤寐挹龙光①，此日从容谒玉堂。邺下文章推子建②，吹台风雅入钱塘③。谩言卮酒看前辈④，别有春风满帝乡。最是一时兰臭客⑤，千秋吾道许商量。

【注释】

① 寤寐：醒与睡。引申指日夜思念、渴望。《诗·周南·关雎》："窈窕淑女，寤寐求之。"毛传："寤，觉；寐，寝也。"　龙光：喻指有才华者。

② 邺下文章推子建：曹植（192—232），字子建，曹操第三子，曹丕弟，封陈王，谥思，世称陈思王。是建安时期极负盛名的文学家，《诗品》称为"建安之杰"。其《洛神赋》，首开骈赋之端。宋人辑有《曹子建集》。

③ 吹台：古迹名。在今河南开封市东南禹王台内。相传为春秋时师旷吹乐之台。西汉梁孝王增筑曰"明台"。因梁孝王常案歌吹于此，故亦称吹台。

④ 卮酒：犹言杯酒。《史记·项羽本纪》："项王曰：'壮士，赐之卮酒。'"

⑤ 兰臭：《易·系辞上》："同心之言，其臭如兰。"孔颖达疏："谓二人同齐其心，吐发言语，氤氲臭气，香馥如兰也。"后因以"兰臭"指情投意合。

春　日

时当入泰履重玄,共喜晴和酒一樽。官阁梅花红欲绽,平桥柳色绿初繁。盈盈丝竹留小□,艳艳春风满玉门。群力漫言郭李在,天家终日问长源。

丙辰元日雪早朝迎驾书怀①

万几天下筹今日,四海丰年兆此晨。雪洒翠华龙马出②,桥笼金水帝车巡③。晓分顶相还惊宠,滥入班行敢效颦④。共在五云臣独苦⑤,两阶舞罢失双亲。

【注释】

① 此诗作于康熙十五年(1676)正月初一。元日,农历正月初一。

② 翠华:天子仪仗中以翠羽为饰的旗帜或车盖。《文选·司马相如〈上林赋〉》:"建翠华之旗,树灵鼍之鼓。"李善注:"翠华,以翠羽为葆也。"

③ 金水:金水河,又名玉河,在北京市故宫外。

④ 班行:朝班的行列,朝官的位次。这里指朝官。

⑤ 五云:指皇帝所在地。

九日较射武闱

一

朱旗拂晓出蓬莱①,万马争鸣买骏台②。一度嘶声连鼓下,几回霜色逐刀开③。至尊每下雄边诏,枢密同推定远才④。

更喜五云垂绿绶⑤，无双国士揖三台⑥。

【注释】

　　① 朱旗：红旗，多指战旗。

　　② 买骏：战国时，燕昭王要招揽贤才，郭隗喻以故事，从前有国君欲以千金求千里马，三年未得。有人花五百金买一死千里马的头回报，国君大怒，此人对曰："死马且买之五百金，况生马乎？天下必以王为能市马，马今至矣！"不久果然买得三匹千里马。见《战国策·燕策一》。后因以之为求贤若渴之典。

　　③ 霜色：白色。

　　④ 枢密：中枢官署的统称。

　　⑤ 绿绶：亦称绿縌绶。古代三公以上用绿縌色绶带。详见卷二《祝石仲生夫子》注释⑯。

　　⑥ 无双国士：谓国中独一无二的人才。　　三台：比喻三公。

二

　　秣马曾为栈道行，廿年回首壮心惊。受书岂解抽簪秘⑦，顾影徒惭鼓瑟声。漫暨若曹争射札，倘教吾党共论兵。当年玉斧分疆处，铜柱铁桥勒此名⑧。

【注释】

　　⑦ 抽簪：谓弃官引退。古时为官之人须束发整冠，用簪连冠于发，故称引退为"抽簪"。

　　⑧ 铜柱：东汉伏波将军马援南平交趾，立铜柱作为边界的界桩。《后汉书·马援传》："峤南悉平。"李贤注引晋顾微《广州记》："援到交址，立铜柱，为汉之极界也。"　　铁桥：唐时在云南省中甸县境置铁桥，跨金沙江，以通吐蕃。吐蕃于此置铁桥城，为吐蕃十六城之一。

武 闱 即 事

一

龙门洞辟角声催①,援笔櫜弓入彀来②。顿掩韬钤归礼让③,一经睢顾尽龙媒④。重燃藜火缠东璧⑤,横挈参旗露斗魁⑥。珍重圣人寤寐意⑦,高明应得救时才。

二

旭彩双帘晓若何,帘开指顾虎臣多⑧。争看武库惊燕市⑨,的有神龙出洛河。便许画麟方玉汝,空能投石岂张罗⑩。汉家群策今收尽,醉拨凌烟万岁歌⑪。

【注释】

① 龙门:科举试场的正门。 角声:画角之声。古代军中吹角以为昏明之节。

② 援笔:执笔。 櫜(gāo)弓:藏弓,意谓战事平息。唐李德裕《幽州纪圣功碑铭》:"亭徼櫜弓,万里昆吾,九译而通,蛮夷既同。" 入彀:五代王定保《唐摭言·述进士上篇》:"文皇帝(指唐太宗)修文偃武,天赞神授,尝私幸端门,见新进士缀行而出,喜曰:'天下英雄入吾彀中矣!'"彀中,指弓箭射程之内。后因以"入彀"比喻人才入其掌握,被笼络网罗。亦指应进士考试。

③ 韬钤:古代兵书《六韬》《玉钤篇》的并称。因以泛指兵书,后借指用兵谋略。唐张说《将赴朔方军应制》诗:"礼乐逢明主,韬钤用老臣。"

④ 龙媒:喻俊才。

⑤ 藜火:晋王嘉《拾遗记·后汉》载:汉刘向校书天禄阁,夜默诵,有老父杖藜以进,吹杖端,烛燃火明。取《洪范五行》之文,天文舆图之牒以授焉,向请问姓名。云"太乙之精"。后因以"藜火"为夜读或勤奋学习之典。

⑥ 参旗:星名,属毕宿,共九星,在参星西,又名"天旗""天弓"。 斗魁:北斗七星之第一至第四星,即枢、璇、玑、权,泛指北斗。喻指德高望重或才学冠

世而为众人景仰。

⑦ 寤寐：醒与睡，引申指日夜思念、渴望。

⑧ 虎臣：比喻勇武之臣。

⑨ 武库：储藏兵器的仓库。　燕市：即燕京，今北京。

⑩ 投石：古代军中的习武练功活动。

⑪ 凌烟：凌烟阁的省称。唐太宗贞观十七年曾画开国二十四功臣像于宫中凌烟阁。

至 日 雪①

花飞积素一阳回②，梅雪燕关傍晓开③。万瓦欲迷银世界，五云犹绕露香台④。惊闻紫气冲岩发，无数青山爱客来。若荐雄文能奏赋，甘泉谁有大夫才⑤。

【注释】

① 至日：这里指冬至日。

② 积素：积雪。

③ 燕关：指山海关。

④ 露香：在露天焚香。

⑤ 甘泉：赋名，汉代扬雄撰。《汉书·扬雄传上》：“（上）召雄待诏承明之庭。正月，从上甘泉还，奏《甘泉赋》以风……天子异焉。”后因以“甘泉”喻指进献主上而受到赏识的文章。

丁巳元日和魏庸斋先生除夜守岁之作①

侧席忧民仍却贺②，孤忠遥格帝心齐③。多愁娓娓看前箸④，百折于于听晓鸡。说到圣明心尽热，歌残杨柳意都迷。

岁朝袖草牵唐史⑤，雪夜擒吴马不嘶⑥。

【注释】

① 此诗作于康熙十六年（1677）农历正月初一。魏庸斋：即魏象枢（1617—1687），字环溪，号庸斋，蔚州人。顺治丙戌进士。其生平详见卷一《魏庸斋先生偶述北溟于黄州之美，因赋数言为赠》注释①。

② 侧席：不正坐，谓因忧惧而坐不安稳。

③ 孤忠：忠贞自持，不求人体察的节操。

④ 前箸：典出《汉书·张良传》："汉王曰：'何哉？'良曰：'臣请借前箸以筹之。'"颜师古注引张晏曰："求借所食之箸，用指画也。"后谓为人筹画为"前箸"。

⑤ 岁朝：农历正月初一。《后汉书·周盘传》："岁朝会集诸生，讲论终日。"李贤注："岁朝，岁旦。"

⑥ 雪夜擒吴：即李朔雪夜入蔡州擒吴元济的典故。唐代大将裴度赞同节度使李朔的作战计划，派李朔雪夜奇袭蔡州，生擒吴元济，结束了淮西十多年的藩镇割据局面。

登孙退谷先生堂有感①

八十为儒鹤发翁，书成簪笔紫阳同②。道大几人容冀北，才高一日入江东。飞鱼斜落藤花外，白鹿深游退谷中③。去去莫辜曲阜命④，棂星门下晤诸公⑤。

【注释】

① 孙退谷先生：孙承泽（1592—1676），字耳伯，号北海，晚号退谷。山东益都人。明崇祯四年进士。官刑科都给事中。入清，任吏科，历官兵、吏两部侍郎。年六十，引疾归，家居二十余年而卒。著有《五经翼》《春明梦余录》等。

② 紫阳：宋代理学家朱熹的别称。朱熹之父朱松曾在紫阳山（在安徽省歙县）读书。朱熹后居福建崇安，题厅事曰"紫阳书室"，以示不忘。故称。

③白鹿：朱熹曾重建白鹿洞书院。　退谷：唐孟士源曾与元结同隐于山谷，名之曰"退谷"。结为作《退谷铭》，并序曰："抔湖西南是退谷……时士源以漫叟退修耕钓，爱游此谷，遂命曰'退谷'。元子作铭以显士源之意。"后以"退谷"代指退老、归隐之处。

④去去：谓远去。

⑤棂星门：旧时学宫孔庙的外门，原名灵星门。灵星即天田星。汉高祖命祭天先祀灵星，至宋仁宗天圣六年，筑郊台外垣，置灵星门，象天之体；旋又移用于孔庙，盖以尊天者尊圣。

瀛台赐九卿菱藕①

书从太液虹桥上，赐出银湾阁道傍②。数度晨趋疑海岳③，不烦彩笔见潇湘④。莲房初摘香犹嫩，藕雪先尝齿共芳。直等甘泉飞骑到，共舒尧彩泛霞觞⑤。

【注释】

①瀛台：台名。在北京故宫西苑太液池（即今中南海）中，也名南台，趯台。三面临水，中有勤政、涵光、香扆三殿，康熙朝常作为夏日听政之所。

②银湾：指银河。

③晨趋：清早趋行。谓朝参。

④彩笔：南朝江淹少时，曾梦人授以五色笔，从此文思大进，晚年又梦一个自称郭璞的人索还其笔，自后作诗，再无佳句。后人因以"彩笔"指词藻富丽的文笔。

⑤霞觞：犹霞杯。

登岱赋得宝阁天衢第一峰颂圣

宝阁天衢第一峰，千岩积翠拥神宗。扶桑夜看金轮涌，大

步声闻玉女从。触石青云流大麓,冲霄紫气护乾封。太平雨
见吾皇□,遮莫□筹上九重。

烟 事 二 首

一

荷囊晶管玉人情,一线阳回朱雀行。神草丝丝金叶剥,兰
香漠漠玉池生。朱帘月上还丹转,毳幕薪传戏火成。兴到晨
昏仍汝唤,都忘姜桂彻神明。

二

漫寻瑶草数尧蓂①,一握逢君百好停。纤手低传金络索,
香云高扑绿蜻蜓。花开解醉千重紫,梦破愁浇四鬓青。陆羽
刘伶曾梦未②,拟将茶酒罢专经。

【注释】

① 尧蓂:相传帝尧阶前所生的瑞草。此草每月朔日生一荚,至月半,积至
十五荚。十六日起,日落一荚,月末而尽。小建则余一荚,萎而不落。见《竹书
纪年》卷上。

② 陆羽:唐隐逸陆羽,著有《茶经》,民间祀为茶神。　刘伶:晋刘伶平生
嗜酒,《晋书·刘伶传》载,"常乘鹿车,携一壶酒,使人荷锸而随之,谓曰:'死便
埋我。'"后以为纵酒放达的典实。

陛辞之粤西任①

恩命西班简旧员②,会依玉柱落鹰鹯③。命悬剑阁八千

里，雪卧银州二十年④。已分书生惭绛灌⑤，何期桂海借楼船⑥。遭非飞复堂帘远⑦，亲谒金门奏御前。

【注释】

① 陛辞之粤西任：康熙二十年（1681）二月十四日郝浴陛辞赴广西巡抚任，因作此诗。陛辞，指朝官离开朝廷，上殿辞别皇帝。

② 西班：古称内阁各官。清梁章钜《称谓录·内阁各官古称》："内阁各官古称西班。"

③ 鹰鹯（zhān）：鹰与鹯。比喻忠勇的人。语出《左传·文公十八年》："见无礼于其君者，诛之，如鹰鹯之逐鸟雀也。"

④ 命悬剑阁二句：指郝浴于四川因忤吴三桂而遭陷流徙东北二十年之事。

⑤ 绛灌：汉绛侯周勃与颍阴侯灌婴的并称。均佐汉高祖定天下，建功封侯。二人起自布衣，鄙朴无文，曾谗嫉陈平、贾谊等。

⑥ 桂海：古代指南方边远地区。《文选·江淹〈杂体诗·效袁淑"从驾"〉》："文轸薄桂海，声教烛冰天。"李善注："南海有桂，故云桂海。"

⑦ 堂帘：借指朝廷。

路过里门①

故里生还又此回，双龙水长杏花开。焚香独扫先人垅②，落日重登晒药台。草上骊驹嘶去勒③，筵前旧好出行杯。生余家国难分系，华发星星两鬓催。

【注释】

① 里门：指称乡里。

② 垅：坟墓。

③ 骊驹：逸《诗》篇名。古代告别时所赋的歌词。《汉书·儒林传·王式》："谓歌吹诸生曰：'歌《骊驹》。'"颜师古注："服虔曰：'逸《诗》篇名也，见

《大戴礼》。客欲去歌之。'文颖曰:'其辞云"骊驹在门,仆夫俱存;骊驹在路,仆夫整驾"也。'"后因以为典,指告别。

登天宁大士阁

太行南去水西来,碧落无遮宝阁开①。通国莲花平地出,千年金粟掌中回②。幢悬风动还留偈,树挂河声好渡杯③。到此不愁不遍见,万方尘影尽楼台。

【注释】

① 无遮:佛教语。谓包容广大,没有遮隔。

② 金粟:金粟如来。佛名。即维摩诘大士。维摩,意为净名。

③ 渡杯:释杯渡(亦作杯度),晋宋时僧人,不知姓名。相传其常乘一木杯渡河,因号曰杯渡。见南朝梁慧皎《高僧传·神异·杯渡》。后以"渡杯"泛指僧人云游所携之物。

栾城游台头寺①

晨思千重万马鸣,偶阑征辔逐经声②。采封犹画栾书土,化域空传柴武名③。松沉绿影尘情远④,桥卧红莲香水生⑤。无那频年香饭少⑥,阇黎合掌问销兵⑦。

【注释】

① 台头寺:在栾城东北二里。西汉棘蒲侯柴武之墓称栾台,台高且旷,台头寺建于其上。

② 征辔:远行之马的缰绳,亦指远行的马。

③ 化域:即化土。

④ 尘情：犹言凡心俗情。

⑤ 香水：佛家供佛的水，用香料和水制成，梵语称"阏伽"。

⑥ 无那：无奈，无可奈何。香饭：香国世尊之食，指佛家的饭食。

⑦ 阇黎：亦作"阇梨"，梵语"阿阇梨"的省称，意谓高僧。亦泛指僧。　合掌：佛教徒合两掌于胸前，表示虔敬。　销兵：消弭战争。

饮魏贞庵相君葆石堂①

海岳精神霖雨才②，六经肩后圣门开③。曾燃玉烛红芝阙④，更沃香兰碧酒杯。著作神工三古串⑤，丝纶好手九天回⑥。同人正拟为龙日，气紫燕关旧德来⑦。

【注释】

① 魏贞庵：即魏裔介（1616—1686），字石生，别号贞庵，又号昆林，北直隶柏乡人。顺治三年（1646）进士，选庶吉士，任言官，充《世祖实录》总裁官，累官至给事中、左都御史、吏部尚书、保和殿大学士、加太子太保，谥文毅。参见卷一《喜雪简魏石生总宪》注释①。相君，旧时对宰相的尊称。

② 海岳：海之深，山之高。形容极为高深。　霖雨：甘雨、时雨，比喻济世泽民。

③ 圣门：谓孔子门下，泛指传孔子之道者。

④ 玉烛：四时之气和畅，形容太平盛世。　芝阙：借指帝王的宫阙。

⑤ 神工：神奇的造诣，非凡的才能。　三古：泛指古代。

⑥ 丝纶：帝王诏书。详见卷一《人》注释⑭。

⑦ 旧德：指德高望重的老臣。

邢 台 怀 古

西山龙脉绕冈原，殷室忧河计六番。苦抱黎元升冀壤①，肯删青竹下淇园②。尧山紫翠晨飞彩③,禹泽鱼龙夜化鲲④。
目击维桑浑圣迹,谁忧干暵湿新恩⑤。

【注释】

① 黎元:黎民。

② 淇园:古代卫国园林名,产竹。在今河南省淇县西北。《史记·河渠书》:"是时东郡烧草,以故薪柴少,而下淇园之竹以为楗。"裴骃集解引晋灼曰:"淇园,卫之苑也,多竹筱。"

③ 鱼龙夜化鲲:化用《庄子·逍遥游》:"北冥有鱼,其名为鲲,鲲之大不知其几千里也;化而为鸟,其名为鹏,鹏之背不知其几千里也,怒而飞,其翼若垂天之云。是鸟也,海运则将徙于南冥。"后以之形容空间之广阔,气势之雄壮。

④ 维桑:《诗·小雅·小弁》:"维桑与梓,必恭敬止。"毛传:"父之所树,己尚不敢不恭敬。"后以"维桑"指代故乡。

⑤ 干暵(hàn):犹干旱。

即　　事

太行晴色卷虹蜺①,兵出滇南我粤西②。神武宫门亲授甲,殊恩南仗早悬鸡③。三秦饷路今方险④,五岭群情未久迷。幸喜军声腾九郡,掀开天日洗蒸黎⑤。

【注释】

① 虹蜺:亦作"虹霓"。为雨后或日出、日没之际天空中所现的七色圆弧。虹蜺常有内外二环,内环称虹,也称正虹、雄虹;外环称蜺,也称副虹、雌虹或雌蜺。

② 我粤西:指郝浴赴任广西巡抚事。

③ 殊恩:常指蒙受帝王的特别恩宠。

④ 饷(xiǎng)路:运军粮的道路。

⑤ 蒸黎:百姓,黎民。

入 顺 德 府

　　龙冈四望晋山河,日下松稍落斧柯。墨色无声桥下出,梅花一放五云多。干言女嫁谁留驾,蓬鹊山空鸟不窠。布地石头弥曲巷,可怜五马日中磨。

邯 郸 道 中

　　邮亭禾黍六王城[①],路出滹沱多赵名[②]。丛磴夜来千骑发,眉池晓起一花生。苏君洹水香先爇[③],蔺相邯山车倒行[④]。尽是吾乡真将相,乘权一日万方清[⑤]。

【注释】

　　① 邮亭:驿馆,递送文书者投止之处。　禾黍:《诗·王风·黍离序》:"《黍离》,闵宗周也。周大夫行役至于宗周,过故宗庙宫室,尽为禾黍。闵宗周之颠覆,彷徨不忍去而作是诗也。"后以"禾黍"为咏怀故地破败或胜地废圮之典。

　　② 滹沱:水名,即滹沱河。在河北省西部。出山西省繁峙县东之泰戏山,穿太行山,东流入河北平原,在献县和滏阳河汇合为子牙河。至天津会北运河入海。滹沱河流经邯郸,沿途皆属赵地。

　　③ 苏君洹(huán)水香先爇(ruò):战国时苏秦说赵肃侯,使韩、魏、齐、楚、燕、赵六国将相会于洹水,定盟合力抗秦。《战国策·赵策二》:"令天下之将相,相与会于洹水之上。"爇,点燃,焚烧。洹水,水名,又名安阳河,在河南省北部。

　　④ 蔺相邯山车倒行:指战国时赵国上卿蔺相如回车让道大将廉颇,廉颇因而负荆请罪。邯山,山名。在今河北省邯郸市西。《乐府诗集·杂曲歌辞十六·邯郸行》郭茂倩解题引《通典》:"邯郸,战国时赵国所都,自警侯始之。有

丛台、洪波台在焉。邯,山名;郸,尽也。"

⑤ 乘权:利用权势。《列子·力命》:"多偶、自专、乘权、只立四人,相与游于世,胥如志也;穷年不相顾眄,自以时之适也。"张湛注:"乘权,谓乘用权势也。"

过漳河有怀魏事①

魏王千乘压清漳②,自取银河绕玉床③。神智那终筹国步④,风流别欲作家乡。亲开妙境参鱼鸟,独出高怀低庙廊⑤。最是花明铜雀翠⑥,诗成父子各升堂⑦。

【注释】

① 漳河:水名。山西省东部有清漳、浊漳两河,东南流至今河北、河南两省边境,合为漳河。

② 清漳:水名,漳河上流,源出于山西省平定县南大黾谷。《山海经·北山经》:"又东北百二十里,曰少山,其上有金玉,其下有铜。清漳之水出焉,东流于浊漳之水。"

③ 玉床:指天床星。古代以为此星主帝位。见《星经》卷上。

④ 国步:国家的命运。《诗·大雅·桑柔》:"於乎有哀,国步斯频。"毛传:"步,行;频,急也。"高亨注:"国步,犹国运。"

⑤ 高怀:大志,高尚的胸怀。

⑥ 铜雀台:汉末建安十五年冬曹操所建。周围殿屋一百二十间,连接榱栋,侵彻云汉。铸大孔雀置于楼顶,舒翼奋尾,势若飞动,故名铜雀台。故址在今河北省临漳县西南古邺城的西北隅。

⑦ 诗成父子各升堂:指曹操及其子曹丕、曹植在文学上皆有很高的成就,合称"三曹"。

开封贡院夜宿秉烛游内外帘^①
传是宋艮岳明周藩旧地^②

鸳瓦尘飞翠草迷^③，紫光犹聚帝车西^④。更无宫女簪花
鬓，时有帘官下考题^⑤。岳筑羞看戎马躏，河来痛哭女墙低^⑥。
只今满槛葵花绕，夜久犹燃太乙藜^⑦。

【注释】

① 开封贡院：贡院，科举时代应试的考场。明清两代，开封是河南省会，河南贡院就设在开封城内。内外帘：宋代以来的科举制度。乡试、会试的考官，统称帘官。帘官又分内帘和外帘，《明史·选举志汇》："在外提调、监试等谓之外帘官，在内主考、同考谓之内帘官。"贡院内有至公堂，堂后有门，主考、房官、内提调、内监试、内收掌等官员，在堂内保管、批阅试卷，并居住其间。考试前三日，这些官员由至公堂后小门进入，监临随即封此门，并以帘相隔。此帘遂成一种界线。帘内的考官称为内帘官；帘外的考官，包括监临、外提调、外监试、外收掌、弥封、受卷、誊卷、对读等官员，称为外帘官。门闭帘隔，内帘、外帘，被分别限定了活动空间，各司其职，帘内帘外不得随意往来，内外公事要隔着门槛交洽。帘禁要持续到放榜，方可开帘。这种内外帘制度，有助于防止科场舞弊。

② 宋艮岳：位于开封市内，北宋皇家禁苑假山名艮岳，因有神运石而闻名后世。 明周藩：明太祖朱元璋第五子朱橚，洪武十一年封为周王，十四年就藩河南开封府。其后大兴土木，修建了周藩王府。

③ 鸳瓦：即鸳鸯瓦，指成对的瓦。

④ 帝车：即北斗星。

⑤ 时有帘官下考题：参见注释①"内外帘"。

⑥ 岳筑羞看戎马躏，河来痛哭女墙低：开封作为北宋的都城长达一百六十余年，极为繁华，但其后于公元 1127 年为金人所破，毁于兵燹。后来又经过多次战争和黄河频繁决堤，开封城屡遭浩劫。女墙，又称垛墙，古代建立在外城墙保护内城的防御工事。

⑦ 太乙藜：典出晋王嘉《拾遗记·后汉》："汉刘向校书天禄阁，夜默诵，有老父杖藜以进，吹杖端，烛燃火明。取《洪范五行》之文，天文舆图之牒以授焉，向请问姓名。云'太乙之精'"后因以此典指夜读或勤学。

渡 洛 河

龟龙神涌浪花开，天纵吾师授受来。混沌一清看立画，文明不字有惊雷。回澜顾海皆神迹，独马投荒出圣裁。人自从今吾好古，归陈五福入蓬莱。

道出尉氏洧川之间

传去声入中天焕帝居，殷宗世泽尚留余。连城横接诸侯社，下里斜穿君子庐。树树黄鹂深睍睆①，家家紫麦满篝车②。不图寸壤培为稔，可许龙门太史书。

【注释】

① 睍睆(xiàn huàn)：形容鸟色美好或鸟声清和圆转貌。《诗·邶风·凯风》："睍睆黄鸟，载好其音。"毛传："睍睆，好貌。"朱熹集传："睍睆，清和圆转之意。"余冠英注："睍睆，黄鸟鸣声。又作'间关'。"

② 篝车：指水车。

确山西郊小猎

慷慨成群抹翠微，轻挝猎鼓试攻围。龙媒对出双虹见，润弩齐张一雉飞。开去凤麟游汝外，合来秦楚割韩归。诗书安事贪原兽①，学叱风云悟握机。

【注释】

① 原兽：野兽。

有　　感

青山白室满松声①，久拟投闲送此生②。故土违心三径窄③，高天回首五云平。伏波尚有文犀载④，新建谁容曳履行⑤。半世风霜仍瘴疠，独怜咫尺玉阶情⑥。

【注释】

① 白室：犹白屋。指不施采色、露出本材的房屋。一说，指以白茅覆盖的房屋，为古代平民所居。

② 投闲：谓置身于清闲境地。

③ 三径：晋赵岐《三辅决录·逃名》："蒋诩归乡里，荆棘塞门，舍中有三径，不出，唯求仲、羊仲从之游。"后因以指归隐者的家园。

④ 伏波尚有文犀载：伏波，指东汉伏波将军马援。《后汉书·马援传》载："初，援在交趾，常饵薏苡实，用能轻身省欲，以胜瘴气。南方薏苡实大，援欲以为种，军还，载之一车。时人以为南土珍怪，权贵皆望之。援时方有宠，故莫以闻。及卒后，有上书谮之者，以为前所载还，皆明珠文犀。"文犀，有纹理的犀角。

⑤ 新建：王阳明，原名守仁，浙江余姚人。官至兵部尚书，封新建伯。　曳履：拖着鞋子。形容闲暇、从容。

⑥ 玉阶：指朝廷。《文选·张衡〈思玄赋〉》："勔自强而不息兮，蹈玉阶之峣峥。"旧注："玉阶，天子阶也。言我虽欲去，犹恋玉阶不思去。"

信　阳　州①

四顾申封接楚关,多藏群盗为群山。城留规窦车愁下,屋
覆矮檐马怒还。卧榻雏鸡声聒聒,束装乳虎血殷殷。司民须
有司民政②,圣主焦劳未破颜③。

【注释】

① 信阳:位于河南省南端,与湖北省接壤。

② 司民:管理百姓万民。

③ 破颜:露出笑容;笑。

农　　事

乱拍流尘斜倚鞍,开襟觅爽各盘跚。粟花满树泥金烂,梅
子一林玉齿酸。桔槔水向青畦溜①,鸟兽声闻布谷欢。何日为
农兼老圃,一犁春雨竹千竿。

【注释】

① 桔槔(jié gāo):亦作"桔皋"。井上汲水的工具。在井旁架上设一杠杆,
一端系汲器,一端悬、绑石块等重物,用不大的力量即可将灌满水的汲器提起。

山行六七里渐闻水声

征麾小队入山谿①,翠岫红霞去路迷。渡水花香迎画
戟②,受餐行灶洗蒸藜③。峰回时露登云骑,鸟叫如闻报午鸡。
无谓投簪方是去④,青云一步有丹梯⑤。

【注释】

① 征麾：指征旆，古代官吏远行所持的旗帜。　谿（xī）：同"溪"。意指山里的小河沟。

② 画戟：古兵器名，因有彩饰，故称。旧时常作为仪饰之用。

③ 行灶：可以移动的炉灶，指烧水煮饭用的简易炉灶。　蒸藜：煮野菜。

④ 投簪：丢下固冠用的簪子。比喻弃官。

⑤ 青云：语出《史记·范雎蔡泽列传》："须贾顿首言死罪，曰：'贾不意君能自致于青云之上。'"意指一步登天、青云直上。　丹梯：红色的台阶，这里喻仕进之路。

又 见 山 居

参差新绿上松筠①，截出茅亭少四邻。彻底清泉从雪足②，空心老树可容人。仓庚对语鸾凰啸③，蝴蝶群飞蕉鹿身④。正想夷由去谢近⑤，不堪前队入红尘。

【注释】

① 松筠：松和竹。详见卷一《人》注释②。

② 雪足：赤着脚。

③ 仓庚：鸟名，即黄莺。

④ 蕉鹿：指梦幻。详见卷二《自上虞返杭城》注释③。

⑤ 夷由：从容自得。

晓发至午未歇

刚挝晨鼓趣南州①，汗湿榴花午未休。病骨总能苏百粤，炎天谁问袭重裘。两行绿树淹头踏②，一派黄云割麦秋③。但得尧天皆大有④,苍梧曾及翠华游⑤。

【注释】

① 南州:指两粤。唐杜甫《从人觅小胡孙许寄》诗:"人说南州路,山猿树树悬。"仇兆鳌注引顾宸之曰:"两粤为南州路。"

② 头踏:古代官员出行时,走在前面的仪仗。

③ 麦秋:谓麦子成熟。

④ 尧天:《论语·泰伯》:"巍巍乎,唯天为大,唯尧则之。"谓尧能法天而行教化。后因以"尧天"称颂帝王盛德和太平盛世。

⑤ 苍梧曾及翠华游:舜帝晚年南巡,死于九嶷山的苍梧之野。《史记·五帝本纪》:"舜践帝位三十九年,南巡狩,崩于苍梧之野,葬于江南九疑(即九嶷山)。"翠华,御车或帝王的代称。

出河南入湖广界

战马千群冀北来,山行五路楚关开。参天岳色当湖起,到海江声万里回。昼夜廓清还六诏①,乾坤燮理问三台②。都堂分省宣王化③,为国宁民共举杯④。

【注释】

① 廓清:澄清,肃清。

② 燮理:协和治理。《书·周官》:"立太师、太傅、太保,兹惟三公,论道经邦,燮理阴阳。"孔传:"和理阴阳。"　三台:喻三公。古代中央三种最高官衔的合称。明清沿周制,以太师、太傅、太保为三公,惟只用作大臣的最高荣衔。

③ 都堂:明清称都察院长官都御史、副都御史、佥都御史。又,派遣到外省的总督、巡抚都带有都察院御史衔,亦称都堂。　宣王化:传布君命,教化百姓。

④ 宁民:安民,使人民安定。语出《周礼·天官·小宰》:"二曰教职,以安

邦国,以宁万民,以怀宾客。"

滠口溪涨早渡①

溪头雨响晓初醒,哑橹千条散楚萍②。翠袂青帘牵酒恨,
紫缰白马带龙腥③。日躔箕尾疑添灶,雨到江湖似建瓴④。恒
雨恒旸争几许⑤,征人回首碧天青。

【注释】

① 滠口:位于湖北武汉,紧邻汉口东北部。

② 楚萍:典出《孔子家语·致思》,"楚王渡江,见物大如斗,圆而赤,取之,
使人往鲁问孔子。孔子曰:'此所谓萍实者也,可剖而食之,吉祥也,唯霸者能获
焉。'"后因以比喻吉祥而罕见难得之物。

③ 紫缰:紫色的马缰绳,清代特许皇室近支和有功的高级官员乘马用紫
缰,以示恩宠。　龙腥:刀剑所带的铁腥味。

④ 建瓴:即"建瓴水"之省,谓倾倒瓶中之水,形容居高临下、难以阻挡的形
势。语本《史记·高祖本纪》:"譬犹居高屋之上建瓴水也。"

⑤ 恒雨:久雨不晴。恒旸(yáng):久晴不雨。《书·洪范》:"曰咎征:曰
狂,恒雨若;曰僭,恒旸若。"旸,日出。

武　昌　有　怀

鄂渚岩城枕石冈①,千秋名辈各帆樯②。江山晓夜生光
彩③,城郭笙箫度异香。喜听欢声仍舞㡩④,笑看明月到匡
床⑤。书生宁解麒麟画⑥,未许深陪鸳鹭行⑦。

【注释】

① 鄂渚：相传在今湖北武昌黄鹤山上游长江中。隋置鄂州，即因渚得名。世称鄂州为鄂渚。《楚辞·九章·涉江》："乘鄂渚而反顾兮，欸秋冬之绪风。"王逸注："鄂渚，地名。"洪兴祖补注："楚子熊渠，封中子红于鄂。鄂州，武昌县地是也。隋以鄂渚为名。"

② 帆樯：桂帆的桅杆，借指帆船。

③ 晓夜：日夜。

④ 袯：同"袚"，古代乐舞中舞者所执的舞具。《史记·孔子世家》："景公曰：'诺。'于是旌、旄、羽、袚、矛、戟、剑、拨鼓噪而至。"司马贞索隐："袚音弗，谓舞者所执，故《周礼》乐有《袚舞》。"

⑤ 匡床：安适的床。一说方正的床。详见卷二《夏日过深郡东园》注释⑥。

⑥ 麒麟画：麒麟阁上的功臣画像。封建时代多以画像于"麒麟阁"表示卓越功勋和最高的荣誉。

⑦ 鸳鹭行：比喻朝官的行列。鸳和鹭止有班，立有序，故称。

龟山谒禹稷二圣祠①

舍己勋成由己功，德流江汉拜遗宫②。香升黍稷文明上③，手阚山河混沌中。万水晴含旧黼冕④，一天雨洒古襏襫⑤。只疑并祀龟山像，还是缨冠往救躬⑥。

【注释】

① 龟山禹稷二圣祠：龟山，在今湖北省武汉市汉阳东北，长江之畔。龟山上原有"禹稷祠"，祭祀夏禹与后稷，今废。夏禹与后稷受尧、舜命整治山川，教民耕种，为上古贤明的帝王。

② 遗宫：古代留下的宫室殿宇。

③ 黍稷：黍和稷。为古代主要农作物。亦泛指五谷。《书·君陈》："黍稷非馨，明德惟馨。"

④ 黼(fǔ)冕：绘黑白斧形的礼服和礼帽。

⑤ 襛(nóng)：衣厚貌。襱(lóng)：裤脚。

⑥ 缨冠：《孟子·离娄下》："今有同室之人斗者，救之，虽被发缨冠而救之，可也。"谓不暇束发而结缨往救。

题 黄 鹤 楼①

　　黄鹤仙人跨鹤归②，空中楼阁凤箫飞③。应怜四海无丹灶④，故遣双凫入紫微⑤。花散芳洲红苒苒⑥，茗来江夏绿霏霏⑦。安逢仙枣如瓜大⑧，一摘千年省是非。

【注释】

　　① 黄鹤楼：位于武昌蛇山，与湖南岳阳楼、江西滕王阁并称为江南三大名楼。始建于三国时吴黄武二年（223），唐朝已成为名胜景点，历代名士文人如崔颢、李白、白居易、贾岛、陆游、杨慎、张居正等都到此游乐，题咏者甚众，留下不少流传千古的诗篇，以崔颢的《黄鹤楼》、李白的《黄鹤楼送孟浩然之广陵》最为著名。

　　② 黄鹤仙人跨鹤归：传说古代仙人子安曾乘黄鹤经过黄鹤楼，见《南齐书·州郡志下》。又云三国蜀汉费祎曾在此乘鹤登仙，见《太平寰宇记》卷一一二。

　　③ 凤箫：秦穆公之女弄玉，嫁于萧史，于楼阁中吹箫，后来夫妻双双随凤凰飞去。

　　④ 丹灶：炼丹用的炉灶。

　　⑤ 双凫：详见卷二《德清访冯阳长留题半月泉壁间》注释④。

　　⑥ 芳洲：即鹦鹉洲，位于汉阳东南二里长江中，东汉祢衡曾作《鹦鹉赋》，后人因称其洲为鹦鹉洲。唐崔颢《黄鹤楼》诗中有"晴川历历汉阳树，芳草萋萋鹦鹉洲。"故称芳洲。

　　⑦ 江夏：武昌古称江夏。

⑧安逢仙枣如瓜大：典出《史记·封禅书》，"少君言上曰'臣尝游海上，见安期生，安期生食巨枣，大如瓜。安期生仙者，通蓬莱中，合则见人，不合则隐。'"后因以"枣大如瓜"指奇特的仙果或令人欣羡的事物，多用于描写神仙生活。

武昌赠徐子星方伯

同榜沧洲欺臭兰，先皇齐授进贤冠。万言曾补神龙衮，百折仍余一寸丹。笑握晴川双鬓短，鸢飞征盖一枝寒。于今楚粤通交壤，湘水鱼来不费难。

发　武　昌

大江青雀部吹闻①，形胜隔江对面分②。西顾荆襄飞战舸③，东看吴楚落宫云。船浮赐马蛟龙见④，节拂风帆鸟鹊群。棹发中流心万里⑤，犹听金殿咏南薰⑥。

【注释】

①青雀：《方言》卷九："舟……或谓之鷁首。"郭璞注："鷁，鸟名也。今江东贵人船前作青雀，是其像也。"因称船首画有青雀之舟，泛指华贵游船。　部吹，两部鼓吹。

②形胜：谓地理位置优越，地势险要，山川壮美。

③荆襄：荆州、襄阳地区。　战舸：战船。

④赐马：康熙二十年辛酉二月十四日郝浴陛辞赴任广西巡抚，康熙帝曾御赐鞍马一匹。

⑤中流：江河中央；水中。

⑥金殿：指宫殿。　南薰：亦作"南熏"，指《南风》歌，相传为虞舜所作，歌

中有"南风之熏兮,可以解吾民之愠兮"等句。

江行寄赠梁玉立司农①

一

　　谁为卜夜开离宴②,满座春风倒玉缸③。国是剧临胸益坦,帝筹一借智无双④。六卿紫粉流云湿,百尺元龙气未降,渐苦遥思随水阔,江天无际对船窗⑤。

二

　　丝萝重叠护芝兰⑥,新好虽增旧晤难。正拟蕉林舒画卷⑦,胡停渔浦劝风餐⑧。镜含十面都忘水,月堕一钩好挂冠。只斯领悟生佳想,远道寒亲兴未阑⑨。

【注释】

　　① 梁玉立司农:梁清标(1620—1691),字玉立,一字苍岩,号蕉林、棠村,直隶正定(今属河北)人,生于明泰昌元年,卒于清康熙三十年。明崇祯十六年进士,官庶吉士。入清后,仍原官,寻授编修,累迁侍讲学士,兵、礼、刑、户部尚书,保和殿大学士。按,司农,官名,汉始置,掌钱谷之事,亦称大司农,为九卿之一。由魏至明,历代相沿。清代以户部司漕粮田赋,故别称户部尚书为司农。梁清标时任户部尚书,故称。

　　② 卜夜:《左传·庄公二十二年》载,春秋时齐陈敬仲为工正,请桓公饮酒,桓公高兴,命举火继饮,敬仲辞谢说:"臣卜其昼,未卜其夜,不敢。"后称尽情欢乐、昼夜不止为"卜夜"。　离宴:饯别的酒宴。

　　③ 玉缸:酒瓮的美称。

　　④ 借筹:指为人谋划。

　　⑤ 江天:江和天。多指江河上的广阔空际。

　　⑥ 丝萝:菟丝、女萝均为蔓生,缠绕于草木,不易分开,故诗文中常用以比

喻结为婚姻。　芝兰：芷和兰。皆香草。喻优秀子弟。

⑦ 蕉林：即蕉林书屋，为梁清标储藏珍品和友人宾客相聚的地方。

⑧ 渔浦：江河边打鱼的出入口处。

⑨ 未阑：未尽，未完。

江　雨

　　烟波极目八千里，尽日汹汹雨打船①。睥睨吞云疑浪卷，蛟龙出水伴人眠。风回戈濑将军喜②，日照伏波铜柱干③。不是圣朝勤远略④，先皇宗社欲瓯圆⑤。

【注释】

① 尽日：犹终日，整天。

② 戈濑(lài)将军：指戈船将军和下濑将军。汉武帝元鼎五年以归义越侯严为戈船将军，出零陵、下离水；以归义越侯甲为下濑将军，下苍梧，共击南越国。

③ 日照伏波铜柱干：见卷三《九日较射武闱》注。

④ 圣朝：封建时代尊称本朝，亦作为皇帝的代称。　勤远略：谓经略远方。《左传·僖公九年》："齐侯不勤德，而勤远略，故北伐山戎，南伐楚。"

⑤ 瓯圆：比喻疆土之完整。

沙洲晚泊有怀旧署诸老①

　　沙洲斜横蓼花香②，豸署回思几辈行③。数点遥山增晚翠④，一周平水卧残阳。皋夔自合忧廊庙⑤，獐疬仍惭窃稻粱。虽已执戈巡八桂⑥，葵情犹在衮龙旁⑦。

【注释】

① 沙洲：江河湖海里由泥沙淤积而成的大片陆地。

② 檥(yǐ)：停泊船只,使船靠岸。 蓼(liǎo)花：一年生草本植物,花粉红色。

③ 豸署：古代御史等执法官吏常戴獬豸冠,穿豸衣,借指御史官署。此指郝浴官居湖广道御史时的官署。

④ 晚翠：日暮时苍翠的景色。

⑤ 皋夔：亦作“皋蘷”。皋陶和夔的并称。传说皋陶是虞舜时刑官,夔是虞舜时乐官。后常借指贤臣。 廊庙：殿下屋和太庙,指朝廷。

⑥ 八桂：广西的代称。

⑦ 葵情：葵花向日而倾,因以比喻向往思慕的心情。 衮龙：帝王的朝服,即衮龙袍。借指皇帝。

汉武侯拜风台①

一

风借孤忠帝不违②,军麾十万逐西飞③。累朝拊髀思巾扇④,两阵交戈看指挥。壁醮霞光留火色⑤,江缠雪浪识天威⁽一⁾。至今露祷香堪爇⑥,谁拂流尘拜紫微⑦。

二

运掌安刘决此回,交参人鬼问风雷。三江白浪冲人起,万炬红燃照水来。龙气晓随天籥发⑧,豹头笑指垒门开⑨。神灵夜夜陪星斗,真有夔龙管乐才⑩。

【校记】

（一）江缠雪浪识天威：校本作“红缠雪浪识天威”。

【注释】

① 汉武侯拜风台：又称武侯宫。位于湖北咸宁赤壁遗址的南屏山顶。传说是诸葛亮祭东风的七星坛遗址。相传当年诸葛亮在此设祭坛、借东风、相助周瑜火攻，破曹操大军。后人筑台建宫，以资纪念。

② 孤忠：忠贞自持的人。诸葛亮"鞠躬尽瘁，死而后已"，故称。

③ 军麾：军中指挥用的旗。

④ 拊髀(fǔ bì)：以手拍股。表示激动、赞赏等心情。　巾扇：羽扇纶巾，即头戴纶巾、手持羽扇，相传诸葛亮在军中服此装束。

⑤ 醮(jiào)：设坛祈祷。　火色：似火的颜色，指赤红色。

⑥ 露祷香爇(ruò)：指焚香祈祷。爇，点燃、焚烧。

⑦ 紫微：即紫微垣。星官名，三垣之一。《晋书·天文志上》："紫宫垣十五星，其西蕃七，東蕃八，在北斗北。一曰紫微，大帝之座也，天子之常居也，主命主度也。"

⑧ 天籥(yuè)：星座名。属斗宿，共八星。《晋书·天文志上》："天籥八星在南斗柄西，主关闭。"

⑨ 垒门：军营的正门。

⑩ 夔龙：相传为舜的二臣。夔为乐官，龙为谏官。后用以喻指辅弼良臣。管乐：管仲与乐毅的并称，分别为春秋时齐国名相及战国时燕国名将。

水　宿①

黄昏戒止卧征篷，声鼓严宵第几通。珠贯繁星纷水白，帘穿萤火散书红。乡心入夜惟甘酒②，国器衔恩总热中③。起舞多回鸡未唱，空山斜引月朦胧。

【注释】

① 水宿：在舟中或水边过夜。

② 乡心：思念家乡的心情。

③ 国器：旧指可以治国的人才。　衔恩：受恩，感恩。

思　阙

　　粹白临戎帝业光，骢蹄雨点落炎荒。粗官入队精思苦①，
前席承恩清问长②。雅奏匡衡筹政本，痛陈魏相砥朝常。两阶
舞罢还思阙，鞭绕三声笏出囊。

【注释】

　　① 粗官：指武官。唐代重内轻外，凡不历台省便出任节镇者，人称粗官。

　　② 前席：《史记·商君列传》："卫鞅复见孝公。公与语，不自知膝之前于席也。"后以"前席"谓欲更接近而移坐向前。

读旧史靖远侯王忠毅新建伯王文成二公本传①

　　蛮部勋封旧史传，余姚束鹿两齐肩②。良知四照开藤
峡③，忠毅三回下麓川④。有欲多才终报国，当机格物尚回天。
伤心司马悲中贵⑤，白发书生共瓦全。

【注释】

　　① 靖远侯王忠毅：王骥（1377—1460），字尚德，直隶束鹿人。永乐四年（1406）进士，为兵科给事中，后使山西，迁山西按察司副使、顺天府尹、兵部右侍郎、兵部尚书等职，曾三征麓川，朝廷依之平苗乱。英宗北狩被俘，代宗亦宠礼之。天顺元年（1457）二月十八日南京总理军务。同年六月致仕。天顺四年五月卒，年八十三。追封靖远侯，谥忠毅。《明史·列传第五十九》有其传。　新建伯王文成：即明代大理学家王阳明，名守仁，字伯安，世称"阳明先生"，浙江余姚人。明弘治十二年（1499）进士，历任庐陵知县、刑部主事、兵部主事、吏部

主事、左金都御史、太仆少卿、江西巡抚、南京兵部尚书,一生文治武功俱称于世,以平定宁王朱宸濠叛乱敕封新建伯,卒谥文成。王阳明是我国明代中叶著名的学者、哲学家、教育家,"心学"的杰出代表。

② 余姚束鹿两齐肩:王阳明为浙江余姚人,王骥为河北束鹿(今属河北保定)人。故称。

③ 良知四照开藤峡:嘉靖七年(1528),王阳明以兵部右侍郎身份总督两广军务。在平定田州(今属广西百色)后,王阳明留驻南宁,奉命进击断藤峡(位于广西桂平)八寨土司武装。连破牛肠、六寺等寨,大败藤峡贼,八寨尽平。

④ 忠毅三回下麓川:明英宗正统年间,王骥曾三征麓川,朝廷依之平定苗民之乱。

⑤ 中贵:宦官。

放　目

国门廿四中书考,得泛三湘九水无。对面紫屏娇翡翠,弥天青草叫鹈鹕。神妃荐寝云生雨,宣庙挥毫画作图。何用更寻勾漏去,江山双碧锁丹炉。

思循良正印官

恩洒苍生列宿张,汉家封拜待循良。思春蔡氏千刀纸,谁种崇阳万树桑。尚喘呱声呼父母,可怜凶岁泣糟糠①。休言有脚阳春在②,膏髓何堪润一囊。

【注释】

① 凶岁:凶年,荒年。

② 有脚阳春：典出五代王仁裕《开元天宝遗事·有脚阳春》。唐宰相宋璟爱民恤物，时人称赞他像长了脚的春天，到处带来温暖。后遂用"有脚阳春"等称颂官吏的德政。

新　堤

　　自归州至荆州，堤长千里，名曰"新堤"。相君张江陵奏请神庙筑以障江湖者也①。堤内民田民庐凡数百万计。

　　新出丝纶白燕台②，堤绵千里护金房③。神宗天帑条鞭斥，太傅梓园瓠子长④。熟获十年一佃土⑤，春回五谷六岐乡。成平大智惊神禹⑥，郊鲧崇堤未是狂⑦。

【注释】

　　① 相君张江陵：张居正，字叔大，号太岳，湖广江陵（今属湖北）人，又称张江陵。明代政治家、改革家。嘉靖二十六年（1547）进士，由编修官至侍讲学士令翰林事。隆庆元年（1567）任吏部左侍郎兼东阁大学士。隆庆时与高拱并为宰辅，为吏部尚书、建极殿大学士。万历初年，与宦官冯保合谋逐高拱，代为首辅。时明神宗年幼，军政大事均由张居正主持裁决，前后当国 10 年，实行了一系列改革措施，清查地主隐瞒的田地，推行一条鞭法，改变赋税制度，使明政府的财政状况有所改善；用名将戚继光、李成梁等练兵，加强北部边防，整饬边镇防务；用潘季驯主持浚治黄淮，亦颇有成效。万历十年（1582）卒，赠上柱国，谥文忠。

　　② 丝纶：帝王诏书。详见卷一《人》注释⑭。

　　③ 金房：华堂。此指新堤内的民田民庐。

　　④ 神宗天帑条鞭斥：明神宗万历九年（1581），开始全面推行新的赋役制度，即一条鞭法。明中叶以后继续实行，清代因之。《续文献通考·职役二》："条鞭法者总括一州县之赋役，量地计丁，丁粮输于官。一岁之役，官为金募，力差则计其工食之费，量为增减；银差则计其交纳之费，加以增耗。凡额办、派办、

京库岁需与存留供亿诸费,以及土贡方物,悉并为一条,皆计亩征银,折办于官,故谓之一条鞭。"

⑤ 佃(diàn)土:租种土地。

⑥ 成平:和平,安宁。　神禹:夏禹的尊称,以治水而王。

⑦ 鲧:传说中古代部落酋长名,号崇伯,夏禹之父。曾奉尧命治水,因筑堤堵水,九年未治平,被舜杀死在羽山。

怀蔚州魏庸斋尚书①

各严门谒入新年,未许登龙已着鞭②。忠谠争传贞观政③,精微谁识了翁贤④。忘身反觉高名累⑤,为国宁求盛世邻。玉色鸢肩金殿上⑥,休辞屟影入尧天⑦。

【注释】

① 蔚州魏庸斋:即魏象枢(1617—1687),字环溪,号庸斋,蔚州人。顺治丙戌进士。参见卷一《魏庸斋先生偶述北溟于黄州之美,因赋数言为赠》注释①。

② 登龙:泛指升官。　着鞭:用以勉人努力进取。详见卷二《寿敬哉王宗伯》注释⑤。

③ 忠谠:忠诚正直。

④ 了翁:魏鹤山。

⑤ 忘身:奋不顾身,置生死于度外。三国蜀诸葛亮《前出师表》:"然侍卫之臣不懈于内,忠志之士忘身于外者,盖追先帝之殊遇,欲报之于陛下也。"

⑥ 玉色:对他人容颜的敬称,犹言"尊颜"。　鸢肩:谓两肩上耸,像鸱鸟栖止时的样子。

⑦ 尧天:《论语·泰伯》:"巍巍乎,唯天为大,唯尧则之。"谓尧能法天而行教化,后因以称颂帝王盛德和太平盛世。

湖湘寓目书事①

　　舟进至荆河口，西入荆门，属岷江；南望岳州，属洞庭；江湖交流，迤东一带山阜蜿蜒，曰七里山，曰城陵矶，曰擂鼓台，皆天兵垒门。安亲王深入长沙②，据贼腹心，顺承王力捍荆州。尚善贝勒、章泰贝子，直逼岳州③，干戈形势一目如画，真千年胜概也。

　　天威晓散一湖霜④，弩手千群射岳阳⑤。西顾荆门张八翼，南披岳麓锁三湘⑥。一宵决策擒元济⑦，千里纡筹问子房⑧。共喜圣人宁世道，可怜蜣臂恃恩亡⑨。

【注释】

　　① 寓目：犹过目，观看。

　　② 安亲王句：康熙十三年，吴三桂反，三藩之乱爆发。康熙帝亲命安亲王岳乐为"定远平寇大将军"，率师讨伐。康熙十五年，岳乐师克萍乡、薄长沙，湖南遂复。

　　③ 尚善贝勒、章泰贝子句：康熙十四年六月，康熙帝特派多罗贝勒尚善为"安远靖寇大将军"，同固山贝子章泰等率蒙古兵四千、旗下兵的一半攻取岳州。

　　④ 天威：帝王的威严，朝廷的声威。

　　⑤ 弩手：弓箭手。

　　⑥ 岳麓：山名，一称麓山。在湖南省长沙市郊，湘江西岸，因当衡山之足，故以麓名。　三湘：湖南湘乡、湘潭、湘阴（或湘源）合称三湘，一说潇湘、沅湘、蒸湘合称三湘。古人诗文中的三湘多泛指湘江流域及洞庭湖地区。

　　⑦ 一宵决策擒元济：即唐代李朔雪夜入蔡州擒吴元济的典故。唐大将裴度赞同节度使李朔的作战计划，派李朔雪夜奇袭蔡州，生擒吴元济，结束了淮西十多年的藩镇割据局面。

　　⑧ 千里纡筹问子房：张良辅佐汉高祖刘邦建立汉朝，刘邦曾称赞张良说："夫运筹帷幄之中，决胜千里之外，吾不如子房！"

⑨ 可怜蜣臂恃恩亡：意指吴三桂之流恃宠而骄，发动叛乱，必将走上自取灭亡的道路。

雨中上阳陵滩渐近洞庭

阳陵石卧水洄渊，万顷涛声落缆前。日月烟霞开水国，风云雷雨送官船。未央侧席忧黔首，晚岁挥戈入楚天。老矣文渊犹顾盼，敢无指画出方圆。

君 山①

喟仰英皇问水滨②，倩天终与帝为邻③。苍梧二圣攀龙驾④，斑竹千秋痛玉人⑤。六队青螺临镜晓，一轮明月走珠尘。计从孺慕双厘后⑥，生死于飞翼五伦。

【注释】

① 君山：在湖南洞庭湖口，又名"湘山"。北魏郦道元《水经注·湘水》："（洞庭）湖中有君山……湘君之所游处，故曰君山矣。"

② 英皇：帝舜二妃女英与娥皇的并称。

③ 倩（qiàn）天：《诗·大雅·大明》："大邦有子，倩天之妹。"意谓大国有一个女儿，好比天上的仙子。本为赞颂文王所聘之女太姒之语，后以"倩天"借指后妃、公主。

④ 攀龙：传说黄帝铸鼎于荆山下，鼎成，有龙下迎，黄帝乘之升天，群臣后宫从上者七十余人。余小臣不得上龙身，乃持龙髯，而龙髯拔落，并堕黄帝之弓。百姓遂抱其弓与龙髯而号哭。事见《史记·封禅书》。后用为追随皇帝或哀悼皇帝去世的典故。

⑤ 斑竹：一种茎上有紫褐色斑点的竹子，也叫湘妃竹。晋张华《博物志》卷

八："尧之二女,舜之二妃,曰湘夫人,帝崩,二妃啼,以涕挥竹,竹尽斑。"

⑥ 孺慕:爱戴,怀念。

洞 庭 得 风

清水清风满洞庭,高帆双曳走群灵。山分翠黛波渐绿,天放金乌雨乍停①。良久瀛洲真界见,斯须银汉一梭经。不匡恩假图南后,遮莫澄澜刷羽翎。

【注释】

① 金乌:古代神话传说太阳中有三足乌,因用为太阳的代称。

长沙府圣宫有铜铸五鼎各重千觔①
桑沧久历不知造自何代

洪钧无地铸三千②,庙出星沙五鼎传③。力绌万夫揖子路④,羹溘一匕哭颜渊⑤。敢镌圣祖循墙字⑥,徒哺寒儒餬口饘⑦。道丧近来惟紫拾,高呼升甲五云边。

【注释】

① 觔:同"斤"。

② 洪钧:指天。《文选·张华〈答何劭〉诗之二》:"洪钧陶万类,大块禀群生。"李善注:"洪钧,大钧,谓天也;大块,谓地也。言天地陶化万类,而群化禀受其形也。"

③ 星沙:长沙市的别名。

④ 子路:孔子弟子仲由(前542—前480),字子路,春秋时鲁国卞人。性情直爽勇敢,事亲孝,闻过则喜,长于政治。曾为季孙氏家臣,后任卫大夫孔悝邑

宰,在贵族内讧中被杀。

　　⑤ 颜渊:孔子弟子颜回(前 521—前 481),字子渊,亦颜渊,春秋末鲁国人,"孔门十哲"之首。《孟子·离娄下》:"颜子当乱世,居于陋巷,一箪食、一瓢饮;人不堪其忧,颜子不改其乐,孔子贤之。"

　　⑥ 循墙:沿墙。

　　⑦ 䬼口饘(zhān):吃粥,谓勉强维持生活。《左传·昭公七年》:"饘于是,鬻于是,以糊余口。"饘,稠粥。

长 沙 晚 泊

　　　白霞紫岫绕星沙,日泛三湘洗药槎。冲素何缘留橘叶,武
陵轻不放桃花①。四家书院经生散②,八境风烟落照斜③。只
可携群升岳足④,吹香亭畔一烹茶⑤。

【注释】

　　① 武陵轻不放桃花:晋陶潜《桃花源记》载,晋太元中,武陵渔人误入桃花源,见其屋舍俨然,有良田美池,阡陌交通,鸡犬相闻,男女老少怡然自乐。村人自称先世避秦时乱,率妻子邑人来此,遂与外界隔绝。后渔人复寻其处,遂不复得。

　　② 四家书院经生散:长沙岳麓书院,故址在湖南善化县(今长沙市)西岳麓山抱黄洞下。宋开宝九年(976)潭州太守朱洞初建讲堂和书斋。绍熙五年(1194),朱熹任湖南安抚使,加以兴复扩建,聘醴陵贡生黎贵臣充讲书执事,置田五十顷,学生多达千余人,为宋代四大书院之一。

　　③ 八境:指岳麓八景。前四景为:柳塘烟晓、桃坞烘霞、风荷晚香、桐荫别径。后四景为:花墩坐月、碧沼观鱼、竹林冬翠、曲涧鸣泉。　风烟:景象、风光。　落照:夕阳的余晖。

　　④ 岳足:岳麓山下。岳麓书院坐落于此。

　　⑤ 吹香亭:位于岳麓书院内。相传为宋代钟仙巢尚书所建,宋理宗亲书

"仙巢吹香亭"额。

楚大夫屈平庙

曲琼翠翘上声玉堂开,宋玉招魂向此来。名布人间争日月,忠沉湘水泣风雷。张仪诳楚舌安在,郑袖迷君粉已灰。满壁龙蛇犹问帝,纫兰披发使人哀。

舟入湖南忆朝回集金水桥

大起朝仪觐至尊,桥环金水护君门①。四聪岂复留余照②,九列终期进谠言③。面折几回卿相在④,襟虚两议是非存。今来只影重湖外,回首丹霄想旧恩⑤。

【注释】

① 金水:又名玉河,在北京市,为紫禁城的护城河。

② 四聪:能远闻四方的听觉。

③ 九列:九卿的职位。《汉书·韦玄成传》:"明明天子,俊德烈烈,不遂我遗,恤我九列。"颜师古注:"九列,卿之位,谓少府。" 谠言:正直之言,直言。

④ 面折:当面批评、指责。

⑤ 丹霄:帝王居处,朝廷。

舟行苦浅热

顿释惊涛见浅滩,汗多如水怨舟干。摘看网罟无鳞甲,遍

接风尘困羽翰。马软霜蹄悲草热,人添肺喘识风酸。鸠音款
乃穿江驿,直坠红轮未午餐。

粤　省

粤省名山付腐儒,身飘一叶万缘孤。柔毫染墨神犹王去
声,旧茗沾泉病少苏。知羡少游骑款段,却惭张翰思莼鲈①。
受恩无复能高卧,柳漾龙泉枉画图。

【注释】

① 莼鲈:《晋书·张翰传》:"翰因见秋风起,乃思吴中菰菜、莼羹、鲈鱼
脍。"比喻怀念故乡的心情。

江路湾曲苦热又迟马不到

不见骅骝烂锦郭①,日南水驿缆为缰②。帆随岸绕全迷
向,船逐江回尽望乡。九曲胡为清见底,一阴安得露为霜。回
思督亢空群处③,尽是青云骤马场④。

【注释】

① 骅骝(huá liú):周穆王八骏之一。这里泛指骏马。　锦郭:即锦步障,
遮蔽风尘或视线的锦制屏幕。

② 日南:汉置,即秦时所设象郡。颜师古《〈汉书·地理志〉注》曰:"言其
在日之南,所谓开北户以向日者。"其地在今越南。　水驿:水上驿路。

③ 督亢:古地名,战国燕的膏腴之地。今河北省涿州市东南有督亢陂,其
附近定兴、新城、固安诸县一带平衍之区,皆燕之督亢地。　空群:典出韩愈
《送温处士赴河阳军序》:"伯乐一过冀北之野,而马群遂空。"后因以"空群"比

喻人才被选拔,或指超群。

④ 骤马:使马奔驰,纵马。

遣　兴

流坎何如师四时,天当开处任吾之。遥山如写还如画,细雨千丝与万丝。每过兰皋迎水馥①,未尝萍实见瓜疑②。湘帘自卷无穷碧③,积翠盈盈上酒卮④。

【注释】

① 兰皋:长兰草的涯岸。《楚辞·离骚》:"步余马于兰皋兮,驰椒丘且焉止息。"朱熹集注:"泽曲曰皋,其中有兰,故曰兰皋。"

② 萍实:汉刘向《说苑·辨物》:"楚昭王渡江,有物大如斗,直触王舟,止于舟中。昭王大怪之,使聘问孔子。孔子曰:'此名萍实,令剖而食之,惟霸者能获之,此吉祥也。'"后遂以"萍实"谓甘美的水果。

③ 湘帘:用湘妃竹做的帘子。

④ 积翠:指青山。　酒卮:盛酒的器皿。

湘潭怀古

浪说潭州鱼米方,空余名德度沧桑。考亭仁在梅山洞,直院春归慈幼仓。欧氏尚闻留墨妙,紫岩不复卧湘乡。至今一上清风阁,惟有泉声送晚香。

湘潭游凤竹庵①

遥览军书画鹳催②,还披精舍访黄梅③。身于百丈缁尘见④,帆打千寻白浪来⑤。曲径穿时声玉磬⑥,回廊尽处扫香台⑦。夭娆更有无穷紫,都傍葵花捧日开。

【注释】

① 凤竹庵: 位于湘潭市区雨湖的南岸。

② 画鹢:《淮南子·本经训》:"龙舟鹢首,浮吹以娱。"高诱注:"鹢,大鸟也。画其像著船头,故曰鹢首。"后以"画鹢"为船的别称。

③ 精舍: 道士、僧人修炼居住之所。 黄梅: 佛教禅宗五祖弘忍(602—675),蕲州黄梅人,七岁跟随道信(580—651)出家,尽传其禅法,人以黄梅称之。

④ 缁尘: 黑色灰尘。常喻世俗污垢。

⑤ 千寻: 古以八尺为一寻。"千寻"与上句"百丈"用以形容极高或极长。

⑥ 玉磬: 佛寺中召集僧众所用的法器的美称。

⑦ 香台: 烧香之台,佛殿的别称。

神禹岣嵝碑①

万水东归谁不见,尚烦岣嵝一碑镌。祝融峰下苔封没②,嘉定年中樵客传③。盍往三门歌禹贡④,却同九鼎问桑田⑤。寄声海内文章伯,苦苦钩摹负圣贤⑥。

【注释】

① 神禹岣嵝碑: 原刻于湖南省南岳衡山岣嵝峰,故称"神禹岣嵝碑",原迹已无存。相传此碑为颂扬大禹遗迹,亦称"禹碑""禹王碑""大禹功德碑"。

② 祝融峰,为南岳衡山七十二峰的最高峰。

③ 嘉定年中樵客传: 南宋嘉定五年(1212),何致游南岳时,临拓岣嵝碑全文,复刻于长沙岳麓山云麓峰。

④ 三门: 山名,一名三门山,又名砥柱,在河南陕县东北的黄河之中。相传禹开三门。金代王渥《三门津》诗:"大河三门险,神禹万世功。"

⑤ 九鼎：相传夏禹铸九鼎，象征九州岛，夏、商、周三代奉为象征国家政权的传国之宝。

⑥ 钩摹：勾画描摹。

粤　荒

不宦犹深已溺情，何堪满耳阿翁声。读书常是羞胡广①，草疏方知媿贾生②。睿继重离三至折③，手援五岭一军惊。救荒曾有何奇策，回首尧仁望玉京④。

【注释】

① 胡广（90—172）：字伯始，南郡华容（今属湖北潜江县）人。少年丧父，家贫苦读元初中，举孝廉，试章奏第一，除郎中，拜尚书郎，迁左丞。桓帝元嘉初，致仕，寻以特进征拜太常，征拜太史大夫、太常，代许栩为司徒。汉灵帝即位，复故封，代陈蕃为太傅，录尚书事。灵帝熹平元年卒，年八十二。谥文恭。

② 贾生：指贾谊。西汉著名的政论家，力主改革弊政，提出许多重要政治主张，但遭谗被谪，贬为长沙王太傅，后为梁怀王太傅，一生抑郁不得志。　媿（kuì）：惭愧。

③ 重离：《易》离卦为离上离下相重，故以"重离"指太阳，继而指帝王。

④ 玉京：指帝都。

行次湘南览昭烈本纪①
见暂营公安裔分桂阳武陵诸郡感赋二首

一

中天吴会帝都蟠②，局促公安尚未安。天下英雄惟帝室③，一时高捷有曹瞒④。方看斜谷旗枪倒⑤，不信荆门锁钥寒。满目桃花成旧恨,卧龙无计请回銮⑥。

二

武担警跸紫微明⑦,扈从千官濯锦城⑧。诸葛洞开丞相府,关张各受羽林兵。神灵高庙遥生喜⑨,割据群豪尽吃惊。天下属刘非此日,益州师出有声名。

【注释】

① 昭烈:指三国蜀汉开国之君刘备,谥昭烈。刘备在赤壁之战后取荆南四郡(武陵郡、长沙郡、桂阳郡及零陵郡),并在刘琦病死后占领荆州,屯兵公安(属武陵郡)。以此为基础吞并益州,占领汉中,建立蜀汉政权。

② 中天吴会帝都蟠:三国时孙吴政权定都建业(今江苏南京)。南京城依钟山、濒长江,历来称为虎踞龙蟠,形胜之地。

③ 帝室:皇室,皇族。此言刘备出身汉室皇族。刘备世称刘皇叔,为汉景帝之子中山靖王刘胜的后代。

④ 曹瞒:曹操小字阿瞒,因呼为曹瞒。《三国志·魏志·武帝纪》:"汉相国参之后。"裴松之注引《曹瞒传》:"太祖一名吉利,小字阿瞒。"

⑤ 斜谷:山谷名。在陕西省终南山。谷有二口,南曰褒,北曰斜,故亦称褒斜谷。全长四百七十里。两旁山势峻险。扼关陕而控川蜀,古来为兵家必争之地。

⑥ 满目桃花二句:关羽战死,荆州被孙权夺取,刘备大怒,于称帝后伐吴,在夷陵之战中大败,被迫撤退,于途中病逝于白帝城。

⑦ 武担:山名。在四川省成都市城内西北隅。《三国志·蜀志·先主传》:"(刘备)即皇帝位于成都武担之南。" 警跸:古代帝王出入时,于所经路途侍卫警戒,清道止行,谓之"警跸"。

⑧ 濯锦城:成都的别称,即锦官城。濯锦江名。

⑨ 高庙:宗庙。《后汉书·光武帝纪上》:"(光武建武二年正月)壬子,起高庙,建社稷于洛阳,立郊兆于城南。"李贤注:"光武都洛阳,乃合高祖以下至平帝为一庙,藏十一帝主于其中。"

渔 父

金钩香饵制文梭,小掌丝纶随意过。映水紫鳞清赏惯①,
投缯白服放回多②。五湖谁载如花伴③,三户空闻鼓枻歌④。
良久月生钩落水,碧天万古一渔蓑⑤。

【注释】

① 清赏:指幽雅的景致。

② 白服:古代的便装。

③ 五湖谁载如花伴:春秋末越国大夫范蠡,辅佐越王勾践灭亡吴国,功成
身退,携西施乘舟以隐于五湖。见《国语·越语下》。

④ 鼓枻(yì):划桨,谓泛舟。

⑤ 渔蓑:渔人的蓑衣。

回 雁 峰 有 感①

身穷寒暑试炎霜,系雁还来回雁乡。雁起冰虫惊满座,雁
回火鼠戏升堂。苦无四气随身备,可奈三苗尽我疆。堪破纷
华仍跃马②,柔徕深恐圣怀伤③。

【注释】

① 回雁峰:南岳衡山七十二峰之首。位于湖南衡阳市南区,湘江西岸。相
传北雁南飞,至此歇翅停回,故名回雁峰。

② 纷华:繁华,富丽。

③ 徕(lài):慰劳。 圣怀:皇帝的心意。

采问衡湘间米价民风①

　　湘南米富稻花香,闽客归诚散楚疆。细屦花缠疑是蒉②,蠹鱼墨染不成装③。帆悬布素鲸鲵突,声剪鹓鸪春臼忙④。好度米船山枣驿,全州今设太平仓。

【注释】

　　① 采问:搜集访问。

　　② 蒉(kuì):草鞋。

　　③ 蠹鱼:借指书籍。

　　④ 鲸鲵:即鲸。雄曰鲸,雌曰鲵。

雪　暑

　　帆影翘翘晚照红,正无风处忽生风。龙提湖海升虚界,电掣虹蜺沁水中①。潇洒片时成变化,清凉依旧出虚空。坐看暑雪人皆立,万顷蟾光涌月宫②。

【注释】

　　① 虹蜺:亦作“虹霓”。为雨后或日出、日没之际天空中所现的七色圆弧。虹蜺常有内外二环,内环称虹;外环称蜺。

　　② 蟾光:月色,月光。

舟　居

　　葛帷昨夜守河魁①,水报邮签不胫催②。圣米香生一箸软,客怀笑逐百花开。舟移镜里须眉见,人歇橘洲风月陪③。
三楚烟霞穿欲透,前船犹未掉头回。

【注释】

① 河魁:古代主将设置军帐的方位。唐李白《司马将军歌》:"身居玉帐临河魁,紫髯若戟冠崔嵬。"

② 邮签:亦作"邮籖",驿馆驿船等夜间报时的更筹。

③ 橘洲:洲名,在今湖南长沙西湘江中,多美橘,故名。今称"橘子洲"。北魏郦道元《水经注·湘水》:"湘水又北径南津城西,西对橘洲。"

衡湘观秋获

衡山县北阻风,值岸民割早稻,为松盆落其实,名曰"稻筒"。而晚禾方青颖发穗,一望弥川,池开蘦莒,华实香色自艳无人之境,可爱也。又闻衡沙永宝田皆不粪溽莽灌之,可数倍获,今年颇熟。其米船自衡州下汉口,顺水不过十五日。若中州、江西、南及东西粤、蜀有荒,皆可转济。至尊闻之,天颜当为一霁也。

一

百能采饷资晨炊,正见湘禾晒米时。脱颖勾芒齐结穗,归春雪粒欲流匙。谁田紫稻三千亩,自发红蕖千万枝。藏富在民君益贵,赭黄粉米映丹墀①。

二

粤省交疆入楚天,三湘凶稔到西偏。钱流地上还谁见,土贱黄金是某年。忧国大农欣上熟,富民丞相爱优蠲②。风吹五稼今皆秀,奏凯仍于大有前③。

【注释】

① 丹墀(chí):古时宫殿前的石阶,因其以红色涂饰,故名丹墀。

② 优蠲(juān):从宽免除。

③ 大有:丰收。

野人饷藕粹白无双

𱕊拿□手之拳然,炉粉披香上客船。折节妙生千虑窍,群龙密卧百花天。玉人金串还笼否?香象灵牙得花穿。不是野人深觅取,潇湘那见藕如椽。

游　衡　岳

又乘风浪过长沙,名水名山放晓衙。数卷诗书酬世界,一回风月入烟霞。松青相国牙签宅,藤紫香冈处七家。此日万峰俱顶露,芙蓉木末见开花。

入南岳石路古松皆千百年物

不耐舟师土语嘈①,一披天路万松高。晴潮海口钱塘月②,雨洒龙鳞绿凤毛③。旧翠尚留前代色,浓阴难洗大夫劳。几回箕踞山村下④,能逐香风卧酒槽。

【注释】

① 舟师：船夫，舵手。

② 海口：通海的出口，即内河通海之处。

③ 龙鳞：松桧之属。松桧之皮如龙鳞，故称。

④ 箕踞：一种不拘礼节的坐姿，即随意张开两腿坐着，形似簸箕。

六月十三日登南岳祝融峰绝顶①
见日出入奇骇万状向来观日所未曾有也

红尘暑满五峰寒，呼吸高深顿改观。陆涌神鳌衔火镜②，
金溶紫海见还丹。欲探岣嵝三才密③，不舍祝融五彩蟠。何幸
风雷收大麓，高空斜倚石栏杆。

【注释】

① 祝融峰：为南岳衡山七十二峰的最高峰。相传上古祝融氏葬此，故
名。康熙二十年辛酉六月十三日（公元 1681 年 7 月 27 日），郝浴登祝融峰
观日出。

② 火镜：指太阳。

③ 岣嵝（gǒu lǒu）：岣嵝峰，衡山七十二峰之一，在衡阳市北，为衡山主峰。

会　仙　桥①

片石翘然揖众仙，妙高峰外一梁悬。行空天马宁遗舄②，
笑逐洪崖会拍肩③。青鸟不传长乐信④，明河安用鹊乌填⑤。
共来疑信皆佳话，见此登临傲偓佺⑥。

【注释】

① 会仙桥：俗名试心桥，又叫仙人桥，因乃群仙聚会之所而得名。位于南岳衡山祝融峰顶。

② 舄(xì)：指鞋。

③ 洪崖：传说中的仙人名，黄帝臣子伶伦的仙号。晋郭璞《游仙诗》之三："左挹浮丘袖，右拍洪崖肩。"

④ 青鸟：神话传说中为西王母取食传信的神鸟。后遂以"青鸟"为信使的代称。

⑤ 明河：天河，银河。

⑥ 偓佺(wò quán)：古代传说中的仙人。详见前 77 页《入葛山有怀》注释㉓。

岳　麓

古传浮湘可九面见岳，故七十二峰深浅参差，皆有水田层抱其足，香秔翠蔼，迎暑出穗。又见苍松紫藤密遮谷口，在竹篱云天间，大抵皆寿民石隐也。以视西湖、山阴差少桥舟耳，然人朴土肥，实冠二浙。五岳之中，华最贵，而衡最富，因以告海内抱向平之愿者云。

仓厕曾惊下蔡忙，青山何处卧羲皇。鹧鸪似劝游山客，薜荔真牵陌路狂。饱食黄精颜可驻，高眠紫盖月生凉①。漫言巢许尘轩冕②，岣嵝苍梧有帝王③重华伯禹亦曾倦勤此土也④。

【注释】

① 紫盖：紫色车盖。帝王仪仗之一。借指帝王车驾。

② 巢许：巢父和许由的并称。

③ 岣嵝：衡山七十二峰之一，在湖南省衡阳市北。为衡山主峰，故衡山又名岣嵝山。古代传说，禹曾在此得金简玉书。　苍梧：《史记·五帝本纪》载：

"舜南巡狩,崩于苍梧之野,葬于江南九疑,是为零陵"。

④ 重华:舜的美称。　伯禹:夏禹。《书·舜典》:"伯禹作司空。"孔颖达疏引贾逵曰:"伯,爵也。禹代鲧为崇伯,入为天子司空,以其伯爵,故称伯禹。"

小　舟

高牙大水拥艅艎①,几度移舟四斗舱。瘴雨兼雷翻舴艋②,蛮烟带火鼓风箱③。共愁阳鸟随金化④,谁料伏波为语伤⑤。最是凇江一线险,于于犯暑入他乡⑥。

【注释】

① 高牙:大纛,牙旗。《文选·潘岳〈关中诗〉》:"桓桓梁征,高牙乃建。"李善注:"牙,牙旗也。兵书曰:牙旗,将军之旗。"　艅艎:吴王大舰名,后泛称大船、大型战舰。

② 舴艋:小船。《广雅·释水》:"舴艋,舟也。"王念孙疏证:"《玉篇》:'舴艋,小舟也。'小舟谓之舴艋,小蝗谓之蚱蜢,义相近也。"

③ 蛮烟:南方少数民族地区山林中的瘴气。

④ 阳鸟:鸿雁之类候鸟。《书·禹贡》:"彭蠡既猪,阳鸟攸居。"孔传:"随阳之鸟,鸿雁之属。"孔颖达疏:"此鸟南北与日进退,随阳之鸟,故称阳鸟。"

⑤ 谁料伏波为语伤:指东汉伏波将军马援南征凯旋归来时带回几车薏苡种。在他死后,有人诬告他带回的是搜刮来的大量明珠,又称"薏苡之谤"。据《后汉书·马援传》载:"初,援在交趾,常饵薏苡实,用能轻身省欲,以胜瘴气。南方薏苡实大,援欲以为种,军还,载之一车。时人以为南土珍怪,权贵皆望之。援时方有宠,故莫以闻。及卒后,有上书谮之者,以为前所载还,皆明珠文犀。"

⑥ 于于:多难,屈曲的样子。汉扬雄《太玄·饰》:"白舌于于屈于根。"范望注:"于于,多难之貌。"　犯暑:做违反夏季时令的事。

粤　俗

　　亲承天语柔新粤[①]，兀兀宵吟手倒叉。苏客谩居金翠鸟，
楚商好贩木棉花[②]。虽经礼乐仍如鬼[③]，除却干戈不做家。疑
是昔贤留护国，不教侵瘴入蜂衙[④]。

【注释】

　　① 亲承天语柔新粤：此指郝浴受诏巡抚广西。天语，谓天子诏谕。

　　② 木棉：落叶乔木。先叶开花，大而红，结卵圆形蒴果。种子的表皮有白
色纤维，质柔软，可用来装枕头、垫褥等，广西多产此木。《太平御览》卷九六〇引
晋·郭义恭《广志》："木绵树赤华，为房甚繁，偪则相比，为绵甚软，出交州永昌。"

　　③ 礼乐：礼乐教化。古代帝王常用兴礼乐为手段以求达到尊卑有序远近
和合的统治目的。

　　④ 侵瘴：瘴气侵袭。　蜂衙：旧时官吏到上司衙门排班参见，如群蜂早晚
聚集。

江行石子上磷磷有声

　　石子如鳞玉砌平，江清有底岸无名。飞来风雨零陵燕，曳
去喧哗楚国珩。注黍行舟成旧恨，衔精填海见□生[①]。侏民厉
齿乡风陋，回首金銮八柱擎。

【注释】

　　① 衔精填海：《山海经·北山经》："炎帝之少女名曰女娃。女娃游于东
海，溺而不返，故为精卫，常衔西山之木石，以堙于东海。"

又江行平石上

江底大石席铺纵横，缝界如画，清浅平流，游鱼可数，疑上古神工墁路，而湘江夺为已有也。

大石云铺巨掌摩，清江二尺漫银河。麻姑桑海惊乘传[①]，王母瑶池许棹歌[②]。憔悴尚怜好境界，空明谁复慎风波。莫愁日下三吴尽，九股高源留正多。

【注释】

① 麻姑：神话中仙女名。传说东汉桓帝时曾应仙人王远（字方平）召，降于蔡经家，为一美丽女子，年可十八九岁，手纤长似鸟瓜。蔡经见之，心中念曰："背大痒时，得此爪以爬背，当佳。"方平知经心中所念，使人鞭之，且曰："麻姑，神人也，汝何思谓爪可以爬背耶？"麻姑自云："接侍以来，已见东海三为桑田。"又能掷米成珠，为种种变化之术。事见晋葛洪《神仙传》。

② 瑶池：古代传说中昆仑山上的池名，西王母所居。

舜 陵

黄帝在涿鹿[①]，尧在平阳[②]，文武在咸阳北阪[③]，神农在鄠县[④]，舜在零陵[⑤]，禹在会稽[⑥]，周公西陪文武[⑦]，孔子及四圣在曲阜、邹县[⑧]，伏羲在陈州[⑨]，汤在亳州[⑩]，数圣人周天下一遭，皆我榻视八荒也[⑪]。

古皇皓首尚忧民[⑫]，五岳分留万岁春。日丽九嶷知孝子[⑬]，湘浮二女见忠臣[⑭]。苍梧想像箫韶凤[⑮]，象郡终归稼穑人[⑯]。揖让间随流水去[⑰]，当初苗鲧是芳邻[⑱]。

【注释】

① 涿鹿：地名,故城在今河北省涿鹿县南。黄帝曾与蚩尤战于涿鹿之野。又据《史记》记载,黄帝杀蚩尤、败炎帝后,即建都于涿鹿。

② 平阳：山西临汾古称平阳,相传为帝尧之都。今当地有尧庙。

③ 文武：指周文王与周武王。二人逝世后都葬在陕西咸阳。

④ 酃(líng)县：地名,在湖南东部,今改作炎陵县。相传炎帝神农氏安葬于此。

⑤ 零陵：今属湖南永州。《史记·五帝本纪》载:"舜南巡狩,崩于苍梧之野,葬于江南九疑,是为零陵。"

⑥ 会稽：今浙江绍兴。相传禹大会诸侯于此,故名会稽。禹死后葬于会稽。

⑦ 周公西陪文武：周公姬旦为周文王之子、周武王之弟,死后与周文王、周武王皆葬于咸阳。

⑧ 四圣：孟子被尊为"亚圣",孔子的弟子颜回被尊为"复圣",曾参被尊为"宗圣",子思被尊为"述圣"。四圣及孔门十二哲皆配享孔庙。今山东曲阜有孔府、孔庙、孔林,而孟子故乡山东邹县有孟府、孟庙、孟林。

⑨ 陈州：今河南淮阳。相传人文始祖伏羲(太昊)建都于陈州,正姓氏,制嫁娶,为中华远古文明之肇始。淮阳当地有太昊陵。

⑩ 亳州：今属安徽。公元前 16 世纪,商王汤建都于此。《史记》载:"自契至成汤八迁,汤始居亳"。当地的"汤陵"传为商汤之墓。

⑪ 八荒：八方荒远的地方。《汉书·项籍传赞》:"并吞八荒之心。"颜师古注:"八荒,八方荒忽极远之地也。"

⑫ 皓首：白头,白发,谓年老。

⑬ 九嶷：即九嶷山,也作九疑山、苍梧山,位于湖南省南部,因山有九峰,皆相似,行游者疑惑,故名。相传上古帝王舜葬于此。

⑭ 湘浮二女：指帝尧的女儿、帝舜的妃子娥皇和女英。相传舜去世后,二妃悲痛不已,没于湘水。

⑮ 箫韶：帝舜制有乐曲《箫韶》。《书·益稷》:"《箫韶》九成,凤凰来仪。"

⑯ 稼穑人：从事农业耕作的人。

⑰ 揖让：禅让,让位于贤。

⑱ 苗鲧：指上古的三苗部族及大禹的父亲鲧。尧命鲧治水，三苗部落辅佐鲧治水，献导引和筑堤之策，鲧不纳，遂治水九年不成。

过岭入粤逢立秋①

青山四面逢人立，无路行时又路开。十里风涛翻翠盖②，三分雪色忆寒梅。权将暑气湘中散，亲引秋风岭外来。不到桂林花放日，已疑潇洒近蓬莱。

【注释】

① 此诗做于康熙二十年辛酉立秋日，农历六月二十四日，即公元 1681 年 8 月 7 日。郝浴前往就任广西巡抚，已进入广西境内。

② 翠盖：指形如翠盖的植物茎叶。

斋宿湘山寺①

不为开诚悟日南②，何缘觅定入湘庵。凋残宁忍佳兵间，辛苦应从节使甘。曲磴廊回花正紫③，殊方僧化顶犹蓝④。心斋一夜流尘扫⑤，声鼓云霄静客谈。

【注释】

① 湘山寺：位于广西全州西一公里处的湘山脚下，始建于唐至德元年（756），初名"净土院"，历唐、宋、明、清、民国，至今已有 1250 多年，后屡遭兵燹战祸，四周峰林蓊郁，岩洞幽深。在寺前可一览全州城风光无余。

② 开诚：推诚相待，表明诚意。 日南：汉置，即秦时所设象郡。颜师古《〈汉书·地理志〉注》曰："言其在日之南，所谓开北户以向日者。"其地在今越南。

③ 磴(dèng)：石阶,石路。

④ 殊方：远方,异域。

⑤ 心斋：谓摒除杂念,使心境虚静纯一。流尘：飞扬的尘土。

全 州 道 中 松

自全州抵省三百里,皆合抱大松夹路。路以石墁,直贯全省①,深阻田露,庶天兵易下,想见秦汉来服粤规模。至翠擎华盖,示我周行,又天下□□也。

当年岭外归秦路,海尉拦时犹是新②。再遣西京崇信使③,无将黄屋老夫臣④。苍龙密护朝元驿⑤,魋结惊回舞羽春⑥。万古清阴凋不去⑦,多年风雨化龙鳞⑧。

【注释】

① 墁：把砖、石等铺饰在地面上。

② 当年岭外二句：秦始皇平定岭南,置桂林、南海、象郡,以任嚣为南海尉、赵佗为龙川令,留守岭南,并调大量中原人迁往岭南,与越人杂居。公元前210年,陈胜、吴广起义,南海尉任嚣死后龙川令赵佗代行南海尉事,诛杀秦官,绝道聚兵自守。公元前207年,赵佗击并桂林、象郡,建南越国。

③ 西京：古都长安名,即今西安。 崇信：崇尚信义。

④ 黄屋：帝王的代称。 老夫臣：赵佗自称。

⑤ 朝元：古代诸侯和臣属在每年元旦贺见帝王。

⑥ 魋结：即"魋髻",结成椎形的髻。《史记·郦生陆贾列传》："陆生至,尉他魋结箕倨见陆生。"司马贞索隐："谓为髻一撮似椎而结之,故字从结。" 舞羽：古代一种乐舞,手执翟雉的尾羽而舞蹈。《周礼·春官·钥师》："钥师,掌教国子舞羽龡钥。"郑玄注："文舞有持羽吹钥者……《诗》云：'左手执钥,右手秉翟。'"

⑦ 清阴：清凉的树阴。

⑧ 龙鳞：松桧之属。松桧之皮如龙鳞，故称。

七月二十二日桂林署中拜疏①

香贯书前奏九重②，寸诚亲掬入丹封③。无由对御酬清
问④，却想开缄赐笑容⑤。落案旧章随火结，穿山新驿报边冲。
此中咨决谁应鉴⑥，舜日高临一万峰⑦。

【注释】

① 此诗作于康熙二十年七月二十二日（公元 1681 年 9 月 4 日）。拜疏：上
奏章。

② 九重：指帝王。

③ 寸诚：微诚。此为谦称。

④ 清问：清审详问。《书·吕刑》：“皇帝清问下民，鳏寡有辞于苗。”孔颖
达疏：“帝尧清审详问下民所患。”

⑤ 开缄：开拆（函件等）。

⑥ 咨决：谓断决。

⑦ 舜日：即舜日尧年，尧与舜均为古代贤君，比喻升平盛世。

桂省看山独旧藩门前尽得其妙

群山四野参差见，坐向藩衙秀始齐。粉堞周遭阛占踞①，
青天恰好露端倪。云穿石罅蟠龙脉②，风度花香尽木樨③。闻
道邹枚曾授简，梁园谁把聚奎题④。

【注释】

① 粉堞（dié）：用白垩涂刷的女墙。

②　石鏬(xià)：石缝。　蟠龙：盘伏的龙。《尚书大传》："蟠龙贲信于其藏,蛟鱼踊跃于其渊。"郑玄注："蟠,屈也。"

③　木樨：同"木犀"。指木犀花。

④　闻道邹枚二句：北魏郦道元《水经注·睢水》："梁王与邹、枚、司马相如之徒极游于其上。"邹枚,汉代邹阳、枚乘的并称。两人皆以才辩著名当时,后因以借指富于才辩之士。

怀潜庵快圃愚山三侍读

幽兰话尽心难尽,各抱传书密翠微。肖说图从天授起,如龄风拂讲筵归。那行朗玉惊新语,徒苦蛮烟甚旧非。月涌三江秋渐老,空衙永夜敞双扉。

不复晤垣台诸友怅然有作

记当分合补龙文①,晓立霜花玉一群。气涌含香三殿彻②,声传鸣鹤九天闻③。政期未报迟三月,国是同争足几分。部省近来兴革未,诸公对仗我从军④。

【注释】

①　龙文：在此比喻雄健的文笔。语出唐韩愈《病中赠张十八》诗："龙文百斛鼎,笔力可独扛。"

②　含香：古代尚书郎奏事答对时,口含鸡舌香以去秽,故常用指侍奉君王。

③　鸣鹤：典出《易·中孚》："鹤鸣在阴,其子和之。"王弼注："立诚笃至,虽在暗昧,物亦应焉。"后以比喻诚笃之心相互应和。　九天：在此指皇帝。

④ 对仗：谓当廷奏事。古时皇帝坐朝听政，必设仪仗，百官当廷言事，无所隐秘，故称。

寄昊庐绛堂玉阶三学士

绮黄未洗纵横气，王魏空于师分多。帝简青臣兼礼乐，天回玉色接中和。幸来四学高明极，问向三疑仁义过。好共储皇尊圣教①，道先董贾后萧何。

【注释】

① 圣教：旧称尧、舜、文、武、周公、孔子的教导。

桂省逢丁祀谒圣①

桂海秋香碧落森②，宫墙日月仰千寻③。周流不辨回车处，坐奠如闻倚杖吟。隆额当筵冲紫气，及门一色铸黄金。谁知鹤岭银江外，通有师承孔孟心。

【注释】

① 丁祀：旧时于每年阴历二月、八月第一个丁日祭祀孔子，称丁祀。隋唐日制不一，隋文帝时一年有四祭，唐武德年间改用中丁日祭祀，唐开元年后专用春、秋二仲的上丁日举行祭祀。

② 碧落：天空；青天。

③ 宫墙：《论语·子张》："叔孙武叔语大夫于朝曰：'子贡贤于仲尼。'子服景伯以告子贡。子贡曰：'譬之宫墙，赐之墙也及肩，窥见室家之好。夫子之墙数仞，不得其门而入，不见宗庙之美，百官之富。'"后因称师门为"宫墙"。　千寻：古以八尺为一寻。"千寻"，形容极高或极长。

桂 林 城

一

苍翠横斜筑桂城,旌旗插处怒云生。当关虎豹头头出,负郭人家面面惊。百雉为山从石寝,五衢何日见人行①。如天共喜今垂拱②,正好高冈有凤鸣③。

二

石架危楼接太清④,一声画角紫霄晴⑤。人游交趾安南界⑥,鸟向三江五岭鸣⑦。愧视民伤难望岁⑧,乍临天险易谈兵。半生遥落惊心眼,云白山青看桂城。

三

谢使画疆原盛事,同仁益复有巍功。风清独秀朝群岭⑨,龙喜双江会大融⑩。桂管唐开经略在⑪,始安隋下指挥同⑫。纵看九郡十三部⑬,共在吾皇雨露中。

四

王会梯航款玉京⑭,各天环海呼嵩声⑮。真珠金锁通朝使,藤甲竹弓拥护兵。名城自照千山翠,为政谁如一镜明。共起絃歌迎化日⑯,贤良努力造升平。

【注释】

① 五衢:通五方的大路。

② 垂拱:谓两手重合而下垂,表示恭敬。《礼记·玉藻》:"凡侍于君,绅垂,足如履齐,颐溜,垂拱,视下而听上。"孔颖达疏:"拱,沓手也。身俯则宜手沓而下垂也。"

③ 凤鸣：凤凰鸣唱，比喻优美的乐声。

④ 危楼：高楼。太清：天空。

⑤ 画角：古管乐器，其声哀厉高亢，古时军中多用以警昏晓，振士气，肃军容。帝王出巡，亦用以报警戒严。　紫霄：高空。

⑥ 交趾：原为古地区名，泛指五岭以南。汉武帝时为所置十三刺史部之一，辖境相当今广东、广西大部和越南的北部、中部。东汉末改为交州。越南于十世纪三十年代独立建国后，宋亦称其国为交趾。　安南：秦属象郡。汉交趾、日南二郡界。唐为交州，置安南都护府。清嘉庆八年（1803），安南国始改称越南。

⑦ 三江：指两广境内的西江、北江、东江。

⑧ 望岁：盼望丰收。《左传·昭公三十二年》："闵闵焉如农夫之望岁，惧以待时。"杨伯峻注："岁谓丰收。"

⑨ 独秀：独秀峰，亦名独秀山、紫金山，在桂林市中心王城内，以平地孤拔，无他峰相属而得名。

⑩ 双江：指围绕桂林市的漓江与桃花江两江。

⑪ 桂管唐开经略在：广西为岭南边地，唐时曾划分过三大行政管理区，即桂管（今桂林）、邕管（统管邕、横、贵、宾四州）、容管（今容县）三管。

⑫ 始安：始安郡。三国孙吴分零陵郡设置，治始安，即今广西桂林。

⑬ 九郡十三部：汉武帝元鼎六年（前111）平定南越国，把岭南三郡析为九郡（南海、苍梧、郁林、合浦、交趾、九真、日南、珠崖、儋耳），与全国分部、郡、县三级制一致。为了便于监督各郡官吏，又加设刺史部为监察区，全国分十三部，南方九郡即置刺史，称交趾刺史部。

⑭ 王会：诸侯、四夷或藩属朝贡天子的聚会。语本《逸周书·王会》："成周之会，墠上张赤帝阴羽。"孔晁注："王城既成，大会诸侯四夷也。"　梯航：梯与船。谓长途跋涉。　玉京：指帝都。

⑮ 环海：四海，普天之下。　呼嵩：据《汉书·武帝纪》，元封元年正月武帝亲登嵩高山，吏卒咸闻呼万岁者三。后因以指对君主祝颂。

⑯ 弦歌：指礼乐教化。

因而园漫兴^①

绕郭青山那弗园,还穿白屋接仙源^②。岂期枥马当衔出^③,犹许床书信手翻。睍睆声来留客展^④,芙蓉风里到江村。只今四顾桑连枣,似已归田拜主恩^⑤。

【注释】

① 因而园:在抚署,郝洛建。

② 白屋:不施采色、露出本材的房屋;一说指以白茅覆盖的房屋。引申为古代平民所居的房屋。

③ 枥马:拴在马槽上的马,多比喻受束缚、不自由者。出自曹操《步出夏门行·龟虽寿》:"老骥伏枥,志在千里。烈士暮年,壮心不已。"

④ 睍睆(xiàn huàn):明亮美好的样子。《诗经·邶风·凯风》:"睍睆黄鸟,载好其音。"

⑤ 归田:谓辞官回乡务农。

西粤桂林地最高殊俯视瓜连诸省风气不远中州

不信炎荒四季秋,乾行灏气逼中州^①。东西瓯有江双贯,南北湖皆接下流。襟带五邻先揖让^②,开通万国后征求。恩深才浅愁难报,惭愧节幢一日留。

【注释】

① 乾行:犹乾道,天道。

② 揖让:宾主相见的礼仪。

公 余

□省关心万虑轻,垂鞭处处傍溪行。市廛尽是侏儒状[1],言语曾无慷慨声。孔翠临巢云欲紫[2],桂花新发鸟呼时。迁儒敝帚时吟弄[3],不是萧张管葛情[4]。

【注释】

① 市廛:市中店铺。语本《孟子·公孙丑上》:"市,廛而不征。"赵岐注:"廛,市宅也。"

② 孔翠:孔雀和翠鸟。亦单指孔雀。

③ 敝帚:亦作"敝箒"。破旧的扫帚。喻无用之物。

④ 萧张管葛:指萧何、张良、管仲和诸葛亮。四人皆古代名臣。

公廨当窗一桂九日初开香贯室中不无所思因赋[1]

艳拂东篱照菊杯[2],客厢清卧木樨催[3]。巧从花笑分香出,历露纱穿绕座来。不惜霓裳今夜舞,可怜桂海一枝开。晓传畿省谁先隽,纵马鸣銮昼起雷[4]。

【注释】

① 公廨:此诗作于康熙二十年(1681),郝浴时在广西巡抚任上,署衙中桂花当窗初开,因作此诗。

② 东篱照菊:典出陶渊明的诗句"采菊东篱下,悠然见南山。"晋代陶渊明隐居田园,性好饮酒,曾逢九月九日重阳节出坐宅边东篱菊花丛中,摘菊满把,饮酒醉而后归。其《饮酒》之五有云:"结庐在人境,而无车马喧。问君何能尔?心远地自偏。采菊东篱下,悠然见南山。山气日夕佳,飞鸟相与还。此中有真意,欲辨已忘言。"后世常以此典表现隐士的田园生活,也用于咏菊。

③ 木樨:指木犀花,即桂花。

④ 鸣銮:装在轭首或车衡上的铜铃。车行摇动作响。借指出行。

读 唐 史

　　绿槐朝雨隔窗看,旧板唐书读未残。王佐尽从文中出[①],
真人独得上皇欢[②]。多才缔造归台阁[③],盛世遭逢振羽翰[④]。
花发阶前香在室,拟将梅信报长安[⑤]。

【注释】

　　① 王佐:王者的辅佐,佐君成王业的人。

　　② 真人独得上皇欢:言唐玄宗宠幸杨贵妃。《旧唐书·后妃传上·玄宗杨贵妃》:"时妃衣道士服,号曰'太真'。"

　　③ 台阁:汉时指尚书台,后泛指中央政府机构。《后汉书仲长统传》:"光武皇帝愠数世之失权,忿强臣之窃命,矫枉过直,政不任下,虽置三公,事归台阁。"李贤注:"台阁,谓尚书也。"

　　④ 盛世遭逢振羽翰:言唐玄宗天宝间爆发安史之乱。

　　⑤ 梅信:梅花开放所报春天将到的信息,亦暗指信函。

岭 南 风 物

　　深秋松色当风翠,花亦曾无一叶髡[①]。架锁人言鹦鹉距,
石镌云母荔枝盆[②]。伤弓野鸟呼难下,宦海乡思好耐烦。寂寞
官衙仍属草[③],馆人无米授饔飧[④]。

【注释】

　　① 髡(kūn):同"髡"。树枝光秃。

② 荔枝盆：石名。

③ 属草：属草稿，犹起草。

④ 饔飧（yōng sūn）：早饭和晚饭。这里指馈食及宴饮之礼。《孟子·告子下》：“夫貉，五谷不生，惟黍生之；无城郭、宫室、宗庙、祭祀之礼，无诸侯币帛饔飧，无百官有司。”朱熹集注：“饔飧，以饮食馈客之礼也。”

益津镇州燕山三尚书各能世其家因感

　　三凤骖銮圣主收，才名一日撞烟楼。星辰共曳尚书履①，燕赵同分帝室忧。各有家声腾辇下，不违咫尺在墀头②。寒儒独拥仙鱼业。浪与诸君结伴游。

【注释】

① 尚书履：《汉书·郑崇传》：“哀帝擢为尚书仆射，数求见谏争，上初纳用之。每见曳革履，上笑曰：‘我识郑尚书履声。’”后以“尚书履”指尚书的官职。

② 不违咫尺：典出《左传·僖公九年》：“天威不违颜咫尺。原谓天鉴察不远，威严如常在面前。”后以比喻离天子容颜极近。亦指天子之颜。

挑灯读宰相年表

　　告庙宣麻社稷心①，都将吐握付虚襟②。趣装不避盖公舍③，出队仍为丹宸箴④。鱼水欢来三顾晚⑤，芙蓉幸处五云深⑥。千秋多少丝纶客⑦，隆万香生老翰林。

【注释】

① 宣麻：唐、宋拜相命将，用白麻纸写诏书公布于朝，称为“宣麻”。遂以为诏拜将相之称。

② 吐握：即吐哺握发。《韩诗外传》卷三："成王封伯禽于鲁,周公诫之曰：'往矣,子无以鲁国骄士。吾文王之子,武王之弟,成王之叔父也,又相天下,吾于天下亦不轻矣,然一沐三握髪,一饭三吐哺,犹恐失天下之士。'"后遂以此形容礼贤下士,求才心切。

③ 趣装：速整行装。

④ 丹宸(yǐ)：丹屏,古代宫室中门窗间的屏风,借指君王。

⑤ 鱼水：比喻君臣相得,关系亲密无间。语本《三国志·蜀志·诸葛亮传》："(先主)于是与亮情好日密。关羽、张飞等不悦,先主解之曰：'孤之有孔明,犹鱼之有水也,愿诸君勿复言。'" 三顾：指刘备三次往隆中访聘诸葛亮。

⑥ 芙蓉幸处五云深：指房玄龄得唐太宗之幸。《新唐书·房玄龄列传》载："久之,会帝幸芙蓉园观风俗,玄龄敕子弟汛扫廷堂,曰：'乘舆且临幸。'有顷,帝果幸其第,因载玄龄还宫。"

⑦ 丝纶：帝王诏书。详见卷一《人》注释⑭。

悯　粤

翠岫当衙忆紫芝①,军麾四拥采何期②？云根空有江源涌③,天末谁将润屋支④。湖海鱼龙交晤处,牙旗风月晓看时⑤。不嫌男女俱徒跣⑥,独怪须眉似虎貔⑦。

【注释】

① 紫芝：比喻贤人。疑指俞紫芝。

② 军麾：军中指挥用的旗,引申指担任指挥的人。

③ 云根：山石。

④ 天末：天尽头,极远的地方。这里指广西。　润屋：使居室华丽生辉。《礼记·大学》："富润屋,德润身。"

⑤ 牙旗：旗杆上饰有象牙的大旗,多为主将主帅所建,亦用作仪仗。《文选·张衡〈东京赋〉》："戈矛若林,牙旗缤纷。"薛综注："兵书曰,牙旗者,将军之

旐。谓古者天子出,建大牙旗,竿上以象牙饰之,故云牙旗。"

⑥ 徒跣(xiǎn):赤足。

⑦ 虎豼(pí):比喻勇猛的战士。语出《书·牧誓》:"如虎如豼,如熊如罴。"

游 七 星 岩①

板桥铁锁四舱船②,声落花骢舞水边③。入寺柔松疑折柳,攀岩古洞另开天。星辰几点当窗挂,日月何将长夜穿。奥处密骖銮鹤驾,笙簧应向玉虚传。

【注释】

① 七星岩:桂林名胜之一,在桂林市东普陀山西侧,因有七峰排列如北斗七星而得名,又以主洞栖霞洞为别名。隋唐称仙李岩、碧虚岩。七星岩下寿佛洞前有栖霞寺。

② 板桥:木板架设的桥。

③ 花骢:即五花马。

登独秀山①见郭外群峰露拥
嫌其突兀因尽更为万秀山

闲凭独秀鸟关关②,绕郭都名万秀山③。郦注未分衡岳部④,周官应入采畿班⑤。钟灵忠孝成华俗⑥,焕发文明洗洛顽。咫尺虞皇天路辟⑦,高飞燕雀度恩环⑧。

【注释】

① 独秀山:即今桂林独秀峰,在桂林市中心王城内。

② 关关：鸟鸣声。《诗经·周南·关雎》："关关雎鸠，在河之洲"。毛传："关关，和声也。"

③ 万秀山：独秀山更名为"万秀山"。

④ 郦注：指北魏郦道元所撰《水经注》。

⑤ 周官：《周礼》提出"惟王建国，辨方正位，体国经野，设官分职"，设置天官冢宰、地官司徒、春官宗伯、夏官司马、秋官司寇、冬官司空，又称为六卿。采畿：古代"九畿"之一。《周礼·夏官·大司马》："九畿之籍，施邦国之政职，方千里曰国畿，其外五百里曰侯畿；又其外五百里曰甸畿；又其外五百里曰男畿；又其外方五百里曰采畿。"言此地距离京城之远。

⑥ 钟灵：指山川秀美，凝聚了天地间的灵气，比喻美好的风土。

⑦ 虞皇：指虞舜，后世以"舜"称之。五帝之一。

⑧ 恩环：谓衔环以报恩。相传东汉杨宝九岁时，至华阴山北，见一黄雀为鸱枭所搏，坠于树下，杨宝取雀以归，置巾箱中，食以黄花，百余日毛羽成，乃飞去。其夜有黄衣童子自称西王母使者，以白环四枚与杨宝曰："令君子孙洁白，位登三事（三公），当如此环矣。"事见南朝梁吴均《续齐谐记》。后用为报恩之典。

蜀 相①

汉业曾无片壤留，卧龙左祖再鸿沟②。共寒曹胆亲江表③，稍寝吴声霸益州④。唾手三江生割裂，笑谈五虎趣封侯⑤。西南不是东风猛⑥，锦绣山河那姓刘。

【注释】

① 蜀相：指诸葛亮。

② 卧龙左祖再鸿沟：言诸葛亮联吴抗曹、占据荆州，辅佐刘备三分天下的功绩，犹如历史上的萧何、张良等辅佐刘邦在楚汉之争中的鸿沟之盟（划分楚河汉界）。

③共寒曹胆亲江表：指诸葛亮联吴抗曹之计。江表，长江以南地区，这里指三国的孙吴政权。

④稍寝吴声霸益州：刘备在赤壁之战后取荆南四郡，占领荆州，屯兵公安，以此为基础吞并益州，建立蜀汉政权。益州为现在四川省一带。

⑤唾手二句：赤壁之战后，三国鼎立的局面形成，刘备手下的五位大将关羽、张飞、赵云、马超和黄忠被称为"五虎"。

⑥东风猛：赤壁之战中诸葛亮巧借东风，用火攻计助周瑜大败曹操，赢得赤壁之战，奠定了三国鼎立的局面。

栖　霞　洞①

入是石窝看是云，仙禽海马各纷纷。几回舞杖丹书穴，一簇天花绛鹤群。岭外佳山犹此在，老来好话及谁闻。尘情长得烟霞赏②，澹水名香答圣君。

【注释】

①栖霞洞：即桂林七星岩，宋代称仙李岩、碧虚岩。位于桂林普陀山腹。参见卷三《游七星岩》一诗。

②尘情：犹言凡心俗情。

同署中诸子观梅小集

同游梅岭春风外，携手仍看绕砌枝。露地香生霞点照，冰天回首雪花疑。独怜绝色轻金鼎，不为倾城倒玉厄。却忆磬阶云烂处，春来别是一佳期。

桂花盛开入夜得雨计九日谒虞山拜赐^①

谁仍倚树问花妆，霎霎甘霖总则香。一掌金茎传桂海^②，万家藩口下潇湘。松吟虞庙龙蛇动^③，云出尧山禹稷忙^④。暗喜苍梧还润色^⑤，茱萸应得荐羹墙^⑥。

【注释】

① 虞山：位于桂林市城北的漓江之滨。相传虞帝(舜)南巡曾到此山，故名虞山，又名舜山。

② 桂海：古代指南方边远地区。

③ 虞庙：在虞山南麓。虞帝南巡曾到此山，为此立庙纪念。今殿堂、僧舍已废，遗址尚存。

④ 禹稷：指夏禹与后稷。夏禹、后稷受尧舜命整治山川，教民耕种，称为贤臣。

⑤ 苍梧：《史记·五帝本纪》载"舜践帝位三十九年，南巡狩，崩于苍梧之野，葬于江南九疑"

⑥ 羹墙：《后汉书·李固传》载，"昔尧殂之后，舜仰慕三年，坐则见尧于墙，食则睹尧于羹。"

壬戌二月补行辛酉乡试闱中即事^①

香含独秀一峰尊^②，闱启花朝旧典存。一代夔龙惊宠命^③，三江风雨度天门。暗中摸索浑佳士，帘外喧哗某解元^④。辛苦文章应有用，圣人此日正临轩^⑤。

【注释】

① 壬戌二月补行辛酉乡试：康熙二十一(1682)年二月，郝浴主持补行广西

上年(辛酉)乡试。

② 独秀：即今独秀峰,在今桂林市中心王城内。

③ 夔龙：相传舜的二臣名。夔为乐官,龙为谏官。《书·舜典》："伯拜稽首,让于夔龙。"孔传："夔龙,二臣名。"后用以喻指辅弼良臣。

④ 解元：科举时,乡试第一名称"解元"。宋、元以后对读书人的通称或尊称。

⑤ 临轩：皇帝不坐正殿而御前殿。殿前堂陛之间近檐处两边有槛楯,如车之轩,故称。

避　暑

　　家山素愿空初赋①,双鬓临江畏暑来。投足烟霞三问路②,关情乡国一衔杯③。匡床倚树风清洒④,精舍干云窗四开。太虚此际谁容着,领取新凉带月回。

【注释】

① 家山：谓故乡。

② 投足：栖身,投宿。　烟霞：泛指山水、山林。

③ 关情：谓关心,牵动情怀。　乡国：家乡。　衔杯：口含酒杯。多指饮酒。

④ 匡床：安适的床,一说方正的床。安适的床。一说方正的床。详见卷二《夏日过深郡东园》注释⑥。

栖　霞　寺①

　　当衙处暑不胜情②,匹马单衫江外行。金绳花色帘前照③,木末清风榻下生④。未到窥泉先见影,不劳弹指已闻声。栖迟渐觉心无事,热恼新捐出化城⑤。

【注释】

① 栖霞寺：位于桂林城东七星岩下寿佛洞前。栖霞寺建于唐代,明万历间重建,名寿佛庵,南明时僧人浑融扩建,恢复旧名。其时殿宇幽深,规模宏大,结构逸致,有大雄宝殿、准提阁、韦驮殿、阿难殿、环碧堂、修竹亭、白莲池、放生池、回廊等。今仅残存头门。

② 处暑：二十四节气之一,在公历八月二十三日左右。

③ 金绳：佛经谓离垢国用以分别界限的金制绳索。唐李白《春日归山寄孟浩然》诗："金绳开觉路,宝筏度迷川。"王琦注引《法华经》："国名离垢,琉璃为地,有八交道,黄金为绳,以界其侧。"

④ 木末：树梢。《楚辞·九歌·湘君》："采薜荔兮水中,搴芙蓉兮木末。"

⑤ 热恼：谓焦灼苦恼,或谓因热旱而苦恼。《法华经·信解品》："我等以三苦故,于生死中,受诸热恼,迷惑无知。" 化城：指佛寺。

卷四

近体　五言绝句

塞　下　曲

一

东海飞明月，金天渡晓霜。谯门一啸发①，戍客泪千行②。

二

紫塞三千里③，黑云十二时。悲歌霑乳酪，风雪度燕支④。

三

没灭松班马，石头饮羽傍。秋空鹰眼怒，舞爪似擒王。

四

铜吹百战法，幕卧万人师。阵阵生奇正⑤，人人望羽仪。

五

顾盼惊风雨，韬钤动鬼神⑥。平章高丽事⑦，闻有洛阳人。

六

紫貂披绛雪，深谷满龙鳞⑧。不拜嫖姚将⑨，名王未可亲。

【注释】

① 谯（qiáo）门：建有瞭望楼的城门。

② 戍客：离乡守边的人。

③ 紫塞：北方边塞。

④ 燕支：本山名，这里泛指北地、边地。

⑤ 奇正：古时兵法术语。古代作战以对阵交锋为正，设伏掩袭为奇。

⑥ 韬钤：古代兵书《六韬》《玉钤篇》的并称。借指用兵谋略。

⑦ 平章高丽事：指唐代名将李勣征高丽事。唐高宗时，高丽内乱。总章元年，唐征高丽，"诏勣为辽东道行军大总管，率兵二万讨之。破其国，执高藏、男建等，裂其地州县之。"（《新唐书·李勣列传》）贞观十七年（633），唐太宗以李勣为太子詹事，并特加"同中书门下三品"之衔，使其与侍中、中书令一样参预宰相职事。此后就有"平章事"与"同三品"的衔号，加同中书门下平章事之名，以行使宰相的职权。

⑧ 龙鳞：松桧之属。松桧之皮如龙鳞，故称。

⑨ 嫖姚：指霍去病。

鹰

风飚知气候，爪距见英雄。万里惊狐兔，翻身一顾中。

为梁苍岩致雪①

雪花开似掌，晓露发天香。共此鸣珂夜②，一厄上玉堂。

【注释】

① 梁苍岩：梁清标（1620—1691），字玉立，一字苍岩，号蕉林、棠村，直隶正定（今属河北）人，生于明泰昌元年，卒于清康熙三十年。明崇祯十六年进士，官

庶吉士。入清后,仍原官,寻授编修,累迁侍讲学士,兵、礼、刑、户部尚书,保和殿大学士。参见卷一《梁苍岩宗伯旋里寄赠》注释①。

　　② 鸣珂:显贵者所乘的马以玉为饰,行则作响,因名。这里指居高位。

龙首山树下

　　老树东峰顶,羲皇一觉眠。花香生万户,觌面转青天①。

【注释】

　　① 觌面:当面;迎面;见面。

近体　七言绝句

夜　　坐

　　滩声清绝横侵耳,月色分明直顶头。不有阆南山似画,也应诗兴满江流。

江　　声

　　龙爪曾传嘉水名①,锦屏山脚乱云生②。云生怪石雄如兽,敌水常闻鏖战声。

【注释】

① 嘉水：即嘉陵江。

② 锦屏山：古名"阆中山"，有"嘉陵第一江山"之称，位于四川南充。吴道子三百里《嘉陵江山图》即以锦屏山为轴心。

温　泉①

红泉一斛万重霞，醉杀春风解语花②。此日洞开山翠迥，

三秦独放紫河车。

【注释】

① 温泉：此指骊山温泉。

② 解语花：会说话的花。这里指杨玉环。五代王仁裕《开元天宝遗事·解语花》："明皇秋八月，太液池有千叶白莲数枝盛开，帝与贵戚宴赏焉。左右皆叹羡，久之，帝指贵妃示于左右曰：'争如我解语花?'"杨玉环曾赐浴华清池温泉。

南塔寺葵花①

一

浓松秋色自西来，十道金绳界不开②。竟绕葵花扑械入，

平明催出化人台。

二

翠擎卫足仙人掌③，金布鹅黄帝子花④。莫惮霜飞常五

月，今番生在圣人家。

三

种到银州世界分,黄裳不改旧衣纹。但教阿练飞龙女⑤,不用瑶池散彩云。

四

旭色平销金气乾,阑珊尚与露花团。依稀似听如如笑,花里来寻五佛冠。

五

芽苗仳离叶作支,金风不动出疏篱⑥。化城高挂三秋日⑦,正是葵花欲放时。

【注释】

①南塔寺:位于沈阳。清太宗皇太极敕建环绕盛京沈阳城东、西、南、北"四塔四寺",南塔下的寺庙为"广慈寺"。

②金绳:佛经谓离垢国用以分别界限的金制绳索。

③卫足:《左传·成公十七年》:"仲尼曰:'鲍庄子之知不如葵,葵犹能卫其足。'"杜预注:"葵倾叶向日,以蔽其根,言鲍牵居乱,不能危行言逊。"后因以"卫足"比喻自全或自卫。

④鹅黄:亦作"鵞黄"。淡黄,像小鹅绒毛的颜色。

⑤阿练:对僧道的昵称。

⑥金风:秋风。

⑦化城:指佛寺。

春 日 杂 兴

一

三春晴色满郊垌①,万户明珠下草庭。甲骑不鸣山海外^②,云消天际柳条青。

二

满载乡情一野车,艳阳时节下天涯^③。南园旧听黄鹂日,
东海今飞白雪花。

【注释】

① 垌(jiōng):古同"坰",遥远的郊野。

② 甲骑:披甲的骑兵。

③ 艳阳时节:犹春时。艳阳,艳丽明媚,多指春天。

昭 陵^①

虎帐重开龙气升^②,甲光真射海波澄。至今虎拜三韩
旅^③,犹洒涕痕望北陵。

【注释】

① 昭陵:清太宗皇太极陵,亦称北陵,在辽宁省沈阳市北隆业山,为清代关
外三陵(昭陵、福陵和永陵)中规模最大最完整的一个。

② 虎帐重开龙气升:皇太极即位后,在军事上相继征服了蒙古和朝鲜,并
对明朝频频用兵,步步进逼,将西部边界扩张至锦州、宁远一线,为清朝入关、最
终定鼎中原奠定了基础。虎帐,旧时指将军的营帐。

③ 至今虎拜三韩旅:皇太极曾数次大举伐朝鲜,国王李倧投降,称臣纳贡,
允诺与明代断绝往来,并将王子送沈阳为人质。最终征服了朝鲜,使之成为清
朝的属国。虎拜,召穆公名虎,周宣王时人。因平定淮夷之乱有功,王赐他山川
土田,召穆公稽首拜谢。《诗·大雅·江汉》有"虎拜稽首,天子万年"之语。后
因称大臣朝拜天子为虎拜。三韩,汉时朝鲜南部有马韩、辰韩、弁辰(三国时亦
称弁韩),合称三韩。后以指朝鲜。

宿李吉津斋头时吉津将拜赐环之恩长子思行来迎为赋三首①

一

大荒风雨五更钟，布被匡床谁与同②。携省高堂家万里，梦回山海不曾封。

二

雪消群水尽西流，草色连天照紫骝③。眼见春风双袖举，翚飞一片锦云头④。

三

灯红茅屋酒盈卮⑤，玉树青葱冠紫芝⑥。跃马看云来万里，挥毫为作采兰诗⑦。

【注释】

① 此组诗作于顺治十八年(1661)。李吉津：李呈祥，字其旋，又字吉津，号木斋，山东沾化人。顺治十年(1653)，李呈祥以建言谪居奉天；八年后(即顺治十八年)赦归故里。　赐环：旧时放逐之臣，遇赦召还谓"赐环"。语本《荀子·大略》："绝人以玦，反绝以环。"杨倞注："古者臣有罪待放于境，三年不敢去，与之环则还，与之玦则绝，皆所以见意也。"

② 匡床：安适的床。一说方正的床。详见卷二《夏日过深郡东园》注释⑥。

③ 紫骝(liú)：古骏马名。

④ 翚(huī)飞：《诗·小雅·斯干》："如翚斯飞。"朱熹·集传："其檐阿华采而轩翔，如翚之飞而矫其翼也。"后因以"翚飞"形容宫室的高峻壮丽。

⑤ 卮(zhī)：古代一种酒器。

⑥ 紫芝：也称木芝。似灵芝。菌盖半圆形，赤褐色，有光泽及云纹；下面淡

黄色,有细孔。菌柄长,有光泽。生于山地枯树根上。可入药,性温味甘,能益精气,坚筋骨。古人以为瑞草。道教以为仙草。

⑦ 采兰:《文选·束皙〈补亡诗·南陔〉》:"循彼南陔,言采其兰。眷恋庭闱,心不遑安。"李善注:"采兰,以自芬香也。循陔以采香草者,将以供养其父母,喻人求珍异以归。"后因以"采兰"谓供养父母之事。

送剩人入千山①

欣闻鸣鸟司钟鼓,更有赤乌艳海棠。人卧千山花气里,月升三岛水晶傍②。

【注释】

① 剩人:即函可(1612—1660),俗姓韩,名宗睐,字祖心,号剩人,又称千山剩人、剩和尚。明末广东博罗人。曾与李呈祥、季开生、郝浴等结"冰天诗社"。其生平参见卷二《忆剩公》注释①。 千山:古称积翠山,又名千顶山、千华山,为长白山支脉,纵贯辽东半岛。被誉为"东北明珠""辽东胜境"。参见卷一《游千山登璎珞观》注释①。

② 三岛:指传说中的蓬莱、方丈、瀛洲三座海上仙山,亦泛指仙境。 水晶:喻皎洁的月光。

赠　剩　人

云开窈窕桃花洞①,雪落霏霏洗耳泉②。我正不辞千日酒,君来莫带一分禅。

【注释】

① 桃花洞:本指桃花源,这里借指隐居之地。

②洗耳泉：许由，唐尧时的隐士。晋皇甫谧《高士传·许由》记载："尧让天下于许由……由于是遁耕于中岳颍水之阳，箕山之下，终身无经天下色。尧又召为九州长，由不欲闻之，洗耳于颍水滨。"后以此典形容隐士志行高洁，耻于仕宦，甘心隐居山林。

感　旧

　　昔出蜀以五月至利州①。利州有风穴，能为雌雄之风。余缮疏公廨，暑不能侵。及六月，至褒州②，留数日。而褒州又当谷口③，竟日风生。余每披襟露坐，若七八月之间，西川解造小扇，画桐花凤于其上④，摇之清凉可人。三者皆风力之选也，而扇为极致。余伏处天末⑤，造草阁三间⑥，轩窗四开，虽不免于飞霜之日，而当暑为快，因感旧事有作。

　　天半峨眉锦水流⑦，荷风满载一扁舟。清凉记得桐花凤，不换褒州与利州。

【注释】

　　①褒州：故城在今陕西褒城南十里，明、清皆属陕西汉中府。

　　②利州：即今四川广元县治。西魏置。宋时置利州路，改广元路。

　　③褒州又当谷口：褒州城北有褒斜道谷口，褒水出秦岭太白山，南注汉水。褒斜道山势险峻，历代凿山架木，于绝壁修成栈道，旧时为川陕交通要道。

　　④桐花凤：鸟名。以暮春时栖集于桐花而得名。

　　⑤天末：天的尽头，指极远的地方。这里指郝浴流徙所处东北边远之地。

　　⑥造草阁三间：此草阁为郝浴在辽宁铁岭南门里所建，即为后来的"银冈书院"。

　　⑦峨眉：也写作蛾嵋、峩眉。山名。在四川峨眉县西南，因山势逶迤，有山峰相对如蛾眉，故名。

夏　日

草阁花红乳燕飞,分明天娇露精微。等闲怀抱清如镜,造化从人一路归。

雨

海雨龙腥湿绛纱,银州火麦夜开花。遥思故国薰风里,正荐青门五色瓜①。

【注释】

① 青门五色瓜:《三辅黄图·都城十二门》:"长安城东,出南头第一门曰霸城门。民见门色青,名曰青城门,或曰青门。门外旧出佳瓜,广陵人召平为秦东陵侯,秦破,为布衣,种瓜青门外。瓜美,故时人谓之'东陵瓜'。"

春日信笔书怀

一

偏怜日月檐间照,亦有麒麟阶下行。何事阳春称有脚①,才投一步失生平。

二

两河怀畏传闻喜,粗细经纶说相州②。绿野锦堂原有见③,糊涂不似吕千牛。

三

醉吟濯锦出师表④，醒看穷庐戒子书⑤。最是升沉都失据，一编风雨废居诸。

四

愤发几番成画饼，参差一步即飞蓬。从今撒手无言罢，不脱蓑衣卧月明。

五

何地尚容张禄住⑥，谁人真似范雎寒⑦。可怜野水终朝绿，不见非熊揭钓竿⑧。

六

芙蓉峰里石荷叶，簇簇攒攒尽我家。何故又来尘土上，趁他缰锁作莲花⑨。

七

臂未垂云身已坠，丹犹在鼎鬓俱霜。半生蕉鹿成何事⑩，空逐飞花落叶忙。

八

家散椎飞四海愁，身危舌在七雄柔。丈夫何用黄金印⑪，自有阴符锁列侯⑫。

九

不堪四海横骄气，万忍千柔一丈夫。天道偶随潮浪卷，仇人八面入姑苏。

十

燕士喜谈三尺剑^⑬，吴儿好语五车书^⑭。请看江汉秋阳后，奕奕须眉玉不如。

十一

羽士尚能看骱褢^⑮，阇黎也解拂吴钩^⑯。岂其束发称儒者，反卷障泥谢九州^⑰。

十二

三秦虎士成鱼丽^⑱，东鲁门人护绛纱^⑲。新建英雄谁得似^⑳，翻身直入素王家^㉑。

十三

草履高登百尺楼，漆园独狎五湖鸥^㉒。谁当命世还超世，携妓麾旄总黑头。

十四

双屐扁舟都入恨，锦堂麟阁尽萧疏^㉓。天恩只许归龙塞，消受周公孔子书。

十五

居彝浮海吾师愿^㉔，千载闲身一日酬。箕圣让王谁锢汝，佯狂断发自风流。

十六

金瓯覆处玉门开^㉕，五色云擎彩日来。大地苍生都入画，人间始觉艳阳回。

十七

迢迢一水六桥穿，家有香秔雪藕田㉖。记得东风桃柳绽，
都携酒上白龙泉。

十八

齐来无复旧参差，九族芝兰一字排。尽作葵花倾舜日㉗，
争开凤羽舞尧阶。

十九

春成丙子已三刻，锦绣山河彩日飞。万户千门都燕喜㉘，
画堂帘卷子孙归。

二十

非是无端寻苦受，难堪世界苦人多。何时放胆酬恩义，四
海苍生尽浩歌。

【注释】

① 阳春有脚：用以称誉贤明的官员。五代·王仁裕《开元天宝遗事·有脚阳春》："宋璟爱民恤物，朝野归美，时人咸谓璟为有脚阳春，言所至之处，如阳春煦物也。"参见卷三《思循良正印官》注释②。

② 相州：宋代三朝宰相韩琦是相州（今河南安阳）人。

③ 绿野：唐宰相裴度的别墅名"绿野堂"。

④ 濯锦：濯锦江，即锦江。岷江流经成都附近的一段。一说，成都市内之浣花溪，濯锦，锦彩鲜润逾于常，故名。　　出师表：诸葛亮在北伐中原之前给后主刘禅上书的表文，一般指《前出师表》。

⑤ 戒子书：诸葛亮写给其子诸葛瞻的一封家书，名曰《诫子书》，是古代家训中的名作。

⑥ 张禄：战国时，范雎在魏被须贾所害，后为秦相，易名张禄。见注释⑦。

⑦ 范雎：又名范且，字叔。战国时魏人，著名政治家、军事谋略家。他同商鞅、张仪、李斯先后任秦国丞相，对秦的强大和统一天下起了重大作用。

⑧ 非熊：姜子牙。《六韬·文师》载，文王将往渭水边打猎，行前占卜，卜辞曰："田于渭阳，将大得焉，非龙非螭，非虎非罴，兆得公侯。天遣汝师以之佐昌。"后果见太公坐渭水边垂钓，与之语而大悦，遂同车而归，拜为师。古"熊罴"连称，后遂以"非熊"为姜太公代称。

⑨ 缰锁：缰绳和锁链。比喻束缚，拘束。

⑩ 蕉鹿：指梦幻。详见卷二《自上虞返杭城》注释③。

⑪ 黄金印：黄金制作的印章。古时公侯将相所佩。《史记·五宗世家论》："高祖时诸侯皆赋，得自除内史以下，汉独为置丞相，黄金印。"

⑫ 阴符：古兵书名。《战国策·秦策一》："（苏秦）乃夜发书，陈箧数十，得《太公阴符》之谋，伏而诵之。"后泛指兵书。

⑬ 三尺剑：古剑长凡三尺，故称。

⑭ 五车书：典出《庄子·天下》："惠施多方，其书五车。"后用以形容读书多，学问渊博。

⑮ 羽士：旧指道士。　騕褭(yǎo niǎo)：古骏马名。《文选·张衡〈思玄赋〉》："斥西施而弗御兮，縶騕褭以服箱。"李善注："《汉书音义》，应劭曰：'騕褭，古之骏马也，赤喙玄身，日行五千里。'"

⑯ 阇黎(shé lí)：一译作"阇梨"，梵语"阿阇黎（梨）"之省。意为高僧，也泛指僧人、和尚。　吴钩：钩，兵器，形似剑而曲。春秋吴人善铸钩，故称。后也泛指利剑。

⑰ 障泥：垂于马腹两侧，用于遮挡尘土的东西。

⑱ 鱼丽：古代战阵名。《左传·桓公五年》："为鱼丽之陈。"晋杜预注："《司马法》：'车战二十五乘为偏。'以车居前，以伍次之，承偏之隙而弥缝阙漏也。五人为伍。此盖鱼丽陈法。"

⑲ 绛纱：犹绛帐。对师门、讲席之敬称。

⑳ 新建：王守仁，字伯安，自号阳明子，亦称王阳明。因平定宸濠之乱军功而被封为"新建伯"，隆庆年间追赠"新建侯"。他是明代心学集大成者，与孔子、孟子、朱熹并称孔、孟、朱、王。

㉑ 素王：指孔子。

㉒ 漆园：古地名，战国时庄周为吏之处。

㉓ 麟阁："麒麟阁"的省称。汉代阁名。在未央宫中。汉宣帝时曾图霍光等十一功臣像于阁上，以表扬其功绩。古时多以画像于"麒麟阁"表示卓越功勋和最高的荣誉。

㉔ 居彝：亦作"居夷"。本指居住在东方九夷之地。后泛指居住在少数民族地区。

㉕ 金瓯：比喻疆土之完固。亦用以指国土。

㉖ 香秔：即"香粳"。一种有香味的粳米。产江浙一带。

㉗ 舜日：即"舜日尧年"。尧、舜均为古代贤君。原用以称颂帝王的盛德。后也比喻升平盛世。

㉘ 燕喜：宴饮喜乐。《诗·小雅·六月》："吉甫燕喜，既多受祉。"朱熹集传："此言吉甫燕饮喜乐，多受福祉。"

辛丑长至同自上人登藏经楼礼藏①

一

安排青眼看阇黎②，贝叶千章酒一卮③。诸子百家今见在，可曾穷理至于斯。

二

似银颜色久知名，身与如来作弟兄。不是他家能载笔，因何吾土有传经。

三

藏经曾把肉身残，一字西来一字难。为尔中华心欲碎，如何只作等闲看。

四

中原也有圣人僧,莲舌呼来莲舌应。才以唐言翻秘藏,又将慧命接禅灯④。

五

神皇盛世一垂旒⑤,鹿女因缘满帝州⑥。为爱真经能度世,至今藏在九莲楼。

【注释】

① 此诗作于顺治十八年(1661)辛丑。

② 青眼:佛教传说释迦佛瞳子如绀青色。因用指有道行的僧人。 阇黎:亦作"阇梨",梵语"阿阇梨"的省称。意谓高僧,亦泛指僧人。

③ 贝叶:本为古代印度人用以写经的树叶。在此借指佛经。

④ 慧命:指弘传的佛法。佛教以智慧为法身的寿命,智慧夭,则法身亡,故云慧命。 禅灯:寺庙灯火。

⑤ 垂旒:古代帝王贵族冠冕前后的装饰,以丝绳系玉串而成,借指帝王。

⑥ 鹿女:佛经中所说的仙女。事见《杂宝藏经·鹿女夫人缘》:"有国名婆罗奈国中有山,名曰仙山。时有梵志,在彼山住,大小便利恒于石上。后有精气,堕小行处,雌鹿来舐,即便有娠。日月满足,来至仙人所,生一女子,端正殊妙,唯脚似鹿,梵志取之养育长成……此女足迹,皆生莲华。"

同金邵度登仙人晒药台谒三皇祠①

一

烟霞一杖出风尘,紫极重开见圣人。水绕山环看不尽,东南十里艳阳春。

二

蝴蝶飞飞花满堂,谁知采药谒医王②。饶他梦破南华醒③,不似桐雷尽国香④。

【注释】

① 金邵度:金宪孙,直隶清苑人,字邵度,号埘园。

② 医王:医术极精的人,多用以比喻诸佛或高僧等。

③ 饶他梦破南华醒:南华,"南华真人"的省称,即庄子。《庄子·齐物论》载,"昔者庄周梦为蝴蝶,栩栩然蝴蝶也;自喻适志与,不知周也;俄然觉,则蘧蘧然周也。不知周之梦为蝴蝶,蝴蝶之梦为周与?"

④ 桐雷:桐君、雷公的并称,相传皆为黄帝时掌药之臣。

写　竹

萧疏不奈火云然①,风雨蛟龙一夜还。最是高明仍作睿,翠梢依旧拂青天。

【注释】

① 火云:红云,多指炎夏。

春　日

绿水日当阶下过,青山常在眼前头。今春偶到西门外,双手推开十二楼①。

【注释】

① 十二楼:泛指高层的楼阁。

偶到后书斋醉饮

泥中自有乘风骏,灯下偏来窈窕人。咫尺衔杯成乐事,谁知掌上出家珍。

明李西涯相国^①

赐茗文华玉殿前^②,东阳还补豹房天^③。一从御膝书麟后^④,调护皇家四十年^⑤。

【注释】

① 明李西涯相国:李东阳(1447—1516),字宾之,号西涯。明茶陵人。十八岁登进士第,殿试二甲第一,授编修,累迁侍讲学士。弘治年间,官至太子太保、户部尚书、谨身殿大学士。受顾命,辅翼武宗。时宦官刘瑾擅权,引焦芳入阁,诬害直臣,东阳设计营救,不遗余力。刘瑾被诛后,宦官张永、谷大用等仍受重用,朝政腐败日甚。正德七年(1512)辞官。从此深居简出,以诗酒自娱。卒赠太师,谥文正。其诗文,典雅工丽,以他为首形成"茶陵诗派"。著有《怀麓堂集》《怀麓堂诗话》。

② 赐茗文华玉殿前:李东阳等重臣曾获赐茶于文华殿。《明史·李东阳列传》载:"三月甲子,御文华殿,召见溥及刘健、李东阳、谢迁,授以诸司题奏曰:'与先生辈议。'溥等拟旨上,帝应手改定。事端多者,健请出外详阅。帝曰:'盍就此面议。'既毕,赐茶而退。"

③ 豹房:明武宗在宫禁中建造的淫乐场所。《明史·佞幸传·钱宁》:"引乐工臧贤、回回人于永及诸番僧,以秘戏进。请于禁内建豹房、新寺,恣声伎为乐,复诱帝微行。"

④ 一从御膝书麟后:李东阳幼时聪颖好学,有神童之誉,四岁时代宗曾召试,喜而抱至膝上。《明史·李东阳列传》载:"四岁能作径尺书,景帝召试之,

甚喜,抱置膝上,赐果钞。"

⑤ 调护:调教辅佐。《史记·留侯世家》:"上曰:'烦公幸卒调护太子。'"裴骃集解:"调护犹营护也。"

湖上佟庄老梅枯矣偶止其舍至阳月
忽生数枝叶绿花香为赋一绝

梅老根寒造化争,春风昨夜五云横。到来依旧香人国,却喜梅花赋广平①。

【注释】

① 广平:唐代名相宋璟封"广平郡公",世称"宋广平"。宋璟工于翰墨,其尚未步入仕途时所作的《梅花赋》被时人推崇备至,为传世名作。

西　湖

一

绿树如鬟临水镜,荷香时拂画船来。盈盈冉冉从君看,楼阁空中八面开。

二

堤中杨柳都摇落①,谁种明湖万顷莲。十里红香穿不透,也知世界在金天②。

【注释】

① 堤,指西湖的苏堤和白堤。

② 金天：指秋天。

湖上赠赵君邻总制①

越水芙蓉绽晓红，兰桡咿哑画图中②。怪来香满吴山外，一鹤一丹有献公。

【注释】

① 赵君邻：赵廷臣，字君邻，铁岭人，隶汉军镶黄旗。顺治二年自贡生授江苏山阳知县，累迁江宁同知、江宁副使、湖南道副使、贵州巡抚、云贵总督加兵部尚书衔、浙江总督加太子少保。为官较清正，提倡农耕，与民生息，惩治贪官，有"赵佛"之称。谥"清献"，意为一生清节。　总制：即总督。赵廷臣时任浙江总督。

② 兰桡：小舟的美称。　咿哑：象声词。形容摩擦碰撞声。

湖上赠严就斯状元①

宫袍斜剪凤凰池②，荷叶轻笼鹦鹉卮③。棹入里湖香不断，妍红如醉雨丝丝。

【注释】

① 严就斯状元：严我斯，字就斯，号存庵，浙江归安（今湖州市）人。康熙三年（1664）甲辰科状元。历任山东乡试主考官、日讲起居注官、翰林学士，官至礼部左侍郎。文章操行，为时所重。诗长于华赡之作，且多近体，有《尺五堂诗删》六卷，《四库总目》传于世。

② 凤凰池：禁苑中池沼。魏晋南北朝时设中书省于禁苑，掌管机要，接近皇帝，故称中书省为"凤凰池"。

③ 鹦鹉卮：酒器名。一种用鹦鹉螺制成的酒杯。

泛　湖

　　空山鹤放客萧萧[①]，细雨蓑衣揽画桡[②]。漆吏大樽浑注酒[③]，乘风直抵跨虹桥[④]。

【注释】

　　① 空山鹤放客萧萧：北宋隐士林逋隐居西湖孤山三十年，养鹤种梅，时常泛小舟游西湖，纵情山水。

　　② 画桡(ráo)：有画饰的船桨。

　　③ 漆吏：指庄子。据《史记·老子韩非列传》载，"庄子者，蒙人也。名周，周尝为蒙漆园吏。"

　　④ 跨虹桥：西湖苏堤之跨虹桥。

秋日湖上寓目

　　桂老香寒湖影侵，都将国色付枫林。饶他仁知娱山水，谁解天工描画心。

江　行

一

　　闻道苏堤锦带中[①]，荷花十里正铺红。谁将香露醅为酒，洗屐池头饷谢公[②]。

二

　　杨柳青于天竺树，藕花红入涌金门[③]。西湖正值良时节，却忆家藏河朔罇④。

【注释】

① 苏堤:即西湖苏堤,俗称苏公堤,在西湖的西南面,南起南屏山麓,北到栖霞岭下,横贯湖南北,全长 2.8 公里。北宋苏东坡在杭州做官时开浚西湖,取西湖泥葑草筑成此堤,故名为"苏堤"。堤上有自南而北依次为映波、锁澜、望山、压堤、东浦、跨虹。苏堤春晓遂成"西湖十景"之首。

② 洗屐池头饷谢公:浙江上虞的东山国庆寺有洗屐池,相传是东晋名士谢安隐居东山时洗木屐的地方。

③ 涌金门:位于杭州西湖西侧,最初建于五代吴越天福元年(936),凿涌金池引西湖水灌之,所筑城门即此,宋朝时称丰豫门。涌金门为杭州水路要道,古有"涌金门外划船儿"的民谣。

④ 河朔罇:《初学记》卷三引三国魏曹丕《典论》:"大驾都许,使光禄大夫刘松北镇袁绍军,与绍子弟日共宴饮,常以三伏之际,昼夜酣饮,极醉,至于无知。云以避一时之暑,故河朔有避暑饮。"后因以"河朔饮"指夏日避暑之饮或酣饮。罇,代指酒。

湖 中

一

空碧横斜水国开,遥遥翠黛四州来。仙亭整日无尘迹,犹引清商奏落梅①。

二

一阵天香落照边,君山斜对舣舟前②。木樨满树黄金灿③,直扑苍梧万里天。

三

旋解双帆问旧醅④,渔灯佛火暗相猜⑤。更阑一棹光明
起,独有龙珠出圣胎。

【注释】

① 清商：谓秋风。

② 舣(yǐ)舟：划船靠岸。

③ 木樨：木樨花,即桂花。见卷三《公廨当窗一桂九日初开香贯室中不无
所思因赋》注释②。

④ 旧醅(pēi)：陈酒,旧酿。

⑤ 佛火：指供佛的油灯香烛之火。

泛　　湖

一

曾飞天马云为路,何似蜣螂懒作蝉? 鸿爪于今随雪罢①,
西湖别却已多年。

二

只道国香能解语②,谁知湖色艳于花。绿云扰扰疑鬟立,
仅着清波沁紫霞。

【注释】

① 鸿爪：宋苏轼《和子由渑池怀旧》："人生到处知何似,应似飞鸿踏雪泥,
雪上偶然留爪印,鸿飞那复计东西。"后用"鸿爪"比喻往事留下的痕迹。

② 国香能解语：五代王仁裕《开元天宝遗事·解语花》："明皇秋八月,太
液池有千叶白莲数枝盛开,帝与贵戚宴赏焉。左右皆叹羡,久之,帝指贵妃示于

左右曰:‘争如我解语花?’”

山 阴 道 中^①

曲水犹传修禊事^②,将钱谁买谢家山^③。今日过来亲解缆,胸怀分付画图间^④。

【注释】

① 山阴:即今浙江绍兴。

② 曲水犹传修禊事:指王羲之携众友在农历三月初三于会稽山阴中的兰亭聚会,曲水流觞,饮酒作诗,始有《兰亭集序》。刘孝标注引晋王羲之《临河叙》曰:“永和九年,岁在癸丑,暮春之初,会于会稽山阴之兰亭,修禊事也。”修禊,古代民俗于农历三月上旬的巳日(三国魏以后始固定为三月初三)到水边嬉戏,以祓除不祥,称为修禊。

③ 谢家山:据《晋书·谢安传》载,谢安早年曾辞官隐居会稽之东山,经朝廷屡次征聘,方从东山复出,官至司徒要职,成为东晋重臣。

④ 画图:图画,比喻美丽的自然景色。

紫 伯

紫气横眉玉不殊,前身曾否是麻姑^①? 风流莫作佣书看^②,寄语鸣琴上大夫^③。

【注释】

① 麻姑:神话中仙女名。传说东汉桓帝时曾应仙人王远(字方平)召,降于蔡经家,为一美丽女子,年可十八九岁,手纤长似鸟爪。蔡经见之,心中念曰:“背大痒时,得此爪以爬背,当佳。”方平知经心中所念,使人鞭之,且曰:“麻姑,

神人也,汝何思谓爪可以爬背耶?"麻姑自云:"接侍以来,已见东海三为桑田。"又能掷米成珠,为种种变化之术。事见晋葛洪《神仙传》。

③ 佣书:受雇为人抄书,亦泛指为人做笔札工作。

③ 鸣琴:典出《吕氏春秋·察贤》:"宓子贱治单父,弹鸣琴,身不下堂而单父治。"后因用"鸣琴"称颂地方官简政清刑,无为而治。

娥江别郑博物

临江一让不胜情,潮涌风呼舟已行。多少故人珍重意,隔江相顾手犹擎。

放鹤亭朱园①

于今樵麓过藤杖,溪涨分龙拨棹来②。芥里沧桑能几许,移君梅岭作蓬莱。

【注释】

① 放鹤亭:位于杭州西湖的孤山西麓。

② 分龙:分龙雨,即隔辙雨,夏季所降对流雨,有时一辙之隔,晴雨各异。此种情况始出之时日,宋时吴越之俗谓在夏历五月二十日,清时燕地之俗谓在五月二十三日,即称此日为"分龙日",亦称"分龙兵""分龙"。宋叶梦得《避暑录话》卷下:"吴越之俗,以五月二十日为分龙日。"

吴 江 遇 风

江澄如练树如蓝,旧舫轻桡款向南①。忽借一帆如驶疾,斯须风雨接高谈。

【注释】

　① 轻桡(ráo)：小桨,借指小船。

吴郡买杨梅

　　阳山梅熟荔枝红,正好调酸摘满笼。尘里书生谁识得?
百花洲上唤吴蒙。

常熟县登虞山绝顶①时蜀人李溥作令

　　两湖雨洗仲山青②,有客高临畅远亭。二十余年今日事,
锦官亲得见题屏③。

【注释】

　① 虞山:横卧于常熟城西北,北濒长江,南临尚湖,因商周之际江南先祖虞
仲(即仲雍)卒葬于此,因而得名。

　② 仲山:指虞山。

　③ 锦官:成都的别称。李溥为四川人,故言。

邗　　江①

　　海日红生鹦鹉杯,邗江画舫一帆开。琼花倾国犹堪恨②,
那复平山泼翠来。

【注释】

①邗江：也称邗沟、邗溟沟。即江苏境内自扬州市西北至淮安市北入淮的运河。

②琼花句：相传琼花是扬州独有、他乡无双的名贵花木。叶柔而莹泽，花色微黄而有香。隋炀帝为到扬州赏琼花，不远千里，修凿运河。结果隋政权崩溃，隋炀帝死于扬州。

自仪真泝上江陵①

厄酒孤蓬雁一行②，六朝佳丽久沧桑③。英雄更莫耽江左④，辜负青山满洛阳。

【注释】

①仪真：今江苏仪征。　泝(sù)：亦作"溯"，逆水而上。　江陵：今湖北荆州。

②厄酒：犹言杯酒。《史记·项羽本纪》："项王曰：'壮士，赐之厄酒。'"孤蓬：随风飘转的蓬草，常比喻漂泊无定的孤客。

③六朝：三国吴、东晋和南朝的宋、齐、梁、陈，相继建都建康(吴名建业，今南京市)，史称"六朝"。

④江左：古时在地理上以东为左，江左也称江东，指长江下游南岸地区，也指东晋、宋、齐、梁、陈各朝的统治地区。

偶过荷馆感赋

一

一捻芙蓉绽水生，双双白鹭掠金城。年来旱煞梅花树，谁问当时旧广平①。

二

锦浪荷花绕郭开,千条杨柳一黄梅。画船尽载南河酒,洛下书生携妓来。

【注释】

① 广平:即唐代名相宋璟,封"广平郡公",世称"宋广平"。宋璟工于翰墨,所作《梅花赋》被时人推崇,为传世名作。

仲春西行经北岳祠下

岳势雄蟠天党来,碧空遥拂曲阳开。偶然紫府探玄奥,若个还推仆射才。

望　岳

马山看岳,巑岏腾闪,似昂首而曳翅,疑即所谓飞狐岭也。盖岳势本盘于浑源,自石氏一割中原,不过望祀。或指其翘然共见者,以主之乎,千峰万岫,莫非神峻。况直冲霄汉,翠色凝天。即拜,信以为玄极之宗可也。

一

北望腾斜势欲飞,高明不分万山围。天家从此崇瞻仰,认出重华旧翠微①。

二

逶迤南北自横斜,一阵常蛇斗五花。总是石郎割不断②,

千年埋宝有人家。

【注释】

　① 重华：虞舜的美称。舜曾巡狩至于北岳。

　② 石郎：指后晋石敬瑭。石敬瑭以燕云十六州割让给契丹，借此建立
后晋。

西北名山以万计偶于丁未仲春探得三山最别而绝未知名其一平埋大陆内藏奥区曰谦山一划然中分如试太锷曰解山一满抱玲珑窟宅呼之立应曰灵山因为二绝以记之

一

　他山空自露精神，密启玄关绝点尘。只守伯阳一掬黑，肯随日月浪催人。

二

　一剑中分万壑惊，磨云犹勒两藩名。狂奴已善屠龙手，血指应输旧北平。

入嶟邑喜见税曦寰

一

　藜艳秋阳照夜红，锦屏风雨各西东。峨眉翠拨青衣绿，一握如兰满目中。

二

阆州心事屈蜷蜦,已辱泥涂十二霜。不道今来过大卤,故人犹自识行藏。

次崞县将入代州先寄陈祺公兵宪①

落廓衔杯日月边②,曾逢辑玉下桑乾③。今朝匹马清凉砦④,还欲重寻五髻仙。

【注释】

① 崞县:旧县名。隋、唐、北宋、金、明、清置崞县。在今山西原平县。 陈祺公:陈上年,字祺公,直隶清苑人。顺治六年进士。陈上年时任雁平兵备道(代州府)长官。

② 衔杯:口含酒杯,谓饮酒。

③ 桑乾:河名,即桑干河。今永定河之上游。相传每年桑葚成熟时河水干涸,故名。唐李白《战城南》诗:"去年战,桑乾源,今年战,葱河道。"

④ 砦(zhài):防卫用的栅栏。引申为营垒、安营扎寨。

代西重逢赵苍篆

褒斜月落晓鸡闻,匹马严装咫尺分。事往名传人渐老,夏壶风雨更逢君。

代西谒晋王祠①

句注云埋石马嘶②,英雄已没太行西。不知何代留遗肖,并把复仇亚子题。

【注释】

① 晋王祠：位于晋阳(太原)西南的悬瓮山麓。以祭祀西周晋国开国之诸侯唐叔虞而得名，曾名唐叔虞祠、晋王祠、晋祠。

② 句注：山名。在今山西代县北，为古代九塞之一。《吕氏春秋·有始》："何谓九塞？大汾、冥阨、荆阮、方城、殽、井陉、令疵、句注、居庸。"高诱注："句注在雁门。"

拟游五台不果①

二月欲自龙泉上五台，不果。因南渡沱水②，下井陉③，出轵关④，盘寿阳⑤而西复入太原。久之，北经崞邑⑥，留于代州者三日，将循灵丘马关而还⑦。数百里中，几绕五台者一匝。此愿终期于再来，其有故乎？

五髻云梳翠接天，红尘许雪再齐肩。金风已见花飞满⑧，路扫何时旧榻前。

【注释】

① 五台：指五台山，我国佛教四大名山之一。在山西省五台县东北。五峰耸峙，峰顶如垒土之台，故称五台。主峰北台，海拔3 058米。山无炎暑，又名清凉山。汉永平年间，始建寺庙，历代增修，蔚为大观，遂有文殊道场之称。简称"五台"。

② 沱水：即滹沱河。出山西繁峙县东之泰戏山，穿太行山，东流至河北献县与子牙河支流滏阳河相汇入海。

③ 井陉：太行山要隘，名井陉口，又称土门关，太行八陉之第五陉。秦汉时为军事要地。

④ 轵关：古关名，战国时置关，位于河南济源城西，关当轵道之险，因曰轵关，为太行八径之第一陉。

⑤ 寿阳：寿阳县今属山西省晋中市，绕太行，枕恒岳，居潇河中上游。

⑥ 崞县：旧县名，在今山西原平县。汉置，属雁门郡。隋、唐、北宋、金、明、清亦置崞县。

⑦ 灵丘马关：山西灵丘县地势险要，古有"燕云扼要"之称。南临内长城，北望外长城，自古是晋冀的交通要冲。境内灵丘道是东汉光武帝修筑的要道，北起大同，东南走向经灵丘，沿唐河达河北，北走马驿、倒马关一带。

⑧ 金风：秋风。《文选·张协〈杂诗〉》："金风扇素节，丹霞启阴期。"李善注："西方为秋而主金，故秋风曰金风也。"

长　城

插箭岭于万山嵯峨之上①，尽跨以埤堄楼台②，关键数重，仰视如在天际。青松野桧，烂然绣错③。尝见大江舶橹狎于蛟龙波浪之间，险难飞渡。而长城亦蜿蜒万里于紫翠万状中，女墙如画④，极目高瞻，惟鸟道可通，江山之胜如此，而庙算未深⑤，每成虚设，是何三才之理必待相称⑥而后归一耶。

万仞青霄埤堄悬⑦，千年紫气抱幽燕。天家莫恃金城在⑧，开阖只于呼吸间⑨。

【注释】

① 嵯峨(cuó é)：指高耸的山。

② 埤堄(pì nì)：城上呈凹凸形而有射孔的矮墙。

③ 绣错：色彩错杂如绣。

④ 女墙：城墙上呈凹凸形的小墙。

⑤ 庙算：朝廷或帝王对战事进行的谋划。

⑥ 三才：天、地、人。《易·说卦》："是以立天之道曰阴与阳，立地之道曰柔与刚，立人之道曰仁与义。兼三才而两之，故《易》六画而成卦。"

⑦ 青霄：青天，高空。

⑧ 金城：指坚固的城。

⑨ 呼吸：一呼一吸，顷刻之间。比喻轻而易举。

得 开 字

群峰晓簇画图开，紫翠千重涌起来。一片箫声云外发，山河表里尽蓬莱。

春前四日偶咏清凉二大士戏醒药师事

上将弯弓猎五台，明明莲沼并头开。婆心暗里谁能识，只说金身也劫灰①。

【注释】

① 劫灰：本谓劫火的余灰。南朝梁慧皎《高僧传·译经上·竺法兰》："昔汉武穿昆明池底，得黑灰，问东方朔。朔云：'不知，可问西域胡人。'后法兰既至，众人追以问之，兰云：'世界终尽，劫火洞烧，此灰是也。'"后因谓战乱或大火毁坏后的残迹或灰烬。

回入曲邑谒岳祠用李吉津韵①

一

仙山矗矗出红尘，一醮天香万物春。更欲崇朝天下雨②，帝庭咨岳起斯人③。

二

戟门宛转启春风④，路入瑶池碧落同⑤。化日当头无个
事⑥，光华随著意昭融⑦。

【注释】

① 李吉津：李呈祥，字其旋，又字吉津，号木斋，沾化人。详见卷二《同王无
烦李吉津游石氏祇园》注释①。　曲邑：本战国赵曲阳邑，隋改石邑，又改恒
阳。清属直隶定州。

② 崇朝：终朝，整天。崇，通"终"。《诗·墉风·蝃蝀》："朝隮于西，崇朝
而雨。"毛传："崇，终也。从旦至食时为终朝。"

③ 帝庭：天庭。《书·金縢》："乃命于帝庭，敷佑四方，用能定尔子孙于下
地。"孔传："汝元孙受命于天庭为天子。"

④ 戟门：立戟之门。《资治通鉴·唐僖宗光启三年》："行密帅诸军合万五
千人入城，以梁缵不尽节于高氏，为秦毕用，斩于戟门之外。"胡三省注："唐设戟
之制，庙社宫殿之门二十有四，东宫之门一十有八，一品之门十六，二品及京兆、
河南、太原尹、大都督、大都护之门十四，三品及上都督、中都督、上都护、上州之
门十二，下都督、下都护、中州、下州之门各十。设戟于门，故谓之戟门。"

⑤ 碧落：道教语。天空，青天。

⑥ 化日：太阳光，亦借指白昼。

⑦ 昭融：谓光大发扬。语出《诗·大雅·既醉》："昭明有融，高朗令终"。
毛传："融，长。朗，明也。"高亨注："融，长远。"

岳祠右老柏耸立乡人以为龙头凤尾睨之良然

凤舞龙飞大树名，尼山桧影许纵横①。不图仲圣闻韶
后②，仿佛笙镛奏九成③。

【注释】

　　① 尼山：即尼丘，山名。在山东曲阜县东南，连泗水、邹县界。相传孔子父叔梁纥、母颜氏祷于此而生孔子。故孔子名丘，字仲尼。

　　② 不图仲圣闻韶后：《论语》有云："子在齐闻韶，三月不知肉味，曰：'不图为乐之至于斯也。'"

　　③ 仿佛笙镛奏九成：《书·益稷》："笙镛以间，鸟兽跄跄。箫韶九成，凤凰来仪。"笙镛，古乐器名。镛，大钟。九成，犹九阕，乐曲终止叫成。孔颖达疏："成犹终也，每曲一终，必变更奏。故《经》言九成，《传》言九奏，《周礼》谓之九变，其实一也。"

中　山

　　燕山南来，自曲邑忽转而西，中历行唐、灵寿，地环平如掌，于获鹿始有挂云接之，乃常山别派。就中豁然大露，而莫之过蔽者为中山。河北诸水大抵发源于太行之外。其穿太行而入，如滱水①、沙水、滋水、滹水②，莫不自中山之西南，绕出东界，北趋至河间之天津而宗于海。其自西北之保阳、易州、唐县、完县、曲阳，西南之阜平、灵寿、行唐、获鹿，东南之真定、新乐、祁州、博野、蠡县，东北之安州、天津、河间，皆水绕山环，廓然开通，为中山之地。故自唐宋以来，为朔方大镇。而七国之际独创社稷，与天下争雄③，殆非真保所得比称者也！

　　波涛狎起太行关，天府独开督亢间④。几度游龙藏不住，千秋河朔见中山⑤。

【注释】

　　① 七国之际独创社稷，与天下争雄：春秋末年鲜虞人建中山国，在今河北省定县、唐县一带。在战国诸雄争斗中，几经消沉，又几度崛起。曾与战国七雄的韩、赵、魏、燕结盟，共同称王。后为赵国所灭。

② 滱(kòu)水：古水名。上游即今河北省定州市以上唐河。自定州以下，故道东南流经安国县南，折东经高阳县西，又北流经安州镇西，东北流与易水合。此下易水也通称滱水。滱水之名，宋以后渐废。

③ 滹(hū)水：水名，即滹沱河。在河北省西部。出山西省繁峙县东之泰戏山，穿割太行山，东流入河北平原，在献县和滏阳河汇合为子牙河。至天津市，会北运河入海。

④ 天府：谓土地肥沃、物产富饶之域。　督亢：古地名。战国燕的膏腴之地。今河北省涿州市东南有督亢陂，其附近定兴、新城、固安诸县一带平衍之区，皆燕之督亢地。《史记·燕召公世家》："太子丹阴养壮士二十人，使荆轲献督亢地图于秦，因袭刺秦王。"

⑤ 河朔：古代泛指黄河以北的地区。《书·泰誓中》："惟戊午，王次于河朔。"孔传："戊午渡河而誓，既誓而止于河之北。"

偶自太原北来有阆州刘子问愚于崞①
怆然感旧立赋四首寄全川诸子或
有见者偶一吟玩庶几与从晤语乎

一

蜀国文名满汉宫，何缘龙爪渐销融。陈家兄弟读书处，近数阿谁聚火虫。

二

锦官秋色冷芙蓉，曾把军麾拥卧龙。此日孤踪还抱膝，魂销玉垒几千重。

三

大小眉山玉不如，漫天风雨见君初。灞陵已恨八千里，谁更白狼寄鲤鱼②。

四

拟棹归舟滟滪边,山开江底看花然。一时拂袖金牛去,梦绕渝州十二年③。

【注释】

① 阆州:今四川阆中。古称保宁。位于四川盆地东北部。 崞(guō):明、清置崞县在今山西原平崞阳。

② 鲤鱼:汉蔡邕《饮马长城窟行》:"客从远方来,遗我双鲤鱼。呼儿烹鲤鱼,中有尺素书。"后因以"鲤鱼"代称书信。

③ 渝州:今重庆。

归 里①

细柳新黄马首西,归来深绿障山溪。磨笋春色今何似,及唱骊歌醉似泥②。

【注释】

① 归里:回故乡。

② 骊歌:告别的歌。

绿 牡 丹

一

碧影森森玉作枝(一),春风晓日绽青藜①。仙胎已自空姚魏②,况有丹山绿羽仪。

二

国色平将造化分③，芭蕉犹欲湿红云。花王独解开青眼④，翠黛重描九烈君。

三

青葱玉树碧天涯⑤，香满瑶池不见花。却在叶中还似叶，松筠一路傲烟霞⑥。

【校记】

（一）碧影森森玉作枝：校本作"花影森森玉作枝"。

【注释】

① 青藜：典出《三辅黄图·阁》："刘向于成帝之末，校书天禄阁，专精覃思。夜有老人，着黄衣，植青藜杖，叩阁而进。见向暗中独坐诵书，老父乃吹杖端，烟然，因以见向，授《五行洪范》之文。恐词说繁广忘之，乃裂裳及绅以记其言。至曙而去，请问姓名，云：'我是太乙之精，天帝闻卯金之子有博学者，下而观焉。'"后因以"青藜"指夜读照明的灯烛。

② 姚魏："姚黄魏紫"的省称。牡丹花的两个名贵品种。姚黄为千叶黄花，出于民姚氏家；魏紫为千叶肉红花，出于魏相仁溥家。亦泛指牡丹花。

③ 国色：美丽的花，特指牡丹。

④ 花王：花中之王，特指牡丹。宋欧阳修《洛阳牡丹记·花释名》："钱思公尝曰：'人谓牡丹花王，今姚黄真可为王，而魏花乃后也。'"

⑤ 青葱：翠绿色。

⑥ 松筠：松树和竹子，以比喻节操坚贞。详见卷一页《人》注释②。

字黔生吴树青

玉树青葱出紫浔，绛霄闪闪月森森①。春风一到栖霞顶，露地香生彩日临。

【注释】

　　① 绛霄：指天空极高处。天之色本为苍青，称之为"丹霄""绛霄"者，因古人观天象以北极为基准，仰首所见者皆在北极之南，故借南方之色以为喻。

又字傅梅臣

　　一抹丹青下九宸^①，人间从此识梅臣。袖中闻有梅花赋，盍往岩廊拜圣人^②。

【注释】

　　① 九宸：犹九天。
　　② 岩廊：高峻的廊庑。借指朝廷。

又字向尧邻

　　才子登庸帝作邻^①，凯元谁是后来身^②。爱君自写南湖水，不着胸中一点尘。

【注释】

　　① 登庸：选拔任用；科举考试应考中选。
　　② 凯元：指辅佐君主的大臣。

武侯晒甲石^①

一

　　不毛深入几千秋，还有当年晒甲石。顾我何来哭且歌，摩挈流涕在今夕。

二

益州初定角吴魏,鱼水英雄已上宾②。独破牂牁来晒甲③,至今风雨簇龙鳞④。

三^(一)

从容纶羽自书生⑤,万古争传管乐名⑥。日霁紫池曾晒甲,风回铜鼓正提兵。

四

西和南抚计隆中⑦,此日旌旗压阵红。解甲只须闲抱膝,七擒七纵已成功⑧。

五

芙蓉城外甲光开,曾向黔阳一晒来。绝代风流谁作伴,横行天下自奇才。

六

未将火济封罗甸⑨,雍闿军前首欲枭⑩。片石抚云方卸甲,天威已渡碧波桥^(一)⑪。

七

麦冲尾洒百蛮路,尽有瑯玡饮马池。千载忠魂何处觅,龙纹石板月参差。

八

汉马唐韦皆有名⑫,大勋孰与卧龙争。铁桥铜柱今俱在⑬，拳石独高贵竹城⑭。

【校记】

（一）天威已渡碧波桥：底本原作"天威已度碧波桥"。

【注释】

① 武侯晒甲石：位于贵州省中西部关岭县城东约十五公里红崖山，又称晒甲山。据传诸葛亮南征将士与孟获交战，从坝陵河败退红崖山，安营之后曾于此晒甲而名，故名。据《永宁州志》记载："晒甲山即红岩后一山也，崖巇百丈，山头横亘如'一'字，俗传武侯南征晒甲于此……"。

② 鱼水英雄：刘备与诸葛亮君臣的鱼水情谊。刘备先是三顾茅庐，临终又托以国事。君待臣以礼，而臣必侍君以忠。诸葛亮则联吴抗魏，六出祁山，鞠躬尽瘁，死而后已。

③ 独破牂牁（zāng kē）来晒甲：诸葛亮南征，拜马忠为牂牁太守，平定牂牁郡丞朱褒的叛乱。牂牁，古地名，在今贵州境内。

④ 龙鳞：松桧之属。松桧之皮如龙鳞，故称。

⑤ 纶羽：羽扇纶巾，即头戴纶巾，手持羽扇。相传诸葛亮在军中服用此装束。

⑥ 万古争传管乐名：管乐，管仲与乐毅的并称，两人分别为春秋时齐国名相、战国时燕国名将。

⑦ 西和南抚计隆中：东汉末，诸葛亮隐居隆中。建安十二年（207），刘备三次往访，询以治世大计。诸葛亮分析天下形势，提出占据荆益两州，南抚夷越，西和诸戎，整顿内政，联合孙权，伺机从荆益两路北伐曹操的策略，以图统一中国，恢复刘家帝业，史称"隆中对"。

⑧ 七擒七纵：三国时诸葛亮出兵南方，曾七次生擒酋长孟获，又七次释放，终使孟获心悦诚服不复返。《三国志·蜀志·诸葛亮传》："亮率众南征，其秋悉平。"裴松之注引《汉晋春秋》："亮至南中，所在战捷。闻孟获者，为夷、汉所服，募生致之。既得，使观于营陈之间，问曰：'此军何如？'获对曰：'向者不知虚实，故败。今蒙赐观看营陈，若只如此，即定易胜耳。'亮笑，纵使更战，七纵七禽，而亮犹遣获。获止不去，曰：'公，天威也，南人不复反矣。'"

⑨ 火济封罗甸：火济，古国名。地在今贵州省中部。明田汝成《炎徼纪闻·奢香》："火济者，蜀汉时佐丞相亮，刊山通道，擒孟获有功，封罗甸国王。"

⑩ 雍闿（kǎi）军前首欲枭：雍闿为蜀建宁太守，汉什方侯雍齿之后，结连孟获反。诸葛亮率领蜀军南征，雍闿为鄂焕所杀。

⑪ 碧波桥：即碧波桥河，在今贵州安顺市东。《方舆纪要》卷 121"安顺府"："碧波桥河'在府东二里'。"

⑫ 汉马唐韦：指东汉名将马援和唐代名将韦皋。马援，生平详见卷三《扶风》注释①。韦皋（745—805），唐京兆万年人，字城武。唐贞元年间，出为剑南西川节度使，怀柔南诏及诸蛮、羌，数出师与吐蕃作战，有孔明之风。

⑬ 铁桥：唐时在云南省中甸县境置铁桥，跨金沙江，以通吐蕃。吐蕃于此置铁桥城，为吐蕃十六城之一。　铜柱：马援曾立铜制界桩作为边界的标志。《后汉书·马援传》："峤南悉平。"李贤注引晋顾微《广州记》："援到交址，立铜柱，为汉之极界也。"

⑭ 贵竹城：今贵州贵阳。

赠玄武山完上人

天花满座老阇黎，名腊双高五岳低。独看海珠明宝掌，谁函白雁锦江西。

庆比丘年在六群之时聪明可读书余劝其父使得业儒以衍其宗①恐未必听然余顾未能已于言也

一

代有箕裘即宝车②，绍隆何必定袈裟③。君修波若儿还国④，留点书香传世家。

二

舍戒还家为报亲,大雄岂敢堕天伦⑤。不争父子齐披薙⑥,谁作荒阡拜扫人。

三

佳儿铁里渐铮铮,收拾猗兰出化城。君自逃名君自了,分头存下者书生。

【注释】

① 业儒:以儒学为业。

② 箕裘:《礼记·学记》:"良冶之子,必学为裘,良弓之子,必学为箕。"孔颖达疏:"积世善冶之家,其子弟见其父兄世业陶铸金铁,使之柔合以补治破器,皆令全好,故此子弟仍能学为袍裘,补续兽皮,片片相合,以至完全也……善为弓之家,使干角挠屈调和成其弓,故其子弟亦睹其父兄世业,仍学取柳和软挠之成箕也。"良冶、良弓,指善于冶金、造弓的人。意谓子弟由于耳濡目染,往往继承父兄之业。后因以"箕裘"比喻祖上的事业。

③ 绍隆:继承发扬。《文选·钟会〈檄蜀文〉》:"今主上圣德钦明,绍隆前绪。"刘良注:"绍继绪业也。言有圣明之德而继先人之业。"

④ 波若:梵语的音译,也称"般若",佛教谓离一切分别执着的大智慧。

⑤ 大雄:梵文 Mahavīra(摩诃毗罗)的意译,佛教用为释迦牟尼的尊号。

⑥ 披薙(tì):佛教语。即剃去头发,披上缁衣,出家为僧。薙,同"剃"。

感 怀

中元后一日,于黔中照璧山见一像初出钧陶①,而一二攻金之士以水石磨礲②,问之曰:"夫子也。"稍焉,太阳旭照,光明四被。时浴方有至痛在中,仰摩金容,河海烂然,不觉泫泫泪下也。念浴深思密证,探圣人之道过二十余年,而一旦失所天于戊申之秋,亲恩圣道愈攀愈远,是虽虽者,且表里摧毁,不复有生理矣。今俨然见吾夫子,何甞吾亲二十年前后所思,倘亦有再见之期乎!因占四绝。

一

天理何来玉一团,两仪重把两轮安③。不图无里生来有,万古千秋许再看。

二

圣容尚得黄金铸,何日严亲立画堂④。空把孝经摩顶授,大来从不在身傍。

三

自恨风尘遮面目,忽看金色动衣裳。思亲却得谁如在,泪血斓衫拜素王⑤。

四

候尽光生五彩殊,如闻海口伯鱼呼⑥。何缘入梦同参氏,万卷重随膝下娱。

【注释】

① 钧陶:用钧制造陶器。

② 磨礲:亦作"磨砻""磨垄"。指磨石。

③ 两轮:指日、月。

④ 严亲:父母。或单指父亲。

⑤ 素王:指孔子。

⑥ 伯鱼:孔子的儿子孔鲤,字"伯鱼"。

八月初五日希正来别赋此并示次鲁尧邻

白鹤群飞露一团,香生满座尽芝兰。相思计到重阳后,南省贤书手自看。

寄答梁苍岩宗伯①

一

郎岫烟青火禁开②,尚书吟罢踏春回。霸陵旧尉休唐突③,闻说芙蓉玉辇来④。

二

忘形废礼咽红尘,万事伤心是此身。生死都为刘毅薄,却从谁许鉴人伦。

三

天当咫尺未朝天⑤,还已及门不是还⑥。良夜深杯酬去住⑦,晓风遮莫杏花然。

四

酒阑竹爆一书擎⑧,艳语魂销满座惊。康海琵琶杨慎曲⑨,重番新拍保阳城。

【注释】

① 梁苍岩:梁清标(1620—1691),字玉立,一字苍岩,号蕉林、棠村,直隶正定(今属河北)人,生于明泰昌元年,卒于清康熙三十年。明崇祯十六年进士,官

庶吉士。入清后,仍原官,寻授编修,累迁侍讲学士,兵、礼、刑、户部尚书,保和殿大学士。参见卷一《梁苍岩宗伯旋里寄赠》注释①。

② 火禁:指寒食禁火。

③ 霸陵旧尉休唐突:据《史记》记载,汉武帝时李广被罢官,闲置在家,夜出霸陵亭,霸陵尉醉,呵止李广。李广在马上说:"故李将军。"霸陵尉说:"今将军尚不得夜行,何乃故也!"于是呵止李广夜宿亭下。后匈奴入杀辽西太守,败韩将军。于是天子乃召拜李广为右北平太守,李广即请霸陵尉一同前往,至军而斩之。

④ 玉辇:天子所乘之车,以玉为饰。晋潘岳《籍田赋》:"天子乃御玉辇,荫华盖。"

⑤ 朝天:朝见天子。刘毅,晋人。

⑥ 及门:《论语·先进》:"子曰:'从我于陈、蔡者,皆不及门也。'"本谓现时不在门下,后以"及门"指受业弟子。

⑦ 良夜:深夜;长夜。　深杯:满杯。指饮酒。

⑧ 酒阑:谓酒筵将尽。　竹爆:爆竹。

⑨ 康海琵琶:明代音乐家康海,字德函,武功人。号对山。弘治进士第一,授修撰。善制乐造曲,尤以琵琶最为擅长,人称琵琶圣手。　杨慎:字用修,号升庵。明中叶文学家,尤擅制曲,所撰词、曲等甚多,创为渊博靡丽之词,造诣深厚,独立于当时风气之外。有《升庵全集》。生平参见卷一《辱袖吟》注释②。

又　寄

一

西堂康乐简新诗,正拥篮舆下博时①。危渡纵横潩水外②,相思无路影参差。

二

勋阶从满中书考,罪状空传郑侠图。仔细九天投杼起③,杀人应不在迂儒。

三

裂麻谏议曾何补④,好手经纶孰与俦⑤,俯仰平原十九辈,

赵人从不负诸侯苍岩赠章有"先帝犹思用赵人"之句⑥。

【注释】

① 篮舆:古代供人乘坐的交通工具。形制不一,一般以人力抬着行走,类似后世的轿子。　博:指博戏,又叫局戏,为古代的一种游戏,六箸十二棋。

② 滹水:水名,即滹沱河。在河北省西部。出山西省繁峙县东之泰戏山,穿割太行山,东流入河北平原,在献县和滏阳河汇合为子牙河。至天津市,会北运河入海。

③ 投杼:《战国策·秦策二》:"昔者曾子处费,费人有曾参者,与曾子同名族,杀人。人告曾子之母曰:'曾参杀人。'曾子之母曰:'吾子不杀人也。'织自若。有顷,人又曰:'曾参杀人。'其母尚织自若。顷之,一人又告之曰:'曾参杀人。'其母惧,投杼逾墙而走。夫以曾子之贤,与母之信,而三人疑之,虽慈母不能信也。"后以"投杼"比喻谣言众多,动摇了对最亲近者的信心。

④ 裂麻:典出唐李肇《唐国史补》卷上:"阳城为谏议大夫,德宗欲用裴延龄为相,城曰:'白麻若出,吾必裂之而死。'德宗闻之以为难,竟寝之。"裴延龄为人轻燥,故阳城坚决反对他为相。白麻指唐代诏书用的白麻纸,代指诏书。后因以"裂麻"为直臣冒死谏诤的典故。

⑤ 经纶:这里指筹划治理国家大事。参见卷一《偶识藏山旧迹》注释⑮。俦(chóu):比,相比。

⑥ 苍岩:即梁清标。

又　寄

一

桔槔汲井水平分①,对语黄鹂不可闻。一叶虚舟藏万壑,空嘶白马恨离群。

二

深柳条条水面齐,渔舟晴系画桥西。漆园蝴蝶蘧蘧去^②,十里红亭候马蹄。

三

赞皇偶得返平泉^③,摩诘何曾在辋川^④。咫尺常如千万里,双鱼萍水计投鞭^⑤。

四

百顷青畦白鹭飞,蓑衣明月几时归。风流独有江东谢^⑥,调鼎餐霞两不违^⑦。

【注释】

① 桔槔(jié gāo):井上汲水的工具。在井旁架上设一杠杆,一端系汲器,一端悬、绑石块等重物,将灌满水的汲器提起。《庄子·天运》:"且子独不见夫桔槔者乎,引之则俯,舍之则仰。"

② 漆园蝴蝶蘧(qù)蘧去:《庄子·齐物论》:"昔者庄周梦为胡蝶,栩栩然胡蝶也。自喻适志与,不知周也。俄然觉,则蘧蘧然周也。"漆园,战国时庄周为吏之处,故指庄子。蘧蘧,悠然自得的样子。

③ 赞皇偶得返平泉:"平泉"指平泉庄,唐宰相李德裕游息的别庄。

④ 摩诘何曾在辋川:唐代诗人王维(字摩诘)曾置别业于辋川。辋川,即辋谷水,诸水会合如车辋环凑,故名,在陕西蓝田南,源出秦岭北麓,北流至县南入灞水。

⑤ 双鱼:指书信。　萍水:萍草随水漂泊。因其聚散无定,故以喻人之偶然相遇。　投鞭:扔掉马鞭,借谓下马。

⑥ 江东谢:指谢安,东晋著名政治家、军事家,指挥了著名的淝水之战。谢安少有名,博学能文,曾隐居会稽东山,性爱读书,多次被诏,均以有病或其他缘由推辞而不仕,为当时及后世很多人所推崇。

⑦ 调鼎:喻任宰相治理国家。语本《韩诗外传》卷七:"伊尹,故有莘氏僮

也,负鼎操俎调五味,而立为相,其遇汤也。"　餐霞:餐食日霞,指修仙学道。语出《汉书·司马相如传下》:"呼吸沆瀣兮餐朝霞。"

抑天竺之学

别去君臣从鸟兽,抛他父子爱山川。当时既把人间弃,却望人间有好缘。

无　题

一

圯上从容试子房①,代州瞻顾识黎阳②。歧途一向逢高士,时倚春风佩智囊。

二

丙夜兰缸锦幄明③,曾看赵女理秦筝。一时误作郭门柳,绝代风流让步兵④。

三

艳色当筵烛影红,石家日夕撞歌钟。千秋欲觅真经济,淡泊终输老卧龙。

四

吴钩雪刃白莲装,紫气千寻射斗傍。休问当时三户识,人间知有楚优妆。

五

　　无复东山屐齿香[⑤]，空余旧恨满沧桑。挑灯漫自伤春暮，晓夜孤飞二十霜。

六

　　缓带曾闻尚黑头[⑥]，只今独老鹔鹴裘[⑦]。孤馆黄昏灯欲烬，谁家和泪拨箜篌[⑧]。

【注释】

　　① 圯(yí)上从容试子房：张良年少时曾在桥上为黄石公进履，黄石公遂授兵书与张良，使其辅佐刘邦灭秦建汉，成就大业。圯，桥。

　　② 黎阳：子贡(公元前520—?)，姓端木，名赐，字子贡，又作子赣，亦称卫赐。孔子的杰出弟子，"孔门十哲"之一。子贡是卫国黎阳人，被后世追封为"黎阳公"。

　　③ 丙夜：三更时候。　兰缸：燃兰膏的灯。用以指精致的灯具。

　　④ 步兵：三国时阮籍的别称，曾官步兵校尉。

　　⑤ 东山：据《晋书·谢安传》载，谢安早年曾辞官隐居会稽之东山，经朝廷屡次征聘，方从东山复出，官至司徒要职，成为东晋重臣。后因以"东山"为典。指隐居或游憩之地。　屐齿：指足迹，游踪。

　　⑥ 缓带：宽束衣带。形容悠闲自在，从容不迫。

　　⑦ 鹔鹴裘：相传为汉司马相如所著的裘衣，用鹔鹴鸟之皮制成。一说为曲调名。

　　⑧ 箜篌：古代拨弦乐器名。有竖式和卧式两种。《史记·孝武本纪》："祷祠泰一、后土，始用乐舞，益召歌儿，作二十五弦及箜篌瑟自此起。"裴骃集解引徐广曰："应劭云：武帝令乐人侯调始造箜篌。"

唐城二月二日河灯竹枝词[①]

一

　　花朝龙气晓来升[②]，龙跃花开好放灯[③]。点点琉璃推入水,下看星斗绿波澄。

二

乌衣密匝夜光凝④,爆竹声中下彩灯。赴水才如莲落瓣,
迥风更比鱼儿能。

三

桥上花催桥下同,一枝花是两枝红。可怜两岸没遮揽,都
在芙蓉镜子中。

四

烂熳银河一掌平⑤,青苹犹傍艳歌生⑥。晶宫不是金莲
地(一),罗袜今番仔细行。

五

七曲双泉香火情,来歆田舍与书生。素封都到龙华会,咫
尺分明见火城。

六

中和时节鸟呼晴,夜出篮舆侍女擎。花发河阳萱草绿,仙
乡难说锦装成。

七

朱雀桥头瓦舍青⑦,洪洞旧郝满唐城⑧。寄声一脉同宗
子⑨,好好花前为弟兄。

八

传说蛟龙满地行,露香五夜出唐城⑩。至今火树迎人

著⑪,藉藉犹闻念佛声⑫。

九

许嫁今年又不成,临渊无语羡春生⑬。红鸾照水明如昼⑭,一尺金鳞比目行⑮。

十

画船不系柳条松,也钓鱼儿也钓龙。今夜打从花底过,山川亲用紫霞封。

【校记】

(一)晶宫不是金莲地:校本作"晶宫不是金莲池"。

【注释】

① 唐城:唐县。西汉置,属中山国,置所在今河北唐县东北二十里南固城。北齐废入安喜县。隋代复置,属定州。五代梁时改名中山县。金移置今唐县。元属保定路,明属保定府。

② 花朝龙气晓来升:农历二月二日,古中和节,传说此日安眠了一冬的龙抬起头来。花朝,即花朝节,旧俗以农历二月初二日为"百花生日",故称。

③ 放灯:指放河灯。

④ 乌衣:黑色衣,古代贫贱者之服。

⑤ 烂熳:同"烂漫"。形容其势广阔、壮大。 掌平:像手掌那样平坦。

⑥ 青苹:一种生于浅水中的草本植物。《文选·宋玉〈风赋〉》:"夫风生于地,起于青苹之末。"李善注:"《尔雅》曰:'萍,其大者曰苹。'郭璞曰:'水萍也。'"

⑦ 瓦舍:瓦市。

⑧ 洪洞旧郝满唐城:唐城郝氏家族源自山西洪洞之一支,明时由洪洞徙于直隶定州唐城之奇连里。郝浴即出生于此地。

⑨ 寄声:托人传话。

⑩ 五夜:即五更。《文选·陆倕〈新刻漏铭〉》:"六日不辨,五夜不分。"李

善注引卫宏《汉旧仪》："昼夜漏起,省中用火,中黄门持五夜。五夜者,甲夜、乙夜、丙夜、丁夜、戊夜也。"

⑪ 火树:比喻繁盛的灯火。

⑫ 藉藉:杂乱众多、喧哗纷乱的样子。

⑬ 春生:犹言春天到来。

⑭ 红鸾:旧时星命家所说的吉星,主婚配等喜事。

⑮ 金鳞:金色的鱼鳞,借指鱼。　　比目:相比并而行,喻形影不离。

感　怀

一

幻影虽留心已狂,余生那复费商量。臣忠子孝今何济,一曲离骚歌凤凰。

二

悠悠笛子落山阳①,剪剪灯花泣孟光②。手把孝经读不下,孤儿昨夜泪千行。

三

污泥漫说紫莲香③,已任飞奴玷玉堂④。棋子不妨输这着⑤,车儿只管避螳螂⑥。

四

南园畦里有筠筐⑦,斜坐石头引一觞⑧。不见当时活孟子⑨,苦从章句觅书香。

【注释】

① 悠悠笛子落山阳:晋向秀经山阳旧居,听到邻人吹笛,不禁追念亡友嵇

康、吕安,因作《思旧赋》。后因以之为怀念故友的典实。

② 孟光:东汉隐士梁鸿之妻,字德曜。夫妻隐居于霸陵山中,以耕织为生,后至吴。梁鸿为佣工,每食时,孟光必举案齐眉,以示敬爱。后作为古代贤妻的典型。

③ 漫说:别说,不要说。

④ 飞奴:信鸽。五代王仁裕《开元天宝遗事·传书鸽》:"张九龄少年时,家养群鸽,每与亲知书信往来,只以书系鸽足上,依所教之处飞往投之,九龄目之为飞奴。"

⑤ 输这着:化用成语"棋错一着,满盘皆输"。弈棋错走一步,使得全盘棋输掉。比喻处理事情稍有不慎,会把整个事情弄糟。

⑥ 车儿只管避螳螂:化用成语"螳臂当车"。《庄子·人间世》:"汝不知夫螳蜋乎? 怒其臂以当车辙,不知其不胜任也。"后以"螳臂当车"比喻自不量力,招致失败。

⑦ 筼筜(yún huáng):丛竹。

⑧ 引觞:持杯。语本晋陶潜《归去来兮辞》:"引壶觞以自酌,眄庭柯以怡颜。"

⑨ 活孟子:陈献章(1428—1500),字公甫,号石斋,人称白沙先生,广东新会人。明代著名的思想家、教育家、书法家、诗人。明正统十二年进士及第。后受学于吴与弼。归即绝意科举,筑阳春台,读书日夜不辍。成化二年(1466),得祭酒邢让尝识,"扬言于朝,以为真儒复出,由是名震京师。"他钻研程朱理学,后因学知变,"尽穷天下古今典籍,旁及释老稗官小说",又"筑阳春台,静坐其中,数年无户外迹"。其学洒然独得,论者谓有鸢飞鱼跃之乐,而兰溪姜麟至以之为"活孟子"。

南 园 春 日

一

鹤亭面面尽垂帘,阶下阳春渐次添。不久文章盈大块①,

邺侯空自锁牙签②。

二

迢迢绿水绕吾家，一树垂杨一树花。这里卧龙岂不好，人
间只是爱宣麻③。

三

春风还是柳青时，画阁晴翻酤酒旗。横跨玉骢沿路问④，
谁藏玄石旧玻璃。

【注释】

① 大块：大自然；大地。

② 邺侯：唐李泌贞元三年拜中书侍郎、同中书门下平章事，累封邺县侯，家
富藏书。后用为称美他人藏书众多之典。　牙签：指书籍。

③ 宣麻：唐宋拜相命将，用白麻纸写诏书公布于朝，称为"宣麻"。后遂以
为诏拜将相之称。

④ 玉骢：即玉花骢。泛指骏马。

咏　竹

一

独立风霜二十年，忽凋苍翠在春前。不争君子甘憔悴，谁
更青青上接天。

二

叶落根深节未寒，漫随时候一泥蟠①。到来雷雨蛟龙起，
日霁风清一万竿②。

【注释】

① 泥蟠：蟠屈在泥污中。亦比喻处在困厄之中。

② 霁：明朗,晴朗。

忍冬藤盛开辛香沁人湿热之气大驱次儿读书此堂①
诗以勉之其曰羹墙②盖帝里祖德咫尺于斯也。

鹭系藤上五云堂,侵晓开帘入露香③。静坐知消邪气尽,
还能书里晤羹墙。

【注释】

① 次儿：指郝浴次子郝林,字中美,又字君亭,康熙二十一年(1682)进士。授中书科中书,历吏部郎中,以廉正称。累迁礼部侍郎,加尚书衔。

② 羹墙：《后汉书·李固传》:“昔尧殂之后,舜仰慕三年,坐则见尧于墙,食则覩尧于羹。”后以“羹墙”为追念前辈或仰慕圣贤的意思。

③ 侵晓：拂晓。

偶　　题

莫大文章闻魏公①,斐然今日与谁同? 静看九曲围尧里,
终有人归昼锦中②。

【注释】

① 魏公：北宋贤相指韩琦。

② 昼锦：《汉书·项籍传》载秦末项羽入关,屠咸阳。或劝其留居关中,羽见秦宫已毁,思归江东,曰:“富贵不归故乡,如衣锦夜行。”后遂称富贵还乡为“衣锦昼行”,省作“昼锦”。

黎阳谒端木夫子祠[①]

其　一

黎阳松色荫龙鳞[②]，庙祀千年翼圣人。辟谷卧龙才髣髴，已能草昧发经纶。

其　二

绝代聪明入圣优，楷林独自六年留[③]。宫墙富美从今入[④]，日月双悬遮莫游。

【注释】

① 端木夫子：即子贡（公元前 520—?），姓端木，名赐，字子贡，又作子赣，亦称卫赐，卫国黎阳人。孔子的杰出弟子。"孔门十哲"之一。　黎阳：河南省浚县的古称，位于河南省北部。

② 龙鳞：松桧之属。松桧之皮如龙鳞，故称。

③ 楷林独自六年留：孔子死后，众弟子为孔子守墓三年，相诀而去，独子贡在此又守三年，"庐于冢上，凡六年"。楷林：指孔林。

④ 宫墙：《论语·子张》："叔孙武叔语大夫于朝曰：'子贡贤于仲尼。'子服景伯以告子贡。子贡曰：'譬之宫墙，赐之墙也及肩，窥见室家之好。夫子之墙数仞，不得其门而入，不见宗庙之美，百官之富。'"

将入葛公清虚山以仪哲诱致香岩戏作

濯濯冰壶彻凤洲，谁堪绕指玉人柔。春风误入香岩路[①]，云里晶床度并头。

【注释】

①　香岩：净土；佛界。

登葛山清虚最高处望山后群峰如黛^①

簇簇青山尽有名，得分片石足生平。况当紫翠千重涌，身在清虚顶上行^②。

【注释】

①　葛山：即葛公清虚山，在直隶唐县西北七十里，山与恒岳相接，峰峦环簇，岩壑奇胜。相传葛洪修道于此，故名。

②　清虚：太空，天空。

上　清　宫

石栏曲窦绿阴斜，宛转薰风入道家^①。鹤鹿不鸣神谷静，虚岩细写紫荆花。

【注释】

①　黄风：东南风，和风。《吕氏春秋·有始》："东南曰熏风。"

题上清凤凰池

阊阖惊传帝命回，凤池鹤起五云开。翠华无数围松柏，飞报山中宰相来。

步傅文毅尚书韵

嫌说三山五岳游,孤悬圣业已千秋。今来偶试神仙诀,权把身为世界留。

上清宫汲井

五云高处做人家,葛井亲烹雀舌茶①。一阵香来惊立起,宫门几树木兰花。

【注释】

① 雀舌:茶名。以嫩芽焙制的上等茶。

云起天风台

千条云气曳风车,横卷烟霞卧著书。谁信海中银世界,和盘托在上清虚。

云

云摊窗外梅花色,十里青山雪路平。二十余年莲岳榻①,今来重下葛先生。

【注释】

① 莲岳:指华山。

夜　　坐

　　星河好月科头坐①,松影茶烟玉瓦清。渐久渐看天地亮,
一轮新月报光明。

【注释】

　　① 科头:谓不戴冠帽,裸露头髻。《战国策·韩策一》:"秦带甲百余万,车
千乘,骑万匹,虎挚之士,跿跔科头,贯颐奋戟者,至不可胜计也。"鲍彪注:"科
头,不著兜鍪。"

醉题银州酒家

一

　　已放中秋好月回,重阳未到菊花开。今宵不买银州醉,枉
向黄龙荷锸来①。

二

　　酒肆烧灯残月生,霜天白雁入云横②。如鸾总晤秸中
散③,命驾终愁阮步兵④。

三

　　可能数墨老余年⑤,末路茫茫那著鞭⑥。遮莫安丰憔悴
极,支床饮酒蓼花天⑦。

【注释】

　　① 黄龙:见卷一《银冈行》注释⑥。　　荷锸(chā):《汉书·王莽传上》:

"父子兄弟负笼荷锸,驰之南阳。"锸,臿、锹。

② 霜天:深秋的天空,深秋天气。

③ 嵇中散:嵇康(223—262),字叔夜,谯国铚(今安徽宿县)人,尚魏宗室。长荣亭主。除郎中,拜中散大夫。故称"嵇中散"。三国时著名的文学家、思想家、音乐家。"竹林七贤"之一。景元二年,以《答山涛书》忤司马昭,寻坐吕安事诛。

④ 阮步兵:阮籍(210—263),字嗣宗,陈留尉氏(今属河南)人。为从事中郎。正元初封关内侯,寻为"步兵校尉"。故称"阮步兵"。文学家,音乐家,"竹林七贤"之一。

⑤ 数墨:计算书本上的文字,比喻读书不推究义理、在字里行间讨生活。

⑥ 末路:晚年,老年。《文选·谢灵运〈酬从弟惠连〉诗》:"末路值令弟,开颜披心胸。"李周翰注:"末,衰也。衰老始得逢令弟。"　着鞭:犹言着手进行,开始做。用以勉人努力进取。详见卷二《寿敬哉王宗伯》注释⑤。

⑦ 蓼(liǎo)花天:指蓼花盛开的秋日。蓼,一年生草本植物,花粉红色。

刈　　韭①

草阁风帘今早晨,雨声惊醒灌园人②。绿翻畦韭滋兰畹③,自起承筐饷四邻。

【注释】

① 刈韭(yì):割韭菜。刈,割(草或谷类)。

② 灌园:从事田园劳动。后谓退隐家居。

③ 滋兰畹:化用屈原《离骚》:"余既滋兰九畹兮,又树蕙于百亩。"滋,谓培植。

银州蜀米美甲天下熟为粥甘可忘肉园有菊数本
未重阳前紫蕊婆娑偏艳于日高粥就之时懒人
持粥而玩之清甜之趣未易为吾徒举似也

蜀米流脂玉液漂,东篱紫艳自妖娆①。浪传茶赏强如酒,
独有痴人饭一瓢。

【注释】

① 东篱:晋陶潜《饮酒》诗之五:"采菊东篱下,悠然见南山。"后因以指种
菊之处,菊圃。

近 重 阳

旭色寒生燕不巢,炊烟和露湿花梢。三朝又是重阳节,依
旧青山满四郊。

银州有菊重阳大放是日摊书满床然徒用忘忧非真
有古人益智之美也蹉跎入夜已就枕矣忽念
良阴好境屡成抛掷因掘起烧灯而赋之

冲篱紫艳落寒香,白昼摊书夜抚床。终恨今朝愁里过,起
烧红烛送重阳。

嘱 雁

霜打芦花雁起群,银州彻晓万声闻。玉关虽隔阳终在,莫乱长行下五云。

春 日 杂 兴

一

落日孤吟野水边①,暮云千里故乡连。一声何处黄昏磬,海上今宵月又圆。

二

青山一望白云遮,道是乌桓帝子家②。不度春风出紫塞,空和月色剪梨花。

【注释】

① 孤吟:独自吟咏。

② 乌桓:亦作"乌丸"。古代北方少数民族名,原是东胡的一支,西汉初被匈奴击败,迁移到乌桓山,因以为名。汉建安十二年曹操破乌桓,徙万余落至中原,其势遂衰。见《汉书·匈奴传下》《后汉书·乌桓传》。后世诗文中亦泛指北方少数民族或其居住地。

旧宫赐百官宴①

对竖龙旗八骏还②,旧宫前殿醉天颜。爱看联袂歌于芳,不见当时元鲁山③。

【注释】

① 旧宫：这里指盛京（沈阳）故宫。

② 八骏：相传为周穆王的八匹名马。八骏之名，说法不一。后来指皇帝的车驾。亦用以泛指骏马。

③ 爱看联袂二句："于芳"为《于芳于》的省称，歌曲名，为唐人元德秀 所作。《新唐书·卓行传·元德秀》："德秀惟乐工数十人，联袂歌《于芳于》。《于芳于》者，德秀所为歌也。"元鲁山，元德秀（696—754），字紫芝，河南陆浑（今嵩县境）人。北魏拓跋氏后裔。治鲁期间，政绩显著，为官清廉。学者高其行，称为"元鲁山"。

抱阳山有燕国公读书处①

霜倒秋禾芦雁还，寒家遥接抱阳山②。何时洗屐读书去，回首今秋隔玉关。

【注释】

① 抱阳山有燕国公读书处：抱阳山，位于河北满城县西约 5 公里，山怀南向，中谷温和，隆冬冰雪不积而称"抱阳山"，亦名"花阳山"。抱阳山原有隋时建筑的宝教院，唐代重修后改名曰"圣教寺"，为唐燕国公张说读书堂。张说在武则天时授太子校书郎，累官中书令，封"燕国公"，擅长文辞诗赋，著有《张燕公集》传世。为历代官绅、文人骚客游览胜地。

② 寒家遥接抱阳山：抱阳山距保定市 20 公里，与郝浴故乡相距不远，故言。寒家，对自己家庭的谦称。

塞　　上

水向西流风向东，纷纷落叶更飘鸿。渐看绿鬓朱颜改，犹在他乡烦恼中。

昙首真公正公耻公不离步宗传四世为赋一绝

洞宗四辈滴亲人,生死千山护肉身。问讯近来闻健饭,一笼山药发精神。

望 驻 跸 峰①

癸丑夏日②,入千山,过太子河③,望见此山在西南下。忆唐史载太宗发定州、勉太子自结雨衣于鞍后之事④,因有此作。

一

单车斜辇白云行,西下青山旧有名。行在六旬曾驻跸,驿书一路到唐城⑤。

时太子同太傅高士廉、詹事张行成、侍中刘洎、中书马周等留守定州以待捷书,因作城于尧里,在滱水北,即浴家。

二

文皇笑指白岩堕,高丽惊回乌骨平。见说峰头纹似掌,龙翻五彩至今成。

【注释】

① 驻跸峰:千山,古称积翠山,为长白山支脉,纵贯辽东半岛。千山的东南部有英烈观山,相传唐太宗李世民曾驻跸于此,因而易名为此。

② 癸丑:康熙十二年(1673)。

③ 太子河:古称衍水,明称太子河,清称太资河。流贯辽宁省本溪境内。因燕太子丹被秦将追杀逃亡于此,故名太子河。

④ 忆唐史载太宗发定州、勉太子自结雨衣于鞍后之事：据《资治通鉴》记载，唐太宗(贞观)十九年春，征高丽，诏皇太子留守定州监国。车驾发定州，亲佩弓矢，手结雨衣于鞍后。

⑤ 行在六句二句：贞观十九年六月，唐太宗车驾发辽东，征高丽。诸军并进，高丽兵大溃，斩首二万余级。延寿、惠真帅其众三万六千八百人(来)降。获马五万匹，牛五万头，铁甲万领。高丽举国大骇，太宗驿书报太子(在定州监国)，更名所幸山曰"驻跸山"。唐城，即唐县，西汉置，属中山国，置所在今河北唐县东北二十里南固城。隋、唐复置，属定州。

有吏将其六儿以来

樵尽五峰爨屪屪^①，乳鸦无复寄巢枝。明知铁岭刀兵惯，且掾恩侯养六儿。

【注释】

① 爨(cuàn)：烧火煮饭，或是烧火做饭的人。　屪屪，门闩，百里奚事。

知　天

羁民招客两同袍，从此休将天意嘲。愿去愿来各不等，如何一样系瓜匏。

二月十八日夜卧不寐起吟二首

一

空床重起夜何其，鸡唱三声月转迟。烦恼只凭书作伴，相亲依旧秀才时。

二

　　茕茕小子夜啼庐①,独坐挑灯展旧书。万里泥涂行不
到②,推寻相业殆何如③。

【注释】

　　① 茕茕:孤零的样子。

　　② 泥涂:亦作"泥途""泥塗"。涂,道路。

　　③ 相业:宰相的功业,亦比喻巨大的功绩。

感　怀

　　叶已辞枝落未甘,秋风飘泊到天南。无端自解吹箫恨,何
必人间更脱骖①。

【注释】

　　① 脱骖(cān):典出《礼记·檀弓上》:"孔子之卫,遇旧馆人之丧,入而哭
之哀,出,使子贡脱骖而赙之。"谓解下骖马,以助治丧之用。后因用为以财助人
之急的典实。

赏　花

　　春色分来自杏坛,何人不道酒肠宽①。穷边见尔非容易,
请更垂帘细细看。

【注释】

① 酒肠：代指酒量。

平母之贤贤矣顾愚曾识平子于真源之座今二十余年再晤平子而真源遂已作古乎感赋此诗即正平子

翠落燕云旧好分，重来一倍惜离群。越州无复苏州范，谁解租装持赠君。

赠江南何亮工①

万点桃花酒一杯，黄金筑处雁声来。劝君负米还家好，休信书生天下才。

【注释】

① 何亮工：南直隶桐城（今属安徽）人。明末宰相何如宠之孙。何亮工少有逸才，顺治丁酉举孝廉，家于南京武定桥。曾为史可法幕宾。

饮宗伯梁苍岩斋中①

燕市梅花树两头，一和金露一添筹。休嫌海鹤更鸣向②，物望翕然在镇州③。

【注释】

① 宗伯梁苍岩：梁清标（1620—1691），字玉立，一字苍岩，号蕉林、棠村，直

隶正定(今属河北)人。明崇祯十六年进士。累迁侍讲学士,兵、礼、刑、户部尚书,保和殿大学士。参见卷一《梁苍岩宗伯旋里寄赠》注释①。

②　海鹤:海鸟名,或说即江鸥。唐杜甫《寄常征君》诗:"楚妃堂上色殊众,海鹤阶前鸣向人。"仇兆鳌注引《西京杂记》:"海鹤,江鸥。"

③　物望:人望,众望。　翕然:指一致称颂。　镇州:今属河北省正定。梁清标的家乡。

太 和 门 应 制①

一

五云开处见金銮②,万里孤臣一寸丹。圣主几回舒庙算,江河同日砥狂澜。

二

曾向留都礼至尊③,九重今日拜新恩④。何当圣帝虚前席,惭愧贾生太息言⑤。

【注释】

①　太和门:太和门为紫禁城内外朝三大殿的正南门,是明清两朝举行重大活动的场所和要道。建于明永乐年间,初称"奉天门",后改称"皇极门",清代称"太和门"。

②　五云开处见金銮:太和门内,是俗称"金銮殿"的太和殿。五云,指皇帝所在地。

③　曾向留都礼至尊:康熙十年(1670)辛亥十月,郝浴在奉天城下两次谒见康熙皇帝,具陈前时巡按四川始末。留都,即盛京(奉天,今辽宁沈阳),顺治元年以盛京为留都,置内大臣统辖东北全境。

④　九重:指宫门,宫禁。

⑤　贾生:指汉代贾谊。

至后病起雪夜挑灯哭周伯衡兼怀往事九首①

一

西庄骊唱杳难攀②，天盖累臣竟赐环③。今夜一樽为汝酹，重泉遥隔穆陵关④。

二

悲歌燕市晓钟疏，顾我犹酤兰液居。更不梳头趋画省，酷吟陆九爱君书。

三

高阔相然几辈行，招携轮日点衣裳⑤。可怜酒后痴言语，常说中山有凤凰。

四

粟尉押封锁钥开，万箱白粲一尘埋⑥。饶君多智欺张咏，笑踏棋声有吏来。江右平准仓贮粟十九万⑦，久饱蠹胥⑧，公欲盘查。胥借漕粮充抵，转眼皆空。因伺公嗜奕，俟其战酣，即具出陈易新领状求签。及后任交盘，惟空领一篚而已。

五

武昌城水接南昌，宦海双留诗一囊。敛汝无棺仍汝恨，虚名安用入封章⑨？

六

拟汝才名杜夔边，何期憔悴落湘川。残魂未瞑游何处，慈母今埋明月山。

七

卧渴残年对雪天,何缘起晤月当悬。临风痛极翻成笑,还却诗书买命钱。

八

高班齐上荐贤书⑩,真以君才授楚无。闻道雄谈仍滚滚,三年空食武昌鱼⑪。

九

秋深雨落八行开⑫,笼鸟池鱼费主裁。独恨归班舌尚在⑬,相看狼狈到泉台⑭。

【注释】

① 周伯衡:周体观,字伯衡,直隶遵化(今属河北)人。顺治六年(1649)与郝浴同一年中进士,改翰林院庶吉士,累迁吏科给事中。为人坦直倜傥,在官若忘其家。旋出为江西参议道。工诗,所作多尚自然,不事雕饰。有《晴鹤堂诗抄》。

② 骊唱:指骊歌。告别的歌。

③ 赐环:旧时放逐之臣,遇赦召还谓"赐环"。语本《荀子·大略》:"绝人以玦,反绝以环。"杨倞注:"古者臣有罪待放于境,三年不敢去,与之环则还,与之玦则绝,皆所以见意也。"

④ 重泉:犹九泉,旧指死者所归。

⑤ 招携:亦作"招携",招邀偕行。　轮日:犹时日。

⑥ 白粲:白米。

⑦ 江右:江西。古时在地理上以西为右,江西以此得名。

⑧ 蠹胥:害民的胥吏。

⑨ 封章:言机密事之章奏皆用皂囊重封以进,故名封章,亦称封事。

⑩ 高班:高位,显爵。

⑪ 武昌鱼:三国吴嗣主孙晧从建业迁都武昌,丞相陆凯进谏,疏中引童谣:"宁饮建业水,不食武昌鱼"。见《三国志·吴志·陆凯传》。

⑫ 八行:《后汉书·窦章传》:"更相推荐。"李贤注引汉马融《与窦伯向(章)书》曰:"孟陵奴来,赐书,见手迹,欢喜何量,见于面也。书虽两纸,纸八行,行七字。"谓信纸一页八行。因以称书信。

⑬ 归班:有爵禄者就闲待选。清制,凡进士不授以他项官职,而以知县铨选者亦称"归班"。

⑭ 泉台:墓穴,亦指阴间。

挽陈大将军

六盘拜表甲囊开,夜望朝那子密来。卷土应惊骑屋梦,良家子弟忍谁猜。

喜　雨

雷塘响雨夜生春①,扶起沟中菜色人②。莫倚调元囊有智③,露香一瓣是丝纶④。

【注释】

① 雷塘:地名。在江苏扬州城北。隋唐时为风景胜地。隋炀帝葬此。

② 菜色:饥民营养不良的脸色。谓受饥。

③ 调元:谓调和阴阳,执掌大政。

④ 丝纶:帝王诏书。详见卷一《人》注释⑭。

十二鸣鹤亭咏鹤

一

曾绕三山荡海尘,蜀冈深翠晓笼身。层层雪色翻无那①,

一洗琼花万古春。

二

侵阶紫艳一园芝，天马呼群向此时。十二朱栏围绿水，五云高踏意迟迟。

三

银湾斜掠三千界②，霜气高含十二楼。五曲雷塘添月色③，万年甘露洗丹头。

四

九霄刷羽带星船，偶息邗江若比肩④。珠树两行分队舞，万声鸣和祝尧年⑤。

五

白团毛扇一齐张，肯使纤尘落讲堂。新栽玉树今盈把，留作蓬莱六种香。

【注释】

① 无那：犹无限；非常。

② 银湾：银河。

③ 雷塘：地名。在江苏扬州城北。隋唐时为风景胜地。隋炀帝葬此。

④ 邗江：古水名。也称邗沟、邗溟沟。即江苏境内自扬州西北至淮安北入淮的运河。

⑤ 尧年：古史传说尧时天下太平，因以"尧年"比喻盛世。

夏日即事,因晓诸商

一

绕砌青梅散海醝^①,风清旗路鸟声和。国恩试上牙筹算^②,盐少黄金不更多。

二

画鼓频催赤羽摩^③,市头声价起根窝^④。孤怀此际空于镜,曾是恩多是怨多。

【注释】

① 海醝:海盐。

② 牙筹:象牙或骨、角制的计数算筹。

③ 赤羽:羽箭名,铁镞。唐李白《登邯郸洪波台置酒观发兵》诗:"我把两赤羽,来游燕赵间。"王琦注:"赤羽,谓箭之羽染以赤者。"

④ 根窝:清代盐商专卖凭证。起源于明万历时纲法的窝本。清沿明制,两淮课盐,招商人认窝缴纳银两,发给专卖凭证,谓之"根窝"。

磐阶梅花在真州盐署

一

绛雪齐肩海色分^①,磐阶新萼总连云^②。清时岂是徒芳烈^③,香带甘和四海闻。

二

梅酸海润识天行,官舍卿云五色生^④。磐折自传芳讯远^⑤,虚怀元不为调羹^⑥。

【注释】

　　① 绛雪：比喻红色花朵。宋刘克庄《汉宫春·秘书弟家赏红梅》词：“拚醉倒，花间一霎，莫教绛雪离披。”

　　② 磬阶：郝浴自砌之台。　连云：与天空之云相连，形容高远，众多。唐白居易《李白墓》诗：“采石江边李白坟，遶田无限草连云。”

　　③ 芳烈：指香气浓郁。三国魏曹植《七启》之四：“遗芳烈而靖步，抗皓手而清歌。”

　　④ 卿云：即庆云。一种彩云，古人视为祥瑞。《史记·天官书》：“若烟非烟，若云非云，郁郁纷纷，萧索轮囷，是谓卿云。卿云见，喜气也。”

　　⑤ 磬折：弯腰，表示谦恭。　芳讯：指花开的信息。

　　⑥ 调羹：《书·说命下》：“若作和羹，尔惟盐梅。”后因以“调羹”喻治理国家政事。

<h1 style="text-align:center">喜　雨</h1>

一

　　泰交雷雨九重回①，圣主天怀一夜开。从此乾坤成大有②，欢声八面入瀛台③。

二

　　民饥仍苦辇三军，露祷深宫万国闻。雨到黎明桑孔罢④，黄金如土马如云。

【注释】

　　① 泰交：语出《易·泰》：“天地交，泰。”谓天地之气相交，物得大通。

　　② 大有：丰收。

　　③ 瀛台：台名。在北京故宫西苑太液池（即今中南海）中，也名南台、趯台。三面临水，中有勤政、涵光、香扆三殿，康熙朝常作为夏日听政之所。

④ 桑孔：汉代著名理财家桑弘羊与孔仅的并称。

甲午春夜宿庭中左壁①梦一鸟拂顶扑入夏初遂成远役计今年辛酉二十有八年矣②挑灯再宿此室复当粤右之行首尾两宿实隔一世未审今宵复有何警深夜低徊不能成寐援笔志感

白添窗隙梦初圆，屈指严宵廿八年。万里重来今又去，好研吾道冀重还。

【注释】

① 甲午春：顺治十一年甲午（1654）春。此年春天，郝浴因被诬罢官正闲置在家。当年六月一日，部议郝浴当坐死，幸赖世祖顺治皇帝知郝浴冤枉，命免其死罪，从宽处置，流徙盛京（今沈阳）。

② 计今年辛酉，二十有八年矣：康熙二十年辛酉（1681），郝浴即将赴任广西巡抚，夜宿此旧庭。距上次顺治十一年春夜宿此地时隔 28 年。

题跨鹤吹箫

飘渺飞楼接帝乡，高空无际玉人忙。冲霄一曲归天马，笑指离骚笑凤凰。

春　游

艳色天南二月中，桃花含笑舞春风。佳期正遇芳菲节①，驿骑晴看万树红。

【注释】

① 芳菲节：阳春时节。亦泛指佳节、良时。

子　房①

一

代把金瓯社稷看②，愁来拾履一身难③。烧残栈阁犹回首④，不是椎秦遂报韩⑤。

二

从容政府推名相⑥，谁及河山借一筹⑦。偏向高皇龙战日，密从帷幄定神州⑧。

【注释】

① 子房：张良（？—前186），今河南禹州人，字子房。尝为汉高祖刘邦建立大业屡出奇计，汉初三杰之一。被封留侯，后谥文成侯。

② 金瓯：用以指国土，比喻疆土之完固。

③ 愁来拾履一身难：张良年少之时，遇黄石公于桥上以傲侮之态呼其为之拾履，张良遂得《太公兵法》，而成一代谋士。《史记·留侯世家》："良尝闲从容步游下邳圯上，有一老父，衣褐，至良所，直堕其履圯下，顾谓良曰：'孺子，下取履！'良鄂然，欲殴之。为其老，强忍，下取履。父曰：'履我！'良业为取履，因长跪履之。父以足受，笑而去。"

④ 烧残栈阁犹回首：楚汉争逐中原之初，楚强汉弱，刘邦与项羽尝有约定：先入关中者王。刘邦率师先入关中，项羽遂起猜忌之心，欲除刘邦。张良献火烧栈道之计，消除项羽对刘邦的猜疑，使刘邦偏安于汉中，积蓄力量，为兵出汉中抗衡项羽奠定基础。《史记·留侯世家》："汉王亦因令良厚遗项伯，使请汉

中地。项王乃许之,遂得汉中地。汉王之国,良送至褒中,遣良归韩。良因说汉
王曰:'王何不烧绝所过栈道,示天下无还心,以固项王意。'乃使良还。行,烧
绝栈道。"

⑤ 不是椎秦遂报韩:张良祖父及父为韩相,及秦灭韩,张良为报国仇家恨,
曾以重金收买大力士于博浪沙狙击秦始皇,事败而逃匿。后辅佐刘邦推翻秦王
朝,覆亡项羽,建立刘汉政权。

⑥ 从容政府推名相:汉朝初建之时,张良劝刘邦立萧何为相。《史记·留
侯世家》:"留侯从上击代,出奇计马邑下,及立萧何相国,所与上从容言天下事
甚觽,非天下所以存亡,故不著。"《史记集解·汉书音义》:"何时未为相国,良
劝高祖立之。"

⑦ 谁及河山借一筹:楚汉相争之际,儒生郦食其曾建议刘邦复立六国后世
为王。张良闻悉,即借刘邦所用之箸为其分析天下形势,刘邦从张良言。《史
记·留侯世家》:"汉王方食,曰:'子房前! 客有为我计桡楚权者。'其以郦生语
告,曰:'于子房何如?'良曰:'谁为陛下画此计者? 陛下事去矣。'汉王曰:'何
哉?'张良对曰:'臣请借前箸为大王筹之。'"

⑧ 偏向高皇二句:张良是汉高祖刘邦的军师,为其出谋划策,屡建功业,是
东汉的开国元勋。刘邦称帝后称:"运筹帷幄中,决胜千里外,子房功也"。

建武中不用邓禹诸贤为相①

锡智独将玄圣亲,五番去就不嫌频。如何束发攀鳞翼,白
首犹同陌路人。

【注释】

① 建武:东汉光武帝刘秀的年号。建武时不设丞相一职,由"三公"(太
尉、司空、司徒) 总理事务,为备位宰相。

唐代无专相以三省长官充之^①

一

久刌金玺帝王家^②，三品权同下白麻^③。惭愧无人识此意，曾闻亚圣说重华^④。

二

秦王弱冠家天下^⑤，睥睨崇班绿绶人^⑥。政府休传贞观好^⑦，推轮终数汉君臣。

【注释】

① 唐代无专相以三省长官充之：唐代为避免宰相个人专权，实施宰相机构参议辅政制即中书出令、门下封驳、尚书执行的三省制度。《旧五代史；职官志》："自隋唐以来，三公（太尉、司徒、司空）无职事，自非亲王不恒置，于宰臣为加官，无单置者。"按，三省长官，中书省长官中书令、门下省长官门下侍中、尚书省长官尚书令共议国政，都为宰相。后为避太宗曾担任尚书令一职，尚书令不授人，故以其他官职加"参知政事""参知机密"等名号预宰相之事，多用"同中书门下三品"的名号同知宰相之事，后又与"同中书门下平章事"成为固定的宰相名号。

② 金玺：皇帝所用的金制印章。

③ 三品权同下白麻：贞观十七年（633），唐太宗以李勣为太子詹事（东宫百官之长），并特加"同中书门下三品"之衔，使其与侍中、中书令一样参预宰相职事。从此之后，就有"平章事"与"同三品"的衔号，以行使宰相的职权，否则，不能参与宰相机务。白麻，白麻纸。《新唐书·百官志一》："凡拜免将相，号令征伐，皆用白麻。"因以指重要的诏书。

④ 亚圣：孟子。　重华：舜。

⑤ 秦王：指李世民。公元618年，李渊在长安称帝，李世民被封为秦王。武德九年（626）李世民发动玄武门之变即皇帝位，时年二十七岁。　弱冠：古

时以男子二十岁为成人,初加冠,因体犹未壮,故称弱冠。后遂称男子二十岁或二十几岁的年龄为弱冠。

⑥ 崇班:犹高位。绿绶:亦称绿綟绶。古代三公以上用绿綟色绶带。

⑦ 政府:唐宋时称宰相治理政务的处所。贞观:唐太宗年号,期间国家安定,经济繁荣,文化昌盛,后世誉为"贞观之治"。

房 玄 龄①

一

乂声席卷隋天下②,万乘犹争将相名③。反为清河包举尽,调元无语四时行④。

二

龙门中说老师傅,婉转花园三十年。莫爱司农髭鬓美⑤,经臣推毂尽高贤。

三

瀛洲十八共归秦⑥,冒死筹君一个臣⑦。贞观空传名宰相⑧,凌烟何处画丝纶⑨。

四

第接芙蓉扫落红⑩。驾来亲辇旧非熊⑪。玉华握手还流涕⑫,死袖征辽书一通⑬。

【注释】

① 房玄龄(579—648),名乔,字玄龄。齐州临淄人(今山东济南),唐开国功臣。年十八举隋进士,授羽骑尉。太宗徇渭北,仗策谒军门,一见如旧,署行

军记事参军,封临淄侯。太宗即位,累进左仆射,徙梁国公,居相位十五年。在职夙夜勤强,闻人善若己有之。卒谥文昭。

② 义声席卷隋天下:隋末,人民不堪暴政,纷纷揭竿而起反隋,一时群雄蜂起。

③ 万乘:指帝王,帝位。

④ 调元无语四时行:房玄龄居相位十数年,竭心尽力,亲身躬范,使国家政通人和。调元,谓调和阴阳,执掌大政,多用以指为宰相。

⑤ 莫爱司农罢鬓美:据《新唐书》载,太宗在翠微宫,以司农卿李纬为民部尚书。房玄龄是时留守京城。会有自京师来者,帝曰:"玄龄闻李纬为尚书谓何?"曰:"惟称纬好髭须,更无他语。"帝遽改授太子詹事。

⑥ 瀛洲十八共归秦:唐太宗为秦王时,为网罗人才,设置文学馆,任命杜如晦、房玄龄等十八名文官为学士,轮流宿于馆中,暇日,访以政事,讨论典籍。又命阎立本画像,褚亮作赞,题名字爵里,号"十八学士"。时人慕之,谓"登瀛洲"。事见《新唐书·褚亮传》。

⑦ 冒死筹君一个臣:太子李建成猜忌李世民,唐武德九年(626),房玄龄等冒死参与策划发动"玄武门之变",拥立李世民为帝。

⑧ 贞观空传名宰相:据《旧唐书·房玄龄传》载,房玄龄拜相后"虔恭夙夜,尽心竭节,不欲一物失所。闻人有善,若己有之。明达吏事,饰以文学,审定法令,意在宽平。不以求备取人,不以己长格物,随能收叙,无隔卑贱。论者称为良相焉。"

⑨ 凌烟:贞观十七年(643),唐太宗下令画开国二十四功臣像于皇宫凌烟阁,时常前往怀旧。房玄龄位列其中。　　丝纶:帝王诏书。

⑩ 第接芙蓉扫落红:《新唐书·房玄龄列传》载:"久之,会帝幸芙蓉园观风俗,玄龄敕子弟汛扫廷堂,曰:'乘舆且临幸。'有顷,帝果幸其第,因载玄龄还宫。"

⑪ 非熊:典出《六韬·文师》,"文王将往渭水边打猎,行前占卜,卜辞曰:'田于渭阳,将大得焉,非龙非彲,非虎非罴,兆得公侯'。天遣汝师以之佐昌。"后果见太公坐渭水边垂钓,与之语而大悦,遂同车而归,拜为师。"因房玄龄为太宗谋划天下,故以"非熊"比之。

⑫ 玉华握手还流涕:房玄龄晚年多病,贞观二十三年,太宗驾幸玉华宫,时

玄龄旧疾发,诏令卧总留台。房玄龄追赴玉华宫,坐偏轿入殿,将近到皇帝御座才下轿。太宗对他流泪,房玄龄也感伤悲咽得不能自我控制。后病情加重,太宗就凿开宫墙开门,多次派宦官问候。太宗又亲自光临,握手叙别,悲不能忍。

⑬ 死袖征辽书一通:征辽,指唐太宗征高丽事。房玄龄病危之际,上谏唐太宗停止攻打高丽。"玄龄因谓诸子曰:'吾自度危笃,而恩泽转深,若孤负圣君,则死有余责。当今天下清谧,咸得其宜,唯东讨高丽不止,方为国患。主上含怒意决,臣下莫敢犯颜;吾知而不言,则衔恨入地。'遂抗表谏"。(《旧唐书·房玄龄列传》)

杜 如 晦①

一

英爽安能尉滏阳,大业中作滏阳尉。风流自命谒秦王②。惭崇令德悲知己,墓表亲题高侍郎③。

二

大唐王业仗群才,台阁规模房杜开④。三百余年名世辈⑤,都呕心血此中来。

三

最是同心更有才,收和谋断用盐梅⑥。萧曹虽好还开隙⑦,牛李曾无早世哀⑧。

四

浩然王佐转头空⑨,万岁削瓜祭蔡公⑩。更赐黄银疑鬼惧(一),手持金带哭英雄⑪。

【校记】

（一）更赐黄银疑鬼惧：校本作"更赐黄金疑鬼惧"。

【注释】

① 杜如晦（585—630）：字克明，京兆杜陵（今陕西西安东南）人。唐初名相。隋末曾任滏阳尉，唐武德元年（618）被引为秦王府属官。常从征伐，参与机要、军国之事，剖断如流。又以本官入文学馆为十八学士之首。后入秦王府谋划玄武门之变，以功擢拜太子左庶子。太宗即位，迁兵部尚书，进封蔡国公，贞观二年（628），以本官检校侍中，摄吏部尚书，仍总监东宫兵马事。贞观三年，任尚书右仆射，仍领选事。贞观四年三月卒。杜如晦与房玄龄共掌朝政，典章制度皆两人所定。时称房、杜。

② 英爽安能二句：《新唐书·杜如晦传》载，杜如晦"少英爽，喜书，以风流自命，内负大节，临机辄断。"杜如晦于隋大业年间曾为滏阳尉，见隋朝官政腐败，辞官归家。大业十三年（617）唐兵入关，克长安，遂投秦王李世民。

③ 惭崇令德二句：据《旧唐书·杜如晦传》载，隋吏部侍郎高孝基器重杜如晦，谓之曰："公有应变之才，当为栋梁之用，愿保崇令德。今欲俯就卑职，为须少禄俸耳。"杜如晦视之为知己。贞观三年，"如晦以高孝基有知人之鉴，为其树神道碑以纪其德"。高侍郎，高孝基，隋大业年间任吏部侍郎。

④ 台阁规模房杜开：贞观初年，杜如晦与房玄龄共掌朝政，制定典章，品选官吏，选拔人才，《旧唐书·杜如晦传》载，"至于台阁规模及典章人物，皆二人所定，甚获当代之誉，谈良相者，至今称房、杜焉"。由此形成了以唐太宗为中心、以房、杜为首辅的唐初官僚集团。

⑤ 三百余年二句：誉杜如晦与房玄龄所定之典章制度与任人用事制度，后世数百年犹蒙其功，堪为后世数百年之良相典范。三百余年，指有唐一代。

⑥ 最是同心二句：贞观年间，杜如晦与房玄龄被任命为宰相，共掌朝政，两人合作默契。"与玄龄共筹朝政，引士贤者，下不肖，咸得职，当时浩然归重"（《新唐书·杜如晦列传》），又"方为相时，天下新定，台阁制度，宪物容典，率二人讨裁。每议事帝所，玄龄必曰：'非如晦莫筹之。'及如晦至，卒用玄龄策也。盖如晦长于断，而玄龄善谋，两人深相知，故能同心济谋，以佐佑帝，当世语良相，必曰房、杜云。"盐梅，盐和梅子，喻指调和、和谐。谋断，房杜二人在唐时称

房玄龄善谋,杜如晦善断,故有"房谋杜断"之称。

⑦ 萧曹虽好还开隙:汉代萧何和曹参先后任汉丞相,萧何制定的规章制度,其继任者曹参皆墨守不变,故有"萧规曹随"之称。然"何素不与曹参相能"(《史记·萧相国世家》),而参亦然,可见两人"有隙"。房、杜二人"议者以比汉之萧、曹"(《旧唐书·房玄龄杜如晦列传》),但房、杜之间关系和谐融洽,这是萧、曹所不能及的。

⑧ 牛李曾无早世哀:指晚唐宰相牛僧孺、李德裕二人。牛李为晚唐牛党和李党之党魁,两人所率各党在朝廷上纷争不息、党同伐异。结果朝政日驰,朝纲日废,国力不振。与房玄龄、杜如晦两良相恰好相反。

⑨ 浩然王佐转头空:《旧唐书·杜如晦列传》记载,房玄龄向秦王李世民推荐杜如晦曰:"杜如晦聪明识达,王佐才也。"因房玄龄称杜如晦有"王佐之才",故言。转头空,喻杜如晦之早逝。

⑩ 万岁削瓜祭蔡公:杜如晦早逝,唐太宗"痛悼于怀","太宗后因食瓜而美,怆然悼之,遂辍食之半,遣使奠于灵座"。见《旧唐书·杜如晦列传》。万岁,指唐太宗。蔡公,指杜如晦,"玄武门之变"后,李世民被立为皇太子,杜如晦授左庶子,迁兵部尚书,进封蔡国公,食三千户。

⑪ 更赐黄银二句:《旧唐书·杜如晦列传》载:"尝赐房玄龄黄银带,顾谓玄龄曰:'昔如晦与公同心辅朕,今日所赐,唯独见公。'因泫然流涕。又曰:'朕闻黄银多为鬼神所畏。'命取黄金带遣玄龄亲送于灵所。"

魏　徵①

一

睥睨风尘惊五就②,蹒跚鼎镬忽三薰。孤怀独抱空桑耻③,四海方瞻尧舜君。

二

临轩解为千龙痛④,拜手明知稷契良⑤。及到撄鳞图国是⑥，入宫犹自说参商⑦。

三

日月回天分外明⑧，从容补衮即调羹⑨。共来据席谈仁义，才让游梁孟子精⑩。

四

休推胆量绝千秋，受学深从长者游。唐业已成仁已效，魏家金瓮到街头⑪。

【注释】

① 魏徵（580—643）：字玄成，魏州曲城人。魏徵年少时，家贫，曾出家为道士。有大志，好读书，多所通涉。隋大业十三年（617）入武阳邵丞元宝藏府任典书记，武起兵响应李密义军，魏徵从之。及密败，随密降唐，见久不用，自请自请安辑山东，乃擢秘书丞，说李勣归附唐。武德二年（619年）十月，窦建德陷黎阳，获徵，拜起居舍人。武德四年（621），窦兵败，隐太子李建成引为太子洗马。"玄武门之变"后，事唐太宗李世民，先后任詹事主簿、谏议大夫、尚书左丞、秘书监、侍中等职，参预朝政，备受信任，封"郑国公"。

② 睥睨风尘惊五就：魏徵少小"有大志，通贯书术"（《新唐书·魏徵列传》），但宦途奔波忙碌，先后从元宝藏、李密、窦建德、李建成、李世民，五易其主，终被李世民赏识，魏徵引为知己。

③ 孤怀独抱空桑耻：魏徵有远大抱负，不甘埋没于青灯古殿之中。据《旧唐书·魏徵列传》载：魏徵少时"孤贫，落拓有大志，不事生业，出家为道士。好读书，多所通涉，见天下渐乱，尤属意纵横之说。"空桑，指僧人或佛门，此指魏徵曾出家。

④ 临轩：皇帝不坐正殿而御前殿。殿前堂陛之间近檐处两边有槛楯，如车之轩，故称。

⑤ 拜手明知稷契良：《新唐书·魏徵列传》："徵顿首曰：'愿陛下俾臣为良臣，毋俾臣为忠臣。'帝曰：'忠、良异乎？'曰：'良臣，稷、契、咎陶也；忠臣，龙逢、

比干也。良臣，身荷美名，君都显号，子孙傅承，流祚无疆；忠臣，已婴祸诛，君陷昏恶，丧国夷家，只取空名。此其异也。'"拜手，亦称"拜首"，古代男子跪拜礼的一种。跪后两手相拱，俯头至手。稷契，稷和契的并称，唐虞时代的贤臣。

⑥ 及到撄鳞图国是：谓魏徵为国计民生而屡屡犯颜进谏。撄鳞，喻触怒帝王。传说龙喉下有逆鳞径尺，有触之必怒而杀人，故云。国是，国政。

⑦ 参商：参星和商星。参星在西，商星在东，此出彼没，永不相见。喻彼此对立，不和睦。此处指魏徵劝谏太宗要注重君臣团结一致。《新唐书·魏徵列传》："徵见帝，谢曰：'臣闻君臣同心，是谓一体，岂有置至公，事形迹？若上下共由兹路，邦之兴丧未可知也。'帝矍然，曰：'吾悟之矣！'"

⑧ 回天：旧以凡能谏止皇帝改变意志者称回天。唐贞观四年给事中张玄素谏止太宗修洛阳干元殿，魏徵叹曰："张公遂有回天之力。"

⑨ 补衮：补救规谏帝王的过失。语本《诗·大雅·烝民》："衮职有阙，维仲山甫补之。" 调羹：《书·说命下》："若作和羹，尔惟盐梅。"后因以"调羹"喻治理国家政事。

⑩ 才让游梁孟子精：魏徵劝太宗"行仁政"包括国家基本方针、处理君臣关系诸多方面，亦不逊色于孟子。孟子游梁，公元前335年，孟子以"仁义"之说游说梁惠王，建议不被采纳，游说他国亦然，故退而著书。

⑪ 金瓮：太宗初即位，右仆射封德彝上奏征招未满十八的壮男当兵，太宗同意。敕令传出，魏徵不肯签署。太宗大怒，将他召进宫中责备道："中男中魁梧壮实的，都是那些奸民虚报年龄以逃避徭役的人，征召他们有什么害处，而你却如此固执！"魏徵说以征点兵员、怀疑使诈、失信于民为由，制止唐太宗征点中男做兵员，为此得到一只金瓮。

王　珪①

一

静窥帘幙燕嘉宾，雅骘群贤白圣人②。貌在凌烟功在世③，终饶子母识精神④。

二

王魏名高帝作邻⑤,两朝兄弟付亲臣⑥。如何隐刺看流血,青雀仍危乾庶人⑦。

【注释】

① 王珪:字叔玠,太原祁人。隋开皇十三年,召入秘书内省,为太常治礼郎,汉王谅反,诛,珪亡命南山十余年。唐高祖入关,李纲荐署世子府谘议参军事。李建成为皇太子,授中舍人,迁中允。及太宗即位,授谏议大夫,又诏谏官随中书、门下及三品官入阁。后封永宁县男、黄门侍郎,迁侍中,进封郡公,召拜礼部尚书,兼魏王泰师。卒赠吏部尚书,谥曰懿。

② 静窥帘幙(mù)二句:王珪善识人物,且知言,对太宗朝的众贤臣均有独到见解。据《新唐书·王珪列传》载,"尝侍宴,太宗谓珪曰:'卿识鉴清通,尤善谈论,自房玄龄等,咸宜品藻,又可自量,孰与诸子贤?'对曰:'孜孜奉国,知无不为,臣不如玄龄;才兼文武,出将入相,臣不如李靖;敷奏详明,出纳惟允,臣不如温彦博;处繁理剧,众务必举,臣不如戴胄;以谏诤为心,耻君不及于尧、舜,臣不如魏徵。至如激浊扬清,嫉恶好善,臣于数子,亦有一日之长。'"帘幙,用于门窗处的帘子与帷幕。燕,通"宴"。"骘",指评定,评论。圣人,对君王的尊称。

③ 貌在凌烟功在世:太宗在凌烟阁内描绘了二十四位功臣的画像,王珪位列其中,名留青史。

④ 终饶子母识精神:此谓最了解王珪的终究是其母李氏,知道自己的儿子有才能,必当为贵人。《新唐书·王珪列传》载,王珪母李氏尝曰:"儿必贵,然未知所与游者何如人,而试与偕来。"会玄龄等过其家,李窥大惊,敕具酒食,欢尽日,喜曰:"二客公辅才,汝贵不疑。"

⑤ 王魏:指王珪与魏徵。两人都善谏而为太宗所信任,名重一时,为唐初名臣。

⑥ 两朝兄弟付亲臣:王珪之子敬直娶南平公主,魏徵之子叔玉娶衡山公主,两人均为太宗亲家,为两朝亲信之臣。兄弟:古代对姻亲之间同辈男子的称呼。

⑦ 如何隐刺二句:太宗朝,太子承乾与魏王泰之间的斗争十分激烈,"承乾

病足,不良行,且惧废,与泰交恶。泰亦谋夺长,各树党",以至太子"召壮士左卫副率封师进、刺客张师政、纥干承基等谋杀魏王泰"(《新唐书·太宗诸子列传》)王珪之子王敬直参与太子与魏王泰的斗争,后及太子谋反事败,王敬直受牵连而徙于岭外。青雀,唐太宗四子魏王泰小字青雀。乾庶人,指太子承乾,事败后被贬为庶人。

李 靖①

一

文武兼才冠世雄,深沉绝是汉三公。兵书不谓无精处,留镇河山掌握中。

二

十年渭水莲花驿,庙下亲看问岳碑②。陆起龙蛇神鬼怒,琼花万朵正题诗。

三

曾忤神尧旧不平③,褊公何苦妒纵横④。名王解发臣天汗⑤,莫使惟言高甑生⑥。

四

罢阃还归政事堂,楷模一代见萧张⑦。越公岂是无风调⑧,自得隋权只做狂。

【注释】

① 李靖(571—649):唐初著名军事家、政治家。字药师,京兆三原(今陕西三原东北)人。少时研读孙吴兵法,深受其舅韩擒虎等赏识。隋末曾任马邑郡

丞。后归唐,被秦王李世民召入幕府,参与平定中原割据势力,南伐萧铣,东讨辅公功勋显赫。武德八年(625),出战突厥,生擒颉利可汗,肃清北境。贞观八年(634),唐太宗授其为西海道行军大总管,转战千里,平息吐谷浑。贞观十七年(643)绘像于凌烟阁。著有《李卫公问对》三卷、《李卫公兵法》等。

②　十年渭水二句:高祖武德九年突厥来侵,太宗与突厥颉利可汗渭水结盟。贞观三年,李靖大破颉利可汗于定襄,太宗曾曰:"李陵以步卒五千绝漠,然卒降匈奴,其功尚得书竹帛。靖以骑三千,蹀血虏庭,遂取定襄,古未有辈,足澡吾渭水之耻矣!"贞观三年三月甲午,以俘颉利告于太庙。此谓李靖败颉利可汗,为太宗雪渭水结盟之耻,尔后方有太宗告庙之功。

③　曾忤神尧旧不平:李靖曾与太原留守李渊有隙。《旧唐书·李靖列传》载:"大业末,累除马邑郡丞。会高祖击突厥于塞外,靖察高祖,知有四方之志,因自锁上变,将诣江都,至长安,道塞不通而止。高祖克京城,执靖将斩之,靖大呼曰:'公起义兵,本为天下除暴乱,不欲就大事,而以私怨斩壮士乎!'高祖壮其言,太宗又固请,遂舍之。……开州蛮首冉肇则反,靖率兵八百,袭破其营,后又要险设伏,临阵斩肇则,俘获五千余人。高祖曰:'朕闻使功不如使过,李靖果展其效。'"神尧,指高祖李渊。

④　褊公何苦妒纵横:《新唐书·李靖传》载,贞观四年五月,"御史大夫萧瑀劾奏李靖破颉利牙帐,御军无法,突厥珍物,掳掠俱尽,请付法司推科","持军无律,纵士大掠,散失奇宝。"褊公,指萧瑀,字时文,南朝梁宗室后裔,隋炀帝皇后萧氏之弟。在隋任内史侍郎、河池郡守。李渊定京城,萧瑀降唐,武德初年任内史令,深受信赖。太宗时,官尚书左仆射,太常少卿,又为御史大夫,参议朝政。封宋国公。萧瑀病卒,太宗以萧瑀性多猜贰,刚忌太过,谥曰"贞褊公"。

⑤　名王解发臣天汗:李靖北拒突厥,俘其首领颉利可汗;西征吐谷浑,杀其可汗,使之臣服太宗。名王:指古代少数民族声名显赫的王。臣,臣服,使称臣。天汗,指天可汗,即唐太宗李世民。

⑥　莫使惟言高甑生:高甑生曾诬告李靖。《旧唐书·李靖列传》载:"利州刺史高甑生为盐泽道总管,以后军期,靖薄责之,甑生因有憾于靖。及是,与广州都督府长史唐奉义告靖谋反。太宗命法官按其事,甑生等竟以诬罔得罪。"

⑦　罢阃(kǔn)还归二句:李靖曾于贞观八年向太宗上书乞归,太宗不允,并特进门下中书同平章政事,"太宗遣中书侍郎岑文本谓曰:'朕观自古已来,身

居富贵,能知止足者甚少。不问愚智,莫能自知,才虽不堪,强欲居职,纵有疾病,犹自勉强。公能识达大体,深足可嘉,朕今非直成公雅志,欲以公为一代楷模。'乃下优诏,加授特进……每三两日至门下、中书平章政事。"(《旧唐书·李靖列传》) 阃,门坎。借指将帅或大臣及其官衙。政事堂,唐时宰相的总办公处。唐初始有此名,设在门下省,后迁中书省。萧张,指萧何、张良二人。

⑧ 越公:隋臣杨素有文才,能带兵,封越国公,后拥兵谋反。

李　勣①

一

割股燎须气自矜②,相臣大业定难胜。何当固宠危无忌③,幸不忘恩短魏徵④。

二

无赖多年狙诈深,推诚犹恐祸相寻⑤。押班故作叠州窜,引起粗豪机械心⑥。

三

密藉军书表魏公⑦,神尧赐姓为孤忠⑧。大唐终雪征辽恨,忧国忘身向此中⑨。

四

挝杀安能戒子孙,杜郎疏朗亦销魂。何如邓禹十三子,闺范书香满一门⑩。

【注释】

① 李勣(594—669):字懋功,曹州离狐(今河南东明东南)人。本姓徐,名

世勣。永徽中，以犯太宗讳，单名勣。隋大业末，从李密，破王世充，授勣右武候大将军、东海郡公。高祖武德二年，归附李唐，授黎阳总管、上柱国，莱国公；寻改封曹国公，赐姓李。后从太宗平窦建德，降王世充，破刘黑闼、徐圆朗，有战功。太宗时改封英国公，北拒突厥，为通漠道行军总管，拜光禄大夫，行并州大都督府长史。后从太宗西征高丽，为辽东道行军大总管。又平定延陀部落叛乱。贞观十七年，任李勣为太子詹事兼左卫率，加位特进，同中书门下三品。高宗立，擢尚书左仆射，太子太师。年七十六卒，赠太尉、扬州大都督，谥"贞武"，陪葬昭陵。

② 割股：李勣从太宗平定王世充时，俘获故人单雄信。单雄信依例处死，临将就戮，李勣对之号恸，割股肉以啖之，曰："生死永诀，此肉同归于土矣。"并收养其子。燎须：指李勣姐病时，李勣曾自为粥而燎其须。姐戒止。李勣答曰："姊多疾，而勣且老，虽欲数进粥，尚几何？"

③ 何当固宠危无忌：李勣为一介武夫，以忠心一直受太宗、高宗宠信。无忌，指长孙无忌。

④ 幸不忘恩短魏徵：李勣受恩不忘，竟至不顾富贵功名，李密归唐后反伏诛时，为报李密知遇之恩，"勣表请收葬，诏许之。勣服衰绖，与旧僚吏将士葬密于黎山之南，坟高七仞，释服而散，朝野义之。"（《旧唐书·李勣列传》）。而魏徵曾事隐太子建成，及李建成被诛，魏徵竟不为建成出一言，徒责建成不从其言而有戮身之下场。

⑤ 推诚犹恐祸相寻：太宗认为李勣既尽忠力，尝托孤于李勣。及李治即位欲立武昭仪为皇后，密问李勣，李勣答曰："此陛下家事，无须问外人。"李治遂立武氏，从而使"武氏奋而唐之宗属几歼焉"（《新唐书·李勣列传》）故史家谓李勣在是否册立武后这一问题上，是明哲保身，私己畏祸。

⑥ 押班故作二句：太宗尝托孤于李勣，"谓太子（李治）曰：'尔于勣无恩，今以事出之，我死，宜即授以仆射，彼必致死力矣！'乃授叠州都督。"（《新唐书·李勣列传》）这反倒成为李勣的思想束缚，产生畏祸心理，故高宗问询李勣废王立武之事时，机巧答曰："此陛下家事，无须问外人。"押班，百官朝会时领班，管理百官朝会位次。机械，巧诈、机巧。《淮南子·原道训》："故机械之心，藏于胸中，则纯白不粹，神德不全。"高诱注："机械，巧诈也。"

⑦ 密藉军书表魏公：指李勣登记其辖区之郡县户口，制表予以李密。《新

唐书·李勣列传》载:"武德二年,(李)密归朝廷,其地东属海,南至江,西直汝,北抵魏郡,勣统之,未有所属。谓长史郭孝恪曰:'人众土宇,皆魏公有也。吾若献之,是利主之败为己功,吾所羞也。'乃录郡县户口以启密,请自上之。"魏公,指李密,隋大业末,越王侗称帝,封李密为魏国公。

⑧ 神尧赐姓为孤忠:高祖武德二年,李勣归附李唐,授黎阳总管、上柱国,莱国公。寻加右武候大将军,改封曹国公,赐姓李氏。

⑨ 大唐终雪二句:贞观十八年,太宗亲征高丽,失败而回。高宗时,高丽内乱。总章元年,唐乘机征伐高丽,"诏勣为辽东道行军大总管,率兵二万讨之。破其国,执高藏、男建等,裂其地州县之。诏勣献俘昭陵(太宗陵寝),明先帝意,具军容告于庙。"(《新唐书·李勣列传》)"征辽恨",指太宗征高丽一事。

⑩ 何如邓禹二句:东汉开国名将邓禹有十三子,各让其守一艺。修整闺门,教养子孙。

长 孙 无 忌①

一

义旅开天先许国②,诸贤不憝托遗孤③。文皇文德同天下④,生写斯人入画图⑤。

二

杳如威凤倚椒房⑥,两器深随将相行⑦。善避嫌疑嫌已避⑧,缘何同日拜三郎⑨。

【注释】

① 长孙无忌:字辅机,河南洛阳人。唐高祖起兵后,从太宗征讨有功。累擢比部郎中、上党县公。武德九年,与房玄龄、杜如晦等发动"玄武门之变"。太宗即位,迁吏部尚书,以功第一,封齐国公,又进尚书右仆射,授开府仪同三司。及太子承乾谋反被废,长孙无忌力主李治为太子。太宗病笃,诏无忌与中书令

褚遂良二人受辅政。高宗即位，将立武昭仪为皇后，长孙无忌屡言不可，遂开罪于帝后。中书令许敬宗诬告长孙无忌谋反。高宗不察，听敬宗诬构之说，遂去其官爵，流黔州，逼令自缢而死，籍没其家。

② 义旅开天先许国：隋朝义宁元年（617）高祖李渊起兵太原，长孙无忌进见，李渊爱其才略，授任渭北行军典签。自此辅佐李世民，建立唐政权，为开国功臣。义旅，指高祖李渊所领导之反隋义军。许国，谓献身、报效国家。

③ 托遗孤：《旧唐书·长孙无忌列传》载，"（贞观）二十三年，太宗疾笃，引无忌及中书令褚遂良二人受遗令辅政。"托遗孤即指此事。憨（chī），从。

④ 文皇文德：太宗谥号文武大圣大广孝皇帝，长孙皇后谥号文德顺圣皇后。

⑤ 生写斯人入画图：贞观年，太宗令画无忌等24位开国元勋于凌烟阁。而其时，长孙无忌尚健在。

⑥ 椒房：长孙无忌为太宗长孙皇后之兄。椒房，即椒房殿。《汉书·车千秋传》："江充先治甘泉宫人，转至未央椒房。"颜师古注："椒房，殿名，皇后所居也。"又为后妃的代称。

⑦ 两器深随将相行：《新唐书·长孙无忌列传》载："高士廉口陈'以外戚位三公，嫌议者谓天子以私后家'。帝曰：'朕任官必以才，不者，虽亲若襄邑王神符，不妄授；若才，虽仇如魏徵，不弃也。夫缘后兄爱昵，厚以子女玉帛，岂不得？以其兼文武两器，朕故相之，公等孰不曰然？'"两器，指文和武。

⑧ 善避嫌疑嫌已避：唐太宗曾评论长孙无忌说："无忌应对机敏，善避嫌，求于古人，未有其比；总兵攻战，非所善也。"又载"无忌深以盈满为诫，恳辞机密，文德皇后又为之陈请，太宗不获已，乃拜开府仪同三司，解尚书右仆射。"（《旧唐书·长孙无忌列传》）

⑨ 缘何同日拜三郎：唐高宗欲立武昭仪为后，曾亲临长孙无忌府邸，赏赐有加，并同时擢升其三子。《新唐书·长孙无忌列传》载："帝欲立武昭仪为后，无忌固言不可。帝密以宝器锦帛十余车赐之，又幸其第，擢三子皆朝散大夫，昭仪母复诣其家申请。"

马　周^①

一

醉洗芙蓉神爽佳^②,声闻忠孝渴天怀^③。太宗正御丹霄殿,四辈传呼满御街^④。

二

鸢肩火色休嫌骤^⑤,裴马齐名有后人^⑥。更是书生随绛灌^⑦,九重奥处互批鳞^⑧。

三

并建勋贤福圣唐,删烦举要识宾王。焚书惟恐彰君过,密奏时时说上皇^⑨。

【注释】

① 马周:字宾王,清河茌平人也。武德中,补博州助教,嗜酒,不以讲授为事,刺史达奚恕责之。马周遂去其职,西游长安,为中郎将常何之家客。贞观五年,为常何起草章奏,而为太宗赏识,令入门下省。贞观六年,授监察御史,加朝散大夫。贞观十二年,转中书舍人。贞观十五年,迁治书侍御史,兼知谏议大夫,又兼检校晋王府长史。晋王李治位皇太子时,马周拜中书侍郎,兼太子右庶子。太宗伐辽,令马周与高士廉、刘洎留辅皇太子。及太宗回朝,马周兼摄吏部尚书。贞观二十一年,加银青光禄大夫。贞观二十二年,马周卒,年四十八,赠幽州都督,陪葬昭陵。

② 醉洗芙蓉神爽佳:马周早年落魄不得志时颇嗜酒,恣意恬然,顺心而为。及西游长安时,舍新丰,令主人取酒一斗八升,悠然独酌,更添神姿旷迈,时人深异其行为。神爽,神清气爽,心神开豁。

③ 声闻忠孝渴天怀:马周精《诗》《春秋》,尤重忠孝之义。寄居中郎将常

何之家时,每与常何交谈,"未尝不以忠孝为意"(《旧唐书·马周列传》)。马周亦以忠孝劝谏唐太宗,深为太宗赏识。

④ 四辈传呼满御街:据《旧唐书·马周列传》载:"京城诸街,每至晨暮,遣人传呼以警众。周遂奏诸街置鼓,每击以警众,令罢传呼,时人便之。"四辈,指众人,四方之人。御街,京城中皇帝出行的街道。

⑤ 鸢肩火色休嫌骤:中书侍郎岑文本曾论马周曰:"吾见马君论事多矣,援引事类,扬榷古今……然鸢肩火色,腾上必速,恐不能久耳。"(《旧唐书·马周列传》)鸢肩,两肩上耸,像鸥鸟栖止时的样子。火色,指人面上红光。

⑥ 裴马齐名有后人:裴行俭、马周之子马载,两人均以善识人才而闻名,"(马周)子载,咸亨中为司列少常伯,与裴行俭分掌选事,言吏部者称裴、马焉。"(《新唐书·马周列传》)

⑦ 绛灌:《晋书·刘元海载记》:"吾每观书传……绛灌无文,道由人弘,一物之不知者,固君子之所耻也。"绛灌:汉代绛侯周勃与颍阴侯灌婴的并称。均佐汉高祖定天下,建功封侯。

⑧ 九重奥处互批鳞:谓马周谓敢于向唐太宗直言进疏。批鳞,比喻犯颜直谏,触怒帝王。

⑨ 焚书惟恐二句:马周曾上书劝谏唐太宗要孝养高祖以彰孝义、提倡减徭役、节俭治国,主张以德术从基层选拔人才,皆中时弊而发。太宗称善之。

戴　胄①

萧瑀逃尘一叶轻,尚书总国付卿行②。贞观宵旰图刑措,忠概偏于大理倾③。

【注释】

① 戴胄:字玄胤,相州安阳人。隋大业末年,为门下录事。王世充篡位,戴胄出为郑州长史,镇武牢。太宗攻克武牢而得之,为秦府士曹参军。及太宗即位,除兵部郎中,封武昌县男。贞观元年,迁大理少卿,屡次抗颜执法,而所论刑

狱,皆事无冤滥。同年,转尚书右丞,寻迁左丞。贞观二年,太宗令戴胄就任左右丞两职,同年谏议大夫。贞观三年,进拜民部尚书,兼检校太子左庶子。同年太宗诏令兼摄吏部尚书。四年,进为郡公。贞观七年卒,太宗为之举哀,废朝三日。赠尚书右仆射,追封道国公,谥曰忠,诏虞世南为撰碑文。

② 萧瑀逃尘二句:贞观二年,尚书左仆射萧瑀免官,仆射封德彝卒,"太宗谓胄曰:'尚书总国纲维,失一事,天下有受其弊者。今以令、仆委卿,宜副朕举。'胄明敏,长于操决,无宿疑。议者美其振职,谓武德以来殆无其辈。"(《新唐书·戴胄列传》)尚书,中央机构名,指尚书省。

③ 贞观宵旰二句:贞观元年,戴胄迁大理少卿,依法断刑,不为外力言论所左右。史载,戴胄屡屡冒犯太宗,坚决按法典办事,公平执法,故"所论刑狱,皆事无冤滥"(《旧唐书·戴胄列传》)。宵旰,即宵衣旰食,意为天不亮就穿衣起身,天黑了才吃饭。形容非常勤劳。刑措,即置刑法而不用。　忠概,谓忠贞有节概。　大理,掌刑法的官,秦为廷尉,汉景帝六年更名大理,武帝建元四年复为廷尉,北齐为大理卿,隋唐以后沿之。

张　行　成①

一

隐隐沙毷抱紫微,村名。翠华亲送锦衣归②。至今唐水麒麟社③,还说调元到永徽④。

二

高丽西头帝用兵⑤,青宫监国入唐城⑥。幽燕奥处谁呼应,管钥一时寄北平⑦。

【注释】

① 张行成(587—653):定州义丰(今河北安国)人。唐太宗贞观十九年(646)拜相,以刑部侍郎兼太子少詹事掌典机务。唐高宗即位,以顾命大臣辅

政,封北平县公。历任尚书右仆射同中书门下三品、太子少傅,监修国史。

② 隐隐沙毯二句:贞观十九年,唐太宗亲征高丽,《旧唐书·张行成列传》载:"太宗东征,皇太子于定州监国,即(张)行成本邑也。太子谓行成曰:'今者送公衣锦还乡。'于是令有司祀其先人墓。"诗中即指此事。紫微,村名。翠华,天子仪仗中以翠羽为饰的旗帜或车盖,后为帝王的代称。

③ 唐水:唐河,即寇水。自山西灵丘县东南流入,过倒马关,又东南流,经曲阳县,入定州唐县。

④ 调元:谓调和阴阳,多用以指为相。　永徽:唐高宗年号。

⑤ 高丽西头帝用兵:指贞观十九年唐太宗率大军对高丽用兵。

⑥ 青宫监国入唐城:指太宗东征高丽,张行成随太子李治监国定州。青宫,此处指太子。太子居东宫,东方属木,于色为青,故称太子所居为青宫。

⑦ 幽燕奥处二句:唐高宗即位后,封张行成为北平县公。永徽二年八月,拜尚书左仆射。加授太子少傅。幽燕,古称今河北北部及辽宁一带。唐以前属幽州,战国时属燕国,故名。

娄　师　德①

一

怒呼田舍唾犹残②,囊括乾坤梦始安③。文惠虽深终是浅④,乾坤密处已龙蟠。

二

叮咛阿弟更为柔⑤,宁解模棱学冀州⑥。味道赠冀州刺史。为厌诸君名士气⑦,姚宋张崔辈。未如平勃那安刘⑧。

三

抹额从军进士身⑨,八战八捷还拜相⑩。无端帘下露消息,一路英雄心相望⑪。

【注释】

① 娄师德(630—699)：字宗仁,郑州原武人。弱冠以进士及第授江都县尉,累迁为监察御史。高宗时,募军讨吐蕃,娄师德以文臣应募,从军西讨,屡有战功。迁殿中侍御史,兼河源军司马,并知营田事。与吐蕃战于白水涧,八遇八克,战功赫赫。天授初,为左金吾将军,检校丰州都督。娄师德率军屯田,军费自足。长寿元年,召授夏官侍郎,判尚书事,进同凤阁鸾台平章事。入迁秋官尚书、原武县男,改左肃政御史大夫,并知政事。万岁通天二年,入为凤阁侍郎、同凤阁鸾台平章事。圣历三年,突厥入寇,诏检校并州长史、天兵军大总管。九月,卒于会州,年七十,赠幽州都督,谥曰贞。

② 怒呼田舍唾犹残：娄师德为人深沉有度量,逆来顺受,受辱而不计较、反抗,喜怒不形于色。"尝与李昭德偕行,师德素丰硕,不能遽步,昭德迟之,恚曰：'为田舍子所留。'师德笑曰：'吾不田舍,复在何人?'其弟守代州,辞之官,教之耐事。弟曰：'人有唾面,洁之乃已。'师德曰：'未也。洁之,是违其怒,正使自干耳。'"(《旧唐书·娄师德列传》)。

③ 囊括乾坤梦始安：在武后统治时代,酷吏残鸷,人多不免,独师德能以功名始终,未受攻讦,是其宽厚谨慎性格所致。囊括乾坤：谓娄师德为人宽厚谦逊,深沉有度量。

④ 文惠虽深终是浅：指娄师德向武后荐狄仁杰而不声张。《新唐书·娄师德列传》载："狄仁杰未辅政,师德荐之,及同列,数挤令外使。武后觉,问仁杰曰：'师德贤乎?'对曰：'为将谨守,贤则不知也。'又问：'知人乎?'对曰：'臣尝同僚,未闻其知人也。'后曰：'朕用卿,师德荐也,诚知人矣。'出其奏,仁杰惭。"文惠,狄仁杰谥号。

⑤ 叮咛阿弟更为柔：娄师德为人宽厚谨慎,对家人亦多有教导、管束。《新唐书·娄师德列传》："(娄师德)弟守代州,辞之官,教之耐事。"

⑥ 宁解模棱学冀州：苏味道,赵州栾城(今河北)人。高宗乾封年间进士。武则天当政时为宰相数年,中宗时因依附张易之兄弟被外贬。少时以文章知名,与李峤合称"苏李",又与李峤、崔融、杜审言合称"文章四友"。苏味道处世油滑,模棱两可,不开罪于人,"常谓人曰：'决事不欲明白,误则有悔,模棱持两端可也。'故世号'模棱手'。"(《新唐书·苏味道列传》)冀州,苏味道死后赠冀州刺史。

⑦ 诸君：指姚崇、宋璟、张文瓘、崔融之辈。

⑧ 未如平勃那安刘：娄师德出将入相，但未能安定李唐江山，故不及汉代陈平、周勃那样安定刘家天下。平勃，陈平、周勃的合称。两人都是汉高祖刘邦的创业功臣，后又共平诸吕之乱。

⑨ 抹额从军进士身：唐高宗时期，唐朝"募猛士讨吐蕃，(娄师德)乃自奋，戴红抹额来应诏，高宗假朝散大夫，使从军，有功。"(《新唐书·娄师德列传》)

⑩ 八战八捷还拜相：娄师德从军讨吐蕃，"有功，迁殿中侍御史，兼河源军司马，并知营田事。与虏战白水涧，八遇八克。"(《新唐书·娄师德列传》)武后长寿元年，召授夏官侍郎，判尚书事，进同凤阁鸾台平章事。

⑪ 无端帘下二句：《新唐书·娄师德列传》载："狄仁杰未辅政，师德荐之，及同列，数挤令外使。武后觉，问仁杰曰：'师德贤乎？'对曰：'为将谨守，贤则不知也。'又问：'知人乎？'对曰：'臣尝同僚，未闻其知人也。'后曰：'朕用卿，师德荐也，诚知人矣。'出其奏，仁杰惭，已而叹曰：'娄公盛德，我为所容乃不知，吾不逮远矣！'"帘下，高宗体弱，每逢朝，武后于高宗身后垂珠帘以听朝政。露消息，指武后出示娄师德荐狄仁杰之奏。

郝　处　俊①

一

十岁归缣负重名②，天官还向滇江行③。安餐干糒胡床上④，遂破朝鲜百万兵。

二

鹄立乾封二圣间⑤，时忧革命抗天颜⑥。千秋长者传娄郝⑦，终是安州郝甑山⑧。

【注释】

① 郝处俊(607—681)：安州安陆人。十岁而孤，知礼能让。及长，好学，嗜

汉书。贞观中,第进士。累迁吏部侍郎佐李积讨高丽有功,入拜东台侍郎。上元初,(公元六七四年)迁中书令。时高宗多疾,欲逊位武后,郝处俊谏止。处俊自秉政,凡所规讽,得大臣体,武后忌之,以行止无瑕,不能加害。又兼太子中庶子,拜侍中,罢为太子少保。开耀元年卒,年七十五,赠开府仪同三司、荆州大都督。

② 十岁归缣负重名:郝处俊十岁而孤,其父之故吏归千缣作为治丧财物,已能让不受。

③ 天官还向浿(pèi)江行:乾封二年,高丽反叛,诏司空李勣为浿江道大总管,以郝处俊为副。浿江:今朝鲜青川江和大同江的古称。

④ 安餐干糒二句:干糒,干粮。出征朝鲜时,军队到了贼境,还未列阵,贼人突然袭来,军中大骇。郝处俊独据胡床,安然吃着干粮,同时派精锐轻兵迎击,将士多服其胆略。

⑤ 鹄立乾封二圣间:唐高宗李治体弱多病,多苦风疾,每上朝,"百司奏事,时时令后决之,常称旨,由是参豫国政。后既专宠与政,乃数上书言天下利害,务收人心,而高宗春秋高,苦疾,后益用事,遂不能制。高宗悔,阴欲废之,而谋泄不果。上元元年,高宗号天皇,皇后亦号天后,天下之人谓之'二圣'。"(《新唐书·则天皇后 中宗本纪》)乾封,高宗年号。乾封元年(公元 666 年),武则天与高宗同往泰山封禅,首开皇后参与封禅大典的先例,开始了所谓的"二圣"时期。

⑥ 时忧革命抗天颜:唐高宗多病,欲逊位予武后,郝处俊不惜犯颜进谏曰:"天子治阳道,后治阴德,然则帝与后犹日之与月,阳之与阴,各有所主,不相夺也。若失其序,上谪见于天,下降灾诸人。……天下者,高祖、太宗之天下,非陛下之天下,正应谨守宗庙,传之子孙,不宜持国与人,以丧厥家。"(《新唐书·郝处俊列传》)

⑦ 千秋长者二句:在武则天执政时期,多任用酷吏,而告密风行,朝廷大臣落狱比比皆是,而娄师德"独能以功名始终,与郝处俊相亚,世之言长者,称娄、郝。"(《新唐书·娄师德列传》)

⑧ 安州郝甑山:郝处俊为安州安陆人,受封甑山公。

刘仁轨　裴行俭　魏元忠[①]

一

仁轨行俭元忠辈，尽是凌烟后死身[②]。弱冠虚襟交四海，千秋培出再来人[③]。

二

攀龙早不逢贞观，出身晚不到开元[④]。才能八面如流水，名节千秋苦戴盆[⑤]。

【注释】

① 刘仁轨（602—685）：字正则，汴州尉氏（今属河南）人。自幼好学，博涉文史。武德初年，补息州参军。转陈仓尉。又更擢咸阳丞。贞观十四年，拜新安令，累迁给事中。高宗显庆四年，出为青州刺史。显庆五年，高宗征辽，令刘仁轨监统水军。后以军功授带方州刺史。乾封元年，迁右相，封乐城县男。上元二年，拜尚书左仆射、同中书门下三品，兼太子宾客，监修国史。武则天临朝，加授特进，专知京都留守事，封郡公。垂拱元年，从新令改为文昌左相、同凤阁鸾台三品。卒年八十五，册赠开府仪同三司、并州大都督，陪葬乾陵，谥文献。

裴行俭（619—682）：字守约，绛州闻喜人。幼以荫补弘文生，贞观中举明经，调左屯卫仓曹参军，又迁长安令。高宗将立武昭仪，行俭以为国家忧从此始，与长孙无忌、褚遂良秘议，大理袁公瑜告密，左除西州都督府长史。麟德二年，擢累安西都护。仪凤中，以才备文武，拜礼部尚书兼检校右卫大将军。调露元年为定襄行军大总管讨伏念，以功封闻喜县公。永淳元年卒，年六十四，赠幽州都督，谥曰献。

魏元忠（？—707）：宋州宋城（今河南商丘县南）人，本名真宰。为太学生，从江融习古今设险用兵之事。仪凤三年（678）上书言唐屡为吐蕃所败之故。累迁殿中侍御史。光宅元年（684），监李孝逸军击徐敬业，转洛阳令。旋为酷吏周兴、来俊臣、侯思止所诬，前后流放三次。圣历二年（699），升任凤阁侍郎、同凤阁鸾台平章事。因不附张易之兄弟而受二张陷害,贬高要尉。中宗朝,迁中书令。随波逐流,不再直言。后因牵涉节愍太子起兵反韦后及杀武三思事,贬渠州司马。年七十余而卒,赠尚书左仆射、齐国公,谥曰贞。

②仁轨行俭二句:刘仁轨、裴行俭、魏元忠皆以军功致仕而为朝廷重臣,堪比唐太宗凌烟阁所画诸贤臣。凌烟:指凌烟阁。唐太宗曾令画工画唐初开国二十四功臣之像挂于凌烟阁。

③"弱冠虚襟交四海"二句:刘仁轨、裴行俭、魏元忠少有才学,性情谦逊,交游四方,也注意提拔人才。弱冠,古时以男子二十岁为成人,初加冠,因体犹未壮,故称弱冠。

④攀龙早不二句:刘仁轨、裴行俭、魏元忠三人皆在高宗、武则天、中宗三朝有所建树,而均卒于开元之前,是贞观后、开元前的朝廷重臣。贞观,唐太宗年号。开元,唐玄宗年号。

⑤才能八面二句:刘、裴、魏皆是安邦定国之人才,而武后代唐称帝时,三人亦得以仕于武周朝,名誉与节操两难全,有讥讽之义。戴盆,典出《文选·司马迁〈报任少卿书〉》:"仆以为戴盆何以望天,故绝宾客之知,亡家室之业,日夜思竭其不肖之才力,务一心营职,以求亲媚于主上"。喻事难两全。

又 魏元忠①

　　公主犹然恨木疆②,罗经火瓮万重霜③。余龄稍欲规明哲④,猥诋申枨不是刚⑤。

【注释】

①魏元忠:见前《刘仁轨、裴行俭、魏元忠》注释①。

②公主犹然恨木疆:安乐公主曾私下向中宗请求废太子,而封其为皇太女,中宗询问魏元忠,"元忠曰:'公主而为皇太女,驸马都尉当何名?'主恚曰:'山东木强安知礼?阿母子尚为天子,我何嫌?'宫中谓武后为阿母子,故主称之。元忠固称不可,自是语塞。"疆,古同"强"。

③ 罗经火瓮万重霜：魏元忠在武则天朝坐周兴狱，又为来俊臣所构陷，后张易之兄弟进谗而下狱。中宗时因其子升被节愍太子胁迫作反，而被宗楚客、纪处讷等大臣诬魏元忠亦有反意。罗经，武后朝酷吏来俊臣作《罗织经》一篇，专载罗织罪名之事。火瓮，即"请君入瓮"。酷吏周兴被人密告谋反，武后诏令来俊臣审理周兴。周兴不知被人所告，与来俊臣对食，"俊臣曰：'囚多不服，奈何？'兴曰：'易耳，内之大瓮，炽炭周之，何事不承。'俊臣曰：'善。'命取瓮且炽火，徐谓兴曰：'有诏按君，请尝之。'"（《新唐书·酷吏列传》）

④ 余龄稍欲规明哲：中宗即位，魏元忠辅政，迁中书令，随波逐流，不再直言。余龄，犹余岁、余年，此指魏元忠晚年。

⑤ 猥诋申枨（chéng）不是刚：在中宗朝，魏元忠备受重用，天下倾望，但"元忠乃亲附权豪，抑弃寒俊，竟不能赏善罚恶，勉修时政，议者以此少之。"（《旧唐书·魏元忠列传》）申枨不是刚，典出《论语·公冶长》，"子曰：'吾未见其刚者。'或对曰：'申枨。'子曰：'枨也欲，焉得刚？'"何晏集解："包曰：'申枨，鲁人。'"

狄　仁　杰①

一

每见丹青礼白云②，并州遗庙再瞻君。太真犹忍将裾绝，谁顾同官子母分③。

二

龟带绯袍玉尺量，金书十二作衣裳④。思深鹦鹉随机释，只说天人未厌唐⑤。

三

雪涕披帷太子还，龙门咫尺忽尧天⑥。分明七日包胥哭，四庙缘何剩伍员⑦。深爱哭秦复楚之忠臣，亦未尝不极痛倒行逆施之孝子。

四

桃李盈门似作周,群能密布在神州⑧。无言袖手看舒卷,
半报皇唐半报娄⑨。

五

神鬼千年泣劫灰,排天直欲走风雷。奋心蒙耻开金殿,万
死庐陵向此来⑩。

六

手握金轮唤五龙⑪,虞渊洗日露双冲。当时将相兼行未,
屡有人臣造九重⑫。太宗自言身为天子兼下行将相之事。其后狄仁
杰、张柬之、郭子仪诸公皆再造唐室,反若代天行事者,故云。

【注释】

① 狄仁杰(630—700):字怀英,并州太原人。以明经举,授汴州判佐。又
荐授并州都督府法曹。仪凤中为大理丞。后授仁杰侍御史。又加朝散大夫,累
迁度支郎中。转宁州刺史,抚和戎夏。转文昌右丞,出为豫州刺史。左授复州
刺史。入为洛州司马。天授二年九月丁酉,转地官侍郎、判尚书、同凤阁鸾台平
章事。万岁通天年,征仁杰为魏州刺史。后转幽州都督。神功元年,入为鸾台
侍郎、同凤阁鸾台平章事,加银青光禄大夫,兼纳言。寻检校纳言,兼右肃政台
御史大夫。圣历初突厥侵掠赵、定等州,命仁杰为河北道元帅以讨之。后令其
为河北道安抚大使。军还,授内史。圣历三年九月,病卒,赠文昌右相,谥曰文
惠,追赠司空,封梁国公。

② 每见丹青礼白云:狄仁杰任并州法曹参军时,双亲在河阳,其登太行山,
见白云孤飞,则曰:"'吾亲舍其下。'瞻怅久之,云移乃得去。"(《新唐书·狄仁
杰列传》)

③ 太真犹忍二句:武则天曾欲立其侄武三思为太子,而不立其亲子庐陵
王。群臣莫敢言,独狄仁杰力谏不可,力主立庐陵王为太子。为迎庐陵王返京,
狄仁杰在武后面前奏事,皆以母子天性为言。武后虽忮忍,不能无感,故卒复唐

嗣。子母，指武则天与庐陵王。

④ 龟带绯袍二句：万岁通天年间，狄仁杰为魏州刺史。时逢契丹陷冀州，河北震动。前刺史惧契丹来攻，驱民保城，修守具。仁杰上任则废之，"曰：'贼在远，何自疲民？万一房来，吾自办之，何预若辈？'悉纵就田。房闻，亦引去，民爱仰之，复为立祠。俄转幽州都督，赐紫袍、龟带，后自制金字十二于袍，以旌其忠。"（《新唐书·狄仁杰传》）

⑤ 思深鹦鹉二句：武承嗣、武三思营求为太子，"狄仁杰每从容言于太后曰：'文皇帝栉风沐雨，亲冒锋，以定天下，传之子孙。大帝以二子托陛下。陛下今乃欲移之他族，无乃非天意乎！且姑侄之与母子孰亲？陛下立子，则千秋万岁后，配食太庙，承继无穷；立侄，则未闻侄为天子而祔于庙者也。'太后曰：'此朕家事，卿勿预知。'仁杰曰：'王者以四海为家，四海之内，孰非臣妾，何者不为陛下家事！君为元首，臣为股肱，义同一体，况臣备位宰相，岂得不预知乎！'又劝太后召还庐陵王。王方庆、王及善亦劝之。太后意稍寤。他日，又谓仁杰曰：'朕梦大鹦鹉两翼皆折，何也？'对曰：'武者，陛下之姓，两翼，二子也。陛下起二子，则两翼振矣。'太后由是无立承嗣、三思之意。"（《资治通鉴》第二百零六卷）

⑥ 雪涕披帷二句：武则天听从狄仁杰劝谏，不立武三思为太子，遣使迎庐陵王回京，"王至，后匿王帐中，召见仁杰语庐陵事。仁杰敷请切至，涕下不能止。后乃使王出，曰：'还尔太子！'仁杰降拜顿首，曰：'太子归，未有知者，人言纷纷，何所信？'后然之。更令太子舍龙门。具礼迎还，中外大悦。"（《新唐书·狄仁杰传》）

⑦ 分明七日二句：据《新唐书·狄仁杰列传》载，"吴、楚俗多淫祠，仁杰一禁止，凡毁千七百房，止留夏禹、吴太伯、季札、伍员四祠而已。"七日包胥哭：春秋时伍子胥（伍员）领吴国大兵攻破楚国，申包胥向秦国求救，秦王不肯。申包胥遂于秦国宫门外不吃不喝，哭七天七夜。秦王感动，遂出兵帮楚国复国。四庙，指狄仁杰废淫祠，独留夏禹、吴太伯、季札、伍员四祠。

⑧ 桃李盈门二句：狄仁杰在为政期间培养和举荐了大量的有才能之士，皆为中兴名臣。《资治通鉴·唐则天后久视元年》："（狄）仁杰又尝荐夏官侍郎姚崇等数十人，率为名臣。或谓仁杰曰：'天下桃李，悉在公门矣。'"桃李，比喻栽培的后辈和所教的门生。

⑨ 无言袖手二句：狄仁杰未辅政前，娄师德对狄仁杰有举荐之功。及狄仁

杰辅政后,尽心竭力为大唐江山谋计,不惜犯颜进谏。娄,指娄师德。狄仁杰曾赞叹娄师德:"娄公盛德,我为所容乃不知,吾不逮远矣!"(《新唐书·娄师德传》)

⑩ 奋心蒙耻二句:指狄仁杰主张立庐陵王为太子,为其登基即位铺平道路。狄仁杰屡屡犯颜冒死劝谏武则天立庐陵王为太子,为迎太子返京、公告天下,起到了关键的作用,有再造李唐之功。庐陵,指庐陵王李显,即唐中宗。

⑪ 手握金轮唤五龙:狄仁杰辅政,注重提拔举荐人才如张柬之、桓彦范、敬晖、姚崇等,皆为中兴名臣,而其中张柬之、桓彦范、敬晖、崔玄暐、袁恕己等五人以羽林兵诛张易之兄弟,迫使武则天退位,重建李唐王朝。金轮,指武则天。据《旧唐书·则天皇后纪》载,武则天于长寿二年秋九月,上加金轮圣神皇帝号,大赦天下。故称武则天为金轮或金轮皇帝。

⑫ 造九重:此指再造李唐王朝。

张 柬 之①

一

女皇八十尚倾城②,九九龟龄锡老生③。夬卦鹰扬描不出④,长生殿下五龙争⑤。

二

必欲求奇拜此人,梁公两两暗推轮⑥。不图凤阁鸾台上,来作周家革命臣⑦。

三

藏机坚忍无如晋,放胆恢奇让楚人。晋用楚材人不识,一朝复辟见经纶。

四

爪牙深布羽林兵，大厦凭将一柱擎⑧。咄咄老怀非此日，
荆州门外泛江行⑨。

【注释】

① 张柬之(625—706)：字孟将，襄州襄阳人。少补太学生，涉猎经史，尤精三礼，为令狐德棻所重。永昌元年(689)以贤良召，对策第一。授监察御史，迁凤阁舍人。忤武后旨，出为合、蜀二州刺史。狄仁杰荐其有宰相才，武后召为司刑少卿，拜同平章事。诛张昌宗、张易之，复唐社稷，张柬之首发其谋，以功封汉阳郡王。后为武三思所诬，流泷州，忧愤而卒，追谥文贞。

② 女皇八十尚倾权：喻武后擅权。《诗·大雅·瞻卬》："哲夫成城，哲妇倾城。"郑玄笺："城，犹国也。"孔颖达疏："若为智多谋虑之妇人，则倾败人之城国。"后以"倾城"为女主擅权、倾覆邦国的典故。

③ 九九龟龄锡老生：武后在位十数年，年已七旬，张柬之其年亦老，故姚崇向武后荐柬之，"曰：'张柬之沉厚有谋，能断大事，且其人年老，惟陛下急用之。'"(《旧唐书·张柬之传》)龟龄，古人以龟为长寿之灵物，此处指年老。

④ 夬卦：《易》卦名。六十四卦之一。乾下兑上。《易·夬》："夬，扬于王庭。"孔颖达疏："此阴消阳息之卦也。阳长至五，五阳共决一阴，故名为夬也。"此处指果断和坚决。鹰扬，逞威、大展雄才。

⑤ 长生殿：唐代宫中之寝殿，武后曾于此殿召见朝廷重臣。五龙：此处是指桓彦范、敬晖、崔玄暐、张柬之、袁恕己五人调羽林兵诛杀张易之、张昌宗兄弟。

⑥ 梁公两两暗推轮：姚崇曾参与张柬之谋诛张易之兄弟的计划。梁公，指姚崇。唐玄宗封其为梁国公。推轮，推动、协助。

⑦ 不图凤阁二句：长安中(701—704)，张柬之迁为凤阁鸾台平章事。神龙元年，张柬之、桓彦范、敬晖、崔玄暐、袁恕己等以羽林兵讨杀张易之、张昌宗兄弟，迫武后退位，拥立中宗李显即位为帝。凤阁鸾台，光宅元年(684)改中书省为凤阁、垂拱元年改门下省为鸾台，遂用为中书省、门下省的别称。

⑧ 爪牙深布二句：神龙元年(705)，张柬之与左羽林将军敬晖、右羽林将军

桓彦范等人发动羽林兵讨杀张易之兄弟,逼武后逊位,拥立中宗,重现李唐天下。爪牙,武臣、党羽。

⑨ 咄咄老怀二句：唐中宗神龙元年秋,张柬之上表请归襄州养疾。中宗许之,仍特授襄州刺史。老怀,老年人的心怀。

姚 崇①

一

时当万岁通天日,独决边机掌夏官②。更入鸾台调玉鼎③,从容一匕九重宽。

二

时当五子为龙日,共蹴金乌落海红④。顾影忽惊成远虑,重题双泪上阳宫⑤。

三

时当绣辇来光范,独写孤忠向至尊⑥。不是元良监国早,太平赤箭竟霑唇⑦。

四

当时并音傍簪呼鹰日,六十鹤龄社稷身⑧。欲广太平天子意,马前滚滚露精神。

五

才量无双智独圆,识时俊杰救时贤。自从贞观诸君去,更造中兴四十年⑨。

【注释】

① 姚崇（650—721）：字元之，原名元崇，陕州硖石人（今河南省陕县）人，玄宗时避开元字讳，改名崇。曾任武后、睿宗、玄宗三朝宰相常兼兵部尚书。睿宗时奏请太平公主出居东都，以削弱其权力，被贬职。开元初复相，奏请禁止宦官、贵戚干预朝政，禁绝营造佛寺道观，勉励劝谏等十事，并上疏以火灭蝗灾，从而减轻了灾情。姚崇辅弼朝廷，革除旧弊，开辟一代之风，为稳定武周政权、开创"开元盛世"起到了重要作用。后引宋璟自代，史称"姚宋"，是中国历史上著名的贤相。

② 时当万岁二句：武则天当政时，诏令姚崇任夏官尚书，领兵权，决策边防事宜。万岁通天，武周年号。夏官，官名。《周礼》载周时设置六官，以司马为夏官，掌军政和军赋。武周时，曾改兵部尚书为夏官，不久仍复旧名。

③ 更入鸾台调玉鼎：武周长安四年（704），姚崇任夏官尚书、同凤阁鸾台三品，受武后重用。玉鼎，传国重器，比喻国运，政权。

④ 时当五子二句：神龙元年（705），以凤阁侍郎张柬之、鸾台侍郎崔玄暐、左羽林将军敬晖、右羽林将军桓彦范、司刑少卿袁恕己等为核心的大臣，发羽林兵讨张易之、张昌宗兄弟，武则天归政于唐中宗，他们以功封公侯。张柬之、崔玄暐、敬晖、桓彦范、袁恕己五人在中宗即位后，进高位，正是得势之时，时人称之为"五王"。金乌，古代神话传说太阳中有三足乌，因用为代称太阳。

⑤ 顾影忽惊二句：《新唐书·姚崇传》载："张柬之等谋诛二张，崇适自屯所还，遂参计议。以功封梁县侯，实封二百户。后迁上阳宫，中宗率百官起居，王公更相庆，崇独流涕。柬之等曰：'今岂涕泣时邪？恐公祸由此始。'"姚崇为武后尽臣节而泣，本不顾功名，却怀尽忠之心而保全自身，故"五王"被害时，独姚崇免其灾。上阳宫，武后退位后移居上阳宫。

⑥ 时当绣辇二句：睿宗在位时，玄宗为东宫太子，"太平公主不利东宫，尝驻辇光范门，伺执政以讽。"姚崇认为东宫太子为天下社稷之本，而公主妄议，是为不尊，故与宋璟上疏出公主、诸王。

⑦ 不是元良二句：唐玄宗为太子时，为防太平公主、诸王权力过大，姚崇与宋璟奏请太平公主迁往东都，出诸王为刺史，以统一人心。后太平公主得知，大怒，玄宗"上疏以元之、璟等离间兄弟，请加罪，乃贬元之为申州刺史。再转扬州长史、淮南按察使"。（《旧唐书·姚崇传》） 元良，太子的代称。《礼记·文王

世子》：“一有元良，万国以贞，世子之谓也。”　监国，古时君主外出，太子留守，代掌国事，称之为“监国”。太平，指太平公主。

⑧ 当时并辔二句：先天二年(713)，玄宗讲武新丰，姚崇从之。玄宗召见姚崇，问其是否会打猎，姚崇“对曰：‘少所习也。臣年二十，居广成泽，以呼鹰逐兽为乐。张憬藏谓臣当位王佐，无自弃，故折节读书，遂待罪将相。然少为猎师，老而犹能。’帝悦，与俱驰逐，缓速如旨，帝欢甚。”(《新唐书·姚崇传》)玄宗与姚崇猎毕，玄宗问以天下，姚崇皆对答如流而不知倦，玄宗即拜其为兵部尚书、同中书门下三品，封梁国公，迁紫微令。

⑨ 自从贞观二句：继唐太宗贞观年间的诸位名相之后，姚崇辅佐玄宗开创了开元、天宝年间四十年的盛世。

宋　　璟①

一

贞观大政坠尘埃，一举朝仪九庙开②。丞相正衙今奏事③，史官随着谏官来④。

二

一辈才名八柱夸⑤，千秋风节艳梅花⁽一⁾⑥。人间无数押班客⑦，只似清香在宋家。

三

识量无涯老洛东⑧，万方犹想广平公⑨。谁能再把开元主⑩，纳在文皇祖武中⑪。

四

咸阳向午未朝餐，郭父白头对御看。草野共知今日久，调羹须信广平难。

【校记】

（一）千秋风节艳梅花：校本作"千秋风范艳梅花"。

【注释】

① 宋璟：邢州南和（今属河北）人。少好学，工文辞。十七岁进士及第。累官御史中丞，为武则天所重。睿宗时为宰相，革除前弊，选拔人才。后因奏请太平公主出居东都，被贬职。玄宗开元四年（716年）冬，继姚崇居相位。主张宽赋役，省刑罚，禁销恶钱；选择人才，使百官称职。为"开元之治"贡献突出，被唐玄宗赞为"吏治之才"。封广平郡公，世称"宋广平"。

② 朝仪：朝廷的礼仪。《周礼·夏官·司士》："正朝仪之位，辨其贵贱之等。"　九庙：指帝王的宗庙。古时帝王立庙祭祀祖先，有太祖庙及三昭庙、三穆庙，共七庙。王莽增为祖庙五、亲庙四，共九庙。后历朝皆沿此制。

③ 正衙：唐时正式朝会听政的处所。

④ 史官随着谏官来：唐中宗神龙初年，中宗诏令宋璟任谏议大夫。中宗幸西京，令宋璟权检校并州长史。史官，指宋璟权检校并州长史。谏官，指宋璟任谏议大夫。

⑤ 一辈才名八柱夸：犹言宋璟有一流的才华与名望，是国家栋梁之材。一辈，指一流、一类。八柱，古代神话传说，地有八柱，用以承天，后喻能为国家扶颠持危的栋梁之材。

⑥ 千秋风节艳梅花：宋璟工于翰墨，其中在他尚未步入仕途时所作的《梅花赋》为时人推崇备至，为传世名作。

⑦ 押班：百官朝会时领班，管理百官朝会位次。唐制，以监察御史二人任其事。宋璟曾任御史中丞，为武则天所重。故言。

⑧ 识量无涯老洛东：宋璟见识广度量大，"风度凝远，人莫涯其量"（《新唐书·宋璟列传》）。唐中宗晏驾，宋璟拜洛阳长史。洛东，指东洛，汉唐时以洛阳为东都，故称。

⑨ 广平公：玄宗开元五年，宋璟被封为广平郡公。

⑩ 谁能再把开元主：唐玄宗开元十七年（729年），宋璟拜尚书右丞相，授

府仪同三司。

⑪ 文皇：指唐太宗李世民。太宗谥文武大圣皇帝，故称。　祖武：谓先人的遗迹、事业。《诗·大雅·下武》："昭兹来许，绳其祖武。"郑玄笺："戒慎其祖考所履践之迹。"朱熹集传："武，迹也。"

张　说①

一

天作儒臣福盛唐，文章台阁两生香②。富开丽正书千卷③，贵拥中书吏五房④。

二

铃阁风声紫气寒，幽州赉稿墨初干⑤。黄昏独马开龙塞，九姓同罗一夜安⑥。

三

书园主第圣人家，五色云中放晓衙。华国文章君独擅⑦，才名三度见宣麻⑧。

四

正是方员黻黼才(一)⑨，出能斩马入调梅⑩。世家父子通声气，艺苑升沉执斗魁⑪。

【校勘】

（一）正是方员黻黼才：校本作"正是方员黼黻才"。

【注释】

① 张说（667—730）：字道济，一字说之。其祖先自范阳徙河东，徙家洛阳。

武后策贤良方正,张说年才弱冠,对策第一,授太子校书。累官至凤阁舍人。因忤旨流配钦州,中宗朝召还。睿宗朝同中书门下平章事。玄宗开元初,因不附太平公主,罢知政事。复拜中书令,封燕国公。出为相州、岳州等地刺史,又召还为兵部尚书、同中书门下三品,迁中书令,俄授右丞相,至尚书左丞相。卒谥文贞。

②　文章台阁两生香:张说在文学与政治上都有很大的成就。曾前后三次为相,掌文学之任凡三十年,为开元前期一代文宗,"为文俊丽,用思精密,朝廷大手笔,皆特承中旨撰述,天下词人,咸讽诵之。"(《旧唐书·张说列传》)在文学上的造诣颇深。台阁,汉时指尚书台,后亦泛指中央政府机构。

③　丽正:(为文)绚丽雅正,附于正道。

④　贵拥中书吏五房:张说官拜中书令,中书省门下分管五个行政部门。《新唐书·百官志一》:"改政事堂,号'中书门下',列五房于其后:一曰吏房,二曰枢机房,三曰兵房,四曰户房,五曰刑礼房。"

⑤　铃阁风声二句:开元元年,张说授幽州都督,入朝拜见玄宗,"帝大喜,授检校并州长史,兼天兵军大使,修国史,敕赍稿即军中论譔。"(《新唐书·张说传》)铃阁,指翰林院以及将帅或州县长官办事的地方。赍(jī),怀着。

⑥　黄昏独马二句:张说任幽州都督时,朔方节度使王晙诛河曲降虏阿布思也,九姓同罗、拔野固等疑惧。为免其部叛乱,张说率轻骑二十,前往九姓同罗部,召见其酋豪,并慰安之,"副使李宪以虏难信,不宜涉不测。说报曰:'吾肉非黄羊,不畏其食;血非野马,不畏其刺。士当见危致命,亦吾效死秋也。'由是九姓遂安。"(《新唐书·张说传》)龙塞,边远地区,此处指九姓同罗部所在地。

⑦　华国文章君独擅:张说是唐朝文章大手笔,独善文场。史称:"朝廷大述作多出其手","为文属思精壮,长于碑志,世所不逮。"(《新唐书·张说传》)

⑧　才名三度见宣麻:张说以才名三次进位中书令,三次拜相。开元元年,召为中书令,封燕国公。开元九年,召拜兵部尚书、同中书门下三品。开元十一年,进张说为中书令。宣麻,唐宋拜相命将,用白麻纸写诏书公布于朝,称为"宣麻"。后遂以为诏拜将相之称。

⑨　黼(fú)黻(fǔ):古代礼服上绘绣的花纹。引申为华丽的辞藻。

⑩　出能斩马入调梅:张说出能指挥军队,可作将才;入能治理国事,可作相才。调梅,用盐梅调味,喻指宰相执掌政柄,治理国家。语本《书·说命下》:"若作和羹,尔惟盐梅。"

⑪ 世家父子二句：张说掌文学之任凡三十年，为开元前期一代文宗，其子张均、张垍皆能文。张垍侍为文章，张均供奉翰林。张氏父子在文场中可谓独领风骚。声气，指文章的声韵和气势。斗魁，北斗，喻指德高望重或才学冠世而为众人景仰的人，此处是指文场领袖。

苏　颋①

一

苏家父子入延英②，一德同参宋广平③。喜起未歌兰臭发④，五云无地隔莺声。

二

夺哀有诏愈销魂⑤，燕国诗来昼掩门⑥。相业文名天下满⑦，朝回犹自泣亲恩⑧。

三

独称馨节今丞相⑨，百绪丝纶如涌泉⑩。才大益教衡量雅⑪，几番推毂尽方圆⑫。

【注释】

① 苏颋(670—727)：字廷硕，雍州武功人。第进士，调乌程尉。武后封嵩高，举贤良方正异等，除左司御率府胄曹参军，累迁左台监察御史。长安中，苏颋重审来俊臣等酷吏所办的旧案，皆申明冤狱。神龙中，迁给事中、修文馆学士，拜中书舍人。不久迁太常少卿，复为工部侍郎，加银青光禄大夫，袭封许国公。开元四年，进同紫微黄门平章事，修国史，与宋璟同当国。开元八年，罢为礼部尚书。俄检校益州大都督长史，按察节度剑南诸州。开元十五年卒，年五十八，诏赠右丞相，谥文宪。

②　苏家父子入延英：神龙中，苏颋拜中书舍人，其父苏瓌同中书门下三品，父子同掌宫廷机要部门。延英，即延英殿，唐宫殿名。在延英门内。

③　一德同参宋广平：开元四年，苏颋进同紫微黄门平章事，与宋璟同当国。宋璟刚正，苏颋配合宋璟，发挥其长。在玄宗面前奏事，宋璟陈述有所不足或疏漏的地方，苏颋从旁补充，二人合作默契，故宋璟曾曰："吾与苏氏父子同为宰相，仆射长厚，自是国器；若献可替否，事至即断，尽公不顾私，则今丞相为过之。"（《新唐书·苏颋列传》）宋广平，指宋璟，其于开元五年，封广平郡公。

④　喜起：谓君臣协和，政治美盛。语出《书·益稷》："（帝）乃歌曰：'股肱喜哉，元首起哉，百工熙哉。'"孔传："股肱之臣喜乐尽忠，君之治功乃起。"　兰臭：指情投意合。《易·系辞上》："同心之言，其臭如兰。"孔颖达疏："谓二人同齐其心，吐发言语，氤氲臭气，香馥如兰也。"后因以"兰臭"指情投意合。

⑤　夺哀有诏愈销魂：《旧唐书·苏颋列传》："景云中，瓌（苏颋之父）薨，诏颋起复为工部侍郎，加银青光禄大夫。颋抗表固辞，辞理恳切，诏许其终制。服阕就职，袭父爵许国公"。故言。有诏，指诏令苏颋复为工部侍郎一事。销魂，谓灵魂离开肉体，形容极其哀愁。

⑥　燕国：指燕国公张说。

⑦　相业文名天下满：苏颋开元四年拜相，辅佐玄宗，政治成就很大。又颇负文名，与张说一起时称"燕许大手笔"。相业，宰相的功业，亦喻巨大的功绩。

⑧　朝回犹自泣亲恩：苏颋父苏瓌于景云中卒，玄宗诏令其为工部侍郎，守孝期满即就职，未能完全尽孝子之节，虽名满天下，亦为己憾。

⑨　馨节：高尚的德行、节操。

⑩　百绪丝纶如涌泉：苏颋善文章，任中书舍人时，"中书令李峤曰：'舍人思若涌泉，吾所不及。'"（《新唐书·苏颋列传》）丝纶，帝王诏书。

⑫　推毂：协助，辅佐。　方圆：方法、准则。

又　张说　苏颋

祖德惟馨玉烛平①，天章全付两书生②。乾坤正在繁华内,姚宋犹高燕许名③。

【注释】

① 玉烛:谓四时之气和畅。形容太平盛世。

② 天章全付两书生:张说、苏颋作得一手好文章,时人称"燕许大手笔"。天章,泛指好文章。

③ 姚宋:指姚崇、宋璟。 燕许:指张说、苏颋。张说封燕国公,苏颋封许国公。

张 九 龄①

一

金鉴光摇笏出囊,玉人风度拂秋霜②。谁家蜜口能开笑,愿醉曲江万寿觞③。

二

紫芝白雀生庭日④,疆起孤臣借帝筹⑤。贪爱十郎十九载,从他零落在荆州⑥。

三

明白猫雏祸一双⑦,蔽疏无计溃琴撞⑧。若怜羽扇回天步⑨,不到临危痛曲江⑩。

【注释】

① 张九龄(678—740):字子寿,韶州曲江(今广东韶关)人。武后神功年间进士,官秘书省校书郎。应"道侔伊吕科"举,得高第,授左拾遗。玄宗开元间,封曲江男,进中书舍人。累官至中书侍郎同平章事,迁中书令。后受李林甫

排挤,罢政事,贬为荆州长史。病卒,年六十八,赠荆州大都督,谥曰文献。

② 金鉴光摇二句:《新唐书·张九龄列传》载,"九龄体弱,有醞藉。故事,公卿皆搢笏于带,而后乘马。九龄独常使人持之,因设笏囊,自九龄始。后帝每用人,必曰:'风度能若九龄乎?'"玉人,指张九龄。

③ 谁家蜜口二句:奸相李林甫善妒能人,为人阴险狡诈。《资治通鉴》载,"李林甫为相……尤忌文学之士,或阳与之善,啖以甘言而阴陷之。世谓李林甫'口有蜜,腹有剑'。"李林甫口蜜腹剑,暗中伤人。表面上与张九龄和善,实则暗中进谗,遂致张九龄遭贬,不复起用。曲江,张九龄是韶州曲江人,因以"曲江"代称张九龄。

④ 紫芝白雀生庭日:紫芝、白雀在庭中出现,是为祥瑞之征兆,暗示有贤人出现。紫芝,真菌的一种,也称木芝,似灵芝,古人以为瑞草,道教以为仙草。此处比喻贤人。白雀,白色的雀。古时以为祥瑞。

⑤ 借帝筹:为皇帝谋划。

⑥ 贪爱十郎二句:开元二十四年,由于李林甫进谗,张九龄罢相,后贬为荆州长史,卒于荆州。而李林甫善揣摸玄宗心意,居相位十九年。十郎,指李林甫。因李林甫排行第十,所以安禄山称之为"十郎"。

⑦ 明白猫雏祸一双:张九龄知安禄山狼子野心,将来必反。《新唐书·张九龄列传》载,"安禄山初以范阳偏校入奏,气骄蹇,九龄谓裴光庭曰:'乱幽州者,此胡雏也。'及讨奚、契丹败,张守珪执如京师,九龄署其状曰:'穰苴出师而诛庄贾,孙武习战犹戮宫嫔,守珪法行于军,禄山不容免死。'帝不许,赦之。九龄曰:'禄山狼子野心,有逆相,宜即事诛之,以绝后患。'"

⑧ 蔽旒:冠冕前后悬垂的玉饰。借指皇帝面前。语出《孔子家语·入官》:"古者圣主冕而前旒,所以蔽明。"

⑨ 若怜羽扇回天步:玄宗欲以凉州都督牛仙客为尚书,张九龄极力反对。玄宗大怒,加之李林甫进谗,玄宗起用牛仙客,张九龄被罢相。"九龄既戾帝旨,固内惧,恐遂为林甫所危,因帝赐白羽扇,乃献赋自况,其末曰:'苟效用之得所,虽杀身而何忌?'又曰:'秋气之移夺,终感恩于箧中。'"(《新唐书·张九龄列传》)回天,旧以皇帝为天,凡能谏止皇帝改变意志者称回天。

⑩ 不到临危痛曲江:玄宗不听从张九龄的劝谏,而酿成了日后的"安史之乱"。叛乱发生后,玄宗悔,并"思其忠,为泣下"(《新唐书·张九龄列传》)。

卢 怀 慎①

一

身后荐贤争宋璟②,生前忧国逊姚崇③。都来一辈无双士④,阑入休休雅量中⑤。

二

一品萧然一布囊⑥,清风吹彻圣人乡⑦。独怜天宝人犹未,便说开元志气荒⑧。

【注释】

① 卢怀慎:滑州灵昌人,祖籍幽州范阳。少清谨,举进士,历监察御史。中宗景龙中,迁侍御史。累迁黄门侍郎,赐爵渔阳伯。先天二年,与侍中魏知古于东都分掌选事。开元元年进同中书门下平章事,三年改黄门监,四年,兼吏部尚书。开元四年秋,以疾笃,旬日而卒,赠荆州大都督,谥文成。

② 身后荐贤争宋璟:卢怀慎临终时遗表上奏举荐宋璟。

③ 生前忧国逊姚崇:《旧唐书·卢怀慎传》载,“怀慎与紫微令姚崇对掌枢密,怀慎自以为吏道不及崇,每事皆推让之,时人谓之“伴食宰相。”逊:不及。

④ 一辈:犹言一流,一类。　无双士:独一无二的贤才。

⑤ 阑入休休雅量中:卢怀慎之自逊姚崇是其性格宽容、有度量使然。休休,形容宽容;气魄大。

⑥ 一品萧然一布囊:卢怀慎清俭不营产,家无余资,虽身居高位,“服器无金玉文绮之饰,虽贵而妻子犹寒饥,所得禄赐,于故人亲戚无所计惜,随散辄尽。赴东都掌选,奉身之具,止一布囊。”(《新唐书·卢怀传》)　萧然,简陋。

⑦ 清风吹彻圣人乡:犹言卢怀慎的品格高尚,惠及天子大臣。卢怀慎死后,“四门博士张晏上言:‘怀慎忠清,以直道始终,不加优锡,无以劝善。’”,玄宗经其墓,为之流涕。圣人,唐人对帝王的尊称。唐杜甫《自京赴奉先县咏怀五百字》:“圣人筐篚恩,实愿邦国活。”仇兆鳌注:“唐人称天子皆曰圣人。”

⑧　独怜天宝二句：开元间玄宗尚励精图治，然太平日久，便溺于享乐，不图政事，在天宝间已露昏昧之象。卢怀慎曾谓宋璟、卢从愿："上求治切，然享国久，稍倦于勤，将有憸人乘间而进矣。"（《新唐书·卢怀传》）

韩　休①

惊看天表不胜情，苦口韩休为国争②。不到腊时人已去，
违心还说爱苍生。

【注释】

①　韩休：京兆长安人。休初应制举，累授桃林丞。又举贤良，擢左补阙，判主爵员外郎。进至礼部侍郎，知制诰。出为虢州刺史。后母丧服阕，为工部侍郎，知制诰。迁尚书右丞。侍中裴光庭卒，拜黄门侍郎、同中书门下平章事。后以工部尚书罢。迁太子少师，封宜阳县子。开元二十八年夏五月乙未，韩休卒，年六十八，赠扬州大都督，谥文忠，赠太子太师。

②　苦口韩休为国争：韩休性格峭鲠直方，在处理朝政问题上屡屡与玄宗争辩，如处置万年尉李美玉与金吾大将军程伯献两人就曾激烈争辩，大多事情都是类此。玄宗曾曰："萧嵩每启事，必顺旨，我退而思天下，不安寝。韩休敷陈治道，多讦直，我退而思天下，寝必安。吾用休，社稷计耳。"（《新唐书·韩休列传》）

裴　耀　卿①

河漕曾不惯吴船，天子逐粮马足穿②。自避三门输渭
水③，关中斗米只三钱④。

【注释】

① 裴耀卿：字焕之，河东闻喜人。宁州刺史守真次子。八岁擢童子举，稍迁秘书省正字、相王府典签。相王即帝位（睿宗），授国子主簿。开元中，累官长安令济州刺史，再历宣、冀二州，入拜户部侍郎。请广漕运，以实关铺，沿河置仓纳粟。又开山陆运以避三门之险。擢黄门侍郎，同平章事，充转运使。 迁侍中，终尚书左仆射。天宝二年卒，年六十三，赠太子太傅，谥文献。

② 河漕曾不二句：开元二十一年秋，因大雨使庄稼歉收，京师长安出现饥荒，为解决饥荒，裴耀卿上述自荐为转运使，奏曰："为国大计，臣愿广陕运道，使京师常有三年食，虽水旱不足忧。又令租米悉输东都。从都至陕，河益湍沮，若广漕路，变陆为水，所支尚赢万计。且江南租船候水始进，吴工不便河漕，处处停留，易生隐盗。请置仓河口，以纳东租，然后官自顾载，分入河、洛。"

③ 自避三门输渭水：从地方调来的粮食运至三门时，由于河水险急，需由陆上运输，要凿山开道运至太原粮仓，再从太原仓将粮食从流入渭水的支河进入渭水，运输至京师，"度三门东西各筑敖仓，自东至者，东仓受之；三门迫险，则旁河凿山，以开车道，运十数里，西仓受之。度宜徐运抵太原仓，趋河入渭，更无留阻，可减费钜万。"（《新唐书·裴耀卿传》）。

④ 关中斗米只三钱：粮食转运至京师，解决了饥荒，粮价下降。关中，唐代指陕西渭河流域京城长安一带。

杨　绾①

堂封载绾作梅盐②，国绣三千六百缣③。莫问谁多谁最少，都来宜溷不宜廉④。

【注释】

① 杨绾：字公权，华州华阴人。举进士，补太子正字。天宝十三年举词藻宏丽科，擢右拾遗。肃宗即位，擢起居舍人、知制诰，累拜中书侍郎、同中书门下平章事、集贤殿崇文馆大学士。以廉明方正、生活俭朴闻名于世。唐代宗大历

年间为宰相。卒谥文简。

②　堂封：宰相的封邑。《新唐书·源乾曜传》："时议者言：'国执政所以同休戚，不崇异无以责功。'帝乃诏中书门下共食实户三百，堂封自此始。"　梅盐：梅子与盐，盐味咸，梅味酸，均为调味所需。喻调和，和谐。喻指国家所需的贤才。语出《书·说命下》："若作和羹，尔惟盐梅。"

③　缣(jiān)：用为货币或赏赐酬谢的礼物。

④　溷(hùn)：混浊，污浊。

裴　冕①

回首延秋九庙沉②，衣冠名族此来寻③。只疑称帝押班客④，难掩腥沉社稷心⑤。

【注释】

①　裴冕：字章甫，河中河东人。出身望族，以荫再调渭南尉，历殿中侍御史，为河西节度使行军司马。玄宗入蜀，诏皇太子为天下兵马元帅，拜冕御史中丞兼左庶子副之。肃宗即位，进中书侍郎同中书门下平章事，罢为尚书右仆射。两京平，封冀国公，出为剑南西川节度使。大历中拜左仆射同中书门下平章事兼河南江淮副元帅、东都留守。卒赠太尉。

②　九庙：指帝王的宗庙。古时帝王立庙祭祀祖先，有太祖庙及三昭庙、三穆庙，共七庙。王莽增为祖庙五、亲庙四，共九庙。后历朝皆沿此制。

③　衣冠名族此来寻：裴冕出身望族世家，并以门荫仕进。衣冠，代称缙绅、士大夫。

④　只疑称帝押班客：裴冕在灵武与杜鸿渐、崔漪等人劝太子称帝，后太子从之，是为肃宗。押班客，百官朝会时领班，管理百官朝会位次。唐制，以监察御史二人任其事。

⑤　难掩腥沉社稷心：裴冕性本侈靡、嗜利，好尚车服及营珍馔，名马在枥。因此，裴冕拜相时，"乃下令卖官鬻爵，度尼僧道士，以储积为务。人不愿者，科

令就之,其价益贱,事转为弊。"(《新唐书·裴冕列传》) 腥沉,腥臭阴暗。

李 泌①

紫盖烟销月满轮②,山河相付好抽身③。休嫌辟谷甘高蹈④,西内都成辟谷人⑤。

【注释】

① 李泌(722—789):字长源,唐京兆人,祖籍辽东襄平(今辽阳北)。自幼能诗善文,博学多识,深得张九龄器重。历事唐玄宗、肃宗、代宗、德宗四朝。天宝中,以翰林供奉东宫,曾赋诗讥刺杨国忠,被贬至蕲春郡(今湖北蕲春县境)。安史之乱中,玄宗逃蜀,肃宗在灵武(今甘肃灵武西南)即位,李泌献平乱安邦之策,肃宗授以高位,固辞不受,仍愿献良策,为帝解难。德宗即位,贞元三年(787年),任中书侍中、同平章事。出入宫禁,事四君,为权幸所疾,常以智免,好谈神仙诡道。封邺侯,卒赠太子太傅。

② 紫盖烟销月满轮:此言安史之乱。紫盖,紫色车盖,帝王仪仗之一,借指帝王车驾。烟销,谓烧毁。

③ 山河相付好抽身:李泌一生身经玄宗、肃宗、代宗和德宗四朝,参与宫室大计,辅翼朝廷,运筹帷幄,对外策划战略,配合郭子仪等将领的步调。他又爱好深受道家思想的影响,立功而不求官,名成而不恋位。四次功成身退,过隐居生活;又四次回到朝廷,屡蹶屡起。抽身,谓弃官引退。

④ 休嫌辟谷甘高蹈:李泌好黄老鬼神之说。《旧唐书·李泌传》载"中书令崔圆、幸臣李辅国害其能,将有不利于泌。泌惧,乞游衡山,优诏许之,给以三品禄俸,遂隐衡岳,绝粒栖神。"辟谷,道教的一种修炼术,即不进谷粒兼做导引以修炼成仙。高蹈,指隐居,作隐士。

⑤ 西内都成辟谷人:李泌好修学仙家黄老之道,出入宫禁。西内,皇宫西部。《旧唐书·玄宗纪下》:"乾元三年七月丁未,移幸西内之甘露殿。时阉宦李辅国离间肃宗,故移居西内。"

李　吉　甫[①]

一

一分坐食两分输,犹上元和国计图[②]。直待星流如织后,
兵交四海一农无。

二

三世丝纶一德同[③],时髦搜尽数旬中。文章偶用轻皇
甫[④],忠厚曾闻下陆公[⑤]。

三

钱塘直捣潞州亡[⑥],券赐书生父子香[⑦]。政府几回成庙
算,开天终是杜黄裳[⑧]。

【注释】

① 李吉甫(758—814):字弘宪,赵郡(今河北赵县)人,父李栖筠。唐代名
相。吉甫以门荫入仕,27岁为太常博士。德宗时,任驾部员外郎,颇为宰相李
泌、窦参推重,后出为忠州、郴州、饶州刺史。宪宗即位,征为考功员外郎、知制
诰。不久入为翰林学士、中书舍人,得宪宗信任。宪宗元和二年(807年)为相。
后因与窦群等有隙,元和三年(808年)九月转任淮南节度使。元和六年(811
年)正月还朝复相,封赞皇侯,徙赵国公。李吉甫自幼敏而好学,明练典故,博闻
强记。他目睹藩镇势力日益猖獗,力主削藩,曾参与策划讨平剑南节度副使刘
辟判乱和镇海节度使李锜的叛乱,并在一年内更换了36个藩镇。史书称他"善
任贤良","不忌不克",是一位举足轻重的"经纬之臣"。

② 犹上元和国计图:李吉甫深明时政,颇得宪宗信任,于元和二年(807)拜
相。他多有建树,于元和二年上《元和国计簿》十卷(已佚),汇总全国方镇、府、
州、县数与户口、赋税、兵员状况。"总计天下方镇凡四十八,管州府二百九十

五,县一千四百五十三,户二百四十四万二百五十四,其凤翔、鄜坊、邠宁、振武、泾原、银夏、灵盐、河东、易定、魏博、镇冀、范阳、沧景、淮西、淄青十五道,凡七十一州,不申户口。每岁赋入倚办,止于浙江东西、宣歙、淮南、江西、鄂岳、福建、湖南等八道,合四十九州,一百四十四万户。比量天宝供税之户,则四分有一。天下兵戎仰给县官者八十三万余人,比量天宝士马,则三分加一,率以两户资一兵。其他水旱所损,征科发敛,又在常役之外。吉甫都纂其事,成书十卷。"(《旧唐书·卷一十四》)

③ 三世丝纶一德同:李吉甫出身高门士族,家风崇文尚儒。自李吉甫父李栖筠至其子李德裕,祖孙三代身居高官,而李吉甫、李德裕父子更是两世皆为宰相,故言。

④ 文章偶用轻皇甫:皇甫湜,元和中进士。元和三年(806),皇甫湜以贤良方正对策,与李宗闵、牛僧孺俱第一,诋斥时政,其言鲠讦,语言鲠直,激怒李吉甫,长久不行叙用。

⑤ 忠厚曾闻下陆公:陆公指陆贽,德宗贞元八年(792)任宰相。陆贽执掌朝政时,曾将时任驾部员外郎的李吉甫贬为明州长史,又改忠州刺史。后陆贽罢相,贬为忠州别驾,成为李吉甫的下属。陆贽的兄弟和弟子都为此担忧。陆贽来到忠州以后,李吉甫欣然以对待宰相之礼事他,后来二人成为挚友。

⑥ 钱塘直捣潞州亡:唐宪宗元和二年(807),李吉甫升任中书侍郎,同中书门下平章事。时镇海节度使李锜拒不执行朝廷命令,在浙西叛乱,李吉甫遣兵讨平李锜之乱。李德裕(李吉甫子)在任相期间,亦主张打击藩镇势力。唐武宗会昌三年(843),泽潞(今山西长治市)节度使刘从谏死后,其子刘稹要求承袭父位,遭到李德裕的拒绝,最终平定了刘稹的叛乱。故言。

⑦ 券赐书生父子香:李家世代身居高官,李吉甫、李德裕父子两世皆为宰相,世代深受李唐皇恩。

⑧ 政府二句:元和元年(806),剑南西川(今四川成都)节度使刘辟据蜀,宪宗和宰相杜黄裳想发兵征讨,未决。李吉甫密赞其谋,并请征发江淮军队,从三峡入川,以分刘辟之力,宪宗从之。同年,西川平。

杜 黄 裳[①]

电掣元和日月开[②]，掀然尾大露诚来[③]。绿舆一出门如
水，尘锁辒车万里回[④]。

【注释】

① 杜黄裳(738—808)：字遵素，京兆万年(今陕西西安)人，一说京兆杜陵
人。宝应进士。初为郭子仪朔方从事，曾代主留后事务。贞元末为太常卿，反
对王叔文用事，宪宗以太子总军国事时，用为宰相。元和元年(806)，力主讨西
川节度副使刘辟之叛，并荐神策军使高崇文为将，为宪宗采纳，后又力主削弱藩
镇势力。元和二年，兼河中尹，河中、晋、绛等州节度使，封邠国公。

② 电掣元和日月开：唐宪宗年号"元和"，他即位后奋发有为，"读列圣实
录，见贞观、开元故事，竦慕不能释卷"，将"太宗之创业""玄宗之致理"作效法
的榜样。为了纠正朝廷权力日益削弱、藩镇权力膨胀的局面，他提高宰相的权
威，平定藩镇的叛乱，使"中外咸理，纪律再张"，出现了唐王朝的短暂中兴。

③ 掀然尾大露诚来：意指地方藩镇割据，政治局面混乱。尾大，比喻臣下
势力强大。

④ 绿舆一出二句：据宋李昉《太平广记》卷第一百六十五记载："李师古跋
扈，惮杜黄裳为相，未敢失礼。乃命一干吏，寄钱数千绳，并毡车子一乘，亦近直
千缗。使者未敢遽送。乃于宅门伺候累日。有绿舆自宅出，从婢二人，皆青衣
褴褛。问何人，曰：'相公夫人。'使者遽归，以白师古。师古乃折其谋，终身不敢
失节。"

李 绛[①]

一

偃卧中书漫莫甘，密焚署稿卸朝簪[②]。惊传良笏酥醲醾

酒③,赐下新封高邑男④。

二

四代中兴五十年⑤,同筹玉箸至尊前⑥。郏侯奇雅宣公美⑦,忠信高明见比贤。

三

家奴好在绛难留⑧,折节同心不到头⑨。河北欢声空在耳,衰龄登陴笑诸侯⑩。

【注释】

① 李绛(764—830):字深之,赞皇人。擢进士,补渭南尉,拜监察御史。元和二年(807年)授翰林学士,元和六年(811)人阁拜相,为中书侍郎,同中书门下平章事。后因与权贵有隙,以足疾求免,罢为礼部尚书,后入为兵部尚书。文宗时,召为太常卿,以检校司空为山南西道节度使。大和四年(830),李绛奉旨募兵千人赴四川讨逆,被杨叔元乱军所害,终年67岁。

② 偃卧中书两句:李绛有足疾,后因此请求免相,罢礼部尚书。偃卧:仰卧,睡卧。中书,官名,中书令的省称。隋唐以中书令、侍中、尚书令共议国政,俱为宰相,后因以中书称宰相。李绛元和六年(811)拜相。

③ 惊传良笏酴醾酒:《新唐书·李绛列传》载:宪宗"动容曰:'卿告朕以人所难言者,疾风知劲草,卿当之矣。'遂繇司勋郎中进中书舍人。翌日,赐金紫,亲择良笏与之,且曰:'异时膺顾托南面,当如此。'绛顿首。"另据《新唐书》记载,同乡宰相李吉甫盛赞皇帝威德,李绛直言:"今日西戎内讧,烽燧相接,正陛下求治之时,何得仅以赞颂为言?"帝入谓左右曰:"绛言骨鲠,真宰相也。"遂遣使赐酴醾酒。酴(tú)醾(mí)酒,再酿的酒。

④ 高邑男:宪宗元和八年,李绛受封高邑县男。

⑤ 四代中兴五十年:唐代自安史之乱后,元气大伤,从此由盛转衰,经历了唐肃宗(公元756—762年在位)、代宗(公元763—779年在位),德宗(公元780—805年在位)、顺宗(公元805年在位),四代共约50年。宪宗即位后,"读

列圣实录,见贞观、开元故事,竦慕不能释卷",效法"太宗之创业""玄宗之致理"。为了纠正朝廷权力日益削弱、藩镇权力膨胀的局面,他提高宰相的权威,平定藩镇的叛乱,出现了唐室中兴的盛况,被称为"元和中兴"。

⑥ 至尊:指唐宪宗。

⑦ 邺侯:指李泌,被封邺侯,详见前《李泌》一诗。 宣公:陆贽(754—805),字敬舆,苏州嘉兴人。唐代宗大历年间进士,德宗初为翰林学士,后为中书舍人,又迁中书侍郎平章事。曾屡次上书指陈时弊,提出了许多重要的政治主张。卒谥宣公。

⑧ 家奴好在绛难留:唐中后期,皇帝多宠信宦官,宦官往往掌握大权。大和四年(830),李绛奉旨募兵千人赴四川讨逆,被监军太监杨叔元乱军所害。家奴,指太监。太监往往被视为皇帝家奴。好在,依旧、如故。绛难留,指李绛遇害。

⑨ 折节:屈己下人。同心,齐心。

⑩ 衰龄登陴笑诸侯:《新唐书·李绛列传》载:文宗大和四年"南蛮寇蜀道,诏绛募兵千人往赴,不半道,蛮已去,兵还。监军使杨叔元者,素疾绛,遣人迎说军曰:'将收募直而还为民。'士皆怒,乃噪而入,劫库兵。绛方宴,不设备,遂握节登陴。或言缒城可以免,绛不从。牙将王景延力战殁,绛遂遇害,年六十七。幕府赵存约、薛齐皆死"。李绛以衰老之躯为国尽忠。衰龄,年老衰弱之时。

裴　度①

一

香山遗表晤于懿,玉带重还贯索开②。同是书生闲步处,五云十里露香来。

二

东阁还容私第开,虚襟握发礼尘埃③。国能莫厌金吾报,尽与昌黎韩愈来④。

三

相君幢节拥柴村，回首天颜通化门。风雪初晴鸡唱罢，蔡州一夜有乾坤⑤。

四

绿野花栏面水香，舍人回席月回廊⑥。酒深莫说绯衣事，不踏红尘第五冈⑦。

【注释】

① 裴度(765—839)：字中立，唐河东闻喜(今属山西)人。唐德宗贞元五年(789)进士。授河阴县尉，迁监察御史，出为河南府功曹，迁起居舍人。宪宗元和六年，以司封员外郎、知制诰，寻转本司郎中，使魏州，还拜中书舍人，改御史中丞，寻兼刑部侍郎。贞元十六年，拜门下侍郎同中书门下平章事，力主削平藩镇。于时讨蔡，裴度请身自督战，诏以裴度充淮西宣慰招讨处置使。蔡平，封晋国公，复知政事。为皇甫镈所构，出为太原尹、北都留守、河东节度使。穆宗时，数出镇入相，以其用不用为天下重轻。文宗时，罢为山南道东道节度使，以病乞还东都，乃作别墅，号绿野堂，与白居易、刘禹锡殇咏其间。官终中书令。卒谥文忠。

② 香山遗表二句：相传裴度少年时，曾遇一相士，言其"断纹入口，饿死之相"。后裴度游香山寺，遇一女子，其父冤被判罪，向人乞了一条玉带，想贿赂大官救她父亲，她到佛前拜佛时，把这些带子忘了带走，裴度捡到玉带还给她，终救一命，裴度不告姓名而去。事后，裴度再遇先前相士，相士大惊，问其曾为何事，裴度与言，相士叹服，告其命相全变，不仅断纹不复见，天庭转高，出将入相、富贵双隆之相。后裴度果为有唐一代名相。

③ 东阁还容二句：唐元和用兵时，裴度为相，请私第延见四方贤俊以广谋虑。裴度奏有《宰相宜招延四方贤才与参谋请于私第见客论》。　东阁，古代称宰相招致、款待宾客的地方。唐李商隐《九日》诗："郎君官贵施行马，东阁无因再得窥。"

④ 国能莫厌二句：裴度与韩愈在政治上皆反对藩镇割据，唐宪宗元和12

年(817)，韩愈积极参加讨伐淮西叛藩吴元济的战争，任行军司马。因随裴度征讨叛乱有功，升任刑部侍郎。金吾，古武官名。负责皇帝大臣警卫、仪仗以及徼循京师、掌管治安的武职官员。

⑤ 风雪初晴二句：元和十二年，裴度督师蔡州，使李愬领军雪夜出其不意、攻其无备，直破蔡州城，生擒吴元济，淮西藩镇割据的局面得以缓解。

⑥ 绿野花栏二句：《新唐书·裴度列传》载，文宗时"阉竖擅威，天子拥虚器，搢绅道丧，度不复有经济意，乃治第东都集贤里，沼石林丛，岑缭幽胜。午桥作别墅，具燠馆凉台，号'绿野堂'，激波其下。"裴度对宦官专权的朝政失望，故而退出政坛，不理政事，过恬淡萧散的生活。绿野，指裴度所制别墅。舍人，指裴度，曾任中书舍人。

⑦ 酒深莫说二句：裴度退居后，日日把酒穷欢，不复过问政事，《新唐书·裴度列传》载"度野服萧散，与白居易、刘禹锡为文章、把酒，穷昼夜相欢，不问人间事。"绯衣，古代朝官的红色品服。"绯衣事"借指政事。第五冈，《新唐书·裴度列传》："都城东西冈六，民间以为乾数，而度第平乐里，直第五冈。"

李　德　裕①

一

岚掩车关科斗迷，军书一日万封题②。批残纸尾归私第③，辟路东华日未西④。

二

摧尽强藩横折冲⑤，忽惊毛发妒神龙。虚延令白成何事⑥，还说唐家小太宗⑦。

【注释】

① 李德裕(787—850)：字文饶，赵郡(今河北省赵县)人，元和宰相李吉甫子。幼有壮志，苦心力学，不喜科试。即冠，卓荦有大节。穆宗即位，召入翰林

充学士,禁中书诏,大手笔多诏德裕草之。寻转考功郎中、知制诰、中书舍人。敬宗时出为浙西观察使,文宗即位,加检校礼部尚书,召为兵部侍郎。武宗时由淮南节度使入相,弭藩镇之祸,决策制胜,威权独重。德裕为李党首领,牛僧孺、李宗闵为首之牛党深衔之。宣宗立,为牛党所构,贬崖州司户卒。追谥尚书左仆射、太子少保、卫国公。

② 岚掩车关科斗迷,军书一日万封题:李德裕外调为将期间,西拒吐蕃,南平蛮,武宗时,出将入相,为打击藩镇割据势力,辅佐武宗屡屡对藩镇用兵,平定泽路叛乱。是时,频频调兵,军书往来频繁。科斗,指科斗形营帐。军书:军事文书。一日万封题,犹言军书往来频急,军情紧急。

③ 批残纸尾归私第:李德裕在其长安私邸中,别构一草院,每次朝廷用兵,则在草院中草写诏令。"在长安私第,别构起草院。院有精思亭;每朝廷用兵,诏令制置,而独处亭中,凝然握管,左右侍者无能预焉。"(《旧唐书·李德裕列传》)纸尾,书面文字结尾处,常署名或写年月日等。私第,私邸。

④ 辟路东华日未西:李德裕辅佐唐武宗,在朝廷上打击宦官专权势力,对外则屡屡征讨藩镇,并取得胜利,使唐朝几近中兴,扫除了自穆宗、敬宗、文宗三朝来的朝政衰疲局面。辟路,犹言荡涤衰弊。东华,指朝廷。日未西,指太阳未西落,意指唐朝未曾完全衰败。

⑤ 摧尽强藩横折冲:李德裕执政期间,数次削藩,打击了藩镇割据势力,尤其平定泽路叛乱,其他藩镇无不畏服。折冲,使敌人的战车后撤,即制敌取胜。

⑥ 虚延令白成何事:宣宗即位,任用牛党人白敏中、令狐绹为相,然此两人皆是平庸之辈,惟善妒排挤而毫无政绩。令白,指令狐绹、白敏中二人。

⑦ 唐家小太宗:唐宣宗李忱(810—859),唐朝第十九任皇帝,公元847年至859年在位,年号"大中"。唐宣宗承文武二宗的基业,喜读《贞观政要》,登基后勤于政事,从谏如流,整顿吏治,俭省治国,减少赋税,爱惜民力、财力,注重人才选拔,惩治贪官污吏,打击藩镇势力,收复长期被吐蕃占领的河陇失地,开创了"大中之治",颇有太宗"贞观"之风,被后人誉为"小太宗"。《资治通鉴》载"宣宗性明察沉断,用法无私,从谏如流,重惜官赏,恭谨节俭,惠爱民物,故大中之政,讫于唐亡,人思咏之,谓之'小太宗'。"

郑 畋①

自失文饶莫解兵②，一时墨敕付书生③。翠华午夜临斜谷④，龙尾坡前战鼓鸣⑤。

【注释】

① 郑畋（约824—882）：字台文，荥阳（今属河南）人。唐武宗会昌二年（842）进士，后登书判拔萃科。历任中书舍人、兵部侍郎、吏部侍郎同平章事等职。性宽厚，能诗文。曾镇压过黄巢起义军。

② 自失文饶莫解兵：文饶，李德裕字文饶，见前《李德裕》注释①。据《旧唐书》记载，"郑畋父郑亚元和十五年擢进士第，又应贤良方正、直言极谏制科。李德裕在翰林，亚以文干谒，深知之。郑畋年十八，登进士第，释褐汴宋节度推官，得秘书省校书郎。年二十二调选吏部，又以书判拔萃。授渭南尉、直史馆事。未行，亚出桂州，畋随侍左右。大中朝，白敏中、令狐绹相继秉政十余年，素与李德裕相恶，凡德裕亲旧多废斥之，畋亦久不偕于士伍。"故有此言。

③ 墨敕：由皇帝亲笔书写，不经外廷盖印而直接下达的命令。《宋书·王昙首传》："既无墨敕，又阙幡棨，虽称上旨，不异单刺。"

④ 翠华午夜临斜谷：据《旧唐书·列传第一百二十八》载："唐僖宗广明元年（880），贼自岭表北渡江、浙，虏崔璆，陷淮南郡县。高骈止令张璘控制冲要，闭壁自固。天子始思（郑）畋前言，二人俱征还，拜畋礼部尚书。寻出为凤翔陇右节度使。是冬，贼陷京师，僖宗出幸。畋闻难作，候驾于斜谷迎谒，垂泣曰：'将相误陛下，以至于此。臣实罪人，请死以惩无状。'上曰：非卿失也。朕以狂寇凌犯，且驻跸兴元……'"斜谷，山谷名，在陕西省终南山。谷有二口，南曰褒，北曰斜，故亦称褒斜谷，全长四百七十里，两旁山势峻险，扼关陕而控川蜀，古来为兵家必争之地。郑畋解甲归田后，其子侍养其父于斜谷，并建寺纪之，今有郑公山寺碑为据。翠华，本指天子仪仗中以翠羽为饰的旗帜或车盖，后为御车或帝王的代称。

⑤ 龙尾坡：位于陕西岐山县东二十里。唐僖宗中和元年（881），郑畋时任凤翔节度使，败黄巢兵于龙尾坡。

附　录

清史稿　卷二百七十　列传五十七

郝浴（子林）

郝浴，字雪海，直隶定州人。少有志操，负气节。顺治六年进士，授刑部主事。八年，改湖广道御史，巡按四川。时张献忠将孙可望、李定国等降明，为桂王将，据川南为寇，师讨之，郡县吏率军前除授，恣为贪虐。浴至，严约束，廉民间疾苦，将吏始敛迹。九年，平西王吴三桂与固山额真李国翰分兵复成都、嘉定、叙州、重庆。已而两路兵俱败，三桂退驻绵州。浴在保宁监临乡试，可望将数万人薄城，浴飞檄邀三桂，激以大义，谓"不死于贼，必死于法"。逾月，三桂乃赴援，可望等引去。

浴在围城中，上诏询收川方略，疏言："秦兵苦转饷，川兵苦待哺，故必秦不助川而后秦可保；川不冀秦助而后川可图。成都地大且要，灌口一水，襟带三十州县。若移兵成都，照籍屯田，开耕一年，可当秦运三年。所难者牛种，倘令土司出牛，抚臣与立券，丰年还其值，当无不听命。嘉定据上游，饶茶、盐，令暂易谷种，则牛、种俱不难办也。臣故谓开屯便。川所患者滇寇也，滇寇所恃，不过皮兜、布铠、鸟铳、刷刀，善于腾山逾岭。蜀中土官土兵，其技尤娴于此。若拔其精锐为前茅，以满洲骁骑为后劲，疾雷迅霆，贼必鸟兽散。臣故谓用土兵便。"上以其言可采，下部议。部议谓战守事当听三桂主之，遂报寝。浴又言："土贼投诚，给札授官，恣行劫掠为民害。请嗣后愿归伍者归伍，愿为民者，令有司造册编丁,免牛租,除杂派,就熟地开征,俾有定额。"疏议行。

三桂入四川,寖骄横,部下多不法,惮浴严正,辄禁止沿路塘报。浴上言:"臣忝司朝廷耳目,而壅阏若此,安用臣为?"及保宁围解,颁赏将士,三桂以冠服与浴,浴不受。疏言:"平贼乃平西王责。臣司风宪,不预军事,而以臣预赏,非党臣则忌臣也。"因陈三桂拥兵观望状,三桂深衔之。浴劾永宁总兵柏永馥临阵退缩,广元副将胡一鹏骄悍不法,并命夺官逮治。降将董显忠等以副将衔题授司道,恣睢虐民,浴复疏劾,改原职。三桂嗾显忠等入京陈辨,浴坐镌秩去。

十一年,大学士冯铨、成克巩、吕宫等交章荐浴,三桂乃撼浴保宁奏捷疏有"亲冒矢石"语,指为冒功,论劾,部议当坐死,上命宽之,流徙奉天。大学士冯铨、成克巩、吕宫皆以荐浴罢吏议。浴至戍所,益潜心义理之学,嗜《孟子》及《二程遗书》,以"致知格物"颜其庐,刻苦厉志。康熙十年,圣祖幸奉天,浴迎谒道左,具陈始末,上为动容,慰劳良久。

十二年,三桂反,尚书王熙、给事中刘沛先荐浴,为部议所格。十四年,侍郎魏象枢复疏言:"浴血性过人,才守学识,臣皆愧不及。使在西蜀操尺寸之权,岂肯如罗森辈俯首从逆?臣子立朝,各有本末。当日参浴者三桂也,使三桂始终恭顺,方且任以腹心。浴一书生耳,即老死徙所,谁复问之?今三桂叛矣,天下无不恨三桂,即无不怜浴。浴当三桂身居王爵,手握兵柄,不畏威,不附势,致为所仇。三桂之所仇,正国家之所取,何忍弃之?"上乃召浴还,复授湖广道御史。

时陕西提督王辅臣叛应三桂,浴疏言:"大兵进剿平凉,宜于西安、潼关用重兵屯驻,以待策应。用郧阳之兵攻兴安,调河南之兵入武关,直取汉中,逆贼计日可擒。"上然之,下其疏诸帅。复请禁苛征,恤民困,止督、抚、提、镇坐名题补之例。章十数上,皆中时弊。十六年,命巡视两淮盐政,严剔宿蠹,增课六十余万。淮、扬大饥,发仓米赈救,全活甚众。十七年,擢左佥都御史,迁左副都御史。

十九年,授广西巡抚。广西新经丧乱,民生凋瘵,浴专意抚绥,疏陈调剂四策,请裁兵、汰马、防要害、简精锐;复请停鼓铸,改米征银,复南宁、太平、思恩诸府县行盐旧制：上辄报可。时南疆底定，满洲兵撤还京师。浴疏言抚标兵不宜裁减，下部议，留其半。又请为死事巡抚马雄镇、傅弘烈建祠桂林，知府刘浩、知县周岱生为孙延龄所戕，疏请予恤。二十二年，卒官。丧归，士民泣送者数千里不绝。

初，傅弘烈以军事急，移库金七万有奇、米七千余石供饷，浴请以库项扣抵。及卒，布政使崔维雅署巡抚，劾浴侵欺，命郎中苏赫、陈光祖往按，如维雅言。部议夺官追偿。上知浴廉，谕所动钱粮非入己，从宽免追。二十五年，子林讼父冤，复原官，赐祭葬。

（郝）林，字中美，康熙二十一年进士，授中书科中书，历吏部郎中，亦以廉正称。累迁礼部侍郎，加尚书衔。致仕，卒。

序

长洲　汪琬苕文著

学之所尚不同，义理一也，经济一也，诗歌、古文词又其一也。谈义理者，或涉于迂疏；谈经济者，或流于雄放。于是，咸薄诗歌、古文词为小技，而不屑为，宜乎自汉以来，遂区儒林与艺苑为二，至宋又别立道学之目，卒区之为三也。予谓为诗文者，必有其原焉。苟得其原，虽信笔而书，称心而出，未尝不可传而可咏也。不得其原，则钉饾以为富，组织以为新，剽窃摹拟以为合于古人，非不翕然见称一时也。曾未几何而冰解水落，悉归于乌有矣。

是故为诗文者，要以义理经济为之原。朱徽公固理学之祖也，而其诗文最工，推南渡后一大家。唐之陆宣公、李卫公、宋之韩魏公、范文正公之流，其勋名在朝廷，其声望在天下后世，宜乎不屑于诗文矣，然而议论之卓荦，词采之壮丽，五七言小诗之雍容尔雅，至今读其片言只字，犹莫不想见其风采而企慕其人。然则区道学、儒林、艺苑为三，此史家之陋，未可谓之通论也。

定州郝雪海先生，自少博通诸家，日夕讲求古今治乱兴亡之故，溯流穷源，洞见根底。既谪铁岭者二十余年，益潜心圣学，始于居敬穷理，而归诸躬行心得。故其所养日邃，所发日宏。平居读史，则有史断；阐发《周易》《孟子》，则有《易注》《孟子解》诸书。是盖合道学、儒林为一者也。既又取先生所作诗文而卒业焉。窥其旨，醇正而浑厚；揽其词，清润而雄畅。举凡抚时触物，跌宕感慨，皆于是乎见之，虽号为诗文专家者，未之能逮也。殆又合艺苑与儒林、道学为一者与。然则若诗若文，谓之学者之绪，余可谓之小技，不可观于先生所作，知其原之有自矣。先生事功骏伟，不在宣公、卫公之下。尝密疏劾吴三桂，尤有古豪杰风，已备见于志铭，俱不及论，但论其学，以序《拾瑶录》云。

序

薪水　金德嘉会公撰

大中丞复阳郝公，曩官台班时，正色立朝，有汲都尉、魏郑公风。其奉命按蜀也，当三川草昧之际，发奸摘伏，为民请命，拜疏无虚日。至于坊跋扈、折芽蘗，深谋过计，言人所不敢言。盖顶踵肤发，不遑恤矣。已而谪居铁岭，茹藿饮水，与二三大夫讲性命之学，则忧慨踔厉之气潜伏，垂二十年。迨赐环入侍，皂囊白简，发摅其悱恻。

当是时，中外耳公之名者，莫不动容叹息，以往年曲突徙薪之议为先见云，而公之智逾深，勇逾沉，开济明豁，举而措之沛如矣。是故巡蓬则纲举目张，有以作商人急公之大义，其有功于军兴为最；抚粤则法廉振饬，起疮痍而衽席之，而表章死事诸臣，尤煌煌盛典也。公丁太公、太夫人忧，间关跋涉及里门，垂绝而苏，事诸父惟诺惟谨。老而弥肃，友爱同气，橐无二装，下逮族属闾左，救灾捍患，弛租已责，书不胜书。盖公之生平，大都如此。

公子林与德嘉为壬戌同年进士，以中山诗文钞、史评、奏议稿属编次。既卒业，作而叹曰：嗟乎！士大夫无刚大之气，浩然充塞乎天地，而辄以立言自许，岂不难哉！孔子曰："先行其言，而后从之。"夫忠孝，行之大端也。古之人精忠笃孝，往往经盘根错节而成。当其诸艰历试，不得已而有言，以见志耳。公之为人臣子也，独当其难。其几迫，其虑苦，其任重以危，其力专以断，幽忧郁勃，发而为言，如虎跳猊决，不可控御，如干将镆铘之露锋颖，望之神栗；又如电掣霆驱，云兴水立，端倪恍惚，都非常观也。德嘉非知言者，书数言志景行焉。公素交多当世之大贤君子，于是集刳剔垂竣，当有操瓠而序之者。

序

钱塘　高士奇澹人撰

尝考古直臣亮节，威棱严峻，不畏强御，非仅以猎取声势而已。其忠爱之忱根于性，而又有学识以济之。识高则审微知著，洞见本末，胸中如烛照数计，故能言之凿凿，略无畏葸瞻顾之态。《山公启事》曰：侍御史王启，识朗明正，后来之俊。夫惟识朗，故明正。善乎巨源之言，可谓知人。

雪海先生昔按两川，经理军务，绸缪周匝，《锦江十六疏》咸扼要领。方是时，吴逆拥重兵，专制西南。先生独与之抗，无少挠挫，且预识其有不臣心，非其天性恳笃，卓识过人，能如是乎？又唐中宗授谏臣制曰："寒暑不易其心，始终勿亏其度。"期直节之有恒也。夫美玉经三火而增辉，贞松历严霜而弥茂，惟宝光劲节，靡所假饬，以炫美一时，是以屡试而不变。先生自铁岭归，复膺台秩，视篨江淮，建节粤西，所历之地，声施烜赫，后先若符节焉。咦！本朝台谏，岳岳如先生者，诚不多觏，宜乎为宛平、蔚州两公所推重。圣天子知而用之，俾大展其蕴负也。

夫言者，心之声也。文章小技，虽建勋策名者所弗尚顾。先生于政治之暇，读书讲学，喜论古今盛衰本末，与夫山川阨塞，辄成经世之业，以垂不朽。间发为诗歌,则浩浩落落,无意求工,而纵横豪迈,自不可及。盖先生之长留天壤,与日月争光者,在气节与事功,而炳炳竹素,使后之人得想见先生之性情学问者,端赖诗文以传也。今先生奄然物化,仲君中美,示余斯集,挑灯读之,泫然泪下。因缀数言,不自知其不文云。

序
王企埥撰

昔庭坚有寥载之歌,韵流复旦,召伯有《卷阿》之什,声协鸣冈,敻乎远矣!其后二程子及紫阳朱子,各有篇章以行于世上之与汉魏为伍,而次亦方驾于四唐作者之林,是皆以钜制鸿裁,开艺林之风雅者也!乃天下不得以诗人目之者,何哉?盖帝师王佐,勋猷炬赫,足以参赞经纶,而理学醇儒,以身任乎未坠之斯文,守先待后,厥功懋矣!拈章摘句,其余事耳!诗固不足以尽之也。

定州大中丞复阳郝公,初任郎曹,吏事明敏,洊登言路,气节激昂,蜀道乘骢,壮军威而妖氛屏迹。邢沟揽辔,清盐荚而商旅腾欢。粤西之节钺攸尊桂岭、梧江争羡令行似水、乱后之疮痍载起,蛮烟瘴雨共钦泽普如春。可不谓勋猷烂如者乎?当其投荒辽海,窜迹边方,气以摧挫而弥刚,志以消磨而益励。以格物致知为真谛,理有专精、以万殊一本为指归,学无岐向。超然于得丧成亏之外,湛然于天人性命之中,骎骎乎一代之醇儒矣,而谓可以诗人目之乎?

今试取其诗读之,或惊心于烽燧,或蒿目于封疆。关塞迢遥,望迷乡国,冰霜凛烈,梦想君亲。理财之厘剔良多,救荒之抚循尤切。咨询利弊,筹时政以攒眉;俯仰河山,悯民艰而洒泪。怨而不怒,直而不讦。其思悄然以深,其虑穆然以远,其词温然以和,笔痕墨沈之间,恍若有孝子忠臣、端人正士之声音笑貌,盖然呈露而不可掩焉。虽不得以诗人目之,而诗之必传于后无疑矣!

公之仲子中美,余同年好友也。接迹台垣,联班卿贰,文章政事,卓有可传,实能绍公之家学云。

康熙六十年　岁次辛丑季冬朔旦年　眷小侄王企埥谨题

弁　言

淄川　高珩念东撰　庚申

予顷受复阳先生一编而卒业焉,乃慨然于前贤之言不吾欺,而其未尽之旨,可以引而伸之无尽也。夫才以济世,学以广才,此今古不刊之语也。而古人之为学也,尤以见性为本,经方为用。亦以经方为用,复性为归,此又学之归墟不二,而显微共贯者也。

复阳先生,海内异人也。英特弱冠,终贾让席,一持绣斧而出,即以定力昌言,震煜海内,屹然如山岳之不可撼矣。然予素寡交游,未之识也。迨先生编管辽海,偶一把臂,洒然异之。时则已英华内敛,渊渊为学道人矣!而瞻视非常,则犹隐隐在眉宇间,不可尽掩。迨赐环而旋,南视淮扬蹉政,厘蠹奏最,军兴赖之,人又共知为管敬仲、刘士安接轸人矣!

夫官海之策,其弊积而不可诘也为日已久,先生此一役也,远迈前贤,鼓舞尽致,如濂洛之析理,细入茧丝;如淮阴之用兵,驱市人而搏强寇,恢恢游刃,固救时宰相才也。然而此皆先生之一映耳,岂遂足以尽先生乎?

先生尝过予,谈次慨然曰:“为人臣者,无以有己,无己则为臣之义尽矣。”予因曰:“为学,亦无以有己,无己则为学之义亦尽矣。何也? 无己则无欲,无欲则王佐之权舆;无己则无我,无我则圣人之橐籥也,弥纶六合而冲漠一中者,非此物此志与? 先生自兹以往,佐圣主之敉宁而传前哲之心印者,正未有艾也。夫四海之康济须异才,而千圣之薪传惟同道。予谓古人不吾欺,而其未尽之义可引伸者,正以此耳。先生其勉之矣!"至经济之远猷,诗歌之奇致,有心有目者,当共逊心久矣,兹谨言其大者。

康熙十有八年,岁次己未,淄川高珩撰

光禄大夫巡抚广西都察院右副都御史加四级郝公碑铭

孝感　熊赐履敬修撰

丙寅冬十月,进士郝君林自中山走书币至秣陵,以其尊人复阳公状,来乞文于余。书辞曰:"先君以劳瘁卒于官四年所矣!不幸身后罣议,几成不白。赖圣明洞察,特赐昭雪,追恤泉壤。孤等将以明春归先君于穸。惟先君曾辱交于先生,愿得一言以信后世,先君死且不朽。"予顾谫陋,何足以铭公?忆戊申岁,与修国史,具悉公昔年按蜀被谪状。后于纶扉常读公所上章奏。及放归,寓居江左,又颇闻公之督蒵淮上,与所以抚粤西治迹甚悉。则予不可谓不知公者,是乌可以不文辞?

按状公姓郝,讳浴,字冰涤,又字雪海。复阳,其别号也。上世出山右洪洞,自始祖成甫占籍中山之唐城,遂为定州人。八世至汝卿,以孝弟力田称,生维荣,维荣生大钫。顺治辛卯恩贡考授府别驾,不仕。公之考也。娶张氏,生二子,长即公。公生而机警,负异材。年十四五,能通六籍百家言,尤留心世务,高自期许,讲求古今治乱兴亡之故,而慕诸葛忠武、李邺侯之为人。

丙戌领乡荐,己丑成进士。廷对后,慨然谓所知曰:"自吾先世遗训,必惟忠爱是嘱。今敢不以此身为天下衽席!"遂上书指陈利弊,娓娓数千言,识者韪之。明年,授刑部广东司主事。

辛卯,改湖广道御史,奉命按蜀。时巨寇刘文秀等盘踞滇黔,川中屡遭屠戮,一望丘墟。公至,则豁免逋租若干石,罢斥长吏之不法者,而民困渐苏。壬辰二月，吴三桂统大兵，由东西两路进屯川南，军无纪律。洎秋，两路兵败，东西川俱失。三桂弃川北不顾，退至绵州，将回汉中。时公方在保宁，有事棘闱，闻贼且薄城下，乃密檄总镇严自明等提兵环守，仍遣健卒星夜要请大兵于梓剑。由是两路兵始回劄保宁。公为指授方略，与贼拒战，大破之。捷闻，世祖嘉悦。公因条析蜀事，且密陈三桂跋扈状，三桂深衔之。先是，有武弁董显忠等以投诚题授司道，所为恣睢，公因民怨，劾罢之。三桂恨公之轧己也，乃嗾显忠等入都展辩，三桂阴为左右之。公坐是遂降调归里矣。

甲午春，湖北抚军缺，当路争言公文武全才，可大用。且援异时守保宁为据，三桂益侧目于公，忌公再起，与己为难。乃复撼公前疏，指为冒功，将置之死。世祖特从宽宥，流徙盛京安置。时六月初一日也。公至铁岭，僦屋潜居，研穷圣道，日手《周易》一编，哦咏自得，不知身在冰天雪窖中也。如是者十有八年。辛亥冬，今上幸奉天，公伏谒马前，面陈蜀事始末。上为改容而听。

癸丑，三桂反，朝士遂交章荐公。蔚州魏公言之尤力，谓"郝某才守学识，臣皆愧不及，即让职亦所心愿"。且曰："郝某，三桂仇也。贼之所仇，我之所取，又何疑焉？"于是，奉特旨召还录用。乙卯，仍补湖广道御史。公上章首言："圣学圣心，为戡乱大本，兼请召对满汉阁部诸臣商榷大政，勿待事至而后议。"词甚剀切。时平凉镇臣王辅臣从吴逆，受伪劄，跳梁秦陇间。公疏请驻兵麟宝以固栈道，兼防陇寇东下，然后坐困平固之贼；更令骁将急趋西河，扼其冲要，以为奇兵；再遣才力重臣，调拨河南之甲，从南阳入武关，挽断商洛之路，以取汉中；而于袁吉一带声言进取长沙，以牵制贼之全势。上深然之，下其疏于诸路。

当是时，各省用兵，筹饷孔亟。上特遣公巡视两淮盐课，以佐军需。顾淮政积坏久矣。公乃洁己率属，殚心厘剔，宿蠹一清，商民交便。差竣以上考，再留任一年，盖异数也。无何淮扬大饥，公则为捐输劝赈，平米价，设药局，开粥厂，所全活甚多。而又亲履各场，随地设闸，引江海潮水，以灌河渠、通盐艘。自是百废具举，转饷大有赖焉。

庚申还朝,会粤西抚军缺,上曰:"是非郝某不可。"遂以命公。公单骑就道,逾月抵桂林。念此邦为黔楚襟喉,猺獞杂处,哀鸿未集,所以抚绥安辑之者当倍于他省矣。乃条陈善后事宜,大略谓:"粤地鸟道猿蹊,水多瘴毒,养马十毙八九。又新经添设冗兵数千,糜饷无算,并宜裁汰。至镇安、泗城二土府,界连滇黔,土贼出没,田州为安笼门户,龙凭、馗纛二营系控御交南锁钥。梧州一郡,居两广之中,扼三江之要,皆宜增兵防御。而省会重地,尤须良将劲卒,以资驱策。"上是其言,悉听公酌量区处。公又为省邮传、停鼓铸,以休民力。补乡试,留学租,以培士气。于是,粤境大定,而公则犹时时上下岩涧,出入烟雾无少息,遂中瘴疠,疽发背,卒。癸亥七月十五日也,得年六十有一。

初,公之莅粤也,值王师凯旋,经费不赀,藩司请暂动库金若干两。又前抚传公因军饷不继,亦多所那移,皆未及补足,而公已即世。后署篆某竟诬公侵隐,坐落职追赔。上曰:"郝巡抚廉洁素著,其所动支非系入己,著免追取。"后其子林复上疏讼公冤,诏追复原官,赐祭葬如例。

呜呼!公一儒生尔,当三桂手握重兵,声势赫奕,公毅然与之抗衡。至身被搆陷,投荒九死而不恤。及逆贼鸱张,海内骚动,公乃生入榆关,请缨激切,卒能折冲樽俎,收拾残疆,佐成国家勘定之业,岂不伟然烈丈夫哉!盖公夙负奇气,卓荦自命,不幸中遭困厄,用能痛自刻厉,以玉于成,人第见其险夷一致,指挥裕如,共叹为倜傥非常之器,而不知其崎岖挫折于炎荒雪塞之乡,诸所以更尝而淬砺之者,殆非一朝夕之故也。

记壬子岁,公自关外托蔚州公致书于予,意极恳洽。乙卯、丙辰间,与公同朝时,过予邸,执手论学,语及时事,辄怆然泣下。尝曰:"学者于伦常实际处体验,方可入道,不则犹虚谭也。"公所见之精切如此。呜呼!宜其过人者远矣!

公三世考妣并以公贵,诰赠如其官,原配李氏,癸未殉节。继配王氏,先公殁谪所,俱诰赠一品夫人。继配蒋氏、侧室张氏、樊氏。子五。长相,贡生,娶王氏;次林,壬戌进士,候补中行评博,娶张氏;次椿,庠生,娶梁氏;次桢;次枚。女一,适拔贡生梁穆。孙男二,诚燮、诚燕。孙女四，俱幼。

公居官持己，嘉言媺行具载国史及家乘中。予特撮其生平大节之表著者而为之。铭曰：

常山峨峨，诞兹杰士。释褐登朝，精忠自矢。鹰服循行，叱驭直指。建策徙薪，逆折奸宄。触彼强藩，功成名毁。白狼投窜，觗旄如篝。啖雪吞毡，皂帽颎颎。逆竖弄兵，势同封豕。先见何人？当宁拊髀。生入玉门，绣衣犹始。请缨击笏，裂眦切齿。乃督江淮，乃巡粤鄙。蛮烟扫净，疮痍振起。奋武揆文，上报天子。铜柱勋名，庶几可拟。薏苡谤腾，沉冤谁理？恩纶特降，恤及蒿里。九原有知，目瞑色喜。表忠福善，昭彰如此。我作斯铭，用示来纪！

粤抚中丞郝复阳先生本传

真定　梁清标玉立撰

公讳浴，字冰涤，又字雪海，后更号复阳。先世由山西洪洞迁定州之唐城，历数世，至恒瞻公大钫，以恩贡考授通判，隐居不仕，则公之父也。公少有异禀，年十六辄高自期许，有澄清斯世之志。崇祯壬午、癸未间，遭兵乱避难山中，犹读《易》不辍。夜步河干，寻味义理，值狂飙疾雪，浩然忘归。留心世物，慨慕古人，不屑为俗儒章句之学。

顺治丙戌举于乡，己丑成进士。出滦州石公申之门，石公不轻许可，独称公国士。起家刑部广东司主事，兼摄浙江司郎中事，爬梳弊孔，老吏不能欺。言论风采，倾动一时。寻改授湖广道御史，巡按四川。是时，巨寇刘文秀盘踞滇黔，川中尚多伏莽，屠戮之后，一望丘墟。有司率皆营弁委署，职业不修。公至，披荆棘，立约束，数微行，廉得其状，力事清厘，兵将敛手。

先是，岁屡歉，抚臣请赡以牛种。后每牛输租八石，岁运军前，鸟道险阻，人牛俱毙，川民苦之。哀吁抚臣，嘿不敢应。公特疏，言当日给发牛种,意在救民,非以谋利。若再责牛租,势必流而为殍,散而为盗。是无蜀也。世祖允豁,民困以苏。

吴三桂方握重兵驻蜀,军无纪律,每结队逃亡肆劫,惮公严正,令各路不发塘报。公疏发其奸,三桂意阴忌公。迨两路败衄,东西川俱陷,三桂弃川北,退至绵州,欲回汉中。会方补行辛卯乡试,公当监临。闻贼且至,官吏士子仓皇思审。公密令兵将环守,亟檄司道驰骑,慰谕逃卒,扬言秦兵旦夕至,人心稍宁。而公在锁院中,剖析经义,谈笑自若,卒竣闻事。蜀中宾兴之典,实自是科始也。又遣健儿飞檄邀三桂等赴援,责以大义,谓:"不死于贼。必死于法!"一昼夜凡七往。三桂等不得已,始回保宁,然犹像未决。公多方譬晓,面授方略,乃决策固守。俄贼至保宁,踞锦屏山,势张甚。公凭堞指挥,矢石过耳,屹不为动。贼夜渡嘉陵江,绕出城后,公轻骑遍历行间,激发忠义,将士踊跃,背城迎战,无不一当百,竟奏大捷。是役也,公功居多。

世祖知公才堪办蜀,诏问收拾全川实著。公具疏,前后数十上,皆荷采纳,详载《锦江疏》中。三桂挟王爵骄贵,意持两端,莫敢谁何。而公以少年书生,独挺身与抗,不为小屈,且密陈其跋扈状。逆折奸萌,而三桂衔之切骨矣。朝廷颁赏酬功,公以"得不偿失",疏辞不受,益与三桂忤,思有以中之。先是,司道董显忠等类以将弁改授,公奏劾仍改武用。至是,三桂摘公疏中"目不识丁"之语,嗾显忠诉于朝,云能识字,公竟坐降调。

甫归里,适阁臣涿州冯公铨、溧阳陈公名夏、大名成公克巩、武进吕公宫、掖县张公端五人合荐公才堪大用。三桂恐公柄用,乃摭拾前疏指为冒功,欲置之死。世祖察其枉,流徙盛京。公至徙所,益潜心圣学,深思密证,期于表里莹彻。或中夜有所得,必披衣秉烛书之,讴吟达旦,不知身之在穷荒也。故侍郎董公国祥同在徙所,见公读书琅琅,笑曰:"我辈尚思复用乎?何攻苦乃尔?"公曰:"显晦何常假,一旦位卿相,何以救天下苍生?"董公嗤其妄,公洒然不为意。每凛四十无闻之惧,或奋身自掷,几于伤骨。其厉志如此。尤嗜《孟子》及《二程遗书》,筑室三楹,颜曰"致知格物之堂",危坐研究其中,垂二十年。

　　今上幸奉天,公谒道左,具述按蜀始末,奏对详明。上改容慰劳者久之。及三桂果反,如公向所言,部院大臣及言路争讼公冤,谓"三桂之所仇,正国家之所取"。部议皆格不行。特旨取还录用,仍补御史,侃侃论列。寻巡视两淮盐课,概谢请谒,严立科条,私贩屏迹。差竣,以称职,复留差一年,裕课数十万,加太仆寺少卿。淮阳大祲,道殣相属。公倡议设六厂赈饥,全活数十百万人。在差,即擢佥都御史;未阅月,再晋左副都御史,前此所未有也。

　　明年,遂命巡抚广西。陛辞日,面奏畿内重地,宜厚加培护;秦民输挽频年,劳倍他省,宜破格优恤;兼条析粤西事宜,皆称旨,赐赍有加。单车之任,粤西甫脱兵火,闾阎凋敝,官斯土者,漠不以吏治民生为念,公乃大示惩创,设匦通衢,许被害者控诉,特纠十余人,属吏始各奉公。又疏请汰虚縻之马、裁添设之兵、预防要害、简练精锐四事,皆报可。往者滇中班师,例由黔楚,后乃假道粤西。公力言土司并无邮传,驰驱瘴烟毒雾中未便。又粤西滩高舟小,入楚往往覆没,旧例于永郡接换后令送抵长沙。公亦请照往例交卸。两者皆荷俞允,粤人如释重负。至裁兵相聚思乱,公捐米千余石,以资口粮,遣官沿途押送定藩旧旅归旗,道路讹传,人心风鹤。公与同事者审定去留,悉心区画,远近晏然。又言"标兵不可去",于是,各省抚标俱获半留。他如请恤死事诸臣,以励忠节;资给乡举衣冠,以作士气;建立书院,以劝来学;稽核支领,以清浮冒。诸政将次第举行,而公以积劳,兼苦瘴疠,病且卒矣。士民巷哭者三日。丧之归也,炷香叩送,千里不绝。公所至,设施有方,得民之深又如此。其先巡抚傅公弘烈,在军中那移帑金七万余两,公请以库项扣抵。未及补足。公既卒,布政崔维雅与公称□□□有夙嫌适当护印遂诬为侵隐。部议"革职追赔"。上特嘉予公巡盐、巡抚两任,洁己爱民,免其追赔,并予祭葬。盖异数也。

　　公孝友真笃,少时念祖丧未葬,辄自掐左臂以志痛,爪痕深入肤理。其至性有过人者,负才卓荦,有胆略。忧患之后,更邃于学,勇于为义,赴人之急,不啻疾痛之在身。奖借人才,惟恐不及,虽历艰难,而用世之志弥久不衰。至当大事,他人张皇失措,公不动声色,处之裕如。为文奇崛,单词片语,妙绝天下。门以内严,若朝典生平,刻苦自厉,有运甓之风。自少至老,所遭多苦境。嗟乎!殆性近之矣。公有五男子,其仲子林,壬戌成进士,沉毅类公。诸子亦能世其家学。克昌厥后,知熊熊未有艾也。

　　赞曰:尝观古来嶔崎磊落之伦,往往多嵰巇非常之遇。如雪海公,殆其人与。余与公交数十年,叠联姻娅。尝过所居唐城,览其风土,经理井然,知此中有人焉。翰林灌亭王君,素未谋面,读公《锦江十六疏》,惊且叹曰:"当吾世乃有此人哉!"辄造公邸舍,值他出,乃登堂设座,再拜而去。公夙具奇癖,足迹所至,穷幽涉险,毫无恐怖。好访古今人物,以及山川阨塞,靡不周悉。当按蜀时,微行山谷,见一大鸟张翼蔽天,世所罕睹。尝登华岳,宿其巅,候瞻岳灵。中夜,见白光自空来,道士云此即白帝公非有夙缘,莫能见也。粤西之役,舟过南岳,冒雨登祝融峰顶,天忽开霁,遂纵观日出没,以为快游。噫嘻,亦异矣!忆公居塞外时,偶入关,共余剪烛,抵掌剧谈经济,恒至夜分。窥其英气无少摧挫,公诚伟人也哉!

小　传

柏乡　魏裔介介石生撰　丁未

　　郝浴,字雪海,真定定州人。才气卓荦,有经济之志。中顺治己丑科进士,为御史,巡按四川。值刘文秀之乱,诸军鼎沸,人心惶惧。雪海坚守保宁府,抵御贼徒,川陕遂宁。

　　然立意矫矫,卒遭谤毁,安置辽左。雪海乃益发愤读书,其学以圣贤为宗,百家诸子、天竺柱下之说,无所不涉猎,究归于大中至正,而黜夫虚无放诞者焉。生平慕诸葛武侯、刘静修、王新建之为人,尝曰:"士当有所建竖于世，奈何闭目蓬头，袭取缁衣黄冠牙后余唾，生无闻于时，死无闻于后耶?”居襄平久，与其贤豪长者游。短衣匹马，看射猛虎，酒后耳热，谈兵说剑。塞上居人无贵贱少长，皆爱之。王公大人数亲至其草屋，谈笑竟日。迁谪羁旅，或有急难困顿，非雪海不能为之排解拯振。尝坐萧寺中讲《易》，至于天地、鬼神、人物变化之所以然，剖露殆尽，闻者莫不叹异。

丙午，以公役旋中山故里，余适请告相晤，得刘氏千日旧酿，西风凛冽，鼓吹大作，饮竟夜，不知东方之白也。次年正月，雪海复待余于白龙泉之上，相与登高而望伊耆之山，朗吟长啸，意致豁如。然而江湖廊庙之思，已不禁感慨系之矣。

光禄大夫粤抚中丞复阳郝公行表

胶西　法若真黄石撰

盖闻圣王御极，岳降哲人。光挹紫微之墟，颖分黄洛之野。汲龙门之弘涛，引鳞翔于二水，钟燕山之瑞气，攀羽仪于千秋。

于铄郝氏，肇域西晋，徙履中山。一传数传，家绍孝友。乃祖乃父，世笃忠贞。爰及光禄中丞公，讳浴，字冰涤，又字雪海，别号复阳。诞降歧嶷，就传慧解。陈辩毫发，卓遮车之岁；横吹玉律，惊洛滨之年。尝大言曰：“士君子生斯世，当做天下第一流人，行天下第一流事。”信斯言也，终如其志。胸洞淮南，早晰九师之变化；望风冀北，定策六气之经纶。负母氏避兵甲外，一剑寒光，沉莲花于玉井；乘新运发箧隆中，五云耀日，随蓂荚于金阶。是则公之夙负英姿，当做秀才时，已任天下事于一身者也。

我朝开国，特辟人文。丙戌领乡荐，己丑成进士。初历政冬官，即上书极陈利弊，谓：“治天下，必先立纪纲，纪纲定，而后建开创之规模。”旋授事赤棘，能独任本曹艰巨，谓服人心，必先理民命，民命活，而后成尧舜之雍熙。以故京师为之语曰：姚若侯首开言路，郝冰涤大整西曹。

恭逢世祖章皇帝甄别台班,特鉴异材,改授御史,即拜诏按四川。时巨寇刘文秀等,横踞滇黔,武弁董显忠等僭署司道,贼多于兵,兵多于民。锦江淼淼,洗峨眉之新月;赭山蠢蠢,留巫峡之片云。剔马上之摄官,而黄童白叟,泪于刀锯;除牛种之税粟,而霜阡雨陌,火照篝车。是则公之始奠边陲,保厘西郊,得土必以得民为先,正疆必以正官为本者也。

洎壬辰春,上命吴三桂将满汉兵,削定全川,军无纪律,恣行劫略,忌怀宗察,阴塞塘报。公发其奸,疏称"兵力之剿抚,系民命之生杀;民命之生杀,系地方之安危。不得戮民猎赏,不得壅蔽上闻。"未几,三桂兵败,两川俱失,竟走绵州,将退汉中。时方补行乡试,而风鹤惊闻,士民溃窜。乃檄将婴城,收军散茇,声秦军之三炬,申蜀檄于重围。锁闱较士,枕枑传经,得人报国,举典称兵。既珠生月魄,亦钟应秋霜。烟墨不言,受其驱染;纸扎无情,沦于荆棘。而丹集应软,轮侣龙渊,掠饭菁羹,光生丹穴,葭葟艾席,采振蓝田。而且邀雄兵于梓剑,而且踵移符于保宁,而且指战守于城下,而且伏火攻于锦屏,而且撼谲寇于嘉江,而且激义旗于玉垒。遂鼓满江勇骑,背城力战,无不一以当百。因之昏以继晨,卷旂大捷,鸣桴奏凯,血溅车轮,石劈五丁之顶,书封马背,云空八阵之图。简登司马,喜动天颜。

乃敕奏收拾全川之实著,即详具缓急西南之二疏。所憾者,吴弁拥重兵,擅王爵,我公破铁面,镇危疆,独抗赟虎于军中,密陈跋扈于简上。忽恣奸宄之谤箧,遂来投杼之三言。以故华岳白毫,梦入孤臣之枕;誓台红泪,风吹旅雁之书。流沙欲响,塞草不青。骨摧雪冻,灰窖霜凝。望墨帏于云岭,踏觉花于龙窟。亦惟援神叙教,运斗谈经,序三百八十四爻,四十有九穷神而知达化;应万有一千五百二十策,五十有五成数而行鬼神。更得与宫詹吉津李公、少司马昭华魏公诸君子,修两程居敬之学,用横渠砭愚之功。长歌午夜,敲句晓天,其诗有云:"天心只许归龙塞,消受周公孔子书。"盖自得于患难者素也!

辛亥,今上幸奉天谒先陵,获觐天颜,具奏平蜀始末,侍从为之泣下,圣主为之改容。温纶慰劳,天语辉煌,有"你是读书人,岂不明白"之谕。自是双亲继殁，请假归葬。身劳羁旅，子职勿亏。卢沟水汇，将慰纯孝于荒天；青海波平，欲送忠魂于紫塞。

未几，癸丑，吴逆骄叛上，背圣恩。金装玉桶，蛟溢昆明之浪；貂尾狗续，犬吠星沙之波。虽神尧仁爱，姑缓舞干之羽；幸伏波知几，早识井底之奸。恭奉上谕，保奏人材。大司寇蔚州魏公、大司马宛平王公先后疏荐"材兼文武、学醇忠孝"。奉特旨，郝浴著免罪，取回录用。呜呼！二十二年之铁骨，再沐恩光；万有余里之银冈，遥封书簏。是则公之忠铭海岳，孝动风雷，已死更生；固得沥血吞毛，志定之日，更生不死。实见揬著治象，易成之终者也。

是年，即仍授御史，首言圣学圣心，为戡乱大本；休息轸恤，为生民至计。条悉安秦制楚，诸路之要害；简将练兵，灭寇之先筹。所急请禁者，武官从部兵而戕民命，有司藉谋叛以倾民家。言官纠劾，而内外诸吏废格不行；督抚权重，而坐名题补多涉私人。清买漕以苏运饷，停捐纳以养人材，皆通达国体，敷治万年之远猷也。仰荷圣鉴，命视淮鹾，停车拜表，有"甘贫厉行三十余年，誓不做半截清官！"之疏。精白一心即剔弊归公六十余万，尽输为兵饷急需之用。至割粲赈饥，立场者二十七舍；输米煮药，全活者数十万家。借才一年，只遗磬阶官梅数本；破格尽秩，差答淮阴棠树千章。立马明月峰头，清徹大夫之松柏；停舟衡阳江上，威振赤水之云霞。

受册粤西，简镇楚南。圣主得人，贤臣重任，谁曰不宜！遽念哀鸿，旋敛封豕轸。故藩遗家起昏夜，哀声于比户。调瑶、壮异种，收白日露刃于长街；检降寇摄官，不使绿林参朱幡之路；察巧吏虐政，将见铜山去金马之宾。鸟道猿蹊，瘴烟毒水。虚糜之马宜汰，添设之兵宜裁。要地之设防宜预，抚提之精锐宜简。言一入而次第施行，事再举而山川耆定。计及于滩高水浅，粤艇楚船，酌千里之转运；曲筹夫峒峡猺司，水航邮马，苏诸洞之艰危。知天下虽安，忘战必危。故抚臣留标兵一半，而居重以驭轻。

思人臣报国惟有文章，故粤省补秋闱，再举而偃武以修文。更念炎荒未瞻圣表，因祈诸道，咸颁御书。将见树酒霜空，共切红腰之舞；指车日出,重飞白雉之朝。捧清慎勤三字,龙文,共睹天威咫尺;清秦楚粤八万饷金,争知民力艰难。建庙祀双忠,使食禄之臣子犹知君父;留学租千亩,俾殊方之俊秀不废诗书。读史断与南征诗,洵奇文而兼经济;耕废署作因而园,羞大吏而下穷儒。

呜呼!天心不爱才,哲人不再生。冰雪炎天,炼尽贞臣之骨;江清鱼淡,馋枯廉吏之胸。昊天不吊,恒岳将倾,公于癸亥七月十五日卒。止春罢市,聚哭戟门者数千人;肖像立祠,祈福粤土者百万族。

呜呼!何事贝锦,不投北鄙,而织七万之侵渔;忻逢天霁,洞见南江而贶一言之优恤。不然,公历官来,虽马如羊不以入厩,虽金如粟不以入怀,其将何以解天下人之痛哭流涕者哉?是则公之廉以持己,忠以格天,武侯之拱柏不瘁霜色,汝阴之社酒无间醉颜。固知人心思德,历千百年而不没者也。

呜呼!公之生也,资秉三善;其没也,政垂六条。惠亶秦楚,泽流江汉,西连剑阁,南被衡阳。风动神行,七星云断;麾旄秉钺,三孽氛消。臣心如水,聊从尹敏之交;素履攸贞,自拭国子之泪。余以吉津公得识其人,复以庸斋公更景其行。班悬紫禁,情亲白水。今日者,三君子皆先亡,而公之哲嗣与坛儿同学伯仲,偶自长安载行,略乞片言。

呜呼!三十余年,故人落落;二千余里,笺素疏疏。余犹得以八十三年之枯骨,寂处空山,或亦天之下鉴忠贞,不殄素友,将以行,哭致礼于晏平,列邦挥涕于昌国。借射鹿之一老,传大鸟之哀音。悲黄金之难化,错刊钟石;痛朱轩之靡驾,自郁兰蒸。尚标铜柱,永流岷水,岂徒缀悲曲于江上,怀大道于谷风已哉。

中山集小纪

燕南学人　金宪孙撰

中山郝复阳先生,忠孝友爱人也。其植品饬躬,风采徽猷,载在家

乘,登之史牒。当代史氏能言家又尝著为论传、志铭以传不朽,不复
具论。

　　独念先生生平阅历,多在鸟道蚕丛,金戈铁马,及雪窖冰天、岚烟瘴
雨之区。驰驱方里,如履户阈,间关险阻,不异坦途。宜其著作等身,海
涵地负,囊括宇宙,所得于山川之助者,可不谓尠。少年被主知,衔命乘
骢,走云栈,披荆榛,按部东川。方在勾当闱事,巨寇薄城下,多设方略
退贼,指挥既定,肤功克奏。强藩忌其忠梗,诬蔑攘功,遣摘龙荒。先生
慷慨抵谪所,抱影栖息,手一编教子,视典属之岁月为长。更辟银冈书
院,弟子从游日夥,阐发性命绝学。所编《易注》《孟子解》《紫阳纲目断
章》《银州语录》诸书,秘藏名山,待其人以传。若夫履困而亨,蒙难不
苟,其得力于大易尊阳之旨深矣! 故学者称为复阳先生。

　　迨逆藩搆祸,讼言盈庭,谓先生不幸而言中,曲突徙薪,识先蓍蔡,
宜柄大用。先是,天子有事山陵,先生以累臣泣谒道左,具状陈情。圣
驾止辇受言,首肯至再。侍臣传有"你是个读书人,岂不明白"之俞旨。
先生遂绝望玉门,澄心止水,挤老长白鸭绿之乡矣。至是,上用荐者言,
赐环台班。时三逆踳叛,馈饷四出,大司农嗟仰屋。特奉简书,榷醝淮
海,先生搜敹陋孔,纤毫不以自污,悉充兵饷士马资以饱腾。淮海岁当
洊饥,先生饬纪纲,运豫章糈煮赈,全活生灵以数十万口计。疏闻,圣心
宽南顾之忧,叠颁墨敕嘉奖,增秩晋爵无虚岁。差旋之明年,复以大中
丞简抚粤西军。虽滇黔蜀闽次第削平,粤当军旅咽喉门户冲,又定南归
旗,始结撤藩之穴。先生处蛮装瘴戟,运筹弹压,不遗余策,心血为枯,
殉躯岩疆。

　　嗣君中美天部哀其遗集,以仆从事先生久,又托肺腑戚属与校雠。
盖先生素以女弟君蓄我,尝称眉山苏长公呼亲少游为"山抹微云君",举
以相似。仆逡巡避席,终愿以徐曰仁之事王新建者事先生也。既受书
卒业,凡几历寒暑,州次部居,厘为诗、为文、为奏议各一帙,帙凡四卷,
史论一帙,凡二卷,统为《中山郝复阳先生全集》。丙夜编摩,文焰烛天。
昔陇西李汉尝称昌黎文日光玉洁,周情孔思,千态万貌,卒泽于道德仁

义，以况先生之集，庶几近之。若徒规规于尺步绳趋之间，必曰骚楚也，赋汉也，诗三唐而文两宋也。是犹以邦郭浅见求先生，其失非纤则伧矣！

中美督命先生冢孙诚燮手书成帙，用存家乘世之梦想斯文者，已不翅景星庆云须之，因勉缀数语于简端。削稿再读，依然舟车追从，函席请益时也。先生当不以人天之隔而谬余言！

论　赞

河阳　赵士麟玉峰撰

在昔燕赵之间，多奇伟俶傥之士。今其人已往，其声犹存也。吾自南中来，顿辔于境上者久之，即其人虽未纯于先王之道，然效节不顾身，尽公而不徇私，有足多者。又或诵读诗书，称引先王，知学矣。令之受事，识不能洞微，虑弗克及远，即奇伟俶傥无取焉！以季世滋伪士，皆务华标，而疏于实踏，群群然彩土舟而行江河也。

不亦殆与！雪海郝公生于燕赵间，闻道其早，侃侃正性，生平慕二程，即胸襟似大纯公，岩岩气象似次正公，嗜《孟子》，即不移、不淫、不屈，类子舆。前后所历，皆耳目官，多所条列奏议。夫奏议者，启宸聪而达幽遐者也。言弗中窾，智弗机先，陈说利害而弗情，摧议大奸，而或私纵，厥论悬悬，为章秩秩，威弗扬、纪弗振、豪弗抑、奸弗戢也。

汉贾生，一代之英也。谈说治理辨而且当，乃竟竽瑟于文帝。公擢台班，按蜀、巡淮、抚粤，天子嘉其议，卿士让其美，三方颂其德，西陲流其声，大异贾生者，以贾挟练达之才，公抱闳伟之节；贾恒移情于功名之会，公独不惑于祸福之途，而又忠诚体国，不二其德。夫九信而一违，难以语诚；始守而终渝，难语不二。故诚，百善之宗也；不二，万事之纪也。本乎性，而成于学者也！故公疏炳乎煌煌，赫焉盛矣！吾独重其《锦江》之议，为识先而虑远。吴逆蓄异谋，尾大不掉，内外惮之，不于其叛早兆于屯川之日矣。公首疏其纵兵劫杀，再密疏其跋扈状。逆衔而阴倾之，又摺拾以陷。幸先帝查其忠，东徙。逆卒叛，如公言，皇上特宥而录之，此其胆、其识、其才、其智，惟社稷之大计是图，岂寻常好修之士、才辨之流敢望其肩背哉？其他若言边储、陈防剿、兴大利、涤大弊、沛恩膏、捐赈施，在蜀蜀祀，在淮淮颂，在粤粤祠。当世称之，后世飏之，皆足以列于不朽之途矣！吾未暇悉述，而特著其大节如此云。赞曰：

岩岩郝公，岳岳人宗。周程克绍，孔孟是崇。为子则孝，为臣则忠。操逾冰雪，气表苍穹。始授刑曹，继除侍御。出巡巴川，远越楚豫。令肃骄兵，胆寒跋扈。武未交绥，文先露布。烽烟既靖，生聚渐殷。民怀其惠，将忌其勋。摺拾罪庋，干渎听闻。谤贻一篚，惑煽三军。赖我先皇，鉴厥素行。姑谪陪都，曲全躯命。特搆茅檐，服膺古圣。格物致知，乐天希圣。隗嚣背叛，吴濞披猖。王赫斯怒，我武维扬。服公先见，黜彼鸥张。鸳行力荐，乌府重光。品无淄磷，性若桂姜。煌煌讦谟，侃侃条对。悉中机宜，深明兴废。且策逆臣，必尔内溃。得此颇牧，胜兵十倍。命督淮课，涤除陋规。心清如水，额羡不亏。载恤商困，载赈民饥。爰荷温旨，再展一期。旋升冏卿，晋秩副宪。黜幽陟明，正身表范。提衡绣衣，领袖铁面。纪纲之司，台阁之彦。时维粤抚，遭变贵阳。滇黔是穴，闽广胥狂。帝简才望，俾靖封疆。遥瞻节钺，来馈壶浆。甫御八驷，敬陈四事。疮痍渐苏，兵民兼利。福曜如春，阳和丕被。讵意积劳，竟成捐弃。离家万里，阆隔九天。囊止清俸，箧无余钱。巷辍舂杵，里罢市廛。岘山涕陨，栾社泣涟。时以用兵，渐致缺额。会因稽库，几疑乾没。罗织狱成，莫之能白。重荷圣明，得剖心迹。讲学患难，抗疏阶墀。威慑叛逆，言炳蓍龟。生既正直，殁亦灵奇。河津而后，非公而谁？

后　记

　　郝浴是清初的纯臣、诗人和理学家,其一生跌宕起伏,阅历丰富。他在任广西巡抚期间对广西经济、社会、文化、教育事业的恢复和发展作出了重大贡献。其诗集《中山诗钞》是研究清代初期社会、政治、经济、军事、文化等的宝贵文献资料,具有其鲜明的时代色彩。故此本书很荣幸被列入广西地方古籍整理丛书项目的研究成果出版。

　　在《中山诗钞校注》即将付梓之际,首先我要感谢我的恩师李寅生教授。李师学识渊博,治学严谨,为人正直,给我们树立了一个全新的学术思想观念。在此书的撰写过程中,李师提出了精辟而中肯的意见和建议,在此书的选题、资料的收集整理以及校注等方面也得到了师门周生杰、武海军、郭春林、杨经华、杨年丰、杨瑞、侯小宝、褚为强博士的鼎力相助。

　　在本书的准备和撰写过程中,我曾前往中国国家图书馆、北京师范大学图书馆、南京大学图书馆,还有广西大学图书馆、文学院资料室的工作人员为本书的写作提供了许多信息和资料。石家庄博物馆馆员赵玉敬等研究人员,曾对郝浴的生平进行过深入研究,他们的研究给予了我很大的启发。最后,上海古籍出版社的编审老师对本书的出版提出了非常宝贵的修改意见,在此对他们表示衷心的感谢!

作　者

二零一七年三月于广西大学